»Dieses Buch ist nicht nur gut, es ist stark, es berührt, erschüttert.« *Frankfurter Allgemeine Sonntagszeitung*

»Ehrlich, zornig und schonungslos.« *Der Spiegel*

»Ein gewichtiges Buch dieses Herbstes, getragen von Leidenschaft und räudigem Schmerz, von Trotz und Aberwitz.« *Süddeutsche Zeitung*

»Das schonungslose Porträt eines der Willkür der Erwachsenen ausgelieferten Kindes ... ein faszinierendes Werk des Regisseurs.« *Frankfurter Allgemeine Zeitung*

»Roehler schreibt mit schmerzenden Sätzen, mit Absätzen wie Hilfeschreie.« *Berliner Morgenpost*

»Ein ernsthaftes, verstörendes und berührendes Buch.« *Cicero*

»Roehler stellt in ›Herkunft‹ große Fragen, und er liefert wahrhaftige, wenn auch schmerzhafte Antworten.« *Südwest Presse*

»Diese Kindheitserinnerungen gelingen atmosphärisch-dicht und bildhaft.« *Nordkurier*

»Ein spannendes Romandebüt ... das deutsche Nachkriegsgeschichte authentisch mit der individuellen Lebensgeschichte der Familienmitglieder verwebt.« *Wetzlarer Neue Zeitung*

»›Herkunft‹ ist ein grandioses Buch und Roehler ein exzellenter Schriftsteller.« *Nürnberger Zeitung*

Das Buch

Oskar Roehler schreibt die bewegende Geschichte einer Familie über drei Generationen: Robert Freytags Großvater Erich, der Kriegsheimkehrer, der seine Frau an eine andere Frau verliert. Roberts Eltern, die Schriftsteller Nora und Rolf, die über ihrem Streben nach Selbstverwirklichung und freier Liebe zugrunde gehen. Robert selbst, der zwischen Geborgenheit im Haus seiner Großeltern und dem enthemmten Leben der 68er aufwächst, immer auf der Suche nach dem eigenen Glück, das so schwer zu finden ist. Oskar Roehlers Roman ist die Geschichte einer Familie und zugleich ein sehr persönliches Zeitdokument.

Oskar Roehler verfilmte seinen Roman unter dem Titel »Quellen des Lebens« mit Moritz Bleibtreu, Jürgen Vogel, Meret Becker, Lavinia Wilson u.a.

Der Autor

Oskar Roehler, geboren 1959 in Starnberg bei München, ist Drehbuchautor und Regisseur (u.a. *Die Unberührbare, Elementarteilchen*). Er ist verheiratet und lebt in Berlin.

Oskar Roehler

Herkunft

Roman

Ullstein

EINE PRODUKTION VON X FILME CREATIVE POOL IN KOPRODUKTION MIT WDR BR NDR ARD DEGETO UND SÜSS FILM IN ZUSAMMENARBEIT MIT MOOVIE – THE ART OF ENTERTAINMENT
MIT JÜRGEN VOGEL MERET BECKER MORITZ BLEIBTREU LAVINIA WILSON LISA SMIT LEONARD SCHEICHER SONJA KIRCHBERGER MARGARITA BROICH ILYES MOUTAOUKKIL ALEXANDROS GEHRCKENS MARIE BECKER
WILSON GONZALEZ OCHSENKNECHT KOSTJA ULLMANN THOMAS HEINZE STEFFEN WINK ERIKA MAROZSÁN ROLF ZACHER KAMERA CARL-FRIEDRICH KOSCHNICK SZENENBILD EDUARD KRAJEWSKI KOSTÜMBILD ESTHER WALZ
MASKENBILD ELKE LEBENDER STEPHANIE DÄBRITZ JULIA RINKL SCHNITT PETER R. ADAM SOUNDDESIGN JOSEF STEINBÜCHEL JAN PETZOLD ANDRÉ ZIMMERMANN MISCHUNG HUBERTUS RATH ORIGINALTON WILLIAM EDOUARD FRANCK SVEN SYDOW
MUSIK MARTIN TODSHAROW CASTING SIMONE BÄR REDAKTION WDR BARBARA BUHL BR BETTINA RICKLEFS NDR STEFANIE FROMM ARD DEGETO JÖRN KLAMROTH BETTINA REITZ HERSTELLUNGSLEITUNG ULLI NEUMANN PRODUKTIONSLEITUNG THOMAS ROHDE
ASSOCIATE PRODUCER WOLF-DIETRICH BRÜCKER EWERHARD ENGELS AUSFÜHRENDER PRODUZENT JÜRGEN TRÖSTER KOPRODUZENT MICHAEL SÜSS
PRODUZENTEN STEFAN ARNDT MIT UWE SCHOTT UND OLIVER BERBEN BUCH & REGIE OSKAR ROEHLER

WWW.QUELLENDESLEBENS.X-VERLEIH.DE

Besuchen Sie uns im Internet:
www.ullstein-taschenbuch.de

Ungekürzte Ausgabe im Ullstein Taschenbuch
1. Auflage Januar 2013

Umschlaggestaltung: bürosüd° GmbH, München,
unter Verwendung des Plakat Artworks von Angela Franchini,
X-Verleih © 2012
Gesetzt aus der Galliard
Papier: Pamo Super von Arctic Paper Mochenwangen GmbH
Druck und Bindearbeiten: CPI – Ebner & Spiegel, Ulm
Printed in Germany
ISBN 978-3-548-28510-8

Teil eins

1.

Kurz bevor die Westmächte das Grundgesetz der neuen Bundesrepublik Deutschland genehmigten, bewegte sich mein Großvater Erich Freytag durch die Straßen eines Ortes, den er noch nicht kannte, und näherte sich einem kleinen, verlassenen Provinzbahnhof.

Vor drei Wochen war er aus der russischen Kriegsgefangenschaft entlassen worden und hatte Hunderte von Kilometern, teils in klapprigen Bummelzügen, teils zu Fuß, zurückgelegt. Meistens war er allein gewesen und hatte viel Zeit zum Nachdenken gehabt. In dieser Zeit war alles in einer merkwürdigen Schwebe geblieben.

Es schien, als hätte sein entkräfteter Körper sich mit Träumereien über Wasser gehalten. Er konnte sich an fast nichts erinnern. Er hatte auch nur eine sehr verschwommene Vorstellung davon, dass das Land, für das er in den Krieg gezogen war, untergegangen war. Er war nicht dabei gewesen. Er hatte den Showdown verpasst.

Große Teile der Heimat waren weg. Inklusive der eigenen, Thüringen, waren sie an den kommunistischen Pöbel gefallen. Er hatte es nur gerüchteweise erfahren, er war im Lager gewesen. Solange er die polnischen Dörfer durchstreift hatte, ging es noch. Aber nun war er am Ziel angelangt. Was er sah, beunruhigte ihn.

Hausfrauen machten Einkäufe, hängten Wäsche auf, Hauseingänge wurden geputzt, Wohnungen gelüftet, man hörte Kindergeschrei. Das Leben hatte offenbar ohne ihn längst wieder angefangen. Er sah sich um und merkte, dass Blicke auf ihm ruhten. Er schämte sich. Und er hatte allen Grund dazu. Er sah aus wie ein

Clown. Haare, lang, grau und dünn, hingen an seiner Glatze herunter. Man hatte sie ihnen nicht mehr geschnitten, weil sie eigentlich erschossen werden sollten. Die Zähne waren ihm nach und nach ausgefallen. Der letzte, vordere Schneidezahn, der noch die Stellung gehalten hatte, war von einem brutal harten Kanten Brot zur Strecke gebracht worden.

Jetzt würde er das Brot, wie eine Spinne, mit seinen Magensäften zersetzen müssen, wenn er nicht irgendwann ein Gebiss fand. Dazu kam die Ruhr. Er hatte immer noch Dünnpfiff. (Später kam die Verstopfung hinzu, die sich wie ein dicker Riegel vor den Dünnpfiff schob, was ihm mehr Sicherheit gab.)

Unsicher auf den Beinen taperte er auf den kleinen, verlassenen Provinzbahnhof zu.

Nun war er seinem Ziel sehr nahe. Er würde zu der Sammelstelle am Bahnhof gehen und die letzten verbliebenen Anschläge lesen. Es waren nur noch wenige, die an dem großen Brett hingen. Er sah sie schon von weitem, und seine Anspannung wuchs. Wenn es stimmte, was sein Kamerad gehört hatte, dann war die Familie in diesem Ort gelandet und er würde den Zettel finden.

Der Anblick war trostlos. Etwa zwanzig Papierfetzen, vom Regen und der Sonne ausgeblichen, gaben ihm das Gefühl, viel zu spät aus dem Krieg heimgekommen zu sein. Aber dann fand er den Zettel. Das war die Schrift seiner Frau:

Elisabeth Freytag. Buckenhofen. Kammgasse 3. –
sucht ihren Ehemann – in Russland vermisst.

Als er den Zettel abnahm und vor sich hinhielt, begann sich seine Brust auf einmal schwer zu heben und zu senken. Es kam wie von allein, er konnte nichts dagegen tun. Er versuchte das Gefühl in den Griff zu bekommen, aber es überwältigte ihn.

Es war ein komisches Gefühl. Es war, als würde Sauerstoff in einen Stollen gepumpt, oder in eine Gruft. Da er merkte, dass er seinen Körper nicht unter Kontrolle hatte, zog er prophylaktisch den Schließmuskel zusammen. Er wollte keinesfalls beim Anblick der Schrift seiner Frau in die Hose machen. Tränen waren ihm offensichtlich keine gekommen, obwohl er sich nicht einmal dagegen gewehrt hatte. Wahrscheinlich war nicht nur der Rachenraum, sondern der gesamte Schädel bis in die Augenhöhlen hinein vollkommen ausgetrocknet. Als eine Frau auf ihn zukam, um ihm weiterzuhelfen, ergriff er die Flucht.

Während Erich sich der Kammgasse näherte (er hatte niemanden nach dem Weg gefragt), stieg sein Unbehagen. Er hatte stundenlang nach dieser Gasse gesucht. Aber der Name war vollkommen irreführend. Was er hier vor sich sah, hatte mit einer »Kammgasse« nichts zu tun. Stattdessen sah er etwa zehn Wohnblöcke, jeweils mehrere Stockwerke hoch. Sie standen irgendwo, im Niemandsland, auf harter, graubrauner Erde.

Eine Woge von Selbstmitleid überrollte ihn plötzlich. Was hatte er hier zu suchen? Was sollte das Ganze? Er war neunundvierzig Jahre alt, fühlte sich aber wie achtzig.

Er hatte keine Zähne und stank aus dem Mund. Er hatte sich daran gewöhnt, im Morgengrauen Maden zu fressen, seinen Urin zu trinken und irgendwann erschossen zu werden. Weshalb, um Himmels willen, sollte er plötzlich ein neues Leben anfangen?

Was für ein schlechter Witz war das? Vermutlich hatte er tatsächlich mit dieser früh ergrauten Frau mit dem ausgemergelten Gesicht und der großen Nase Söhne gezeugt. Das abgeschabte Foto in seiner Tasche bewies das. Aber es war verdammt lange her.

So lange her, dass sich Müdigkeit und Überdruss einstellten, wenn er überhaupt nur daran dachte. Es war bitter, dass er damals so naiv gewesen war, sie für den Führer zu zeugen. Magda Goebbels hatte die Chance gehabt, ihre Kinder zu töten. Er nicht. Er würde nun zusehen müssen, wie sie in eine Judenrepublik hineinwuchsen.

Er wollte sie gar nicht mehr sehen. Der Rückweg war ihm allerdings verschlossen. Wo hätte er hingehen sollen mit seinem Dünnpfiff? Die einzige Chance, die er noch hatte, waren die fünf Schuss in seinem Revolver. Er hätte sie schon vorher nutzen sollen. Dann hätte er sich diese beschissene Reise erspart.

Beim Überqueren des Platzes erkannte er die Wohnung zwischen den Blöcken, gleichsam im Vorbeigehen, an den alten Vorhängen. Sie verströmten ein merkwürdiges, sentimentales Gefühl.

Er blieb stehen, mahlte mit dem Unterkiefer und dachte einen Augenblick nach.

Was machte es schon, wenn es schiefging? Was hatte er zu verlieren?

Die Wohnung lag im Hochparterre. Die Tatsache, dass er ins Schlafzimmer blicken konnte, erregte ihn. Plötzlich war, hochgeschossen wie aus dem Nichts, etwas da, das sich wie eine Erektion anfühlte. Er schlich zum Fenster und blickte hinein. Durch die hellen, transparenten Vorhänge konnte er die Konturen des alten Schlafzimmers erkennen, die im Halbdunkel lagen. Ihm fiel ein, wie sich seine Frau immer vor der Kommode wusch, mit einem Lappen, den sie in lauwarmes Wasser tauchte, unter den Achseln und auch zwischen den Beinen.

Ihr breites Becken, ihre geigenförmige Figur. Im Lager war ihm das Wichsen vergangen. Jetzt bekam er plötzlich wieder Lust darauf. Er dachte daran, wie er aussah und wie er stank, und empfand diese Gefühlsregung als nihilistisch. Die Tatsache aber, dass er überhaupt einen Gedanken formulieren konnte, egal, wie abwegig er war, erregte ihn. Auf seinen eingefallenen Mund quälte sich ein bizarres Lächeln.

Das Schlafzimmer war leer. Plötzlich hörte er eine Art Schrei. Er fuhr herum.

Vor ihm, wenige Meter von ihm entfernt, stand groß und blond seine verhasste Schwester Marie. Sie überragte ihn noch immer, und in ihren kalten blauen Augen war noch dieselbe Verachtung zu lesen, die sie seit jeher für ihn übriggehabt hatte. Sie schien überhaupt nicht älter geworden. Er fühlte sich wie ein Greis neben ihr.

Als sie siebzehn war, hatte sie begonnen, ihn nachzuäffen. Das ging so weit, dass sie sich Achselhaare abschnitt und als Hitlerbärtchen unter die Nase klemmte, eine braune Uniform anzog und die Reden, die er für die NSDAP auf den Marktplätzen hielt, hinter seinem Rücken zum Besten gab, vor der ganzen Familie, die sich vor Lachen bog.

Wenn er dazukam und ihr die Blätter aus der Hand riss, improvisierte sie einfach weiter.

Er hätte ihr damals am liebsten ein paar Mal den Kiefer gebrochen, aber er war machtlos. Sie stand unter dem Schutz seines Vaters, des Patriarchen, der ihn schließlich wegen seiner Parteizugehörigkeit enterbte. Das war auch der Grund, weshalb er in den Krieg gezogen war. Er hatte die Schnauze voll gehabt. Seit dieser Zeit hasste er Marie. Jetzt starrte sie ihn aus ihren kalten, blauen Porzellanaugen verwundert an, als wäre die Zeit stehengeblieben.

»Erich?«, rief sie mit ihrer typischen, spöttischen, leicht überdrehten Stimme.

Er hatte niemals damit gerechnet, dass sie in seinem Leben noch einmal eine Rolle spielen würde. Sie wollte früher immer nach Berlin und Schauspielerin werden. Was, verdammt noch mal, machte sie hier?

Er gab dem Impuls, sich größer zu machen, im letzten Moment nicht nach, weil er sich rechtzeitig erinnerte, dass sie das auch immer nachgeäfft hatte. Stattdessen räusperte er sich und fixierte sie unter der Tarnung seiner buschigen, dicht zusammengewachsenen Augenbrauen.

»Ist Elli da?«, nuschelte er.

»Nein, du Schwein, nein, du Schwein, nein, du Schwein«, hörte er sie schon singen, wie früher immer. Stattdessen fragte sie, immer noch erstaunt über seine Erscheinung und Anwesenheit: »Wie bitte?«

Er gab sich Mühe, seine Frage zu wiederholen. Seine Geduld war bereits aufs äußerste strapaziert.

»Nein, sie ist nicht da«, sagte Marie und starrte ihn an. »Sie ist einkaufen gegangen.«

»Und wann kommt sie wieder?«, fragte er.

»Woher soll ich das wissen?«

Erich senkte den Blick und spürte das Eisen seines Revolvers in der Hosentasche. Seine Erektion war abgeklungen. Zum Lustgewinn hatte Marie wahrlich nicht beigetragen.

Er hatte zumindest die Genugtuung, dass er sie, wenn er wollte, einfach abknallen konnte. Erich wartete noch einen Augenblick mit gesenktem Blick auf irgendein Zeichen des Entgegenkommens von ihr, dann schaute er auf und sah sie wieder unter seinen buschigen Augenbrauen hindurch an. Er wusste, dass die Ruhe in seinem Blick und die Tatsache, dass man diesen Blick nicht genau orten konnte, sie verunsichern würde.

»Willst du reinkommen?«, fragte sie, tatsächlich etwas eingeschüchtert.

Er schüttelte den Kopf. »Ich kann warten«, sagte er nur und setzte sich in Bewegung.

Diesen kurzen Zweikampf schien er am Ende möglicherweise gewonnen zu haben.

Marie, die eigentlich einen Wäschekorb dabeihatte, ging wieder hinein. Offenbar hatte auch ihr die Begegnung zu denken gegeben. Sie beherrschte es nur besser, es sich nicht anmerken zu lassen.

Kaum fühlte er sich nicht mehr beobachtet, fiel Erich wieder in sich zusammen.

Er schlurfte über den festgestampften, geharkten Sandplatz zu einer Bank am Ende der Häuser, die nur auf ihn gewartet zu haben schien. Er nahm den Tornister ab und ließ sich neben ihn auf die Bank fallen. Der Schock, dass seine Schwester da war, saß ihm tief in den Knochen. Er lauerte darauf, dass irgendeine Antwort in seinem leeren Hirn auftauchte. Was er fühlte, war Bedauern, eine tiefe Resignation darüber, dass das Schicksal am Ende seiner langen Reise durch Nacht, Tod und Dunkelheit nun ausgerechnet seine Schwester als Belohnung für ihn bereithielt.

Mit einer tumben Bewegung fischte er nach dem letzten Kanten Brot in seinem Tornister. Er war bereits viel zu hart, um ihn auseinanderbrechen zu können. Erich versuchte, sich den Kanten in den Mund zu schieben, um ihn zu lutschen und langsam aufzuweichen, aber zu seiner seelischen Pein stellte er fest, dass er zu groß war und er ihn nicht ganz in den Mund bekam. Wie ein Pfropfen blieb das Brot zwischen den Lippen hängen. Er blies wütend, mit letzter Kraft, und der Klumpen ploppte schließlich hinaus und landete im Sand.

Wie in einem Vakuum tauchten jetzt vier Gestalten am Rand seines Gesichtsfelds auf und gingen in einiger Entfernung auf das

Haus zu. Schon an dem weichen Gang erkannte er seine Frau. Dann mussten die beiden anderen seine Söhne sein. Aber wer war der kleine Vierte im Bunde, dessen schmaler Kopf und Segelohren weithin sichtbar waren?

Wer war das? Hatte er ihn zweiundvierzig, auf seinem letzten Heimaturlaub, noch schnell gezeugt (er konnte sich nicht erinnern), oder war das ein Kuckucksei, das sie ihm da ins Nest gelegt hatten? Er erinnerte sich jedenfalls, nur zwei Söhne zu haben.

Die Sache gab ihm zu denken. Sie hatten ihn nicht bemerkt, steuerten in dem angenehmen Licht, das die späte Nachmittagssonne auf den Platz warf, auf das Gebäude zu und verschwanden schließlich darin. Er rechnete damit, dass seine Frau (immer zur Nachgiebigkeit bereit), spätestens in einer halben Stunde, nachdem Marie ihr alles erzählt hatte, zu ihm kommen und ihn hineinholen würde. Doch nichts dergleichen geschah.

Erich wurde jetzt tatsächlich unruhig. War es möglich, dass Marie nichts erzählt hatte und ihn draußen warten ließ, um einen Eklat zu provozieren? Zuzutrauen war ihr alles.

Aber er glaubte es nicht. Wahrscheinlich saßen sie alle ratlos in der Küche und wussten nicht, was sie machen sollten. Vielleicht hatte Marie ihnen erzählt, dass er gefährlich war.

Ihm brummte der Schädel. So viel auf einmal hatte er seit vielen Jahren nicht mehr gedacht. Er schob sich seine Wumme in der Hose zurecht und stand langsam auf.

Während er den Platz überquerte, wurde es dunkel. In der Küche ging Licht an.

Und tatsächlich, da saßen sie und hielten eine Art Familienrat ab. Im selben Moment warf Marie einen Blick hinaus und zog die Vorhänge mit einer aggressiven Bewegung zu.

Jetzt reichte es ihm. Er marschierte die letzten zwanzig Meter auf das Haus zu und klingelte. Es dauerte, bis jemand kam. Als die Haustür aufging, traf ihn wieder Maries kalter, ungerührter Blick.

»Ah, Erich. Willst du jetzt doch reinkommen?«, fragte sie.

Es kam ihm vor, als wäre sie in den wenigen Stunden wesentlich stärker geworden. Vielleicht hatte sie sich den Rückhalt der Familie gesichert. Er wich ihrem Blick aus.

»Ich hoffe, du hast nichts dagegen«, sagte er und sah sie erst jetzt scharf an.

Sie blickte sofort weg, schien allerdings wieder nicht zu verstehen. Sprach er tatsächlich so undeutlich?

Schließlich hielt sie ihm die Tür auf: »Na, dann komm mal rein.«

Sie ging voran. Im Flur der Wohnung standen die gleichen Möbel wie früher. Sogar der Läufer war noch aus Graubach.

Als er in die Tür trat, war Elli bereits aufgestanden. Auch sie war mindestens einen halben Kopf größer als er. Immerhin machte sie sich sofort schuldbewusst kleiner, als sie es bemerkte. Ihr verging schnell das Lächeln. Offenbar erschrak sie über sein Aussehen.

Ihm fiel auf, dass ihre Haltung schlechter geworden war. Ansonsten war sie ihm erstaunlicherweise überhaupt nicht fremd. Alte Erinnerungen daran, wie unsportlich sie immer gewesen war, kamen hoch. Auch an ihre weiche, selbstvergessene Art zu gehen erinnerte er sich plötzlich wieder. Es schien elektrisch zu knistern, wie früher öfter, wenn er in die Nähe ihrer Aura kam (was nicht bedeutete, dass es zwischen ihnen knisterte, sondern eher, dass es vor Trockenheit Funken schlug).

Offenbar hatte sie ihm die Hand geben wollen oder ihn umarmen oder was man bei solchen Gelegenheiten tat, aber dann wich sie zurück. Auch die Worte waren ihr im Hals steckengeblieben. In der Küche wurde es plötzlich sehr still.

Alle sahen ihn an, als erwarteten sie, dass er den Mund aufmachte und etwas zum Besten gab. Was sollte er sagen? Dass es nicht so gut gelaufen war, wie sie anfangs gedacht hatten? Dass es in Stalingrad nachts ziemlich kalt werden konnte?

Er merkte, dass ihm nichts einfiel. Und kapitulierte. Mit der zunehmenden Stille, die in der Küche einsetzte, wurde ihm schummrig. Er tastete sich zu einem Holzschemel vor, der in der Nähe der Tür stand, und setzte sich erst einmal. Das Rauschen in seinem Kopf fing wieder an. Schemenhaft nahm er den Küchenboden wahr, der in nebulösem Grau vor ihm lag.

Sein Blick suchte Halt auf den klobigen Schuhen der Kinder, die paarweise, ihm gegenüber, regungslos auf dem Boden standen.

»Nun, Kinder, sagt guten Tag!«, rief Marie. »Schaut, das ist euer Papi! Erkennt ihr ihn nicht?«

Sie zeigte mit dem Finger auf ihn. Ihre laute, fröhliche Stimme dröhnte schmerzhaft bis in die hintersten Kanäle seiner Ohren und drohte sein Gehirn in Flammen zu setzen.

Halt dein verdammtes Maul!, dachte er.

Er wusste, dass sie jede seiner Regungen haargenau beobachtete. Unauffällig versuchte er, Luft in die Lungen zu pumpen, aber sein Brustkorb blieb hart wie ein Panzer. Das Rauschen in seinen Ohren schwoll an und ebbte ab wie die Brandung eines Ozeans.

Wenn es abebbte, hörte er irgendetwas. Jetzt zum Beispiel. Es war ein penetrant lautes Flüstern, eine krähende Kinderstimme, die ebenso bohrend war wie die von Marie.

Sie musste seinem jüngsten Sohn gehören, dessen schmaler, länglicher Kopf Ähnlichkeit mit einem Vogel hatte. Jetzt war es ein Schnarren. Was hatte der Junge gesagt?

Er hob den Blick und sah ihn an. Der Junge schaute mit leeren Augen zurück. War er vielleicht debil? Die Augen standen sehr eng zusammen und lagen tief in den Höhlen, wie bei einer Eule. Sein Gesicht war das nicht. Und auch nicht das von Elli. Es gab niemanden in seiner Verwandtschaft oder unter seinen Vorfahren, dem dieses Gesicht ähnlich war. Wann hatte er ihn gezeugt? Wie alt war dieser seltsame Junge?

»Wie alt bist du, Junge?«, hörte er sich flüstern.

Es kam keine Antwort.

Erich senkte den Blick und starrte auf seine klobigen Schuhe, bis sie verschwammen. Er konnte nicht mehr. Er hörte, wie sein ältester Sohn etwas zu seiner Mutter sagte.

Seine Stimme klang dunkel, sonor und weich. Er war ihm vom ersten Moment an sympathisch. Er war der Einzige, über dessen Gesicht ein Lächeln gehuscht war, als er an die Tür trat.

Erich versuchte zu verstehen, was sein Ältester sagte. Er war groß und sah gut aus, wirkte bereits erwachsen. Bestimmt versuchte er seiner Mutter zu verstehen zu geben, dass es an der Zeit sei, ihn endlich nach hinten zu führen, ihm ein Bad einzulassen und ihm das Bett aufzuschlagen, dort, wo sein angestammter Platz war. Ihn schlafen zu lassen und ihm Heiltee hinzustellen gegen die Scheißerei.

Stattdessen hörte er jetzt ganz deutlich die schnarrende Stimme laut krähen: »Der Papi stinkt. Der Papi stinkt.«

Erich blickte auf. Der Kleine fing an, blöde zu kichern. Dabei hielt er sich die Nase zu. Sofort bekam er von dem Zweiten eine gescheuert, dass er fast vom Hocker fiel. »Wie kannst du so etwas sagen!«

Der Kleine rannte heulend aus der Küche, Marie lief ihm hinterher.

So verteilten sich in diesen ersten, entscheidenden Momenten in der Küche nach und nach die Sympathien und Antipathien. Erich wusste jetzt ungefähr, wo er stand – und es ging ihm gleich ein wenig besser. Er fragte den Zweiten nach seinem Alter. Zu mehr fühlte er sich noch nicht in der Lage. Heinz gab ihm bereitwillig Auskunft.

Elli fragte ihn jetzt, ob er etwas trinken wolle.

»Gib mir einen Schluck Wasser«, nuschelte er. Wie er das sagte, klang es nach irgendeinem Kauderwelsch, kaum noch Deutsch. Elli und der Älteste, Rolf, tauschten einen Blick, bevor sie an den Wasserhahn ging und ein Glas darunter hielt.

Sie reichte es ihm. Erich trank es in hastigen Zügen. Dabei merkte er, dass seine Mission für den heutigen Tag beendet war. Es gab nichts mehr zu sagen. Dass er nicht gleich die Knarre herausgeholt hatte, war seiner Frau und seinem Ältesten zu verdanken.

Der Kleine im Hintergrund greinte immer noch laut. Allein das wäre schon Anlass genug gewesen. Das Rauschen in seinem Kopf hatte allmählich aufgehört, und er erhob sich langsam. Er merkte, wie das Wasser in seinem Magen rumorte. Die Ruhr hatte ihn immer noch am Haken.

»Auf euer Wohl.« Er stellte das Glas ab.

»Du willst uns doch nicht schon wieder verlassen?«, hörte er Marie sagen. Sie stand in der Küchentür und hielt den Jungen mit einer solchen Selbstverständlichkeit auf dem Arm, als wäre sie seine Mutter und dies ihr Zuhause.

»Wie lange bist du eigentlich schon hier, Marie?«, hörte er sich fragen.

Sie ließ sich Zeit mit der Antwort. »Seit wir hier sind, Erich. Seit drei Jahren. Ich hoffe, du hast nichts dagegen.« Sie sah ihn herausfordernd an. Der Scheinfriede war gebrochen.

»Und was habt ihr gemacht?«, fragte er mit vor Wut zitternder Stimme.

Marie zog ratlos die Mundwinkel nach unten und sah Elli an. »Was wir gemacht haben? Was haben wir gemacht? Wir haben die Zeit totgeschlagen. Was sollen wir sonst gemacht haben? Wir haben amerikanische Krimis gelesen und jüdische Zigaretten geraucht. Und im Bikini in der Sonne gelegen. Und den Rest der Zeit haben wir uns geschminkt, haben uns hohe Schuhe angezogen und sind ausgegangen. Und ja, wir haben mit den Amis Rauschgift genommen. Wir haben viel, viel Rauschgift genommen. Ach, das hätte ich fast vergessen. Dann haben wir es mit ihnen getrieben.«

Der Junge mit dem Vogelkopf fing laut an zu lachen. Marie lachte mit und blickte sich einladend um. Rolf lachte auch, eher aus Hilflosigkeit und weil er glaubte, dadurch die Situation zu retten. Elli fiel vorsichtig in das Lachen ein. Erich stand mit eingekniffenem Mund da und nickte. Es war wie früher. Da hatte sie recht. Er war immer noch der Dumme. Es hatte sich nichts geändert.

Lars, so hieß der Junge, bekam einen Schluckauf. Sein langer Kopf bebte und wurde puterrot. Marie schlug ihm auf den Rücken.

Ich werde mich wohl bei euch fühlen, dachte Erich zynisch. Ihr werdet bestimmt alles tun, um mir das Leben angenehm und erträglich zu gestalten. Du, geliebte Schwester, wirst mir abends, wenn ich nach Hause komme, die Schuhe ausziehen und mir die Füße massieren. Elli wird mir dabei aus der Zeitung die wichtigsten Meldungen vorlesen. Es werden alles gute Nachrichten sein, die davon handeln, wie es in diesem Land wieder bergauf geht.

Und dann, dann werde ich es mit euch beiden treiben, mit der blonden und der brünetten Ami-Hure und Vaterlandsverräterin. Ich werde das große Ehebett mit euch beiden verwüsten, bis es auseinanderkracht, bis die Nieten aus der deutschen Eiche splittern, wie ich es oft in Polen, in der Ukraine und in Galizien getan habe. (Und sogar in Paris, als ich noch Korpsstudent war.)

»Die Geschichte wiederholt sich, Heidegger«, murmelte er.

Marie konnte wenig mit dem ominösen Satz anfangen. Sie blickte Elli fragend an, ob sie eine Erklärung dafür hatte, was in dem merkwürdigen Kopf dieses stinkenden Halunken vorging. Ellis Mund fiel zusammen. Auch sie trug bereits ein Gebiss.

Erich steckte seine Hände in die Taschen. Er fühlte, dass alles klitschnass war. Wenn er schwitzte, das wusste er selbst, fing er fürchterlich zu stinken an.

»Ich wünsche euch noch eine gute Nacht.« Er merkte, wie die alten Sätze wieder hochkamen, die Sätze von früher. Und er spürte eine trügerische Geborgenheit aufkommen, die nichts mit der kalten Wirklichkeit der Frühlingsnacht zu tun hatte. Er verließ die Küche. Es kostete ihn Mühe, die Beine zu heben, damit er nicht schlurfte. Sie waren schwer wie Blei.

Als er draußen war, blickte er sich noch einmal um. Das Küchenfenster schien plötzlich aufzuklaren und taghell zu werden. Das nüchterne Erscheinungsbild einer schwer erträglichen Situation trat für Augenblicke zutage. Sein Gehör war scharf wie das eines Hundes. Er glaubte, das Atmen jedes einzelnen Familienmitglieds hier draußen zu hören. Vielleicht war jetzt der Moment gekommen, sich umzudrehen und auf die Personen hinter der Scheibe zu schießen. Er tat es nicht. Stattdessen schlurfte er zu der Bank und legte sich sofort flach hin. Es war eine eiskalte Frühlingsnacht. Aber er hatte bereits in Stalingrad bewiesen, dass ihn dreißig Grad minus nicht totkriegen konnten. Er war ein Brocken. Ein ganz harter Brocken. Und er hatte keine Lust mehr, sein Licht unter den Scheffel zu stellen. Ein riesiger Sternenhimmel umfing ihn wie zur Belohnung.

Er war wieder daheim. Daheim! Was für einen schönen, weichen Klang dieses Wort hatte. Es stimmte gar nicht, was gemeinhin behauptet wurde, dass die deutsche Sprache so hart war. Sie war weich, herrlich weich, wenn es um die richtigen Dinge ging.

Er fiel in einen schweren, traumlosen Schlaf, aus dem er erst erwachte, als es bereits taghell war und er jemanden neben sich spürte.

2.

Rolf stand am Küchenfenster und sah seinem Vater nach, bis er in der Dunkelheit verschwunden war. Er wartete, bis die anderen aus der Küche gegangen waren. Dann öffnete er das Fenster, zündete sich eine Zigarette an und blickte hinaus. Er wollte sich noch einen Moment darüber Klarheit verschaffen, was eigentlich in den letzten Minuten passiert war. Seit er damals, im Mai '45, die Familie heil in den Westen gebracht hatte, galt er in gewisser Weise als Familienoberhaupt.

Er war zwanzig und seit geraumer Zeit ein fertig ausgebildeter Mann, von der Natur gut ausgestattet. Er ernährte die Familie, indem er nachmittags Steinplatten für die Gemeinde verlegte. Seit etwa einem Jahr schrieb er regelmäßig Gedichte und Kurzgeschichten, was ihm den Nimbus von etwas Besonderem eingetragen hatte. Und nun kam der eigentliche Ernährer zurück, auf Kleinformat zusammengeschrumpft und aus dem letzten Loch pfeifend.

Marie wollte ihn fallenlassen. Elli stand unter ihrer Fuchtel. Er selbst empfand Marie manchmal als verletzend, weil sie spitze Bemerkungen machte und immer das letzte Wort hatte. Er hasste es sogar, wenn ihre Blicke spöttisch auf ihm ruhten und sie sich darüber mokierte, dass er bereits »ein fertiger Mann war« – denn diesen Ausdruck hatte er von ihr.

Sie hatte es irgendwann mal gesagt und hinzugefügt: »Schau mal, jetzt hat er sogar schon Haare auf der Brust.« Eines Abends vor zwei Jahren hatte er beobachtet, wie die beiden händchenhaltend unten am Fluss spazieren gegangen waren. Seitdem hatte er automatisch darauf geachtet, wenn er nachts in seinem winzigen Zimmer saß und schrieb, wie sich die Türen leise bewegten, wenn Marie heimlich ins Schlafzimmer zu Elli schlich.

Das Zimmer lag direkt neben seinem. Selbst wenn er sich den Heimlichkeiten verweigerte, drängten sie sich ihm manchmal auf. Er hörte die Bettfedern und den erstickten Atem.

Es war schwer, sich dem zu entziehen. Durch seine heimliche

Mitwisserschaft, von der die beiden etwas ahnen mussten, lag eine Grundspannung in diesem Dreiecksverhältnis.

Als sein Vater in der Küchentür aufgetaucht war, wusste er sofort, dass er ihn mochte und, was viel wichtiger war, dass er ihn als Familienoberhaupt akzeptieren und sich ihm ohne Zögern unterordnen würde. Bei seinen beiden jüngeren Brüdern hatte das schon ganz anders ausgesehen. Sie hatten ihn kritisch beäugt und sich vor ihm geekelt. Es war unklar, wie sich das Verhältnis zu ihnen entwickeln würde.

Er selbst hätte seinen Vater seltsamerweise mühelos anfassen können. Er war ihm vertraut. Er ekelte sich überhaupt nicht vor ihm. Und die Tatsache, dass er nun erst aus dem Krieg heimkehrte, machte für ihn die Sache besonders dramatisch. Er hatte jahrelang, noch als Vierzehnjähriger, die Spur seines Vaters verfolgt. Irgendwann war sie abgebrochen. Irgendwann hatte ihn das neue Leben vereinnahmt, das Leben mit den Frauen, mit den Brüdern, die Gewöhnung an das neue Land, der Beginn des alltäglichen Lebens.

Nun war plötzlich dieser Mann, den sie längst in einem Massengrab wähnten, bei Nacht und Nebel wiederaufgetaucht. Was für ein kostbarer Moment. Warum freute sich niemand außer ihm? Die Tatsachen lagen klar auf der Hand. Der gesunde, weibliche Egoismus wehrte sich gegen ihn. Mit seinem Vater verband sich das Alte. Der uralte Aasgeruch des Todes, mit dem keiner mehr gerechnet hatte: Hier war er wieder. Erich hatte ihn mitgebracht. Er trug ihn auf der Haut. Man wollte ihn so schnell wie möglich loswerden. Aber so einfach ging das nicht.

Rolf wusste, dass sein Vater viel härter war als alle, die nach ihm kamen. Wenn man ihm half, würde er sich in kürzester Zeit erholen und in das Heer der Trevirajacken tragenden Männer einreihen, die jeden Tag über den Platz zur Arbeit liefen. Er war einer von ihnen.

Wenn man ihm nicht half, wusste er nicht so genau, was geschehen würde. Es war vermutlich eine Waffe, die sein Vater bei sich getragen hatte. Eine Waffe war eine ziemlich banale Angelegenheit. Das hatte er leider selbst noch lernen müssen. Sie konnte die

Dinge gewaltsam abkürzen. Und sein Vater hatte einen langen Leidensweg hinter sich. Die Frage war, wie viel Geduld er noch hatte. Er selbst wollte an etwaigen vollendeten Tatsachen jedenfalls nicht schuld sein. Er musste also wieder einmal die Verantwortung übernehmen. Es war offenbar die Rolle, die ihm das Leben zugeteilt hatte.

Er warf seine Zigarette nach draußen und kippte das Fenster. Auf dem Weg zu seinem Zimmer hörte er, wie Marie Lars leise eine Geschichte vorlas. Sie tat ihm jetzt schon leid.

Er betrat sein winziges Zimmer und schloss die Tür hinter sich.

Die Region, in der die Familie jetzt lebte, hieß Unterfranken und war später ein sogenanntes Zonenrandgebiet. Franken war ein verwilderter, unterentwickelter Landstrich, über den die Zeit, nicht aber der Krieg hinweggegangen war. Nürnberg zum Beispiel war vollkommen zerstört worden. Die Ausläufer des Wirtschaftswunders berührten diese Region kaum.

Man konnte die Menschen dort rückständig nennen. Sie sprachen einen Dialekt, der nicht wirklich nachahmenswert war und den Gott sei Dank kaum einer kannte. Es war im Grunde ähnlich wie in der alten Heimat. Die Welt da draußen war den Einheimischen nicht ganz geheuer, und diejenigen, die weggingen, brauchten ihrer Meinung nach auch gar nicht mehr wiederzukommen, falls sie sich danach für etwas Besseres hielten.

Sprechen war verpönt. Wer gerne sprach, war ein Schwätzer. So klang der Dialekt auch, als hätte man keine Übung mehr im Sprechen. Worte mit zwei Vokalen wurden so verstümmelt, dass sie mit einem Vokal auskamen. Konsonanten am Ende eines Wortes wurden gleich ganz weggelassen. Umso erstaunlicher war es, wie klar er hier schreiben konnte. In diesem rückständigen Idyll, das er bereits zu lieben gelernt hatte und das sein Vater genauso mögen würde wie er.

»Ins Bett gekommen« hieß zum Beispiel auf Fränkisch: »neisbedneikumma«.

Das alles würde er ihm beibringen müssen. Vielleicht konnte man diese Sprache ohne Gebiss besser lernen. Rolf musste lächeln.

Er versuchte sich seinen Vater vorzustellen, wie er, wie früher, durch die Wälder wandern ging, in einer kurzen Lederhose, und aus voller Kehle sang: »Das Wandern ist des Müllers Lust, das Wandern ist des Müllers Lust, das Wahandern.«

Am nächsten Morgen, es wurde gerade hell, lief Rolf wie geplant mit einer Thermoskanne, gefüllt mit schwarzem Kaffee, den er selbst gemahlen und gebrüht hatte, über den sandigen Platz. Sein Vater lag flach auf dem Rücken auf der Bank und hatte die Augen geschlossen.

Rolf kam heran und blieb einen Augenblick unschlüssig stehen. Der kleine Körper, der dort lag, wirkte merkwürdig eingeschrumpft. Sein Vater sah aus wie ein Toter.

Plötzlich richtete er sich reflexartig auf und starrte ihn an. Rolf zuckte zusammen. »Ich habe dir Kaffee mitgebracht«, sagte er.

Erich senkte den Blick, sammelte sich einen Moment, beugte sich dann laut ächzend vor und begann, ohne weiter auf ihn zu achten, sich mit hoher Geschwindigkeit die Waden zu reiben.

Dann stand er auf und trampelte von einem Fuß auf den anderen. Dabei warf er die Arme abwechselnd vor und zurück. Wie ein Indianer beim Kriegstanz.

Sein Sohn sah ihm fasziniert dabei zu. Sollte dies ein letztes Relikt aus grauer Vorzeit sein, das ihm geblieben war, eine Art Frühsportübung, die er über all die Jahre praktiziert hatte, um sich gegen Kälte, Flöhe, Verstopfung, alptraumartige Gebilde und Erinnerungen zu wehren?

Irgendwann hatte der Alte genug, setzte sich wieder hin und starrte auf seine Füße. Er schnaufte ein wenig. Offenbar war ihm die Kraft ausgegangen. Rolf schenkte ihm die Blechtasse voll und stellte sie neben ihn auf die Bank.

Der Kaffee dampfte in der kalten Luft und verströmte sein Aroma. Aber es tat sich nichts. Der Alte starrte nur vor sich hin, als wäre sein Gehirninhalt in der Versenkung verschwunden.

Rolf setzte sich schüchtern. Mit einem gewissen Vergnügen wartete er ab, ob und wann die kurzfingrige, behaarte Pranke mit den langen, hässlichen Nägeln endlich nach der Blechtasse greifen würde. Es verstrichen lange Sekunden. Offenbar wartete er, bis ihm genügend Blut ins Gehirn gestiegen war. In seinen Gedärmen rumorte es bereits ganz gewaltig. Vielleicht versuchte er ja auch nur, der »braunen Flut« seiner Ruhr etwas Druck entgegenzusetzen, bevor die Dämme brachen. Er wirkte jedenfalls sehr konzentriert.

Irgendwann tastete sich die Pranke dann doch zur Tasse vor, schob sie am Henkel, bis dieser direkt auf ihn zeigte. Dann versuchte er zu greifen. Offenbar ungeschickt in der Handhabung geworden, bildete er zuerst eine Klaue, deren einzelne Finger dann versuchten, in den Henkel zu greifen. Er musste mehrere Anläufe unternehmen, bis es ihm schließlich gelang. Seine Geduld wurde dabei auf eine harte Probe gestellt. Rolf sah, wie kalter Schweiß auf die Stirn seines Vaters trat. Er unternahm dennoch keinen Versuch, ihm zu helfen, weil er Angst hatte, dass sein Vater möglicherweise heftig reagierte, wenn man ihn nicht allein machen ließ. Er wollte nicht riskieren, dass der Anfang ihrer Beziehung durch das Herunterschleudern eines mitgebrachten Geschenks markiert wurde.

Schließlich umschlossen die beiden mittleren Greifer der Klaue den Henkel. Rolf wunderte sich, dass sein Vater im Krieg nicht mal einen Finger verloren hatte, geschweige denn einen Arm oder ein Bein. Da der Henkel immer noch zu heiß war, ließ Erich sofort wieder los.

Rolf erntete einen scheelen, vorwurfsvollen Blick. Dann versuchte es der Alte noch mal. Langsam tastete er sich heran, schob, wie ein Primat beim Onanieren, die Finger am Henkel hinauf und hinunter, mit der gleichen, andächtigen Miene. Offenbar wollte er eine Stelle finden, die nicht mehr so heiß war. Schließlich gab er auf und ließ die Tasse stehen. Wieder starrte er vor sich hin. Müde und resigniert. Man hätte den Eindruck haben können, dass er, anstatt es durch das Lager gewohnt zu sein und sich damit abgefunden zu haben, des Wartens ziemlich überdrüssig war, um nicht zu sagen, extrem überdrüssig. Aber vielleicht war er ja einfach auch nur müde und hätte bloß ein Gebiss gebraucht, um seinem Mund den verbitterten Ausdruck zu nehmen.

Rolf blies versöhnlich in den Kaffee, damit er schneller abkühlte.

Schließlich griff Erich, es mochten zehn Minuten dahingeschlichen sein, erneut nach dem Henkel und hob die Tasse zum Mund. Welch ein Triumph! Die erste Schlacht war geschlagen. Sein Vater trank das bittere, schwarze Gesöff. Mit schnellen, zittrigen Bewegungen, die von Schmerz und Ungeduld sprachen, sog er es in seinen zahnlosen Mund. Dabei schlürfte und schmatzte er laut.

Rolf musste lächeln. Es steckte noch viel Arbeit in dem Projekt, aber es begann allmählich, Spaß zu machen. Der Alte stellte die Tasse ab und starrte wieder ins Leere. Plötzlich riss es ihn hoch, und er rannte hinter das nächste Gebüsch. Ein ungeheures Getöse drang zu Rolf herüber, ein Gurgeln, Blubbern, brachiales Entladen heißer, schwefliger Dämpfe.

Irgendwann kam sein Vater jämmerlich hinter dem Busch vor.

»Willst du noch einen Schluck?«, fragte Rolf, der es für das Beste hielt, den Alten ganz »auszuräumen«. Erich nickte. Sein Sohn schenkte nach.

So ging es eine Weile zwischen Bank und Busch hin und her. Als sein Vater vollkommen entleert war, holte Rolf zur Belohnung ein Stück weißes Brot aus der Tasche. Der Alte fiel sofort darüber her, in einer unberechenbaren Altmännergier, von der er ahnte, dass sie ihm in einer anderen Situation, wo es um das blanke Überleben gegangen wäre, durchaus hätte gefährlich werden können. Ein zäher Knochen. Er sah voller Bewunderung zu, wie sein Vater mampfte und dabei immer bedächtiger wurde, nachdem der erste Heißhunger gestillt war, wie ein Baby. Abschließend wischte er sich mit seinem schmutzigen Ärmel den Mund ab.

Rolf wurde allmählich kalt. Wie konnte sein Vater nur nichts von dieser verdammten Kälte merken? Er machte einen erneuten, schüchternen Versuch, die Konversation etwas in Gang zu bringen: »Na, wie geht's dir jetzt nach dem Kaffee?«

»Dange«, kam es mürrisch zurück, »ich will mich waschn.«

Dabei blickte sich der Alte hilfesuchend um. Dass er den beiden

Frauen in diesem Zustand nicht über den Weg laufen wollte, begriff Rolf sofort.

Er führte ihn über Steinplattenwege, die er, wie er seinem Vater stolz erklärte, selbst gelegt hatte, zu den Gemeindeduschen, die ein zweifingriger Platzwart betreute.

Als Erich sich in dem mit Holzplanken getäfelten, niedrigen Raum mit den Duschköpfen auszog, hing ein aufgeblähter Bauch faltig an dem vollkommen ausgemergelten Körper.

Es musste der sogenannte »Hungerbauch« sein. Die großen, schlaffen Eier unter dem langen Schwanz, der eher an einen abgeschnittenen Schlauch erinnerte als an ein Zeugungsorgan, hingen ihm fast an den Kniekehlen.

Sein Vater wusch sich wie ein Faultier, unendlich langsam, unter dem kalten Wasser. Auch diese Angewohnheit würde er beibehalten. Er ließ Rolf warten, als wäre er nicht da.

Er ließ sich durch nichts und niemanden mehr aus der Ruhe bringen, was die wenigen angenehmen Dinge des Lebens anging. Und nach vier Jahren endlich wieder zu duschen gehörte offensichtlich dazu.

Später hieß es immer, Erich würde »genießen«, wenn er etwa ein Glas Bowle langsam, Schluck für Schluck hinuntertrank und sich durch nichts in der großen Familie, die ihn mittlerweile umgab, ablenken ließ, weder durch das Geschrei seiner Enkel noch durch die laute Konversation. Er arbeitete achtzehn, zwanzig Stunden täglich mit der gleichen, ruhigen Beharrlichkeit oder saß, über seine Briefmarkensammlung gebeugt, bis in die Nächte hinein und ordnete mit der Pinzette das gesamte Deutsche Reich und die Kolonien.

Was er wirklich bei alldem dachte, wusste niemand. Und ob es Genuss war, wenn er beim Trinken diese kalte, innere Ruhe ausstrahlte, wagte Rolf zu bezweifeln. Er erinnerte ihn eher an einen alten Killeraffen, der, in einer Zeitschleife hängengeblieben, irgendwo in Galizien auf der Suche nach dem nächsten Opfer in aller Ruhe durch die Pampa streifte.

Wenn er durch den abendlichen Lärm der Familie hindurchblickte und die minimalen Bewegungen seines Vaters verfolgte, die Hände beobachtete und den Ausdruck auf seinem Gesicht, lief Rolf eine Gänsehaut den Rücken hinunter. Er wusste zwar nicht, was sein Vater im Krieg gemacht hatte, aber in den Bewegungen lag ein Hauch von verräterischem Restbestand, ein Flaum, ein Schatten, eine unheimliche Ahnung, wie kaltblütig er gewesen sein mochte.

Rolf war jedenfalls dabei gewesen, als sein Vater den ersten Kaffee im Westen trank. Vielleicht war es ihm deshalb möglich, tiefer in seine Seele zu blicken. Das Projekt Erich nahm Rolf immerhin die nächsten Tage in Anspruch.

»Besorg mir zum Anziehen«, hieß es als Nächstes. Dann: »Brauche ein Gebiss.«

Er verschluckte Silben oder ließ Pronomen einfach weg, als diktiere er ein Telegramm.

Oder war es eine Art Kauderwelsch aus dem Lager? Er passte jedenfalls wirklich gut in diese Region. Rolf befolgte geduldig seine Befehle.

Ein Arzt drückte seinem Vater schließlich ein Stahlgebiss in die Fresse. Es war das erste Sparkassengebiss der neuen Republik. Er ertrug es, auch als es schon längst bessere gab.

Wie später seine Trevirajacke. Er kaufte sie 1952 von den ersten Einnahmen der Fabrik und trug sie weit über drei Jahrzehnte, bis an sein Lebensende. Dass er nicht auch noch darin beerdigt wurde, dafür zumindest sorgte Elli.

Als Rolf ihm am nächsten Morgen ein Stück Seife mitbrachte, das nach Waldmeister roch, war das Eis zwischen Vater und Sohn gebrochen.

Rolf fragte ihn am Abend eines langen Tages, ob er nicht mit nach Hause kommen wolle.

Sie waren müde, sie hatten die ganze Region durchquert, aber Erich weigerte sich, die Wohnung zu betreten. Warum, war klar. Er ließ es Rolf fühlen. Marie musste weg.

3.

In der Nacht wirkte die Küche wie ein Außenposten. Wenn man aus dem Fenster sah, war da nichts als Dunkelheit. Marie sog an ihrer Zigarette, bis die Glut so stark wurde, dass man die Grasnarbe sah, die unterhalb des Fensters im Sand verlief.

Marie war nervös. Elli wollte schon längst von den Einkäufen zurück sein. Mit jeder Minute wurde der Druck unerträglicher. Sie war todunglücklich.

Nie hätte sie damit gerechnet, dass Erich zurückkam. Es war einfach unvorstellbar für sie. Sie hatte nie wieder an ihren mürrischen Bruder gedacht, der voll mit diesem Nazimist war.

Sie war froh gewesen, dass er tot war, irgendwo verscharrt wie ein Hund, wie er es verdient hätte. Allein diese grässlichen Reden, die er mit verbissenem Ernst auf den Marktplätzen thüringischer Kleinstädte gehalten hatte. Mit seinem Schmiss übers vorgereckte Kinn, mit dieser aufgeplusterten Haltung, um sich etwas größer zu machen: dieser geistige Zwerg, der tatsächlich versucht hatte, sie an einen seiner Kumpel zu verheiraten, einen dicken Typen mit Lorgnon, der so aus dem Mund stank, dass sie ihm ein paar Mal fast vor die Füße gekotzt hätte.

Ihr Bruder hatte es nicht mal zu einem Händedruck mit dem Führer gebracht. Sie hasste diesen Versager. Und nun war er plötzlich hier aufgetaucht, wie aus heiterem Himmel.

Mein Gott – es war das Jahr 1949! Wann war dieser Spuk endlich vorbei? Sie war auf einmal sehr wütend.

Warum hatte sie ihn nicht gleich um die Ecke gezerrt, bevor die anderen ihn entdeckt hatten, ihm eins übergebraten und ihn in den Fluss geschmissen? Er war nicht in Schuss. Sie wäre spielend mit ihm fertig geworden. Was hätte sein sollen? Leichen wurden viele angeschwemmt im Frühjahr in dieser Gegend. Sie hatte sich von seinem Anblick überrumpeln lassen. Jetzt war es zu spät.

Marie spürte schmerzhaft, dass heute der Frühling angefangen hatte. Jetzt wurden die Schuhe aus Zellstoff herausgeholt und man begann, die Wiesen am Fluss zu durchstreifen.

Am Vormittag hatten die Kinder schon im Garten gespielt. Wenn es warm blieb, würde Heinz in wenigen Tagen in kurzen Hosen herumlaufen und Lars mit dem Wasserschlauch über die Sandpiste jagen, unter dessen lautem Gekrächze.

Heute früh hatte sie die ersten Plastikplanen von den Beeten des kleinen Gartens genommen, den sie hinter dem Haus gepflanzt hatten. Fast vier Jahre war das nun schon wieder her. Elli war nicht dabei gewesen. Sie hatte allein das Reisig von den Beeten entfernt. Damit fing das bleierne Gefühl an, das sich nun schon den ganzen Tag über sie legte. Sie hatte gehofft, dass Elli wenigstens noch rechtzeitig zurückkäme, damit sie draußen auf den Stufen ihre abendliche Zigarette rauchen konnten, bevor die Sonne unterging. So, wie sie es immer getan hatten, sobald es warm genug war. Und das Versäumnis dieser ersten Zigarette in der Frühlingsluft war besonders schlimm.

Maries Augen füllten sich für einen Augenblick mit Tränen. Sie tröstete sich damit, dass sie die Zigarette dann eben später, am Abend rauchen würden. Das würde genauso schön sein. Dann kam wieder der Gedanke, das alles zu verlieren. Er war wie ein schwarzes Loch, das alles in sich hineinzog, und viel schlimmer als ein paar Tränen.

Das gemeinsame Leben war nicht auf Zeit geplant gewesen, nicht, damit es abrupt beendet würde durch diesen Gewalttäter. Sie konnte sich nicht vorstellen, ohne Elli und die Kinder zu sein. Aber Marie wollte auf keinen Fall weinen.

Sie blinzelte, bis die Luftpartikel des Frühlings, die sie zu riechen glaubte, vor ihren Augen zu tanzen begannen, um das kleine Strohfeuer des Glücks zu entfachen, mit dem der Frühling einen immer täuschte.

Im selben Moment hörte sie das laute, fröhliche Krähen. Sie rannte hinaus auf den Platz und lief Elli entgegen. Lars sprang ihr auf halbem Weg auf den Arm.

»Engelchen flieg! Engelchen flieg!«, schrie er. Sie musste ihn ein paar Mal durch die Luft schwenken. Elli schleppte schwer an den Taschen. Sie hatte säckeweise Kartoffeln gekauft, wie um sich selbst zu bestrafen.

Marie setzte Lars ab und nahm ihr die Taschen ab. »Wo warst du so lange?«, fragte sie.

»Ich habe Lars abgeholt.«

»Mit den ganzen Taschen?«

Elli nickte schuldbewusst.

Marie schüttelte missbilligend den Kopf: »Wieso hast du mir nichts gesagt?«

Elli antwortete nicht. Als sie von weitem die Bank sah, die Erich für sich gepachtet hatte, wurde ihre Haltung fast ein wenig hündisch. Mit leicht eingezogenem Kopf lief sie an der Stelle vorbei, an der Erich sie hätte sehen können.

In der Küche packten die beiden schweigend die Taschen aus. Irgendwann entlud sich die Spannung. »Was hast du? Wieso redest du nicht mit mir?« Marie schrie fast.

Elli zuckte zusammen. Unglücklicherweise konnte sie ihre Gefühle nicht in Worte fassen, wenn sie unter Druck stand. Das führte immer wieder zu Missverständnissen. Sie wollte dann einfach nicht reden, und es war kein Wort aus ihr herauszukriegen.

»Hast du Angst?«, fragte Marie.

Elli räumte weiter Sachen in die Speisekammer.

»Was ist es dann?«

Dass Elli immer noch keine Antwort gab, brachte Marie auf die Palme. Sie packte sie am Arm und drehte sie zu sich. »Willst du alles aufs Spiel setzen?«, rief sie. »Warum redest du nicht mit mir?«

»Lass mich bitte los«, sagte Elli.

Marie schoss einen Blick wie ein Flammenwerfer auf sie, ließ sie los und wandte sich resigniert ab. Elli hörte auf zu räumen und setzte sich auf einen der Schemel am Tisch.

»Du hast Angst vor ihm, stimmt's?«, fragte Marie mit einer Spur von Herablassung.

»Nein, ich habe keine Angst vor ihm, wenn du es genau wissen willst. Er würde mir nämlich nie etwas tun. Das weiß ich. Ich bin es, die ihm etwas antut! Er ist seit vier Tagen hier, und ich habe mich kein einziges Mal bei ihm draußen blicken lassen.«

»Ach das ist es!«, rief Marie sarkastisch. »Dein Mann tut dir leid?«

»Ja, das tut er wohl«, sagte Elli kleinlaut. Es hatte keinen Sinn, die Diskussion fortzusetzen. Marie hasste Erich. Sie würde nie verstehen, dass sie sich verantwortlich für jemanden wie ihn fühlte, egal wie wenig sie noch für ihn empfand.

Aber empfand sie wenig für ihn? Als er plötzlich vor ihr in der Küchentür gestanden hatte, war ihr einen Moment das Herz aufgegangen. Zumindest wusste sie sofort, was er ihr signalisierte: dass er alle Strapazen der Welt auf sich genommen hatte, nur um wieder bei ihr und den Kindern zu sein. Sein Blick, die Art, wie er wegsah, machte ihr klar, dass es nur von ihr abhing, ob er blieb oder nicht.

Eines hatte sie jedenfalls sofort begriffen: dass Erich sich nicht mehr davon erholen würde, wenn man ihn im Stich ließ. Rolf hatte das auch sofort begriffen. Er war jetzt so etwas wie ihr verlängerter Arm, ohne dass die beiden ein Wort darüber verlieren mussten. Allein diese stumme Übereinkunft sprach dafür, dass sich das Blatt gegen Marie zu wenden begann. Elli wollte an all das nicht denken. Sie lächelte Marie kurz an. »Komm, wir decken den Tisch«, sagte sie und holte ein paar Teller aus der Vitrine.

»Kannst du dir denn vorstellen, wieder mit ihm zusammenzuleben?«, fragte Marie sanft.

Elli kamen die Tränen. Sie stellte den Rest der Teller ab, eilte zu Marie und ließ sich von ihr in den Arm nehmen.

»Aber nein«, schluchzte sie, »natürlich nicht.«

Marie streichelte sie, bis Elli sie ansah. In ihren Augen glitzerten Tränen. Marie küsste sie zärtlich weg.

Sie stellten das Essen auf den Tisch, Marie rief die Kinder. Als sie sich wieder zur Küche umwandte, fiel das nackte Deckenlicht auf ihr Gesicht. Elli sah, dass Marie auch geweint hatte, offenbar beim Tischdecken. Sie hatte es nicht einmal bemerkt. Sie wollte sie in den Arm nehmen, aber es war zu spät.

Der Kleine kam angetrabt und rief: »Tante Marie, Tante Marie!«

Marie wischte sich die Tränen aus den Augen, drehte sich zu ihm um und ging in die Hocke. »Ja, was ist denn, mein Kleiner?«, turtelte sie.

Er warf seinen kurzgeschorenen Kopf in ihren Armen hin und

her und versuchte dann, ihn an ihren Busen zu drücken. Marie lachte. Ihn könnte Elli ihr ja wenigstens geben, dachte sie sarkastisch, er war ja eh nicht von ihm.

Rolf verhielt sich neutral. Er wollte nicht zwischen die Fronten geraten.

Die Familie war noch beim Essen, als er am gleichen Abend nach Hause kam. Er verschwand mit der Ausrede, noch arbeiten zu müssen, nach hinten in sein Zimmer.

Er wusste, dass sie ihm das übelnahmen, weil sie erwarteten, dass er ihnen berichtete. Aber er hielt sich bedeckt. Er wollte die Stellung seines Vaters so weit als möglich ausbauen, ohne dass ihn jemand dabei störte. Er wollte, dass sein Vater dablieb. Dazugehörte, dass er ihm alles zeigte. Sein Vater, der es in den Genen hatte (drei Generationen von Fabrikanten in der Provinz), schnüffelte bereits in der Gegend herum, streunte über das Brachland und hielt Ausschau nach passendem Gelände für eine Firma.

Spät am Abend klopfte Marie an seine Zimmertür.

»Ist er immer noch da?«, fragte sie.

»Tut mir leid, liebe Tante«, antwortete er mit der üblichen, leisen Arroganz, die er ihr gegenüber in solchen Fällen an den Tag legte, »aber er ist nun mal mein Vater. Wer soll sich denn um ihn kümmern, wenn ihr es nicht tut?« Er wandte sich wieder seinem Buch zu.

»Du verbündest dich mit ihm gegen mich«, sagte Marie verletzt.

»Nein, das tue ich überhaupt nicht.« Er fühlte sich überlegen, und Marie merkte das.

»Du konntest mich ja noch nie leiden«, rief sie und schlug die Tür hinter sich zu.

Rolf wusste, dass er Frauen ärgern konnte. Es machte ihm in gewisser Weise Spaß und schmeichelte seiner Eitelkeit. Sie kamen offenbar an ihm nicht vorbei.

Es lag auch daran, dass sie ihn anziehend fanden. Seine Mutter sagte häufig, dass er sehr gut aussehe, und verglich ihn mit Gary Cooper. Maries Blicke ruhten manchmal auf ihm.

Er war der Prinz, der Stolz der Familie. Er zündete sich eine Zigarette an, legte die Füße auf das Fensterbrett und sah zum halboffenen Fenster hinaus. Immer öfter in letzter Zeit hatte er Anfälle einer heimlichen, völlig unbegründeten Lebensfreude, die gar nicht zu seinem nachdenklichen Wesen passte. Sie stieg verheißungsvoll in ihm auf, und sie schien überall enthalten zu sein. Alles schien kostbar, nichts machte Mühe. Das Schreiben breitete sich wie eine geheimnisvolle Kraft in ihm aus.

Vielleicht war es die Einfachheit des gewöhnlichen Lebens, mit der diese Epoche anhob, die alles so leicht machte. Wenn es der Sog der Zukunft war, dann musste sie vielversprechend sein.

Irgendwann waren die Kinder im Bett, und eine kurze Stille setzte ein. Dann gab es ein heftiges Türenschlagen. Im Schlafzimmer hörte er, wie die beiden Frauen mit unterdrückten Stimmen miteinander zankten. Ein offener Streit brach los. Marie schrie: »Und was bitte schön soll ich ihm sagen? Na, wie war es in Russland? Hat es Spaß gemacht, die Juden totzuschlagen? Wie viele hast du denn erwischt?«

Die Schlafzimmertür schlug zu. Er hörte, wie Marie in der Küche bitterlich weinte, und dann, wie seine Mutter auf leisen Sohlen durch den Flur ging. Das Weinen beruhigte sich.

Sein Vater tat strategisch genau das Richtige. Er ließ die Frauen im Ungewissen. Er belagerte sie und ließ sie schmoren. Er wartete, bis sie sich aufgerieben hatten. Wahrscheinlich hörte er die Ausläufer des Streits sogar bis hinüber zu seiner Bank.

Er hatte offenbar in den Schützengräben gelernt, wie man den Feind ausblutet.

Rolf tat seine Mutter leid. Sie war ein harmoniebedürftiger Mensch, der solchen Kämpfen gar nicht gewachsen war. Sie hatte sich Marie irgendwann unterworfen. Er hatte das Verhältnis nur so lange gebilligt, bis er eines Nachts mitbekam, dass zwischen den beiden noch etwas anderes lief. Warum hatte sich Elli nur auf so etwas eingelassen?

Rolf versuchte, ein bisschen zu schlafen. Um drei Uhr nachts wachte er, wie gewöhnlich, aus einem leichten Schlaf auf. Er setzte sich hin und begann, in sein Oktavheft zu schreiben. Es ging direkt vom Gehirn aufs Papier. Die ersten Zeilen des Gedichts lauteten:

Wir brachen das Eis der Vergänglichkeit
Mit dem feinen Silberlöffel der Worte
Brachen es wie Brot in der Dämmerung
Horchten …

Das Gedicht widmete er seinem Vater und dessen Freund Anton, den er aus der Kindheit noch gekannt und nach dem er seinen Vater am Vormittag gefragt hatte. Er hatte gewusst, dass Anton ihn den ganzen Russlandfeldzug hindurch begleitet hatte, bis sich ihre Spur verlor.

»An der Ruhr krepiert«, war die kurze, bittere Antwort gewesen.

Er hatte noch zu fragen gewagt, wann, und hatte erfahren, dass Anton drei Monate vor ihrer Entlassung gestorben war, was die Sache noch bitterer machte. Dann hatten sie lange geschwiegen. Erich hing seinen dunklen Gedanken nach. Er war mit den Toten beschäftigt. An ihnen hingen seine Erinnerungen. Ihr Leben, schicksalhaft, wie es war, zog an seinem inneren Auge vorbei – von ihrer frühen Jugend bis zu ihrem frühen Tod. Sie waren seine Kameraden gewesen. Es würde keine neuen Freunde mehr geben.

Während Rolf spürte, dass das tiefe Schweigen, das seinen Vater umgab, wohl für den Rest seines Lebens anhalten würde, nahm er sich bereits vor, diesem Schweigen eines Tages eine Stimme zu leihen: die Stimme eines Romans. Das hielt er für seine Aufgabe, da er ja ein angehender deutscher Schriftsteller war. Nach all diesen Gedanken über die letzten Tage schlief er ein.

Als er wenige Stunden später aufstand, sah er, dass die Tür zum Schlafzimmer halb offen stand. Die beiden Frauen lagen in ihren Nachthemden in inniger Umarmung auf dem Bett und schliefen. Sie hatten, nervlich am Ende, wie sie waren, offenbar vergessen, die Tür richtig zu schließen. Der Wind, der durch das offene Fenster drang, bewegte die weißen Vorhänge nach innen wie zwei Schleppen. Rolf schloss die Tür leise, ging in die Küche und brühte Kaffee.

Als er an der Bank ankam, hatte sein Vater schon die Klamotten an, die sie tags zuvor auf dem Markt gekauft hatten, eine braune

Trainingshose, ein kariertes Hemd und braune Sandalen. Mit seinen kurzgeschorenen Haaren, dem eckigen Schädel mit dem flachen Hinterkopf und der niedrigen Stirn sah er aus wie ein Savannenbewohner. Er lutschte bereits seine Kohletabletten.

Den Tipp bekamen sie von dem Tankstellenbesitzer, obwohl Tankstelle vielleicht ein zu großes Wort für die einsame Zapfsäule war, die da an der Landstraße stand.

Sie überquerten die nahezu unbefahrene Straße. Der Teer war gerade frisch über den Schotter gewalzt worden. Er war noch weich und roch in der Sonne. Sie ließen ein Stück Brachland hinter sich, auf dem Zäune und Autoreifen herumlagen, und kamen an die Fabrik.

Das langgestreckte, barackenähnliche Gebäude lag direkt am Fluss. Aus den zerschlagenen Fenstern strömte noch die Kühle des Winters.

Erich war auf den Fabrikhof getreten und taxierte das Gebäude in seiner üblichen Haltung: Bauch rein, Brust raus, das Kinn nach oben gereckt, die Hände auf dem Rücken, schritt er langsam, alles begutachtend, um das Gebäude herum.

Rolf ließ ihn allein und ging hinunter zum Fluss, um die Schönheit der offenen, zum großen Teil noch unerschlossenen Landschaft auf sich wirken zu lassen. Vorne, an der Biegung, wurde der Fluss breiter. Trauerweiden standen auf der anderen Seite des Ufers und tauchten ihre langen Zweige ins Wasser. Der Platz schien ideal.

Als Rolf die Fabrik wieder betrat, sah er seinen Vater auf der Balustrade im ersten Stock stehen und auf die Halle hinabsehen, als würde er den Betrieb bereits überblicken. Es gefällt ihm hier, dachte er.

Am Abend, als die beiden Frauen vom Einkaufen zurückkehrten, fanden sie einen Briefumschlag auf dem Küchentisch. Er trug Erichs kleine, harte Männerschrift, es stand nur ein Wort darauf: *Elli.*

Die Frauen blieben einen Moment wie gebannt stehen.

Dann sagte Marie: »Na komm, mach ihn auf. Worauf wartest du?«

Elli nahm das Kuvert, öffnet es und las die wenigen Zeilen mit der akribischen Buchhalterhandschrift. Erich schrieb folgende Worte:

Ich warte draußen auf der Bank auf Dich.
Ich warte bis morgen früh.
Wenn Du bis dahin nicht gekommen bist, gehe ich wieder.
Dann weiß ich, dass Du es nicht anders gewollt hast.

Die Zeilen verfehlten ihre Wirkung nicht. Auf diese Art Sätze, die sie von früher her von ihm kannte, aber vergessen hatte, war sie nicht vorbereitet. Lange hatte ihr niemand mehr Konsequenzen angedroht und sie vor vollendete Tatsachen gestellt.

Marie nahm Elli den Brief aus der Hand und lachte laut auf.

»Was für eine Anmaßung!« Sie zerknüllte das Papier und warf es in eine Ecke.

»Das ist unsere Chance«, sagte sie dann kaltblütig. »Lass ihn gehen.« Als sie merkte, dass Elli nicht reagierte, packte sie sie am Arm, dass es weh tat.

»Sei einmal mutig«, sagte sie. »Sieh mich an!«

Elli gehorchte sofort. Marie wirkte auf einmal groß wie ein Engel. Fast furchteinflößend. Für einen Moment schien es möglich, sich unter ihren Schutz zu flüchten.

Dann verließ sie wieder der Mut. Sie sackte in sich zusammen. Es gab keinen inneren Kampf. Die Sache schien von vornherein entschieden. Tief enttäuscht wandte Marie sich ab. »Ich geh die Kinder ins Bett bringen«, sagte sie tonlos und verschwand aus der Küche.

Elli hörte sie wie immer rufen: »Ab ins Bett. Zähne putzen.«

Sie musste sich setzen. Alles Leben war aus ihr gewichen. Ihr war klar, dass sie im Begriff war, die falsche Entscheidung zu treffen. Sie blieb einfach sitzen, in der Hoffnung, dass mit ihr etwas passierte oder Marie alles in die Hand nahm, aber Marie kam nicht mehr in die Küche. Sie zog sich die Schuhe an und ging hinaus, verschwand in der Dunkelheit.

Elli hielt es nicht länger auf ihrem Stuhl. Ratlos und unschlüssig, wie sie war, zog sie sich ebenfalls die Schuhe an und ging hinaus. Selbst auf dem Weg zu Erichs Bank wusste sie nicht, ob sie zu Marie gehen sollte oder zu ihm. Wäre Marie plötzlich in der Dunkelheit vor ihr aufgetaucht und hätte sie mitgenommen, wer weiß: Vielleicht wäre sie mitgegangen.

Erich erhob sich, als er Elli sah. Seine Genugtuung merkte man ihm nicht an. Aber er hatte auch nichts Liebenswertes. Sein Benehmen war schroff und abweisend. Elli wagte nicht, etwas zu ihm zu sagen. Ihr fiel nur auf, wie klein er war. Sie gingen schweigend über den Sandplatz zurück. In der Wohnung sah er sich um.

»Wo ist das Schlafzimmer?«, fragte er kurz. Gleich darauf verzog er sich nach hinten. So sollte es von nun an sein. Sie hatte sich unterworfen, er strafte sie mit Verachtung.

Marie kam wenig später und ging ins Wohnzimmer, wo man sie kramen hörte. Räumte sie bereits ihre Bücher ein? Elli wagte es nicht, nach ihr zu sehen.

Kaum war Marie verschwunden, kam Rolf zurück. Wie ein Heckenschütze hatte er den ganzen Ablauf beobachtet, hatte erst Marie, dann seine Mutter über den Platz gehen sehen, hatte alles registriert. Sein Vater hatte nichts davon gewusst, dass er ebenfalls auf dem Platz war. Es gab kein abgekartetes Spiel.

Aber Tatsache war, dass Rolf sich für jemand hatte entscheiden müssen. Und er hatte sich gegen seine Mutter, deren Glück auf dem Spiel stand, und für seinen Vater entschieden. Warum? Er wusste es nicht. Vielleicht hatte es mit männlicher Solidarität zu tun. Er würde später über solche und ähnliche Dinge nachdenken.

Als er die Wohnung betrat und den Tornister seines Vaters dort stehen sah, tat er zunächst verwundert. Es war vielleicht der erste, sichtbare Anfang seiner Lügen, die ihn später wie Spinnweben einhüllen sollten.

»Ist Papi da?«, fragte er, als seine Mutter in die Küchentür trat. Sie nickte.

»Und Marie? Alles in Ordnung?«

Sie nickte wieder und wandte sich ab. Offensichtlich war sie ihm böse. Warum, wusste er nicht.

Er ahnte allerdings, dass es schnell vergessen sein würde. Seine Mutter konnte ihm nie länger böse sein.

»Ich geh in mein Zimmer«, sagte er reserviert.

Er konnte in dieser Nacht, während sein Vater im Zimmer neben ihm lag, sehr gut schlafen.

Marie und Elli blieben lange in der Küche sitzen und rauchten. Sie ahnten, dass es das Ende war. Aber sie konnten weder darüber reden, noch wussten sie, wie sie damit umgehen sollten. Irgendwann schlug ihre gedrückte Stimmung in Albernheit um.

Sie fragten sich, was »er« da hinten wohl machte. Marie schlich sich in den Flur, um zu lauschen, und bewegte sich bis zum Schlüsselloch.

Elli hielt sie am Arm fest und versuchte sie mit leiser Hysterie in die Küche zurückzuzerren, aber Marie ließ sich nicht davon abhalten, durch das Schlüsselloch zu starren. Im Schlafzimmer war es finster, und sie konnte nichts erkennen.

Auf einmal hörten sie etwas klicken. Es konnte der Abzug seiner Pistole sein. Vielleicht war sein Gehör so geschärft, dass er alles mitbekam. Sie rannten wie Kinder in die Küche zurück und schrien dort leise auf.

Was machte er die ganze Zeit da drin in dem Schlafzimmer? Worauf wartete er? Es war irgendwie unfassbar. Weil sie sich so zusammenreißen mussten, überkam sie ein kaum kontrollierbarer Übermut.

Eine Welle der Euphorie trug sie schließlich nach draußen, bis hinunter zum Fluss, wohin sie rannten, bevor sie sich auf den Boden warfen und umarmten.

Es war egal, wenn er sie hier erwischte und erschoss. Dann war es eben vorbei.

Als sie zurückkamen, war es zwei Uhr. Sie schlichen hinein und sahen sich ängstlich um. Sie hatten eine absurde Angst vor seiner Gewalt, ein krasser Gegensatz dazu, dass sie ihn ansonsten nicht ernst nahmen. Sie trauten ihm zu, dass er alle erschoss, mehr allerdings nicht.

In der Wohnung war es totenstill. Nichts deutete darauf hin, dass er nach ihnen gesehen hatte. Hastig zündeten sie sich Zigaretten an, blickten angespannt hinaus und rauchten.

Es war klar, dass sie Verbündete waren, dass sie sich liebten und dass nichts sie auseinanderbringen konnte, wenn sie es wirklich wollten. Sie konnten weggehen. Alles war möglich.

»Ich glaub, ich muss bald hintergehen«, sagte Elli irgendwann.

»Ja«, sagte Marie.

Die beiden zogen an ihren Zigaretten. Noch einmal nahm Marie Elli am Arm.

»Bleib bei mir, schwör's«, sagte Marie mit leiser, intensiver Stimme.

»Ja, ich bleib bei dir, ich schwör's«, flüsterte Elli.

Der Liebesschwur endete mit einem heftigen, langen Kuss. Dann eilte Elli ins Bad, wusch sich und zog sich alle möglichen Liebestöter übereinander, bevor sie sich ein langes Nachthemd überstreifte.

Erich lag in voller Montur auf dem Bett. Nur die Schuhe hatte er ausgezogen. Er lag auf dem Rücken. Ob er die Augen offen hatte, sah man nicht.

Sie schlug leise die Bettdecke zurück und legte sich hinein. Nach einem Moment der Stille hörte sie ihn sagen: »Wir dachten, ihr wäret stolz auf uns, wenn wir aus dem Krieg zurückkommen. Aber ihr seid gar nicht stolz auf uns.«

Er hatte sie kalt erwischt. Sie hatte nicht damit gerechnet, dass er sie ansprach. Was sollte sie darauf sagen? Sie antwortete nicht, wartete ängstlich darauf, was als Nächstes kam.

»Ihr macht euch lustig über uns«, fuhr er fort.

Elli schwieg.

»Wenn du wüsstest.« Er richtete sich auf.

Elli wich erschrocken zurück. Sie konnte seinen schmalen, zusammengepressten Mund sehen, daneben den Schmiss, der sich von der Wange zum Kinn zog. Sein Gesicht war eine Maske tiefer Verachtung.

Er schwang seine kurzen Beine über das Bett und stand auf. Draußen begann es hell zu werden. Für ein paar Sekunden verharrte er am Fenster, dann war er verschwunden.

Marie verließ die Küche, als sie ihn im Flur auftauchen sah, und verschwand in dem kleinen Wohnzimmer. Sie schloss die Tür hinter sich und setzte sich auf den hölzernen Schaukelstuhl, in dem sie entweder der Familie oder schließlich, wenn sie endlich allein gewesen waren, Elli vorgelesen hatte.

Sie dachte an die letzte, hässliche Begegnung mit ihrem Bruder, die so bezeichnend für ihre Machtkämpfe war und sie zugleich besiegelte. Es war jetzt fast zehn Jahre her. Und trotzdem stand es so deutlich vor ihr, weil es eine der wenigen Demütigungen war, denen sie sich hatte beugen müssen. Dafür hatte sie ihrerseits damit gerechnet, dass er in den Tod zog und sie ihn nie wiedersehen müsste.

Die Kapelle und der kleine Friedhof lagen auf einer Anhöhe, das Wetter war düster, Wolken trieben am dunkler werdenden Himmel. Es war früh am Morgen, als das unheimliche Ritual stattfand. In einer Reihe standen sich fünf Frauen und fünf Männer gegenüber. Die Männer würden wenig später ausrücken. Sie war unter den Frauen. Ihr gegenüber, mit zwei Schritten Abstand, stand von Bohlen, jener dicke, widerwärtige Adlige, der Klobrillen für den Führer produzierte. Bohlen fixierte sie mit einem unangenehmen Ausdruck von Unverschämtheit und Dummheit. Erich hatte es geschafft, dieses hässliche Mistvieh seinem alten Vater als beste Partie für sie unterzujubeln. Man hatte sie gezwungen, sich mit ihm zu vermählen. Ansonsten hätte ihr das Kloster gedroht und sie wäre nie nach Berlin gekommen. Ihr Bruder versprach sich davon, eines Tages den Führer kennenzulernen.

Im Hintergrund sprach der Pfarrer, flankiert von zwei SS-Leuten: »Es ist die Pflicht eines jeden deutschen Mädchens, ihr Jawort einem deutschen Soldaten zu geben, damit jeder Soldat etwas hat, wonach er sich in der Fremde sehnt, bevor er siegreich in die Heimat zurückkehren kann.«

Die Stimme war lächerlich pathetisch, in jenem schnarrenden, militärischen Ton, den der Pfarrer sonst gar nicht hatte. Sie fing an, die Paare zuzuordnen: »Carla Seiß mit Johannes Heinze, Petra Schmidt mit Rüdiger Vogt.«

Sie konnte beobachten, wie die jungen Mädchen mit roten

Wangen und leuchtenden Augen dastanden, um sich ein letztes Mal von ihrem »Liebsten« küssen zu lassen.

Es war eine Farce. Sie wusste, dass Erich, der wenige Meter abseits stand, sie mit Genugtuung beobachtete.

Die Stimme schnarrte jetzt: »Marie Freytag mit Max von Bohlen.«

Als Bohlen vortrat, wandte sie ihr Gesicht zur Seite und hielt die Luft an. Noch während er sie im Arm drückte, wünschte sie, er würde bald im Krieg fallen.

Wenige Minuten später zog die Horde ab.

Sie sah, wie Erich mit Blick in ihre Richtung etwas zu Bohlen sagte und dabei hämisch grinste. Es war Januar einundvierzig, und sie fühlten sich noch wie die Herrscher der Welt. Bohlen fiel ein halbes Jahr später in der Etappe durch einen Genickschuss, den Partisanen aus dem Unterholz abgefeuert hatten, als er auf der Latrine saß. Sie musste über seinen großen Heldentod lachen.

Diese »Feldhochzeit« war eine der letzten ihrer Art. Einfach, weil es im Ort bald keine Männer mehr gab. Gott sei Dank.

Sie konnte das alles irgendwie nicht fassen. So lange war es jetzt her. Umso tiefer saß der Schock, dass er es geschafft hatte, lebend hier aufzutauchen.

Sie hörte, wie er aus dem Bad kam, in die Küche ging, Wasser in den Teekessel laufen ließ und ihn anschließend auf den Herd stellte. Plötzlich merkte sie, wie ihr Mut sank.

Etwas in ihr gab nach, und sie war bereit einzulenken, wenn nicht sogar, klein beizugeben.

Es gab nur noch eine Chance für sie, nämlich mit ihm zu reden, um eine Lösung zu finden. Sie stand auf und sammelte sich einen Moment. Dann ging sie hinüber, blieb in der Küchentür stehen und sah ihn an. Dabei nahm sie unwillkürlich ihre übliche stolze, aufgerichtete Haltung ein.

Erich sah sie so angewidert an, dass sie einen Moment weiche Knie bekam. Ihren »königlichen« Blick, wie man früher in der Familie gesagt hatte, ertrug er immer noch nicht. Er ging auf sie zu und trat ihr mit einem seiner klobigen Schuhe auf die nackten Füße.

Marie schrie auf und wich zurück. Ihre Knie zitterten. Er hatte sich bereits abgewandt.

»Du verschwindest von hier«, sagte er, »und zwar sehr bald.«

Marie starrte ihn noch immer an. Sie konnte es nicht fassen. Dann drehte sie sich um und verschwand im Wohnzimmer.

Der Wasserkessel fing an zu pfeifen. Erich ging in die Küche zurück und machte sich daran, den Kaffee aufzubrühen. Wenig später erschien Rolf in der Küche. Er hatte alles gehört.

Die beiden Männer tranken wortlos ihren Kaffee. Anschließend brachen sie gemeinsam auf. Sie hatten viel zu tun.

Elli lag flach auf dem Rücken. Maries Schrei hatte sie aufgeweckt. Sie hatte sich aufgerichtet und gehorcht und den Rest der Zeit angespannt gewartet. Doch sie hatte nur Gemurmel gehört und nicht verstanden, was Erich zu Marie gesagt hatte. Sie hatte auch nicht begriffen, warum Marie aufgeschrien hatte.

Erst als die Männer gegangen waren, verließ sie das Schlafzimmer. Als sie ins Wohnzimmer trat, bot sich ein erschütternder Anblick. Marie hockte in ihrem Schaukelstuhl und wurde von Schluchzern geschüttelt. Ihre sonst so starke Marie! Elli brauchte ein paar Sekunden, um die Situation zu begreifen. Schließlich sank sie vor dem Schaukelstuhl nieder und versuchte, Marie in den Arm zu nehmen. Die reagierte kaum.

Bald kamen die Kinder an, Heinz und Lars. Aber Marie weinte einfach weiter. Es war ihr egal, ob die anderen zusahen.

Elli zog die Kinder fort und brachte sie zur Schule. Sie bewegte sich wie ferngesteuert.

Es fiel ihr unendlich schwer, sich der Realität zu stellen, die offenbar eingetreten war.

Sollte sie jetzt jede Nacht neben diesem Mann liegen, der gewaltsam in die Verhältnisse eingedrungen war? Sollte sie sein abweisendes, schroffes Verhalten ertragen, das er an den Tag zu legen gedachte, um sie zu bestrafen, weil er erriet, wie leicht ihr das Leben mit Marie gefallen war?

Über all die Jahre, die er im Krieg war, hatte sie immer seltener an ihn gedacht – und ihn schließlich fast vergessen. Als er dann nicht zurückkam, fragte sie sich noch ab und zu, ob er vielleicht woanders eine neue Frau gefunden hatte. Sie hätte es ihm gewünscht. Durch Maries scharfen Geist, ihren Witz und ihren Charme war sie so abgelenkt gewesen, dass sie ihn schließlich völlig vergaß. Sie war bezaubert von Marie, von diesem beständigen, ungetrübten, leichten Verliebtsein, das in der Luft lag. Sie hatten beide so viel Phantasie entwickelt. Es konnte nicht sein, dass das nun vorbei sein sollte.

Sie merkte, wie sie reflexhaft stehen blieb, eine Schrecksekunde lang, in der sie die ganzen Konsequenzen erfasste. Länger dauerte es nicht. Als sie sich aus ihrer Erstarrung löste, hatte sie einen Moment das Gefühl, aus sich selbst herauszutreten und neben sich etwas zurückzulassen in der Frühlingsluft, etwas Schwarzgerandetes, Düsteres, eine Kontur nur im Hellblau des Tages. Es war ihr zögerndes, zauderndes Ich, das nun Trauer trug. Es schauderte sie bei dem Gedanken. Sie lief, so schnell sie konnte, davon.

Sie lief zu Marie, ließ sich zu ihren Füßen nieder und umklammerte ihre Beine. Sie legte den Kopf auf Maries Schoß, fing an, bittere Tränen zu weinen, und ließ sich von Maries Händen, die durch ihr Haar glitten, trösten. Das war die richtige Rollenverteilung. Andersherum ging es nicht. Jetzt wollte sie sich auf Gedeih und Verderb Marie ausliefern. Sie war bereit, alles für sie aufs Spiel zu setzen. Hätte Marie spontan gesagt, es gebe nur eine Möglichkeit, nämlich, dass sie jetzt beide ihre Sachen packten und auf der Stelle verschwänden, dann hätte sie die Kinder zurückgelassen und wäre mit ihr auf und davon.

So verstrichen die Minuten, und ihr Tränenstrom versiegte allmählich. Die Vernunft kehrte zurück, beide starrten stumpf vor sich hin.

Irgendwann sagte Marie: »Ich hab dich sehr lieb, das weißt du. Aber du musst jetzt trotzdem in die Küche gehen und den Kindern das Essen machen.« Elli lächelte wie erlöst.

Marie hatte schon vor langer Zeit begriffen, wie viel sie Elli zumuten konnte.

4.

Die beiden Männer räumten große Teile der Fabrikhalle leer, erst voll bekleidet, gegen Mittag dann mit nacktem Oberkörper. Die Vögel zwitscherten laut, und es wurde bereits warm. Es war ein magischer Tag, gebunden an die Kräfte der Natur, verbracht mit körperlicher Arbeit. Erich merkte, dass er nicht mehr wegwollte. Sein Sohn war ihm bereits so vertraut, obwohl sie kaum sprachen. Die stundenlange, gemeinsame Arbeit hatte sie zusammengeschweißt. Am Nachmittag kam der Mann von der Tankstelle und brachte frisch gebrühten, schwarzen Kaffee. Ein Indiz mehr, dass er willkommen war.

Vielleicht war ihm die Möglichkeit einer Heimat wichtiger als die Liebe seiner Frau. Vielleicht konnte er neben ihr herleben, wenn das hier klappte. Nach ein paar Stunden Räumung war er sich klar, wie er die Fabrik aufteilen würde. An den Fenstern würden die Werkbänke stehen, den fensterlosen, hinteren Teil würde er als Lager benutzen.

Er erklärte es Rolf, der mit hochgekrempelten Ärmeln, die Arme in die Hüften gestemmt, auf der Verladerampe stand. Während der Unterhaltung lachte Rolf mehrmals.

Er war voller Unbeschwertheit. Das Lachen kam grundlos. Es wollte einfach heraus.

Erich fand seinen Sohn sehr charmant. Er beneidete ihn fast ein wenig um seine Jugend und merkte, wie er im Begriff war, sich selbst zu vergessen, und beinahe mitgelacht hätte.

Erich hatte vor dem Krieg die gleichen weißen, makellosen Zähne gehabt. Andere Ähnlichkeiten zeichneten sich ab: die gleichen Unterarme, die gleiche Behaarung darauf, ähnliche Schultern, die ganze Konstitution. Erich wollte seinen Sohn nicht so sehr mögen.

Er musste den Abstand wahren. So schrieb es das alte Gesetz. Er nahm Haltung an.

»Hier kommen die Regale hin – und hier die frisch gegossenen Formen. Da drüben am Fenster werden sie dann bemalt«, sagte er.

Sein Sohn nickte. »Sehr gut.« Rolf trat über die Rampe in die Sonne hinaus, blickte über den trägen Fluss und tauchte seine Arme hinein. Das Wasser fühlte sich wärmer an als in den Tagen zuvor. Er drehte sich um und sah seinen Vater an der Rampe stehen und ihn beobachten.

»Man wird bald baden können«, sagte Rolf.

Sein Vater nickte. Er sah, wie er dastand, klein und vierschrötig, verkniffen auch wegen der Sonne, die ihn blendete, genauso aus wie all diese unspektakulären, kleinen Leute, die man irgendwo in den Zeitungen abgebildet sah, weil sie die Überlebenden der Kriegsgefangenschaft waren. Nichts an ihm deutete auf irgendeine Besonderheit hin.

Erich blinzelte misstrauisch zu ihm herüber. Er wollte nicht beobachtet werden. Er wandte sich ab und ging wieder hinein. Während es drinnen weiter rumorte, blickte Rolf auf den Saum von Ufergras, der sich in langen Halmen in der Strömung unter der Wasseroberfläche bewegte.

Wenige Tage später gingen sie bis zur Hüfte in den Fluss, schöpften mit den Händen das kalte Wasser und ließen es sich über die Brust laufen. Sie legten dann die Arme über Kreuz, um mit den Händen den Rücken zu erreichen, und wuschen sich mit dem Stück Kernseife unter den Achseln, das so außerordentlich stark nach Waldmeister roch, dass die beiden es nur ganz sparsam benutzten. Es war der Beginn eines Rituals, das sich über viele Jahre und noch über die nächste Generation hinziehen sollte.

Als ich später, als meine Eltern sich trennten, im Alter von dreieinhalb Jahren zu den Großeltern kam, verbrachte ich oft meine Nachmittage in der Fabrik und wartete darauf, dass mein Großvater Schluss machte und mich mit hinunternahm an den Fluss. Es war ein großes Vergnügen, wenn er mich in seinen Armen hielt und eintauchte in die sanfte Strömung.

Es muss immer noch eine ähnliche Seife gewesen sein, mit der er uns die Brust wusch, denn ich erinnere mich noch genau an den Geruch und dass ich ihn fragte, wonach diese Seife so gut roch, und er sagte: »Nach Waldmeister.«

Erich musste sich in jenen Tagen, wenn die Dämmerung hereinbrach und wegen Lichtmangels die Arbeit in der Halle nicht mehr möglich war, an den Fenstern der Westseite orientiert haben, wo das Abendlicht länger hineinfiel. Dort oben verschwand er und arbeitete unermüdlich weiter, nachdem er sich längst schon von seinem Sohn verabschiedet hatte, mit einer Zähigkeit, die nie ermüdete.

Als er sich noch keine Buchhaltung leisten konnte, legte er dort seine berühmten Doppelschichten ein und addierte in seiner kleinen, akribischen Buchhalterhandschrift Zahlenkolonnen unter den Rubriken Soll und Haben. Wenn mein Vater sich später Rechenschaft darüber ablegte, was er an seinem Vater so mochte, so war es die Eindringlichkeit seiner Person, seine Aura, und der Halt, den er einem von Anfang an gab. Dieser Halt lag in der untrüglichen Gewissheit, dass Erich immer weitermachen würde, ohne Rücksicht auf Verluste – und dass einem an seiner Seite nichts passieren konnte. Darin lag das Geheimnis. Erich hatte eine unbeirrbare Zähigkeit. Er war nicht durch den winzigsten Luxus korrumpiert. Er konnte weitermachen, weil ihn nicht nach Ruhe verlangte oder danach, zum Ausgleich für die harte Arbeit verwöhnt zu werden. Er schien nicht zu spüren, was für einen Marathon er unermüdlich hinlegte. Er glaubte an die Arbeit. Im Tun, und in nichts sonst, lag der Sinn. Die Arbeit war ähnlich wie die unendlichen Fußmärsche, die er zurückgelegt hatte, nur, um einen Schluck Wasser zu bekommen. Er glaubte an das, was er tat. Es blieb ihm nichts anderes übrig. Er hatte sonst nichts mehr.

Rolf glaubte oft nicht. Er war schon zu verweichlicht. Das war der Unterschied. Mit der Lust verlor er auch schnell den Glauben. Er war nicht so zäh. Er gab viel schneller auf. Es ging nicht darum, Lust zu haben. Lust war etwas Verderbliches. Erich versuchte nicht, seinem Sohn solche Dinge klarzumachen. Er machte sie mit sich allein aus. Er wollte sich nicht mehr erklären.

Wenn Rolf in der Dämmerung nach Hause marschierte, saß Erich in seinem Kontor. Es kostete ihn nahezu übermenschliche Anstrengung, die Gemeindeverwaltung dazu zu bringen, eine Stromleitung in dieses Zimmer zu legen. Aber er schaffte es schließlich – und hatte eine Glühbirne da oben an der Decke hängen, die auf die schadhaften Holzbohlen, die Pritsche in der Ecke und den Schreibtisch strahlte, den er im Gerümpel im Hof gefunden hatte.

Woher Erich diese Zähigkeit hatte, war nicht eindeutig. Es konnte nicht allein die Entbehrung im Krieg gewesen sein. Jedenfalls sah es im Kontor nicht viel anders aus als im Lager, genauso spartanisch. Lange trank er aus der Blechkanne Kaffee.

Die Pritsche blieb – als Schreckgespenst aller. Er spuckte aus, wenn er das Wort »Bundesrepublik« hörte. Er tat es heimlich. Er zuckte verächtlich mit den Mundwinkeln, wenn er Nachrichten hörte. An politische Themen wurde nie gerührt.

Man rätselte immer wieder, warum er so viel arbeiten konnte. Man schrieb es seiner körperlichen Zähigkeit zu. Was natürlich Quatsch war und was mein Vater später als völlig lächerlich von sich wies, wenn die Sprache auf seinen Vater kam. »Mein Vater ist genauso verletzbar und sensibel wie ich«, pflegte er zu sagen.

Erich war oft beleidigt. Weil er nicht aussprach, was ihm nicht gefiel, kamen die anderen nicht dahinter. Er hatte seine Prinzipien. Einige kannte man, einige offenbar nicht. Er verließ schweigend den Raum, wenn ihm irgendetwas mal wieder nicht passte, und ließ sich den ganzen Abend nicht blicken. Er glänzte überhaupt durch Abwesenheit.

Dennoch hatte es in jenen Jahren einen besonderen Reiz, in seiner Nähe Zeit zu verbringen, solange man keine Frau war. Und dieser Reiz lag, tief verwurzelt in der ländlichen Tradition der Familie, in der ganz besonderen, spartanischen Magie, die er zu schaffen imstande war.

Obwohl er die Fabrik wegen ihrer Zweckmäßigkeit gewählt hatte, war sie gleichzeitig der schönste Ort im ganzen Industriegebiet, ein magischer Ort sozusagen. Und dies konnte ihm insgeheim nicht entgangen sein. Ohne es sich einzugestehen, liebte er die Waschungen unten am Fluss. Später, als großen Luxus, benutzte er einen Schwamm, um sich einzuseifen.

Wenn die Tore der Fabrik gegen sechzehn Uhr geschlossen wurden (man fing um fünf mit der Arbeit an), wurde es ruhig in der Halle. Über den gewöhnlichen Alltagsgeruch der Kartonagen und des Leims legte sich allmählich mit der Kühle der Nacht, die durch die offenen Oberfenster drang, der Geruch der Metallspäne, die im Mondlicht glitzerten, und der des hellen Lehms, dessen Rückstände feuchte Lachen in den Steingussbecken bildeten, die in der Dunkelheit leuchteten und stark nach Hefe dufteten. Er stand dann reglos an der Balustrade, nur ein Schattenriss in der totenstillen Halle, sah hinunter auf die verlassenen Werkbänke, an denen tagsüber »die Frauen« gearbeitet hatten, und sog diesen Duft kalter Hefe tief in seine Lungen ein. Denn das war sein Leben. Bis hierhin hatte er es geschafft, bis an dieses Geländer, das seine Hände nun mit leichtem Griff umfasst hielten, ohne sich daran festzuklammern.

In seinem Kontor gab es eine kleine Tür, zu niedrig für einen Menschen, zu schmal, an schon rostigen Angeln in das Mauerwerk getrieben. Warum man sie überhaupt installiert hatte, blieb ein Geheimnis. Sie wurde stets geschlossen gehalten, aber wenn sie doch offenstand (einmal wurde dort eingebrochen), sah man, dass sie auf dunkles Buschwerk hinausging, das einer Wucherung glich und das Gebäude bedrohte. Irgendwann würde es durch diese kleine Tür Eingang finden und seine feinen Wurzeln in den Estrich schlagen, dann, wenn alles vorbei war und keinen Sinn mehr ergab. Bis dahin würde ein Heer von Tagen über diesen Flecken Erde ziehen, jeder Tag ein Soldat, jeden Tag ein kleiner Sieg. Erich wollte diesmal mit möglichst kleinen Verlusten davonkommen. Er hatte schon einmal alles verloren, das reichte. Am Ende stand dann das »Feldgrab«. Hier unten am Fluss sollte es liegen. Man sah die Stelle am Fuß des Müllbergs, den die Gemeinde von Kronach nach dem Krieg an der Rückseite des Gebäudes aufgeschüttet hatte und der bereits mit einem Flaum von Vegetation bewachsen war, vom Fenster aus. Er würde nicht alleine dort unten liegen, sondern mit Elli. Diese Sache jedenfalls musste nun endlich geklärt werden.

Auch wenn er nie mehr mit ihr zusammenkäme. In einem Grab würden ihre Gebeine jedenfalls nebeneinanderliegen.

Erich fühlte sich zutiefst gekränkt durch das Verhalten seiner

Frau. Er spürte im Kern jene Männlichkeit, die sie einmal an ihm geschätzt hatte, die aber nun durch die vorangegangenen Umstände verpönt war und offensichtlich abgelehnt wurde, noch immer in sich.

Es kam ihm vor, als läge sie in einem eisernen, abgesperrten Tresor. Und der Schlüssel war, durch Ellis Schuld, durch ihre Leichtfertigkeit, verlorengegangen. Sie hatte sich nicht an das Treuegelübde gehalten, das besagte, dass man auch in schweren Zeiten zueinanderstehen musste.

5.

Rolf half seinem Vater, wo er nur konnte. Er hatte Wände trockengelegt und den großen Ofen im Hof repariert. Sie hatten die Verladerampe am Fluss ausgebessert. Sie waren über die Dörfer gegangen und hatten die Frauen »requiriert«.

»Porzellan gießen und bemalen ist Frauenarbeit«, hatte Erich konstatiert.

Wenige Tage darauf hielt er eine kurze Ansprache vor etwa zwanzig Frauen unterschiedlichen Alters, die ihm mit schroffen Gesichtern zuhörten, während er ihnen »gute Arbeit« und einen Hungerlohn versprach. Sie hörten ihm genau zu. Dabei beobachteten sie misstrauisch, ob er sich als Betrüger verriet. Irgendwie bestand er vor ihren Augen. Außerdem wollten sie arbeiten. Sie kannten nichts anderes.

Man brauchte eine Vorarbeiterin. Das würde vierzig Jahre lang eine Frau Rammer aus Kirchenbach sein, winzig klein, sie ging Rolf höchstens bis zur Brust, vierschrötig, O-beinig, mit schmalen, lebendigen Augen, eine Kleinbäuerin mit einem verwitterten, gegerbten Gesicht und ebenso einem Humor, die laut lachen und keifen und heftig feiern konnte, wenn es darauf ankam. Sie war sehr gewitzt bei dem Versuch, erst ihre Töchter, dann ihre Enkelinnen an einen von der »Firmenleitung« zu verkuppeln, indem sie deren körperliche Vorzüge und ihre billige Haltung (»kostet wenig, ist nicht anspruchsvoll«) pries, wenn sie angetrunken war. Ihr lautes Organ eignete sich bestens dazu, auch mal zu schreien, um für Ordnung zu sorgen.

Es gab bald einen Porzellandreher (der einzige männliche Job), das war er selbst, Rolf. Später, während der Studentenunruhen, würde er damit prahlen, Porzellandreher gewesen zu sein, den bourgeoisen Muttersöhnchen seine proletarischen Fäuste entgegenstrecken, wenn er betrunken war, und ihnen gegebenenfalls auch eine Rechte verpassen.

Es war tatsächlich harte, körperliche Arbeit am Ofen. Hitze, große Paletten mit schwerem Lehm, in Eisenbetten gegossene Formen, die in den Ofen geschoben werden mussten, der auf fünfhundert Grad erhitzt war, die komplette, komplizierte Hydraulik, die man bedienen musste. Das Schreiben litt eine Weile darunter.

Er war zwanzig, einundzwanzig damals – und hatte eine Affäre unten am Fluss, ein Arbeitermädchen aus der Fabrik, die irgendwann verschwand. Sie schrieb ihm Karten, und er brach ihr das Herz. Irgendwann sehr früh begannen ihm die Haare auszugehen, und er frisierte sie sich mit Zuckerwasser nach vorn. Sie bedeckten in dunklen, gezackten Fransen das obere Drittel seiner Stirn, was seiner männlichen Schönheit keinen Abbruch tat.

Ein anderes Mädchen kam ins Spiel, blond und sehr hübsch, aus wohlhabendem Elternhaus. Sie brach ihm das Herz. Eines Tages ließ sie ihn sitzen.

In der Fabrik gab es kurze Zeit einen jungen Packer. Er war schwarz und ziemlich groß, hatte ein edles, intelligentes Gesicht und die Statur eines Olympiasiegers. Er studierte in Erlangen Ingenieurwissenschaften und kam irgendwo aus dem tiefsten Mittleren Westen. Sie sprachen kaum miteinander. Sie grüßten sich freundlich und lächelten ab und zu in vornehmer Zurückhaltung, wenn ihre Wege sich kreuzten. Manchmal sah Rolf ihn an der Bushaltestelle sitzen, in einem weißen Hemd und sehr akkurat. Mit der besten, zuvorkommendsten Haltung wartete er auf den Bus. Irgendwann war er verschwunden, aber Rolf musste immer wieder an ihn denken, wie er da saß an der Haltestelle und auf den Bus wartete.

Er stellte sich ihn in dem Studentenwohnheim in Erlangen vor, das er sich angeschaut hatte, weil er selbst in absehbarer Zeit da studieren wollte, und sah ihn dort genauso einsam, sensibel, freundlich und weltoffen vor sich, wie er hier gewesen war. Eine Ausnahmeerscheinung, an der die Blicke hängenblieben, nicht etwa nur, weil er der einzige Schwarze weit und breit war.

Irgendwann, so stellte Rolf es sich vor, würde sein Freund dort ein Mädchen kennenlernen. Eine ebenso schüchterne wie vielversprechende Annäherung zweier Wesen, die aus völlig unterschiedlichen Welten kamen. Erste Worte wurden getauscht. Langsam entwickelte sich eine ebenso unausgesprochene wie vielsagende Romanze. Sie redeten in den Pausen, sie trafen sich durch Zufall in einer Straße der Kleinstadt und liefen ein Stück gemeinsam.

In ihrer gegenseitigen Zurückhaltung harmonierten sie auf eine aufregend verschwiegene Art miteinander. Nachdenklich gingen sie in der Dämmerung heim, jeder in seine Richtung, er in sein winziges Zimmerchen, sie in das große Haus ihrer Eltern (es drehte sich schließlich um Klassenverhältnisse). Ein naives, vielleicht etwas leichtfertiges Angezogensein von ihrer Seite (sie sprach gern über amerikanische Literatur, Sport und allgemein über Amerika), eine unschuldige, aber deutlichere Verehrung von seiner Seite (er merkte es an dem Herzklopfen, wenn er sie sah) schlossen ein Band um die beiden. Sie hielten es in der Schwebe, um sich keine Rechenschaft darüber ablegen zu müssen, denn es war ja nichts passiert.

Irgendwann, es war an ihr, ein Rendezvous auszumachen, ihm hätte das nicht zugestanden, nahm sie sich schließlich den Mut und fragte ihn, ob er sich mit ihr treffen wolle. Sie gingen, harmlos, wie sie waren, in eine Eisdiele, um ihre interessanten Gespräche fortzusetzen – und bemerkten nicht, dass sie beobachtet wurden. Schließlich konnten ihr ein paar Studenten aus ihren Kreisen mit den richtigen Argumenten sehr schnell ausreden, sich weiterhin mit dem Schwarzen zu treffen.

Der junge Mann bekam von alldem nichts mit. Man war weiterhin sehr freundlich zu ihm.

Da seit dem Abend in der Eisdiele eine nächste Verabredung ausstand, auf die er sich schon sehr freute, wartete er eine Woche auf jener Bank im hinteren Teil des Studentenwohnheims darauf, dass sie ihn abholen kam, um mit ihm in die Eisdiele zu gehen.

Und so saß er dort, mit seinem weißen Hemd, ganz akkurat, wie ihn Rolf immer an der Bushaltestelle gesehen hatte. Es wurde dämmrig, und das Mädchen kam nicht. Sie hatte die Verabredung längst vergessen. Als sie durch die Halle ging, sah sie ihn gerade noch rechtzeitig. Sie schlich hinter seinem Rücken hinaus. Ihre Freunde gaben ihr Deckung.

Es war unheimlich peinlich gewesen. So endete die traurige Geschichte. Mein Vater schrieb sie auf und nannte sie *Das Ende des Tages.*

Als eine Zeitschrift sie schließlich veröffentlichte, wurde man sofort auf ihn aufmerksam.

Aber das war der Anfang einer ganz anderen Geschichte, die ich später erzählen will.

Es war bereits Sommer, Rolf saß jeden Nachmittag oben am offenen Fenster und sah an die Stelle, wo der Fluss breiter und flacher wurde. Er konnte nach der Schicht den Frauen zuschauen, wie sie sich hinter Gebüschen ihrer Kleider entledigten und in den Fluss sprangen, um sich zu waschen oder einfach nur, um zu plantschen. Die Arbeiterinnen seines Vaters, große, kräftige Mädchen, reckten ihre Gliedmaßen im warmen Wasser des Flusses. Der Sommerabend ergriff Besitz von ihren Launen und Begehrlichkeiten. Man hörte sie hemmungslos und laut lachen und wusste, dass sie dreckige Witze machten. Es war herrlich. Der Klang ihrer Stimmen ließ allmählich die Erinnerung an den Tag zurück, an die Nähe bei der Arbeit, den Schweißgeruch, das Schnaufen vor Konzentration und Anstrengung, die Selbstvergessenheit dabei, ihre körperliche Robustheit, ihre Säbelbeine, ihre gewaltigen Brüste, ihren Tatendrang unter diesen Brüsten, der an Besessenheit grenzte, ihren hemmungslosen Egoismus, wenn es um Brotzeit ging, ihre libidinösen Ausdünstungen, ihren strengen Glauben und ihre aberwitzige Derbheit.

Er musste lächeln, so glücklich war er über all das. Er konnte sie über die breite Ebene des Flusses, von den Trauerweiden gesäumt, in ihre Dörfer zurückgehen sehen, während die Dämmerung sich herabsenkte. Jeder Tag durfte so enden. Er liebte diesen Frieden und sog ihn in sich hinein. Er roch nach Zukunft, nach vielen Jahren, die vor ihm lagen.

Erich kam gut mit den Frauen aus. Er war eine Autorität, sie hörten auf ihn. Nie musste er laut werden. Ab und zu wandte er sich mit gedämpfter Stimme an Frau Rammer, um sich mit ihr zu besprechen, wann und wohin eine Lieferung kam und ähnliche logistische Dinge.

Wer mit anpacken musste, entschied dann sie mit ihrer dröhnenden Stimme, indem sie Namen über den Maschinenlärm der Halle brüllte, Namen wie Anita oder Roswitha oder Adelheid.

Erich half im Hintergrund mit, war Lagerist, verpackte Kartons, schob Paletten in den Ofen, half Rolf, die schweren gusseisernen Formen zu kippen, und stand in der Mittagspause mit einem Vesperbrot an der gleichen Stelle der Rampe, wo er von Anfang an gestanden hatte, umgeben von kleinen Staubpartikeln, die in der Luft flirrten.

Manchmal gingen sein Vater und er am Sonntag in die Wälder, um zu wandern. Selbst die unbequeme Wahrheit einer Verstopfung auf einem Plumpsklo konnte er mit seinem Vater teilen.

Wenn Rolf abends durch das wilde Brachland nach Hause ging, zählte er die Wochen, die er noch hier sein würde. Ein sentimentales Gefühl schlich sich bereits ein. Er wollte nicht wahrhaben, dass er eines Tages von hier wegmusste.

Mittlerweile werkelte jeder still vor sich hin. Sein Vater sprach kaum mit den Kindern, geschweige denn mit Elli und irgendwann auch seltener mit ihm. Er war enttäuscht (ohne darüber zu reden), dass Rolf lieber schreiben wollte und nicht für die Nachfolge in der Firma bereitstand. Verübelte sein Vater ihm das? An manchen Tagen bezweifelte Rolf, ob er überhaupt weg von hier wollte. Oder er bezweifelte, ob es irgendwo noch einmal so schön sein würde wie in diesem Sommer. Vielleicht täuschte er sich, und sein Hochgefühl kam nicht von der Schönheit dieser Tage, sondern von der verheißungsvollen Ungewissheit, was ihn in der nächsten Phase seines Lebens erwarten würde. Er würde sich einfach treiben lassen und dann schon sehen. Es war eine merkwürdige Zeit, voller Vorsicht, voller versteckter Anspielungen.

Gewisse Sehnsüchte fanden ihren Ausdruck in seltsamer Form wieder. Mein Großvater hatte am Rande des Hauses ein paar Rosenstöcke gepflanzt, die nach wenigen Jahren in gewaltiger Pracht in der Abenddämmerung leuchteten, von weitem schon sichtbar, wie große rosafarbene Wolken, die sich am Hause hochrankten, deren Äste und Dornen sich aber schmerzhaft ineinander verkrallten, wenn man näher hinsah.

Erich goss sie immer und hegte sie, aber sein Ausdruck wurde mürrisch, sobald Elli am Fenster erschien und ihm mit der Andeutung eines Lächelns zusah.

Er wandte sich ab, als wolle er sagen: »Eigentlich war das für dich gedacht. Aber du wolltest ja nicht.« Elli erduldete es mit sanfter Resignation. Sie wehrte sich tapfer und eigensinnig gegen seinen Unwillen, indem sie immer freundlich blieb und dünn lächelte.

Sie wusste ja bereits, dass sie an allem Schuld hatte und dass daran auch nichts mehr zu ändern war. Sie hatte ihren Frieden gemacht und konnte mit Erich zusammenleben.

Ihre Sorgen galten von nun an den Kindern, Lars' Windpocken oder Masern, Heinz' Pubertät und der rätselhaften Begabung ihres ältesten Sohns, die ihn in eine ungewisse Zukunft führen würde. Auch sie billigte es am Anfang nicht, dass er keinen »richtigen Beruf« lernen wollte, unterstützte aber dennoch seine Neigung, steckte ihm heimlich Haushaltsgeld zu, damit er sich Bücher kaufen konnte, sorgte dafür, dass man ihn nicht störte, wenn er in seinem Zimmer saß und schrieb, besorgte ihm Karten fürs Theater und legte ihm zum Frühstück das Feuilleton der Lokalzeitung hin.

Rolf schlug innerlich nach ihr. Er hatte ihr raumgreifendes Sinnieren geerbt, ihre Skrupel im Denken, ihre stille, rekapitulierende Nachdenklichkeit über die Vorgänge und Dinge in den zwischenmenschlichen Beziehungen. Bei ihr war dieses Denken nie aufgeklart, es bewegte sich im Vagen, Unformulierten. Er hingegen konnte es sogar in überzeugende Sätze fassen. Das machte sie insgeheim dann doch sehr stolz auf ihn.

6.

An jenem Abend im Jahre 1949, nachdem sie sich zum ersten Mal im Fluss gewaschen hatten, ging Rolf Freytag allein nach Hause und ließ seinen Vater in der Fabrik zurück. Erich kam in dieser Nacht nicht nach Hause. Das Bett blieb leer.

Es gab einen Grund, weshalb er nicht kam. Erich hatte erzwungen, dass Marie in dieser Nacht ihre Koffer packen und gehen sollte. Rolf hatte die Aufgabe, als sein Stellvertreter alles zu kontrollieren und ihm Bescheid zu geben, wenn Marie gegangen war, damit er sie nicht noch mal sehen musste. Rolf wusste, was auf ihn zukam. Er musste versuchen, seine Mutter ruhig zu halten und darauf zu achten, dass die Dinge nicht außer Kontrolle gerieten. Vor allem musste er aufpassen, dass Elli nicht mit Marie weglief. Dies war um jeden Preis zu verhindern.

Als er das Haus erreichte, war es bereits dämmrig. Er konnte von außen nicht genau sehen, ob jemand in der Küche war oder nicht. Jedenfalls glaubte er etwas gehört zu haben. Als er den Flur betreten und die Haustür hinter sich geschlossen hatte, zuckte er trotzdem zusammen, als er in seinem Rücken Maries laute, spöttische Stimme hörte, die erstaunt ausrief: »Hallo, Rolf? Du bist schon hier? Was für eine Überraschung!«

Er drehte sich um. Marie stand in der Küchentür und verdeckte die Küche.

»Wie geht es dir?«, fragte sie und musterte ihn von oben herab. Sie roch nach Alkohol.

»Wo ist Mami?«, fragte er.

Marie machte den Blick in die Küche frei. Seine Mutter hockte am Tisch und rauchte. Auf dem Tisch standen zwei Gläser und eine Flasche Sekt.

»Hallo, Mami«, sagte er.

Elli zog an ihrer Zigarette und begann zu hüsteln.

»Was macht ihr hier?«, fragte er.

»Wir trinken ein Gläschen Sekt«, antwortete Marie, »ich hoffe, du hast nichts dagegen?«

Ihre Stimme war leicht überdreht. Wenn sie gereizt war, schlug sie einen grelleren Ton an.

Rolf merkte, wie er wütend wurde und etwas ihm die Kehle zuschnürte. »Ich möchte Mami einen Augenblick sprechen.«

Marie zog die Augenbrauen nach oben und machte ihm Platz.

»Allein«, sagte Rolf.

»Dann geh nach hinten«, sagte Elli zu ihm, »ich komme gleich.« Sie mochte es nicht, dass Rolf in den letzten Tagen Maries Autorität in Frage stellte. Sie empfand es als feige.

Rolf ging langsam nach hinten in sein Zimmer.

Die beiden Frauen hatten die erste Flasche bereits am Fluss getrunken. Marie hatte Elli mit einem Picknick überrascht. Sie hatte eine Decke ausgebreitet, einen »Sektkorb« daraufgestellt und Elli an die Stelle geführt. Sie hasste es, unangenehme Dinge offen aussprechen zu müssen, und verabscheute verlogenes Abschiedsgedöns. Sie wollte das Ganze lieber zelebrieren. Kaltblütig eröffnete sie Elli, sie habe sich entschlossen, nach München zu gehen, um alles vorzubereiten. Anschließend stießen sie darauf an, dass Elli nachkommen würde.

Dass das Ganze doch nicht so kaltblütig ablaufen sollte, ahnte sie jetzt, als es an der Zeit war, tatsächlich zu packen. »Komm, geh nach hinten«, empfahl sie Elli, »es ist besser, kein Öl aufs Feuer zu gießen.«

Elli gehorchte. Sie erhob sich kraftlos und verließ die Küche.

»Hat Marie schon gepackt?«, fragte Rolf, als seine Mutter in der Tür erschien.

»Nein«, erwiderte Elli, »sonst noch was?«

Er sah brütend vor sich hin. Ihm war die ganze Sache selbst unangenehm.

»Ich soll so lange hier warten, bis sie weg ist«, sagte er, »tut mir leid.«

Elli nickte und ging zurück. Marie hatte inzwischen den Rest der zweiten Flasche in die Gläser geschenkt. Als Elli die beiden sprudelnden Gläser sah, fing sie wieder an zu weinen.

»Nicht weinen, trinken«, sagte Marie und zog sie zu sich.

Elli begann zu schluchzen. Marie nahm sie in den Arm. So ging es weiter, in den Abend hinein. Irgendwann machte Elli das Fenster zu. Der Frühling hatte eine bestimmte Würze, die sie nicht ertrug.

Sie blieben eine Weile in der Dunkelheit sitzen – und taten nichts.

Rolf war hinten bei Lars, beantwortete seine Fragen, hielt ihn zurück, wenn er in die Küche laufen wollte, hielt den schweigenden Blicken seines zweitältesten Bruders stand, der begriffen hatte, worum es ging, und ihn offensichtlich ersuchte, etwas dagegen zu tun.

Auch ihn hielt er im Zaum, indem er sagte: »Bleib sitzen, Heinz«, wenn sein Bruder aufspringen und in die Küche marschieren wollte, um selbst für Ordnung zu sorgen.

Schließlich schlummerte Lars ein. Seine Mutter erschien kurz in der Tür und warf einen Blick auf ihn. Am Morgen hatten sie noch einmal »Engelchen flieg« mit ihm gespielt.

Er liebte das ganz besonders, wenn er links und rechts unter die Arme genommen und hoch in die Luft geschleudert wurde. Dann ließ er sein kindliches, durch nichts getrübtes, glückliches Lachen hören, und auf seinem Gesicht erschien ein Ausdruck tiefster Seligkeit, wenn sie beide, sie selbst und Marie, dabei riefen: »Engelchen flieg! Engelchen flieg!«

Elli wandte sich ab und verschwand im Flur.

Marie hatte zu packen begonnen. Sie stand in dem schmalen Lichtkorridor, den die Flurlampe auf das dunkle Wohnzimmer warf, und legte ihre Sachen in einen Koffer, der auf der ausklappbaren Couch stand. Einmal drückte sie Elli, die ihr von der Tür aus beim Packen zusah, etwas in die Hand. Es war das leichte Sommerkleid. Marie hatte es immer getragen, oft hing es draußen an der Wäschestange, es war weiß und hatte blaue Tupfen.

Ganz weich war es und flauschig und dünn wie ein Schal. Marie konnte es ohne weiteres in Ellis Hand knüllen.

»Pass gut drauf auf und versteck es. Und zieh es ab und zu heimlich an«, sagte Marie und zwinkerte ihr zu. Elli nickte und fing wieder an zu weinen. Sie würde beherzigen, was Marie gesagt hatte. Das Kleid roch ein wenig nach ihr.

Rolf hörte das leise Schluchzen seiner Mutter. Er fühlte sich ohnmächtig und hilflos. Er war wütend, weil er hier Wache halten musste. Zum ersten Mal stieg diese ohnmächtige Wut gegen die Verhältnisse in ihm hoch, die später, in den Nächten, wenn er betrunken war, lebensbedrohliche Formen annehmen würde.

Er wartete darauf, dass seine Mutter noch einmal zu ihm kam, aber sie ließ sich nicht mehr blicken. Sie war von ihm enttäuscht. So nahmen die Dinge ihren Lauf, und er war nicht mehr imstande, etwas dagegen zu tun.

Reglos saß er an seinem Schreibtisch und wartete ab, ob wenigstens Marie noch käme, um sich von ihm zu verabschieden. Am Ende erschien Elli in der Tür und verkündete, dass sie Marie noch zum Bahnhof brächte.

Als Elli zurückkam, stand Marie mit dem Koffer bereits in der Tür. »Bleib lieber hier«, sagte sie.

Elli blieb betroffen stehen. »Aber warum denn?«

»Es ist besser so.« Marie lächelte sie an.

»Aber warum denn?«, wiederholte Elli.

»Solche Abschiede am Bahnhof sind doch grauenhaft«, sagte Marie, »außerdem weiß ich ja gar nicht, wann der Zug geht. Und du kommst doch bald nach München, oder?«

Elli nickte. Marie nahm sie in den Arm. Elli fühlte sich wie ein Kind.

»Und mach keine Dummheiten«, flüsterte Marie, »sag, dass du's mir versprichst.«

Elli nickte und umklammerte sie. »Ich versprech's«, sagte sie mit tränenerstickter Stimme.

Marie musste unwillkürlich lächeln. Jetzt hatten sie doch ihre kleine Abschiedskomödie. Sie streichelte Elli sanft übers Haar.

»Mein Ellichen«, flüsterte sie – und, kaum hörbar: »Mein geliebtes Ellichen.«

Nun kamen auch ihr die Tränen. Sobald sie sich voneinander gelöst hatten, stolzierte sie davon, brach auf in ihrer resoluten Art, ging in ihrem hellen Mantel über den weitläufigen Platz, weit ausschreitend, wie sie es gewohnt war, unbekannten Zielen entgegen.

Elli spürte Maries Kurswechsel sofort an der Art, wie sie sich bewegte. Sie geriet in einen Sturm einander völlig widerstrebender Gefühle: Da waren Panik, sehnsuchtsvolle Verzweiflung und Impulse einer merkwürdigen, plötzlichen Zuversicht. Von diesen Impulsen getrieben, lief sie los.

Über den gesamten freien Platz rannte sie und rief mit voller Stimme: »Marie! Marie!«

Es war die lauteste Demonstration von Gefühlen, die sie in ihrem Leben je von sich gab.

Sie stolperte Marie hinterher, so schnell es ging: »Marie! Marie! Ich liebe dich!«, rief sie und stürzte ihr in die Arme.

Rolf hörte seine Mutter rufen, aber er harrte aus. Er würde sie gehen lassen, falls es so sein sollte, und für die Konsequenzen geradestehen, wenn es nicht anders ging.

Er stand in der Küche und trank den letzten Schluck Sekt aus Gläsern und Flasche.

»Ich verlasse ihn!«, rief Elli voller Inbrunst. »Ich verlasse ihn. Ich verlasse ihn!«

»Ich verlasse ihn!«, wiederholte sie zu sich selbst voller Trotz.

Der Zug fuhr nicht mehr an diesem Abend. Es war schon zu spät. Sie saßen stundenlang in dem kleinen Nachtcafé am Bahnhof, das noch offen hatte, aßen Zitronenschnitten, die köstlich süß schmeckten, und blickten immer wieder auf die Bahnhofsuhr.

Erst spät am Abend war Elli wieder zu Hause. Heinz erwartete sie mit gerunzelter Stirn und vorwurfsvollem Ausdruck.

»Was ist los, Mami?«, fragte er völlig übermüdet.

»Nichts ist los«, erwiderte sie sanft, »geh wieder ins Bett.«

Danach erschien Lars im Schlafanzug.

»Wo ist Marie?«, fragte er, auf einmal hellwach.

»Marie macht Urlaub«, sagte Heinz geistesgegenwärtig und führte ihn in sein Zimmer.

Dabei sah er seine Mutter prüfend an, ob sie alles im Griff hatte. Elli presste die Lippen zusammen und nickte. Heinz verfrachtete seinen jüngeren Bruder ins Bett.

Er war der vitalste, robusteste ihrer Söhne. Um ihn musste man sich kaum kümmern. Immer erledigte er alles prompt und zuverlässig und hatte meist gute Laune. Er bekam schon kleine Muskeln, und seine Gesichtszüge prägten sich aus. In wenigen Jahren würde er mühelos die Rolle von Erichs rechter Hand übernehmen.

Rolf lief den ganzen Weg zur Fabrik. Oben konnte er seinen Vater unter der nackten Glühbirne sitzen sehen, über seine Akten gebeugt. Er hatte sich seine braune, kratzige Jacke über die Schultern gezogen und rechnete. Die Zahlen, die er untereinander addierte, waren seine Spuren im Schnee, die er vor Jahren in einem russischen Winter zurückgelassen hatte. Er setzte einen Schritt vor den anderen, einen Schritt vor den anderen, bis irgendwann etwas passierte, ein Schuss durch den Wald hallte, ein Befehl die Nacht durchdrang oder ein Bote Nachricht brachte, wo der Feind war. So wartete Erich auf Rolf, dass er ihm Nachricht brächte, wie es an der Front aussah. Rolf hatte nur Gutes zu berichten. Aber er ließ sich Zeit. Er ließ sich in das nachtfeuchte Gras am Flussufer sinken, betrachtete den kleinen erleuchteten Fensterausschnitt und die Aura des Gebäudes darum herum. All das löste sich in wohliger Dunkelheit auf. Rolf überlegte, woher er jetzt noch etwas zu trinken bekäme, um mit seinem Vater anzustoßen. Er merkte, dass im Glanz dieser Nacht ein apokalyptischer Reiz lag, der auch seinem Vater nicht verborgen sein konnte. Ein klarer Hochprozentiger wäre jetzt das genau Richtige, um das Ereignis zu feiern.

Am nächsten Morgen kehrte Erich früh nach Hause zurück. Er ging in die Küche und brühte Kaffee auf. Er war nicht ganz so leise wie sonst, damit man ihn hörte. Aber seine Frau kam nicht. Er hockte sich hin und schlürfte den heißen Kaffee, aber sie kam immer noch nicht. Irgendwann ging er, um nach ihr zu sehen.

Sie saß mit dem Rücken zu ihm auf der Bettkante. Neben ihr lag ein aufgeklappter Koffer.

»Eines musst du wissen, Erich«, sagte sie, den Rücken ihm weiterhin zugewandt, in das Schweigen hinein. »Wenn es einen Menschen gibt, der mich fühlen lässt, dass ich lebe, dann ist es Marie. Und wenn ich eines Tages das Gefühl habe, dass ich zu ihr gehen muss, werde ich dich verlassen.«

Erich schluckte. »Ist gut«, sagte er kurz und wandte sich ab.

Er zog seine Jacke im Flur an und verließ die Wohnung. Seine Schritte waren klapprig. Beine und Körper spürte er kaum, nur eine bleierne Schwere im Kopf. Keine Freude darüber, dass Marie endlich weg war. Nur Schwermut.

In der Firma wurde er laut begrüßt. Eine erste Lieferung Ton war mit einem Laster gekommen. Frau Rammer stand an vorderster Front. »Sehen Sie, Herr Doktor! Unsere erste Ladung mit Lehm!«, rief sie mit stolzgeschwellter Brust.

Alles lachte.

»Na los, Roswitha, pack an, Anita, Sieglinde, Waltraut! Worauf wartet ihr?«

Und alles lief quer durcheinander über den sonnigen Platz und packte an. Wenig später verbreitete der Ton zum ersten Mal seinen Geruch in der Halle. Er roch nach Zukunft. Alle wussten das.

Erich dachte an das Anna-Fest auf den Kellern, das große Volksfest, das im Sommer am Fuße des Bergs namens Walberla stattfand. Er nahm sich vor, die Frauen zu belohnen. Er nahm sich vor, bis dahin genug zu erwirtschaften, dass er sie zu dem köstlichen, kühlen Bier, das es da oben gab, und zu der Brotzeit einladen konnte und dass jede von ihnen sich für ihren Liebsten ein Lebkuchenherz aussuchen durfte. Er konnte es schließlich nicht ändern, dass seine Frau ihn nicht mehr liebte. Später wogten die großen, üppigen Busen noch einmal vor Lachen, weil sein Sohn irgendeinen harmlosen Witz gemacht hatte. »Die Frauen« zumindest standen hinter Erich wie eine Eins.

Der Zug nach München fuhr pünktlich um neun. Marie hatte die Nacht in der Halle verbracht, aufrecht sitzend auf der langen Holzbank mit Blick auf die Schalter, und hatte Abschied genommen. Sie war übernächtigt, als Elli kam, aber überhaupt nicht müde.

Elli strahlte und lief ihr in die Arme.

Die letzten Minuten waren unerträglich lang, und die Hände, reglos ineinanderliegend, taten innerlich weh, als wären die Nerven entzündet.

Als die beiden das Pfeifen des herannahenden Zuges hörten, sagte Marie: »So«, und mehr nicht. Sie sahen sich noch immer in die Augen, als diese sich schon längst mit Tränen gefüllt hatten, und drückten sich dabei die Hände. Dann sprang Marie auf und löste sich abrupt von ihr. Elli sah, wie sie zum Zug rannte und ihre festen, starken Beine dabei förmlich in den Asphalt griffen. Elli riss es hoch. Sie schrie: »Marie!«

Dieser langsam verhallende Schrei, der sich mit dem diffusen Zischen der anfahrenden Diesellok mischte, würde noch lange in ihrem Gedächtnis bleiben.

Der olivschwarze Zug, schwer und schicksalhaft, mit seinen langsam kurbelnden Rädern, rollte aus dem Bahnhof hinaus. Während er an Geschwindigkeit zunahm, tauchte hinter ihm das Massiv des Walberla auf. Der niedrige Bergrücken wurde bereits von der Sonne berührt. Er sah jungfräulich aus. Lange, nachdem die Tränen der Elisabeth Freytag versiegt waren, saß sie immer noch auf dem Bänkchen und blickte nachdenklich in jene Richtung, in welcher der Zug verschwunden und das Walberla aufgetaucht war. Sie brauchte diese Zeit, um sich ein feines Netz aus Gedanken zu spinnen, weit geflochten in der Zeit, das sich behutsam über die Wunde legte, die diese Trennung aufgetan hatte. Die feinen Gedanken, an denen Elli fortan immer weiterspinnen würde, waren imstande, die Trennung aufzuheben und ins Imaginäre zu rücken. Sie machten aus der Wirklichkeit Illusion und aus der Illusion Wirklichkeit. Und niemand würde je merken, dass sie weiterhin mit Marie zusammen war, mit ihr Zigaretten rauchte am Spätnachmittag auf der Treppe, mit ihr die leisen Zwiegespräche führte, die den Alltag versüßten und beschwingt Hand in Hand mit ihr am Fluss entlanglief. Sie waren die süße Rache der stillen, nachdenklichen Elli, die, während sie mit dem Wischmopp hantierte oder oberflächlich die Küchenarbeit erledigte, immer in Gedanken bei ihrer Marie war.

Die Frühlingssonne, die sich so prachtvoll über der Landschaft ausbreitete, half ihr dabei, ihre feine Rüstung zu schmieden. Ihre Kinder und Pflichten rückten dabei in die Ferne. Sie tanzten und tobten vor dem großen Vorhang, der über ihr gemeinsames Leben gefallen war wie kleine Partikel in der Frühlingsluft.

Elli war kalt geworden. Sie hatte nichts, um es sich über die Schultern zu legen. Auch das Frösteln sollte sie immer begleiten. Maries Hände hatten sich tief in sie eingegraben. Irgendwann erhob sie sich und ging davon. Der Frühling bildete eine Naht am Horizont.

Dem schönen, blauen Himmel tat es nicht weh, wenn er die Dinge berührte. Er rieb sich nicht an ihnen. Er legte sich lediglich sanft darüber. Genauso würde sie es tun. Sie würde ihre Gedanken sanft über den Alltag legen. Mit dem geringsten nur möglichen Widerstand. Sie würde keine Reibungsfläche mehr bieten. Sie würde ihre Pflicht als Mutter und Hausfrau erfüllen und in den Pausen Zigaretten rauchen und nachdenklich zum Fenster hinausblicken. Das war schon viel, gemessen an den Umständen.

Als der Pfiff des Zuges längst ertönt war, der Zug an Geschwindigkeit gewann und mit ihm Maries Gestalt fortgezogen wurde in die Wirklichkeit, widerstand Elli dem plötzlichen Impuls, ihr nachzurennen und ihre Hand zu ergreifen, um selbst auf das Trittbrett des Zuges zu springen. Sie erschrak, ein wenig nur, über sich selbst, weil sie einsah, dass sie nicht den Elan gehabt hatte, die einzig mögliche Wirklichkeit, die es für sie beide gegeben hätte, zu ergreifen. Ein paar Schritte nur hatten ihr gefehlt. Nun war es vertan.

Mit einem leisen Gefühl des Bedauerns, mit gekränkter Hoffnung, ein wenig geknickt über sich selbst, ging sie nach Hause zurück.

Des Öfteren verkroch sie sich auf die Gartenbank. Sie sah zu, wie ein Zigarettenautomat an einer Hauswand installiert wurde. Es kam in Wellen, dass der Firnis der Umstände entkleidet wurde und alles nackt vor ihr lag. Dann wusste sie nicht, wie sie den Tag ohne Marie durchstehen sollte. Wie ein Mantra flüsterte sie leise ihren Namen, immer und immer wieder. Irgendwann kam eine Karte aus München, in der Marie schrieb, dass sie gut angekommen war.

Erich hielt sich in diesen Tagen in der Küche auf, Elli im Wohnzimmer, wo sie auch schlief. Er häckselte Zwiebeln und Gurken klein und zerlegte eingemachte Heringe, die er mit allem vermengte. Der Familie gab er nichts davon ab.

Am Tag darauf beglückte er die Belegschaft mit seinem Heringssalat. Jede der Frauen bekam einen Klecks auf den Teller. Frau Rammer musste vorkosten. Sie probierte die fremde Kost, die etwas streng schmeckte, und ließ sie mit kritischer Miene auf dem Gaumen zergehen.

Sie ließ sich Zeit mit ihrem Urteil. Schließlich nickte sie beifällig.

»Des is fei guuud«, sagte sie schließlich in ihrer breiten Mundart. Die Antwort war allgemeines Gelächter.

7.

Elli kehrte in Erichs Schlafzimmer zurück. Er bekam irgendwann ein richtiges Gebiss. Bald kam ihres dazu. Sie dämmerten friedlich nebeneinander in einer milchigen Flüssigkeit.

Eine alte Vorkriegsgewohnheit, das leise Tischgespräch auf Französisch, damit die Kinder nicht verstehen konnten, was man redete, wurde wieder eingeführt. Gegen Mitte der fünfziger Jahre liefen die ersten Gartenzwerge vom Band.

Anfänglich war die Nachfrage sehr zögernd. Sie mussten auf Halde gelagert werden. Reglos standen sie, in ihrem Musikantendasein erstarrt, im Halbdunkel einer gemieteten Lagerhalle in der Nähe und grinsten Erich mit erhobener Fiedel, lustig geschwenkter Ziehharmonika oder hoch über dem Kopf erhobenem Dirigentenstock an, wenn er abends das Tor der Halle absperrte. Er machte sich Sorgen. Er hatte viel investiert. Dann plötzlich stieg die Nachfrage.

Man sah sie jetzt vereinzelt in den blitzblanken Vorgärten stehen. Wenig später überschwemmten sie Unterfranken. Ein regelrechter Boom brach aus.

Plötzlich standen sie überall herum, lugten aus künstlich angelegten Grotten oder Wasserfällen hervor oder standen in kleinen, wild gestikulierenden Gruppen in winzigen Tropfsteinhöhlen, von deren Decke Wasser rieselte. Der Phantasie der Vorgartenarchitekten war keine Grenze gesetzt, auch der des Fabrikanten nicht. (Später, als der große Eigenheimboom anbrach, würden sie Schubkarren fahren, Kellen schwingen oder mit höhnischem Grinsen Sägen in beiden Fäusten halten.) Auf einmal kam Geld in die Kasse. Es türmte sich auf dem Schreibtisch einer neuen Bürokraft, Frau Kranach, die ewig in der Firma bleiben sollte.

Sie füllte Scheine und Münzen in die nun besser gepolsterten Lohntüten, die am Freitagabend verteilt wurden. Erich kaufte einen Wagen. Es war ein grauer Opel Rekord, der die ersten Italienurlaube noch mitmachen sollte und der es ihm ermöglichte, seine Frau mit stolz erhobenem Kopf durch Unterfranken zu chauffieren und ihr all die Gartenzwerge zu zeigen, die er produziert hatte.

Elli machte den Eindruck, als habe sie sich an das Leben mit Erich gewöhnt. Nichts wies darauf hin, dass es noch einmal zu Turbulenzen kommen könnte.

Auf einer dieser sonntäglichen Fahrten durch Franken entdeckten sie ein Dorf namens Stein. Erich nahm aus Neugier eine weitere Abzweigung.

Die Straße führte etwa einen Kilometer, an Höfen vorbei, steil nach oben. Ab und an röhrte der Motor des Wagens auf, ein paar Mal drehten die Räder auf der Schotterpiste durch. Schließlich erreichten sie eine Anhöhe. Die Landschaft dort oben war so vielversprechend, dass Erich den Wagen nach wenigen Metern hielt und beide ausstiegen.

Es war ein milder Sommernachmittag, sie liefen ein Stück auf einem Pfad, der über die Anhöhe führte. Auf der rechten Seite fiel die Landschaft sanft ab. Große Wiesen, dahinter Wälder. Es war die Westseite. Auf der anderen Seite, die ebenfalls flach abfiel, standen Baugrundstücke zum Verkauf. Erich wollte bauen. Er hatte es sich zwar nicht bewusst gemacht, aber man merkte es an der Art, wie er die Grundstücke sondierte. Früher hatte die Familie schließlich auch ein Haus gehabt.

Die zum Verkauf angebotenen Grundstücke waren kleinere Parzellen, alle in Hanglage, mit Blick auf die Ebene, die sich weit darunter erstreckte. Der Höhenunterschied zwischen hier oben und der Ebene unten, die sich zum Walberla hinzog, das bereits wie ein Markenzeichen oder Gütesiegel wirkte, entsprach der mit dem Wagen zurückgelegten Strecke die steile Dorfstraße hinauf. Das Ganze wirkte auf Elli wie ein ungeschlachtes Idyll. Zum Teil war die Erde planiert, und zum Vorschein kam der glänzende, rote Lehm, der unter den fetten Wiesen lag. Hier würden bald die Baugruben ausgehoben, ein paar Bagger standen schon. Erich warf einen Blick zu Elli, die vor ihm stand. Sie lächelte ein wenig. Sie wirkte zufrieden. Die beiden gingen den von tiefen Reifenspuren zerfurchten Weg Richtung Westseite entlang. Tiefe Risse hatten sich in dem Lehm gebildet, die Füße hatten es schwer, den richtigen Halt zu finden. Er nahm das zum Anlass, seine Frau ein wenig am Ellbogen zu stützen. Erich hatte bereits ein Grundstück ins Auge gefasst. Er würde ihr irgendwann, im richtigen Moment, davon erzählen.

Sie gingen ein Stück still und einvernehmlich. Der Weg führte sie bald durch eine hüfthohe, wilde Wiese. An manchen Stellen wurde sie zum Dschungel. Erich ging vor und machte Elli den Weg frei. Er hielt die fetten Blätter von Schierling und Huflattich, die schwarzgrün im Gegenlicht glänzten, von ihr fern. Überall summten Insekten, die sich in der nahenden Dämmerung auf dem pyramidenförmig hochwuchernden Unkraut in großen Wolken niedergelassen hatten.

Es wurde wieder leichter zu gehen. Die Wiese wurde flacher, der schmale Pfad wieder unter den Füßen sichtbar. Ein Rinnsal plätscherte neben ihm, das er Elli half zu überqueren. Er spielte ganz den Gentleman, wie früher, mit der reservierten Vorsicht des Schuldbewussten. Er wollte sie nicht überfordern. Aber immerhin war einige Zeit ins Land gegangen, und die Kinder wurden bereits erwachsen. Erich hatte etwas erreicht. Er hatte seinen Status zurückerobert, in jener angemessenen Form, die der frühen Bundesrepublik zu Gesicht stand: in aller Bescheidenheit.

Dennoch fühlte er sich durch die Laune des Augenblicks veranlasst, seiner Frau, die anmutig und mit leichtem Schritt vorausging, immer wieder kleine Seitenblicke zuzuwerfen, die sie zwar nicht erwiderte, aber wahrnahm. Behutsam durchströmte Erich zum ersten Mal seit langer Zeit eine Mischung aus Zuversicht und Glück. Die Wiese versank allmählich in der Dämmerung. Das Licht wurde geheimnisvoll fahl. Die Kühle begann, aus dem Gras aufzusteigen. Die Strudel der Insekten wurden immer dichter. Es war Zeit umzukehren.

Erich führte seine Frau zurück. In die großen Mischwälder, die die Wiesen umgaben und die legendär waren für ihre riesigen Pilzvorkommen, würden sie das nächste Mal gehen. Krüppelkiefern bewachten den Eingang der Waldwege, bildeten eine stumme Phalanx, die sich in Nebel hüllte, versehrte Kriegsheimkehrer, die ihn an sich und seine toten Kameraden erinnerten.

Als sie zum Wagen zurückkamen, war die Dunkelheit bereits hereingebrochen. Und wie es mit der Dunkelheit nun mal so war, stiftete sie ein Stück Heimatgefühl auf der Rückfahrt. Es lag an der Müdigkeit von der frischen Luft und daran, dass man die Eindrücke des Nachmittags noch mal an sich vorbeiziehen ließ, während man eine Zigarette rauchte und zum Fenster hinaussah. Es lag daran, dass man in eigenen Gedanken versank, ohne reden zu müssen, weil es dem Mann, der neben einem am Lenkrad saß, ebenso erging, und es lag an der Fahrbahn, die sich wie ein endloses Band, das stillzustehen schien, vor einem abspulte, ohne dass man es merkte. Und so merkte man auch nicht, dass überhaupt Zeit vergangen war, als der Wagen schließlich zu Hause einbog.

Elli warf Erich einen Blick zu und lächelte dankbar.

»Es war ein schöner Nachmittag«, sagte sie.

Dieser Satz machte ihn unendlich glücklich. Es war das größte Bekenntnis, das sie ihm seit seiner Heimkehr gemacht hatte. Er tätschelte ihre Hand und stieg aus. Einen Moment überlegte er, ob er ihr den Wagenschlag aufmachen sollte, entschied aber schließlich, dass es des Guten zu viel gewesen wäre. Er wollte keine falsche Vertraulichkeit.

Eines Tages im Frühjahr des nächsten Jahres wurde der hunderttausendste Gartenzwerg gefeiert. Die Frauen hatten im Hof Tische und Bänke aufgestellt und mit Girlanden verziert. Das Fließband wurde um vier Uhr gestoppt, damit, wenn der Bürgermeister da war, der symbolisch als Hunderttausendster bezeichnete Gartenzwerg vom Band rollen und vor ihm stehen bleiben konnte. Es war der mit der Ziehharmonika, der mit dem breitesten Lachen unter seiner großen, roten Zipfelmütze. Die Mundwinkel zogen sich hoch bis zu den Ohren.

Die Belegschaft war festlich gekleidet. Die Frauen im Dirndl, Erich und der Packer, ein neuer Mann namens Komorek, trugen dunkle Anzüge.

Rolf beobachtete von oben, wie der Wagen des Bürgermeisters kam, er ausstieg und Erich per Schulterklopfen begrüßte und wie sich alle zu einem Gruppenfoto zusammenschlossen. Er wusste auch nicht, warum er nicht längst unten war bei den Frauen, die noch nach Schweiß rochen, weil sie bis jetzt gearbeitet hatten, warum er nicht bei seinem Vater stand, der wie die anderen finster dreinblickend wartete, dass endlich der Blitz kam. Das Foto machte Heinz, der die Statur Erichs geerbt hatte (und eine heimliche Liaison mit einem der Fabrikmädchen eingegangen war. Sie lagen am Ufer und knutschten. Er fuhr mit ihr mit dem Roller ins Autokino, er schwängerte sie, sie trieben ab, das Mädchen kam nicht mehr in die Fabrik).

Rolf wusste nicht, warum er so melancholisch war, doch er vermutete, dass die Gründe hierfür in einer Erkenntnis lagen, die sein Vater vor wenigen Minuten erlangt hatte, als er aus dem Gebäude kam, mit noch feuchten, nach Kernseife riechenden Händen, und sich suchend im Hof umblickte.

Der Bürgermeister wurde nun hineingeführt in die Halle. Die Maschine wurde angeworfen, ihr Dieselmotor setzte sich mit einem tuckernden Geräusch in Gang. Aus dem grünlichen Metalltunnel kamen in einem Countdown die letzten, nummerierten Gartenzwerge heraus, bis als allerletzter der Hunderttausendste über die Rollen glitt und vor dem Bürgermeister stehenblieb.

Frau Rammer legte ihm die berühmte grüne Banderole mit dem Wappen der Stadt Kronach um den Hals und gab ihn Erich, der ihn dem Bürgermeister überreichte.

Eine kleine Ansprache wurde gehalten.

Rolf war mittlerweile in die Halle gekommen und postierte sich rechts neben seinen Vater. Jetzt hörte er Heinz die Frage stellen, die er selbst aus Taktgefühl nicht hatte stellen wollen, und wusste, woher die düstere Wolke seiner Melancholie rührte: »Wo ist eigentlich Mami? Ist sie immer noch nicht da?«

Sein Vater zuckte die Achseln: »Keine Ahnung. Sie wird schon noch kommen.«

Der Bürgermeister nahm mit einer feierlichen Geste den Gartenzwerg entgegen, eine große Zierde für die Stadt Kronach, wie er sagte. Es folgten weitere Fotos und eine umständliche, gebärdenreiche Rede seinerseits, in der von einem großen Tag in den Annalen der unterfränkischen Spielzeugindustrie die Rede war. Erichs Tüchtigkeit wurde gelobt, die Arbeit schuf und zur Entwicklung der Gegend beitrug.

Die Hoffnung wurde geäußert, dass sich noch viele Abnehmer für das hervorragende Produkt finden würden. Dann wurde das Bier angezapft, ebenfalls durch seinen Bruder Heinz, der ein viriler, kleiner Mann geworden war, mit kräftigen, behaarten Unterarmen und Schultern, und der seinem Vater im Moment schicksalhaft glich, ein Zupacker eben. Er wirkte auf Rolf fast wie ein Abziehbild.

Die Frauen saßen auf den langen Bänken und tranken. Aus dem Lautsprecher tönte das ewige, alte Lied der Bierzelte, zum Mittrinken, Mitschunkeln, Mitgrölen: »Humba-Humba-Humba-Täterä-Täterä-Täterä.« Der Bürgermeister saß unter den Frauen, neben ihm sein Vater, der auf einmal sehr klein, sehr allein wirkte.

Rolf setzte sich behutsam neben ihn. In einer langen, nicht abbrechenden Kette wurden die Maßkrüge an diesem Abend weitergereicht. Das Bier in den Steinkrügen, das so kühl die Kehle herunterrann, galt als das beste Bier, das es gab. Es wurde in den Kellern gelagert, die in den Fuß des Walberla, in das Juragestein getrieben sind. Es schmeckte nach dem Moos auf den Steinen, nach den Ablagerungen im Kalkstein, nach der Feuchtigkeit des Steins selbst. Man roch schon das Modrige, wenn man seinen Mund in den Schaum tauchte.

Rolf nahm den Krug, den Frau Rammer ihm reichte, stieß mit seinem Vater an, trank andächtig in tiefen Zügen das Bier. Frau Rammer nahm Rolf unter den Arm.

Ihr derber, breiter Körper begann wieder zu schunkeln. Er spürte ihren großen, fest eingeschnürten Busen an seinem Arm, roch ihren Geruch nach Schweiß, Leim und Kartonagen. Frau Rammer sang mit: »Humba-Humba-Humba-Täterä-Täterä-Täterä«, und animierte ihn, auch einzustimmen. Neben ihr saß ihre sehr blasse Tochter und schunkelte mit.

»Meine Tochter sagt, du siehst immer so traurig aus«, rief Frau Rammer ihm ins Ohr. »Du musst doch net traurig sei. So ville scheena Madla, wie do san«, schrie sie durch die Musik und stieß ihn an.

Die Tochter hatte aschfahle Haare. Ihre bleiche Haut hatte manchmal einen grünlichen Stich, als habe sie auch zu lange in der feuchten Dunkelheit eines Kellers gelegen, wie das Bier.

Aber heute war ihr Mund mit rotem Lippenstift umrandet und hob sich wie eine phantastische Blüte aus diesem ausgesaugt wirkenden, leichenhaften Gesicht hervor. Wie eine Ophelia sah sie aus. Vielleicht ist dies heute dein Tag, dachte er.

»Des stimmt nicht«, rief die Tochter empört und lachte. »Des hob i nie gsagt.«

Sie hatte eine flötende Stimme und warf Rolf verstohlene Blicke zu.

Durch ihre Schüchternheit, die vielleicht nur gespielt war, lenkte sie ihn ab vom Unglück seines Vaters. Wieder ein Blick, ein kurzer Augenaufschlag.

»Na siehst du«, schrie Frau Rammer lachend und stieß ihm in

die Seite. »Mei Dochter gibt's net zu, dass sie über dich gred hot. Du host gute Karten bei die Frauen. Bei meiner Herta jedenfalls!« Sie lachte gellend auf, als die Tochter ihr ebenfalls den Ellbogen in die Seite rammte, um sich gegen solche Interpretationen zu verwahren.

Rolf merkte, dass er Lust hatte, sich zu betrinken. »Komm, Papi, wir trinken noch einen«, schug er vor.

Doch sein Vater schüttelte missbilligend den Kopf. »Du weißt, dass ich noch fahren muss.«

Rolf nahm die nächste Maß, reichte sie in der Kette weiter und blickte hinaus in die Nacht. Die Stimmen, das Gelächter und die Musik verebbten um ihn.

Die Nacht wartete auf ihn, nicht heute und nicht hier. Aber sie würde kommen. Sie warf bereits ihren Schein auf die nächste oder übernächste Stufe seines Lebens. Er merkte den Strudel, in den etwas in ihm hineingezogen werden wollte und gegen den er sich widerwillig wehrte, solange er noch Hoffnungen hatte. Dies war eine sanfte Ahnung, mehr nicht. Ein Verlangen, den Tag abzuschütteln, mehr nicht.

Der Bürgermeister erhob sich. Er wollte gehen. Sein Vater stand ebenfalls auf und brachte ihn zu seinem Wagen. Rolf trank seine Maß leer und sah zu, wie sich die beiden verabschiedeten. Komorek, der Packer, mit dem er heute den ganzen Tag im Lager verbracht hatte (sie hatten Gartenzwerge verpackt), warf ihm einen glotzäugigen Blick zu. Er war bereits ziemlich betrunken und würde sich irgendwann auf den Weg zum Rathaus machen, um mit schwerer Zunge den »Hunderttausender« zurückzufordern (womit er den hunderttausendsten Gartenzwerg meinte).

Frau Rammers Tochter wurde unter dem Einfluss des Alkohols immer animierter. Sie lachte jetzt ebenso laut wie die anderen Frauen, die sich offenbar über sie lustig machten, weil sie sich für Rolf interessierte – was sie unter lauten Protesten leugnete, die man kaum verstand, weil ihr Dialekt so breit war. Dabei warf sie immer Seitenblicke zu ihm, lachte, traktierte ihre Gegnerinnen mit dem Ellbogen, hielt ihnen den Mund zu, während die schrien: »Du liebst den! Gib's doch zu! Du liebst den!« Ihre sonst wässrigen Augen bekamen einen fiebrigen Glanz, sie glich immer mehr einer viel zu temperamentvollen Wassernixe.

Rolf amüsierte dieser Sprachvergleich. Bestimmt hatte ihr Frau Rammer, die alte Kupplerin, angeregt durch das Beispiel seines Bruders, diesen Floh ins Ohr gesetzt und der Tochter geraten, sich an ihn ranzumachen.

Er musste darüber lächeln, als sein Vater zu den Tischen zurückkam. Er sprach kurz mit Heinz, der bis zum Schluss dableiben sollte, kam dann zu Rolf und verabschiedete sich: »Ich geh jetzt mal nach eurer Mutter gucken. Gute Nacht.«

Rolf zögerte kurz, dann stand er ebenfalls auf. Er ging ihm hinterher und holte ihn am Auto ein. Die beiden fuhren den Weg über die Landstraße zurück. Er führte durch ein Dorf und eine Siedlung. In den Vorgärten der kleinen, neugebauten Häuser standen überall Erichs Gartenzwerge. Erich hatte sie Elli auf der Heimfahrt zeigen wollen. Nun war sie nicht gekommen.

»War doch eine schöne Feier, oder?«, fragte er einsilbig.

»Doch, war es, Papi. Du kannst stolz auf dich sein.«

»Siehst du, jetzt haben wir Erfolg«, sagte Erich leise. Es klang bitter.

»Sei nicht traurig, Papi. Mami ist bestimmt etwas dazwischengekommen.«

Erich nickte.

Als sie ankamen, brannte in der Wohnung kein Licht. Sie gingen schweigend hinein.

Im Dunkel sahen sie schon das Briefkuvert auf dem Küchentisch liegen.

Erich öffnete es mit der geschäftsmäßigen Miene, mit der er immer alle Post öffnete, faltete das Papier auseinander, las die wenigen Zeilen, faltete das Papier wieder sorgfältig zusammen und steckte es in den Umschlag zurück.

»Deine Mutter ist zu Marie nach München gegangen«, sagte er. »Sie weiß noch nicht genau, wie lange sie bleibt.«

Mit zusammengekniffenem Mund verließ er die Küche und ging mit müden, schlurfenden Schritten an seinem Sohn vorbei ins Schlafzimmer. Leise schloss sich die Tür hinter ihm.

Rolf blieb im Flur stehen. Ihm war zum Weinen zumute. Eine Wut stieg in ihm hoch, weil er sich so ohnmächtig fühlte. Warum war es nicht möglich, wie alle anderen da draußen zu feiern? Es war Samstagnacht. Warum musste so eine Scheiße passieren, warum ausgerechnet jetzt, warum seinem armen Vater?

Er schlug so fest mit der Faust gegen den Türrahmen, dass ein Knöchel blutete. Warum konnte er nicht weinen oder zumindest schreien? Er wusste, dass er nicht nach hinten gehen konnte. Sein Vater würde ihn abweisen. Er war vollkommen verschlossen, was diese Dinge anging. Was würde er tun, wenn Elli nicht zurückkäme? Scheiße! Seine Wut dehnte sich auf Marie aus.

Er wäre jetzt sehr gerne wieder zurückgegangen und hätte ein paar Bier getrunken. Aber es war zu weit. Und zu spät. Er holte eine halbe Flasche Whisky, die Marie vergessen hatte, aus einem Versteck hinter einer Buchreihe hervor und setzte sich draußen auf die Stufen zu dem kleinen Gemüsegarten, den seine Mutter und sie angelegt hatten.

Er trank einen Schluck, um besser nachdenken zu können.

Seine Mutter hatte also die viele Zeit, die sie mittlerweile allein war, in Gedanken und Briefen mit Marie zugebracht, hatte wahrscheinlich jeden Morgen am Küchenfenster gestanden und den Briefträger erwartet, sehnsüchtig nach einem Lebenszeichen von Marie. Sie hatte alle getäuscht. Keiner hatte etwas gemerkt. Und dann hatte Marie ihr zuletzt offenbar einen großen, leidenschaftlichen Impuls zugesandt, eine Bitte um ein Wiedersehen diesmal – und dieses Wiedersehen, wie Marie es sich vorstellte und ihr detailliert bis in die körperlichen Einzelheiten schilderte und als Abenteuer darstellte, hatte begonnen, Macht auf seine Mutter auszuüben, eine ganz physische, sinnliche Macht, die von der Verruchtheit von Maries Phantasien ausging. Und deshalb hatte Elli getan, was sie normalerweise nie tun würde.

Rolf trank den Whisky in winzigen Schlucken, immer wieder, wenn es ihm kühl zu werden begann. Der Whisky wärmte von innen und schaffte es, dass sich trotz der desolaten Situation ein Wohlgefühl in ihm ausbreitete.

Erich war nicht einmal wütend, nur wie vor den Kopf geschlagen. Er hatte sich in Elli getäuscht. Er hatte gedacht, sie sei einverstanden, dieses gemeinsame Leben, das noch übrigblieb, miteinander zu führen. Auch wenn es nicht viel war, was übrigblieb.

Er war davon ausgegangen, dass ihr das wenige, das ihm genug war, auch genügte.

Mit den Mitteln, die ihm noch zur Verfügung standen, hatte er versucht, ein paar Gemeinsamkeiten von früher aufrechtzuerhalten, die Spaziergänge am Sonntag, ein bisschen Taschengeld, ein schweigendes Einvernehmen, sich die alltäglichen Dinge zu teilen. Er hatte versuchen wollen, sich ganz allmählich wieder bei ihr ins Spiel zu bringen als Freund, und dabei auf die Jahre vertraut.

Sie hatten das Grundstück oben in Stein gekauft, das sie vergangenes Jahr im Spätsommer entdeckt hatten. Die letzten Wochen waren sie jeden Sonntag zur Baustelle gefahren. Morgen war Sonntag. Was sollte er jetzt ohne sie machen? Eine bleierne Müdigkeit legte sich über ihn. Er machte nicht mal den Versuch aufzustehen. Er ließ sich einfach nach hinten kippen.

Sein Sohn fand ihn im Morgengrauen mit weit aufgesperrtem Kiefer, das Gebiss halb im Rachen, das Gesicht eingefallen, leise schnarchend. Wie ein toter Soldat, an der Heimatfront gestrandet, dachte Rolf. Er selbst war ziemlich betrunken.

Komorek kam ebenfalls fürchterlich betrunken in weiten Schlangenlinien vorbeigetorkelt.

Er war zum Rathaus gelaufen und hatte herumkrakeelt, weil er den »Hunderttausender« zurückhaben wollte. »Bürgermeister!«, hatte er gegen die Wände des leeren Rathauses geschrien, »Bürgermeister! Gib den Hunderttausender wieder her!«

Nun stieß er mit Heinz zusammen, der von der anderen Seite angetorkelt kam. Mitten auf dem großen Platz schlugen sie mit den Köpfen aneinander.

»Du Sauhund!«, schrie Komorek.

»Hast du den Gartenzwerg?«, schrie Heinz und brach an Ort und Stelle zusammen. Komorek schleppte sich weiter in die Fabrik, wo er im Lager hinter Kisten auf einer Art Hundekissen schlief.

Erich wurde durch einen Alptraum aus dem Schlaf gerissen. Er war mit Eisenketten an Armen und Beinen zwischen vier Ackergäule gespannt worden. Zwei polnische Partisanen schlugen laut schimpfend auf die Gäule ein, bis sie sich aufbäumten und an den Ketten rissen. Er wurde sozusagen gevierteilt auf einer verlassenen Kolchose, unter einer milchigen Sonne.

Er riss die Augen auf von dem physischen Schmerz, der ihn erfasst hatte, und fand sich in seinem Schlafzimmer wieder. Der Schmerz in seiner linken Brusthälfte strahlte nach allen Seiten aus und drückte gegen die Lungen. Erich bekam keine Luft mehr.

Mit letzter Kraft wälzte er sich auf die Seite und ließ sich auf den Boden fallen.

Er riss den Mund auf und versuchte, Luft einzuziehen, wobei sich sein Kopf vor Anstrengung violett färbte. Auf allen vieren kroch er voran. Er musste einmal ums Bett herum, um an die Waffe zu kommen, die in seinem Nachttisch lag. Das hatte ihm gerade noch gefehlt, dass ihn, wenn er am wehrlosesten war, nämlich im Schlaf, heimtückisch eine Herzattacke überfiel.

Wutschnaubend, wie ein Walross nach Atem hechelnd, aber absolut chancenlos gegen den Panzer, den die Treulosigkeit seiner Frau ihm um die Brust gelegt hatte wie einen viel zu hoch sitzenden Keuschheitsgürtel, kroch er vorwärts, bis er schließlich den Nachttisch erreichte. Er versuchte, den rechten Arm zu heben, aber es tat im Ansatz schon so weh wie Axthiebe in die Brust, dass er die Versuche schließlich aufgab, sich voller Todesverachtung mit einem Schrei hochriss und seine Pranke gezielt auf dem weißen, runden Holzknauf landen ließ, mit dem man die Schranktür aufziehen konnte.

Als er das geschafft hatte, hielt er inne, riss wie ein Karpfen den Mund auf, um nach Luft zu schnappen, und konzentrierte sich gleichzeitig auf den Reibungswiderstand der Holztür, die beschissenermaßen zu fest im Rahmen zu sitzen schien. Erich schüttelte den Kopf: Schwierigkeiten und Ärger bis zum bitteren Ende.

Schließlich bekam er die Holztür auf, griff nach der Waffe und schwang sie mit einer gewissen Eleganz hoch an den Kopf, wo sie allerdings erbärmlich anfing zu zittern.

Es wollte ihm nicht gelingen, sie an der Schläfe zu justieren und abzudrücken. Ob es die ohnmächtige Wut darüber war, die seinen Schädel schließlich königsblau färbte, oder etwas anderes, wird nie geklärt werden. Jedenfalls durchfuhr ihn ein Schmerz, der alles bisher Bekannte in den Schatten stellte. Er stieß einen gurgelnden Laut aus, ließ unwillkürlich die Waffe fallen, verkrampfte seine Hände theatralisch über der linken Brust und verlor bei dieser Gelegenheit auch noch die Kontrolle über seinen Schließmuskel.

Rolf hatte einen Schrei gehört und war in das Schlafzimmer eingedrungen.

Mit einer fürchterlichen Alkoholfahne torkelte er zu seinem Vater und hob ihn hoch.

»Papi! Papi!«, rief er entsetzt.

Jetzt drang der Geruch aus Erichs Hose an seine Nase. Rolf sah, dass sie dunkel war, und begriff.

Die beiden starrten sich einen Moment ungläubig an.

Erich hatte zuerst einen großen Gartenzwerg gesehen, der ihm mit der flachen Hand ins Gesicht schlug: »Papi? Papi?«, tönte es aus dessen stinkendem Mund, und Erich versuchte sich wegzudrehen.

»Was hast du? Verdammte Scheiße! Ich hol einen Krankenwagen.«

Woraufhin Erich angewidert den Kopf schüttelte, der sich bereits dunkelviolett färbte.

»Mach das bloß nicht, sonst ist es aus zwischen uns!«, wollte er sagen, aber es kam nichts heraus. Er starrte die alptraumhafte Erscheinung hilfs- und vorwurfsvoll an.

»Atmen! Atmen! Du musst atmen!«, schrie der Gartenzwerg ihn an. Als wenn er das nicht selbst wüsste.

Rolf packte Erich mit einer Hand und schlug ihm mit der anderen immer wieder so fest auf den Rücken, als wolle er ihn plattklopfen wie ein Schnitzel.

Er hatte instinktiv das Richtige getan, denn sein Vater begann jetzt tatsächlich stoßweise wieder zu atmen. Mit lauten Geräuschen hechelte er die Luft in seine Luftröhre.

Rolf setzte ihn auf der Bettkante ab und hockte sich neben ihn. In seinem Kopf drehte sich alles wie ein Karussell.

»So ist es gut! So ist es gut! Atmen! Atmen!«, rief er immer wieder. Er schnappte jetzt selbst nach Luft, so anstrengend war die ganze Aktion.

Schließlich holte er einen Eimer und einen Lappen, zog seinen Vater aus, wusch ihn und legte ihn ins Bett.

»Mami wird wiederkommen«, nuschelte er, »morgen steht sie vor der Tür. Wirst sehen.«

Es war ihm egal, ob sein Vater das wollte. Ohne sie würde er einfach nicht überleben. Das wussten beide, egal, wie übel Erich es ihr nehmen würde.

Rolf weichte die schmutzige Wäsche ein, wusch sie und hängte sie draußen an die Wäscheleine zum Trocknen, wo sie noch hing, als Elli am nächsten Tag gegen Mittag zurückkam. Sie wunderte sich erst über die zerknitterte Trevirahose, die falsch hing, nämlich am Bund, und dann umso mehr, dass Rolf nicht bei der Arbeit war.

»Hallo Mami«, sagte er nur. »Papi hatte gestern einen Herzanfall. Er liegt im Schlafzimmer. Sei leise, wenn du hintergehst. Es kann sein, dass er schläft.«

Damit wandte er sich ab.

Wenig später trat Elli an Erichs Bett. Er schlief mit eingefallenem Gesicht auf dem Rücken. Dieses Gesicht hatte selbst im Schlaf nie etwas Kindliches gehabt. Sein Mund, schmal und immer leicht verkniffen, hatte jetzt einen allwissenden, höhnischen Zug.

Hier lag, auf einem viel zu großen, weißen Kissen aufgebahrt, der Kopf eines kleinen Fähnrichs oder Gefreiten, den man die Drecksarbeit hatte machen lassen.

So hätte es Marie jedenfalls ausgedrückt. Es war ein Ausdruck der Todesverachtung.

Nachts hatte Elli ein paar Mal beobachten können, wie er in die Hölle seiner Alpträume katapultiert worden war. Er krallte die Hände in die Decke und schrie plötzlich los, mit weit aufgerissenen Augen, wie eine Comicfigur, bevor sie gegen eine Wand krachte.

Doch im Moment wirkte er eher herrschsüchtig. Sie studierte ihn eine Weile und ging dann hinaus in die Küche. In einem Zustand allgemeiner Desillusionierung war sie aus München zurückgekehrt. Mit Marie hatte es nicht geklappt. Sie hatte zunehmend ungeduldig auf Elli reagiert. Die nahm es mit dem ihr innewohnenden Fatalismus als unabänderlich hin und fuhr einfach wieder zurück. Trotzdem war die ganze Sache ziemlich ernüchternd.

Rolf hielt den Mund unter den Wasserhahn und schluckte in ruhiger Gleichmäßigkeit Unmengen von Wasser. Er schien gar nicht mehr damit aufhören zu wollen.

Schließlich kam er hoch. »Bleibst du jetzt hier?«, fragte er nur.

Sie nickte. Irgendwann stand sie auf und machte Erich eine warme Brühe. Als sie damit ankam, war er wach und starrte an ihr vorbei.

»Hallo, Erich, ich hab dir Brühe gemacht. Wenn ich dir helfen soll, musst du es sagen.« Er tat, als sei sie Luft.

Sobald sie gegangen war, griff er mit einer ungeheuren Gier danach. Er hatte solchen Durst, dass er sich Gaumen, Finger, Kinn und Teile der Brust verbrannte, denn die Brühe schwappte über. Zitternd und fluchend ließ er die Tasse los. Sie kollerte auf den Boden.

Und er stand auf, aus Ärger und Wut, und ging tatsächlich wieder zur Arbeit!

Als Rolf ihn in der Fabrik auftauchen sah, wollte er erst seinen Augen nicht trauen. Es war, als sähe er ein Gespenst.

Erich nahm sich vor, nie wieder mit Elli zu reden. Den Hausbau oben in Stein würde er abblasen, das Grundstück wieder verkaufen, ohne es ihr zu sagen. Das Geld aus der Fabrik würde er in Briefmarken anlegen. Ihr würde er nicht mehr für den Haushalt geben als seinen Arbeiterinnen. Sie sollte sich ihr Kölnischwasser vom Mund absparen. Wenn Rolf erst mal weg wäre, hätte sie niemanden mehr, mit dem sie sprechen könnte. Er würde sechzehn, achtzehn Stunden arbeiten, auch an den Wochenenden, und sich dann sofort in sein Briefmarkenzimmer zurückziehen.

Sie wird schon sehen, wo sie bleibt, dachte er. Aber er unterschätzte Elli sehr in ihren Bedürfnissen. Sie konnte sich auf die Daseinsform eines Geists reduzieren, der ein bisschen in der Küche mit dem Geschirr klapperte und ab und zu eine Zigarette rauchte. Sie hatte das, was er nicht besaß: schöne Erinnerungen, die durch nichts getrübt wurden, denn sie liebte Marie nach wie vor und begann, mit ihr in den längst vergangenen Zeiten zu leben.

Die Marie von heute, die blitzgescheite und bösartig austeilende, die sich in München bis zum Überdruss mit der armen Elli gelangweilt hatte, war vergessen.

8.

Natürlich wurde an dem Haus in Stein weitergebaut. Und Elli kam auch wieder mit Erich am Sonntag in dem grauen Opel Rekord nach oben gefahren, und sie inspizierten den Bau, der im Winter gelitten hatte. Das Grundwasser war hier sehr hoch, der Lehm sog es auf wie ein Schwamm und hielt die Feuchtigkeit noch, wenn der Sommer längst gekommen war. Es bildeten sich Risse im Fundament des Kellers, das noch einmal erneuert werden musste. Später entstanden andere schadhafte Stellen im Haus, die irreparabel schienen und die vom Architekten auf eben jenes Grundwasser geschoben wurden, das sich nun in den Baugruben anderer Grundstücke gesammelt hatte. Es bildete Laichstätten für Millionen von Fröschen, die im Sommer in Karawanen die Gruben verließen und über Wege und Straßen zogen, um den Dampfkesseln der Gruben zu entkommen und in die Wiesen zu flüchten. Wir Kinder rissen die Klumpen aus dem trockenen Lehm der Baugruben, der Reifen- und Treckerspuren mit bloßen Händen heraus, um sie wieder zurück in das Grundwasser zu werfen, riesige Klumpen manchmal, die wir wie Strafgefangene schleppten, um sie im Wasser zu versenken.

Ganze Tage haben wir in der flirrenden Augusthitze zugebracht, um über der Leere der Landschaft zu brüten, indem wir Brocken herausbrachen aus der Böschung neuangelegter Wege, wir, die dritte Kolonne aus Bauern und Siedlungskindern mit breitem, fränkischem Dialekt, unsichtbar fast im Glast der Hitze, die vom frischgewalzten Teer aufstieg, und im Schlepptau der Planierraupen und Teerwalzen, die dieses Plateau zwischen den Wäldern aufrissen, um eine niedere Art von Zivilisation zu schaffen.

So wuchsen wir heran, wild und verdreckt, rochen nach unseren Abschürfungen, nach Blut und nach Haut, ein ständiges Schwirren im Kopf von den langen Märschen durch die Sonne und vom Toben in der Landschaft, von den zähen, sinnlosen Kraftakten, dem Trockenlegen ganzer Kolonien von Kaulquappen, dem Zerquetschen ganzer Karawanen von Fröschen.

Wir hockten am Boden und spielten Quartett und fragten uns nach dem Sinn des Lebens und blickten hinauf in den Himmel, weil wir uns von Gott beobachtet fühlten.

Und dann fielen wir wieder über die Schwächeren her und vertrieben sie mit brutalen Schlägen in die Rippen und gegen den Kopf, schlugen und brüllten sie in die Flucht und spielten weiter Quartett.

Wir waren ganz friedlich, das Töten war eklig und hatte einen so intimen Charakter, wenn wir Tiere quälten zum Beispiel und sie dann an uns klebten und wir nicht mehr unterscheiden konnten, ob es ihr Blut war oder unseres. Denn wir verletzten uns manchmal dabei, ohne es zu merken, oder schliefen in einer Art Taumel, einer Art Blutrausch ein oder verloren kurz das Bewusstsein, kratzten halbblind, die Netzhaut durchbohrt von der Sonne, die Eingeweide der Kaltblüter von unserer Haut und verließen voller Abscheu über das, was wir getan hatten, blindlings den Ort des Massakers. Und schrien unsere tönernen Namen über die Ebene, Kannibalennamen wie Engelbert oder Olaf, Andreas oder Robert. Und dann rauchten wir schon sehr früh die Zigaretten aus den verwaisten Schachteln, die auf den Fensterbrettern lagen – die Siedlung war tagsüber leer, bis auf die »Itaker«, die italienischen Gastarbeiter, die in der Mittagspause in ihren Wohnwagen hockten und denen man nachsagte, dass sie tagsüber Bier tranken. Wir lagen erschöpft auf dem Rücken im Gras und bliesen den Rauch in den Himmel, um uns plötzlich wieder zu balgen, wie aus dem Nichts heraus, wie junge Hunde, bis zur Erschöpfung. Lange bevor der Rand des Himmels sich abzuzeichnen begann, sah man die Autos sich zäh durch die Hitze fräsen, die Schotterpiste hoch, die steil hinaufführte und von der die Wege abzweigten zu den einzelnen Baugruben.

Man erhob sich, denn man war hungrig und wollte an die Fleischtöpfe heran. Das Töten und Gammeln war anstrengend genug gewesen, und nun lief einem beim bloßen Anblick der Autos mit den wenigen Einkäufen im Kofferraum das Wasser im Mund zusammen. Manchmal waren es nur Bündel erdverkrusteter Möhren, über die wir herfielen, manchmal jedoch auch dicke Scheiben mit Gelbwurst, die von den Erwachsenen mit einem sadistischen Hochgenuss angesichts unseres Heißhungers langsam mit einem großen Messer vom Stück geschnitten und der Meute gereicht wurden.

Man pilgerte nach Hause und fraß, was nur ging. Viele Jahre später wird dem Erzähler dieses Leben ungeheuer dicht, ungeheuer gleißend und verheißungsvoll vorkommen. Näher wird er sich vielleicht nie mehr gekommen sein.

Und man war glücklich, denn man vergaß schnell. Es herrschte allgemeine Amnesie. Ich war damals vier, als meine Großeltern mich auf die Anhöhe holten. Und ich vergaß sehr schnell alles Unglück. Die Natur hier draußen reinigte die Natur in mir auf magische Art. Sie wurde der Spiegel meiner Seele, setzte meine Wildheit frei und machte mich rein, gab mir die Unschuld zurück.

Und so hatte ich schnell die letzte Nacht in Frankfurt vergessen, als mein Vater wie eine Wachsfigur in der Küche saß, von allen guten Geistern verlassen. Und wie meine Mutter vorher im Fahrstuhl geisterhaft verschwunden war, einfach so, ohne etwas zu sagen, ein dunkles Mysterium meiner Kindheit. Ich habe sie seither nie wieder als meine Mutter gesehen. Der Fahrstuhl war wie ein lautloser Klumpen in die Tiefe des Universums gefallen, tief ins Unterbewusstsein, ohne je aufzuschlagen. Vielleicht stand ich deshalb manchmal als Vierjähriger nachts am Fenster und blickte hinaus wie ein einsamer Matrose, um auszuloten, an welchen Gestaden der Fahrstuhl meiner Mutter wohl ankam, und weil ich den Ton zu dem stummen Bild ihres Verschwindens in der Dunkelheit suchte, durch den sich das in der Schwebe gehaltene Rätsel jener

Nacht endlich lösen könnte. Erst viele Jahre später, durch ihren Tod, würden sich die rabenschwarzen Gewichte von meinen Schultern verschieben und lösen können, um zu verschwinden.

Doch als ich vier war, nahm mich meine Großmutter Elli sanft an den Schultern und weckte mich aus meiner tiefen Abwesenheit, indem sie mich mit besorgter, zärtlicher Stimme fragte: »Aber was machst du denn hier, Kindchen? Komm, ich bring dich wieder ins Bett.« Und dann führte sie mich in mein Zimmerchen zurück und strich mir über die Stirn, als ich schon lag, wie aufgebahrt über den Wipfeln der großen Baumkronen unter dem Fenster.

9.

Seit Erichs Infarkt und der Rückkehr Ellis war etwa ein Jahr vergangen, in welchem es Rolf von den dreien wohl am besten gegangen war. Er hatte den Frieden, den er so nötig zum Schreiben brauchte, genutzt, um seine große Erzählung *Der Verrat* zu Ende zu bringen. Drei weitere Kurzgeschichten waren entstanden. Er hatte Leseproben davon an eine überregionale Zeitung geschickt. Die Zeitung hatte die Geschichten gedruckt. Seine Mutter war sehr stolz auf ihn. Sie stellte ihm deshalb einmal die Woche einen frischen Blumenstrauß in sein Zimmer. Vor zwei Tagen hatte er eine Einladung bekommen: Das Studentenwohnheim in Erlangen, wo er ab dem Herbstsemester wohnen würde, lud zu einem Tanztee zum allgemeinen Kennenlernen.

Wegen dieser Einladung gelang es ihm an diesem Tag auch nicht recht, sich zu konzentrieren.

Er überlegte, ob er eine Ausnahme machen und das Schreiben heute ausfallen lassen sollte. »Mami, was soll ich machen?«, rief er.

Elli erschien in der Tür. »Geh da ruhig hin«, sagte sie. »Es kann dir nicht schaden, wenn du mal ein bisschen rauskommst.«

»Aber ich habe überhaupt nichts zum Anziehen.«

»Dein Vater hat noch zwei weiße Hemden, die ihm zu groß sind. Vielleicht passen sie ja.«

Elli holte die Hemden, er probierte sie an. Die Ärmel waren immer noch zu kurz.

»Dann krempelst du sie eben hoch«, sagte sie.

»Warum willst du eigentlich unbedingt, dass ich da hingehe?«, sagte er ärgerlich. »Ich selbst verspüre eigentlich überhaupt kein Bedürfnis danach.«

»Es tut dir bestimmt gut, mal unter Leute zu kommen und nicht immer nur zu Hause zu sitzen.«

»Also gut«, stöhnte er, während er sich vor dem Spiegel die Ärmel hochkrempelte. »So geht es, findest du nicht?«

Man sah seine muskulösen, braunen Unterarme, die weißen Manschetten blitzten darüber, seine vom Lächeln entblößten Zähne waren sehr gerade und weiß. Ihr Sohn sah wirklich gut aus. Sie reichte ihm eine Jacke. »Hier, probier die mal«, sagte sie.

»Die ist doch viel zu kurz, Mami, das seh ich von hier. Ich gehe so«, beschloss er, nicht ohne Eitelkeit, mit Blick in den Spiegel.

»Und wenn dir zu kalt wird?«

»Mami! Mir wird nicht zu kalt.«

Er verabschiedete sich von seiner Mutter gegen sechs. Die letzten Monate hatte er nur noch halbtags in der Fabrik gearbeitet, weil er sein Spätabitur machen musste. Er hatte es vor zwei Wochen bestanden und sich gleich für Literatur in Erlangen angemeldet. Sein Vater arbeitete noch immer bis spät in den Abend hinein.

»Grüß Papi von mir«, rief er und machte sich auf den Weg.

Elli blickte ihm nach. Sie ahnte, dass er nicht mehr lange hier sein würde.

Als er in Erlangen ankam, sah er auf seine nagelneue Armbanduhr. Sein Vater hatte sie ihm vor wenigen Tagen mit den Worten »für dein Studium« überreicht und damit endlich Rolfs Entschluss sanktioniert, zum Studieren nach Erlangen zu gehen, nachdem er vorher stets missbilligend geschwiegen hatte. Dass sein Vater diesen Schritt auf ihn zu tat, erleichterte Rolf kolossal. Dankbar sah er auf das helle Ziffernblatt mit den Leuchtziffern.

Er war sehr stolz auf diese Uhr. Er würde sie wie einen Augapfel hüten. Sie würde ihn immer an Erich erinnern. Es hätte ihn belastet, wenn Erich ihm nicht seinen Segen gegeben hätte.

Es war gegen halb acht, im Hochsommer die magische Stunde. Das Gras hinten an den Rabatten färbte sich bereits blau, die Rosen glühten. Er kannte das Gebäude schon. Es war modern, hatte ein nierenförmiges Dach mit einem Vordach, das von zwei schmalen Säulen getragen wurde, ganz im Stil der Zeit waren die Säulen mit winzigen Fliesen gekachelt.

Dann kam das Foyer mit einer »schwebenden« Treppe, die nach oben zu den Zimmern führte. Das Foyer wirkte kahl. Ein paar Gummibäume standen an einem Fenster in der Ecke herum. Im Garten waren ein paar Leute. In etwas beklommener Stimmung durchquerte er das Foyer. Er dachte daran, dass er hier in ein paar Monaten, wenn der Herbst käme, selbst wohnen würde, dachte an Bücher, über denen er brüten würde, roch den Geruch nach Sandelholz, der in der Luft lag und sich mit dem Parfum derer mischte, die bereits eingetreten waren. Von draußen hörte er Stimmen.

Er holte seine Packung mit den Selbstgedrehten heraus und zündete sich eine an. Für einen Moment blieb er an der Glasscheibe stehen, bevor er auf die Veranda hinaustrat.

Er sah erst die anderen. Sie verteilten sich in kleinen Grüppchen über den Rasen, Mädchengruppen, Männergruppen, beides gemischt, in angeregtem Geplapper. Eine kleine Band vor einem viel zu großen Busch mit gelben Blüten stimmte bereits ihre Instrumente.

Auf der anderen Seite ging der Garten noch weiter, eine zu einem Tor geschnittene Buchsbaumhecke führte nach hinten. Durch dieses Tor kam sie nun, in einem weißen Kleid mit roten Kirschen darauf. Sie sah ihn sofort, hielt mit einer Art ungläubigem Staunen inne und starrte ihn einen Moment an. Dabei rauchte sie. Dann holte ihr Begleiter sie ein, und sie gingen zu einer anderen Gruppe. Er folgte ihr mit dem Blick. Einen Moment schoss es ihm durch den Kopf, sich eine Attitüde zurechtzulegen, wie sie damals modern war, sich lässig gegen die Säule lehnen und die Beine übereinanderschlagen zum Beispiel. Zu unmännlich, befand er. Er folgte also ihrem Blick, und sobald sie angekommen waren, drehte sie sich wieder nach ihm um. Ihr Begleiter war bereits abgelenkt durch ein Gespräch. Sie sah ihn so fassungslos und erstaunt an, so überrascht, als würde sie ein siebtes Weltwunder erblicken oder als hätte sie noch nie einen Mann gesehen. Dabei sog sie an ihrer Zigarette. Er zog ebenfalls. Er wusste nicht, ob er lächeln sollte oder nicht. Er blieb wie angewurzelt stehen. Sie mochte siebzehn oder achtzehn sein, dunkle Haare, eine zierliche Figur, ganz leichtfüßig. Dann wandte sie sich wieder an die Gruppe und lachte mit jemandem. Er war wie hypnotisiert, sah die ganze Zeit hin, wann sie wieder zu ihm blicken würde, aber sie blickte nicht mehr. Er warf seine Zigarette zu Boden und trat sie mit dem Fuß aus.

Als er sich umsah, entdeckte er den Leiter des Wohnheims und begrüßte ihn. Sie wechselten ein paar Worte. Sein männlicher Stolz verbot ihm, noch einmal zu ihr hinzusehen. Dennoch konnte er sich kaum auf das konzentrieren, was ihm der Leiter sagte.

Er versuchte krampfhaft, ihm zuzuhören. Mein Gott, war dieses Mädchen hübsch. Noch nie hatte jemand so schnell sein Herz berührt durch einen Blick.

Ihre Augen waren dunkel und hell zugleich. Etwas blitzte aus ihnen hervor, eine fast gefräßige Energie, zugleich Unschuld, Weltschmerz, zugleich etwas sehr Verspieltes, fast Koboldhaftes. Zugleich, zugleich, zugleich.

»Das Herbstsemester ist jetzt schon voll belegt«, hörte er den Heimleiter sagen.

»Ich verstehe«, erwiderte er.

»Es wollen immer mehr Studenten nach Erlangen. Es geht wirklich rapide bergauf«, sagte der Heimleiter stolz.

Rolf nickte. »Sehr gut.« Er sah sich um.

Da kam sie auf ihn zugeschwebt, mit leichten Schritten, wie aus dem Nichts. Ein bisschen hibbelig blieb sie vor ihm stehen. Sie war eher klein, wirkte fragil in der Nähe, fast zerbrechlich, fast, als müsse er sofort schützend einen Arm um sie legen.

Sie blickte zu ihm auf und fragte in einer Mischung aus Scherz und Todernst: »Haben Sie vielleicht mal eine Zigarette? Meine sind mir ausgegangen, und es gibt hier nirgends einen Automaten. Ich habe Fritz weggeschickt, um mir welche zu holen, aber ich sehe nicht ein, warum ich mein Kettenrauchen einstellen soll, bis er wieder zurück ist.«

»Wenn Sie mit einer Selbstgedrehten vorliebnehmen wollen?«, versuchte es Rolf möglichst cool.

»Oh, das macht nichts, das macht überhaupt nichts. Auf Geld kommt es mir nicht an.«

Mit dieser Antwort knockte sie ihn kurzfristig aus. Er wusste nichts darauf zu erwidern.

Er stand wie ein angeschlagener Boxer, bis sie ihn scherzhaft in die Seite stieß und voller Freude lachte. »Ich seh schon, ich bin an der richtigen Adresse. Was machen Sie eigentlich hier? Studieren Sie?«

»Ich fange erst im Herbst an«, erwiderte er abweisend. Es nervte ihn einen Augenblick, dass es eins zu null für sie stand. Diesen Augenblick allerdings wollte er sehr schnell überwinden.

»Und was machen Sie bis dahin den ganzen Tag?« Sie sah ihn neugierig an.

»Dies und das.«

Sie lachte: »Dies und das? Was bedeutet dies und das?«

Ihr Blick streifte über seine Handgelenke und seine Schultern. Langsam bekam er die Sache wieder in den Griff.

»Ich arbeite, junges Fräulein«, erwiderte er, »und was machen Sie?«

»Ich gehe noch zur Schule. Es gibt nichts Öderes. Also wechseln wir das Thema. Kennen Sie zufällig Sartre?« Wieder stieß sie ihn leicht an, blickte ihn gespannt, mit leisem Triumph an. Es war eine Fangfrage. Sie war sicher, dass er ihn nicht kannte.

»*Der Ekel* steht auf dem Bücherbord über meinem Schreibtisch. Sonst noch Fragen?« Er spielte ein heikles Spiel. Er hatte gelogen, er hatte das Buch nicht gelesen. Abwartend blickte er auf sie herab und zog dabei an seiner Zigarette. Das Mädchen klatschte in die Hände und sprang in die Luft. »Sie haben Sartre gelesen! Sie haben Sartre gelesen! Ich könnte Ihnen direkt um den Hals fallen!«

Rolf lächelte.

»Das war die Testfrage«, jubelte sie. »Die hat noch niemand bestanden! Niemand von diesen ganzen angehenden Rechtsanwälten. Sie wollen doch wohl nicht auch Rechtsanwalt werden?«

»Sehe ich so aus?«

»Ganz sicher nicht.« Wieder ließ sie den Blick kurz über ihn gleiten. Sie merkte, dass er es gemerkt hatte. »Oh, diese Zigarette schmeckt wunderbar«, plapperte sie weiter. »Und ich weiß gar nicht, warum. Ich bin wie umnebelt. Wahrscheinlich, weil Sie die Testfrage bestanden haben. Was für einen Unsinn ich rede.«

Sie traute sich nun nicht mehr, ihn anzusehen, bis er ihr half: »Sartre begeistert Sie also so sehr, dass Ihr Herz höherschlägt, wenn ihn jemand kennt?«

»Ein Armutszeugnis, oder?« Sie lächelte schüchtern.

»Das lässt zumindest darauf schließen, dass Sie sich in Ihrer Umgebung sehr isoliert fühlen müssen.« Rolf musste lachen.

»Woher wissen Sie das? Das stimmt. Bei uns in der Familie liest keiner. Und die ganzen Deppen, mit denen ich ausgehen muss, auch nicht.«

»Wieso müssen Sie denn mit Deppen ausgehen?«

»Ohne Begleiter komme ich ja überhaupt nicht raus. Aber was ist mit Ihnen? Sind Sie der Einzige, der in Ihrer Familie liest?«

»Ich gebe manche meiner Bücher an meine Mutter weiter. Sie liest gern.«

»Ich beneide Sie«, antwortete sie. »So eine Mutter hätte ich auch gern.«

»Was haben Sie denn für eine Mutter?«

Sie schüttelte sich angewidert. »Sehen Sie, wie schnell ich rauche?«

»Sie könnten ruhig etwas langsamer rauchen«, erwiderte er.

»Warum?«

»Dann bleiben Sie vielleicht länger hier.«

»Wollen Sie das denn?«, fragte sie kokett.

Ehe sie sich versahen, war es ihm gelungen, mitten in einen wilden Flirt mit ihr zu geraten. Langsam, dachte er, langsam.

»Wie schnell die Zeit mit uns vergeht, schauen Sie.« Sie zeigte ihm zum Beweis ihre Zigarette, die bereits aufgeraucht war. »Würden Sie mir denn noch eine drehen? Ich möchte mich so gerne wieder umnebeln.«

Rolf sah, wie sich ihr Begleiter einen Weg durch die Menge bahnte.

»Gerne«, erwiderte er, »aber ich glaube, da kommt Ihr Freund.«

Sie drehte sich um, wandte sich dann wieder ihm zu. »Er könnte es sein.« Sie stach mit dem Finger in die Luft, wie um eine hypothetische Diskussion zu eröffnen. Dabei lachte sie bösartig. »Er könnte es aber auch nicht sein. Sein oder Nichtsein. Simsalabim!«

Die beiden lachten.

Als der Begleiter sie erreichte, rief sie theatralisch: »Sind Sie es? Sind Sie der tugendhafte Ritter, der vor langer Zeit ausritt, um mir Zigaretten zu holen?«

»Bitte, Nora. Hier sind deine Zigaretten«, erwiderte der Begleiter ärgerlich.

Er hatte Rolf schon auf dem Weg missmutig taxiert und würdigte ihn nun keines Blickes.

Rolf interessierte das kaum. Er war blankes Mittelmaß. Gedankenverloren blickte er Nora an, während der Mensch ungeduldig sagte: »Wollen wir nicht wieder zu den anderen gehen?«

»Wollt ihr euch nicht mal vorstellen?«, fragte sie.

»Nicht nötig«, antwortete er und sah dabei geringschätzig auf Rolfs Kleidung.

Rolf blies den Rauch seiner Zigarette an ihm vorbei und blickte über ihn hinweg ins Leere.

Es hatte ihn kaum je jemand so wenig interessiert wie dieser kleine, aufgeplusterte Geck. Nora sah ihn bewundernd an.

»Ja, gleich«, sagte sie zu ihrem Begleiter. »Der Herr hier wollte mir noch eine Zigarette drehen, aber er hat es wohl bereits vergessen.«

»Wie konnte ich das vergessen«, erwiderte Rolf. Nora kicherte.

Der Begleiter wurde langsam ungeduldig. »Aber du hast doch jetzt deine Zigaretten.«

»Da hast du auch wieder recht«, erwiderte sie gelangweilt. »Na ja, so ist das Leben. Also dann.« Sie sah Rolf an, zuckte bedauernd die Achseln und folgte ihrem Begleiter.

»Also dann«, sagte er und lächelte sie an.

Auf halbem Weg blieb sie noch einmal stehen und drehte sich nach ihm um. »Aber eines müssen Sie mir noch sagen. Mögen Sie lieber die französische Literatur oder die Amerikaner?«

»Was vermuten Sie denn?«, rief er zurück.

»Ist das ein Test?«

Rolf zuckte die Achseln.

»Na gut, ich riskier's! Sie sehen aus wie ein Amerikaner. Also werden Sie wohl auch leider diese unzivilisierten Wilden lieber mögen!« Sie sah ihn gespannt an.

»Das Fräulein hat ins Schwarze getroffen!«, sagte er.

Nora lachte fast dreckig. Sie fand ein höllisches Vergnügen daran, über die weite Distanz ihren Flirt auszuweiten. Kopfschüttelnd ging ihr Begleiter ohne sie weiter in den hinteren Teil des Gartens. Sie hob bedauernd die Hände und folgte ihm.

Rolf trank ein paar Gläser Whisky Soda und trieb sich in der Nähe des Foyers herum.

Es gab niemanden, der ihn interessierte. Als die Band etwa eine halbe Stunde später zu spielen anfing und er sie nach einer Weile immer noch nicht unter den Tanzpaaren sah, dachte er, sie sei gegangen. Der Whisky hatte zu wirken begonnen. Es war ein leichter Rausch, in den sich bereits Wehmut zu mischen begann, wie ein Gas in einer Seifenblase.

Auf einmal wusste er nicht mehr, wie viel Zeit vergangen war. Er stand einen Moment verloren und orientierungslos, und eine leise Panik erfasste ihn. Was, wenn sie weg war und er sie nicht wiedersehen würde?

Er bahnte sich seinen Weg durch die tanzenden Paare nach hinten. Als er das künstliche Tor in der Hecke passiert hatte, lief sie ihm entgegen, fast in seine Arme. Als hätte sie ihn gesucht und wäre vom gleichen Gefühl der Unruhe und Hoffnungslosigkeit gepackt worden.

»Hallo«, rief sie und winkte etwas affektiert. Auch sie war leicht beschwipst. »Ich habe heute Nachmittag hier irgendwo meine Sonnenbrille liegengelassen. Und was machen Sie?« Sie sah ihn mit großen, erschrockenen Augen an.

Er blickte sich um. Ihren Freund sah er nirgends mehr. »Ihre Sonnenbrille? Kann ich Ihnen bei der Suche behilflich sein?«

»Fritz sucht schon nach ihr«, sagte sie, merkte dann, dass das witzig war, und lachte.

Er versuchte auch zu lachen. Einen Moment standen sie unbeholfen voreinander und blickten auf ihre Füße.

»Und Ihr Freund? Bringt er Sie gleich nach Hause?«, fragte er.

»Er ist nicht mein Freund!«, rief sie empört. »Und was machen Sie hier?«

»Ich habe mir gerade überlegt, ob ich Ihnen die Zigarette noch vorbeibringen soll.«

Sie stieg sofort auf den Flirtversuch ein, als hätte sie ungeduldig darauf gewartet.

»Ach wirklich?«, fragte sie mit hoher, spitzer Stimme.

»Sie haben doch bestimmt keine mehr.«

Sie lachte. »Das stimmt. Woher wissen Sie das?«

»Sie haben doch gerade geschwindelt. Ihr Freund sucht gar nicht Ihre Brille. Sie haben ihn wieder zum Zigarettenholen geschickt, stimmt's?«

Sie lachte laut und klatschte wieder vor Vergnügen in die Hände. »Und wenn er so eine übertriebene Eselsgeduld mit mir hätte?«

»Dann würde das sicherlich für ihn sprechen.«

»Hat er aber nicht. Er ist schnell eingeschnappt. Die denken alle, weil sie reiche Väter haben und verwöhnt sind, bekommen sie alles, was sie wollen, diese Langweiler. Kommen Sie auch aus so einem reichen Elternhaus?«

Rolf war beeindruckt, gleichzeitig amüsierte sie ihn. Er hätte nicht für möglich gehalten, dass sie so ehrlich über die Männer in ihrer Umgebung urteilte. Vielleicht war sie ja sogar ernst zu nehmen.

»Mein Vater produziert Gartenzwerge. Aber er ist nicht reich. Noch nicht jedenfalls, denn er macht es erst seit kurzer Zeit. Wenn Sie also einen Mann aus armen Verhältnissen wollen, dann müssen wir uns beeilen.«

Sie lachte. »Beweisen Sie, dass Sie nicht reich sind.«

Rolf krempelte die Ärmel seines Hemdes runter. Die Manschetten waren viel zu kurz.

»Das hab ich von meinem Vater geliehen, weil ich kein eigenes habe.«

Er kehrte die Innenseiten seiner Hosentaschen nach außen – sie waren leer.

»Brauchen Sie noch mehr Beweise?«

Sie standen nun ganz dicht voreinander und sahen sich an.

»Ich muss jetzt gehen«, sagte sie hastig. »Wenn Sie sich weiterhin mit mir über Literatur austauschen wollen: Ich wohne in Nürnberg-Buchenstein. Eichendorffstraße 3.«

Sie winkte kurz und lief davon.

Rolf ging wenige Minuten später. Er fuhr als einziger Fahrgast in einem klapprigen Bus durch die nächtlichen Dörfer nach Hause. Es kam ihm vor wie ein schicksalhafter Tag.

Die anmutige Leichtigkeit des Mädchens, das wie eine Elfe aussah, zerbrechlich, aber auch hart, mit ihrer gespielten Leichtfertigkeit und dem schicksalhaften Ausdruck in ihren Augen – wohin würde ihn diese Begegnung führen?

Er dachte an das Privileg, das ihm seine Familie so selbstverständlich eingeräumt hatte: ein eigenes, wenn auch winziges Zimmer. Er sah vor sich den Pyjama, den seine Mutter ihm immer über den Stuhl legte, und das frische Handtuch und die Feldblumen auf der gewürfelten Tischdecke seines Nachttischs, die immer auf ihn warteten, und er war plötzlich beschämt, dass ihm jetzt erst auffiel, mit welch stiller Anmut er in all den Jahren von seiner Mutter umsorgt worden war. Er merkte, dass er bereits Abschied nahm von zu Hause.

Er kam in den Flur und sah durch die geriffelte Milchglasscheibe, dass noch Licht im Wohnzimmer brannte. Leise öffnete er die Tür. Seine Mutter lag auf der Klappcouch und schlief mit der Zeitung auf der Brust. Die Füße waren mit ihrer dünnen Wolldecke bedeckt.

Er wusste, dass sie auf ihn gewartet hatte und dabei eingeschlafen war. Einen Moment sah er sie liebevoll an. Er erinnerte sich, wie oft sie schon beim geringsten Geräusch aus ihrem leichten Schlaf hochgeschreckt war und sich sofort hellwach aufgerichtet hatte, um, neugierig, wie sie war, noch zu erfahren, wie Rolf eine

Lesung oder ein Theaterstück aufgenommen hatte, in das er gegangen war. Sie hatten dann ein paar Zigaretten zusammen geraucht, er ihr gegenüber, die Beine gekreuzt auf dem Tisch sitzend, nach vorne gebeugt in seinem dunklen Rollkragenpulli und dem kratzigen, gewürfelten Jackett, die ihm beide einen existentialistischen Anstrich geben sollten – und sie, in ihre Decke gehüllt, auf der Couch, ein wenig zusammengekauert, ein wenig fröstelnd, seine liebe Mutter, die voller Interesse zuhörte und alles aufnahm, was er sagte. Er durfte sich sehr erwachsen und toll fühlen neben ihr.

Ach, Mami, seufzte er innerlich. Wie traurig, dass das nun bald vorbei ist.

Es wurde bereits hell, und sie schlief schon zu tief. Er nahm ihr die Zeitung aus den Händen und deckte sie zu. Aus Sorge, dass ihr kalt werden könnte, drehte er die Heizung ein wenig auf. Sie tönte ihr Haar jetzt weiß, mit einem blassvioletten Ton. Es stand ihr besser als die grauen Strähnen, die sie vorher hatte. Er gab ihr einen angedeuteten Kuss auf die Stirn, wie bei einer Toten, und überließ sie sich selbst.

> *Liebe Mami,* schrieb er in sein Tagebuch, *ich werde immer in Kontakt mit Dir bleiben, egal, wohin das Leben mich führt. Das verspreche ich Dir. Und ich werde Dir weiterhin die Bücher schicken, die mir gefallen, damit Du sie auch lesen kannst.*

In dieser Nacht schlief er kaum. Er hörte, wie sein Vater aufstand und sich unter der dröhnenden Wasserleitung im Bad wusch. Er wartete, bis Erich das Haus verlassen hatte, bevor er selbst aus dem Zimmer trat. Es hatte in letzter Zeit wegen verschiedener Dinge immer wieder Unstimmigkeiten gegeben, und die beiden vermieden es, miteinander zu reden. Der Hauptanlass war das Grundstück oben in Stein, zu dem Erich jetzt fahren würde. Er nahm Rolf nicht mehr mit, weil er den Fehler gemacht hatte, Bedenken darüber zu äußern, ob es richtig war, in ihrem Alter noch da oben hinaufzuziehen. Jetzt tat es ihm leid. Es war völlig sinnlos gewesen. Sein Vater ließ sich durch nichts davon abbringen.

Rolf hatte das Grundstück vor ein paar Wochen zum ersten Mal zu sehen bekommen. Es sollte eine Überraschung sein. Sein Vater wollte es ihm allein zeigen. Voller Stolz fuhr er ihn hoch. Schon beim Anblick der steilen Dorfstraße bekam Rolf ein mulmiges Gefühl.

Wie sollte seine Mutter es jemals schaffen, im Winter bei Glatteis mit ihren Einkaufstüten diesen Weg hochzukommen? Einen Laden gab es da oben nämlich nicht. Jedenfalls wusste sein Vater nichts davon. Die Situation wurde sehr schnell ziemlich ernüchternd für beide. Rolf sah sofort, dass die Lage hier oben für eine Frau in Ellis Alter eine Strafe war. Überall nur Wiesen, Lehmgruben, Wälder. Im Herbst, wenn der Himmel sich verdunkeln würde, stellte es sich Rolf besonders schlimm vor. Sein Vater spürte natürlich sofort, dass es ihm nicht behagte, und verfiel in beleidigtes Schweigen. Den ganzen Heimweg über sprachen sie kein Wort. Rolf versuchte zwar einzulenken und die Situation mit ein paar harmlosen Scherzen aufzulockern, aber es war nichts mehr zu machen. Sein Vater war zutiefst gekränkt und beleidigt. Hinzu kam, dass sein zweiter Sohn, Heinz, auch nicht auf seiner Seite war. Er hatte dringend abgeraten, als er erfuhr, dass das Haus ein Bungalow werden sollte. Der Architekt wollte unbedingt einen Bungalow, und Erich hatte sich irgendwann von ihm breitschlagen lassen und war nicht mehr umzustimmen, obwohl er ahnte, dass es ein Fehler war. Oft genug hatte er gehört, wie schnell sich auf solchen Dächern der Regen sammelte. Aber er wollte einfach vor dem Architekten sein Gesicht nicht verlieren und verbat es sich mürrisch und wütend, darauf angesprochen zu werden.

Außerdem war er zu geizig, genügend Leute auf der Baustelle zu beschäftigen. Das verzögerte die Fertigstellung des Hauses jedes Mal und hatte zur Folge, dass im Herbst und im Winter große Schäden entstanden.

An manchen Tagen wurde Komorek nach oben geschickt zur Verstärkung. Er war von Anfang an dabei gewesen, schon als die Baugrube ausgehoben wurde. Aber er betrank sich immer öfter und versuchte, auch die anderen Arbeiter betrunken zu machen. Deshalb zog man ihn bald wieder ab. In der Fabrik funktionierte er. Die Frauen waren ihm egal. Aber sobald er in Männergesellschaft war, ging etwas schief.

Heinz konnte nur noch den Kopf schütteln, wenn er mit Rolf darüber sprach, wie viel Geld dieser Geiz seinen Vater kostete. Das Ganze war ein Desaster.

Heinz dachte schon darüber nach, heimlich Geld aus der Firma abzuzwacken, um den Bau voranzutreiben. Da oben sah es zeitweise schrecklich aus: Grundmauern brachen immer wieder im Herbstregen ein und lagen am nächsten Tag in der mit Regen und Grundwasser gefüllten Grube. Bei dem Anblick hätte man damit rechnen können, dass Erich die Baustelle selbst endlich aufgab. Er hätte dann zwar einiges Geld verloren, aber das Elend hätte sein Ende gehabt. Erich gab jedoch nicht auf. Irgendwann war das unselige Haus mit dem Dach aus Pappe und Teer fertig. Und es war gar nicht so schlecht.

10.

Rolf wartete eine Zeitlang, bevor er Nora eine Postkarte schrieb.

> *Gnädiges Fräulein,* hieß es darin, *es war ein Vergnügen, Sie kennenzulernen. Ich bin gespannt darauf, was wir uns noch so alles über Literatur zu sagen haben. Falls es Ihnen ähnlich geht, schreiben Sie mir doch bitte, wann und wo wir uns treffen könnten.*

Die Antwort kam wenige Tage später:

> *Hocherfreut und hochrot im Gesicht (denn ich habe einen schrecklichen Sonnenbrand) hören Sie nun von mir wieder und können ähnliche Beweggründe für ein Treffen zugrunde legen. Da wir bereits Telefon haben, rufen Sie mich doch bitte am Mittwoch um fünfzehn Uhr an.*

Am Abend vor dem Telefonat ging er wieder einmal mit seinem Vater am Fluss entlang.

Erich fragte ihn, warum er die letzten Tage so nachdenklich gewesen sei. Rolf erklärte ihm, er habe ein Mädchen kennengelernt.

»Und was ist daran so schlimm?«, wollte Erich wissen. »Das ist doch kein Weltuntergang.«

»Nein, ist es nicht.« Rolf zögerte. »Aber ich bin mir nicht sicher, ob sie dir gefällt.«

»Wie wäre es, wenn du mich das entscheiden lässt?«, erwiderte Erich.

Rolf zuckte bekümmert die Achseln. Er fühlte sich kleinlaut dieser Tage und konnte nicht so genau sagen, warum. Vielleicht hatte er Angst vor einer zweiten Begegnung mit Nora.

»Wenn du sie sehen würdest«, bohrte er weiter nach, »würdest du vielleicht zuerst denken, sie ist ein bisschen kapriziös und eine höhere Tochter.«

Erich zuckte die Achseln.

»Vielleicht ist es ja nur Unsicherheit«, sinnierte Rolf. »Sie ist halt noch sehr jung.«

»Wenn du denkst, dass sie nicht die Richtige für dich ist, warum triffst du dich dann überhaupt noch mit ihr?«, fragte sein Vater.

»So ist es nicht. Ich denke lediglich ein bisschen laut nach.«

»Das merke ich.« Erich klang entnervt.

Rolf tat es sofort leid. »Komm, alter Vater, lass uns nicht streiten. Dazu ist die Zeit zu wertvoll.« Er hatte sich angewöhnt, »alter« als zärtliches Pronomen vor das Wort Vater zu stellen, und Erich hatte es stillschweigend akzeptiert. Er gefiel sich darin, einen erwachsenen Sohn zu haben, dem er erlaubte, dass er ihn manchmal nicht so ganz ernst nahm. Kein anderer hätte sich das sonst erlauben dürfen.

»Ist ja gut«, seufzte Erich, »dann erzähl mal. Was machen die Eltern?«

Rolf zuckte die Achseln. »Wohlstandsbürger, ich glaube, ihr Vater ist irgendein Fabrikdirektor. Sie wohnen in einem Villenvorort.« Er betonte das letzte Wort ironisch.

Erich runzelte die Brauen. »Also schon wieder eine höhere Tochter?«

Rolf wusste, worauf sein Vater anspielte. »Nein, nein«, erwiderte er, »ganz so ist es nicht. Ich glaube eher, sie schämt sich ein bisschen für diese Art Elternhaus.«

»Hm«, machte sein Vater skeptisch.

»Ich weiß, das spricht nicht gerade für sie«, gab Rolf zu. »Aber schließlich kennen wir ihr Elternhaus nicht.«

»Und warum gefällt sie dir?«

»Sie ist unglaublich hübsch.«

Erich fiel das Gesicht herunter. Er konnte sich nicht darüber freuen. Sein Reservoir an Freude über diese Art Dinge war restlos erschöpft.

Rolf achtete nicht weiter auf ihn, er schwebte bereits auf den Wolken. Er fing nun an, von Nora in den allerhöchsten Tönen zu schwärmen. Sein Vater würde aus den Latschen kippen, wenn er sie sähe. Sie war ganz entzückend, mit ihren großen, dunklen Augen und ihrer grazilen Figur.

»Und, schminkt sie sich?«, fragte sein Vater grimmig.

»Ach, Papi, komm schon!« Rolf stieß ihm freundschaftlich in die Seite. »Sie wird dir bestimmt gefallen. Sie muss dir gefallen. Sie muss jedem gefallen.«

Rolf hatte erreicht, was er wollte. Er hatte seinen Vater benutzt, um alle Selbstzweifel aus dem Weg zu räumen. Jetzt hatte ihn eine Welle der Euphorie ergriffen. Er konnte es gar nicht abwarten, Nora wiederzusehen. Gott sei Dank.

Die ganze Zeit war er bedrückt gewesen und hatte sich gefragt, ob es das Richtige sei, hatte die Entscheidung hin und her gewälzt. Seit er sie kennengelernt hatte, konnte er nicht mehr richtig schlafen. Das ganze Für und Wider seines Lebens entzündete sich an ihr.

Ständig musste er an sie denken, gingen ihm Wortfetzen von ihr im Kopf herum. An sie knüpfte sich das Gefühl, dass das Leben voller Verheißungen war und dass es ungeheuer viel mehr zu bieten hatte, als sich alle hier vorstellen konnten. Sie ragte heraus aus all dem.

Die Frage war nur, ob er ihr gewachsen sein würde. Aber war der Versuch es nicht wert, auch, wenn er nachher wieder unglücklich war? Sein Leben würde sie ihm wohl kaum ruinieren. Dazu stellte man zu schnell fest, ob eine Sache ging oder nicht.

Wie sehr man sich täuschen konnte, war Rolf damals nicht in

der Lage, auch nur annähernd einzuschätzen. Jedenfalls setzte ihm in diesen Tagen ein Sperrfeuer an Selbstzweifeln zu. Er fing an, alles zu hinterfragen. Weshalb gefiel ihm sein bisheriges Leben so gut?

War er etwa ein Provinzler? Warum fühlte er sich so wohl hier? War er ein Spießer? Unbehagen und Beunruhigung folgten solchen Fragen auf dem Fuß. Sie kamen in größeren und kleineren Wellen, sie plätscherten an das Ufer seines Schlafs oder sie überrollten ihn mit Getöse und ließen ihn hochschrecken und mitten in der Nacht aufstehen.

Manchmal verglich er sich mit ihr und fühlte, dass sie wendiger, schneller im Kopf zu sein schien. Äußerlich konnte er ihr das Wasser reichen, aber was bedeutete das schon?

Sie hatte etwas von einer Sphinx. Da war noch eine andere Seite an ihr. Wollte er die wirklich kennenlernen? War es überhaupt richtig, nach Erlangen zu gehen?

Warum blieb er nicht hier, übernahm die Fabrik und schrieb abends, in seiner Freizeit, wie bisher? Die meisten Geschichten waren an diesem Ofen entstanden, beim Nachdenken während der Arbeit. Würde er in der nüchternen Atmosphäre der Erlanger Uni überhaupt noch schreiben können? Würde er der Doppelbelastung einer Beziehung und des Schreibens gewachsen sein? Wie lange würde er brauchen, um wieder seine Ruhe zu finden, wenn er jetzt schon so verliebt war? Was war, wenn er die Trauerweiden unten am Fluss nicht mehr sah? Sie waren immer Zeugen gewesen, wenn ihm eine neue Geschichte im Kopf herumging.

»Du kannst jederzeit wiederkommen«, sagte sein Vater, als hätte er seine Gedanken erraten.

Rolf sah ihn erschrocken an. Sein Vater hatte ihn aus tiefem Grübeln gerissen.

»Immer«, sagte sein Vater und schlug ihm auf die Schulter. Beide wussten, was sie aneinander hatten. Und das verband sie für immer, egal, wie schlechtgelaunt sein Vater manchmal war. »Weißt du was, Papi«, sagte er, »komm, wir gehen jetzt schwimmen.«

Beide hielten kurz inne. Schließlich nickte sein Vater. »Ist vielleicht das letzte Mal«, sagte er deprimiert.

Rolf stieß ihn nochmals an. »Komm, alter Vater. Jetzt tu dir nicht selber leid. Es geht dir doch gut.«

Erich nickte traurig. Er verkniff es sich, feuchte Augen zu bekommen, obwohl es das erste Mal seit langem gewesen wäre, dass es sich gelohnt hätte, einem Gefühl seinen Lauf zu lassen. Immerhin merkte er, dass jetzt wirklich die Zeit kam, wo sein geliebter Sohn von ihm wegging.

Er ließ die Hose runter und stakste mit seinem dicken Bauch und seinen dünnen Storchenbeinen ins Wasser. Rolf sah ihm nach, bevor er sich selbst auszog. Er mochte diesen alten Typen, er mochte ihn wirklich sehr.

11.

Am Mittwoch pünktlich um drei war Rolf in der Bahnhofshalle und rief dort von dem öffentlichen Telefon aus an. Nora meldete sich sofort. Sie krächzte. Sie hätte sich nach dem Sonnenbrand gleich erkältet. Außerdem müsse sie leise sprechen. Niemand dürfe hören, dass sie telefoniere. Sie habe ein rotes Gesicht und eine dicke Nase. Ob er in zwei Tagen um die gleiche Zeit noch mal anrufen könne?

Er spürte, wie der Ärger in ihm hochstieg. »Nein«, sagte er. Er sei ein paar Kilometer zum Bahnhof gelaufen, sie hätten nämlich noch kein Telefon, und er müsse sich jetzt verabreden. Die nächsten Tage könne er nicht noch einmal zum Bahnhof kommen, er müsse arbeiten.

»Na gut«, unterbrach sie ihn hastig, »dann am Montag, um vierzehn Uhr, in der Eisdiele gegenüber den englischen Fräuleins. Ich muss jetzt auflegen. Meine Mutter.«

Die Verbindung wurde unterbrochen. Einen Moment hielt er perplex den Hörer in der Hand.

Er ärgerte sich, weil er nicht genau wusste, ob sie seinen Sermon unterbrochen hatte, weil er sie langweilte und sie das schon von anderen Verehrern kannte und Routine darin besaß, Leute abzuwimmeln, oder ob tatsächlich ihre Mutter gekommen war. Bei ihr konnte man nie so genau wissen, woran man war. Vielleicht traf sie ja auch noch andere. Es war gut denkbar. Was wusste er schon, was sie für Verbindlichkeiten hatte.

Er hatte sich das Gespräch anders vorgestellt. Jetzt steckte er die vielen Münzen, die er nun doch nicht gebraucht hatte, in seine Hosentasche und ging zurück zur Arbeit. Er schämte sich ein bisschen. Auf einmal kam es ihm plump vor, dass er das Telefon erwähnt hatte, um ihr zu verstehen zu geben, er könne sich nicht auf solchen Privilegien ausruhen wie sie.

Man musste aufpassen, was man sagte. Man musste in jedem Fall auf der Hut sein.

Am verabredeten Montag wartete er pünklich um vierzehn Uhr in einem weißen Hemd, die Haare nach vorne gekämmt, um seine Geheimratsecken zu kaschieren, in besagter Eisdiele vor einer Tasse Kaffee. Innerlich war er auf einen anstrengenden Nachmittag vorbereitet, gab sich aber gelassen, indem er die Arme über die breite Rückenlehne der Bank ausbreitete und die Beine gemächlich unter den Tisch streckte. Er rauchte eine Zigarette, während er auf sie wartete, und überlegte, ob das Geld reichen würde, von dem er, wie ihm jetzt vorkam, zu wenig eingesteckt hatte.

Nora kam in einem leichten Sommerkleid hereingewirbelt. Sie hatte ihre Augen mit Kajalstift umrandet, aus ihrer halboffenen Schultasche quoll ihre Schuluniform. Sie sah hinreißend aus. Alle Zweifel, ob er hätte herkommen sollen, wischte sie mit einem Handstreich beiseite und riss ihn in ihren Strudel hinein: »Ich bitte auf den Knien um Verzeihung für meine Verspätung. Mein Mutter hat mich ausgerechnet heute nach der Schule abgepasst. Sie hat einen Riecher dafür, wenn etwas ist. Gott sei Dank fiel ihr ein, dass sie noch Einkäufe machen musste. Meine Mutter ist ein »Schmerz im Gesäß«, wenn Sie wissen, was ich meine, außerdem musste ich mich noch meiner Schulkleidung entledigen, denn in diesem Aufzug wollte ich Sie bestimmt nicht belästigen.«

Der schnellen Flut ihrer Worte kaum gewachsen, versuchte er sich den Anstrich eines Fels' in der Brandung zu geben. »Wie wäre es, wenn Sie sich erst mal setzen und eine Tasse Kaffee mit mir trinken?«, versuchte er es souverän.

»Gute Idee. Ich kann gar nicht lange bleiben. Meine Mutter! Hoffentlich werden Sie sie nie kennenlernen. Sie ist primitiv, ungebildet, eine Banausin und außerdem eine Tyrannin. Sie ist eifersüchtig auf jede Zeile, die ich lese. Am liebsten würde sie bestimmt meine ganzen Bücher verbrennen. Und sie hasst mein Make-up. Ich schminke mich immer erst, wenn ich draußen bin, und schminke mich ab, bevor ich wieder das Haus betrete. Hassen Sie auch mein Make-up?«

Rolf musste lächeln. »Ich finde, es passt zu Ihnen.«

»Was soll das nun wieder heißen?«, fragte sie aufgekratzt.

»Dunkle Ringe unter den Augen? Das scheint mir irgendwie zu Sartre zu passen«, fügte er bescheiden hinzu.

»Oho«, erwiderte sie. »Sie wollen an unser Gespräch über Literatur anknüpfen. Sehr diplomatisch. Aber ich wollte damit eigentlich nur signalisieren, dass ich mit dem Sommer auf Kriegsfuß stehe.«

Darauf fiel ihm nicht sofort etwas ein.

»Und Sie? Mögen Sie den Sommer auch nicht?«, half sie ihm.

Aber er hatte sich bereits wieder gefasst. »Ich finde, es reicht, wenn einer von uns beiden ihn nicht mag. Aber ich werde Sie auf meine Seite ziehen. Geben Sie mir bis heute Abend Zeit. Dann werden Sie ihn auch mögen.«

Nora kicherte. »Wie wollen Sie das anstellen?«

»Das werden wir dann schon sehen.« Er flüchtete sich in die Rolle des Erwachsenen mit einer gewissen Autorität.

»Wenn Sie mir falsche Versprechungen machen, dann sehen wir uns nie wieder«, konterte sie sofort. Ihre Augen blitzten. Offensichtlich machte es ihr Spaß, ihn herauszufordern. Mit dieser Masche hatte er also keine Chance.

»Ach so?« Er klang ein wenig eingeschnappt.

Sie merkte, dass der kleine Hieb gesessen hatte. »Wären Sie traurig, wenn es so wäre?«, fügte sie besänftigend hinzu. Sie wollte es sich mit ihm nicht gleich verderben. Diesen Fehler hatte sie schon zu oft gemacht.

»Das sage ich Ihnen frühestens heute Abend.«

»Also, was machen wir?«, fragte sie, als sie auf die Straße traten, und sah sich um. »Da Sie sicherlich kein Auto haben, können wir zumindest keine Bank überfallen.«

»Uns wird schon etwas einfallen«, erwiderte er. Er würde sie einfach reden lassen. Irgendwann würde sie schon damit aufhören, ständig etwas Geistreiches sagen zu wollen. Nicht, dass sie ihm damit auf die Nerven ging. Er merkte eher, dass es vor allem sie selbst anstrengte.

Sie gingen durch ein paar Straßen, weil sie ihm etwas zeigen wollte. Sie hüpfte manchmal voran und spreizte ihre dünnen Beine wie ein Fohlen, wenn sie auf etwas zeigte, das sie albern oder lächerlich fand. Irgendwann kamen sie an die alte Stadtmauer, und sie zeigte auf einen Turm in der Festungsanlage.

»Am Tag, an dem ich mein Abitur habe, werde ich von dort runterspringen. Dann bin ich neunzehn. Dann werde ich schon alt und verbraucht sein.«

»Na, das sind ja Gott sei Dank noch zwei Jahre«, erwiderte er leichthin.

Der Spaziergang war dabei, endlich etwas romantischer zu werden. Sie hatte ihn die letzten Meter, bevor der Turm in Sicht war, sogar an den Händen gezogen.

»Werden Sie mir helfen und mich schubsen?«, fragte sie jetzt.

Rolf musste lachen. Wie ernst es ihr damit war, konnte er zu jener Zeit noch nicht wissen.

Sie schien alles leicht hinzuwerfen, zu skizzieren, als könne man die Welt, je nachdem, wie man sie interpretierte, zwischen zwei Atemzügen komplett umgestalten.

»Haben Sie denn keine anderen Freunde, die das für Sie erledigen können?«

»Nein, ich habe keine Freunde«, sagte sie traurig. »Also, was ist?«

»Kommt darauf an.«

»Worauf?«

»Ob Sie es sich nicht noch anders überlegen. In Ihrem Köpfchen scheint vieles zu sein, das heute so und morgen anders ist. Ich würde sagen: erst mal abwarten. Wenn Sie dann immer noch unbedingt springen wollen, schubse ich Sie in zwei Jahren runter.«

»Wirklich?« Nora strahlte.

Rolf zuckte selbstgefällig die Achseln. Er merkte, dass er das Ganze auf den richtigen Kurs bringen konnte. »Es wird ja niemand wissen, wer es war. Bis Sie unten sind, und bei der Höhe und Ihrem federleichten Gewicht – bin ich längst über alle Berge. Und wahrscheinlich setzen Sie ganz sanft am Boden auf und gucken sich um, wo ich bin.«

»Sind Sie etwa ein Romantiker?« Sie blickte ihn mit großen Augen an.

»Im Gegenteil. Ich bin ein skeptischer Realist.«

»Aber Sie haben mir jetzt etwas versprochen, oder?« Sie hatte die Arme auf den Rücken gelegt. Ihr leichtes Kleid bauschte sich im Wind.

Sie sah ihn immer noch an, fragend, irgendwie forschend. Ein Teil ihres Blicks war noch prüfend an der Oberfläche, der andere machte bereits eine Exkursion in die Tiefe.

Naiv und instinktsicher zugleich durchdrang sie dieses männliche Exemplar und stellte sich mehr oder minder bewusst die Fragen, die sich alle Frauen bei dieser Gelegenheit stellen. Ist er der Richtige? Und für wie lange?

»Und Sie werden sich daran halten?«, fragte sie plötzlich.

»Ja, sicher«, erwiderte er etwas perplex.

»Dann haben wir jetzt ein Versprechen. Das ist viel für ein paar wenige Stunden, die wir uns kennen, finden Sie nicht?« Plötzlich war sie ernst, als wäre das alles im Moment fast zu viel.

Sie nahm seine Hand und zog ihn im Dauerlauf mit.

»Kommen Sie«, rief sie, »wir müssen weiter!«

Er hatte nach einigen weiteren Treffen Mühe, ihr das »Sie« abzugewöhnen, das sie viel eleganter fand als das »Du«, das man jedem nach einer Weile anbot, über den man glaubte, verfügen zu können. Das »Du« impliziere ja geradezu, dass man sich kaum noch Mühe geben müsse, impliziere Nachlässigkeit, Schlampigkeit in der Auswahl der Kleider, Respektverlust etc. Sie verwies auf Beispiele dafür, dass sich Eheleute bis an ihr Lebensende siezten.

Sie durchquerten weiter die Innenstadt, weil sie sich weigerte, mit ihm in ein Lokal zu gehen und Geld auszugeben. Er sollte mit ihr ein hungriges Pärchen auf der Flucht simulieren.

Sie gingen in Nebenstraßen, im Schatten alter Häuser, bloß nicht in der Sonne.

Er machte alles mit.

An einer Straßenecke ließ sie ihn stehen und kam mit einem Kopftuch und einer Sonnenbrille angelaufen: »Schnell«, rief sie, und er musste mit ihr ein paar Straßenecken davonrennen.

Dann war er dran. Er sollte aus einer Kiste vor einem Eckladen Orangen klauen.

Er weigerte sich.

Sie war immer noch ein bisschen außer Atem.

»Das ist unsere einzige Chance«, sagte sie mit Gangsterstimme, »die Gegend ist einsam. Wir werden sonst heute Nacht wieder Hunger haben.«

Rolf schüttelte den Kopf. Sie hatte ihn rumgekriegt.

»Geh ein Stück vor. Stell dich an die Ecke und steh Schmiere«, befahl er, halb resigniert.

»Okay!«, rief sie und rannte vor. An der Ecke blieb sie stehen und beobachtete ihn stolz.

Sie sah so reizend aus mit ihren dünnen Beinen und Armen und der riesigen Sonnenbrille. Wie alle Mädchen in der Provinz, ob es vom Typ her passte oder nicht, imitierte sie Audrey Hepburn. Nur dass sie ihr in diesem Moment wirklich erstaunlich ähnlich sah. Sie runzelte mahnend die Stirn, damit er endlich loslegte. Er versuchte, möglichst unauffällig zu der Obstkiste zu gehen, nahm zwei Orangen heraus und ließ sie in die Taschen gleiten.

Sie lachte hell auf. Die Hose bauschte sich an beiden Seiten. Rolf hielt die Hände schützend davor und ging ganz normal weiter. Sie hingegen schrie fast vor Aufregung. Sie rannte zu ihm, zerrte ihn an der Hand, bis er sich bequemte, mit ihr davonzulaufen.

»Schaut her, wir sind Diebe!«, rief sie, als sie in eine Wohnstraße kamen. »Guckt uns genau an. So sehen Diebe aus.«

Sie war sehr stolz auf ihn. Sie gestand ihm, dass immer alle an ihren Ansprüchen scheiterten und dass sie deswegen oft so traurig sei, so tieftraurig, sagte sie.

Und sie fragte ihn, ob es denn so schlimm gewesen sei, die Orangen zu klauen? Es sei doch jetzt alles ein bisschen anders als vorher. Sie gehörten nun nicht mehr richtig dazu. (Sie meinte zu den »fetten Bourgeois«, von denen sie später so oft sprach.) Er würde erst später, als er das Elternhaus kennenlernte, begreifen, wie tief ihre Abwehr gegen diese Art zu leben saß und woher sie rührte. Jetzt begnügte er sich damit, ihr zuzustimmen. Er hatte mit dieser Schicht, aus der sie kam, nicht viel am Hut. Es sprach vielleicht für sie, dass sie sich fernhalten wollte, aber immerhin hatte sie die Wahl. Sie konnte auch jederzeit wieder in den Reichtum ihres Elternhauses zurück. Er nicht. Er hatte keinen Zutritt. Das würde er bald erleben.

Sie liefen bereits in einem schmalen Streifen von Sonne zwischen den Häusern, Nora merkte nicht einmal, dass sie in der Sonne ging. Er machte sie darauf aufmerksam, und sie lachte. Sie weigerte sich jetzt nicht mehr, in der Sonne zu sein. Er hatte sie also schon ein bisschen erzogen. Mit Liebe schien das bei ihr zu gehen. Und sie fühlte sich auch nicht mehr genötigt, ständig schlaue Dinge von sich zu geben. Ganz sanft und ruhig ging sie neben ihm und nahm schließlich ihr Kopftuch ab. Sie gingen in einen Park und setzten sich auf die weite Grasfläche. Hier waren sie fast die einzigen Menschen. Sie pulte gedankenverloren an einer Orange. Ihre Hände waren nass vom Fruchtsaft. In der Orangenhaut bildete sich ein dickes Loch. Rolf nahm ihr die Frucht sanft aus der Hand. Mit seinem kleinen Taschenmesser schnitt er die Schale geduldig in Streifen, schälte sie ab und reichte ihr ein paar Stücke.

»Danke«, sagte sie leise und ergriff seine Hand. »Ich muss jetzt bald gehen.«

Er gab ihr sein weißes Taschentuch. Sie wischte sich die Hände damit ab.

»Darf ich es behalten?«, flüsterte sie.

»Wenn ich dich wiedersehen darf?«

Sie lächelte. »Jetzt gefällt mir der Sommer.«

12.

Eine Weile ließ sie nichts von sich hören. Er schrieb ihr eine weitere Karte, dass er sich Sorgen mache. Sie schrieb zurück, er dürfe nicht mehr schreiben. »Sie« hätten sich nach ihm erkundigt. Es hatte offenbar ein Riesentheater gegeben, weil sie ein »Rendezvous mit einem Unbekannten« gehabt hatte. Sie dürfe erst mit jemandem ausgehen, wenn ihre Eltern dies billigten. Dazu müsse man zu Hause vorgestellt werden. Man müsse einen guten Eindruck bei ihnen hinterlassen. Man müsse peinliche Fragen über sich ergehen lassen, wie bei einem Einstellungsgespräch. Der knapp gefasste Brief mit der steilen Handschrift, der offenbar hastig heruntergeschrieben war, endete ganz rührend damit, dass er das nicht falsch verstehen solle, dass sie ihn gerne wiedersehen wolle und bereit sei zu einem nächsten, geheimen Treffen. Nur dürfe er keine Karten mehr schreiben, sonst käme alles heraus.

Beim nächsten Treffen wartete er abends auf der Landstraße, bis ein Wagen (es war eine hellblaue Isabella) angerast kam und mit quietschenden Reifen hielt.

Den Fahrer stellte sie als ihren Bruder vor. Er hieß Martin, wie ihr Vater, war noch nicht volljährig und hatte das Auto von der Mutter aus der Garage geklaut. Die Eltern waren auf einen Ball des Rotary Clubs eingeladen. Der Rotary Club, erklärte Nora ihm höhnisch, seien die oberen Zehntausend von Nürnberg – man bedenke – von Nürnberg! –, zu denen ihre Mutter immer »hochgeschielt« habe. Sie seien erst vor kurzem aufgenommen worden. Ihre Mutter laufe seitdem mit stolzgeschwellter Brust herum und könne sich gar nicht mehr einkriegen.

Sie holten noch die aktuelle Freundin des Bruders ab, und dann fuhr Martin, um allen zu imponieren, in breiten Schlangenlinien mit hoher Geschwindigkeit weiter in ein Autokino in der Nähe, wo man sich *Gun Crazy* ansah.

Während des Gangsterfilms hielt sie sich an seiner Hand fest und sah gebannt zu.

Man hatte die Sitze gewechselt, damit Martin mit seiner Freundin hinten knutschen konnte. Als der Abspann lief, ließen sie die beiden, die offensichtlich ungestört sein wollten, allein.

Rolf und Nora gingen ein paar Schritte zwischen den Autos. Beide waren noch nachdenklich von der rauen Geschichte dieses getriebenen Gangsterpaars, das von einem Banküberfall zum nächsten raste, um am Ende so brutal erledigt zu werden.

Nach einer Weile sagte sie zu ihm: »Tut mir leid, dass sich mein Bruder so danebenbenimmt. Er ist ein bisschen dämlich. Er hat nichts anderes im Kopf als das da!«

Rolf verteidigte ihn. »Er ist immerhin unser Fahrer.«

Nora schüttelte den Kopf. »Er hat Minderwertigkeitskomplexe. Er muss sich immer irgendetwas beweisen.« Sie blieb stehen und sah ihn voller Stolz an: »Das hast du nicht nötig.«

Rolf merkte, dass sich jetzt die Gelegenheit für einen ersten Kuss bot. Er beugte sich zu ihr vor und berührte mit seinem Mund sanft ihre Lippen. Sie sah ihn mit großen Augen an.

Als sie bei ihrem Elternhaus ankamen, war es hell erleuchtet. Der Mercedes stand vor der Tür, Haustür und Garagentor waren offen.

»Scheiße«, murmelte Martin, »das gibt jetzt richtig Ärger.«

Nora saß da wie ein Häuflein Elend. »Du musst sofort verschwinden«, sagte sie, »sie dürfen dich auf keinen Fall sehen … Du bist mir wichtig«, fügte sie leise hinzu und gab ihm einen Kuss auf den Mund.

Er stieg schnell aus, tauchte hinter dem Wagen ab und lief ein Stück im Schutz der Dunkelheit bis zur nächsten Ecke.

Im selben Moment kamen sie aus dem Haus, ein großer, beleibter Mann und eine kleine, untersetzte Frau, deren Gesicht er kurz aus dem Schatten auftauchen sah. Ihre Augen quollen hervor. Wutentbrannt liefen die beiden auf die Straße und versuchten, die Autotüren aufzureißen. Martin hatte alle Knöpfe heruntergedrückt. Die beiden schlugen gegen die Scheiben. Sie wollten keine Dellen in den Lack ihres Zweitwagens machen. Mit bebender Stimme rief die Mutter: »Macht sofort die Tür auf, sonst könnt ihr etwas erleben!«

Gehetzt blickte sie sich nach den Nachbarn um. Im Innern des Wagens hörte Rolf Nora kichern. Der Mann schlug mit seinen fleischigen Pranken gegen die Scheibe.

»Mach auf«, schrie er mit unterdrückter Stimme.

»Hör doch auf, du Idiot«, rief die Frau und wandte sich gegen ihren Mann. »Siehst du nicht, dass du dich lächerlich machst?«

Der Stimmungsumschwung war urplötzlich gekommen. Er gehorchte stumm und ließ die Hände sinken. Man konnte sehen, dass er beleidigt war.

Die kleine Amazone war in ein grünes Taftkleid gehüllt, das smaragdfarben in der Nacht glänzte. Sie hatte winzige Schuhe mit sehr hohen Absätzen an. Sie sah aus wie eine Madame. Ihre Haut war zu braun, das Brillantkollier zu protzig. Auch an den Handgelenken trug sie eine Menge Gold. Sie wirkte überhaupt nicht vornehm. Höhnisch zog sie die winzige Stirn hoch. Darüber lag eine blonde, an den Enden nach außen frisierte Perücke wie ein Helm.

Sie bebte vor Wut.

»Spielst du jetzt den Beleidigten?«, rief sie, und ihre Stimme überschlug sich fast dabei.

»Warum hackst du auf mir herum?«, fragte er kleinlaut.

»Ach, sei doch still«, rief sie verächtlich. Rolf glaubte etwas wie »du Memme« gehört zu haben.

Der Mann tat wütend ein paar Schritte um das Auto herum. Um seiner Wut Luft zu machen, schlug er mit voller Wucht gegen das Seitenfenster, wo sein Sohn saß. »Mach auf!«, schrie er.

»Mach hier keinen Lärm!«, zischte sie und sah sich wieder nach den Nachbarn um.

»Also, was schlägst du dann vor, Mechthild?«, fragte er böse.

»Lass sie ruhig im Wagen. Sie werden schon sehen, was sie davon haben.«

Es klang endgültig, wie ein Todesurteil. Nach diesen Worten drehte sie sich auf dem Absatz herum und marschierte ins Grundstück hinein. Sie war offensichtlich stolz auf ihren Auftritt. Mit hocherhobenem Kopf betrat sie das Haus und schleuderte die Haustür laut krachend hinter sich zu. Der Ehemann blieb einen

Moment ratlos stehen. Dann allerdings öffnete sich die Haustür nochmals. Die Amazone erschien in der Tür.

»Ihr kommt mir nicht mehr ins Haus!«, schrie sie. Die Nachbarn waren ihr offenbar mittlerweile egal. Auf einem Grundstück ging Licht an.

»Komm endlich rein!«, rief sie.

»Das wirst du mir büßen!«, schnaubte er wutentbrannt in Richtung seines Sohns. Dann rannte er der Stimme seiner Herrin hinterher, allerdings mit sehr viel weniger Würde und Ausdruck als sie, die offenbar ein Talent für große Auftritte besaß.

Rolf verschwand. Er wollte die Sache nicht noch schlimmer machen. Aber die Szene gab ihm zu denken, so schrill und unheimlich war sie gewesen.

Die Nacht endete mit einem geplatzten Trommelfell. Es hatte ihrer Mutter dann doch keine Ruhe gelassen. Nach einer halben Stunde waren sie, wie Rolf später erfuhr, angestachelt von rasender Wut, weil Martin den Wagen laufen ließ, damit es innen warm blieb, mit einem Wagenheber auf die Scheibe losgegangen, und hatten die Kinder aus dem Wagen gezerrt. Als Martin sich schützend vor Nora stellte, bekam er von seinem Vater eine solche Ohrfeige, dass ihm das Trommelfell platzte. Nora blieb aufgrund dieses Vorfalls ein paar Tage im Haus. Man sperrte sie oben in ihrem Zimmer ein.

13.

Als Rolf bei den Eltern vorstellig wurde, war sein Schuldenkonto schon zu groß.

Der Vater erwartete ihn an der Haustür. Er konnte als das durchgehen, was man damals wohl einen schönen Mann nannte: groß, ebenmäßiges Musterschülergesicht, hohe, gewölbte Stirn. Sein Leib war bereits ein wenig füllig, er wirkte körperlich verweichlicht.

Nora hatte ihn als Streber bezeichnet. Aber nicht einen von der kleinen Sorte, sondern von der Sorte, die es schaffen, Aufsichtsräte zu werden. Er galt als eine Art Physikgenie und war deswegen rasch zum Direktor aufgestiegen. Und genau so sah er aus.

Er starrte Rolf ohne Freundlichkeit entgegen. Seine Hand war fleischig und weich, aber warm. Offenbar war er gut durchblutet.

Rolf bekam während des kurzen Händedrucks einen stechenden Blick ab, der Geringschätzung ausdrückte. Er war hier nicht erwünscht. Der Blick schien zu besagen: Bei mir hast du keine Chance, aber ich muss es dulden, dass du hier hereindarfst.

Rolf wusste von dem Auftritt neulich, dass dieser Biedermann jähzornig war und von seiner Frau untergebuttert wurde. Er konnte ihn nicht richtig ernst nehmen.

Noras Vater wies Rolf mit einem abweisenden Kopfnicken herein. »Hier entlang«, sagte er und ließ ihn hinter sich hergehen wie einen Untergebenen.

Er führte ihn durch das merkwürdige Reich, das sie sich geschaffen hatten, mit zu vielen Teppichen, zu vielen Tischchen und Deckchen, zu vielen vergoldeten Untersetzern und all dem Kram. Die Decke wirkte niedrig, das Ganze beklemmend. An den Wänden hingen Bilder mit Meermotiven und Berghütten.

Arme Nora, dachte er. Sie kamen an einem Kamin vorbei und dann in ein Wohnzimmer, in dem eine kleine Frau stand und ihm mit starrem Gesicht entgegensah. Sie wirkte, als hätte sie eine Migräneattacke hinter sich. Ihre Augen waren trüb, und sie hatte etwas Unglückliches, Clowneskes, was auch an den kurzen, zu stark geschminkten Wimpern liegen mochte, an deren Rändern sie etwas gekleckert hatte. Ihr einer Mundwinkel war leicht nach unten gezogen, als wäre sie angewidert über einen schlechten Geschmack im Mund. Sie streckte ihm einen ihrer kurzen Arme hin. Dabei rührte sie sich keinen Millimeter vom Fleck.

»Sie müssen also Herr Freytag sein.«

Ihre Stimme hatte etwas Schnarrendes. Seinen Nachnamen zog sie in die Länge. Das sollte wohl ironisch gemeint sein.

»Das bin ich, gnädige Frau«, sagte er.

Aus einem geheimnisvollen Grund war sie ihm sympathisch, und er nahm sich vor, ihre anfänglichen Ressentiments nicht allzu ernst zu nehmen.

»Das habe ich mir fast gedacht.« Ihre Stimme vibrierte förmlich. Wovon? Setzte ihre leichte Aggressivität etwa eine Art sexueller Energie frei? Oder bildete er sich das nur ein, weil ihm ihr Atombusen in dem viel zu engen Kleid entgegenwogte?

Offenbar wollte sie ihre immer noch schmale Taille zur Schau stellen und durch die Länge des Rocks und die sehr hohen Schuhe ihre kurzen Beine kaschieren. Außerdem schien es ihm, dass sie schwer atmete. Jedenfalls blühte sie auf einmal auf irgendeine Art auf, seit er da war, und sah nicht mehr aus wie das jämmerliche Geschöpf, das ihn einsam und verlassen in der Mitte eines hässlichen, zu großen Wohnzimmers erwartet hatte.

Er nahm sich vor zu versuchen, sie auf seine Seite zu ziehen.

Sie taxierte ihn, im Gegensatz zu ihrem Mann, fast unverschämt genau.

»Sie wollen also mit unserer Tochter ausgehen, Herr Freytag?«, fragte sie anzüglich. Es klang, als hätte sie statt ausgehen schlafen gesagt. Er hatte also recht. Sie sah in ihm einen sexuellen Faktor. Außerdem erkannte er etwas anderes, das seine Sympathie erklärte. Sie kam aus Thüringen, aus seiner Heimat. Er merkte es. Obwohl sie alles dafür tat, den alten Dialekt zu verhehlen, gelang es ihr nicht. Er musste lächeln.

»Warum lächeln Sie?«, fragte sie.

»Ach, über nichts, gnädige Frau.« Er schüttelte den Kopf. Dann überlegte er es sich doch anders. »Ich habe gerade nur kurz gedacht, dass Sie aus Thüringen stammen.«

Sie sah ihn mit einer Mischung aus Gerissenheit und Verblüffung an. Schließlich entschied sie sich für großzügige Gelassenheit.

»Ach, dachten Sie das, ja, junger Mann?«

Er nickte.

»Alle Achtung«, sagte sie schließlich, »Sie haben gute Ohren. Ob das für Sie spricht, ist eine andere Frage. Ich stamme tatsächlich aus Thüringen. Genau wie Sie. Nur, bei Ihnen hört man das deutlich. Dass man es bei mir noch hört, hätte ich allerdings nicht gedacht.«

Rolf musste lachen. »Das kommt nur daher, dass ich, wie Sie richtig erkannt haben, aus derselben Gegend stamme«, erwiderte er.

Der Hausherr rutschte bereits ungeduldig auf seinem Stuhl. Er hatte sich hingesetzt, ohne ihm Platz anzubieten, und starrte ihn nun auffordernd an. »Setzen Sie sich«, befahl er.

Rolf hockte sich amüsiert auf eine Kante des riesigen Sessels.

»Möchten Sie vielleicht einen Cognac?«, fragte Mechthild.

Sie hatte entschieden, die Autorität zu wahren, und vermied deshalb, sich mit ihm über die Heimat auszutauschen, obwohl sie eigentlich Lust dazu gehabt hätte.

Er verneinte unentschieden. Es konnte eine Falle sein.

»Ich nehme einen.«

Sie richtete diese Worte wie einen Befehl an die Adresse ihres Mannes, der daraufhin sofort aufsprang, die Flasche von einem der vielen Beistelltische griff und ihr ein Glas einschenkte. Jede seiner Bewegungen war unterdrückt aggressiv.

»Danke«, sagte sie mürrisch, als er ihr das großzügig eingeschenkte Glas reichte, und nahm einen Schluck. Rolf machte ein Kompliment wegen des nierenförmigen Pools, der hinter den Scheiben schimmerte.

»Gefällt es Ihnen bei uns?«, fragte sie und fixierte ihn wieder, als wolle sie ihn und den wahren Grund seines Besuchs durchschauen. In der Stimme schwang Hohn mit. Sie machte sich einen Jux mit ihm, indem sie ihm indirekt Erbschleicherei, Diebstahl, Einbruch oder etwaige andere, unlautere Absichten unterstellte. »Ja, schauen Sie sich nur um. Es ist schön hier, nicht wahr?«

Er sah sich vorsichtig um und nickte schließlich. Sie lachte ihn aus. »Ja, sehen Sie, wenn man arbeitet, kann man auch etwas erreichen.«

Sie gab ihrem Mann einen Wink, damit er mit seiner Befragung anfing. Das wollte sie ihm überlassen, damit sie den Kandidaten besser beobachten konnte.

Rolf wurde gefragt, wo er herkam, was der Vater beruflich

machte und so weiter. Dass er Gartenzwerge produzierte, gefiel ihr offensichtlich. Sie lachte. Als er sein Alter erwähnte, er war bereits vierundzwanzig, merkte er, dass er in eine Sackgasse geriet.

Genüsslich beobachtete sie, wie er in die Falle tappte, als er zugeben musste, dass er erst im Herbst anfangen würde zu studieren.

»Da hatte mein Mann längst seinen Doktor und war Prokurist. Wie kommt es, dass Sie jetzt erst studieren?«

Er hätte jetzt gerne ein Glas Cognac gehabt. Sie merkte es offenbar und nahm einen hingebungsvollen Schluck.

»Ich habe meinem Vater geholfen, seine Firma aufzubauen«, erklärte er.

»Was wollen Sie denn noch studieren mit vierundzwanzig?«, fragte der Ehemann. Hier war offensichtlich Hopfen und Malz verloren.

Rolf wusste nicht, was er antworten sollte. Schließlich trat er die Flucht nach vorn an: »Zunächst einmal«, sagte er, »möchte ich gerne heute Abend mit Ihrer Tochter ausgehen.«

Es entstand eine kurze Stille. Der Mann wusste offenbar nicht, wie er die Antwort deuten sollte.

»Ich habe Sie etwas gefragt«, sagte er schließlich wütend.

Rolf sah in Richtung Treppe, in der Hoffnung, dass Nora ihn aus der Situation erlösen würde.

Mechthild lachte. »Meine Tochter kann Ihnen bei der Antwort nicht helfen.« Die ganze Situation amüsierte sie. Der hübsche Kerl wand sich wie ein gefangenes Tier.

»Also, was wollen Sie studieren?«, fragte sie ungeduldig. »Oder ist es ein Geheimnis?«

»Nein, nein, um Gottes willen, ich bin eingeschrieben für Geschichte und deutsche Literatur.«

Der Mann blickte stirnrunzelnd zu Mechthild. Die Sache war für ihn erledigt.

Mechthild dagegen wollte das Gespräch so lange wie möglich ausdehnen. Später würde sie sowieso wieder gelangweilt vor dem Radio hocken. »Na, dann verraten Sie uns doch bitte mal, womit Sie Ihr Geld verdienen wollen?«

Rolf überlegte. Er ärgerte sich, dass er auf dieses Gespräch nicht besser vorbereitet war. Es war doch klar, dass solche Fragen kommen würden.

»Ich will Schriftsteller werden«, rutschte es ihm heraus. Er hätte sich dafür schlagen können, so etwas Dummes zu sagen. Aber nun war es zu spät.

»Schriftsteller? Ist das überhaupt ein Beruf?«, fragte der Ehemann verächtlich.

Jetzt wurde Rolf langsam sauer.

»Ja, das ist es – auch wenn Sie es nicht glauben. Schriftsteller sind immerhin die Ursache dafür, dass Bücher in einem Bücherschrank stehen.«

Der Ehemann plusterte sich auf: »Jetzt werden Sie mal nicht unverschämt, junger Mann. Beweisen Sie erst mal, dass Sie etwas können!«, rief er zornig.

Mechthild lachte vergnügt. Er hatte ihren Mann endlich aus der Reserve gelockt. Wenn es so weiterginge, würde das Gespräch mit einem Rausschmiss enden.

»Das würde ich gern, wenn Sie mir die Gelegenheit dazu geben«, sagte Rolf.

»Haben Sie denn schon mal ein Buch veröffentlicht?«, fragte Mechthild.

»Ein Buch noch nicht, aber mehrere Erzählungen.«

Sie nickte anerkennend. »Sie haben also Talent?«

»Das kann der Künstler selbst am allerwenigsten beurteilen, gnädige Frau«, flirtete er.

Sie lachte.

»Davon müssen Sie sich schon selbst überzeugen«, fuhr er fort. »Das nächste Mal bringe ich Ihnen ein paar Veröffentlichungen in Zeitschriften mit.«

»Sie denken vielleicht, wir lesen nicht. Aber da täuschen Sie sich.«

Rolf hob abwehrend die Hand: »Das würde ich mir nie anmaßen.«

»Ich habe doch Ihren Blick zu unserem Wohnzimmerschrank gesehen.«

In dem protzigen Schrank standen neben Zinntellern nur ein paar Standardbücher.

»Unsere Bücher stehen alle im Arbeitszimmer meines Mannes«, erklärte sie. »Wir lesen gerne erbauliche Sachen. Was wir nicht mögen, sind Bücher, die ständig versuchen, unsere Gesellschaft, die aus anständigen, hart arbeitenden Menschen besteht, die es zu etwas bringen wollen, in den Dreck zu ziehen.«

Sie zog an ihrer Zigarette und sah ihn dabei an.

»Wer will das schon?«, antwortete Rolf lakonisch.

»Leute wie Sie!«, hätte der Mann am liebsten gesagt. Er mochte diesen Typen überhaupt nicht. Er konnte ihn weder einschätzen noch mit seiner männlichen, an Selbstgefälligkeit grenzenden Art etwas anfangen. Außerdem verstand er sich viel zu gut mit seiner Frau. »Anständige Leute lernen erst mal etwas«, sagte er, »und dann verdienen sie Geld, damit sie eine Familie ernähren können.«

Rolf erwiderte nichts darauf. Noblesse oblige.

Der Mann wurde wieder wütend: »Was Sie als Schriftstellerei bezeichnen, das ist eine Nebenbeschäftigung«, rief er höhnisch.

Rolf lächelte müde. »Wenn Sie meinen, Herr Doktor Ode.«

»Ja, das meine ich!«, schrie er fast und nahm wütend seine Zeitung.

Mechthild wurde langsam unbehaglich warm. Sie stieg von einem Fuß auf den andern. Es war gerade so angenehm. Sie wollte ihre Menopause nicht wieder spüren müssen. Sie mochte vieles gedacht und bedauert haben in diesem Moment, an ihrem Leben ändern konnte sie nichts mehr.

»Möchten Sie jetzt auch einen Schluck Cognac?«, fragte sie Rolf, teils aus Mitleid, teils aus Solidarität.

»Gerne, gnädige Frau«, sagte er sanft und brachte den alten Dialekt ins Spiel.

Er betrachtete sie, wie sie ihm das Glas einschenkte, während es draußen allmählich dunkel wurde. Er mochte sie eindeutig, und das würde immer so sein, egal, wie viel zornige, hasserfüllte Briefe er noch von ihr bekommen würde. Diese Frau schwitzt vor Einsamkeit, dachte er. Sie weiß, dass die Kinder bald aus dem Haus sein werden. Und dass sie dann ganz allein ist, mit diesem Trottel, der wahrscheinlich noch eine Sekretärin hat und sie nicht mehr anrührt und meist erst spät nach Hause kommt.

Sie war eindeutig unter Zugzwang. Und er begriff, warum sie ihre Kinder nicht loslassen wollte und wütend ihre Liebe einforderte und dass ihre gekränkte Eifersucht in Hass umschlug, weil ihr das nicht gelang.

Er begriff das auf einmal alles. Es hätte ihnen, dachte er, eigentlich angestanden, sich miteinander zu befreunden, gelegentlich ein paar Gläser Wein miteinander zu trinken und sich mit ein paar Witzen aus der Heimat über Wasser zu halten. Sie mochte Witze, das sah er ihr an, während der langweilige Mann, so wie jetzt, im Laufe des Abends immer mehr an Gewicht verlieren und schließlich beleidigt ins Bett gehen würde.

Aber die Verhältnisse waren nicht so. Noch hatte sie die Ellbogenkraft, sich durchzusetzen. Doch wie lange würde es dauern, bis sie demontiert wäre durch die Ödnis dieser Ehe, das Alleinsein, den Verlust ihrer Weiblichkeit? Irgendwann würde sie an dem gleichen Platz am Fenster sitzen wie ein ausgemustertes Stück Vieh, elend, ausgehöhlt, vollkommen deprimiert und allein, aber immer zurechtgemacht wie die »Grande Dame«, die sie so gern gewesen wäre, das Kollier um den von Bräunungscreme dunkel gefärbten Hals, die kleine Stirn glänzend hervorgehoben in dieser einsamen Dunkelheit.

Ihre Augen glitzerten, als hätte sie erraten, was er sah. Sie machte das Licht an und rief mit lauter, krähender Stimme nach ihrer Tochter: »Nora! Wo bleibst du denn? Komm endlich runter! Wir warten auf dich!«

Rolf nippte an seinem Glas.

Trippelnde Schrittchen kamen die Treppe hinunter. Eine kleine, blondhaarige Elfe erschien, vielleicht acht Jahre alt. Es war Erika, die jüngste Tochter.

Der Vater strahlte, als dieser blonde Engel in seinem rosa Pyjama im Wohnzimmer stand.

»Na, Erikachen, was machst du denn noch hier? Du musst doch längst schlafen«, rief er mit fast kindischer Zärtlichkeit.

»Sag dem Mann, wie du heißt«, sagte Mechthild.

Erika lächelte Rolf an und reichte ihm eine winzige Hand. Das Kind war äußerst zart, vollkommen filigran. Sie schien von Geistern beseelt und behütet, die ihrer Phantasie entsprangen, der Geborgenheit ihres Kinderzimmers und den Wohlgerüchen im oberen Stockwerk, wo es nach Pistazie, rosa Seifenschaum und Gebäck duftete.

Sie nahm ihn an der Hand und führte ihn nach oben in das Reich der Bäder, Schlafgemächer und Kinderzimmer, weil sie ihm etwas zeigen wollte.

»Sie ist besessen vom Zeichnen«, rief Mechthild.

»Sie wird mal eine große Künstlerin«, ergänzte der Ehemann, womit er ausdrücken wollte: im Gegensatz zu dem da.

Erika führte Rolf in ein kleines Zimmer, das übersät war mit Zeichnungen. Prinzessinnen in Ballkleidern, mit kleinen Krönchen auf den Köpfen, wirbelten herum in einem ewigen Tanz auf einer rauschenden Ballnacht. Und alle sahen aus wie sie selbst.

Sie sah zu ihm auf und strahlte. Sicher, gelobt zu werden, wartete sie auf seinen Kommentar. »Sehr schön kannst du zeichnen«, sagte er und strich ihr mit dem Finger über das feine Haar.

»Mein Papa sagt, ich bin ein Genie«, sagte sie, »wie Michelangelo.« Dabei blickte sie ihn mit kindlichem Ernst an, und die Mundwinkel ihres etwas schmalen Mundes zogen sich ein wenig herunter. Offenbar erwartete sie, dass er das bestätigte. Es war ihm ein wenig unheimlich allein hier oben, und er hielt Ausschau nach Nora.

Was für eine merkwürdige Familie das war. Die kleine, ernste, tief in sich zurückgezogene Elfe und der Glanz und die Brillanz an der Oberfläche, mit der Nora sich gewappnet hatte.

Erika beugte sich über eine der Zeichnungen und korrigierte ein paar Striche. »Das schenk ich dir«, sagte sie und reichte ihm eine Skizze. »Das bin ich. Dann kannst du an mich denken.«

Ihre dunkelblauen Augen blickten ihn klar an. Sie hatte einen Moment zu lächeln vergessen, und irgendetwas in der Tiefe dieser Augen wirkte sehr ernst.

»Das werde ich«, sagte er und strich ihr über den Kopf.

»Na, willst du mir etwa meinen Verehrer wegschnappen?« Nora stand im Flur.

Erika machte eine beschämte Geste. »Nein, will ich gar nicht«, rief sie trotzig, drehte sich um und verschwand in ihrem Zimmer.

Rolf wollte Nora küssen. Sie hielt ihm die Stirn hin. »Später«, sagte sie.

»Na, hat er einen guten Eindruck gemacht?«, fragte sie scherzhaft, als sie unten ankamen.

Sie wollte damit überspielen, dass sie zu stark geschminkt war, damit sich ihre Mutter nicht wieder darüber aufregte.

»Nur den besten«, antwortete Mechthild spitz.

»Dann ist es ja gut.«

»Würden Sie dafür sorgen, dass meine Tochter nicht allzu spät nach Hause kommt?«, versuchte es Mechthild mit Charme. Aber die Stimmung war irgendwie dahin.

»Das werde ich. Versprochen, gnädige Frau.« Rolf versuchte, heiter zu bleiben.

Das Ganze hatte Sekunden gedauert. Jetzt gab es auf einmal nichts mehr zu sagen.

Beide Frauen hatten auf Abwehr geschaltet. Dennoch versuchte Mechthild, der Szene nach außen hin eine feierliche Note zu geben. Schließlich war sie die Dame des Hauses und musste repräsentieren. Sie reichte Rolf die Hand und tauschte ein paar Floskeln mit ihm. Ihre Tochter ignorierte sie dabei vollständig.

»Na, dann, auf Wiedersehen. Amüsiert euch gut«, sagte sie schließlich und wandte sich wieder dem Wohnzimmer zu.

»Auf Wiedersehen, Herr Doktor Ode«, sagte Rolf und streckte dem Vater versöhnlich die Hand hin.

Der sah ihn nicht an. »Wiedersehen.«

Nora wollte unbedingt zum Hauptbahnhof und sich dort betrinken. Unten an der Straßenbahnhaltestelle nahmen sie sich ein Taxi.

»Sie setzen mich so unter Druck. Du kannst dir gar nicht vorstellen, wie unerträglich das für mich ist: Sie zwingen mich, dich vorzuführen wie bei einer Fleischbeschau. Sie maßen sich an, beurteilen zu können, ob du etwas taugst. Das ist so demütigend. Am liebsten würden sie noch deine Zähne kontrollieren.«

»So schlimm war es doch gar nicht«, versuchte er sie zu beruhigen.

»Ich könnte jetzt literweise Whisky in mich hineinkippen«, sagte sie.

Das Taxi brachte sie zum Bahnhof. Während der Fahrt schminkte sie sich mit Kajal dicke schwarze Balken unter die Augen. »So«, sagte sie mit tiefer Befriedigung und sah ihn an.

An diesem Abend schien es keine Rolle zu spielen, was er dachte.

Nachdem er gezahlt hatte, nahm sie ihn an der Hand und rannte mit ihm durch den strömenden Regen. »Ist das nicht großartig hier?«, rief sie, als sie pitschnass die Trinkhalle erreichten. Ihr Make-up war völlig zerlaufen. Sie sah rührend aus und schmiegte sich eng an ihn. »Hier verkehrt der Abschaum von Nürnberg«, flüsterte sie stolz und sah sich um. »Nutten, Arbeitslose und Penner! Siehst du einen einzigen Spießer oder Beamten darunter?«

»Nein«, musste er zugeben.

»Na bitte.« Sie schlug auf den Tresen und bestellte zwei doppelte Korn. Als die Drinks kamen, stürzte sie ihren sofort gierig hinunter. Ihre Augen funkelten.

»Noch einen!«, rief sie mit einem diabolischen Grinsen.

Der Barkeeper schenkte sofort nach, und sie kippte erneut.

»Noch einen.«

Der Barkeeper sah diesmal ihn fragend an, aber Rolf ignorierte ihn. Er wollte ihr einfach einen Moment freien Lauf lassen. Und ein paar Drinks schadeten nichts. Außerdem empfand er es als Anmaßung, dass der Barkeeper sich in ihre Angelegenheiten einmischte. Sie nahm mit einer hektischen Bewegung gerade ihr nächstes Glas und wollte es kippen, als sie auf eine neue Idee kam, die ihre Augen noch mehr zum Funkeln brachten:

»Eine Lokalrunde für alle!«, rief sie in den Raum. »Ich bezahle«, trumpfte sie auf.

»Komm, stoß jetzt endlich erst mal mit mir an«, sagte er ungeduldig.

»Nein«, rief sie und kippte ihr Glas hinunter. Dabei grinste sie ihn an.

Jetzt hatte sie ihn da, wo sie ihn haben wollte. Jetzt ärgerte er sich wirklich ein bisschen.

»Also gut«, sagte er, »dann trinke ich eben allein.« Er kippte und bestellte einen neuen für sich, ohne sie zu beachten. Das gefiel ihr offenbar. Sie sah ihn bewundernd an.

Sie spielten das alberne Spiel noch ein Weilchen, bestellten jeder für sich, taten so, als seien sie Fremde. Irgendwann reichte es ihr. »Willst du denn gar nicht mit mir anstoßen?«, flirtete sie.

»Nein«, sagte er.

»Gefall ich dir denn nicht mehr?«

»Nein.«

Sie kicherte.

»Jetzt gebe ich eine Lokalrunde aus«, sagte er zu dem Barkeeper. Er wollte sich nicht lumpen lassen. Der Barkeeper machte sich an die Arbeit.

Nora stieß Rolf in die Seite. Er drehte sich zu ihr um.

»Ich himmle dich an«, hauchte sie.

Die Penner kamen und tranken auf sie. Woraufhin sie sich wild küssten.

Am Ende waren beide ziemlich betrunken. Das Geld reichte gerade noch zum Bezahlen. Niemand wusste, wie sie jetzt nach Hause kommen sollte.

Sie hatte eine Zahnbürste und Zahnpasta mitgenommen und putzte sich auf der Bahnhofstoilette hastig die Zähne, bevor sie durch die große Halle davonlief. Noch ehe er es recht begriffen hatte, war sie verschwunden.

14.

Wenige Tage später, als er von der Arbeit nach Hause kam, erwartete ihn seine Mutter mit einer freudigen Überraschung. Sie reichte ihm den Kulturteil des *Fränkischen Merkur* mit einem geheimnisvollen Lächeln und sagte: »Hier. Lies das mal.«

Rolf nahm den Artikel und begann zu lesen:

In mehreren verstreut veröffentlichten Erzählungen macht derzeit ein junger Autor auf sich aufmerksam, der sich als Realist bekennt, ein Autor, der ein leuchtend hartes Bild unserer gemeinsamen Umwelt entwirft. Dieser Autor zeigt, anstatt zu lamentieren. Seine planvolle, erzählerische Methode blättert Schicht um Schicht die Menschen auf, von denen er erzählt, bis ihr Kern erreicht ist. Diese nüchterne Stimme einer Generation, die sich in unserer scheinbaren Sicherheit und Gemütlichkeit nicht mehr wohl fühlt, wird sicher angehört und diskutiert werden.

Rolf glaubte seinen Augen nicht zu trauen. Er sah seine Mutter an. Sie hatte Tränen in den Augen. »Ich bin sehr stolz auf dich, mein Junge«, sagte sie.

Er nickte nachdenklich. Während der nächsten Tage las er den Artikel immer wieder.

Es war ein heißer Sommer mit langen Abenden, und es wurde lange gearbeitet. Es herrschte Hochkonjunktur.

Rolf blieb meist bis zum Schluss in der Fabrik. Er behauptete, Geld für das Studium verdienen zu wollen, aber der wahre Grund war: Er konnte sich von der Atmosphäre nicht trennen. Er liebte es, mit den Frauen Hand in Hand zu arbeiten.

Er stand oft direkt gegenüber von Frau Rammer und konnte sie beobachten, wie sie mit ihrem schiefen Lächeln die Zipfelmützen der Gartenzwerge bepinselte und laut auflachte, wenn sie sich beobachtet fühlte – und wie das Lachen, wie ein Flächenbrand, auf die anderen Frauen übergriff, wenn sie begannen, müde und ein wenig hysterisch zu werden. Oder, wenn am Ende des Tages, am Ende der Arbeitskette, Komorek mit seiner berühmten Nummer kam und unter das Brett kroch, das auf zwei Böcken stand, um die gesamte Ladung bemalter, lasierter Gartenzwerge über seinen Kopf hochzustemmen. Er stand dann wacklig, das Brett bog sich und schwankte über ihm, und die Zwerge gerieten in eine Schieflage und drohten einen Moment hinunterzukippen. Die Frauen schrien leise im Chor auf.

Aber immer bekam Komorek den schwierigen Balanceakt in

den Griff. Er sah aus wie ein Akrobat mit seinen kurzen, stämmigen Beinen, die sich in den Estrich zu krallen schienen, den kurzen Armen und den runden Schultern und dem großen, fahlen Säuglingsgesicht, das etwas Fadenscheiniges, Verbrecherisches hatte in dem Moment, als er sein Kunststück vollbrachte, weil es vollkommen leer war. Es war kein Geheimnis, dass der Alkohol ihm dabei half, solche Akrobatikeinlagen mit einem Material zu wagen, das bereits kostbar war, so viele Arbeitsstunden waren hineingeflossen. Nach dem Hochstemmen wurde es leicht: Er trug das Brett einfach nach hinten, kam langsam zurück wie auf einer Bühne, machte einen Knicks wie ein Balletttänzer und verbeugte sich, um das Lachen und den Applaus entgegenzunehmen.

Das Konglomerat der Gerüche, die Wärme, der Sommer unten am Fluss, wenn die Frauen ihr Vesperbrot aßen, sich ereiferten und wild durcheinandersprachen, berieten, sich austauschten oder gar verhandelten, war dicht und berauschend. Manchmal war die Luft auch stickig, die gefürchteten Bremsen kamen in der Dämmerung und hinterließen große weiße Flatschen auf der Haut, die tagelang juckten.

Es ging um die Dämmung der Häuser, die Bewirtschaftung ihrer Höfe, um I.N.R.I.-Kreuze, die sie gestiftet hatten, Richtfeste, die gefeiert wurden, Pfarrer, die alles falsch machten, es ging um Aufgebote bei Hochzeiten, Erbschleicher und Trunkenbolde, das Prozedere der Schlachtungen, die Verwertung der Innereien, den Unsinn der Kanalisation, den Dreck, den das Federvieh machte, und vieles, vieles mehr.

Dabei blickten ihre verwitterten Betongesichter skeptisch, ein ewiger Sarkasmus umspielte die kaum vorhandenen Lippen, sie hockten da wie die Geier; breitbeinig und nach Schweiß riechend, brüteten sie finster über dem Irrsinn ihrer »buckligen« Verwandtschaft, ihrer Schwäger und angeheirateten Schwäger und erhoben sich schließlich seufzend zur Arbeit, wo sie den ganzen Mist vergessen konnten.

Manchmal lachten sie grell auf, packten eine andere voller Jähzorn und Schadenfreude und schüttelten sie aus grober Lust an derben Scherzen, manchmal knallte es zwischen ihnen. Es war

Leben in seiner Reinform, Austausch in seiner ursprünglichsten Art.

Rolf lauschte all dem und nahm es in sich auf. Oft summte sein Kopf wie ein Bienenschwarm von diesen misanthropischen Besserwisserinnen vom Dorf, die, alt geworden, die schlimmsten Untergänge durchgemacht hatten, Ehemänner und Söhne verloren und doch nie ihren stoischen, trockenen Humor, diesen Triumph über die Niederlagen des Lebens, eingebüßt hatten. Wie sehr bewunderte Rolf diese Rotte alter Weiber am Fluss, zu denen sich die mittleren Jahre und die jungen Mädchen gesellten, um zu lernen, ebenso hartgesotten zu werden.

Die letzten Tage waren so dicht. Jeden Morgen schon brannte die Sonne, und man konnte barfuß über die warmen Steine laufen. Darüber vergaß er fast Nora.

Dazu kam die Tatsache, dass er berühmt war, für seine Verhältnisse jedenfalls. Er zeigte den Frauen den Zeitungsartikel. Sie reichten ihn herum, lachten und amüsierten sich über das kryptische Kauderwelsch. Sein Vater nannte ihn ein sorgloses Kind. Nie hätte Rolf die Fabrik leiten können. Ihm fehlte einfach der Sinn für Verantwortung. Als Arbeiter in der Obhut seines Vaters hätte er es allerdings noch lange ausgehalten.

Eines Tages lag ein Brief auf dem Küchentisch. Er war von einem Lektor eines großen Verlagshauses. Der Lektor hatte *Der Verrat* gelesen und bat um weitere Geschichten. Rolf rutschte das Herz in die Hose, aber er schickte schließlich noch zwei weitere Texte.

Mehr hatte er nicht. Es war jetzt Schicksal, ob der Lektor sich überhaupt noch mal melden würde. Drei Tage später kam das Rückschreiben. Der Mann namens von Gelderen bat um ein Treffen und erklärte sich sogar bereit, zu ihm zu kommen, da er wisse, dass Rolf »arbeitstätig« war. Rolf machte vor Freude Luftsprünge.

Wenige Tage später entstieg ein ungewöhnlich großer Mann mit einer laschen Haltung, einem großen Kopf mit weichem Gesichtsausdruck und sehr heller Haut mit Leberflecken einem blauen Opel Admiral und betrat die staubige Luft des Vorhofs der Fabrik. Er trug einen dunkelblauen Blazer mit silbernen Knöpfen und eine ausgeleierte Leinenhose und sah sich wohlwollend um. Er sah eher aus wie der Kapitän eines Luxusdampfers oder wie ein Yachtbesitzer und machte einen erstaunten, wiederum wohlwollenden Eindruck, als Rolf mit seiner weißen Schürze auf ihn zukam. Er stellte sich als jener Herr von Gelderen vor. »Der Verlagslektor«, sagte er mit einer weich modulierten Stimme, die eine Spur leiser Resignation verriet, einer Stimme, die sofort in die Tiefe drang und Gefühle wohligen Schauders auslöste. Die Resignation rührte daher, dass er selber schrieb, aber wegen seines Berufs nicht mehr dazu kam. Und dass er eine sehr reiche Frau hatte, die ihn mit Kultur fütterte: ständig Partys, Teegesellschaften, Theaterabende und Konzerte – und Innenarchitekten, vor allem Innenarchitekten, mit denen man sich herumschlagen musste. Von Gelderen lachte; humorvoll um Verständnis heischend, sah er Rolf an. Sie blickten sich ein wenig zu lange in die Augen. Es war wie ein Eingeständnis. Ich bin zu weich für dieses Leben, schien der Lektor ihm sagen zu wollen. Man meint es zu gut mit mir. Ich komme da nicht mehr raus. Aber du, du schon, du hast noch deine Männlichkeit, dir haben sie noch nicht die Eier abgerissen, du bist nicht verweichlicht, du kommst nicht aus der Oberschicht. Also streng dich an, mach nicht den gleichen Fehler.

Von Gelderen blickte schuldbewusst auf seine großen, weichen Hände mit den Leberflecken. Rolf konnte jetzt sehen, dass nur noch wenige, lange, sorgfältig gescheitelte Haare auf seinem Riesenschädel lagen. Der Lektor roch gut und trug sehr teure Schuhe. Er lobte nochmals beiläufig die Erzählungen und nickte Rolf nachdenklich zu. Sehr begabt, sehr begabt, schien er sagen zu wollen.

Beim Abschied legte er sanft die Hand auf Rolfs Unterarm und tätschelte ihn gönnerhaft, während er ihm wieder in die Augen sah, mit der halb ernstgemeinten Bitte, nicht auch noch zu verweichlichen, nicht auch noch zu versagen. Dann schlenderte er voller Überdruss und irgendwie auch verdorben zu seinem Wagen zurück, von wo aus er dann nochmals rief, als hätte das die geringste Bedeutung: »Ach, übrigens. Der Verlag gibt Ihnen einen Vorschuss. Wenn Sie einverstanden sind?«

Rolf machte eine ratlose, bescheidene Geste, die so viel wie »vielen Dank« besagen sollte.

Von Gelderen lächelte milde, hob die Hand nachlässig zu einem letzten Gruß, bequemte sich in seinen Admiral und fuhr wieder davon.

Der Vorschuss, den Rolf schließlich bekam, war für seine Verhältnisse beträchtlich.

15.

Es war ein schöner Spätnachmittag. Die Fabrikarbeiterinnen saßen auf den Bänken draußen im Hof. Aus der Halle roch es nach der Glasur der Gartenzwerge, die in langen Reihen auf den Regalen zum Trocknen standen.

Diesmal war auch seine Mutter unter den Arbeiterinnen. Erich, der stolz neben ihr saß, erhob sich, als Rolf aus der Halle kam.

»So«, sagte er, »nun nehmt alle eure Gläser in die Hand. Mein Sohn ist heute die letzte Woche hier. Er studiert ab Herbst in Erlangen. Stoßen wir gemeinsam auf ihn an.«

Alle hoben die Gläser: »Ein Prosit! Ein Prosit auf unseren Rolf!«

Rolf sah, wie sich seine Mutter die Tränen mit ihrem Taschentuch aus den Augen wischte. »Vielen Dank. Auf meine liebe Belegschaft! Auf Frau Rammer, die mir immer geholfen hat, gute Laune zu behalten! Auf Frau Kranach, auf dass Ihre Lohntüten immer dicker werden. Und auf dich, liebe Mami, die mich durchgebracht hat und mir immer, jede Woche, Blümchen ins Zimmer stellte! Und auf dich natürlich auch, lieber Vater, der immer ein strenges Auge auf mich geworfen hat. Tu das bitte auch in Zukunft. Du weißt, ich brauche Zucht und Ordnung!«

Alle lachten.

»Auf meinen Rolf! Auf unseren prächtigen Jungen!«, rief Frau Rammer. »Ein Prosit! Damit er in seinem Leben glücklich wird! Ein Prosit auf meinen Jungen!«

Frau Rammer stand auf und drückte ihn fest an ihre Brust: »Ein guter Junge! Ein guter Junge!«, rief sie den anderen aufmunternd zu. Alle nahmen ihn in den Arm.

Sentimental, wie er war, nahm er sich vor, als Nächstes eine Geschichte über »die Frauen« zu schreiben. Heinz hielt eine kleine Ansprache, in der er den großen Bruder lobte, dann riss Komorek das Wort an sich und pries ihn, trinkfester zu sein als der Rest.

Erich nahm ihn schließlich beiseite und bat ihn, mit ins Kontor zu kommen. Rolf wusste, was auf ihn zukam. Ablehnen konnte er schlecht. Als er die prall mit Scheinen gefüllte Lohntüte sah, konnte er sie allerdings erst nicht nehmen. Er war nicht imstande dazu.

Erich musste sie ihm in die Hand drücken. »Keine Widerrede. Das Geld wirst du brauchen«, sagte er.

Rolf war so gerührt, dass er seinen Vater umarmte. Geld war bei Erich der größte Liebesbeweis. Geld bekam niemand von ihm, nicht einen Pfennig. Mit Ausnahme seines Briefmarkenhändlers. Sein Vater klopfte ihm ein paar Mal sanft auf die Schulter und wandte sich ab. »Geh schon mal vor«, sagte er, »die andern warten auf dich.«

Rolf merkte, dass sein Vater feuchte Augen bekam. Es war wie ein Schock. So schnell wie möglich verließ er das Zimmer, warf aber noch einmal einen Blick zurück und blieb schließlich im Gang stehen. Er wollte das Bild seines Vaters am Fenster festhalten, ihn noch einmal in seinem Kontor stehen sehen, das sich in den Jahren kaum verändert hatte. Es war immer noch genauso spartanisch wie am ersten Tag. Hier stand er nun, der kleine Mann in der Trevirajacke, mit seiner Treue, die er sonst niemand mehr so deutlich fühlen lassen würde. Er wäre am liebsten zurückgegangen, hätte seinen Vater stürmisch umarmt und ihm gesagt, dass er ihn liebte, aber das wagte er nicht. Schon allein, weil sein Vater es gar nicht zugelassen hätte. Solche Emotionsausbrüche hätte er nicht geduldet. Sie passten zu einem Mann nicht.

Rolf ging den schmalen, weiß gekalkten Flur hinunter, der jetzt in einem milden, warmen Sonnenlicht badete und etwas zwischen Himmel und Erde Schwebendes hatte.

Es lag an der Schlichtheit des Gangs, nichts als geweißte Wände und das winzige Waschbecken, an dem sich sein Vater jeden Tag pünktlich zur Mittagszeit die Hände wusch und das nun ein verwaister Zeuge dieser stillen Gewohnheit war.

Fernab des Lärms der Halle lag dieser Gang und sammelte die Gerüche, die sich oben in der Stille intensiver ausbreiten konnten als unten. Kaum je war er hier einer Menschenseele begegnet. Rolf ging ganz langsam, auf leisen Sohlen, um alles noch einmal auszukosten. Das Gold der Sonne, das die weiß gekalkten Wände einrahmte, war leicht wie Blattgold. Darüber schwebte hinter den Fenstern ein hellblauer Himmel. Bald schon würde es dunkel werden, und dieser Moment wäre vergessen.

Der Briefumschlag mit dem Geld ragte wie ein Segel aus seiner Hand. Kurz überlegte er, ob er sein Geschenk den anderen zeigen sollte. Sie hätten sich sicher gefreut. Gefühle wie Neid kannten sie nicht. Er fand es aber zu prahlerisch. Behutsam faltete er den Umschlag und steckte ihn in die Tasche.

Er ging langsam die schmale Treppe hinunter in den breiteren Gang, brauchte aber einen Moment, bis er sich genug gefasst hatte, um wieder zu den anderen hinaustreten zu können. Als er auf den sonnenbeschienenen Hof trat, war er gewappnet. Er lächelte den anderen entgegen und setzte sich zu ihnen.

Plötzlich musste er mit einer massiven Sehnsucht an Nora denken. Konnte man die Melancholie über Bord werfen, wenn sie sich einmal in der Seele eingenistet hatte? Wie konnte es sein, dass der Geist so elegant und graziös war wie der von Nora?

Sein Vater war Tragik, Gefangensein in der Zeit. Er selbst musste den Absprung wagen.

Es zog ihn mächtig hin zu Nora und der Aussicht auf ein Leben mit ihr.

Sie war zum Greifen nahe – und vielleicht doch nie zu fassen.

Er erhob sich und ging, die Hände in den Taschen, einsilbig, ein wenig bedrückt, ein paar Schritte von den anderen weg bis vor zum Fluss und blickte hinab.

Es war gegen sechs Uhr und immer noch sehr hell, als das Taxi kam und Nora ausstieg, als wäre es Gedankenübertragung gewesen. Sie war bildschön an diesem späten Nachmittag. Ihr Haar trug sie hochgesteckt, dazu das weiße Kleid mit den Kirschen. Sie hatte moderate Schuhe an, weil sie wusste, dass sie in die Wildnis ging. Sie zahlte die enorm hohe Summe, die dieser Ausflug gekostet haben musste – und alle staunten: Elli, Heinz, die ganze Belegschaft ließen einen Augenblick die Bierkrüge sinken und starrten diese Erscheinung an. Rolf stand langsam auf. Er lächelte, wie erlöst. Sie kam ihm entgegengeschwebt, eine Diva, mit einer süßen, verlebten Falte links und rechts ihres Mundes, die sie weiblicher, sinnlicher machte. Später erzählte sie ihm, sie habe in der letzten Nacht lange allein in der Hausbar des Kellers gesessen und getrunken, einfach, um an ihn zu denken und sich zu besaufen. Deswegen sei sie heute ein wenig verquollen. Außerdem seien die Spießer, »Herr und Frau Ode«, ausgegangen. Sie könne also bleiben, solange sie wolle.

»Wenn ich niemanden störe.« Dabei sah sie ihn schelmisch an. Sie gaben sich einen Kuss.

»So. Und wer sind jetzt deine Eltern?«, fragte sie leise. Sie konnte sie von allein nicht von der Belegschaft unterscheiden.

»Sie sehen wenigstens nicht so aufgemotzt aus«, sagte sie, als er sie ihr zeigte.

»Freut mich, dass du so empfindest.« Rolf führte sie zu seinen Eltern.

»Das ist Nora«, stellte er sie vor. »Meine Mutter, mein Vater.«

Nora gab Elli die Hand. Seine Mutter freute sich fast kindlich über die hübsche Freundin. Sie überschüttete sie mit Komplimenten über die Frisur und das entzückende Kleid. Nora gab die Komplimente zurück. Erich war wesentlich zurückhaltender. Er wartete ab, bis er an der Reihe war, und gab ihr schließlich die Hand.

»Guten Abend« war das Einzige, was er hervorbrachte. Er mochte sie nicht.

Rolf stieß ihn aufmunternd an, um diese Tatsache zu überspielen und so zu tun, als sei sein Vater immer so verschlossen. Andererseits wusste er, dass nichts Schlimmes passieren würde. Es würde nicht zum Eklat kommen. Sein Vater würde sich stumm in sich selbst zurückziehen und kein weiteres Wort mehr verlieren. Insofern war wenigstens Ruhe, wenn man sich früh genug verkrümelte und ihn ignorierte.

Nora hatte einfach vom ersten Moment an alles getan, was ihm missfiel: viel Geld für ein Taxi ausgegeben, sich gekleidet wie ein »amerikanisches Flittchen«, einen Besuch abgestattet, ohne sich vorher anzukündigen.

Nachdem Nora sich endlich gesetzt hatte, herrschte Schweigen. Die Frauen vor allem waren es, die sich bei Noras Anblick überhaupt nicht einkriegen konnten. Immer wieder warfen sie ihr verstohlene Blicke zu und wussten nicht, ob sie lachen oder weinen sollten. Dass ihr Rolf solche Vorlieben hatte, zeigte ihnen, dass sie ein paar rätselhafte Seiten an seinem Charakter schlichtweg nicht kannten. Darüber aber würden sie sich erst später mokieren. Jetzt wagten sie es nicht, einen Muckser zu machen.

Rolf lavierte die Runde irgendwie durch das peinliche Schweigen, indem er erzählte, wie die beiden sich kennengelernt hatten und wie gerne Nora selbstgedrehte Zigaretten mochte.

»Ja, genau«, pflichtete sie bei, »und ich habe eine Vorliebe für Männer ohne Geld in den Taschen und ohne Ehrgeiz, gesellschaftlich aufzusteigen.«

Sie wussten beide, dass sie völligen Blödsinn redeten. Irgendwann wandte sich Nora direkt an Elli. »Und das sind dann wohl die berühmten Gartenzwerge, von denen mir Rolf schon so viel erzählt hat?«

»Gefallen sie Ihnen?«, fragte Elli. »Wenn Sie wollen, können wir später gerne eine kleine Führung durch die Fabrik machen.«

»Gerne«, erwiderte Nora wohlwollend. Zumindest die beiden Frauen hatten nichts gegeneinander. Elli suchte neugierig das Gespräch, fragte Nora regelrecht aus, auf welche Schule sie ging, was sie studieren wolle und vor allem wo, und war ganz entzückt von allem, was sie sagte. Sie hatte in ihrer Art viel Ähnlichkeit mit Marie, auch wenn sie äußerlich das vollkommene Gegenteil war. Außerdem teilte sie Ellis Leidenschaft für Filme.

Als Nora vorschlug, doch einmal zusammen mit ihrer Mutter

ins Kino zu gehen, fühlte sich Elli geschmeichelt. Nora hatte von Anfang an ihr Herz erobert.

»Mein Gott, ich kann dir nur zu dieser hübschen Freundin gratulieren«, flüsterte sie ihm zum Abschied zu, während Erich schon schlechtgelaunt im Auto wartete.

Auf dem Nachhauseweg, das wusste Elli schon, würde sie Erichs Schweigen und seine Schimpferei ertragen müssen. Doch ein wenig war ihr von der Trauer, dass ihr Sohn nun bald fortging, genommen worden, als sie die Kirschen auf dem Grund des weißen Kleides gesehen hatte, in dem dieses schöne Mädchen auf ihn zugeeilt war. Sie hatte unwillkürlich lächeln müssen, und die Tränen waren ihr in die Augen gestiegen.

Wie schnell die Zeit doch vorbeizog.

An diesem späten Abend dachte sie noch einmal daran, Marie zu schreiben. Die Sehnsucht äußerte sich in der plötzlichen Neugier nach Maries Leben. Sie verlangte nicht viel. Sie wollte nur wissen, was Marie machte, wie es ihr ging, ob sie glücklich war.

Erich spürte im Auto ihre Gedanken und ersparte ihr seine bitteren Bemerkungen.

Es fiel ihm schwer. Er hatte sich auf den sentimentalen Aspekt der Trennung von seinem Sohn eingestellt. Nun musste er mit ansehen, wie dieser Aspekt vergiftet worden war durch das blitzartige Auftreten dieses spöttischen Geschöpfs. Er hatte nicht mal mehr richtig von Rolf Abschied nehmen können. Und jetzt erinnerte diese Person seine Frau auf einmal auch noch an Marie und ließ alte Wunden in ihm wieder aufbrechen. Der Abend war gründlich versaut. Und sein Sohn war noch zu unerfahren und dumm, um zu sehen, dass er ins offene Messer lief. An diesem Abend kamen ihm die kleinen Gruppen von Gartenzwergen im Schatten der Reihenhausvorgärten und Treppchen wie erloschen vor. Vielleicht merkten sie bereits, dass ihr Schicksal besiegelt war und sie schon bald einer Holzschubkarre voll mit Geranien würden weichen müssen. Diese Nora war das Vorzeichen allen Übels.

Es war ziemlich traurig, vor allem, wenn er bedachte, wie wenig er dagegen tun konnte. Seine Frau hatte es perfekt gelernt, sich gegen Dinge zu sperren, über die sie nicht reden wollte. Sie gab ihm klar zu erkennen, dass er besser den Mund hielt. Und das tat er, für den Rest seines Lebens.

Rolf hatte eigentlich vorgehabt, sich vom Fluss zu verabschieden. Deshalb nahm er Nora mit auf einen kleinen Spaziergang. Er zeigte vorne auf die Biegung des Flusses, wo gerade die Sonne hinfiel. Er wollte ihr erklären, dass das Wasser dort flach war und die Arbeiterinnen deshalb diese Stelle gewählt hatten, um am Freitag ihr abendliches Bad zu nehmen.

Aber es interessierte sie nicht.

»Eigentlich hasse ich die Natur«, sagte sie, als er auf die Stelle deutete.

»Warum?« Etwas perplex ließ er den Arm sinken.

»Sie bringt lauter lästige Dinge hervor, die auf einem herumkrabbeln. Außerdem finde ich sie tod-sterbens-langweilig. Das liegt bestimmt daran, dass meine Eltern mich immer gezwungen haben, mit ihnen spazieren zu gehen.«

»Was gefällt dir denn besser?«, fragte er.

Sie zuckte die Achseln. »Die Champs-Élysées?«, fragte sie gelangweilt.

»Die werde ich dir wohl in nächster Zeit nicht bieten können.«

Sie lachte.

»Komm«, sagte sie und stieß ihn sanft mit dem Ellbogen, »nimm nicht immer alles so ernst.«

Er schwieg beleidigt.

»Mit dir ist es hier allerdings auszuhalten«, lenkte sie ein, »sonst wär ich nicht hier.«

»Da drüben«, er erzählte es nun doch, »an der Biegung, ist das Wasser sehr flach. Deshalb gehen die Arbeiterinnen im Sommer nach der Arbeit dort baden – und zwar jeden Freitag. Manchmal schwimmen sie rüber, halten sich an den Ästen der Trauerweiden fest, lassen ihren Körper in der Strömung treiben und lachen. Lachen einfach, aus purer Lebensfreude. Und die anderen Frauen lachen dann auch. Es ist ein lautes, herzzerreißendes Lachen, das den Abend durchdringt, voller Lebenskraft. Das ist mir immer sehr nahgegangen, wenn ich dort oben am Fenster saß und sie beobachtet habe. Siehst du das hüfthohe Schilfgras da vorne? Da gehen sie immer hinein.«

Das waren die Dinge, über die er schrieb, das wusste sie bereits. Sie sah ihn verliebt von der Seite an, während er noch einen Moment seinen Gedanken nachhing.

»Bestimmt bist du schon mit vielen Mädchen hier gewesen«, sagte sie.

Als er nichts darauf erwiderte, schmiegte sie sich an ihn und sagte mit einschmeichelnder Stimme: »Weißt du eigentlich, dass ich sehr, sehr eifersüchtig bin?«

Sie küssten sich lange und intensiv. Dennoch hatte er das Gefühl, er könne das Ganze nur halb genießen, weil er darauf verzichten musste, allein von allem Abschied zu nehmen. Er hatte noch einen letzten Blick auf die Arbeitsplätze in der Halle werfen wollen, auf die Werkbänke dicht an der Glasfront, wo die Arbeitsgeräte und Werkstoffe nun in der Stille und dämmrigen Abgeschiedenheit ihr Eigenleben und ihre magische Kraft entfalteten.

»Was hast du? Magst du mich jetzt weniger?«, fragte sie, als sie ihn so versonnen sah. »Woran denkst du?«

Er schüttelte den Kopf, aber sie beharrte darauf zu erfahren, was er gerade gedacht hatte.

Er musste lächeln. Wie kindlich sie manchmal sein konnte. Und wie altklug er manchmal war.

»An nichts«, sagte er, »an gar nichts hab ich gedacht.«

Plötzlich stieg seine Zufriedenheit wieder, weil er merkte, dass sie nur ein bisschen Zeit brauchte, um sich seinem Modus anzupassen, und dass sie ruhiger wurde, sobald er sie eine Weile sich selbst überließ.

»Soll ich dir die Fabrik zeigen?«, fragte er.

Sie zuckte gleichmütig die Achseln. »Warum nicht?«

Draußen wurde es dunkel. Die beiden durchstreiften die Lagerhalle. Durch die große Scheibe über den Werkbänken fiel das letzte Licht. Sie war aus vielen kleinen, dünnen Scheiben zusammengesetzt, die im Wind klapperten, wo der Kitt sich aus den

Fugen gelöst hatte. Die Gartenzwerge glitzerten geheimnisvoll auf ihren Regalen.

»Die Dinger regen einen dazu an, sie alle runterzufegen von ihren Scheißregalen – findest du nicht?«, fragte sie.

»Na, ich weiß nicht, was mein Vater dazu sagen würde«, antwortete Rolf.

»Er ist ja selbst ein Gartenzwerg«, sagte sie. »Wahrscheinlich besteht das Geheimnis seines Erfolges nur darin, dass sie ihm helfen. Sie schleichen sich nachts in die Vorgärten der Menschen und rauben ihnen durch ihr blödes Lachen den Verstand. Dein Vater will mit ihnen die Machtergreifung erreichen. Ich weiß es ganz genau. Eine riesige, weltweite Verschwörung. Und wir haben es entdeckt und können die Menschheit retten. Komm, wir reißen die Dinger runter.«

Sie rüttelte an einem der Bretter, bis die Gartenzwerge zu wackeln anfingen.

»Also. Darf ich die Menschheit retten?«, fragte sie.

»Untersteh dich.«

»Und wenn ich es trotzdem mache?«

»Dann bekommst du eine Ohrfeige von mir.«

»Ach, wirklich?« Sie versuchte, das Regal umzudrücken.

Rolf sprang herbei und griff in letzter Sekunde danach. Er kam zu spät. Eine ganze Leiste kippte herunter. Die Gartenzwerge fielen krachend zu Boden und zersprangen in tausend Scherben.

»Die halten aber nicht viel aus«, sagte sie kichernd.

Sie ging zum nächsten Regal und wollte auch das umkippen. Mit aller Gewalt versuchte sie das Brett umzudrehen, aber es gelang ihr nicht sofort. Rolf hätte es retten können, kippte es aber in der Aufregung selbst. Die Gartenzwerge polterten hinunter und zerschlugen. Manche rutschten wie auf einer Rutschbahn, mit ihren Fiedeln und Zipfelmützen stumm lachend in den Abgrund.

Nora stand da und klatschte bei dem Schauspiel in die Hände vor Vergnügen, während er noch versuchte, das Brett aus seiner gekippten Lage zu befreien.

»Fein, au, fein!«, rief sie, sprang in die Höhe, klatschte und kicherte.

»Das findest du wohl sehr witzig, oder?«, fragte er.

Sie hielt sich den Bauch vor Lachen.

»Was meinst du wohl, was mein Vater dazu sagt, wenn ich ihm erzähle, dass du das gemacht hast?«

»Gar nichts, denn ich verwandle ihn – Simsalabim – selbst in einen Gartenzwerg«, rief sie mit weit aufgerissenen Augen, wobei sie einen imaginären Zauberstab in die Höhe schwang.

Er nahm sie, warf sie auf einen Stapel zusammengefalteter Kartons auf dem Boden und legte sich auf sie.

»Was machst du?«, rief sie.

»Wir werden nicht bis zum Studentenheim warten.«

Er drückte ihre Arme herunter und zog sie aus.

»Nicht das Kleid«, keuchte sie, »ich will es ... anbehalten.«

Sie warf einen letzten Blick auf die Gartenzwerge in den Regalen, die grinsend auf sie hinuntersahen. Dann ließ sie sich auf ihn ein. Als sie fertig waren, sagte sie verwundert: »Das war es schon?«

»Ich denke«, antwortete er förmlich.

Später, als er die Scherben zusammenkehrte und die Lücke notdürftig aus anderen Regalen stopfte, machte sie sich lustig über das »einmalige Erlebnis der Defloration« und wollte von ihm wissen, ob er es eklig finde, dass sie geblutet habe.

»Überhaupt nicht«, sagte er und gab ihr einen zärtlichen Kuss. »Jetzt bist du erwachsen«, fügte er hinzu, als er merkte, wie sie ihn abwartend ansah, »das wolltest du doch immer, oder?«

»Du Schuft«, rief sie mit gespielter Empörung und sprang ihn an: »Darauf bist du wohl jetzt auch noch stolz?«

Er nahm, obwohl sie an ihm hing, eine Schaufel und schob die Scherben zusammen.

Sie ließ von ihm ab und sah ihm verliebt dabei zu, wie er den restlichen Müll wegräumte.

»Was ist?«, fragte er.

»Du bist einsame Spitze«, flüsterte sie.

Sie hatte kein Geld mehr, die Rückfahrt zu bezahlen. Er ließ es sich nicht nehmen, sie mit dem Taxi bis zu ihrer Haustür zu begleiten, und wartete, bis sie im Haus verschwunden war.

Dann zahlte er schweren Herzens die für ihn unglaublich hohe

Summe, die etwa einem Drittel seines Monatslohns entsprach. Immerhin, sagte er sich, war es ein besonderer Tag.

Zu Fuß ging er zu der etwa zehn Kilometer entfernten Bushaltestelle, um dann zwei Stunden zu warten, bis der Pendlerbus kam, der ihn nach Hause brachte. In der geballten Faust hielt er das Taschentuch, mit dem sie sich das bisschen Blut abgewischt hatte, das in jener Nacht geflossen war.

16.

Sie überlegte einen Moment, ob sie Rolf nicht doch noch hinterherrennen sollte, um ihn zu küssen, weil er so süß war und ihr ein wenig leidtat, nachdem er so viel Geld ausgegeben hatte. Doch schließlich ging sie leise um das Haus.

Die Verandatür war Gott sei Dank offen, wahrscheinlich hatte Martin sie aufgemacht.

Innen war es dunkel, sie schliefen schon. Sie wusste, dass es Ärger geben würde, aber das war es ihr wert gewesen.

Sie hatte gar nicht darüber nachgedacht. Sie war einfach einem Impuls gefolgt und zu Rolf gefahren. Wahrscheinlich würde ihre Mutter, misstrauisch, wie sie war, in ihren Sachen herumschnüffeln. Sie nahm die Unterhose mit den Blutflecken und warf sie in weitem Bogen über den Zaun, in die Brennnesseln hinein, und schlich ins Haus.

Mitten in der Nacht wurde sie geweckt.

Das Deckenlicht leuchtete grell, sie musste ihre Augen mit der Hand schützen. Irgendwo an der Tür stand ihre Mutter. »Wo warst du?«, rief sie.

Im Hintergrund hörte sie es ungeschickt poltern. Ihr Vater war ebenfalls geweckt worden.

Auch ihn hatte es eiskalt erwischt, er stand jetzt irgendwo und versuchte sich zu wappnen gegen den Terror, der jede Sekunde losbrechen konnte.

Nora richtete sich im Bett auf. »Ich war mit Rolf verabredet. Er wollte mich seinen Eltern vorstellen. Dann habe ich den Zug verpasst und musste drei Stunden warten«, log sie kleinlaut. Sie wollte auf keinen Fall Ärger.

»Und das Taxi?«, rief ihre Mutter. »Glaubst du etwa, ich hätte dich nicht gesehen?«

Nora wollte etwas antworten, aber Mechthild unterbrach sie.

»Du solltest dir genau überlegen, ob du mich anlügst«, drohte sie. »Ich finde sowieso heraus, was du gemacht hast.«

Am nächsten Morgen wollte sie die Telefonnummer von Rolfs Eltern haben. Nora sagte ihr, sie hätten kein Telefon. Dann ging sie zur Schule.

Mechthild hielt Kriegsrat mit ihrem Mann. »Sie hat mit dem Kerl geschlafen«, argwöhnte sie.

Der Gedanke daran versetzte sie in ohnmächtige Wut. Woher diese Wut kam, darüber legte sie sich keine Rechenschaft ab, da sie ja ohnehin im Recht war.

Die Wut begann in der Langeweile ihrer Vormittage, wo sich sowieso alles im Kreis drehte. Mechthild fing an, fixe Ideen zu entwickeln, was zwischen den beiden passiert sei, und Szenarien, wie sie dieses Verhältnis zerstören könnte. Eine Lawine kam ins Rollen.

Sie spannte jeden ein und ließ nicht locker. Chauffeur Kubicek musste Nora während der Schule überwachen, ihrem Bruder wurde untersagt, mit seiner Schwester zu sprechen, ihr Mann musste ein Schreiben an Rolfs Eltern aufsetzen, eine Art Drohbrief, den ein Notar unterschrieb. Die Eltern wurden darin gezwungen, zur Kenntnis zu nehmen, dass Rolf sich strafbar machte, weil er sich an einer Minderjährigen vergangen hätte, und dass ihr Mann Rolf ins Gefängnis bringen würde, sobald sie einen Beweis dafür gefunden hätten.

Sie versetzte alle in Angst und Schrecken. Als Nora nichtsahnend nach Hause kam, drückte sie ihr zitternd vor Wut ein Schreiben in die Hand. »Hiermit erklärst du per Datum, dass du mit diesem Kerl geschlafen hast. Hier, unterschreib!«

Nora las und war völlig perplex:

Hiermit, so stand es in dem Schreiben, *gebe ich zu, dass ich mit Rolf Freytag vor meinem achtzehnten Geburtstag Geschlechtsverkehr hatte. Die Konsequenzen, die sich aus dieser Straftat ergeben, trage ich selbst.*

Sie sah ihre Mutter ungläubig an. Was sollte das bedeuten? Was wollte diese Wahnsinnige von ihr? Der Schrieb war völlig lächerlich und außerdem für Rolf gefährlich, eine merkwürdige Mischung aus Dummheit, Primitivität und Gemeinheit.

»Wieso sollte ich das unterschreiben?«, fragte sie möglichst harmlos.

»Du willst nicht unterschreiben? Na gut«, sagte Mechthild. »Dann hast du ab jetzt Hausarrest. Du kannst dir überlegen, ob dir der Kerl das wert ist. Eins merke dir: Wenn du nicht unterschreibst, dann kannst du von mir aus da oben bleiben, bis du verfaulst.« Mit diesen Worten marschierte Mechthild aus dem Raum und ließ krachend die Tür hinter sich zufallen.

Nora ging hinauf, warf sich in einen ihrer Korbstühle und nahm gelangweilt ein Buch. Es war so öde, das alles immer wieder über sich ergehen lassen zu müssen.

Am Abend wurde sie dann nach unten gebeten, und es ging von neuem los.

Was ihr einfalle, sich so danebenzubenehmen, schrie ihr Vater sie an, so uneinsichtig zu sein, bei allem, was ihre Mutter für sie getan habe. Es komme auf gar keinen Fall in Frage, dass sie sich weiterhin mit diesem Kerl treffe. Er drohte, sie von der Schule zu nehmen.

Mechthild sah sich sein Wüten mit ruhigem Triumph an und schonte ihre Kräfte für die richtige Attacke. Dies war nur ein Vorspiel, aber er spielte seine Rolle ganz gut.

»Dann gibt es eben kein Abitur«, hörte sie ihn sagen. Er sprach genau die Worte nach, die sie ihm eingetrichtert hatte. »Das Studium kannst du dir abschminken. Es wird kein Pfennig mehr für dich ausgegeben, wenn du nicht das tust, was deine Mutter von dir verlangt!«

Damit schickte er sie hinauf. Sie wussten, dass die Androhung, nicht studieren zu können, das Schlimmste war, was es für Nora gab. Dennoch fand Mechthild am Ende, dass er sich nicht genug ins Zeug gelegt hatte.

Nora hörte ihre Mutter bis in die Nacht hinein keifen, um ihren Mann zu den schlimmsten Repressalien zu zwingen. Sie forderte von ihm konkrete Schritte, er solle dies und das in die Wege leiten. Sobald er versuchte, das Ganze etwas abzumildern, ging der Krach von vorne los – und hörte nicht mehr auf. Manchmal rannte der Alte die Treppe hinauf, wutschnaubend und oben innehaltend, dann zog sich Nora schnell in ihr Zimmer zurück. Sie hörte ihre schweren Schritte, hörte sie brüllen, Geranientöpfe landeten auf der Treppe und zersprangen.

Ihre arme kleine Schwester Erika bekam das alles mit. Manchmal stand sie plötzlich einfach neben Nora oben an der Treppe, sie hatte sie gar nicht gehört, so leise war sie gekommen. Erika sah die große Schwester dann nur an, als erwarte sie von ihr eine Antwort darauf, was geschehen solle. Eine Welle von Mitleid und Wärme überlief Nora in diesen Momenten. Sie nahm die Kleine an der Hand und brachte sie in ihr Zimmer zurück. Dabei spürte sie die Wärme des schlaftrunkenen Körpers, der jetzt angespannt und hellwach war, unter dem weichen, flauschigen Nachthemd. Ich kann dich nicht einmal beschützen, dachte Nora voller Mitleid, wenn sie sie ins Bett brachte, aber gleich darauf das Zimmer wieder verlassen musste. Sie wollte nicht bei ihrer Schwester ertappt werden, um neuen Terror zu vermeiden.

Mechthild hielt sie alle auf Trab. Niemand konnte mehr schlafen. Es ging die ganze Nacht. Irgendwann bekam Mechthild ihre berühmte Migräne. Am Morgen wirkte alles zerstört und grau, wie eine Trümmerlandschaft. Man hockte mit verquollenen Augen, todmüde, in irgendeiner Ecke herum, falls man das Zimmer überhaupt verlassen durfte.

Dennoch unterschrieb Nora den Zettel nicht, trotz massiver Drohungen. In diesem Punkt bewies sie durchaus Charakter. Auch wusste sie, dass ihre Mutter sich am zweiten Tag nicht noch einmal so aufregen konnte. Sie hatte einfach keine Kraft mehr dazu. So mussten die Eltern unverrichteter Dinge abziehen, auf eine Geschäftsreise nach Paris.

Nora war mit den Nerven am Ende. Ihr Bruder entließ sie schließlich aus ihrer Einzelhaft, indem er ihr Zimmer aufsperrte, als er aus der Schule kam. Sie ließ sich in seine Arme fallen und schluchzte.

17.

Rolf hatte versucht, Nora anzurufen, um ihr zum Geburtstag zu gratulieren und sich mit ihr zu verabreden, aber es war dauernd besetzt gewesen. Schließlich machte er sich selbst auf den Weg.

Es wurde dämmrig, als er am Haus ankam. Unsicher, wie man ihn empfangen würde, drückte er auf die Klingel. Nach einer Weile öffnete sich die Tür, und Noras Bruder erschien.

»Du hast Glück, dass die Eltern nicht da sind«, sagte er.

Rolf sah ihn fragend an. »Warum?«

»Weißt du nicht, dass sie Kopfgeld auf dich ausgesetzt haben?«, fragte Martin scherzhaft.

»Nein, warum sollten sie? Ich hab versucht, bei euch anzurufen, was war los?«

»Sie hat den Hörer zur Seite gelegt«, erklärte Martin.

Rolf spürte, wie ihm das einen kleinen Stich versetzte. Es kränkte ihn, egal, was passiert war. »Wo ist sie?«, fragte er.

Martin deutete mit dem Kopf Richtung Keller. »Unten in der Hausbar.«

» Was macht sie da?«, fragte Rolf.

Martin zuckte die Achseln. »Wahrscheinlich betrinkt sie sich. Sie wollte mit niemandem reden.«

Rolf seufzte leise und machte sich auf den Weg in den Keller. Wieder musste er sich offenbar auf etwas gefasst machen.

Er fand die Tür angelehnt. Sie saß mit dem Rücken zu ihm an der Hausbar. Eine Flasche Whisky und ein halbvolles Glas standen vor ihr auf dem Tresen.

»Nora?«, sagte er leise.

Als er näher kam, sah er die blutige Rasierklinge vor ihr auf dem Tresen liegen.

»Was machst du?«, fragte er.

Sie drehte sich zu ihm um und streckte ihm ihr Handgelenk hin.

»Schön, nicht?«, sagte sie und zeigte ihm voller Stolz, was sie gemacht hatte: Mit der Klinge hatte sie ein kreisrundes, rohes Stück Fleisch freigeschabt, direkt über dem Puls. Die Ader pochte darunter. Rolf erschrak. Das blutige Rund hatte sie mit Ziffern versehen. Offenbar sollte es eine Uhr darstellen. Eine Art Lebensuhr. Oder Todesuhr.

»Nora, was hast du gemacht?«, fragte er schwach.

»Schön, nicht?«, wiederholte sie.

»Nein«, sagte er und schüttelte langsam den Kopf, »das ist nicht schön. Warum machst du so etwas?«

Er starrte das Ding an ihrem Handgelenk an, konnte sich von dem Anblick nicht lösen. Es kam ihm vor wie ein Traum. Die Schlagader wand sich wie ein dicker Wurm unter diesem filigranen Medaillon aus rohem Fleisch und zuckte, während sie Unmengen Blut transportierte. Fassungslos blickte er sie an.

Was er in ihrem Gesicht sah, kannte er schon, und es versetzte ihn in eine sprachlose Wut. Es war das kurze Aufblitzen des Triumphs in ihren Augen, weil es ihr gelungen war, jemanden aus der Fassung zu bringen. Er holte aus und schlug ihr ins Gesicht. Dann merkte er, wie seine Knie weich wurden. Er konnte sie nicht rechtzeitig halten, sah, wie sie vom Barhocker fiel. Später wurde ihm klar, dass ihn diese Ohrfeige davon abgehalten hatte, für immer zu gehen.

Sie hockte am Boden und sah zu ihm auf. Ihr Ausdruck hatte etwas Kindliches bekommen.

»Steh auf«, sagte er und half ihr. »Ich habe genug. Geh ins Bad. Das wirst du schon alleine schaffen.«

Sie gehorchte, setzte sich in Gang und torkelte aus der Hausbar. Jetzt erst wurde ihm klar, dass sie ziemlich betrunken war.

Er ging ihr hinterher, stützte sie die Treppe hinauf und hörte sie sagen: »Jetzt liebst du mich nicht mehr, stimmt's?« Bedauern und Erleichterung sprachen aus ihrer Stimme.

»Rede keinen Quatsch!«, sagte er. »Du musst verbunden werden, sonst entzündet sich das.«

Auf der letzten Treppenstufe erbrach sie sich. Martin half ihm, sie ins Bad zu bringen.

Er brachte Verbandszeug, und die beiden arbeiteten einträchtig miteinander, während Nora immer wieder wegkippte. Er war froh, dass der Bruder da war. Als eine kleine, weiße Mullbinde ihr schmales Handgelenk zierte, lächelte sie.

»Ich glaube, sie braucht frische Luft.« Martin warf ihm einen schuldbewussten Blick zu. Immer gab es Scherereien mit seiner Schwester.

»Danke«, sagte Rolf zu Martin.

»Ich habe Hunger«, rief Nora übermütig. »Viel wichtiger ist es, zu essen, als zu verrecken.«

Sie wand sich in seinen Armen. Offenbar wollte sie alleine gehen. Er ließ sie. Es ging schon besser.

Vor dem Eisschrank waren Brot, Wurst und Gurken ausgebreitet.

»Das hab ich vergessen, das war meine Henkersmahlzeit«, erklärte sie theatralisch und wandte ihm den Rücken zu. Er hielt sie fest, während sie versuchte, sich ein Stück Gurke in den Mund zu schieben. Leise seufzte er vor Erleichterung. Jetzt wurde vielleicht doch wieder alles normal.

Sie biss ein riesiges Stück Weißbrot ab und verschlang es. Dann hielt sie ihren Kopf aus der Küchentür und atmete stoßweise die frische Luft ein. Es ging ihr besser.

»Guten Abend, mein Liebster«, sagte sie schließlich und drehte sich um. »Du hast mir noch keinen Kuss gegeben.«

»Warum meldest du dich denn nicht bei mir, wenn du Kummer hast?«, fragte er.

»Bekomme ich jetzt einen Kuss?«

Er sah hinaus ins Dunkel des Gartens. Martin saß auf der Mauer des Pools. Man sah die Glut seiner Zigarette. Gerne hätte er sich zu ihm gesetzt, aber er blieb in der Küche.

Aus dem Augenwinkel sah er, wie sie eine Flasche ansetzen wollte. Er nahm sie ihr mit einem zielsicheren Griff aus der Hand. Sie lief in den Garten. Er hörte, wie sie rief: »Ich will kotzen. Kotzen ist die beste Antwort aufs Dasein.«

Dann verschwand sie im Dunkel. Er ließ sie gehen. Er hatte seinen Beitrag geleistet und zündete sich eine Zigarette an.

Plötzlich fühlte er, wie sich ihre Arme von hinten um seinen Hals legten. Er drehte sich zu ihr um – und musste lächeln. Ihr blasses Gesicht wirkte auf einmal sehr kindlich und unschuldig.

»Na siehst du«, sagte sie, »jetzt liebst du mich wieder. Lass mich wenigstens mal ziehen.«

»Dir wird schlecht«, sagte er.

Sie hielt ihm den Mund hin. Schließlich gab er ihr einen Zug. Sie übergab sich sofort.

Rolf hielt sie fest und half ihr, das ganze Zeug rauszukotzen. Es roch scharf nach Alkohol. Als sie fertig war, zitterte sie am ganzen Körper und war schweißnass. Er tupfte ihr mit seinem Taschentuch das Gesicht ab und wischte ihr den Mund sauber.

»Tief einatmen«, befahl er. Sie gehorchte ihm und holte tief Luft.

Plötzlich war sie ihm wieder nah, wie ein Kind, auf das man aufpassen musste.

»Komm«, sagte er. »Ich bring dich hoch. Du musst schlafen.«

»Ich kann nicht. Meine Beine sind schwer wie Blei.«

Während er sie hochtrug, merkte er, dass sie weinte. Es erleichterte ihn.

»Es ist doch jetzt vorbei«, tröstete er sie und strich ihr über den Kopf.

»Es geht niemals vorbei«, schluchzte sie. »Kein Ende abzusehen. Ich will nicht mehr leben. Niemand kümmert sich um mich. Niemand will etwas von mir wissen. Ich bin eine Missgeburt. Sie wollten mich nie!«

»Ach, Unsinn.«

»Ich will nicht mehr leben!«, rief sie, wehrte sich mit allen Kräften, wälzte sich gegen ihn, um seinen Griff, der fester wurde, besser zu spüren, und schließlich biss sie sich in seiner Jacke fest, um das Weinen zu unterdrücken. Er musste seine Beine fest auf den Boden stemmen, um nicht umzufallen.

»So eine Gemeinheit. Sie wollte mich nie! Und um mir das zu beweisen, lässt sie mich an meinem achtzehnten Geburtstag allein! Ich habe es satt! Ich habe es so satt! Ich hasse mein Leben«, schrie sie und unterstrich jedes Wort durch einen Faustschlag auf Rolfs Rücken.

Er wunderte sich, dass sie darüber so verletzt war. Er konnte es kaum glauben. War ein Teil von ihr vielleicht wirklich noch so kindlich und wehrlos, während der andere, mit einer perfekten Mimikry von hoher Intelligenz und Originalität, darüber hinwegtäuschen konnte?

Oben in ihrem Zimmer empfing sie eine helle, warme Sommernacht hinter den offenen Fenstern. Behutsam legte er sie aufs Bett, wo sie völlig erschöpft sofort die Augen schloss.

Er hielt ihre Hand, bis er dachte, dass sie eingeschlafen sei, aber als er sie losließ, war sie plötzlich wieder hellwach.

»Du darfst mich nicht alleine lassen«, rief sie. »Ich kann nicht schlafen, wenn du nicht da bist.«

Er nahm geduldig wieder ihre Hand und wartete, bis sie sich beruhigt hatte.

Sobald er gehen wollte, ging das Spiel von vorne los.

Am Ende kicherten sie haltlos und glücklich vor sich hin. Er war jetzt selbst ein kleiner Junge geworden und wurde das Gefühl dabei nicht los, dass so, und nur so, alles gut war.

Er blieb bei ihr, bis sie eingeschlafen war. Dann ging er runter.

Martin war noch wach. Er saß im Wohnzimmer, zeigte ihm den Brief und erzählte ihm, wie tapfer seine Schwester gewesen war, ihn nicht zu unterschreiben. Rolf war beschämt, als er das hörte. Sie hatte dies alles für ihn auf sich genommen, aus Solidarität. Er erkannte nun auch, dass sie aus Scheu und Schüchternheit immer so tat, als würde sie alles auf die leichte Schulter nehmen. Im Grunde liebte sie ihn ebenso aufrichtig und tief wie er sie.

Er machte sich Sorgen, dass sie dem Krieg mit ihrer Mutter nicht gewachsen war, und hatte ein schlechtes Gewissen, dass er sie nun allein lassen musste. Am liebsten hätte er sie entführt.

Er ging noch einmal hinauf und sah nach, ob sie zugedeckt war. Sie schlief friedlich und wirkte ganz klein, wie ihr Kopf weich und zart in den Kissen lag. Er gab ihr einen Kuss auf die Stirn und schlich das Treppenhaus hinunter, damit sie nicht noch einmal wach wurde.

Es roch nach Weihnachtskeksen, deren starkes Aroma sich offenbar in den Tapeten und den dicken Teppichen festgesetzt hatte. Eine Art süßer, übelriechender, uralter Traurigkeit war in diesem Geruch. Er hielt die Luft an, bis er draußen stand. Dann erst atmete er wieder ein.

Die Busse nach Erlangen fuhren schon. Sie schoben sich in einer düsteren, schemenhaften Bewegung aus dem Zwielicht heran und verschwanden wieder; es war kein Mensch darin und kein Mensch auf der Straße. Die Straßenbahn mit ihren runden, hellen Scheinwerfern kam in den Morgen geschlichen. Dieser Tag fing zäh an, es klebten an allem noch die Spuren der letzten Nacht. Er fühlte sich schmutzig. Als er ins Studentenheim kam, war er froh, dass er es überstanden hatte.

18.

Unter dem Eindruck der Verhältnisse setzte sich Rolf in den nächsten Tagen hin und versuchte festzuhalten, was er an dem Abend gesehen hatte. Heraus kam eine Erzählung mit dem Titel *Die Geburtstagsparty*.

Der Weltschmerz, unter dem Nora litt, schien ihm symptomatisch. Der Vater war ein typischer Aufsteiger der Wirtschaftswunder-Jahre, hart, kalt und autoritär. Er behandelte seine Kinder wie Untertanen und duldete keinen Widerspruch. Im Grunde interessierte er sich überhaupt nicht für sie. Er ließ sie im Stich, und seine gelegentlichen, plumpen Annäherungsversuche reichten schon bald nicht mehr aus, ihr Vertrauen zurückzuerobern.

Seine Frau hatte er irgendwann tief enttäuscht, und das rächte sich bitter, je älter sie wurden.

Für Mechthild gab es nur noch eine Maxime: den gesellschaftlichen Aufstieg. Und die Kinder waren die Eintrittskarten. Nora, bildhübsch und brillant, wie sie war, durfte nicht an einen Verlierer verschwendet werden. In ihr sah Mechthild das Potential für eine Heirat in die mächtigen Familien der Stadt.

Kurz bevor Rolf Nora kennengelernt hatte, sie war damals noch sechzehn, war sie von ihrer Mutter auf die Teegesellschaften der Hertels und Schickedanz mitgenommen worden, die als Heiratsmarkt dienten, um sich jeweils die »besten Partien« zu verschaffen.

Für Nora wurde es ein Spießrutenlauf. Bald standen die Verehrer bei ihr Schlange und lechzten nach ihr, dass ihnen der Speichel vom Mund tropfte, so jedenfalls ließ sich Nora darüber später aus.

Jeden Abend schleppte die Mutter einen anderen Verehrer an, mit dem sie am Telefon mit zuckersüßer Stimme Verabredungen traf wie eine Kupplerin.

Wenn Nora von den »englischen Fräuleins« kam, wo ihr Zucht in jeder Hinsicht eingebläut wurde, begrüßte die Mutter sie oft mit einem vielsagenden Lächeln. Sie konnte den Triumph in ihrer Stimme kaum bändigen, wenn sie ihr zurief: »Du wirst es kaum glauben, aber vor einer halben Stunde hat tatsächlich der junge Hertel angerufen. Er wollte sich unbedingt mit dir verabreden. Ich habe gesagt, du hast übermorgen Abend Zeit.« Sie hatte es geschickt heraus, diese Verehrer zappeln zu lassen.

Der junge Hertel war ein kleiner, dicker Versager, der Nora nur an die Wäsche wollte.

Aber das begriff ihre Mutter nicht.

Nora wurde niemals gefragt, ob sie Lust hatte, sich mit diesen Schnöseln zu treffen, doch sie machte das Spiel am Anfang mit, weil ihr dadurch die verhassten Hausaufgaben erspart blieben. Ihrer Mutter war es wichtiger, dass sie sich hübsch machte.

»Hausaufgaben kannst du immer noch machen, wenn du alt und hässlich bist«, sagte sie und lachte.

Insgeheim liebte Mechthild die Aufregung, das Kommen und Gehen der teilweise attraktiven, konservativen jungen Männer, die mit ihren abendlichen Auftritten das Wohnzimmer bevölkerten. Sie flirtete sogar mit ihnen, animierte sie zum Trinken und fragte sie aus. Ihre Neugier, was den legendären Reichtum mancher Eltern anging, die Maschinenfabriken und Fuhrparks besaßen und mit den Familien des fränkischen Hochadels befreundet waren, ließ ihr keine Ruhe. Sie erfuhr Dinge am Rande, die ihre Phantasie anstachelten, doch sie drang nie zum Kern der Wahrheit vor. Dazu waren die Söhne zu geschult und verschwiegen. Die inneren Angelegenheiten der großen Welt blieben immer ein Geheimnis. Nie würde sie erfahren, wie es tatsächlich in der Hertel-Familie aussah, wenn sie es nicht irgendwie schaffte, eine ihrer Töchter zumindest in den Clan zu verheiraten.

Hier saß der glitzernde, geheimnisvolle und tiefe Stachel der Mechthild Ode, deren Leben so unbefriedigend war und die feucht wurde vor Aufregung, je animierter, je länger der Anwärter sich mit ihr unterhielt, weil sie den Reichtum so liebte. Er konnte legendär genug gar nicht sein. Wie oft sprach sie vom Schah von Persien, wie oft las sie über Onassis und seine neueste Yacht. Sie spielte selbst so gerne die Grande Dame und merkte gar nicht, wie sie sich lächerlich machte in ihrem kleinen, braunen Nerzcape, mit dem sie in der Mitte ihres vergleichsweise winzigen Wohnzimmers thronte. Wenn Nora, die Treppe hinunterschleichend, ihre schnarrende Stimme hörte, wie sie die Gäste zu umschmeicheln versuchte, dachte sie: Warum gehst *du* nicht mit ihnen ins Bett?

Sie hatte es so satt, sich mit diesen verweichlichten Langweilern treffen zu müssen, die obendrein noch geil und pervers waren.

Als sie dann endlich zu ihrer Erleichterung Rolf kennenlernte und merkte, dass es doch noch Männer gab, die aus anderem Holz geschnitzt waren, war sie überglücklich. Bis dahin hatte Nora gelitten. Sie selbst hatte ganz andere Sehnsüchte. Jede Stunde, die man ihr von ihren geliebten Lesestunden mit Sartre oder mit Kafka abzwackte, machte sie todunglücklich. Sie war ein wissbegieriger, freiheitsliebender Geist, diese sinnlosen Treffen stumpften sie ab und hatten sie bösartig gemacht. Sie musste sich irgendwie wehren gegen die plumpen Annäherungsversuche, sie hatte eine Unberechenbarkeit entwickelt, die ihr half, andere zu verletzen und im rechten Moment, wenn sie gerade an nichts Böses dachten, zuzuschlagen.

Rolf hatte nun schon ein paar Mal diese Seite zu spüren bekommen, aber er würde das in den Griff kriegen, mit viel Liebe und Verständnis. Er begriff jetzt allerdings auch, dass es ein Kampf werden würde, sich gegen die Mutter durchzusetzen. Es hatte keine persönlichen Ursachen, dass sie ihn aus dem Weg haben wollte. Sie war lediglich vollkommen fixiert auf eine »große Partie« für ihre Tochter, und nichts in der Welt würde sie davon abbringen.

Dabei vergaß sie, dass Nora es sich mit vielen schon verdorben hatte. Nora hatte längst verstanden, was ihre Mutter nicht verstehen wollte, nämlich dass sie in den Augen derer, mit denen sie ausging, eine Mesalliance war, und dass es ihnen nur darum ging, sie »auszunutzen«. Die meisten von ihnen waren Muttersöhnchen, denen die Mütter eingetrichtert hatten, dass sie bloß aufpassen und ihr kein Kind anhängen sollten.

Meist blieb es bei wenigen Treffen. Nora war schon angeödet, wenn sie nur den Mund aufmachten. Sie waren Angeber und prahlten mit ihren Zukunftsaussichten. Wahrscheinlich hatten sie einen winzigen Schwanz.

Die Typen versuchten ständig, sie zu küssen und ihr am Busen herumzugrabschen. Irgendwann hatte sie genug. Sie schnürte ihren Busen mit Verbandsmull ab, wusch sich nicht mehr und simulierte epileptische Anfälle. Sie verdrehte die Augen, wenn einer sie küssen wollte, und fiel einfach um. Sie wollte schließlich auch ihren Spaß an diesen öden Spaziergängen haben. Es sprach sich in den Kreisen herum, dass Nora Epileptikerin war – man glaubte es wirklich, so gut konnte sie simulieren mit Schaum vor dem Mund, den sie vorher angesammelt hatte. Zu Hause waren riesige Kräche die Folge. Blumentöpfe wurden durchs Fenster geworfen, Spiegel zertrümmert, alles wurde in Mitleidenschaft gezogen, nicht zuletzt die Nerven ihres Vaters, der tatsächlich in letzter Zeit öfter darüber nachdachte, ob er sich scheiden lassen sollte, denn am

Ende bekam er, der »Schlappschwanz«, der sich nicht durchsetzen konnte, alles ab.

Der Andrang der Verehrer ließ gewaltig nach, um nicht zu sagen, er versiegte.

Die, die gelegentlich noch kamen, waren verliebte Langweiler aus der Mittelschicht, also Ausschuss, auf den keiner Wert legte. Mechthilds gesellschaftliche Stellung hatte unter dem Klatsch gelitten, und das nahm sie ihrer Tochter besonders übel: dass sie nun herumlaufen und jedem, der es wissen wollte, erklären musste, ihre Tochter sei kein bedauerliches Geschöpf, das an Epilepsie litt, sondern lediglich eine durchgeknallte Exzentrikerin.

Nora jedenfalls war froh, wieder über ihren bösartigen Aufsätzen über Thomas Mann, den sie todsterbenslangweilig fand, brüten zu dürfen und ihrer Deutschlehrerin, die ihn abgöttisch verehrte, einen Hieb zu versetzen, indem sie Polemiken gegen ihn schrieb.

Früh verkörperte sie das Lebensgefühl des Existenzialismus, der zu dieser Zeit begann, sich langsam auszubreiten. Manchmal, wenn sie eine ihrer unfassbaren Leichtigkeiten überkam, an denen sie litt wie andere an der Schwere, schlich sie hinauf auf den Turm der Sebalduskirche, um sich hinunterzustürzen. Sie dachte, sie würde es als ein Schweben empfinden.

Das heiße »Fallsucht«, klärte sie Rolf darüber später auf, und Fallsucht sei eine Krankheit.

Sie hatte eine Freundin mit einer Pin-up-Figur und riesigen, grünen Augen, einen männermordenden Vamp, aber schließlich ging die ihr auch auf die Nerven mit ihren »ewigen Männergeschichten«. Außerdem hatte die Freundin sie einmal davon abgehalten, vom Turm zu springen, als sie schon kurz davor war. Sie hatte sie einfach zurückgerissen. Das nahm Nora ihr übel. Sie traf die Freundin zwar weiterhin, weil sie sonst niemanden hatte, beschränkte sich jedoch darauf, sie als Anschauungsobjekt zu benutzen für eine Studie über männermordende Vamps.

Die Freundin lud sie immer wieder ein, gemeinsam mit Männern auszugehen, doch dazu konnte sich Nora nicht so recht entschließen. Sie wollte offenbar doch »den Richtigen« finden. Er musste so sein, wie sie sich immer Mackie Messer vorgestellt hatte, wenn ihn Lotte Lenya in der *Dreigroschenoper* besang: »*... und sein Kragen war auch am Sonntag nicht rein ... zu ihm sagte ich nicht ›Nein‹ ... da behielt ich meinen Kopf nicht oben.*«

Für diese Art von Romantik gab Rolf ein perfektes Rollenmodell ab. Als sie ihn das erste Mal sah, war sie hin und weg. Dabei kam ihr entgegen, dass er mit seinem hochgekrempelten Arbeiterhemd eben nicht nach Geld aussah, sondern nach einem Prinzen, der auf der falschen Seite des Flusses aufgewachsen war. Er war geheimnisvoll und romantisch. Er hatte keine »miesen« Hintergedanken. Er schaffte es, seinen unergründlichen, nachtblauen Blick auf ihr ruhen zu lassen, bis ihr ganz schwindelig wurde. Er hatte etwas, was ihr den Kopf verdrehte. Sie fasste zum ersten Mal in ihrem Leben Vertrauen, und sie verspürte das erste Mal Lust, mit jemandem zu schlafen. Sie war sich sicher, dass er der Richtige war.

Rolf schrieb seine Geschichte mit großer Zärtlichkeit für Nora auf. Die Anfänge ihrer Liebe waren darin zu spüren und wie viel Unglück und Drama sich in den Köpfen entwickelten, wenn Liebe ins Spiel kam. »Das Manuskript ist beseelt«, schrieb der Lektor und ließ sich zu Begeisterungsstürmen über Rolfs Talent hinreißen. Er sei eine Ausnahmeerscheinung, er durchdringe die menschliche Existenz – und das sei hierzulande selten.

Rolf war sehr stolz.

19.

Nora hatte angefangen, kleinere Geschichten zu schreiben, und kam damit zu ihm.

Sie erinnerten an Ionesco und Beckett und waren Traktate darüber, warum man Käfer und Regenwürmer nicht töten durfte, kleine Hunde hingegen schon. Sie waren spitzfindig und amüsant, manchmal originell, mehr vermutete er jedoch dahinter nicht. Also korrigierte er sie bereitwillig, damit sie anschließend mit ihm schlief.

Eines Tages jedoch machte er einen gravierenden Fehler. Er hatte sie langsam an das Geschlechtsleben heranführen müssen. Das war nicht leicht gewesen, da sie alles »Kreatürliche« hasste. Beim Anblick seines Schwanzes wäre sie am Anfang vor Ekel fast in Ohnmacht gefallen. Nun ertrug sie ihn, nachdem er »die Sache«, wie sie es nannte, ein halbes Jahr lang im Dunkeln durchgezogen hatte und jetzt ab und zu ein wenig Licht durch die dicken Vorhänge ließ, die er extra hatte anbringen müssen. Er wollte sie einfach nackt sehen. Auch daran gewöhnte sie sich einigermaßen, so dass er dachte, er könne nun auf Stufe zwei schalten.

Ein Stellungswechsel schien ihm allmählich angebracht, nachdem sie es ein halbes Jahr nur in der Missionarsstellung getrieben hatten. Er hatte sie zunächst wie immer unter sich gehabt, aber die fixe Idee, sie umzudrehen, hatte ihm keine Ruhe gelassen.

Sobald sie anfing, schneller zu atmen, das äußerste Signal der Lust, das sie bereit war, von sich zu geben, hatte er sie kurzerhand umgedreht. Nachdem er fertig war, blieb sie wie tot liegen.

»Nora, was ist mit dir?«, fragte er, und da er sah, dass sie noch lebte, ging er aufs Klo.

Als er zurückkam, hatte sie sich die Decke bis zum Hals hochgezogen und hielt ihm eine Standpauke, die sich gewaschen hatte.

»Das war grässlich. Das war der Tiefpunkt der ganzen Woche. Verstehst du, dass ich mir wie ein Idiot vorkomme«, rief sie empört. »Ich hätte große Lust, aus dem Bett zu springen und dir die Kleider um den Kopf zu schlagen.«

Dann holte sie ein paar Mal tief Luft. Der Sermon ging allerdings weiter:

»Sei gewiss, dass ich es nicht ein zweites Mal fertigbringen werde, mich ruhig auf die andere Seite zu legen und die Zähne zusammenzubeißen. Ich habe es gründlich satt, irgendetwas schweigend zu ertragen, ich platze noch dabei, und ich habe keine Lust, wegen irgendjemand zu platzen. Ich bin doch keine Kuh, die alles geduldig über sich ergehen lässt.«

Sie sprang aus dem Bett, raffte ihre Sachen zusammen und lief in den winzigen Flur. Dort zog sie sich hektisch an und verschwand, die Tür hinter sich zuknallend.

Dieser Anfall verblüffte ihn zunächst. Mit hochgezogenen Augenbrauen stand er im Zimmer und spürte noch einen Rest Ironie in sich. Doch je länger er darüber nachdachte, desto unsäglicher fand er das Ganze. Schließlich fühlte er sich so gekränkt, beleidigt und enttäuscht, dass er beschloss, sich nicht mehr zu melden.

Einige Tage später, offenbar in Wut und Hektik noch am Bahnhof geschrieben, aber erst später abgeschickt, bekam er von ihr einen Brief mit ihrer steilen, nach links driftenden Handschrift: Die Position einer Frau, so hieß es darin, sei in jedem Fall doppelt beschissen. Den meisten mache »es« nicht einmal Spaß. Sie gäben sich aus Liebe und Aufopferung hin und setzten danach noch Kinder in die Welt. Die ganzen Unannehmlichkeiten deckten sie dann mit einem Mutterkomplex zu. Wenn sie später noch einige Male von ihrem Mann, wenn der besoffen sei, benutzt würden, wären sie hocherfreut und immer äußerst willig.

Es war offensichtlich, dass sie die jahrelangen Umstände in ihrer Umgebung reflektierte und daraus Rückschlüsse auf alles zog. Das war zwar bedauerlich, aber was konnte er schließlich dafür? Sollte er sich deshalb auch die Freude am Leben verderben lassen? Der Brief endete mit folgender Erklärung:

> *Ich verachte einfach die hündische Stellung, die die liebe Natur einem gegeben hat. Und ich werde niemals diese Position einnehmen. Wenn es jedoch nicht möglich ist, was vielleicht in der Natur der Sache liegt, werde ich lieber meine Rolle allein spielen. Immerhin besser eine alte Jungfer mit Schrullen und Komplexen als eine hündisch ergebene, liebevolle Bettgenossin mit Sentimentalitätsausbrüchen bei Alterserscheinungen. Ich hasse einfach dies weibisch dumpfe, dümmliche Wesen.*

Rolf legte den Brief kopfschüttelnd auf den Schreibtisch und seufzte leise.

Nun also auch das noch. Er hatte eigentlich keine Lust mehr, sich mit ihr auseinanderzusetzen, und überlegte, ob er ihr eine endgültige Absage erteilen sollte. Jetzt wäre der rechte Zeitpunkt dafür. Er hatte schon damit gerechnet, sie los zu sein, und begonnen, sich damit abzufinden.

Schließlich setzte er sich hin und schrieb:

Ich kann sehr gut verstehen, was Dich quält und in welche Stimmung Dich mein Versagen versetzt. Und ich halte es für die natürlichste Sache der Welt, dass Du Dich nach einem anderen umsiehst. Du wirst schon noch jemanden kennenlernen, dem es leicht sein wird, Deine Komplexe von der »Position« der Frau zu heilen. Ich bin dazu offenbar nicht in der Lage. Meine Vorstellungen vom Gefühl der Liebe bewegen sich nun mal in den »üblichen« Bahnen, die Du so sehr verachtest. Ich glaube wirklich, Du solltest dir jemand anderes suchen.

Er schickte den Brief nicht ab. Stattdessen legte er ihn zwischen seine protokollarischen Tagebücher, wo diese Seite vergilbte. Er als der Ältere wollte ihr nicht das Gefühl geben, er mache mit ihr Schluss. Er wollte nicht, dass sie dachte, sie hätte es sich jetzt auch noch mit ihm vermasselt, dem Einzigen, der immer mit Geduld und Verständnis an ihrer Seite gewesen war. Das wäre zu traurig für sie geworden. Das wollte er nicht. Dafür mochte er sie zu sehr. Sie war erst achtzehn, das wurde ihm jetzt langsam klar. Vielleicht passten sie nicht zusammen. Vielleicht fand sich ja eines Tages mal jemand, mit dem sie besser klarkam.

20.

Mechthild ahnte, dass etwas zwischen Rolf und Nora vorgefallen war. Sie war zwar neugierig, doch sie rührte das Thema nicht an. Erst einmal sollte Gras über die Sache wachsen. Schwanger schien ihre Tochter jedenfalls nicht zu sein. Mechthild beschloss, die Zügel zu lockern und eine Weile die mütterliche Freundin zu mimen.

Um ihr zu demonstrieren, wie einfach es war, ein schönes Leben zu haben, wenn man sich an die Regeln hielt, überhäufte sie Nora mit Aufmerksamkeiten.

Zuallererst engagierte sie den Nachbarssohn vom Haus gegenüber, einen verklemmten Stotterer, der ihr die Hausaufgaben in Mathematik machte, damit sie mit ihrer Mutter einkaufen gehen konnte. Sie durfte sich Kleider aussuchen, die ihr gefielen, und Mechthild zahlte großzügig. Danach gingen sie teuer essen und dann gegebenenfalls noch zum Friseur.

Nora lernte, dass man ganze Tage damit verbringen konnte, sich »einfach nur verwöhnen zu lassen«. Unter der Trockenhaube des Friseurs durfte sie Sartre lesen.

Mechthild griff tief in die Haushaltskasse. Sie selbst wollte schließlich auch nicht zu kurz kommen. »Ich muss ihr etwas bieten, damit sie endlich begreift, wie gut sie es bei uns hat«, rechtfertigte sie sich dann bei ihrem Mann für die hohen Ausgaben, die meist auf ihr eigenes Konto gingen. Nora diente eher als Begleitung bei den Einkäufen und hielt sich selbst zurück, weil sie die ganzen Sachen unmöglich und spießig fand. Sie ließ sich das allerdings nicht anmerken und sprach ihrer Mutter Mut zu den schrecklichen Kostümierungen zu, die sie vor den Spiegeln der Geschäfte probierte. Heimlich machte sie sich lustig über diesen »fürchterlichen Mummenschanz«.

Mechthild war klug genug, ihre Tochter nicht zu nötigen, mit anderen Männern auszugehen. Außerdem stellte sie ihr in Aussicht, in Paris oder Wien studieren zu dürfen, was das Ziel aller Wünsche für Nora war.

Sie durfte endlich wieder ihre Bücher lesen und nutzte das weidlich aus. Sie lag im Bikini auf einem Liegestuhl neben dem Pool und las, während oben der Bücherwurm aus dem Nachbarhaus für sie die Hausaufgaben machte. Ab und zu tauchte sein halbblinder Kopf auf und blickte hinter das Fenster geduckt zu ihr nach unten. Seine kurzsichtigen Augen hinter der dicken Brille grasten ihren Anblick voller Gier und Hast ab. Manchmal bemerkten es Tochter und Mutter gleichzeitig und rissen Witze über den armen Tölpel, dem vor Geilheit der Geifer aus dem Mundwinkel lief.

Ihre Mutter legte sich meist irgendwann zu ihr, griff sogar manchmal nach einem Buch von ihr, verlor aber schnell das Interesse und nahm eine Zeitschrift zur Hand. Manchmal lagen sie auch einfach nur einträchtig nebeneinander und ließen sich bräunen. Irgendwann holte ihre Mutter dann ein paar Gläschen Sekt, und sie tratschten weiter in der Sonne.

Nora wurde immer denkfauler und las selbst bald nur noch Zeitschriften.

Ihre Mutter kam ihr vor wie ein wildes Tier, ein altes, unberechenbares, wildes Tier, das zu dressieren und bei Laune zu halten bereits sehr schwierig geworden war, aber sie versuchte es wenigstens. Es gab kaum Krach, nur ab und an kleine Eifersüchteleien.

Manchmal erhaschte Nora intime Momente von ihrer Mutter, zum Beispiel, wenn sie im Bad auf ihrem Plüschhocker saß, die kleine Stirn vor Anstrengung in Falten gelegt wie bei einem Mops, sich die Augenbrauen zupfend. Ihre Haare waren vom vielen Perückentragen ganz ausgedünnt. Manchmal rollte sie ein Vehikel mit drehbaren Holzkugeln über die Orangenhaut an ihren Schenkeln. Der Anblick war kläglich genug, um Nora begreifen zu lassen, wie schlimm es sein musste, alt zu sein und nicht mehr geliebt zu werden. Sie bekam Angst davor und konnte dennoch abfällige Gedanken nicht unterdrücken.

Ein gut genährter Hamster, dachte sie. Ein Hamster, der nicht mehr gefickt wurde.

Sie begriff in dem Moment auch, wie schwer es ihrer Mutter fiel, sie gehen zu lassen. Sie wollte einfach nicht allein in diesem Haus sitzengelassen werden. Nora durchschaute auf einmal ihre Mutter, und das gab ihr ein gewisses Überlegenheitsgefühl.

Sie las Kafka, trank Sekt in der Sonne, ging ab und zu in den Pool und war wenigstens nicht unglücklich. Eine perfekte Simulation.

In diese sonnige Atmosphäre schneite eines Tages eine Postkarte aus Erlangen. Es gab Nora einen Stich ins Herz, als sie las, was er schrieb:

> *Gnädiges Fräulein,* hieß es, *falls Sie noch ein wenig Lust verspüren, sich mit mir über Literatur auszutauschen, dann würde ich mich über eine kleine Rückmeldung freuen.*

Die Karte war ganz bewusst im gleichen Tenor wie die erste Karte gehalten, die er ihr geschickt hatte. Wie bescheiden, wie liebenswürdig und zartbesaitet er sein konnte. Sie hatte es fast vergessen, nun rückte er es wieder so charmant und elegant ins Zentrum ihrer Aufmerksamkeit. Er war, was diese Gesten anging, wirklich der Einzige, der das konnte.

Wie geht es mit Ihnen? Geht es Ihnen gut?, fragte er noch. Sie hatte ihn tatsächlich eine Weile vergessen. Eine Art Schamesröte, gemischt mit Betroffenheit, überkam sie. Es war so rührend, es beschämte sie wirklich. Sie schrieb ihm zurück, voller Enthusiasmus, sie wollte ihm keinesfalls weh tun. Natürlich wollte sie ihn sehen.

Als er ankam, ein wenig schüchterner als sonst, aber genau so, wie sie es mochte, in seinem weißen, hochgekrempelten Hemd, mit diesem Lächeln, schmolz ihr auf einmal wieder das Herz. Sie kam in einem glockenförmigen Sommerrock auf ihn zugerannt und fiel ihm in die Arme. Sie wollte herumgewirbelt werden, und er tat es.

Danach gingen sie hinein, er begrüßte die Mutter. Der Empfang war ein wenig kühl, aber als sie sah, dass er sich nur unterhalten wollte – die beiden waren die ganze Zeit draußen am Pool und hielten höchstens einmal Händchen –, ging es mit der Stimmung wieder bergauf. Schließlich lud sie ihn sogar ein, zum Abendessen zu bleiben, da ihr Mann nicht da war. Sie spielten Federball in der Dämmerung, sie unterhielten sich über Bücher. Nora legte mittlerweile, was deren Beurteilung anging, einen analytischen Scharfsinn an den Tag, der ihn eifersüchtig machte. Die einen waren Götter für sie. Als sie ihm einen Klappentext mit einem Bild zeigte, auf dem ein dünner, hochgeschossener Mann mit dem Gesicht eines Rhesusäffchens zu sehen war, strahlte sie.

»Das ist Kafka«, sagte sie andächtig. Er hatte noch nichts von ihm gelesen.

»Das ist das Beste, was je geschrieben wurde. Das ist der Heilige Gral des zwanzigsten Jahrhunderts«, verkündete sie. Die plumpe, sentimentale, deutsche Erzählkunst verdammte sie hingegen mit einer Schärfe, die ungewöhnlich war. Sie erging sich selbstherrlich über das, was »der Roman können muss«, und merkte gar nicht, dass sie Rolf damit weh tat.

Vor zwei Tagen hatte sie einen kleinen Triumph erlebt. Ein Notar, Mitte sechzig, war zu Besuch gekommen. Er trug einen dunklen, eleganten Abendanzug, der sich seiner schlanken Figur anpasste, und ließ seine Augen neugierig über Nora gleiten. Dieser Dr. Biller imponierte ihr irgendwie. Er war ihr von den Eltern als »homme de lettres« vorgestellt worden. Von Anfang an sah er komplizenhaft zu Nora hinüber.

Dabei funkelten seine Augen boshaft. Ihr fiel auf, dass seine Hände manikürt waren und dass ihn ein leichter, doch intensiver Rosenduft, etwas sehr Teures, umgab.

Bei jüngeren Männern hätte sie es albern gefunden, bei ihm hingegen mochte sie, dass er so gepflegt war. Immer wieder sah er sie amüsiert mit seinen Luchsaugen an.

Sie schwangen sich zu höchsten Höhen der Polemik auf. Sein Amüsement über Nora, dazu seine funkelnden Augen, seine verheißungsvolle Neugier, die eher Gier zu nennen war, stachelte sie an, Sätze zu sagen wie: »Ich möchte mich am liebsten mit Ihnen über die Verwerflichkeit der Literatur und ihre Schädlichkeit für den gesunden Menschenverstand unterhalten«, was zugleich ein Seitenhieb auf ihre Mutter war. Biller lachte, das spornte sie weiter an.

»Ihre Tochter ist brillant«, warf er in die Runde. »Was für eine weiße Blüte in dem ganzen Nürnberger Kultursumpf.« Er nahm in Kauf, dass man ihm die Bemerkung übelnahm, und schenkte Nora seine volle Aufmerksamkeit. »Jetzt bin ich aber neugierig geworden. Welche Bücher sind denn die verwerflichsten für Sie?«, fragte er maliziös.

Und sie ließ sich aus und ließ sich aus und ließ sich aus. Sie nahm überhaupt keine Rücksicht mehr auf die anderen. Sie wollte nur diesem alten Charmeur gefallen und gab ab und zu auf seine sehr geschickt eingestreuten Komplimente ein kleines, dreckiges Lachen von sich.

Die beiden sprengten die Party mit einer egoistischen Bösartigkeit. So stellte sie sich das Leben vor.

Am Ende schob er ihr unter dem Tisch seine Karte zu. Sie war weiß und an den Ecken so hart, dass man sich daran verletzen konnte.

Wenn sie an den schillernden Abend dachte, tat Rolf ihr leid, wie er nun schüchtern zu ihren Füßen saß und lächelte und sich vielleicht sogar ein wenig den Vorwurf machte, sie zu langweilen. Interessierte ihn die Literatur eigentlich wirklich? Sie hatte ihn nie für einen aufregenden Autor gehalten. Er lächelte wohlwollend. Sie beendete ihre Tirade und strich ihm über den Kopf. Natürlich würde sie den perversen, alten Sack nie anrufen. Da bestand keine Gefahr. Aber ein Lockruf aus der Wildnis des Geistes war seine kurze Präsenz schon gewesen.

»Komm, wir gehen rein und helfen meiner Mutter beim Tischdecken.« Sie nahm seine Hand und half ihm auf. Sie brauchte Beschäftigung, um das Gefühl von Mitleid mit Rolf nicht aufkommen zu lassen. Schließlich hatte sie Zuneigung zu ihm gefasst und wollte, dass es so blieb. Er hatte es nicht verdient, von ihr so abgefertigt zu werden wie im Studentenwohnheim.

»Entschuldige«, sagte sie und lehnte sich im Gehen leicht an ihn. Sie wirkte wie ein Fohlen.

»Wofür?«, fragte er verdutzt.

Sie überlegte einen Moment, weil es mehrere Gründe gab, sich zu entschuldigen.

»Für neulich«, sagte sie schließlich leise.

Er lächelte melancholisch. »Ach neulich, das ist längst vergessen.«

Später brachte Mechthild die kleine Erika ins Bett, dann saßen sie zu dritt auf der Veranda und tranken. Mechthild machte bald eine zweite Flasche Wein auf. Je länger der Abend voranschritt, desto besser verstanden sich Mechthild und Rolf.

Mechthild begann auf Thüringisch Witze zu erzählen, die so drollig und blöd waren, dass Rolf die ganze Zeit lachen musste. In einem ging es um Dienstmädchen, denen von der Herrschaft aufgetragen wurde, im Lebensmittelgeschäft nach »Fromage de Brie« zu fragen, und die dann »vom Popo die Soße« verlangten. Nora schämte sich anfangs für den Schenkelklopfer-Humor ihrer Mutter, aber da Rolf jedes Mal herzlich lachte, stimmte sie schließlich ein.

Der Heimatdialekt, jenes schüchterne Pflänzchen, das beide im Osten zurückgelassen hatten, wurde vom Wein begossen und wuchs mit apokalyptischer Geschwindigkeit heran. Bald sprachen die beiden im tiefsten thüringischen Platt miteinander und gaben Dorfgeschichten zum Besten.

Mechthild blühte auf. Sie bog sich vor Lachen über die eigenen Witze. Zielsicher steuerte sie die Pointen an – und brachte sie zum Explodieren. Von ihr also hatte Nora das erzählerische Talent. Die Schläue, die Gerissenheit und der treffsichere, primitive Humor, der nicht geschätzt war in ihren Kreisen, brach sich jetzt Bahn.

Nora studierte ihre Mutter, erstaunt über diese Lebenskraft. Sie hatte die körperliche Konsistenz eines gutgemästeten Wildschweins, ausgestattet mit einer beträchtlichen Muskelmasse. Immer wieder hob sie sich aus ihrem Stuhl und stieß Rolf an oder rutschte vor Ungeduld hin und her. Dabei hob und senkte sich ihr riesiger Busen, der in eine viel zu enge Korsage gepresst war. Ihr Gegenüber stimulierte sie ganz offensichtlich, was zu ungezügelten Temperamentsausbrüchen, viel zu lautem Lachen, Seufzen und Aufstöhnen führte.

Zu lange schon hatte sie nicht mehr richtig gelacht. Sie war aus der Übung, und ihr ganzer Apparat übersteuerte. Am Ende hatte sie Schaum vor dem Mund, so sehr amüsierte sie sich. Um zwölf machte sie der ganzen Sache mit einer harschen Bewegung ein Ende.

Die dritte Flasche Wein war getrunken. Irgendwann musste Schluss sein. Sie titulierte ihn bereits mit Schwiegersohn – und das, so sah sie selbst ein, führte eindeutig zu weit.

Rolf akzeptierte allerdings nicht, dass sie das wieder zurücknahm, was dann im Vorgarten zu weiteren Lachkaskaden führte. Sie ließ sich in den Arm nehmen und gab Rolf einen feuchten Kuss, der halb die Wange und halb die Nasenspitze traf.

Nora stand etwas abseits und wartete. Rolf küsste sie zärtlich auf den Mund, was von ihrer Mutter mit einem gurrenden Laut höhnischer Befriedigung goutiert wurde.

Er zwinkerte Nora zum Abschied zu, um ihr zu signalisieren, dass alles gut werden würde. Sie winkte, dann ging sie mit ihrer Mutter hinein. Da sie keinesfalls eine Angriffsfläche bieten wollte, fing sie an, den Tisch abzuräumen. Sie wollte nicht den Eindruck erwecken, beleidigt zu sein, weil sie nicht im Mittelpunkt gestanden hatte. Es kam allzu oft zu diesen Missverständnissen, und ihre Mutter nutzte jede Gelegenheit, die Dinge falsch zu verstehen.

»Das räumen wir morgen ab«, sagte Mechthild.

Sie trat näher und maß Nora mit einem merkwürdigen Blick. Was war das Rätsel der Schönheit ihrer Tochter, was an ihr machte sie so wütend und eifersüchtig? Eigentlich war sie doch nur ein etwas anämisches Mädchen mit einem viel zu großen Kopf und zu gebrechlichen Gliedern. Was fand Rolf eigentlich an ihr?

»Komm, lass dich mal in den Arm nehmen«, sagte sie schließlich. Es sollte versöhnlich klingen, nach all den Jahren des Streits, und eine neue Epoche einläuten. Sie breitete ihre Arme aus.

Nora ging zu ihr hin und versuchte es. Ihre Mutter schwitzte ekelhaft und stank nach Alkohol. Außerdem piksten ein paar übriggebliebene Stoppeln ihres frisch rasierten Damenbarts an der Oberlippe.

»Gute Nacht, Mama«, sagte sie angewidert und löste sich schnell.

Bald kam es zu einem Besuch von Rolfs Eltern im Hause der Odes, dann zu einem Gegenbesuch oben in Stein. Die Ehepaare akzeptierten einander. Alle stammten aus kleinen Verhältnissen und hatten es zu etwas gebracht.

Rolf und Nora saßen an diesen Abenden nebeneinander wie zwei glückliche Kinder.

Ab und zu gaben sie sich irgendwo heimliche Küsse, die aber, der Hektik und Aufregung entsprungen, Verbotenes zu tun, auch eher etwas Kindliches hatten.

Sie jagten sich unten auf der Wiese des dunklen Gartens in Stein, immer in Sichtweite der Eltern, die oberhalb des Steingartens auf der Veranda saßen und Erichs berühmte Bowle tranken. Rolf hatte sich an Stein gewöhnt und sich für seine Zweifel beim Vater entschuldigt. Im Sommer war es wirklich sehr schön hier oben. Zwei-, dreimal machte er mit Nora kleine Spaziergänge, bei denen sie sich allerdings schnell langweilte.

21.

In den kommenden Monaten besuchte Rolf Nora oft und half ihr bei den Hausaufgaben.

Da sie sehr viel zu tun hatte, blieb ihm nichts anderes übrig, wenn er sie sehen wollte. Manchmal brütete sie neun Stunden über irgendwelchen Wälzern und schrieb die wichtigsten Dinge heraus.

Sie wusste Bescheid über die politische und kulturelle Entwicklung von Ur, Uruk, Eridu und Kisch. Manchmal öffnete sie ihm die Tür und begrüßte ihn mit Sätzen wie: »Kannst du etwa behaupten zu wissen, wer Lugal-Zagesi war? Weißt du, dass Sargon I. ein bedeutender König der Stadt Akkad war? Wer war Hammurabi? Wer schuf das erste bürgerliche Gesetzbuch der Menschheit? Ich hoffe, das wirst du wenigstens wissen. Dinge könnte ich dir erzählen!«

Sie führte ihn hinein, er begrüßte die Mutter, sie gingen nach oben in ein Zimmer, das voll mit Schulbüchern war – und lernten. Dabei kam vieles zu kurz, was er sich manchmal am Anfang erhofft hatte. Die Tür blieb angelehnt, damit die Mutter sie jederzeit kontrollieren konnte. Er rächte sich ein bisschen dafür, dass sie ihn mit ihrer Besserwisserei zur Weißglut brachte. Er bilanzierte die Antworten wie ein Buchhalter und schrieb die Noten auf. Am Ende zählte er die winzigen Zeichen zusammen, die akribisch genau untereinander geschrieben waren, machte einen Strich und vergab die Gesamtnote.

Er genoss den ungeduldigen Blick, der auf ihm ruhte, während er langsam und präzise zählte. Wenn er dann die Note vergab, feixte er meist, weil er wusste, dass sie sich darüber ärgern würde. Diese harmlose Schadenfreude war seine Art der Kompensation des leisen Frusts über den gewaltigen Mangel an Sex.

Nora wurde manchmal so wütend über die Noten und darüber, dass ihr Ärger ihn belustigte, dass sie ihn mit »Sadist« anschrie, über ihn herfiel und ihn in den Hals biss oder ihn mit ihren langen Fingernägeln traktierte. Manchmal trommelte sie auf seinen Rücken, manchmal presste sie sich flach auf den Boden, schrie vor Wut und krallte sich im Teppich fest. Dabei wurde ihr Kopf knallrot. Meist rannte dann die Mutter die Treppe herauf und wollte wissen, was los war. Rolf kicherte albern. Es war eine Genugtuung für ihn, sie zur Weißglut zu bringen. Danach beschwichtigte er sie.

Sehr selten kam es sogar vor, dass sie ihn für einen Quickie ins Dienstmädchenzimmer hochzerren wollte. Er war dann allerdings nicht darauf eingestellt. Es ging ihm immer zu schnell. Außerdem entstanden solche vehementen Anwandlungen meist aufgrund irgendeiner kindlichen Situation, die sie begeisterte, weil er einen überraschenden Vorschlag gemacht hatte, den sie toll fand. Sie wollte ihn spontan in selbstloser Weise dafür belohnen, weil sie dachte, Männer mochten es so. Für ihn war das wenig erotisch. Er kitzelte sie dann lieber oder ärgerte sie mit schwierigen Fragen. Ihr war es letztlich egal. Es war lediglich eine spontane Anwandlung, schnell wieder vergessen.

Abends, wenn der Vater nach Hause kam, war seine Zeit abgelaufen. Der Mann mochte ihn immer noch nicht, und daran würde sich wohl auch nichts mehr ändern.

Einmal hatte Rolf ihm einen Vertrag mit dem Rundfunk gezeigt, um seinen guten Willen zu demonstrieren, und dabei ironsch darauf hingewiesen, dass er durchaus in der Lage sei, seine Tochter zu ernähren. Aber Dr. Ode hatte keinen Humor. Er empfand es als anmaßend und respektlos, wenn so wichtige Dinge wie das Geldverdienen nicht ernst genommen wurden.

Er gab Rolf den »Wisch« zurück, ohne ihn anzusehen: »Das wird wohl kaum reichen, um meine Tochter zufriedenzustellen.«

Rolf war selbstsicher genug, Demütigungen dieser Art mit einem ratlosen Achselzucken wegzustecken, aber das machte die Sache eher schlimmer. Die Mutter hatte er zumindest auf seiner Seite.

Schließlich bestand Nora das Abitur mit Hängen und Würgen.

»Die Mathematik hätte mir fast das Genick gebrochen«, sagte sie außer Atem und wedelte mit dem Abiturzeugnis. »Aber ich hab es geschafft – dank dir, o du mein Held.« Sie küsste ihn mitten auf der Straße. »Danke, dass du so lange durchgehalten hast«, flüsterte sie und knabberte an seinem Ohr.

Die Brillenschlange vom Haus gegenüber lief geduckt vorbei und tat, als sähe er sie nicht.

»Und dir dank ich auch, Hermann!«, rief sie boshaft und schwenkte mit weitaufgerissenen Augen ihr Abi-Zeugnis. Verdutzt blieb er stehen, wurde knallrot und stotterte in seinem sudetendeutschen Akzent: »Gnädiges Fräulein haben be…standen! Ich gratuliere! Ich gratuliere!« Mit einigen Verbeugungen zog er sich rückwärts ins Haus seiner uralten Eltern zurück und prallte dabei mit dem Rücken an die Tür.

Nora prustete vor Lachen, als er weg war.

»Phänomenal, nicht wahr?«, flüsterte sie andächtig und sah hinüber, ob sich etwas hinter der Gardine bewegte, »schon mit zwanzig ein uralter Mann.«

Als das Jahresende herannahte, lud Mechthild, zur Belohnung dafür, dass er sich die ganze Zeit so »anständig verhalten« hatte, Rolf ein, Silvester im Kreis der Familie zu verbringen.

»Wenn du einmal einen wirklich schlechten Schwank schreiben willst, dann wird das ein gefundenes Fressen für dich«, begrüßte Nora ihn. »Meine Mutter okkupiert schon seit Stunden oben das Bad. Sie hat gebadet, sich mit Wässerchen einbalsamiert – riechst du es?«

Sie führte ihn in die Küche und zeigte ihm die in Zellophan verpackten Platten, die ein Lieferservice gebracht hatte.

»Schminken darf ich mich nicht mehr, wenn Gäste kommen. Sie wollen sich mit mir nicht blamieren.«

Wenig später kam Mechthild die Treppe herunter, eingehüllt in eine Wolke schwülstigen Parfums.

»Pass mal auf, sie hat sich über und über mit Lametta behängt«, flüsterte Nora unten im Flur. »Sie sieht aus wie ein Weihnachtsbaum.«

Sie stieß Rolf an, nahm einen todernsten Gesichtsausdruck an und sah ihrer Mutter entgegen. Tatsächlich war Mechthild über und über mit Weißgold behängt und konnte vor Würde kaum laufen. Sie trug ein hautenges, smaragdgrünes Taftkleid, das ihr keinerlei Beinfreiheit ließ. Darunter brodelte es. Sie hatte gemerkt, dass über sie getuschelt worden war.

»Was ist?«, fragte sie eisig. »Passt dir irgendetwas nicht?«

»Gar nichts, Mama«, erwiderte Nora unterwürfig.

»Na dann ist ja gut«, schnarrte ihre Mutter und stöckelte, mit ihrer nach außen ondulierten Perücke, die wie eine Haubitze auf ihrem Kopf saß, mit gravitätischer Miene ins Wohnzimmer. Dabei stolperte sie fast über die Türschwelle.

Nora lief in die Küche und prustete ins Waschbecken.

»Zwick mich, wenn ich träume«, japste sie mit erstickter Stimme. »Madame Pompadour aus Schweinfurt.«

»Mach dich nicht immer lustig über deine Mutter«, mahnte Rolf. »Ich finde, sie sieht gar nicht so schlimm aus.«

»Ach ja?«, erwiderte Nora und stemmte die Hände in die Hüften.

Bevor er etwas antworten konnte, kam Mechthild in die Küche gerauscht und starrte ihre Tochter misstrauisch an. »Was ist los, Nora? Warum ist noch kein Gebäck im Wohnzimmer? Ich dachte, du wolltest mir helfen?«

»Tu ich doch auch, Mama.« Schuldbewusst machte Nora sich an einem der Küchenschränke zu schaffen. Mechthild verschwand kommentarlos.

»Du könntest ruhig ein wenig mehr Mitleid mit ihr haben«, sagte Rolf, »sie hat es wahrlich nicht einfach.«

Nora hatte ihm frühe Fotos von Mechthild als Ballkönigin gezeigt, auf denen sie eine kleine, schiefe Pappkrone trug, mit einem leicht verzerrten Lachen darunter, das Scheu, Beschämung, Stolz und Glück gleichzeitig ausdrückte. Warum konnte man ihr das nicht lassen?

Mechthilds Erotik, über die sie eindeutig verfügte, auch wenn Nora sie immer wieder zu einer Parodie zu degradieren versuchte, war das Gegenprinzip zu der ihrer Tochter, die todessüchtig und »von des Gedankens Blässe angekränkelt« war. Ihre Erotik war rein irdisch, auf ihren Heimatplaneten gerichtet, wo Pluto, Mars und Saturn ihr Unwesen trieben – und wo ihre Tochter nichts zu suchen hatte. War Nora etwa in einem ganz versteckten Winkel eifersüchtig? Warum setzte sie ihre Mutter immer so herab?

Er verstand das nicht und fühlte sich unbehaglich, wenn Nora hinter ihrem Rücken auf Mechthild herumhackte. In seiner Familie hatten sie am Ende immer Erbarmen miteinander gehabt. Nur deshalb war es einigermaßen gutgegangen mit ihnen. Er nahm sich vor, ihr das eines Tages zu erklären, wenn sie ein bisschen reifer war und sich von den Wunden erholt hatte, die sie sich hier permanent gegenseitig zufügten.

Gewalttätig riss Nora Packungen mit Käsegebäck auf und rümpfte die Nase. »Komm, hilf mir bei dem scheußlichen Zeug.« Sie kippte das Gebäck in ein paar Schalen. »Es stinkt widerlich.«

Nachdem sie die Teller im Wohnzimmer verteilt hatten, ging Rolf hinaus auf die Terrasse.

Mechthild saß auf der Hollywoodschaukel und rauchte eine Zigarette. Sie schien mit der Welt und sich tief unzufrieden zu sein.

»Es steht Ihnen sehr gut, was Sie anhaben, liebe Frau Dr. Ode«, beeilte er sich zu sagen und reichte ihr die Hand. Sie sah ihm einen Moment überrascht in die Augen. Ein Lächeln huschte über ihr Gesicht. »Vielen Dank, aber das hätten Sie nicht zu sagen brauchen.« Sie blickte gedankenverloren in das neblige Grau über der dünnen Schneeschicht im Garten.

Er hörte ihren Unterrock knistern. Überall war sie, diese unterschwellige, beleidigte Weiblichkeit. Sie entsprach – die Metapher gefiel ihm – den Lavamassen eines brodelnden Vulkans.

»Darf ich mich einen Moment zu Ihnen setzen?«, fragte er und zündete sich eine Zigarette an.

»Bitte«, sagte sie, ein wenig unwillig. Eigentlich hätte sie in diesem kurzen Augenblick, bevor es losging, ganz gerne ihre Ruhe gehabt. Er setzte sich trotzdem.

»Wo ist Nora?«, fragte sie spitz.

»Oben«, sagte er, »sie macht sich zurecht.«

Sie nickte und gab dabei einen Laut des Unmuts von sich, bevor sie an ihrer Zigarette zog.

»Sehen Sie, Rolf, Sie sind ein netter, anständiger, junger Mann. Ich habe Sie unterschätzt.«

Er lächelte schüchtern. »Danke.«

Mechthild blickte weiterhin in den Garten. Es störte sie nicht, dass er zusah, wie sie ihren traurigen Gedanken nachhing.

Ich schreibe, dachte er einen Moment voller Stolz, um die Schatten einer finsteren Zeit zu vertreiben und um ein wenig Licht in die Gegenwart zu bringen, so zumindest hatte es ein Kritiker formuliert.

»Wann kommt denn Ihr Buch raus?«, fragte sie, als könne sie Gedanken lesen.

»Im März.«

»Und? Glauben Sie, dass es ein Erfolg wird?«

»Das weiß ich leider wirklich nicht, gnädige Frau«, sagte er. »Es hängt von so vielen Umständen ab.«

Sie zuckte die Achseln. Mehr wollte sie gar nicht wissen. Es war ihr offenbar nicht so wichtig. »Hauptsache, Sie machen nicht alles gleich schlecht.«

»Das kann ich Ihnen versprechen«, sagte er, obwohl er wusste, dass das nur die halbe Wahrheit war.

Es entstand eine kleine Pause.

»Glauben Sie, ich weiß nicht schon lange, wie Nora über uns denkt?« Mechthild blickte ihn an. »Ich bin sehr enttäuscht darüber, nach allem, was wir für sie getan haben. Ich hoffe nur, Sie machen nicht den gleichen Fehler und verhalten sich undankbar denen gegenüber, die alles aufgebaut und denen Sie alles zu verdanken haben.«

Er merkte, dass dies ein wunder Punkt war und er hier sehr vorsichtig sein musste. Auch dachte er daran, was er an seinem Buch alles zu korrigieren hatte, damit es keinen Eklat gab.

»Ich hoffe, ich werde Sie nicht enttäuschen«, sagte er. »Ich bin Ihnen sehr dankbar dafür, dass Sie mich in Ihrem Hause aufgenommen haben.«

Sie nickte, nahm einen Zug von der Zigarette und blickte wieder Richtung Garten.

»Ich habe mich übrigens um eine Stelle beim Rundfunk in

Frankfurt bemüht«, fuhr er fort, »damit Nora in die Großstadt kommt. Sonst hält sie es ja nicht aus.«

Mechthild sah ihn erstaunt an. »Und wann soll das sein?«

»Wenn das Buch heraus ist, irgendwann im Mai.«

Mechthild überlegte einen Moment.

»Hat sie Ihnen also nicht erzählt, dass sie nach Wien geht?«, fragte sie schließlich.

»Nach Wien?«, fragte er perplex. »Wann?«

Rolf saß da wie vom Schlag getroffen. Vor ein paar Tagen hatten sie noch über Frankfurt geredet. Sie hatte ihn bejubelt, weil er so klug war und so »erwachsene« Entscheidungen traf.

»Na ja«, sagte Mechthild schließlich tröstend, »vielleicht hat sie es sich ja bis übermorgen schon wieder anders überlegt.« Damit drückte sie ihre Zigarette aus und erhob sich. Beim Hineingehen klopfte sie Rolf mütterlich auf die Schulter. »Kommen Sie rein, mein Lieber, ich mixe Ihnen einen Drink.«

Er erhob sich ebenfalls. Tapfer zog er ein letztes Mal an seiner Zigarette, warf sie in den Schnee, klopfte die Schuhe ab und folgte ihr hinein. Nach dem Drink, einem Whisky-Soda, den sie ihm reichte, ging er nach oben.

Die Badezimmertür war abgesperrt. Sie schminkte sich. Er wollte sie jetzt nicht zur Rede stellen und ging in ihr Zimmer, das seit dem Abitur nicht aufgeräumt worden war.

Überall lagen Bücher, Zeitschriften und Kleider herum. Eine seiner Wolljacken hing noch über dem Stuhl. Dort hockte er sich hin und wartete ruhig, bis sie kam. Er fühlte sich schwer, und sein Kopf dröhnte. Er konnte keinen klaren Gedanken fassen.

Unten ging leise Musik an. Er hörte das Rauschen der Schellackplatten. Aus Versehen hatte jemand *Jingle Bells* aufgelegt. Der Fehler wurde sofort korrigiert, und es lief etwas Grässliches, diesmal ein Marsch, der lauter gedreht wurde, um die Stimmung anzuheizen.

Schließlich kehrte Nora zurück ins Zimmer. Sie sah ihm sofort an, dass etwas nicht stimmte. »Was ist denn, Rolf?«

Sie kam näher und setzte sich zu ihm auf die Lehne. Sie trug ein Negligé, hatte die Haare zurückgebunden, war kaum geschminkt und sah »natürlich« aus, so, wie sie ihm am besten gefiel. Er sprach betont langsam, fast wie gelähmt: »Warum hast du mir nicht gesagt, dass du nach Wien gehst?«

Sie starrte ihn abwesend an. Offenbar war sie in Gedanken völlig woanders und hörte gar nicht, was er sagte.

»Du hättest mir wenigstens etwas sagen können. Dann hätte ich mich nicht um die Stelle bemüht.«

Sie antwortete noch immer nicht. Er merkte, wie langsam Ungeduld in ihm hochstieg. Am liebsten hätte er sie von sich weggestoßen.

»Ach so, Wien!«, rief sie, als begriffe sie erst jetzt, was er meinte, und als wäre es die nebensächlichste Sache von der Welt.

»Ach ja, Wien«, wiederholte sie und sackte resigniert auf der Lehne zusammen, weil sie jetzt wieder an allem schuld war.

»Ja, Wien«, sagte er kategorisch, »aber ich sehe, es hat keinen Sinn, dir länger irgendwelche Vorwürfe zu machen. Du entscheidest ja eh immer selbst, was du machst.«

Sie sprang auf: »Glaubst du etwa, ich halte es hier noch einen Tag länger aus?«, rief sie empört. »Okay, tut mir leid. Ich hätte es dir früher sagen müssen, aber ich weiß es noch gar nicht lange. Außerdem solltest du vielleicht die Gründe wissen, warum ich nach Wien will. Es gibt nämlich nur da gute Professoren in den Fakultäten, in denen ich studieren will. Oder in Paris. Doch das wäre ja schließlich noch weiter weg gewesen!«

Er wollte das alles nicht hören, aber sie redete weiter. Als sie mit ihrem Sermon am Ende war, merkte er, dass sich für ihn jede weitere Frage erübrigte. Mutlos zuckte er die Achseln. »Du musst es wissen«, sagte er und erhob sich.

Als er an der Tür war, hängte sie sich an ihn. »Ich hätte es dir doch gesagt.«

»Ist schon gut.«

»Nein, es ist nicht gut, bitte. Denk nicht falsch von mir. Ich war einfach nur völlig verzweifelt, weil ich es hier überhaupt nicht mehr aushalte, wenn du nicht da bist. Und in Frankfurt wärst du den ganzen Tag im Rundfunk. Und müsstest arbeiten für uns beide. Und kämst nicht zum Schreiben. Wäre das schön?«

Er sah sie an. Hatte sie sich das alles jetzt schnell ausgedacht oder dachte sie es wirklich? Wenn ja, dann hatte sie ihn zumindest in ihre Gedanken einbezogen.

»Ich dachte sogar, ich könnte ja auch putzen, wenn wir nach Frankfurt gehen«, sagte sie entwaffnend, »damit wir uns das Geldverdienen teilen.« Sie sah ihn ganz offen an.

Er merkte, es war ehrlich gemeint. Solange er da war, war sie zu allen Konzessionen bereit, war bereit, gemeinsam durch dick und dünn zu gehen. Nur wenn er nicht da war, schweifte ihr unsteter Geist offensichtlich allein umher und malte sich das Leben sehr egoistisch aus.

Er strich ihr über die Wange und lächelte sie an.

»Das kannst du dir ja noch überlegen«, sagte er väterlich, »und wenn du nach Wien willst, dann gehst du eben nach Wien. Ich werde dir nicht im Weg stehen. Es wird schon irgendwie klappen.«

»Wirklich?«, rief sie freudestrahlend. Er nickte. Dann gingen sie hinunter.

Es waren bereits Gäste gekommen, der Hausherr war auch schon da und begrüßte ihn gönnerhaft. Nora nutzte die Gelegenheit, von ihm wegzukommen, indem sie ihrer Mutter zu Hilfe eilte. Sie wusste, dass die sie verpetzt hatte, aber sie hatte nicht den Mut, sie zur Rede zu stellen. Es hätte den ganzen Abend restlos verdorben.

Rolfs bedrückte Stimmung änderte sich nicht. Er wurde vom Hausherrn in einen Sessel gedrückt. »Setzen Sie sich und feiern Sie mit, es ist schließlich nicht jeden Tag Silvester.«

Dankbar für diesen nicht zu überbietenden Gemeinplatz antwortete er lediglich: »Das stimmt wohl, da haben Sie vollkommen recht, Herr Dr. Ode.«

Gegenüber saß ein Ehepaar, das jede Regung des Hausherrn verfolgte, in einer Art Angststarre, und darauf wartete, dass endlich die Flasche geöffnet wurde und die Ehefrau zurückkam, um die Situation aufzutauen. Er war Prokurist, also eine Stufe unter dem Gastgeber in der Rangordnung, wirkte aber, als stünde er drei Stufen tiefer.

Rolf fand es eigentlich interessant zu beobachten, wie die Gäste dem Hausherrn alles recht machen wollten. Es war wirklich Stoff für eine Komödie. Aber er war nicht in Beobachtungslaune. Er trank sein Glas Wein in kleinen Schlucken leer und dachte an seine Zukunft. Dann schenkte er sich selbst nach, immer wieder. Niemand bemerkte es, niemand interessierte sich für ihn, bis die Hausfrau zurückkam und sich neben ihn setzte. Er konnte ihre dralle Hüfte spüren, manchmal rutschte sie etwas näher und drückte sich noch stärker an ihn. Dabei unterhielt sie sich mit den anderen. Sie geriet schnell in eine animierte Stimmung, wie immer, wenn sie trank. Ab und zu warf sie ihm einen flüchtigen Seitenblick zu, stieß ihn kumpelhaft mit dem Ellbogen an und forderte ihn auf zu trinken.

Nora war verschwunden. Es gab ein Hin und Her in den Gängen. Er stand auf und ging hinaus. Noras Bruder begrüßte ihn herzlich mit einer Umarmung.

»Wir haben unsere Aktivitäten in die Küche verlagert. Da sind wir ungestörter«, sagte er und ermutigte ihn mitzukommen. Rolf nahm die Gelegenheit wahr und folgte Martin.

Als er die Küche betrat, war Nora im Gespräch mit einer sehr hübschen Blondine mit neugierigen, großen Augen, die ihn abgrasten. Martin und Rolf warfen sich einen kurzen, verschwörerischen Blick zu. Rolf überkam einen Moment das Verlangen, so wie Martin zu sein. Wie unkompliziert und ergiebig war das Leben doch für manche Leute.

Das Mädchen merkte, dass er sie beobachtete, und in ihren Augen blitzte es einen Moment auf. Sie strahlte ihn an, als er ihr die Hand gab. Nora registrierte das und wandte sich reserviert von ihm ab.

Während die anderen sich weiter unterhielten, klapperte sie laut mit dem Besteck.

Dann trat sie zu ihm, zwängte ihren Arm unter den seinen und zog ihn anmutig aus der Küche.

»Liebst du mich überhaupt noch?«, fragte sie, als sie draußen waren. Ihre gespielte Kindlichkeit und ihre quengelige Stimme gaben ihrem schlechten Gewissen den Charme zurück. Sie wusste, dass sie ihn damit immer kriegte, und spielte diesen Trumpf jetzt aus. Er gab sich einen Ruck und ließ sich rumkriegen, nahm sie bei der Hüfte, wie er es immer tat, und stemmte sie hoch bis zur Decke. Sie lachte und schlug um sich.

»Lass mich wieder runter«, rief sie, aber er hielt sie noch einen Moment da oben.

Dann gaben sie sich einen Versöhnungskuss. Die Wirkung dieses Kusses hielt allerdings nur ein paar Sekunden. Sie hatten sich im Moment nicht wirklich viel zu sagen. Er merkte, dass er ihr die Sache von vorhin immer noch übelnahm. Sie spürte es sofort und wandte ihm beleidigt die kalte Schulter zu, indem sie aus dem kleinen Flurfenster nach draußen starrte.

Er ließ sie stehen und ging zurück in die Küche. Sofort wurde er wieder von diesen riesigen Augen neugierig taxiert. Er lächelte das Mädchen an, sie strahlte zurück. Martin merkte, dass Rolf seine Wirkung nicht verfehlte, aber er nahm es mit Humor.

»Heute Abend bin ich dein Käpt'n«, mahnte er das Mädchen, das kicherte, als er sie an der Taille nahm, an sich zog und sich mit ihr zu wiegen begann.

Plötzlich kam aus der Hausbar Musik.

Rolf lief in den Keller hinunter und sah nach, was los war. Die Ehepaare tanzten einen Twist. Sie hatten sich an den Händen genommen, trippelten mit den Füßen und zogen einander quer durch den Raum. Mechthild tanzte mit dem Prokuristen, der sich als sehr wendig erwies. Es wirkte geradezu bizarr, wie gut er tanzte. Als das Lied zu Ende war, zog Mechthild Rolf auf die Tanzfläche: »Kommen Sie, seien Sie nicht so ernst, Rolf, in wenigen Stunden ist Silvester.«

Sie tanzten einen wilden Jive miteinander. Sie lachte laut, wenn sie ihn auf die andere Seite riss und wieder zu sich heranzog.

»Nicht so schüchtern, nehmen Sie mich fest bei der Taille«, rief sie keuchend, »sonst schleudern Sie mich noch gegen die Wand.«

Er nahm sie fester, und beide mussten lachen. Nach dem Tanz ging es ihm wesentlich besser. Sie standen noch eine Weile an die Türfüllung gelehnt, und er erfuhr bei einer Zigarette, dass sie früher bis ins Teenageralter in Waldenberg, ihrem Heimatdorf, an Schweinerennen teilgenommen hatte. Man musste sich auf diesen wildgewordenen Viechern über mehrere Runden durchs Gelände oben halten. Sie habe die Rennen immer gewonnen, verkündete sie triumphierend.

»Aber nicht in diesem Kleid«, bemerkte Rolf stoisch.

Mechthild lachte und zog ihn mit sich nach oben. »Kommen Sie, wir müssen leider«, sagte sie, indem sie voranging. Oben an der Treppe blieb sie stehen und musterte ihn mit einem seltsamen Blick, in dem Mitleid lag. Vielleicht überlegte sie, ob sie ihm möglicherweise abraten sollte von ihrer Tochter. Aber schließlich sagte sie nichts, nickte nur nachdenklich und ließ ihn auf den Kellerstufen stehen.

Er ging in die Küche, um nach Nora zu sehen, fand sie dort aber nicht. Er ertappte sie dabei, wie sie, etwas abseits im Esszimmer stehend, die Szenerie im Wohnzimmer fasziniert beobachtete. Als sie ihn wahrnahm, hatte sich Mechthild bereits wieder gesetzt. Nora winkte ihn mit den Fingern hinter dem Rücken zu sich heran. Sieh dir das an, sollte das bedeuten.

»Na, was ist das für ein reizender Abend!«, rief die Frau des Prokuristen lachend. »Sie kleiner Charmeur, Sie Schäker.« Dabei warnte sie Martin mit dem Zeigefinger.

»Wirklich, gnä' Frau tanzen wie eine Göttin«, versicherte der Hausherr.

»Donner, Blitz und Doria«, rief der Prokurist tatsächlich aus.

Noras Augen leuchteten vor Vergnügen. Zu peinlich war das Ganze, und sie wollte es ihm um keinen Preis ersparen.

»Au weia!«, rief Mechthild. »Zu Hilfe eilt die Feuerwehr!« Sie griff nach der Flasche, die auf dem Tisch stand, und schenkte dem Prokuristen nach.

»Hänschen, Hänschen!«, rief die Frau des Prokuristen, »du solltest langsamer trinken und an dein Herz denken!«

»Das klingt ja gefährlich«, rief Mechthild, »dann wollen wir doch schön langsam trinken.«

Mechthild nahm dem Prokuristen das Glas aus der Hand und ließ sich vorsichtig auf seinem Schoß nieder. Sie rückte sich auf seinen Knien zurecht und führte das Glas an seine Lippen.

»Einen kleinen Schluck fürs alte Jahr, einen großen Schluck

fürs neue Jahr«, gurrte sie. Plötzlich verschluckte der Prokurist sich.

Mechthild gelang es gerade noch, das Glas auf den Tisch zu retten. Dann wurde sie von der Gewalt des Hustens mitgerissen. Lachend und mit kleinen Schreien des Entzückens ließ sie sich von seinen zuckenden Knien schütteln, während sie ihm mit rhythmischen Schlägen auf den Rücken den Takt dazu gab.

Nora presste ihre Fingerspitzen in Rolfs Arm, dass es weh tat. »Guck dir das an.«

Die Frau des Prokuristen war aufgesprungen. »Mein armes Dickerchen«, rief sie hysterisch und verlor fast das Gleichgewicht, als sie versuchte, ihm aufzuhelfen. Martin war ebenfalls aufgesprungen und schlug ihm mit voller Kraft auf den Rücken.

Rolf wollte sich die Farce nicht länger ansehen. Er nahm Noras Finger, die sich in ihn verkrallt hatten, mit behutsamem Druck von seinem Arm und ließ sie stehen. Sie beobachtete das Schauspiel weiter, ohne ihn zu beachten.

Er trat ins Treppenhaus. Es war eine Wohltat, wie leise es hier draußen war, fast, als decke der Schneefall, den er durch das Fenster sah, den Lärm im Wohnzimmer zu.

Martin hatte mit dem Wagen seiner Eltern heimlich das Weite gesucht. Er war mit der Blondine weggefahren. Durch das Fenster der Sitzecke konnte man die frischen Reifenspuren im Schnee der Ausfahrt sehen. Das Tor stand weit offen. Er überlegte einen Moment, ob er seinen Mantel nehmen und ebenfalls einfach gehen sollte.

Er hatte eigentlich große Lust dazu.

22.

Im Februar ging Nora nach Wien. Im März schloss Rolf die letzten Korrekturen an seinem Buch ab. Im April kam es heraus. Wenige Tage nach Erscheinen kam ein erregter Anruf von Mechthild.

Sie war empört und beschwerte sich bitter über den Vertrauensbruch. Sie kamen in zwei seiner Geschichten vor. In einer hatte er den Silvesterabend porträtiert.

Er hatte sich, wie er meinte, lediglich auf harmlose Weise über sie lustig gemacht, aber sie reagierten überempfindlich. Mechthild händigte den Hörer ihrem Mann aus, der ihn anbrüllte, was ihm einfiele, er hätte die Familie bloßgestellt, er solle sich schämen, er sei ein Nestbeschmutzer, das würde Konsequenzen haben! Er verbot ihm strikt jeden weiteren Umgang mit seiner Tochter. Zwei Tage später kam tatsächlich ein Brief vom Anwalt, der mit einer Anzeige wegen Verleumdung und außerdem wegen Verführung Minderjähriger drohte, falls er es wagen sollte, den Kontakt mit der Tochter fortzusetzen.

Rolf nahm es mit dem üblichen Gleichmut auf und schrieb Nora weiterhin. Wenn er allerdings einen Vorstoß wagte, sie in Wien zu besuchen, reagierte sie launisch bis alarmiert.

> *Du kannst unmöglich nach Wien kommen,* schrieb sie einmal. *Bitte! Versteh mich nicht falsch. Aber ich habe Dir doch erzählt, dass meine Eltern kommen und dass es viel zu gefährlich wäre. Was hätte es für einen Sinn, wenn sie uns erwischen und ich wieder abreisen muss. Wenn man mich wieder einsperrt oder zu Psychologen schickt. Ich könnte das alles gar nicht mehr ertragen, weil ich inzwischen erfahren habe, was es heißt, kommen und gehen zu können, wann ich will!!!*

Er machte sich nicht einmal die Mühe zu antworten. Zu der dumpfen Enttäuschung über ihren Brief kam die trübselige Erkenntnis, dass ihm nichts einfiel, seit sie nicht mehr da war. Alle seine letzten Geschichten, da hatte ihre Mutter schon recht, hatten vom Innenleben dieser Familie profitiert. Jetzt hatte der »Parasit« (so hatte sie ihn genannt) keinen Wirt mehr. Eine Woche verging, in der er im Studentenheim herumhing. Es kam ihm vor, als wäre er nur noch hier, um in der Nähe des Briefkastens herumzulungern und auf ein Entschuldigungsschreiben von ihr zu warten.

Irgendwann lag tatsächlich ein Brief von Nora im Briefkasten. Sein Herz klopfte. Das Warten hatte sich also gelohnt. Der Inhalt des Briefs ernüchterte ihn jedoch sehr bald.

Lieber, armer Rolf, schrieb sie. *Es tut mir leid, dass ich mich nicht gemeldet habe.*
Ich hatte so viel zu tun. Abgesehen davon, dass ich ein Referat über Calderón schreiben muss, hat man mich Tag und Nacht in Atem gehalten, um mir die Stadt zu zeigen. Wie geht es Dir?
Gerade lese ich Doktor Faustus*: ›Die Orthodoxie beging den Fehler, die Vernunft in den religiösen Bereich einzulassen, indem sie die Glaubenssätze vernunftgemäß zu beweisen suchte.‹ Ein sehr richtiger Satz – und ausgerechnet, man glaubt es kaum – von Thomas Mann!*

Den Rest überflog er. Es war ein Abriss des bunten Reigens Wiener Vergnügungen, dem sie sich hingegeben hatte, wobei sie sich beklagte:

Du kannst Dir gar nicht vorstellen, wie anstrengend das alles ist. Keine Nacht schlafe ich mehr als zwei, drei Stunden.

Er machte einen zweiten Versuch, sich zu konzentrieren, aber es stand da nur lauter lapidares, nichtssagendes Geplapper über Literatur:

Zurzeit gehe ich ins Institut Français, Vorlesungen über Beckett, Adamov, Cocteau – leider habe ich vergessen, meine französischen Lexika mitzubringen – könntest Du sie mir schicken?

Er überflog die Zeilen, doch es kam nichts mehr. So lange hatte er jetzt mit diesem seltsamen, abgehobenen Wesen zugebracht und nun das? Merkte sie nicht, was sie da schrieb? Oder tat sie es absichtlich? Er wusste nicht, was ihn mehr in Rage brachte – das Perfide daran oder die grenzenlose Naivität.

Der Brief endete mit einem vollkommenen, nihilistischen Unsinn, der ihn Gott sei Dank wieder etwas ernüchterte, so infantil und überkandidelt, wie er daherkam:

Diesen Brief hier z. B. könnte ich abschicken, schrieb sie, *wenn ich ein Couvert hätte – ich habe aber nur eine Marke – hätte ich das Couvert – und die Marke nicht – wäre die Situation ebenso hoffnungslos – nur eben auf etwas andere Weise – aber das Entscheidende dabei ist nicht Marke oder*

Couvert, sondern ob Couvert und Marke, oder Marke, oder Couvert, wobei die Situation, die an Trostlosigkeit die beiden letzteren übertrumpft, die wäre: weder Marke noch Couvert. Kopfschüttelnd ließ er das Blatt sinken, packte ein Hemd und eine Hose in eine Tasche und fuhr zu seiner Mutter hinaus. Es wurde Mai. Er half seinem Vater, ein mittelgroßes Salatbeet anzulegen. Während er den Samen für die Salatköpfe eingrub, hörte er plötzlich, wie eine weibliche Stimme ihn fragte: »Was machen Sie denn da?«

»Ich pflanze Salat«, sagte er und blickte hoch.

Vor ihm stand eines der hübschesten Mädchen, die er je gesehen hatte. Sie war blond, hatte blaue Augen und eine bildhübsche Figur. Ihre Knie waren bereits karamellfarben gebräunt von den paar Tagen, an denen sie mit seinem Bruder Heinz Tennis gespielt hatte.

Dessen Annäherungsversuchen hatte sie sich bisher verweigert. Sein Bruder war, wie er später erfuhr, total verknallt in dieses Mädchen, aber er hatte verspielt, als die beiden sich jetzt ansahen.

Almut lachte aus vollem Herzen, als Rolf sagte, er pflanze den Salat als eine Art Arbeitstherapie. Sie wollte wissen, weshalb er sich therapieren müsse.

»Einfach so«, sagte er.

Dabei sahen sie sich zum ersten Mal in die Augen.

Rolf warf seinem Bruder einen fragenden Blick zu.

»Das ist Almut«, sagte Heinz missmutig und stieg nervös von einem Bein auf das andere.

»Du musst Rolf sein«, waren ihre nächsten Worte. Sie sprach sie fast hastig. »Ich hab schon viel von dir gehört.«

Er nickte und wollte es dabei belassen. Er hatte keine Lust, seinem Bruder die Freundin auszuspannen. Heinz gelang es schließlich, Almut zum Tennisspielen wegzulotsen. Noch machte er sich Hoffnungen.

Am selben Tag, zwei Stunden später, kam es zu einer zweiten Begegnung zwischen ihr und Rolf. Almut war plötzlich, sehr zögerlich, an den Treppenstufen aufgetaucht und ging auf ihn zu, als er gerade mit seiner Arbeit Schluss gemacht hatte. Er stand am

Beet, die Gartengeräte noch in der Hand. Den ganzen Weg bis zu der Stelle, wo sie an ihm vorbeimusste, sahen sie sich an. Sie hielt seinem Blick stand, obwohl sie stark gegen ihr natürliches Schamgefühl ankämpfen musste. Aber der Kitzel, diesen langen Blick auszureizen, war stärker. Mit leicht geröteten Wangen, die Augen bis zum Schluss auf ihn geheftet, ging sie schließlich an ihm vorbei, ohne etwas zu sagen. Es war sehr aufregend. Er musste die ganze Zeit daran denken.

Zwei Tage darauf sprach sie ihn im selben Teil des Gartens an: »Na?«

Diesmal war sie vor dem Beet stehen geblieben. Offenbar hatte sie sich ein paar Sätze zurechtgelegt. Er räusperte sich. Er war immer noch nicht mit dem Beet fertig. Sie tauschten irgendwelche Floskeln. Sie erzählte ihm, sie wohne auch in Erlangen.

Mit vor Aufregung trockener Kehle erkundigte sie sich schließlich, ob er ihr bei einem Schreiben behilflich sein könnte. Sie verabredeten sich heimlich.

Am nächsten Tag machte sie mit Heinz Schluss. Rolf war ihre große Liebe. Das hatte sie von Anfang an gesehen, schon, als sie sich dem Beet von weitem näherte.

Sie gingen in eine Eisdiele. In einer Eisdiele hatte er Nora kennengelernt.

Almut schwelgte in sinnlichen Beschreibungen ihrer Umwelt. Sie konnte gut flirten. Sie liebte Vergnügungen. Sie vertrieben sich ihre Zeit auf einem Volksfest. Almut überspielte, wie verliebt sie in ihn war. Sie wollte ihn geschickt heranführen an diese große Liebe.

Es war Frühling. Man roch ihn, man konnte ihn schmecken, er hing im letzten Licht des Tages.

Manchmal schwelgte Almut in der Beschreibung einer Eiscreme oder eines Gerichts, das sie gegessen hatte oder eines schönen Kleides, das ihr aufgefallen war. Sie erzählte ihm ihre fünfzehn Jahre dauernde Liebesgeschichte mit ihrem Collie, mit dem sie die Sommer ihrer Kindheit am Meer verbracht und den sie noch in den Armen gehalten hatte, als er starb. Sie weckte in Rolf eine unbestimmte Sehnsucht nach einem gemeinsamen Leben und eine sehr bestimmte Sehnsucht nach ihrem Körper. Rolf hing an ihren Lippen. Almuts Welt schien voll geheimer, sinnlicher Genüsse zu sein, die es auszukosten galt und an denen er bisher blind vorbeigegangen war. In jeder ihrer Geschichten schwang etwas wie ein Versprechen mit, dies alles gemeinsam zu genießen. Diese kleinen, süßen Stimulanzien, die sie ihm gab, schienen nur ein Vorgeschmack des großen, hinausgezögerten Genusses zu sein, den sie sich bisher vorenthalten hatten, weil es ihnen ernst miteinander war.

Einmal, als er schon ganz verliebt war, suchte er sie an einem Nachmittag in dem Institut, in dem sie arbeitete, auf, wie berauscht von der Möglichkeit, sie zu sehen. Sie war nicht mehr da. Er fieberte ihr entgegen. Diese ungewohnten Anwandlungen gaben ihm zu denken. Vielleicht war Almut die Richtige.

Irgendwann gab er ihr endlich den ersehnten Kuss. Und er schmeckte sehr süß.

Sie las sein Buch und erkundigte sich nach dem Mädchen, das so oft in seinen Geschichten vorkam. Sie war überrascht, sicher auch ein wenig eifersüchtig, konnte es aber gut verbergen. Sie wollte wissen, ob sie hübsch sei, und als er das nicht ganz abstreiten konnte, lachte sie über ihn. Sie fand es amüsant, wie er sich herauszuwinden versuchte.

»Was würdest du denn über mich sagen?«, fragte sie.

Er lachte. Damit war das Eis gebrochen. Sie ging, da er sie ja jetzt traf, ganz selbstverständlich davon aus, dass er mit ihrer Vorgängerin nichts mehr hatte, und fragte ihn deshalb nicht weiter aus. Sie war sich sicher, dass er selber davon sprechen würde, wenn ihm danach war.

Einmal schickte ihm Nora eine hässliche Postkarte.

> *Lieber Rolf,* hieß es darin, *schick mir doch bitte endlich die Schuhe, die immer noch bei Dir sind. Ich brauche sie wirklich sehr notwendig, ich werde jedes Mal ganz ärgerlich, wenn ich daran denke. Ich habe doch kein Geld mehr, die abgelaufenen Schuhe zum Schuster zu bringen.*

Es waren die Schuhe, die sie beim »ersten Mal« angehabt hatte und die er seitdem wie einen Fetisch aufbewahrte. Er schickte ihr die Schuhe kommentarlos zurück.

Es wurde Juni. Almut fuhr an die Nordsee zu ihren Eltern, die dort ein Ferienhaus besaßen. Es war nur für zwei Wochen, aber schon am Bahnhof merkte er, wie sehr er sie vermissen würde.

Er wartete drei Tage ungeduldig, bis sie endlich anrief.

Als er dann vom Pförtner ans Telefon unten im Treppenhaus des Wohnheims gerufen wurde und ihre Stimme hörte, war er wie elektrisiert. Nach einem kleinen Geplänkel (ihr Übermut machte ihn ein bisschen eifersüchtig) fragte sie ihn und tat ganz unverbindlich dabei, ob er vielleicht Lust hätte auf eine Stippvisite. Er erwiderte, er könne es sich ja mal überlegen.

Sie mussten beide über seine Antwort lachen.

Als der Zug in den kleinen Bahnhof einfuhr, war er furchtbar aufgeregt. Er schrieb später, ihm sei das Herz geschmolzen, als er sie sah.

Es war dann, trotz der großen Aufregung in seinem Innern, relativ unkompliziert. Die Eltern mochten ihn, der neue Collie mochte ihn, alles war gut.

Bevor es dunkel wurde, gingen sie hinunter ans Meer, und sie zeigte ihm das Revier, wo sie seit ihrer Kindheit mit dem ersten Hund rumgetobt war.

Er sei der Erste, gestand sie ihm, der es bis hierher geschafft hatte.

Noch in der gleichen Nacht umarmten sie sich in dem Zimmer, in dem er schlief.

Ihm wurde klar, dass er die Sache mit Nora schleunigst beenden musste.

Als er zurückkam, lag ein Brief von ihr auf dem Tisch.

Er hatte ein schlechtes Gewissen, weil er sich nicht mehr bei ihr gemeldet hatte, und Skrupel, ihn zu öffnen. Als er anfing, ihn zu lesen, bestätigte das, was sie schrieb, den Verdacht, den er schon seit längerem hegte. Es wimmelte darin von nahezu unverdeckten Anspielungen auf ihre Erlebnisse mit anderen Männern.

> *Ich fühle mich elend und verlassen,* schrieb sie, *am Montag war es besonders schlimm. Ich war mit einer ganzen Clique verkommener Mediziner und Juristen und anderen Faulenzern weg – alle 16–18 Semester, völlig verbrödelte Existenzen.*

Bis fünf Uhr früh saßen wir in der Ade-Bar und anderen Lokalen und tranken. Am nächsten Tag gingen wir auf die Rennbahn. Wieder das Gleiche. Es war öde. Sie machen das vier-, fünfmal die Woche. Du kannst Dir gar nicht vorstellen, wie mich andere Männer anwidern: Mein Gott, was diese ›anständigen, jungen Männer‹, von denen meine Eltern so angetan sind, alles für Schweinereien machen. Ich habe nie geglaubt, dass sie so gemein und niederträchtig sind …

Rolf ließ das Blatt sinken. Es ermüdete ihn, weiterzulesen. Wenn er länger darüber nachdachte, machte ihn die Sache wütend. Die Rolle als Beichtvater, die sie ihm auf einmal zugedacht hatte, behagte ihm nicht. Etwas in ihm – war es Stolz? Eitelkeit? – begehrte dagegen auf, dass es bis zum bitteren Ende immer so sein sollte. Sie kam ihm zuvor und legte je nach Stimmung fest, wohin die Reise ging. Dieser Stachel saß tiefer, als er gedacht hatte.

Als er die Seite umdrehte und den Brief weiterlas, überraschte sie ihn erneut.

Ich hab Dich so lieb, schrieb sie, *weil ich weiß, dass ich mich immer auf Dich verlassen kann, weil Du niemals eine Schweinerei fertigbringst, weil Du nie ekelhaft und widerlich bist. Ich wollte, Du wärest hier. Du bist wirklich der einzige Mensch, bei dem ich mich nicht grenzenlos verlassen fühle. Ich hab Dich so lieb, Du fürchterlicher Pedant. Bei Dir ist im Grunde alles so grauenvoll überlegt und durchdacht. Du bist so maßlos beherrscht, dass ich Dir manchmal ins Gesicht springen könnte. Ich weiß wirklich nicht, warum ich Dich so mag. Manchmal glaube ich, Du traust mir kein ›tieferes Gefühl‹ (blöder Ausdruck) zu. Aber weißt Du, dass alles bei mir ins Maßlose gehen kann, wenn ich es nicht rechtzeitig abbremse?*

Und dann schrieb sie weiter:

Du bist der einzige Mann, der mich noch nie gelangweilt hat – wirklich: Noch nie war es öde bei Dir – ich mag Dich, wenn Du albern bist – traurig – sogar, wenn Du mit tierischer Gier und lüsternem Blick Stullen herunterwürgst.

Die Anspielung bezog sich auf einen Abend in der Küche der alten Wohnung seiner Eltern in der Kammgasse. Es lag lange zurück. Konnte es tatsächlich sein, dass sie sich an diese Dinge wieder erinnerte? Irgendwie tat sie ihm auf einmal leid, nicht ohne dass er eine Spur von Genugtuung dabei empfand. Diesmal hatte sie sich verschätzt. Dieses Liebesgeständnis kam leider ein wenig zu spät.

Der Brief schloss mit der bei ihr in Liebesdingen unverzichtbaren Ironie.

> *Mein Leben lang*, schrieb sie, *hab ich auf Dich gewartet, o gütiges Geschick, das mich zu Dir finden ließ – Seite an Seite durchs Leben zu gehen – wenn Du das Dickicht der Widerwärtigkeiten, die sich uns entgegenstellen, mit starker Hand auseinanderschlägst – wenn Deine Hand liebkosend über mein Haar fährt – anderen Vorstellungen wage ich mich zurzeit noch nicht hinzugeben. Ich bin das Wachs in Deinen Händen.*

Was wirklich hinter dem Brief steckte, wenn man ihn im Rückblick im Kontext der Ereignisse betrachtet, war abenteuerlich. Sie hatte im Grunde vor, ihn zu prellen.

Die Eltern, die keine Lust auf ihre Kapriolen hatten und wussten, wie verschwenderisch sie mit ihrem »hart verdienten« Geld umging, hatten ihr Budget drastisch gekürzt.

Es reichte, da sie es sich nicht nehmen ließ, weiterhin Lokalrunden auszugeben, meist nicht länger als einen Tag. Es blieb ihr also gar nichts anderes übrig, als sich regelmäßig mit Männern zu treffen, um sich von ihnen aushalten zu lassen. Dabei geriet sie eines Tages beim Pferderennen in die Fänge eines Ungarn, von dem nicht mehr bekannt ist, als dass er ein »Hallodri« war, ein durch und durch unmoralischer Charmeur, der ihr, was das Handwerk der geschlechtlichen Liebe anging, allerdings eine ganze Menge schmutziger Sachen beibringen konnte.

(Sie erzählte mir die Geschichte dreißig Jahre später um Mitternacht in einem Bierzelt und vergaß dabei nicht zu erwähnen, dass ich »von hinten« gezeugt worden sei.)

Dass dabei ein Kind herauskam, war nicht geplant gewesen.

»Der Hurenbock war schneller weg, als die Polizei erlaubt«, kommentierte sie.

Als drei Wochen später ihre Periode aussetzte, hatte sie allerdings ein Problem.

Sie musste es schaffen, einen Dummen zu finden, dem sie das Kind unterjubeln konnte oder der die Verantwortung dafür übernahm, eine Abtreibung zu organisieren und zu bezahlen, ohne dass ihre Eltern etwas davon erfuhren.

Der Einzige, der dafür in Frage kam, war Rolf. Mit dem Brief schob sie die Sache an. Wenige Tage später legte sie mit einem Telegramm höchster Dringlichkeit nach. *Bin völlig pleite. Bin in Not. Bitte komm sofort,* telegrafierte sie ihm.

Er hatte die ganze Sache schon zu lange unentschlossen vor sich hergeschoben, um nicht darauf zu reagieren. Fast erleichtert war er, zu ihr fahren zu müssen, um es endlich hinter sich zu bringen. Er wollte mit ihr Schluss machen. Allmählich begann sein Verhältnis zu Almut darunter zu leiden. Mit ihr hatte er über die ganze Angelegenheit nicht gesprochen, weil ihm die Wahrheit zu kompliziert erschien, eben weil er alles schon zu lange hinausgeschoben hatte. Es war im Grunde ein Teufelskreis. Am letzten Abend nahm er sich vor, ihr die Wahrheit zu sagen.

»Ich muss für ein paar Tage weg«, hob er an, merkte aber schon nach diesen wenigen Worten, dass ihm der Mut fehlte.

Sie sah ihn an. »Wohin?«, fragte sie.

»Nach Frankfurt, zum Rundfunk«, erwiderte er und merkte selbst, wie hohl es klang. »Ich muss da noch einige Sachen regeln«, fügte er mit etwas mehr Nachdruck hinzu.

»Wirklich?«, fragte sie.

Es klang irgendwie unglaubhaft. Ihr Umgang mit ihm war immer spielerisch und sollte so bleiben, wie es sich für frisch Verliebte gehörte. Dennoch war eine Spur von Skepsis und Bedauern in ihrer Stimme nicht zu überhören. Sie sah ihn mit ihren großen, blauen Augen, deren Offenheit er so liebte, aufmerksam an.

Er wich ihrem Blick aus.

»Ich muss mit dem Abteilungsleiter *Feature* reden«, sagte er. Er merkte förmlich, wie es still wurde, und wusste, dass er jetzt noch die Möglichkeit hatte, sich zu entschuldigen und ehrlich zu sein. Er ließ den Moment vergehen, ließ diese offensichtliche Lüge stehen.

»Ach so«, sagte Almut schließlich und verfiel in Schweigen. Nie hätte sie dem Mann, den sie insgeheim für den ihres Lebens hielt, so etwas zugetraut. Es passte einfach nicht in ihr Weltbild. Rolf legte mechanisch seine Hand über ihre. Es fühlte sich tot an, und er zog sie langsam wieder weg. Während sie schwiegen und Almut zum Fenster hinausblickte, versuchte er sich eine Strategie zurechtzulegen, wie er es wiedergutmachen konnte. Wie immer verschob er das Problem, anstatt es im rechten Moment zu lösen. Der Grund war Feigheit.

In seinem späteren Leben sprach er immer wieder, wenn er schon ziemlich betrunken war, über Almut, dass sie seine große Liebe gewesen sei und er damals einen großen Fehler begangen habe.

Im Eck dieser dunklen Studentenkneipe in Erlangen des Jahres 1958 spielten sich die vielleicht entscheidenden Minuten im Leben zweier Menschen ab.

Hier hätte mein Vater Rolf Freytag noch einmal die Gelegenheit gehabt, seinem Leben eine Wendung zu geben. Er tat es nicht. Er versäumte, während sich das Gespinst seiner Notlügen bereits sanft über ihn zu legen begann, das Entscheidende.

In der darauffolgenden Nacht schliefen sie in der Dunkelheit ihres Kämmerchens miteinander. Sie klammerte sich dabei heftig an ihn. Irgendwann, viel zu spät, merkte er, dass sie die ganze Zeit stumm geweint hatte. Sie war in Tränen aufgelöst.

Es erschütterte ihn zwar, aber er war völlig hilflos und wusste nicht, was er machen sollte. Die Sache war gelaufen. Er fuhr nach Wien, und Nora hielt ihn wie jeher mit ihren Eskapaden in Atem.

Es fing damit an, dass sie vollkommen erkältet und verschnupft – wodurch, blieb rätselhaft, es war Sommer – auf der Straße auftauchte, in Nuttenklamotten, hohen Stiefeln, kurzem Rock, und allen Ernstes behauptete, sie habe versucht, auf den Strich zu gehen, um sich etwas zu essen kaufen zu können, damit sie nicht verhungere. Er überlegte kurz, ob er ihr eine schallende

Ohrfeige geben sollte, entschloss sich aber dann, sie lieber in einer Kellerkneipe zu einer Kartoffelsuppe einzuladen. Er besorgte einen dicken Pullover und machte sich an die Rundumbetreuung ihrer Person, wie er es schon immer getan hatte.

Zwei Tage später gelang es ihr, ihn ins Bett zu lotsen. Es war genau in der Periode des Eisprungs. Sie machte es ein paar Mal mit ihm, um auf Nummer sicher zu gehen.

Über die spürbaren Anzeichen einer Schwangerschaft, die dann etwas zu früh einsetzten, beschwerte sie sich bei Rolf bitter. Sie schrieb unter anderem:

> *Lieber Rolf – heute werde ich Dir etwas vorplärren. Allein sitze ich im Gehäuse – fiebernd, Kopfschmerzen, Husten und ein ständiger Brechreiz. Das längst Gefressene steigt bis zu den Mandelstümpfen. Seit zwei Tagen fröne ich halbtägigen Bettliegekuren – die Situationen erreichen ihre extremsten Grenzen: vom Schüttelfrost bis zum Schweißausbruch. Zwischendurch Untermalungen von Übelkeit. Anlass zu Hysterien und Stumpfsinnspsychosen. Ich saufe eine Flasche Gin und rauche. Warte auf das Kotzintermezzo. In München werde ich zu einem Metzger gehen, wenn Du mir schon keinen besorgst. Du bist doch mein Magister: Sage Du mir, warum ist es unmöglich, an einer solchen Schweinerei vorbeizukommen?*
>
> *Warum spritzt einem der Dreck bis in die Mundhöhlung, in die Nasenlöcher?*
>
> *Es bleibt kaum Platz zum Gurgeln. Ach Du so gefasster Mensch: Ich hasse Dich nicht einmal dafür, was Du mir da angetan hast, ich weiß aber auch nicht, ob ich Dich noch liebe. Abscheulich ist, dass Du nie die Fassung verlierst. Vielleicht komme ich auch nicht mehr nach München. In der Nähe von Wien gibt es einen hohen Turm, daneben eine frühgotische Kirche – unten Asphalt. Was soll ich noch zum Metzger gehen, wer sagt mir, ob ich dort nicht ebenfalls verrecke – es ist doch scheißegal –, außerdem liebe ich gotische Kirchen – ich möchte lieber fliegen als geschlachtet werden. Ich weiß einen Titel für einen Schlager für Dich: Ich pfeif auf deinen Arzt, Cherie.*

Er war sehr enttäuscht von dem Brief. Mutlos und fatalistisch, wie er mittlerweile geworden war, nahm er ihn in Kauf und tat, was man von ihm verlangte. Er ließ sich vor den Karren spannen. Und sie gab ihm fortan die Peitsche. Wenig später holte er sie mit Einwilligung der Eltern am Bahnhof ab.

Almut hat er nicht mehr gesehen. Er hatte nicht den Mut aufgebracht für die klärenden Worte. Er war einfach nicht mehr zu ihr gegangen. Auch das Studentenwohnheim hatte er fluchtartig verlassen. Für ihn begann eine Zeit, die von anderen immer »der Ernst des Lebens« genannt worden war. Endlich hatte er begriffen, was damit gemeint war.

Er hatte in einem kleinen Nest in der Nähe von München, wo die Mieten erschwinglich waren, eine winzige Wohnung organisiert. Das Dorf hieß Ferching und lag sehr malerisch an einem See. Er empfing sie zermürbt, weil er die ganze Nacht aus alten Kisten und Kleiderbügeln Möbel gebaut hatte. Sie täuschte Rührung vor, doch das hielt nicht lange.

Schon bald begann sie sich furchtbar zu langweilen. Und kam auf die fixe Idee, das »Balg«, wie sie es nannte, nun doch abzutreiben. Sie hielt ihn in Atem. Sie schickte ihn von einem Landarzt zum anderen, aber er kam immer wieder mit leeren Händen zurück. Die sturen Bayern hatten einfach keine Lust, mit der Nadel in ihr herumzustochern. Ein Kind im vierten Monat abzutreiben war völlig illegal und bedeutete damals eine hohe Gefängnisstrafe in diesem katholischen Land. (Ich danke den Herren Gynäkologen aus Bayern hierfür nochmals ausdrücklich aus der Ferne von mittlerweile fast zweiundfünfzig Jahren.)

Dennoch gab sie nicht so schnell klein bei. Sie sah einfach nicht ein, dass ich das Licht der Welt erblicken sollte, und verschrieb sich eine Radikalkur: Sie fing an, schachtelweise Zigaretten zu rauchen. Das tat sie hinter verschlossener Tür. Während sie in die Tasten ihrer Schreibmaschine hämmerte, stand ein riesiger, stets qualmender Aschenbecher neben ihr, in dem sie ihre Kippen versenkte. Wenn er überquoll, war er ein Sinnbild dafür, dass »das Balg« möglicherweise unter den Kippen bereits erstickt war. Die Schreibmaschine klang, wenn sie richtig auf die Tasten einhämmerte, wie ein Maschinengewehr. Es machte ihr wirklich Spaß, ihren tumben Ehemann damit aus seiner Lethargie zu reißen.

Sie schottete sich vollkommen von ihm ab und begann – aus Protest – ernsthaft mit der Schriftstellerei, weil dies, wie sie später sagte, die einzige Möglichkeit war, den »Horror der Schwangerschaft« zu verdrängen. Sie nahm meinem Vater übel, dass er unfähig war, eine Abtreibung zu organisieren. Heimlich verachtete sie ihn bereits damals.

Als sie im fünften Monat immer noch keinen Bauch hatte, witzelte sie: »Das Balg ist wahrscheinlich längst tot und schwimmt da drin irgendwo in der Fruchtblase rum.«

Rolf blieb außen vor. Da sie es in diesem »Scheißkaff«, in das er sie verschleppt hatte, keinen Tag länger aushielt und das Grauen sie überwältigte, wenn sie auch nur zum Fenster hinaussah, machte er sich daran, eine Wohnung in Frankfurt zu suchen und sich um eine Stelle zu kümmern. Sie fand es wirklich dumm von ihm, dass er damals die Stelle als Redakteur nicht angenommen hatte, bloß weil sie nach Wien ging, denn mit seiner Schriftstellerei war es ja offenbar nicht so weit her, und jetzt hatten sie nicht mal mehr »was zum Fressen«.

Das allerdings dachte sie zu der Zeit nur. (Später posaunte sie es in irgendwelchen Interviews heraus, in denen sie sich und andere schlechtmachte.) Sie sprach es nicht aus, weil sie wusste, dass er sie sonst rausgeschmissen hätte. Sie dachte es nur, genau wie bei ihrer Mutter, und beobachtete ihn wie eine Romanfigur. Das half ihr, von dem unangenehmen Gefühl zu abstrahieren, dass sie mit ihm nur Zeit verlor.

Abends begann sie sich mit Gin zu betrinken, bis er ihr die Flasche aus der Hand nahm. Einmal schlug er sie mitten ins Gesicht. Dann war erstaunlicherweise eine Weile Ruhe.

Sie hatte begriffen, dass sie zu weit gegangen war. Er traute ihr zu dem Zeitpunkt noch genug über den Weg, um sie ein oder zwei Tage alleine zu lassen, und ging nach wie vor in Frankfurt auf Wohnungs- und Jobsuche.

Es war eine Nacht Ende Oktober, als er zurückkam und sie nicht in der Wohnung fand.

Sie stand bis zu den Hüften in dem See in der Nähe der Wohnung. Die Wassertemperatur lag bei knapp über null Grad. Sie versuchte, sein Kind zu töten, während er in Frankfurt auf Wohnungssuche war. Er rannte ins Wasser und zog sie heraus. Ihr Gesichtsausdruck war vollkommen kaltblütig. Erst wollte er auf sie einschlagen, dann überlegte er es sich anders. Er versuchte alles, um das Kind im letzten Moment noch zu retten.

Er zerrte sie ans Ufer, schleppte sie hinter sich her zu den Nachbarn, die eine Badewanne hatten, und überzeugte das misstrauische, schlaftrunkene Ehepaar, ein warmes Bad einzulassen. Innerlich war er außer sich. Äußerlich blieb er ruhig.

Mit Glück und dank einer Geistesgegenwart überlebte ich auch diese hinterhältige Attacke.

Nach dem Bad wickelte er Nora in warme Decken und organisierte einen Landarzt, der Dienst hatte.

Tagelang sprach er kein Wort mehr mit ihr. Er ließ sie nicht mehr aus den Augen und bewachte jeden ihrer Schritte. Sie bekam striktes Rauch- und Trinkverbot und durfte keine Tabletten mehr nehmen. Beim Schreiben beobachtete er sie. Einmal wollte sie sich ein Messer in den Bauch rammen. Er schlug sie mitten ins Gesicht, zerrte sie an den Haaren aus der Küche und band sie mit Händen und Füßen am Bett fest. Sie schrie und heulte sich in den Schlaf. Am nächsten Tag sagte sie ihm, von wem das Kind aller Wahrscheinlichkeit nach war. Sie schilderte ihm die verletzenden Einzelheiten und ließ nicht aus, dabei zu erwähnen, wie sie ihn hinters Licht geführt hatte. Es bestärkte ihn umso mehr, das Kind zu schützen. Außerdem glaubte er ihr nicht. Er wollte ihr einfach nicht glauben. Er hielt sie mittlerweile für niederträchtig genug, um ihm durch eine solche Lüge die Vaterschaft zu vergällen.

»Für dich fühle ich mich ab jetzt nicht mehr zuständig«, sagte er, »es ist mir mittlerweile egal, was du gemacht hast. Du bringst das Kind zur Welt. Und dann kann dich von mir aus der Teufel holen.«

Nach einer Schlägerei, die sie anzetteln wollte, ließ er sie am Boden liegen und informierte ihre Mutter: »Sie hat noch mal versucht, sich ein Messer in den Bauch zu rammen«, konstatierte er in dem resignierten Ton, den er sich bereits angewöhnt hatte, sobald es um den hoffnungslosen Fall seiner Frau ging.

Wenige Stunden später war die Urmutter da, blieb und neutralisierte das Ganze.

In ihrer Gegenwart wurde es plötzlich zur Selbstverständlichkeit, dass das Kind zur Welt kam. Es war vollkommen undenkbar, auch nur eine Sekunde daran zu zweifeln.

Mechthild hatte ihre Tochter nicht mal zur Rede gestellt, war ihr nur mit einem liebevollen Kopfschütteln über so viel Unreife über das Haar gefahren.

»Das überstehst du schon«, hatte sie gesagt. »Tapfer bleiben«, ermahnte sie Nora immer wieder, wenn es ihr zu viel wurde.

Etwas Merkwürdiges war mit einer vollkommenen Leichtigkeit geschehen: Der Geist meiner sehr lebendigen Großmutter Mechthild aus Thüringen war mit einem Schlag in alle gefahren. Sie war der Katalysator, der meine Geburtswehen einleitete. In München kaufte sie mit Nora in den teuren Geschäften alles ein, was man brauchte, vom Kinderbett über den Laufstall bis hin zu den süßen Babyklamotten. Nora trottete brav durch die Kaufhäuser und wusste nicht mehr, wie ihr geschah.

Die Verwirrung in ihrem Kopf war so groß, dass sie über einige Wochen sogar das Schreiben vergaß. Und mittlerweile blühte ein kleiner Bauch, den die Großmutter – und nur sie – streicheln durfte. »Das Baby muss man doch streicheln, lange vor der Geburt. Oh, schau nur, entzückend, siehst du, wie es sich bewegt?«

Die Welt der Schaumbäder, der Annehmlichkeiten, der Wohlgerüche und des wohltemperierten Rosas hielt Einzug in den kärglichen Räumen und führte meine Mutter für ein paar Wochen zu ihrer rudimentären Weiblichkeit zurück.

Die Persönlichkeit meiner Großmutter Mechthild füllte die Wohnung vollkommen aus. Bald verströmte sie den Luxus, den sie selbst gewohnt war, und lullte die anderen damit ein.

Mechthild kochte, sie wirbelte, sie setzte alles in Bewegung – vom Chauffeur, der ständig Sachen holen musste, über die Nachbarn, bis zu den einzelnen, kleinen Bediensteten in den Geschäften, die sattes Trinkgeld für ihre Leberkäs-Semmeln bekamen. Sie gab ihrer Tochter das perverse Essen, Fleisch, Leberkäs, Hackbratenbrötchen und andere Genüsse, nach denen sie im Endstadium ihrer Schwangerschaft verlangte.

Sie brachte sie zum Lachen und schnarchte nachts auf der Liege neben ihr. Rolf kommandierte sie herum. Der ganze Überschwang ihrer Persönlichkeit kam zur Geltung. Sie würde Großmutter werden! Und sie wusste ja längst, dass es ein Junge war, bei dem Fleischgenuss! Sie war überglücklich. Was war das für ein großes Glück, dass ihre Tochter einen Jungen bekam!

Die Euphorie hielt, bis sie Ende Dezember wieder abfuhr.

»Es war ein Fehler, dass ich nicht mitgefahren bin«, sagte Nora trübsinnig, als die hellblaue Isabella im Nebel verschwand.

Breitbeinig schleppte sie sich an den Schreibtisch und wuchtete sich mit ihrem dicken Bauch auf den Stuhl. Sie hasste die Kreatur, die aus ihr geworden war. Es gab nichts Demütigenderes. Überall lagen die scheußlichen Babyklamotten herum – und sie durfte nicht einmal rauchen.

Jahrtausendelang war es dem »gebärfreudigen Stupor« der Frauen zu verdanken gewesen, dass die Männer die Herrschaft über sie ausüben konnten. Jetzt reihte sie sich ein in diese Legion. Und gab dieses traurige Schauspiel hässlicher Gewebewucherungen ab. Kinder waren in etwa so vernunftbegabt wie Würmer und Käfer.

Es widerte sie an, auch nur daran zu denken. Zermürbt, wie sie war, schlug sie ein paar Mal auf die Tasten und starrte dann vor sich hin. Okay, bringen wir es eben hinter uns, dachte sie resigniert. Dass Rolf sie weiterhin bewachte, kam ihr makaber vor. Sie würde dieses Szenario vielleicht eines Tages verwenden können. Auf dem Tisch vor ihr lag ein fetter Briefbeschwerer. Den hatte er vergessen zu verstecken, wie all die anderen spitzen und stumpfen Gegenstände, die plötzlich verschwunden waren. Den könnte sie sich zumindest in den Bauch rammen, wenn sie es noch einmal darauf ankommen lassen wollte. Warum es nicht auf die Spitze treiben? Doch sie war zu schwach, zu faul, etwas damit zu machen. Das Ding in ihrem Bauch hatte alle Energien gefressen.

Rolf bekam die Anstellung in der Feature-Abteilung im Frankfurter Rundfunk. Noch einmal musste er mit erschreckender Deutlichkeit an Almut denken. Ein tiefer Abgrund tat sich vor ihm auf.

Gegen Ende Januar setzten die Wehen ein. Sie wurde sofort ins Krankenhaus gebracht.

Ich ploppte, der Legende nach, »wie ein Sektkorken« aus ihrem Bauch.

Sie soll nur weggeguckt haben, als mich die Hebamme ihr zeigte, und gesagt haben: »Schaffen Sie dieses Bündel fort, ich will damit nichts zu tun haben.«

Teil zwei

1.

Ich kroch über den grauen Veloursboden, der überall ausgelegt war, und meine Knie brannten. Ich hatte sie mir bereits aufgeschürft, kam aber nicht auf die Idee, sie anzuheben.

So weit reichte mein Denken noch nicht. Tapfer schob ich die Knie über den Boden und rieb sie immer weiter auf. Aus dem brennenden Schmerz wurde ein schneidender. Ich hinterließ rote Schlieren auf dem Weg vom Laufstall zur Tür meiner Mutter, die, wie immer, abgesperrt war. Die Anschläge auf ihrer Schreibmaschine hämmerten gegen meinen Kopf.

Ich hatte schon als Säugling wenig Geduld. Da mir die Geschicklichkeit fehlte, den Haken an der Tür des Laufstalls zu öffnen, warf ich mich gegen die Stäbe, bis sie zu Bruch gingen. Hören konnte das niemand. Das Hämmern machte mich aggressiv. Es hörte nie auf.

Durch den Türschlitz qualmte es. Ich ließ mich gegen die Tür meiner Mutter krachen.

Mit meinem halben Jahr war ich noch kein Akrobat.

Es war der Hunger, der mich zur Tür meiner Mutter trieb. Ich wollte diesen runden Saugnapf, aus dem Milch kam und den man mir ins Maul rammte, wenn ich laut genug schrie. Sie nannten es Flasche und schrien sich deshalb immer wieder an, wer sie mir geben sollte, wer Zeit hatte, sie mir zu geben, wer nichts Besseres zu tun hatte.

Das Gebrüll ging los, wenn mein Vater kam. Er tat das Gleiche wie ich. Er ließ sich gegen die Tür krachen. Er hämmerte gegen das Gehämmer an. Er hatte mehr Erfolg damit als ich.

Oft jedoch kam er unverrichteter Dinge zurück.

Er brachte mich in die Küche, ich roch seinen Nacken. Sanft setzte er mich auf dem Küchentisch ab. Ich roch die Nacht, die durch das Fenster kam, den metallischen Wind des Frühlings, der voller Hoffnungen war, die blaue Farbe des Sommers, den hellroten Wind des Herbstes.

Vielleicht war es aber doch auch der Lärm, der mich so hungrig machte. Lärm macht wütend. Hunger macht wütend. Lärm und Hunger haben mich geprägt. Ich wurde sehr, sehr wütend.

Mein Körper war gepanzert, mein Vater hatte mich am Morgen fest in die Windel geschnürt, damit die Kacke nicht mehr seitlich herauslaufen und den ganzen Teppich vollmachen konnte.

Der stickige Qualm hatte den Flur in ein graues Nebelfeld verwandelt. Manchmal verlor ich die Orientierung, doch das Hämmern brachte mich immer wieder zurück.

Wenn Stille einkehrte, stieß ich sofort ein ohrenbetäubendes Gebrüll aus. Sie reagierte nicht darauf. Stattdessen wurde das Hämmern wieder aufgenommen.

So war es. Ich robbte zurück zu dem kaputten Bett und machte alles mit den kaputten Holzstäben noch kaputter. Ich stach mit den abgesplitterten Enden in Daunenkissen oder vertrieb mir damit die Zeit, meinen damals noch weichen Kot in die harten Bandagen zu drücken. Irgendwann schaffte ich es immer, dass er doch aus den Fugen quoll, träge an mir herunterlief, die Beine hinab, auf den Boden. Und wenn mein Vater dann kam, strahlte ich unwillkürlich und krähte ihn an. Deshalb bekam ich von meiner Großmutter Mechthild den Spitznamen Kralein. Mein Vater schälte mich aus dem Panzer heraus, und ich lachte.

Man nannte es Urvertrauen, wie ich später erfuhr.

Da lag ich, friedlich strampelnd mit meinen kleinen Wurstärmchen und -beinchen und lachte, während die Dämmerung hereinbrach (noch war es wohl Sommer). Und mein Vater, der lachte auch.

»Du musst ihn windeln«, warnte er sie. »Wenn du dich darüber beschwerst, dass seine Scheiße stinkt, dann windle ihn gefälligst und lass ihn nicht stundenlang in seinem Dreck liegen. Seine Scheiße riecht am Anfang ganz süß. Da ist nichts Ekliges dabei. Ist doch ganz klar, dass er irgendwann anfängt zu stinken, wenn du ihn nicht wickelst. Du würdest auch stinken, wenn man dich in deiner Scheiße liegen ließe.« So ging es. Ich kannte es nicht anders. Ich war es gewohnt.

Aus meiner Windel sickerte es. Unter dem dicken, wattigen, heißen und stinkenden Paket, das mit einer Plastikhaut zugeschnürt war und einen großen Teil meines Beckens und Torsos bedeckte, juckte die Haut. Es roch wieder ranzig.

Die Schläge auf die Tasten drückten die Wut meiner Mutter aus. Endlich hatte sie einen Weg gefunden, sich über die Welt zu erheben und alle zu verletzen, selbst die, die ihr nichts getan hatten. Endlich konnte sie ihre ganze Verachtung über die Welt ausschütten und alle vernichten mit ihrer Schreibmaschine, in einem geschützten Versteck, aus dem Hinterhalt sozusagen. Es war ein großer Triumph, der sie oft laut zum Lachen brachte.

Ich konnte es hören. Das Lachen mit meinem Vater war ihr vergangen.

Sie schloss sich ein, bis sie todmüde war.

»Mir ist zum Kotzen langweilig, ich geh ins Bett«, war einer ihrer oft zitierten Standardsprüche.

Ich galt nicht unbedingt als schönes Kind. Auch später wurden mir die hübschen, gutgenährten, blauäugigen Cousins immer vorgezogen.

Zwar hatte ich überlebt, aber das Hungern während der Schwangerschaft und das ständige Gift, das mir zugeführt worden war, nicht zu vergessen das Verweigern der Brüste: – »Was hast du davon, wenn ich ihn stille und meine Brüste danach wie Kuhfladen aussehen?« –, hatten ihre Spuren hinterlassen. Mein Torso war breit, die Rippen stachen hervor, die Haut war rissig und mit rötlichen Pusteln übersät, ich sah aus wie Eraserhead –, und ich schrie in der Nacht genausolaut. Meine Zahnstocherbeinchen waren krumm wie die eines Mistkäfers. Nein, wenn ich recht überlege, war ich wirklich kein schönes Kind.

Wenn ich schrie, wurde ich allerdings überlebensgroß – ein richtiges Monster, das sogar sie in die Enge trieb. Ich konnte stundenlang schreien. Sie wusste das, ich wusste das.

Sie wusste, dass sie sich eine Weile hinter der Schreibmaschine verschanzen konnte, aber dass irgendwann die Nachbarn an die Tür hämmern, »Ruhe!« schreien und wüste Morddrohungen ausstoßen würden.

Spätestens dann musste sie sich um das Monster kümmern, das sie wider Willen in die Welt gesetzt hatte. Also bäumte ich mich auf und schrie, bis die Nachbarn an die Tür trommelten und mit der Polizei drohten. Ich hielt immer länger durch als sie. Das war meine Genugtuung. Meine Lungen waren riesig. Das hatte sich herumgesprochen.

Wenn sie die Nachbarn abgewimmelt hatte, setzte sie mich manchmal zur Strafe auf den Kleiderschrank. Ein befreundeter Autor gab ihr diese Tipps zur Kindererziehung. Er war sehr bekannt, er galt als großer Modernisierer und schrieb Gedichte und Essays. Er tat das auch immer, sein Kind auf den Schrank setzen, wenn es schrie.

Bei mir schlug die Therapie allerdings nicht an. Ich machte die merkwürdigsten Sachen da oben. Einmal quetschte ich mich in die Lücke zwischen Schrank und Wand. Ich fühlte mich wohl in dieser schluchtähnlichen Spalte. Ich hatte Stunden damit zugebracht und völlig die Zeit darüber vergessen. Irgendwann fiel der Schrank um. Es gab einen riesigen Knall. Der Schrank brach auseinander, löste sich auf in seine Bestandteile.

Manchmal fand ich mich auf dem winzigen Balkon wieder. Ich liebte das Rauschen der Autobahn. Es war so beruhigend. Ab und zu hob mich mein Vater am Abend hoch, damit ich sie sehen konnte, diese Ursache meiner Beruhigung. An der Autobahn konnte ich schlafen.

Je größer das Rauschen war, umso fester schlief ich. Es war, als fiedelte der Lärm der Autobahn auf meinem Parasympathikus. Wie der Tod, wenn er aufspielt.

Meine Mutter drückte mir lieblos den Schnulleraufsatz in den Mund, setzte mich auf die vorderste Kante des Küchentischs und ließ mich allein.

Seit der Sache mit dem Schrank hatte ich Höhenangst. Einmal fiel ich hinunter. Mir passierte nichts. Meine Knochen waren noch weich.

Trotz Streits und ständiger Auseinandersetzungen weigerte sie sich, mich zu windeln.

»Ich habe es versucht«, sagte sie. »Aber ich musste mich fast übergeben. Was hast du davon, wenn ich mich übergebe? Kannst du mir das mal verraten? Wenn es dir nicht passt, dann nimm dir eben eine Haushälterin.«

Sie wusste, wie sie ihn damit verhöhnte. Sie hatten kaum genug Geld für das Essen und für die Miete. Er nahm mich schweigend und ging mit mir in die Küche, um mich zu wickeln.

Diese Abende, ich sehe sie vor mir, sehe die lindgrünen, gelben und orangen Streifen des Sichtschutzes aus Leinen, der vor den kleinen Balkon gespannt ist, sehe die langen Abende, die hohen Sommerhimmel, die ganz blau sind und an den Rändern dunkel eingefärbt, ich sehe die Weite der Welt hinter dem Wickeltisch, die Autos auf der Autobahn, ich höre die Stille im Innern der bereits kühlen, schattigen Küche und die leisen, vielversprechenden Geräusche, die die Menschen und die Vögel machen mit ihren entfernten Rufen und Gegenrufen und Antworten, ich sehe die vielen Flugzeuge starten und landen, mit ihren Kondensstreifen am Himmel, sehe die letzten Sonnenstrahlen auf der Böschung am Rande der Autobahn, rotgoldene Garben, die sich in den Asphalt graben und plötzlich verschwunden sind.

Ich spüre, während ich gewickelt werde, bereits die Tragik von Glück und Unglück, die schmale Linie, von der man auf eine der beiden Seiten fällt, die Schattenseite oder die andere, für die es keinen adäquaten Namen gibt.

Im fahlen Licht der Deckenlampe wird mein Kopf groß und schwammig und beginnt sich grün zu färben von den Träumen der Nacht.

Mein Vater, mit dem Rücken zu mir, mein Vater, weit über mich gebeugt, mit seinen warmen, behaarten, behutsamen kleinen Händen. Ich sehe, ich spüre, ich strecke meine Antennen aus, weit bis ins Universum, weit bis an die entfernten Gestade und Horizonte, wo mein Leben dem der anderen in einer ungewissen Zukunft begegnet. Es ist alles voll Poesie.

Während mein Vater mich wickelt, werde ich fortgetragen in

diesen Sommerabend und weiß nicht, wie lange ich dort bin. Ich spüre die kühle Luft als etwas unglaublich Schönes und Angenehmes auf meiner Haut. Sie dringt herein durch einen schmalen Grat der Ungewissheit, sie dringt herein durch den Schatten, der bereits das Fenster erreicht hat und den weißen Rahmen plötzlich kalt erscheinen lässt. Der Schatten hat etwas Besänftigendes. Er verlangsamt den Wind, schmeichelt ihm, kühlt ihn ein wenig, macht ihn noch köstlicher auf der Haut und in den Atemwegen. Ich quietsche eine Weile vor Vergnügen, werde dann ruhig – und lausche. Die Geräusche haben bereits abgenommen. Sie sind leiser geworden. Vielleicht lauschen alle Kreaturen in dem abnehmenden Licht, lauschen wie ich.

Ich strecke die Arme nach meinem Vater aus. Er lächelt und nimmt mich hoch.

Am Saum des Tages nimmt er mich hoch, trägt mich durch die Küche, über den knarzenden Boden, dreht mit mir seine Runden. Wir bleiben allein.

Ich liege lange an seinem Nacken, an seiner Haut, an seinem flaumigen Haaransatz.

Es ist ein großer Auftakt, das Leben. So viel spüre ich schon. Ich bin nun besänftigt.

Ich schmiege mich an. Mein Kopf passt perfekt in seine Halsbeuge hinein, wie gemacht füreinander, Vater und Sohn.

2.

Das Schweigen zwischen den beiden hatte etwas Schleppendes, Traumatisches.

Wie gelähmt gingen sie von Zimmer zu Zimmer, wie Gespenster. Es war schlimm, denn sie waren noch jung. Ich war beunruhigt. Also musste ich Tatsachen schaffen.

Ich öffnete meinen Schließmuskel und war sehr stolz darauf. Der winzige Sohn schuf Tatsachen, indem er seine Zehen spreizte, bevor er den Schließmuskel öffnete – und umgekehrt. Das sorgte für Stimmung, für helle Aufregung, für große Auseinandersetzungen.

Mein Vater nahm mich ab und zu mit in den Rundfunk, obwohl das ungewöhnlich war. Aber es gab immer eine Sekretärin, die selbst Kinder hatte und sich kümmerte.

Irgendwann wurde das Problem dadurch gelöst, dass die Hardys unter uns einzogen. Ich fand einen Spielkameraden, der Peter hieß und ein Schaukelpferd besaß, um das ich mich bald mit ihm prügelte. Außerdem gab es warme Milch mit Honig und Zucker.

Hardy war in Frankfurt stationiert und kam aus einem Ort mit dem schönen Namen Oklahoma. Seine Frau roch sehr gut und trug karierte Röcke, die zu den Tapeten passten. Allmählich dämmerte mir, dass es auf der Welt Orte gab jenseits von Grauen, Vernachlässigung und Einsamkeit, die einfach in Ordnung waren.

Als ich das begriffen hatte, wollte ich von den Hardys nicht mehr weg.

Ich wollte bei ihnen bleiben und fing schon beim Mittagessen damit an, Frau Hardy zu löchern. Am Abend mussten sie mich mit sanfter Gewalt aus der Wohnung locken. Es gelang nie. Ich schrie jedes Mal, als würde ich in die Hölle geschmissen. Dennoch durfte ich immer wieder zu ihnen kommen.

Hardy selbst, ein junger Offizier mit Bürstenhaarschnitt und einem Lächeln wie Burt Lancaster, stand immer mit hilflos erhobenen Händen da. Er war viel zu großmütig, um mich gehen zu lassen: »My dear boy. My dear boy«, murmelte er immer wieder besorgt, wenn meine Eltern mich an Händen und Füßen hochschleppten. Seine Stirn legte sich vor Kummer in Falten.

Irgendwann war Peter nicht mehr da. Und auch seine Mutter nicht und nicht der Zimt und die heiße Milch mit Honig und die Geborgenheit in der unteren Wohnung, die phänomenalerweise richtige Teppiche, Möbel aus Holz und Tapeten besaß und in der nicht alles kahl und grau und weiß war und nach kaltem Rauch stank. Ich war untröstlich. Erst dachte ich, ich hätte mich im Stockwerk geirrt. Ich lief hinauf, hinunter, klapperte alle Wohnungen ab, aber die Familie Hardy war nicht mehr da.

Sie hatten mich nicht mitgenommen. Sie hatten sich nicht einmal von mir verabschiedet. Diese Tatsache blieb mir lange Zeit unerklärlich, und ich beschäftigte die anderen damit.

Ich fragte meinen Vater nach den Hardys. Es war mir ein Rätsel. Jeden Tag war ich zu den Hardys gegangen, und nun war ihre Wohnung so erschreckend leer. Was war mit ihnen? Warum hatten sie mich nicht mitgenommen? Als mein Vater versuchte, mir nüchtern zu erklären, dass ich nicht zu ihrer Familie gehörte, spürte ich heftigen Schmerz.

Ich wollte ihm nicht glauben, schlug sogar auf ihn ein und schrie, dass das nicht wahr sei. Ich begriff vor allem nicht, dass sie sich nicht von mir verabschiedet hatten. Irgendetwas musste ihnen dazwischengekommen sein, irgendetwas, das ich mir in meinen jungen Jahren nicht erklären konnte. Der Duft des Wortes Amerika haftete dieser schmerzhaften Trennung an, ein Duft nach Zimt und Honig, den ich tatsächlich viel später, als ich das erste Mal in Amerika war, in den Seifen, den Vorhängen und Tapeten, sogar in den Kuchen und Joghurts wiedererkannte. Er brachte mir augenblicklich die Bilder von Peter auf dem Schaukelpferd und seiner Mutter vor der grünen Rautentapete ins Gedächtnis zurück – und auch das mit der Trennung zusammenhängende Gefühl einer atemlosen Weite und Größe, nach der ich mich im gleichen Maße sehnte, wie ich Peter, seine Mutter und vor allem Mr Hardy vermisste.

Manchmal vernahm ich Stimmen, die von draußen kamen, und glaubte, jemand hätte meinen Namen gerufen. Ich lief hinaus auf den Balkon und dachte einen Moment, die Hardys seien zurückgekehrt und würden sich unten umarmen, wie sie es so oft getan hatten, weil sie sich liebten, aber es war ein anderes Liebespaar, das neu eingezogen war.

Die Liebe zwischen zwei Menschen war lange etwas Unbegreifliches für mich.

Bei uns wurde nur in einem strengen, nüchternen, besserwisserischen Ton gemaßregelt.

Ich habe meine Eltern kein einziges Mal zärtlich, lächelnd, in einer innigen Umarmung gesehen. Die Hardys küssten sich dauernd, sie flanierten Arm in Arm durch ihre winzige Wohnung, es wurde geredet, es war immer alles im Fluss. Nie entstand das bleierne Schweigen, das mich oben wieder erwartete, wenn es vier Uhr war und mein Vater aus dem Rundfunk kam. Bis dahin verschlang ich mit gierigen Augen das glückliche Treiben, prägte mir alles ein, damit ich es bloß nicht vergaß. Vor allem Frau Hardy. Von ihr hatte ich viele Bilder. Noch monatelang konnte ich mir ihr Gesicht vorstellen, wenn ich mich abends in mein Kissen schmiegte – und sie auch küssen, wie ich es ein paar Mal gewollt hatte, als ich auf ihrem Schoß saß, mit einem Glas warmer Milch mit Zimt und Honig in der Hand.

Zwei Sätze sagte mein Vater zu mir, wenn wir abends allein in der Küche saßen: »Trink deine Milch«, oder »Na komm, mein Kind, jetzt trink deine Milch«, wenn er sich viel Zeit ließ. Manchmal fuhr er mich im Kinderwagen herum.

Es gab ein paar verwilderte Wege hinter dem Haus, die zur Autobahn hinunterführten, zu einem Kiosk, an dem er HB oder Ernte 23 holen ging. Der Kioskbesitzer hatte nur noch drei Finger und nur ein halbes Gesicht.

»Warum hat der Mann keine Nase?«

»Wegen dem Krieg«, gab mir mein Vater einsilbig zu verstehen.

Mr Hardy fuhr mit Peter in seinem Kinderwagen immer Rennen. Er raste mit ihm die gewundenen Wege hinunter und machte dabei den Lärm eines hochtourigen Geländewagens. Peter schrie vor Vergnügen.

Mich hingegen vergaß mein Vater beim Fahren, weil er völlig in seine Gedanken versunken war. Wenn ich nur »Vati« sagte, hieß es immer: »Jetzt nicht, Kind. Dein Vater denkt nach.«

Einmal ist Mr Hardy mit uns beiden Rallye gefahren, den Berg hinunter und dann das Autobahnkreuz hoch bis knapp zur Fahrbahn. Zum Schluss standen wir auf einer Art Fußgängerbrücke. Selbst völlig außer Atem, stemmte er uns beide hoch, einen auf den Rücken, einen auf den Bizeps. Die Autos rasten vorbei, und je nachdem, wie wir gucken wollten, drehte er uns mit seinem Oberkörper nach links und nach rechts und imitierte die Motoren der einzelnen Wagen.

Auch Mr Hardy roch immer gut. Er strahlte jene Zuversicht und männliche Kraft aus, jene Herzlichkeit und Großherzigkeit, die man als Kind niemals vergisst. Mr Hardy war ein Held.

Meine Mutter küsste eines Vormittags im Treppenhaus bei den Briefkästen einen großen, fremden Mann mit einer dünnen Stahlbrille und einem kahlen Kopf, der mich ein wenig an eine Schildkröte erinnerte. Der Mann verschlang gierig den Mund meiner Mutter, vielleicht biss er sie in die Lippen. Er trug eine hautenge, schwarze Lederjacke und roch nach Alkohol. Ich stand im Halbdunkel auf der Treppe und sah dem merkwürdigen Schauspiel zu, bis sie mich entdeckte und erschrak.

»Du darfst auf keinen Fall etwas davon erzählen, sonst wirst du blind!«, sagte sie später mit flammenden Augen. »Dann kannst du nicht mehr sehen. Dann bekommst du ganz weiße Augen wie der Mann, vor dem du solche Angst hast.«

Später sah ich den Mann in der Lederjacke wieder. Er war ein Freund meines Vaters, ein berühmter Schriftsteller. Er stopfte sich, wenn er schon sehr betrunken war, seine Socken in den Mund, während er tanzte. Beim Tanzen zog er erst die Schuhe aus und schleuderte sie von sich – und dann die Socken. Schaum stieg ihm auf die Lippen, während er sie zerbiss.

Andere zogen an den Socken, versuchten, sie seinem Mund zu entreißen, aber er hatte sich bereits so festgebissen, dass sie es nicht schafften. Sie versuchten ihn an den Socken herumzuwirbeln, er riss seinen kahlen Kopf nach allen Seiten und hielt sie fest, bis sie ihn endlich wieder losließen, und tanzte weiter in seiner hautengen, schwarzen Lederjacke.

Es hieß, er tanzte die ganze Nacht. Es hieß, er habe einmal eine Maulsperre bekommen von den Socken, an denen er sich festgebissen hatte, und musste ins Krankenhaus eingeliefert werden, wo ihm die Socken herausoperiert wurden.

Eines Morgens lag er röchelnd im Wohnzimmer auf dem Boden. Sein Kopf lief blau an, und meine Mutter flippte aus.

»Der J. krepiert! Der J. krepiert! Wir müssen sofort einen Arzt rufen!«, schrie sie.

Mein Vater erschien völlig verkatert in der Tür. Er warf einen ungerührten Blick auf den Mann und sagte gelangweilt: »Ach komm, Mädchen, lass dich nicht bluffen. Er simuliert nur wieder seine Angina Pectoris. Ein alter Trick.«

Er machte auf dem Absatz kehrt und legte sich wieder hin. Wenige Sekunden später brach der Mann in ein wieherndes Gelächter aus, das nicht mehr aufhören wollte.

Seine Klamotten saßen so eng wie eine Wurstpelle. Er rappelte sich hoch, und dabei krachten die Nähte. Meine Mutter lief erbost hinter ihm her und stürzte sich auf ihn.

Sie wälzten sich bei offenen Türen auf dem Boden. Als er ging, lagen seine Klamotten in Fetzen. Alle Nähte waren gerissen, und unter dem ledrigen Geruch quoll eine weißliche Masse hervor, die Haut seines aufgeschwemmten, verweichlichten, offenbar nur durch das enge Lederkorsett zusammengehaltenen Körpers.

Meine Mutter sah ihm bewundernd nach, als er breitbeinig die Stufen hinunterstakste. Lange Zeit galt er als verschollen, bis er eines Tages wieder auftauchte und genauso weitermachte wie zuvor.

Es kamen verschiedene Leute in unser Haus. Der Lektor von Gelderen erschien mit seiner schönen, blonden, steinreichen Frau, die meine Mutter nur abfällig »die Reederstochter« nannte. Er trug einen Pepita-Anzug. Sie hatten zwei weiße Windhunde und ein paar Tafeln weiße Schokolade aus dem Engadin dabei, die er im Vorbeigehen in meine Unterhose fallen ließ. Die harte Kante traf meinen Penis genau an der Spitze und riss ein kleines Loch in die Vorhaut. Es tat ziemlich weh. Auch dieses lange Gelage mit noch anderen Gästen hatte zur Folge, dass meine Eltern nicht ansprechbar waren. Meine Mutter kotzte den ganzen Tag, und mein Vater blieb einfach liegen.

Die einzige Person, die von mir Notiz nahm, war meine Großmutter Mechthild, die eines Tages mit einem Möbelwagen ankam und wie ein Feldwebel die Möbelpacker dirigierte.

Als Rolf am Abend heimkam, war die Wohnung eingerichtet

mit allem, was dazugehörte, inklusive einer modernen Siemens-Küche mit Waschmaschine.

Mechthild stand in der Mitte des Raums, die Arme in die Hüften gestemmt, und sah Rolf mit triumphalem Ausdruck an.

»Da staunst du, was?«, sagte sie. »So kann das Leben auch sein. Wenn man sich an die Regeln hält.«

Ihm gefiel nichts davon. All das teure Zeug. Wenn sie ihnen stattdessen Geld gegeben hätte, hätten sie bestimmt ein Jahr davon leben können, und er hätte nicht beim Rundfunk arbeiten müssen, sondern vielleicht wieder an seinem Roman schreiben können.

Er wollte nicht undankbar erscheinen und womöglich einen Krach heraufbeschwören. Deshalb sagte er nur reserviert: »Vielen Dank, liebe Schwiegermutter.«

»Ach, hört doch endlich auf, euch zu bedanken«, sagte sie. »Ihr könnt doch nicht euer Leben lang auf Matratzen schlafen.«

Irgendwie entrüstet ging sie in die Küche. Ihr passte die Reaktion nicht. Aber sie konnte nicht genau definieren, warum. Sie hatte einfach keine Lust, sich die Laune verderben zu lassen. Am nächsten Tag nahm sie mich mit in ein wahres Spielzeugparadies. Eine riesige Spielzeugabteilung in einem Kaufhaus, endlose Regale.

Ich konnte mir alles aussuchen, von den Stofftieren über irgendwelche Blechautos bis hin zu komplizierten Kreiseln und Dampfmaschinen. Sie war in ihrem Element. Jedes Mal lachte sie, wenn ich auf etwas deutete.

»Du kleines Äffchen«, rief sie entzückt und drückte mich an ihren Busen.

Ich konnte nicht genug bekommen, wollte ihre Geduld ausreizen, begriff zuerst nicht, dass es ihr immer mehr Spaß machte, dass sie sich an meinem Kaufrausch beinahe hysterisch belustigen konnte.

Mehrere Helfershelfer brachten die Sachen in die Wohnung, eine ganze Halde an Spielzeug.

Als sie ging, war sie traurig, weil sie mich verlassen musste. Sie beugte sich zu mir hinunter und bat mich, ihr einen Kuss zu geben. Ich tat es und umschlang sie heftig.

Sie schrie vor Lachen. So ein lustiges Spielzeug hatte sie schon lange nicht mehr gehabt. Sie wollte sich gar nicht mehr von mir trennen.

»Hat er nicht Ähnlichkeit mit mir?«, rief sie immer wieder und hob mich zum Vergleich hoch zum Spiegel. »Ich nehm dich mit. Ich nehm dich mit. Ich nehm dich mit«, schrie sie entzückt und stieß mir ihren Finger in die Brust. Ich fing an zu kreischen und ein riesiges Theater zu veranstalten. Ich schlug mit den Armen, wie ich es bei den Hühnern gesehen hatte, und schrie: »Kikeriki! Kikeriki!«, und sie rannte mir hinterher, immer im Kreis, bis sie mich erwischt hatte.

Meine Eltern sahen sich dieses Schauspiel affiger Liebe mit vorsichtigem Vergnügen an. Sie wirkten viel erwachsener als meine Großmutter. Trotzdem war ich mir nicht ganz sicher, ob ich mit zu ihr wollte. Vielleicht erstickte sie mich ja aus Versehen mit ihrer Liebe zwischen ihren großen Brüsten. Schnaufend und hochrot ließ sie von mir ab. Als sie sah, wie gelangweilt meine Eltern schließlich aussahen, brach sie auf.

»Wenn sie nicht gut auf dich aufpassen, rufst du mich an. Sag mir Bescheid, dann hole ich dich!«, sagte sie, nicht ahnend, wie prophetisch ihre Aufforderung war. Auf Knien kriechend grinste sie mich an. Ich roch ihren ein wenig abgestandenen Atem, ich sah, dass sich am Hals ihrer Jacketkronen, auf die sie so stolz war, bereits eine Art grünliches Moos bildete. Ihr Damenbart, frisch rasiert, bitzelte ein bisschen, als sie mich küsste. Ihre glitzernden Steine am Hals tanzten noch von der Jagd durchs Wohnzimmer vor meinen Augen.

»Ja, jajajajajaja«, krähte ich heiter.

Als sie weg war, fielen wir alle in ein tiefes Loch.

3.

Irgendwann vögelte mein Vater meine Mutter auf der neuen Siemens-Waschmaschine, wahrscheinlich aus Protest. Er vögelte sie von hinten. Sie schien mittlerweile Gefallen daran gefunden zu haben. Wieder stand ich in der Tür und sah zu. Ich war magnetisch angezogen von sexuellen Dingen, auch als ich noch klein war. Andere mochten sich angeekelt abwenden. Mir gefiel es. Er stieß seinen Kolben von hinten in sie hinein. Es erinnerte mich an den Mechanismus der Dampfmaschine, die meine Großmutter mir geschenkt hatte und die dann unter dem Weihnachtsbaum lag. Sie hatten das Geschenk heimlich abgezogen und in der Annahme, dass ich es nicht merkte, an Weihnachten gegeben, damit sie mir nichts Neues schenken mussten. Die Dampfmaschine hatte auch so einen Kolben. Er hämmerte mechanisch in die Dampfmaschine hinein, wie mein Vater in meine Mutter. Die Dampfmaschine ließ bei den Kolbenschlägen Dampf ab. Meine Mutter auch. Sie ächzte mehr, als dass sie stöhnte.

Als mein Vater mich sah, hob er eine ihrer Brüste an. »Deine Mutter hat, wie du siehst, immer noch sehr schöne Brüste – denn sie hat dich nicht gestillt.«

Seine Aussprache verriet, dass er bereits getrunken hatte. Sie tranken zu dieser Zeit Whisky, weil sie den immer geschenkt bekamen, *Black & White* von meiner Großmutter, *Johnny Walker* von J., *Chivas Regal* von G. und von Gelderen pflegte eine andere, sündhaft teure Sorte mitzubringen, die als Deko stehenblieb.

Den Geschlechtsverkehr meiner Eltern durfte ich nicht zu Ende verfolgen.

»So«, sagte mein Vater irgendwann, »ich habe dir nun die Brüste deiner Mutter gezeigt – und jetzt kannst du wieder ins Bett gehen.«

Er schloss die Tür, ich ging beleidigt in mein Zimmer und legte mich auf das Givenchy-Hundekissen, das von Gelderen für seine Windhunde bei sich trug und bei uns vergessen hatte. Ich benutzte es nun als Bett. Meine Mutter fand das offenbar originell und führte mich oft Gästen vor, wenn ich schon dalag.

»Wieso sollte es Kindern besser gehen als Würmern und Käfern?«, pflegte sie zu sagen. »Sie haben doch auch nicht mehr Verstand!« Woraufsie die Gäste ansah, damit sie lachten.

»Nora vergisst zu erwähnen, dass das Kissen von meinem lieben Lektor von Gelderen ist«, fügte mein Vater dann hinzu, »als Wiedergutmachung dafür, dass er meinem Sohn beinahe den Penis mit einer Tafel Schokolade abgerissen hätte. Das Hundekissen ist übrigens von Givenchy.«

Auch an diesem Abend konnte ich nicht schlafen, weil sie im Bad diskutierten.

»Ich versuche dir lediglich zu erklären«, hörte ich meinen Vater sagen, »dass es noch andere Leute auf der Welt gibt als dich.«

Das war immer die Einleitung, mit der ein großer Streit vom Zaun brach. Meine Mutter fing dann meist an zu schreien und nannte ihn einen Lügner.

»Na gut, ich versuche, ruhig zu bleiben«, hörte ich ihn mit gesenkter Stimme, die Selbstbeherrschung zum Ausdruck bringen wollte, sagen.

Wenn sie begann, auf ihn einzuschlagen, umklammerte er ihre Handgelenke mit seinen »Porzellandreherhänden« wie ein Schraubstock. Ihre Fußtritte gingen ins Leere, was sie noch mehr auf die Palme brachte.

»Was kann ich dafür, dass ich einen Versager geheiratet habe?«, schrie sie.

Sie riss sich los und rannte splitternackt in der Wohnung herum. Es ging darum, dass er nicht mehr beim Rundfunk arbeiten wollte und sich missbraucht fühlte. Er wollte auch wieder Zeit zum Schreiben.

»Warum holst du keine Milch?«

Pause.

»Warum holst du keine Butter?«

Sie starrte ihn an.

»Na, wo ist das Klopapier, das du mitbringen wolltest?«

Er konnte diesen Sermon an Fragen ewig fortsetzen und sie

dabei, wenn es sein musste, mit Gewalt durch die Wohnung schleppen, um ihr die fehlenden Sachen im Haushalt zu zeigen. Bis sie ausflippte.

Meist fielen vorher ein paar Worte von ihm wie: »Ich kann mir auch gerne mit deinem Kleid den Arsch abwischen, wenn dir das lieber ist. Komm her, ich zeig's dir.«

Und dann holte er das Kleid. Oder er zerrte sie bis zur Haustür. »Da lang geht es zum Klopapier.«

Sie stemmte sich gegen ihn und holte sich blutige Füße. Er knallte die Haustür vor ihr zu.

Sie warf sich von außen dagegen. Es ging bis zum Nervenzusammenbruch.

Am Ende saß sie zusammengekauert auf dem winzigen Balkon, und er ließ sie einfach dort sitzen. Die Streits flammten manchmal gegen drei, vier Uhr morgens erneut auf, in der Phase, in der er aufwachte, weil seine Leber wegen des Alkohols stark zu arbeiten anfing.

Im Sommer wurde es da schon hell. Das Vorspiel ging erst mal leise und schleichend eine quälend lange Zeit vonstatten, und dann explodierte sie irgendwann und tobte, bis sämtliche Energie aus ihr entwichen war.

»Geh wieder ins Bett, Kind«, brummte er, wenn ich erschien.

Wenn sie völlig am Ende war und irgendwo lag, hockte er sich gerne ins Wohnzimmer und trank einen Whisky zum feierlichen Abschluss des Ganzen.

Im Grunde beachtete man mich kaum. Jeder war mit sich selbst beschäftigt – und so geschah es, dass ich mich mit dem Brotmesser schnitt und mit blutüberströmten Händen in den Flur trat, bis sie zu mir hergestürzt kamen. Meist war sie es, die mich als Erste bemerkte, dann zurückwich, um ihn stumm mit dem Ellbogen anzustoßen. Ihn riss mein Anblick schließlich aus seinem Wachkoma, und er steuerte mich an, mal nüchtern, mal ein wenig betrunken. Die Kante gab er sich damals noch nicht. Er wusste immer, was mit mir zu tun war. Seine Instinkte stimmten. Das merkte ich, und deshalb vertraute ich ihm. Er war mein Vater. Wer die Dame war, wusste ich nicht recht.

4.

Mein Vater gab seine Arbeit am Rundfunk auf und fing wieder an zu schreiben. Das sei er dem Verlag schuldig, sagte er. Immerhin hätten sie ihm einen Vorschuss gegeben.

»Wenn du den Verlag dazu brauchst, dann kannst du es gleich sein lassen«, spottete sie.

»Und wenn keine Zeile dabei entsteht. Ich habe jedenfalls keine Lust mehr, für dich den Kopf hinzuhalten.«

»Na gut, dann schreib«, sagte sie achselzuckend. »Wir werden ja sehen, was dabei herauskommt.«

Und tatsächlich behielt sie recht. Da er bereits den Glauben an sich selbst verloren hatte, orientierte er sich an anderen Autoren, die zu der Zeit gerade *en vogue* waren.

Der Mann ohne Eigenschaften wurde zu einer Art Bibel für ihn. Er, der immer knappe, präzise Sätze geschrieben hatte, fing plötzlich an, sich in endlos langen Satzkonstrukten zu verlieren. Wenn er überhaupt nicht weiterkam, nahm er sich einen Satz von Musil vor und zerlegte bzw. analysierte ihn. Das machte ihn so müde, dass er sich hinlegen musste.

Von seinem Schreibtisch zu seiner Liege war es nicht weit. Die Distanz betrug weniger als einen Meter. Um der Versuchung, sich hinzulegen, zu widerstehen, schaffte er die Liege ins Wohnzimmer. Stattdessen legte er sich auf den Boden oder dämmerte mit dem Kopf auf den Armen auf dem Schreibtisch dahin. Er wurde völlig lethargisch. Manchmal trieben ihn die heftigen Anschläge meiner Mutter wie Peitschenhiebe vor die Tür, und er ging spazieren.

Aus dieser Zeit datierte seine Gewohnheit, sich Ohropax in die Ohren zu stopfen.

Wenn meine Mutter gut geschrieben hatte, belohnte sie sich manchmal dafür, indem sie einkaufen ging. Das Geld, das eigentlich für »den Kleinen« vorgesehen war, bekam sie von ihrer Mutter.

Einmal klingelte es, und ich machte die Tür auf. Vor mir stand eine Frau in Schaftstiefeln aus schwarzem Leder, die ihr bis zum

Oberschenkel gingen. Darüber kamen schwarze Netzstrümpfe zum Vorschein. Da sie zum ersten Mal ihre schwarze Perücke trug und ihre Augen so stark umrandet waren, erkannte ich sie nicht.

Ich wollte die Tür schon wieder schließen, als mein Vater kam und sie in die Wohnung zog. »Sieh sie dir genau an, mein Sohn«, sagte er. »Na, wer könnte das sein?«

Ich blickte hilflos vom einen zum anderen.

Sie lächelte mich an und sagte nichts.

»Mama?«, fragte ich.

Ich merkte, dass sie traurig war. Sie sah durch mich hindurch in die Zukunft, als wollte sie mich ein letztes Mal anschauen.

»Ganz genau, mein Sohn«, sagte er. »Das ist keine Weltraum-Nutte, das ist deine Mutter. Hast du wieder das Geld, das für den Jungen gedacht war, genommen?«

»Können wir die Diskussion vielleicht woanders fortsetzen?«, gab sie zurück.

Sie gingen in die Küche.

»Wo warst du die ganze Zeit ...«, ging es weiter. Der nächste Streit war programmiert.

Ein kühler Hauch der Trennung wehte durch die abendliche Wohnung. Der Straßenverkehr ging weiter, der Lärm aus der Nachbarwohnung ging weiter, Flugzeuge am Himmel zogen weiter ihre Kondensstreifen dicht über unserem Haus, aber irgendetwas in dieser Wohnung war zu einem Ende gekommen, das spürte ich als Kind ganz genau. Der Streit wurde auch nicht laut wie sonst, er verebbte schnell, und mein Vater brachte mich diesmal alleine ins Bett. Sie kam später und sagte mir gute Nacht.

Ich spürte, dass sie bereits aus einer anderen Welt kam, spürte es an der Art, wie sie sich zu mir herunterbeugte, spürte es daran, wie sie mich ansah und küsste. Sie war noch einmal herabgestiegen zu mir und nahm Abschied, täglich, in leicht erhöhten Dosen.

So war es am Ende.

Mein Vater schrieb also aus dem *Mann ohne Eigenschaften* ab, um den Roman zusammenzuzimmern, der von ihm erwartet wurde. Das war anstrengend und machte müde. Manchmal hörte er deswegen die immer gleiche Kantate von Bach. Wenn er aus Versehen zu laut stellte, kam sie angerannt und riss die Tür auf.

»Machst du bitte leiser?«, fragte sie voller Verachtung.

Er lag bereits am Boden. Sie hätte nur noch zutreten müssen.

Er wollte etwas Absurdes schreiben. Das hatte sie ihm nahegelegt. Außerdem lag es im Trend, und er hatte nicht mehr genug Selbstbewusstsein, sich dem zu widersetzen.

Also machte er zunächst eine Fliege zu seiner Hauptfigur – und diese Fliege beobachtete einen Tag lang ein altes Apothekerpaar aus der Provinz. Die Leute gab es wirklich in dem Ort, aus dem er kam. Er hätte eine großartige Geschichte über sie schreiben können. Aber in dieser absurden Gewandung, auf die er sich aus einem unerfindlichen Grund oder aus reinem Starrsinn festgelegt hatte, gelang es nicht. So griff er zu den musilschen Satzgebilden und schrieb sie, zum Teil syntaxgenau, nach. Statt der musilschen Figuren setzte er die Fliege ein, statt Diotima die alte Apothekerin.

Das war natürlich völlig absurd, und diese Tatsache musste auch ihm aufgefallen sein.

Er tat es möglicherweise auch aus Nihilismus. Es war egal, ob es schlecht war. Er glaubte sowieso an gar nichts mehr, und es war ihm auch egal, dass er dafür die Quittung bekam.

Später am Nachmittag begann er sich zu betrinken. Damals war sein Trinken nicht laut, sondern kam auf leisen Sohlen daher. Man merkte es kaum. Er roch ein wenig nach Whisky, war auf einmal sanfter geworden und betonte seine Worte etwas anders.

Irgendwie ließ er den Dingen seinen Lauf und drängte sich niemandem mehr mit Gewalt auf. Er hatte sich damit abgefunden, dass meine Mutter »schreiben konnte« und er nicht.

Wenn er einen Schwips hatte, strich er mir über die Haare, und seine Stimme wurde ganz tief und brummig. Er brachte immer noch seine drei Worte zusammen: »Na, mein Sohn.« »Trink deine Milch.« »Geh ins Bett, Kind.«

Manchmal konnte man meinen, man hätte es bereits mit einem Greis zu tun. Seine Gewohnheiten waren fest und erstarrt. Vielleicht gab es sogar einen festen Tag, an dem er meine Mutter vögelte. Den Geburtstag oder Todestag von Kafka zum Beispiel. Oder den von Brecht oder Flaubert.

Immerhin. Er schaffte es innerhalb eines Jahres, ein Fragment zusammenzuzimmern, das etwa dreißig Seiten lang war, einen leblosen Torso, mit einer gewissen mechanischen Präzision, die er dem Verlag irgendwie verkaufen zu können glaubte.

Das Fragment hieß: *Aus dem Leben einer Eintagsfliege.*

Der Verlag reagierte zurückhaltend, aber da er so hart daran gearbeitet hatte, erlag er der Selbsttäuschung, dass es möglicherweise ganz akzeptabel war, was er geschrieben hatte, oder zumindest von der Qualität her nicht wirklich nachprüfbar. Zu abgehoben, um es beurteilen zu können.

Die Quittung kam wenig später auf einer Tagung der Gruppe 47.

Am Anfang war nur Rolf eingeladen worden. Aber meine Mutter war ungeduldig. Sie wollte auch lesen. Immerhin war ihr Roman bereits weit gediehen. Rolfs bester Freund M., der große Dichter und Essayist, der auch die wertvollen Tipps bezüglich der Kindererziehung abgab, verwendete sich bei H. W. Richter für sie und lud sie hinter Rolfs Rücken ein.

Es war ein Scharmützel, ein hinterhältiger Verrat.

Sie verabschiedete ihn scheinheilig an der Haustür, um heimlich mit M. zur »Gruppe« zu reisen – damals fand man verletzende Bösartigkeiten dieser Art lustig.

Dort tauchte sie dann in voller Kampfmontur auf, in ihren Schaftstiefeln und Netzstrümpfen, die Perücke über den schwarz geschminkten Augen.

Rolf fiel aus allen Wolken. Sie nahm ihn beiseite und flehte um sein Verständnis, wollte ihn beschwichtigen, damit er keinen Skandal verursachte. Immerhin waren wichtige Leute da.

Schließlich gab er nach. Was blieb ihm auch anderes übrig. Aber er war ziemlich angeschlagen.

Er las. Er stakste das Podium hinauf wie zu einer Hinrichtung, todernst, irgendwie gemessen, den Blick in eine vollkommene Leere gerichtet. Unten saß eine milchig verschwommene Masse aus Kritikern und »Kollegen«. Sie betrachteten ihn mitleidlos.

Rolf räusperte sich: »Ich lese nun das erste Kapitel aus meinem Roman – *Aus dem Leben einer Eintagsfliege*«, wisperte er.

Unten wurde gelacht. Er begann, mit monotoner Stimme die ersten Sätze zu lesen.

Sie schienen kein Ende nehmen zu wollen. Ab und zu merkte er, wie ihm dabei Angstschweiß in Schüben auf den Rücken trat. Wann war dieser verdammte Satz, mit all seinen Nebensätzen, Parenthesen und Klammern endlich zu Ende? Er ächzte innerlich und ließ seinen Blick über die Zeilen gleiten: Es war kein Ende abzusehen. Den Zuhörern ging allmählich die Puste aus: Stühle knarzten, Gemurmel, Rascheln, leiser Unmut allerorten.

Rolf legte einen Gang zu. Aber das half nichts. Es machte die Sache eher noch zäher. Jemand verließ den Raum. »Aufhören«, rief jemand anderes.

Nora senkte den Kopf und hielt die Hände vors Gesicht. Sie schämte sich und war irgendwie auch verzweifelt. So hatte sie sich das Ende nicht vorgestellt – so erbärmlich.

Das hatte sie nicht gewollt, dass er so vorgeführt wurde. Er las tapfer weiter. Es wurde noch mal stiller. Man warf sich gegenseitig Blicke zu. Diese Selbstdemontage wurde langsam interessant. Der Mann machte einfach immer weiter. Er hörte nicht mehr auf und ließ seine Sätze wie schwere, schmiedeeiserne Gitter auf sein Publikum herabfallen. Merkte er überhaupt noch etwas, oder war er bereits in einer anderen Dimension?

Manche erkannten, wie es unter der Oberfläche brodelte, ein Kampf auf Leben und Tod, den er nicht mehr gewinnen konnte. Es war faszinierend anzusehen.

Dieser Mann würde tot sein, bevor er das Ufer erreichte. Mit jedem Satz stieg die Neugier, wie lange er noch lesen würde. Es war kaum zu glauben. Konnte er am Ende doch noch durch die Zielgerade schießen, obwohl er vorher alle anderen mit seiner Langeweile getötet hatte?

Zu aller Enttäuschung hörte Rolf sehr bald auf. Selbst das Gefühl für Theatralik schien ihm abhandengekommen.

Enttäuscht lehnte ein Kritiker sich zurück und machte sich

durch ein geräuschvolles Aufschnappen eines Feuerzeugs bemerkbar. Rolf wollte aufstehen.

»Lieber Herr … Freytag. Bitte warten Sie noch einen Moment«, sprach der Kritiker, sichtlich erschöpft, so grauenvoll hatte er alles gefunden, »immerhin haben wir auch eine Ewigkeit gewartet, dass Sie endlich aufhören zu lesen.«

Rolf gehorchte wie auf Kommando und setzte sich wieder. Der Kritiker lehnte sich zurück, wobei er sein Opfer genussvoll betrachtete. »Was wollen Sie uns mit Ihren mühseligen, langen Schachtelsätzen eigentlich sagen? Dass es für Sie sehr anstrengend ist, einen Roman zu schreiben?«

Er legte eine Kunstpause ein, damit die anderen lachen konnten.

»Weil Ihnen das Talent hierfür fehlt?«, fuhr er fort. »Dazu hätte doch ein einziger Satz genügt: ›Ich kann nicht schreiben.‹«

Er wandte sich coram publico. Fast alle lachten. Nur ein paar verbissene Schweiger saßen noch da. Der Kritiker fuhr fort:

»Oder – um Ihrem Hang zu langen Sätzen entgegenzukommen: ›Es tut mir leid, meine Damen und Herren, mir zuzuhören ist reine Zeitvergeudung – und obendrein eine Qual –, denn ich habe leider nichts zu sagen.‹ Wie wäre es damit?«

»Komm, lass ihn am Leben«, rief jemand – und der Kritiker, der ungern Widerspruch duldete, drehte sich um.

»Ach, tatsächlich?«, mokierte er sich. »Und warum, bitte schön?«

Derjenige, der sich eingemischt hatte, ein junger Mann, den Kleidung und Frisur – Fransenpony, Fischgrätenjacke, Cordhose – sehr viel älter machten, schwieg. Offenbar musste er auch noch lesen.

Der Kritiker musterte ihn voller Herablassung. »Jemand, der für diesen Autor um Gnade winselt, muss schon sehr viel Angst haben, genauso schlecht zu sein wie er.«

Wieder hatte er die Lacher auf seiner Seite. Dies bewegte ihn zu einer großzügigen Geste: »Sie dürfen jetzt das Podium von mir aus verlassen, Herr …?«

Rolf antwortete nicht. Der Kritiker blickte auf die Namensliste.

»Freytag«, ließ er sich voller Genugtuung auf der Zunge zergehen. Die Sache war erledigt. Er hatte getan, was er sich vorgenommen hatte. Er hatte diesen verklemmten, deutschen Langweiler aus der Provinz »geschlachtet« und konnte sich nun ohne Mühe dessen junger, bildhübscher Frau nähern.

»Dann heißen Sie wohl auch Freytag?« Er reichte Nora die Hand und nannte seinen Namen, obwohl er wusste, dass jeder ihn kannte. Immerhin war er der wichtigste Kritiker des Landes.

»Darf ich Ihnen Herrn Blahnik vorstellen? Mir ist aufgefallen, dass Sie sich ein paar Mal angeblickt haben, während Ihr Mann gelesen hat«, stellte er genüsslich fest.

Blahnik lächelte verhalten und streckte Nora die Hand hin.

»Herr Blahnik ist Maler«, sagte der Kritiker, »er malt überlebensgroße, hässliche Säuglinge mit uralten Gesichtern.«

»Das klingt aufregend«, sagte Nora. »Ich hasse auch Kinder.«

»Ich hasse sie nicht, ich verachte sie nur«, erwiderte Blahnik mit einem feinen Lächeln.

»Und warum?«, fragte Nora. »Weil sie keinen Verstand haben?«

Die beiden lachten. Der Kritiker, ins Abseits gedrängt, scharrte unruhig mit den Füßen.

»Man muss eben aufpassen, dass man sie nicht in die Welt setzt. Dieser Rat geht an Sie!«, sagte er und erhob drohend den Zeigefinger auf das Pärchen, das der Maler und Nora bildeten. »So, und nun muss ich die junge Dame leider entführen«, fuhr der Kritiker fort und nahm Nora wieder beim Arm, bevor Blahnik noch etwas sagen konnte. »Ich werde Sie jetzt ein paar alten Herren vorstellen, die ein bisschen wichtiger sind«, sagte er.

Nora drehte sich kurz nach Blahnik um, um zu signalisieren, dass sie bereit war, das Gespräch mit ihm später fortzusetzen, und dass er ihr die Daumen drücken sollte.

Dabei bemerkte sie, dass sie von allen Seiten beobachtet wurden. Offenbar machte sie ziemlichen Eindruck auf alle.

Rolf war stinksauer. Er hatte soeben erfahren, dass sie las. Aber er hatte keine Chance, sich ihr zu nähern. Der Kritiker schirmte sie mit seinem breiten Kreuz ab und sagte nur kraft seiner Autorität: »Nicht jetzt.«

Dafür musste er sich nicht einmal umdrehen. Sie waren bereits im Gespräch mit dem alten Verleger und seiner Entourage. Der Verleger musterte Nora mit flüchtigen anzüglichen Blicken, in die Belustigung gemischt war. Nora stach, während sie auf ihn einredete, mit ihrem Zeigefinger in seine Richtung. Ihre Augen hatten sich in Flammenwerfer verwandelt. Rolf suchte das Weite.

Er ging hinaus auf die Terrasse, um eine Zigarette zu rauchen. Irgendwie war er erleichtert, dass es vorbei war. Ein paar Bekannte, die es gut mit ihm meinten, gaben ihm Ratschläge. Als er hineinging, war dieser Maler bereits wieder bei ihr.

Er trug einen maßgeschneiderten, hellen Anzug und ein rotes Einstecktuch. Er schnitt gerade eine Grimasse und zog dabei sein intelligentes, hageres Gesicht in Falten. Offensichtlich wollte er den uralten Säugling nachahmen, den er malte, damit sich Nora ein besseres Bild davon machen konnte. Sie lachte. Seine Gestik war sehr eloquent. Er spielte ihr mit den Armen irgendetwas vor und wickelte sie dabei vollkommen ein. Rolf wandte sich ab, um sich mit einem langweiligen, harmlosen, aber offenbar treuen Kollegen abzugeben, der bei ihm geblieben war und ihm den Rat gab, wieder an seinen Erzählungen zu arbeiten – sie seien besser.

Da ihr klar war, dass er sie beim Flirten erwischt hatte, näherte sie sich ihm irgendwann. »Tut mir leid. Er hat mich mitgezerrt, wie du gesehen hast«, sagte sie, »deshalb komme ich jetzt erst.«

Schweigen.

»Ach übrigens, glaub nicht, dass ich dem R. nicht gesagt hab, wie ungerecht ich es fand, dass er dich so fertiggemacht hat«, fügte sie gutgelaunt hinzu.

»Komm, spar dir deine Worte.« Rolf wandte sich ab.

Nora zuckte nur die Achseln. Es fiel ihr nicht allzu schwer, ihn stehenzulassen.

Sie schenkte sich ein Glas Whisky ein, in der Hoffnung, dass ihre Stimme etwas rauchiger klingen würde. Dann wurde wieder gebimmelt. Die Pause war vorbei.

Sie musste nun auf den »elektrischen Stuhl«.

Auf dem Weg zurück ließ es sich nicht vermeiden, dass der Kritiker Rolf über den Weg lief. Er hatte bereits wieder Nora im Schlepptau und wollte sie bis zum Podium begleiten.

Er tätschelte Rolf die Schulter und sagte: »Ich hoffe, Herr ... Freytag, Sie nehmen meine Kritik nicht allzu persönlich. Kritik zu üben ist nun mal meine Arbeit. Dafür bezahlt man mich. Manchmal bin ich etwas polemisch, zugegeben. Weil ich die Literatur so sehr liebe. Sie haben heute ein wenig Pech gehabt. Aber dafür haben Sie eine sehr schöne Frau. Ich gratuliere Ihnen.«

Er boxte Rolf kameradschaftlich vor die Brust und beendete damit das Gespräch. Nora musste lachen. Der Kritiker führte sie weg.

Rolf setzte sich kommentarlos auf einen der Stühle im Publikum. Nora fiel es leicht, das Podium zu erklimmen. Sie wusste, dass jeder sie die ganze Zeit mit dem Kritiker gesehen hatte. Sie setzte sich, schlug ihre Beine übereinander und sah ins Publikum.

»Ich lese das achte Kapitel aus meinem Roman: *Der Popanz*«, sagte sie streng wie eine Domina. »Und ich bitte Sie darum, den Text zu beurteilen, und nicht die Tatsache, dass ihn eine Frau geschrieben hat. Im Übrigen habe ich keine Angst vor Ihnen – also: Ziehen Sie sich warm an und nehmen Sie sich in Acht.« Ihre Stimme klirrte.

Es herrschte absolutes Schweigen im Raum. Das hatte sich noch niemand herausgenommen. Meist gingen sie schüchtern wie die Schafe zur Schlachtbank. Der Kritiker feixte. Und blinzelte. Offenbar war er von ihrem Anblick geblendet. Er sah aus wie Professor Unrat.

Ihre Stimme blieb klirrend kalt und monoton bis zum Schluss. Wie Kleopatra auf dem Thron saß sie da. Ab und zu legte sie eine Kunstpause ein und ließ den Text wirken. Dann fuhr sie fort, mit ihrer Stentorstimme zu lesen. Jede Spitze war ein knapper Ausschlag über das gewohnte Maß und rüttelte die Leute wach. Rolf erinnerte ihre Stimme an ihre aufwärts gestochene Schrift, die auch ständig ausschlug. Man hörte zu, obwohl der Text insistierend und kaum erträglich war, weil sie in verschiedenen Wunden bohrte und sie ausweidete. Hatte man genug und wollte das eine oder andere nicht auch noch bis ins letzte Detail hören, so konnte man sich darauf verlassen, dass sie noch deutlicher wurde. Über etwa drei Seiten beschrieb sie einen Pickel, den sich ihr Vater vor dem Spiegel ausdrückte, in allen Einzelheiten. Das Publikum wand sich vor Ekel. Andererseits wollte es die plastische Schilderung aushalten. Es war zu skandalös und zu neu, um einfach abzuschalten. Am Ende der Lesung waren alle ziemlich fertig. Der innere Kampf, all diesen Monstrositäten zuzuhören, hatte Kraft gekostet. Nur einer rief immer wieder: »Weiter! Nächstes Kapitel!« Es war M. mit seinem vergnügten, lustigen Gesicht.

Der Kritiker sagte nichts. Er war überrumpelt. Im Zweifelsfall hätte er sich gegen sie gewandt, aber Empörung hätte ihn als Spießer entlarvt. Außerdem schien ihm der Abend zu aussichtsreich. Er überließ es den anderen zu lästern. Wegen ihrer Schönheit, wegen der verschwindend geringen Zahl von Schriftstellerinnen in diesem Land, würde sie als sogenanntes »Deutsches Fräuleinwunder« bestimmt Karriere machen.

Weshalb sollte er ihr im Wege stehen? Er wollte sich lieber mit ihr amüsieren. Nach einiger Kritik aus den Reihen der deutschen Kollegen, die sich als Realisten sahen – Kritik, die Nora sehr langweilte und die sie dennoch scharf parierte –, erhob man sich für die nächsten Drinks.

Die wichtigen Leute standen schon in der Warteschleife. Der Kritiker nahm Nora bei der Hand, führte sie galant vom Podium und geleitete sie wieder zu dem Verleger, als hätte er eine einträgliche Abmachung, sie ihm zuzuführen.

»Na, sag schon was«, forderte er den Verleger auf.

»Wie eine Reitpeitsche sind Sie«, sagte dieser und trat dicht an sie heran. »Aber eine Peitsche, von der man gerne geschlagen wird. Ich möchte mit Ihnen tanzen«, flüsterte er ihr ins Ohr.

Nora lachte. »Ich werde es mir überlegen.«

Ein anderer Verleger, ein ebenso würdiges Exemplar dieser Gattung, schon von weitem als Alphatier auszumachen, schielte bereits eifersüchtig zu ihnen herüber. Der Kritiker ließ es sich nicht nehmen, den Flirt rüde zu unterbrechen. Er schob Nora einfach von dem einen Verleger weg und bugsierte sie zu dem anderen.

Der andere war zurückhaltender. Er war sich seines guten Aussehens sehr bewusst und spielte den zuvorkommenden Gentleman, der einer Frau alles von den Augen ablesen konnte. Allerdings langweilte er Nora eher. Sie fühlte sich mehr von dem alten Haudegen angezogen. Der merkte es und gab der Kapelle ein Zeichen, als ihm das Gespräch mit seinem Kollegen zu lange dauerte. Wie auf Kommando sah Nora zu ihm hinüber.

Er streckte bereits die Pranke nach ihr aus und zog sie auf die Tanzfläche. Sein riesiger Schädel beugte sich immer wieder zu ihr hinab. Es sah aus, als wolle er ihr ins Ohrläppchen beißen. »Ich habe viel mehr Geld und Einfluss als er«, sagte er.

»Das weiß ich doch«, pflichtete sie ihm fast mütterlich bei.

Wieder zog er sie auf die Tanzfläche und legte mit ihr einen Cancan hin. Später unterhielt er sie damit, dass er den Rand seines Glases abbiss, zerkaute und herunterschluckte.

So kam es zu einem lukrativen Vertrag mit seinem Verlag.

Blahnik hielt sich die ganze Zeit in ihrer Nähe auf. Allein schon durch ihre Blicke wusste er, dass er derjenige war, der am Schluss zum Zug kommen würde. Er lächelte maliziös, zwinkerte ihr ab und an zu und sah sich das ganze Schauspiel aus einer gewissen Distanz an.

Rolf stand abseits an einer kleinen Säule am Rande des Saals. Er drehte eine Zigarette und betrachtete sie aus der Entfernung, wie sie mal mit dem einen und mal mit dem anderen tanzte. Wie damals, beim Tanztee. So hat es angefangen, dachte er, und so hört es auf.

Er sah ihr zu und erinnerte sich, wie sie damals, vor vielen Jahren, in der lauen Juninacht zu ihm gekommen war und ihn um eine Zigarette angeschnorrt hatte. Er betrachtete sie eine Weile. Sie hatte ihn offenbar vollkommen vergessen.

Er ging, ohne dass ihn jemand bemerkte, nach Hause zu seinem Sohn, den man diesmal nicht auf den Schrank gesetzt hatte, der aber jetzt wohl allein in der Wohnung schlief, nachdem ihn irgendwelche Nachbarn (nicht etwa die Hardys) ins Bett gebracht hatten.

Er fand mich wach, aufrecht auf der Kante des Hundekissens, mein Oberkörper wippte vor und zurück, meine Augen starrten, riesengroß, Löcher in die Dunkelheit. Ich bemerkte ihn zunächst nicht.

»Robert«, sagte er zärtlich und nahm mich auf den Arm. Wie weich ich mich an ihn schmiegte – und wie durchlässig meine Aura war, das spürte er jetzt.

»Kannst du nicht schlafen, mein Kind?«

Was für eine blödsinnige Frage.

»Es ist alles gut, es ist alles gut«, wiederholte er immer wieder und strich mir sanft über den Kopf, bis ich einschlief. Selbst als er mich hinlegte, wollte ich mich nicht von ihm lösen. Ich war mit ihm verschmolzen, damit er mich nie wieder allein lassen konnte. Langsam und vorsichtig löste er meine kleinen Finger, dann die Arme, legte mich auf das Hundekissen zurück und ging behutsam hinaus.

Einen Augenblick später, als er im Flur stand und überlegte, ob er sich noch einen Whisky gönnen sollte, um das Ende zu zelebrieren, dachte er kurz darüber nach, warum er mich nicht auf seinem Arm behalten hatte. Er überlegte, ob er noch einmal zurückgehen und mich wieder hochnehmen sollte, um mich später zu sich ins Bett zu legen, damit ich nicht allein war. Aber er tat es nicht. Gewohnheit und alte Prinzipien. Hilflos zuckte er die Achseln.

Nora kam nicht wieder. Weder in dieser noch in einer anderen Nacht.

Irgendwann tauchte sie auf, um ihre Koffer zu holen, die Rolf ihr schon vor die Tür gestellt hatte.

Ich saß in der Küche. Sie wollte mich »noch kurz sehen«, um sich von mir zu verabschieden, aber er ließ sie nicht hinein.

Ich war aufgestanden und hatte die leise Auseinandersetzung im Flur und den anschließenden Abgang mitbekommen: Zwei Koffer links und rechts in der Hand, ein schwarzes Kleid über der dünnen Figur, schwebte sie hinaus in das helle Lichtquadrat draußen im Gang und verschwand im Fahrstuhl gegenüber. Er schloss die Tür leise, kam zurück in die Küche und sagte die üblichen Sätze.

»Setz dich wieder hin, Kind.« »Trink deine Milch.« »Geh ins Bett, Kind.«

Es war alles beim Alten, nur dass unerklärlicherweise eine Hälfte fehlte. Das Hämmern der Schreibmaschine war weg. Es war plötzlich seltsam still in der Wohnung.

Sie wurden gerichtlich geschieden. Das Gericht sprach ihm das Sorgerecht zu. Wegen Ehebruchs war sie schuldig geworden und durfte mich nicht mehr ohne seine Erlaubnis sehen, was sich sowieso erübrigte, weil sie kurz darauf mit Blahnik nach Rom und später nach London ging.

5.

Auf unserer ersten Italienreise erzählte mir mein Vater, dass der Schleudergang der italienischen Waschmaschinen dazu da sei, das Gras zu einem Brei zu zermalmen, den die armen Kinder, die da im Müll spielen müssten, zu essen bekämen.

Er deutete auf Kinder am Hang, hinter denen eine einsame Waschmaschine schleuderte. Er wankte bereits ein wenig, obwohl es erst Nachmittag war. »Diese armen Kinder müssen Gras fressen, während du dich schon vor der Haut ekelst, die sich auf der warmen Milch bildet«, sagte er abfällig.

Am Nachmittag lernte er am Strand eine Rothaarige kennen. Sie lag allein auf einem Liegestuhl und sah mit zu Schlitzen verengten Augen zu uns herüber. Wenig später ging er zu ihr, blieb breitbeinig, mit verschränkten Armen, vor ihr stehen und präsentierte sich ihr in seiner ganzen Männlichkeit. Er redete leise mit ihr, sie kicherte die ganze Zeit. Wenig später waren sie einfach verschwunden.

Irgendwann verließ ich den Strand als Letzter. Es war schon Abend. Ich hockte mich auf eine breite, schlecht beleuchtete Steintreppe und versuchte, mir einen Splitter aus dem großen Zeh zu ziehen. Es war anstrengend und gelang mir nicht. Ich gab auf und beobachtete stattdessen die Kinder am Hügel, von denen mein

Vater behauptet hatte, sie müssten Gras fressen. Ich sah, wie sie von ihren Müttern, alten, dicken Kampfmaschinen mit lauten Stimmen, gefüttert wurden. Sie bekamen Spaghetti. Ich nahm mir vor, meinen Vater zur Rede zu stellen. Immer, wenn mir etwas nicht schmeckte, erinnerte er mich an die Biafra-Kinder, von denen er mir Bilder mit ihren von Fliegen bedeckten Augen gezeigt hatte.

Nachdem die Kinder gegessen hatten, wurden sie hineingeschickt. Es wurde kühl und still, und ich war überhaupt nicht müde. Ich machte mich auf den Weg zur Strandpromenade. Man fand sie durch das Dickicht der Betonbunker, indem man der Dudel-Musik folgte.

Ich sah ihn mit der Rothaarigen an einer der Strandbuden sitzen. Sie waren bereits im Zimmer gewesen. Ich hatte gelauscht, ihr Lachen und Stöhnen gehört und gesehen, wie mein Vater ihr mit seinem Fünftagebart den Hintern und den Rücken gekratzt hatte.

Jetzt saßen sie wieder da, und mein Vater redete gedämpft auf das rote Luder ein. Sie lachte und brachte dadurch ihre großen Brüste zum Wippen. Später machten sie einen Strandspaziergang. Ich folgte ihnen nicht. Ich war müde und wollte ins Bett. Im Hotel wies man mir ein anderes Zimmer zu. Der Kellner mit der schwarzen Fliege, der wie Charlie Chaplin aussah, brachte mich hoch.

Am nächsten Morgen, auf dem Weg zum Frühstück, musste ich am Zimmer meines Vaters vorbei. Durch einen Spalt in der Tür konnte ich sehen, wie die Rothaarige nackt auf dem Bett saß und Löcher in die Luft starrte. Sie war völlig ausgepumpt. Mein Vater hatte ganze Arbeit geleistet. Er trällerte im Hintergrund leise das Lied, das er beim Rasieren immer sang: »Muss i denn, muss i denn zu-um Städtele hinaus, aber du, mein Schatz, bleibst hier.«

Wenig später sah ich ihn beim Frühstück. »Heute kommen Omi und Opi und holen dich ab«, erklärte er sanft und sah mich wie aus weiter Ferne an. Ich hatte nichts dagegen.

»Wenn du willst, kannst du zum Strand hinuntergehen, aber an die gleiche Stelle, damit wir dich finden«, sagte er und strich mir über den Kopf. Ich nickte. Mir war alles recht.

Ein paar Tage zuvor waren wir an einem Kiosk vorbeigekommen. Auf einer Zeitschrift prangte das Porträt einer Frau, die aufgemacht war wie Kleopatra, mit einer großen, schwarzen Perücke und dick mit Kajal umrandeten Augen. Sie thronte auf einem breiten Balkon, im Hintergrund sah man Prachtbauten. Ich erkannte sie erst später wieder, als das Magazin am Nachmittag im Hotelzimmer auf dem Nachttisch lag und ich allein war und es eingehend betrachtete. Ich erschrak gleichermaßen darüber, wie viel Zeit und Vergessen es damals bereits in meinem kleinen Leben gab. Mein Vater verlor kein Wort darüber.

Am Abend war das Magazin verschwunden.

Den Tag, an dem meine Großeltern kamen, verbrachte ich alleine am Strand. Am frühen Nachmittag wurde mir schummrig. Man hatte mir zwar gesagt, dass man sich vor der Sonne in Acht nehmen und eincremen musste, aber ich hatte es vergessen. Ich hatte gewartet. Wie immer war ich haargenau jenem schwer verstellten Kompass in meinem Innern gefolgt, der mir abverlangte, viel zu früh und überpünktlich am verabredeten Ort zu sein und dies mit einer zwanghaften Ausschließlichkeit im Kopf zu haben, die keinen anderen Gedanken zuließ.

Jeder, der mit mir verabredet war, konnte davon ausgehen, dass ich lange vorher da war und wartete. Die Quittung dafür bekam ich jetzt zu spüren. Jede Drehung meiner Augäpfel fühlte sich an, als würde ein Fleischwolf durch meine Augenhöhlen gedreht. Außerdem war mir hundeelend, und meiner Haut wurden bei jeder Bewegung tausend Nadelstiche versetzt. Dass ich überall krebsrot war, bemerkte erst meine Großmutter, die plötzlich herangestürzt kam. Als sie mich berührte, schrie ich wie von Taranteln gestochen. Ich sprang auf – und kotzte ihr vor die Füße. Danach wurde mir schwarz vor Augen.

Man brachte mich in den Schatten und legte mir feuchte, kühle Tücher auf Kopf und Gesicht. Immer wieder taten sie das, mein Großvater ging mit dem Eimer los, Wasser holen, und meine Großmutter blieb an meinem Liegestuhl sitzen und tauchte die weißen, dünnen, lakenähnlichen Tücher in das kalte Wasser und legte sie über mich. Sie schmiegten sich an mich, sie linderten meinen Schmerz.

Die Sonne wanderte bereits über das Meer. Es wurde leise beraten, ich hörte es genau, zwischen ihr und ihm, auf Französisch, wie sie es immer taten, wenn es etwas Wichtiges gab. Sie trugen mich auf der Liege in einen tieferen Schatten hinein, in das Foyer des Hotels. In der Halle roch es nach kaltem Zement, es war dämmrig, der Boden spiegelte, es war spartanisch und leer wie in einer Leichenhalle. Dort warteten sie bei mir, die Verbände wechselnd, bis mein Vater kam und versuchte, sich zu entschuldigen. Mein Großvater bellte ihn nieder. Seine heisere, leise Stimme hatte es in sich. Er wollte nichts hören, er schickte ihn weg.

In der Dunkelheit noch wurde ich in jenen eisgrauen Opel Rekord getragen, der das Markenzeichen so vieler Fahrten des Glücks werden sollte.

Sie nahmen mich mit. Es wurden keine Gespräche geführt. In der Nacht, an irgendeinem Halt, den sie machten, bekam ich eine Salbe. Meine Haut warf bereits Blasen. Ich schrie nur am Anfang, dann ertrug ich die sanften Fingerkuppen und die kühle, gelatineartige Substanz, die auf meine Stirn aufgetragen wurde. Und schlief, wie so oft später, endlich ein auf der Rückbank des Wagens.

Es ging weiter bis tief in die Alpen, zum berühmten Brennerpass, den ich zum ersten Mal zu sehen bekam. Am frühen Morgen erreichten wir ihn und stiegen aus. Mein Großvater zeigte auf die verschneiten Bergrücken um uns herum und erklärte sie mir. Er kannte sie alle, wie er fast alle Bäume, alle Gräser, fast jedes Kraut am Wegrand erkannte und wusste, wozu es gut war.

In Deutschland wurde es gerade Frühling. Wir fuhren die ganze Strecke durch bis nach Stein hinauf, ohne ein einziges Wort zu sagen. Manchmal schlief ich kurz ein und erwachte grunzend durch einen stechenden Schmerz. Als wir oben in Stein ankamen, senkte sich der Abend behutsam über die Landschaft. Mein Großvater hob mich hoch und stellte mich auf die Kühlerhaube des Wagens. Ich sollte wenigstens noch sehen, wie schön es hier war.

»Du hast jetzt ein neues Zuhause«, sagte er.

6.

Mein Gesicht war mit einer dicken Salbe bedeckt und bandagiert. Außerdem hatte ich ein großes Gerstenkorn bekommen. Ich trug eine braune Trainingshose und stapfte über den Lehm. Zum ersten Mal merkte ich, dass ich Zeit hatte. Es war ein wundervolles Gefühl. Irgendwann wurde der Verband abgenommen. Bis auf eine kleine Narbe an der Stirn blieb nichts zurück.

Jeden Tag entfernte ich mich ein Stückchen weiter vom Haus, bis ich es nicht mehr sehen konnte. Ich war eine der Wiesen an der Westseite hinuntergelaufen, mit ihren gewaltigen Bodenwellen. Sie schien unendlich weiterzugehen. Längst hörte man den Bagger und die Planierraupen nicht mehr, die bei uns oben Grundstücke auszuheben begonnen hatten.

Ich teilte die Wiese in einzelne Waldstücke auf, da, wo die Wege in den Wald abgingen: Waldstück eins, zwei und drei, damit ich am Mittag oder am späten Nachmittag wusste, wo ich ungefähr war und wie weit es zurück zum Haus war. Von mannshohem Gras umgeben saß ich irgendwo inmitten dieser gewaltigen Wiese, allein in dieser großen Stille, unterbrochen nur vom Zirpen der Grillen und Insekten, die einander Rede und Antwort standen. Ich brauchte lange Zeit, um zu mir zu kommen, saß einfach nur da, blickte ins Leere und spürte die Wärme und das Zirpen der Grillen. Sie lagen wie ein dichter Mantel um mich herum, wie eine Schutzhülle, die im Laufe des Tages immer dichter wurde, mich allmählich heilte und aus meiner Erstarrung befreite.

Manchmal war ich bekümmert. Beim Trinken kalter Milch kam die Einsamkeit zurück. Oder beim Anblick meiner früheren Kleidung. Aber mit jedem neuen Tag sog ich die Elixiere des Lebens in mich hinein, schritt aus in die Landschaft am Morgen. Mein Großvater nannte mich »Wandersmann«. Ich genoss es mit jedem Schritt mehr. Mich auf diesem Grat bewegend, geriet ich in die euphorischen Taumel, die ich zu jener Zeit hatte. Man sagt, ich sei lange dankbar gewesen. Ich wusste, aus welcher Hölle ich kam. Ich hatte früh begriffen, wie fragil das Glück ist. Ich konnte es, mit mir selbst, auf ungeahnte Höhen treiben. Ich rannte über die Wiese, die ich nun schon so gut kannte, ich erforschte die Wege, die in den Wald hineingingen, ich erforschte das Phänomen der Dämmerung am Saum der Krüppelkiefern, in denen sich die Frühnebel noch immer hielten, wenn längst schon der Himmel aufgebrochen und der Tau von den Wiesen getropft war. Ich umarmte die Bäume. Ich schrie in wildem Tanz vor Glück. Vom Tagesanbruch bis in die Dämmerung hinein war ich am allerliebsten allein.

Es reichte mir zu wissen, dass meine Großmutter da war, dass sie auf und ab ging in der Küche. Es reichte, dass der graue Opel Rekord am Abend regelmäßig auf der Schotterpiste erschien und vor der Garage parkte.

Ein Gefühl der Sicherheit breitete sich wie ein ungeheurer Reichtum in mir aus. Ich begleitete meine Großmutter hinunter ins Dorf. Wir gingen zum Metzger und zu einem Herrn Ammon, der einen Tante-Emma-Laden am Fuß der Kirche unterhielt. Mehr Kontakt hatten wir zu den anderen nicht. Meine Großmutter war auch gern allein.

Abends kamen das Schmalz und das Brot und die Tomaten auf den Tisch. Danach ging mein Großvater meist noch hinaus in den Gemüsegarten, wo er bis tief in die Dämmerung blieb.

Es war Herbst, als die Werners kamen. Das junge Ehepaar hatte das nötige Geld zusammengekratzt, um endlich ein Haus zu bauen. Sie fingen an, die Gruben auszuheben, als es schon früh dunkel zu werden begann. Frau Werner hatte zwei Kinder dabei, ein kleines Mädchen in meinem Alter und einen Jungen mit einer verrotzten Nase, Olaf. Das Mädchen hieß Laura und war sehr filigran. Sie hatte graue Augen und aschblonde Haare. An ihren roten Gummistiefeln war sie von weitem erkennbar.

Manchmal stand sie scheu in der Nähe des Küchenfensters und blickte hinüber.

»Wie heißt du denn?«, fragte Elli.

»Laura«, rief sie und lief davon.

Es dauerte noch den ganzen Herbst mit seinen schlimmen Einbrüchen, den Winter mit seiner Dunkelheit und den nächsten

Frühling, der die Wolken vor sich hertrieb, bevor sie mich als Kameraden bekam. Sie war ein wildes Kind, das nie sprach, allein zwischen den Baugruben umherstreifte und im Regen mit Plastikplanen spielte.

Von meiner Großmutter wollte ich schöne Geschichten hören. Wie hatten sie und mein Großvater sich kennengelernt?

Meine Großmutter musste mir schwören, mich lieber zu haben als alle anderen Menschen auf der Welt. Bald wollte ich wissen, wie viel lieber. Sie musste es mir in Zentimetern sagen – und schließlich die Arme ausbreiten.

»Um so viel hast du mich lieber?«, rief ich.

Und dann zeigte ich ihr, um wie viel lieber ich sie hatte. Ich lief mit bloßen Füßen über den harten Lehm, weit aus dem Garten hinaus, bis sie mich gerade noch sehen konnte, und dann schrie ich: »Um so viel habe ich dich lieber, Omi!«

Dann rannte ich zurück und sprang in ihre Arme. Sie konnte mich zu der Zeit schon kaum noch halten, geschweige denn mich in irgendeiner Form bändigen. Aber das war auch nicht nötig, die Welt war so viel größer als ich.

Meine Forderungen nach Liebe waren maßlos. Zumindest symbolisch. Wenn jemand angerufen hatte, bekam ich Panik. Selbst wenn es nichts Schlimmes zu sein schien, stieß ich ein Geheul aus, bis meine Großmutter schwieg. Ich wollte nichts hören. Weder, ob mein Vater mir Grüße ausrichten ließ noch sonst was. Ich wollte nicht mit ihm sprechen.

Löwen sahen glücklich aus. Enten mussten glücklich sein. Böse Märchen gab es nicht. Und wenn die Elefanten so ein gutes Gedächtnis hatten und am Ende so glücklich waren, dann konnte ihnen nichts Schlimmes widerfahren sein. Meine Sehnsucht nach einer heilen Welt wurde zunehmend fanatisch und zwangsneurotisch.

Wenn das Wort Trennung fiel, hielt ich den Atem an, um die verdorbene Luft nicht mehr einzuatmen, die um das schlechte Wort herum war – und rannte hinaus, damit ich nicht infiziert wurde. Erst draußen, wo die Luft rein war, atmete ich wieder tief ein. Meine Angst vor Trennung war nicht mehr heilbar. Ich galt als ein schwieriges Kind.

Einmal, als meine Großmutter einkaufen ging, hörte ich aus der Kirche einen vielstimmigen Chor, der einen Choral sang. Tief beeindruckt blieb ich einen Moment stehen und schlich dann, alle Verbote außer Acht lassend (meine Großeltern waren seit der Nazizeit Atheisten geblieben), magnetisch angezogen von dem Gesang, in die Kirche hinein und setzte mich auf eine der Holzbänke. Keine Kraft der Welt hätte mich wieder aus dieser Kirche bekommen, bevor der Gottesdienst zu Ende war.

Es war phantastisch. Der Chor schwang sich in ungeheure Höhen auf, die ich bisher nie erlebt hatte. Mir liefen die Tränen herunter. Nie war ich mit Musik in Berührung gekommen. Schon gar nicht aus dieser Nähe, mit dieser Intensität, dieser Würde. Es waren die alten Frauen, eingehüllt in schwarze Kopftücher, die Blicke nach vorn auf den Altar gerichtet, die mit strengen Gesichtern und hohen, eindringlichen Stimmen sangen. Vorne stand der Pfarrer, in seinem weißen Talar mit den Goldborten. Der Weihrauch lag noch dicht in der Luft. Überall brannten Kerzen. Sie sangen das Loblied des Herrn der Herrlichkeit.

Als der Gesang verklang, war ich tief erschüttert. Ich wollte niemandem begegnen und blieb auf der Bank sitzen, bis die Frauen gegangen waren. Schließlich musste ich mich von meinem Sitz lösen, da der Kirchendiener schon am Tor stand und auf mich wartete.

Viele Fragen hatte ich, als ich hinaus auf den Vorplatz trat, wo mich bereits die Dämmerung umfing. Es war kein Menschenwerk, was ich gehört hatte. Welche schönen Seelen hatten es geschrieben? Welche Eingebung, die imstande war, so tief die Dinge in einem anzurühren, die heilig waren? Ich hatte begriffen – und war tief religiös geworden.

Vollkommen geläutert ging ich nach Hause und nahm mir vor, nie wieder einen bösen Gedanken zu haben, nie wieder eine böse Tat zu vollbringen.

Eher würde ich mir selbst die Hände abhacken. Schon auf dem

Weg durch die Dunkelheit blickte ich immer wieder zum Himmel empor, ob ER auf mich herabsehen würde.

Noch am gleichen Abend warf ich mich vor mein Bett auf die Knie und betete, wie es die alten Frauen getan hatten, das Vaterunser.

Dennoch ging meine erste Begegnung mit der Kirche ziemlich daneben. Ich hatte, genau wie ich vor Freude außer mich geraten konnte, bisweilen auch schreckliche Tobsuchtsanfälle, die ich nicht unter Kontrolle bekam. Einmal schlug ich einen Jungen in einem Weizenfeld ohnmächtig. Der Junge war eines der schmutzigen verwilderten Kinder, die man manchmal am Horizont als streunende Banden herumlaufen sah. Am Rand eines Felds hatte er mir aufgelauert und war mir in das Feld hinein nachgelaufen. Er stank nach Urin und verfolgte mich. Ich bekam Angst, aber die Wut, ohne Grund verfolgt zu werden, einfach aus Gemeinheit, war größer, so dass ich plötzlich stehen blieb, mich umdrehte und den Verfolger auflaufen ließ.

Ich nutzte die Sekunde, in der er perplex war, und schlug mit den Fäusten auf sein Gesicht ein, traf den Kiefer, traf den Hals und die Augen. Ich fällte meinen ersten Feind gewissermaßen auf freiem Feld, bei gleißender Sonne, nahezu biblisch. Als mein Gegner in die Knie ging, ergriff eine Art Blutrausch von mir Besitz. Ich ließ die Fäuste tanzen – sie wirbelten auf den Hinterkopf, auf die Stirn, gegen Hals und Rücken, bis dieser endlich in die Ackerfurche sank und sich nicht mehr bewegte.

Als ich den leblosen Körper sah, der intensiv nach Urin stank und aus dessen Nase und Mund Blut sickerte, bekam ich es mit der Angst zu tun und rannte mit einer großen Zielsicherheit meiner nackten Füße über den trockenen, hartkantigen Lehm, über die unregelmäßige, scharfkantige Bodenkrume und spürte meinen Atem, spürte, wie er immer heftiger wurde, während eine gleißende Sonne mir zusetzte, die giftige, grünliche Pfeile auf mich herabschoss. Ich rannte den ganzen Weg bis zum Ende des Weizenfeldes. Dann schien es, als ob ich mich kurz überschlug und mit den Knien auf die betonierte Einfassung eines Gartens prallte, die ich übersehen hatte, denn irgendwann bemerkte ich, dass meine Knie stigmatisiert waren. Sie bluteten, und das Blut lief in einem dünnen Rinnsal das Schienbein hinunter. Immer schneller rannte ich, bis ich endlich den heißen Teer der Straße unter den Füßen spürte, und erst, als ich vor der Kirche ankam, begriff ich, wohin es mich gezogen hatte, nicht nach Hause, nicht zu meiner Großmutter, sondern hierher, zu dem großen Portal, aus dem immer kühle, nach Weihrauch duftende Luft kam.

Ich durfte nicht beichten, ich war kein Katholik, ich war ein Heide mit meinem kurzgeschorenen Haar und den blutigen Knien – niemand hatte mich getauft.

Da stand ich nun, lauschte in die vorbereitende Stille des Gebets, und nichts in mir regte sich, außer einer leisen Panik, dass ich nun vielleicht ein Mörder – und endgültig aus der Gemeinschaft der Menschen ausgeschlossen war. Ich mochte eine Weile so gestanden haben, klein auf dem großen, in Stein gefassten Platz, über mir ein riesiger blauer Himmel mit einzelnen Wolken, als irgendwann der Pfarrer aus der Kirche hinaussah, ob noch ein Nachzügler kam, und mich ansprach.

»Wie heißt du? Was machst du denn hier? Ich kenn dich ja gar nicht. Du gehörst doch nicht zur Gemeinde?«

Ich schüttelte den Kopf.

»Von wo bist du denn? Zu wem gehörst du denn? Deine Knie bluten ja!«

»Zu niemandem, den Sie kennen, Herr Pfarrer. Und ich weiß nicht, woher ich komme«, rief ich erregt und stark berührt durch die menschliche Aufmerksamkeit des Pfarrers, der mir ansonsten unerreichbar schien.

»Ich muss jetzt wieder hineingehen, es ist gleich Gottesdienst«, sagte der Pfarrer mit sanfter Stimme.

»Da oben, auf dem Feld, da liegt ein Junge und verblutet«, sagte ich. »Er hat mich verfolgt, da habe ich auf ihn eingeschlagen. Er ist schuld daran.«

»Was redest du denn?«, sprach der Seelsorger in seiner Soutane und ging wieder hinein.

Ich rannte davon, zurück zu dem Feld. Die Stelle, wo der Junge gelegen hatte, war leer. Etwas Blut klebte auf den zerdrückten Halmen.

»Engelbert!«, schrie ich nun wie von Sinnen, denn so hieß der Junge. »Engelbert!«

Ich rannte zurück zur Kirche, riss das große Portal auf und lief hinein in das Kirchenschiff. Der Chor schwoll an, als ich den Altar erreichte. Durch einen dichten Schleier von Weihrauch hindurch starrten der Pfarrer und die Messdiener mich ungläubig an, als ich schrie: »Herr Pfarrer! Herr Pfarrer! Sie müssen mir helfen! Ich finde Engelbert nicht mehr! Wir müssen ihn suchen! Sonst stirbt er!«

Ich trommelte mir auf die Brust. Allgemeine Unruhe brach aus.

Die alten Weiber vorne im Chorgestühl verstummten, ein leise murmelnder Protest gegen mich erhob sich. Ich sank theatralisch auf die Knie und verlangte nach Absolution.

»Jetzt nicht!«, schrie der Pfarrer. »Jetzt ist nicht die richtige Zeit dafür! Hast du verstanden?«

Er gab den Messdienern, zwei gutgebauten, jungen Männern, ein Zeichen – und sie trugen mich unter den scheelen Blicken der alten Frauen hinaus vor die Tür, stießen mich auf den Vorplatz und verwarnten mich, ja nicht wieder hineinzukommen und den Gottesdienst zu stören. In der Dunkelheit schlich ich mich heim – und weinte.

Meine Großmutter, die bereits von dem Vorfall erfahren hatte, war ziemlich ratlos.

Sie rief meinen Vater an.

»Der Junge ist außer Rand und Band«, sagte sie.

Mehr fiel niemandem dazu ein. Mir auch nicht. Es war, wie sie sagte.

Engelbert hingegen war nicht viel passiert – das stellte sich schon in derselben Nacht heraus. Allerdings musste er ins Krankenhaus gebracht und genäht werden und sah eine Weile fürchterlich aus. Ich mied seither die Nähe des Hauses, wo die Familie wohnte. Denn obwohl ich mich offiziell entschuldigt hatte, rief immer jemand von ihnen, wenn er mich sah: »Da kommt er, da kommt die heidnische Drecksau!«

7.

Später befreundete ich mich mit Engelbert und machte ihn mir untertan – wie ich mich mit allen befreundete, die nicht dazugehörten, die stahlen, rauchten, sich prügelten, schlecht in der Schule waren oder auffielen durch Grausamkeit, Dummheit oder clownesken Wahnwitz oder die Raubbau an ihrer Gesundheit betrieben und die Gesellschaft unterminierten.

Lag es daran, dass dies ebenso eine Gemeinschaft war, wie die der »Heiligen«, die nur ihresgleichen aufnahm und mich willkommen hieß, mich, den »Heiden« von Stein?

Dann freundete ich mich mit Komorek an, mit ihm watete ich durch das dunkle Brackwasser der Baugruben, wenn dicke Wolken aufzogen und Regen über das Land trieb, sah ihm zu, wie er trank und in den Himmel starrte, wenn die Gewitter niedergingen, und danach sah ich ihn mit der Flasche in der Hand kreiseln über dem roten Matsch, im gleißenden Glanz der Sonne, die unter den Wolken plötzlich hervorbrach und alles aufleuchten ließ. Ich stieg aus dem Wasser und tanzte wie ein Derwisch mit ihm, rieb mich ein mit Liebstöckel, den ich zwischen den Fingern zerpresste, mit Majoran und mit Waldmeister, warf mich danach völlig erschöpft in den Dreck neben ihn, roch die Pisse in seinen Kleidern. Oder ich kroch oder lief auf allen vieren über die Kohlfelder, die dunkel, fast schwarz auf der Ebene lagen, und hechelte dabei wie ein Hund.

Manchmal begleitete ich ihn noch ein Stück, wenn er nachts die Bauwagen der italienischen Gastarbeiter abklapperte, um Bier zu erbetteln oder, unter dem Vorwand, eine Zigarette zu schnorren, mit ihnen hineinging – was immer auch dann dort geschah.

Er ließ mich unbekümmert allein an der nächtlichen Straße, die mit Schotter aufgefüllt war und weiter hinten bereits geteert. Ich sah sein Gesicht hineintauchen in das ölige Licht im Innern der Bauwagen, sah seine kleine, platte, schiefe Boxernase, seine rudimentäre Oberlippe, die fein gespalten und wieder genäht worden war, sah die kleine, weiße Naht darauf und den toten Ausdruck in seinen Augen. So ging ich, zwischen Nachtlicht und Draht, allein umher, fand mich an Baugruben wieder, mein Ohr an den leise sirrenden Elektro-Umzäunungen oder an den Rosenstöcken, die sich mit weißer Glut in die Nacht rankten, meine Nase in ihrem betörenden Duft. Am Anfang suchte man mich, dann nicht mehr – es hieß, ich sei mondsüchtig geworden (eine plausible Erklärung) –, denn ich kam mit schlafwandlerischer Sicherheit jede Nacht wieder zurück in das Haus, das noch immer nach Zement und Feuchtigkeit roch.

In all den langen Tagen und kurzen Nächten meiner nicht vorhandenen Kindheit kreiste etwas in meinem Gehirn unablässig, ein unauflösbares Rätsel: Wo war der Herr der Herrlichkeit? Manchmal schien er meine Frage durch ein Spektakel in der Natur zu beantworten, das – plötzlich – hervorbrach und einen Vorhang aufriss, ein – jäher – Wechsel in den Elementen, ein Donnergrollen oder ein Sonnenstrahl, der hoch und golden durch die Wolken brach – für mich, der emporblickte wie ein Heiliger auf einem Kirchengemälde und erstarrte angesichts Seines Zeichens auf freiem Feld.

Unsere gebeugten, nackten Rücken am Nachmittag im Gegenlicht, wie sie flimmerten, stumm und reglos in der kargen Landschaft. Unsere geschorenen Köpfe hinuntergebeugt, über der brütenden Leere. Wir zerbröselten Torfballen zwischen unseren Fingern oder zerlegten kleinere Tiere, die wir am Straßenrand fanden und einsammelten. Wir verteidigten diese Kargheit durch Armut bis in die späten Jahrzehnte. Man schenkte uns große Sommer.

Wir reiften im Regen. Wir tauschten Gebärden. Ein Nicken des Kopfes für Aufbruch und Zielrichtung. Schadenfrohes, rohes Gelächter und Spott, wenn etwas schiefging. Worte waren verpönt. Die großen Wahrheiten waren vom Zyklus der Jahreszeiten abhängig, wann gepflanzt, wann geerntet und wann geschlachtet wurde.

Wir aßen das Graubrot in der Dämmerung oft ohne Belag, trieben uns einzeln in den Gärten herum und sahen die anderen, dunklen, kleinen Gestalten unruhig umherhuschen, bis die altmodischen Fuhrwerke der Eltern dreirädrig über die dunkle Schotterpiste knirschten, die hintere Ladefläche beladen mit einem Haufen erdbeschmutzter Möhren oder mit neuem Torf oder Packen von Zementpulver, die noch aufgeschlitzt werden mussten.

Heißhungrig fielen wir über die sandigen Möhren her, ließen ihren Saft unsere ausgedörrten Kehlen hinunterrinnen. Die Erwachsenen grinsten. Sie waren die letzten achtzehn, zwanzig Stunden ohne zu murren auf den Beinen gewesen. Ihre Ausdauer und Geduld wurden immer wieder auf harte Proben gestellt. Oft waren die Einnahmen am Abend enttäuschend gering, und bei den Frauen brach eine Strenge sich Bahn gegenüber den Männern, die schwer erträglich war, denn sie hatten alles gegeben, und es reichte doch vorne und hinten nicht.

Nun war das alles für die wenigen Momente vergessen, in denen sie uns beim Verschlingen unserer Nahrung zusahen. Nun war das zweite Gesetz des Lebens nach der Fortpflanzung, die Aufzucht der Nachkommen, in Kraft getreten und wurde mit dieser Schweigeminute gewürdigt. Wenn der Dieselmotor lief, was meist der Fall war, weil sie die Scheinwerfer zum Abladen ihrer Ware in der Dunkelheit brauchten, dann saßen wir in einer Wolke aus Abgasen, die uns damals wohlriechend und aromatisch vorkam. Niemand hatte etwas dagegen.

Die Baugründe wurden ausgehoben im späten März. Die Landschaft war noch starr vor Kälte.

Schaufeln gruben sich in die harte Erde, manchmal fror es nachts. Dann legte man die Arbeit nieder. Wenn die Bauwagen der italienischen Gastarbeiter in einer Karawane die steile Dorfstraße hochzogen, dann erst begann der Frühling.

Komorek mauerte im März ganz allein. Es stand bis zur Hüfte im Grundwasser. Es war pechschwarz und schlammig, und ein dunkler Himmel braute sich über ihm zusammen. Später, im Mai, erfand er die Leidenschaft, allein und betrunken im strömenden Regen durch die dunklen Fluten zu waten, mit einer Flasche Klarem in der Hand in die hereinbrechende Dunkelheit hineinzuschwanken.

Wochenlang war er nüchtern, arbeitete Tag und Nacht wie ein Besessener, arbeitete für drei, arbeitete für vier Mann, türmte hohe Mauern im Abwasser auf, die uns gegen die Witterung schützen würden. »Eines Tages …«, pflegte er prophetisch zu sagen und führte diese Sätze nie zu Ende. Plötzlich überkam es ihn, wie aus heiterem Himmel, er konnte nichts machen, und wenn er dann trank, dann kannte er nichts, keine Achtung, keine Gnade, keinen Respekt.

Wenn mein Großvater rief: »Kommen Sie raus, Komorek, es wird dunkel!«, nahm Komorek seine Kelle, schwankte durch die schwarze Flut, die der Regen peitschte, und rief: »Geh nach Hause, Erich, und pass auf, dass deine Frau nicht nass wird.«

Mit solchen Doppeldeutigkeiten schickte er meinen Großvater in die Wüste. Dieser entließ ihn nie, wusste er doch, was er an ihm hatte. Die gleiche Besessenheit für die Arbeit, die er von sich selbst kannte, trieb Komorek voran. Man fand ihn schnarchend unter Apfelbäumen, am Rand staubiger Feldwege, bei Nacht und Regen und in der Glut der Hitze. Was musste er für Kräfte gehabt haben, dass er dies alles aushielt.

Eine wilde Horde kurzgeschorener Jungen, die nackten Oberkörper braungebrannt, sehr früh auf den Beinen, sehr zäh, sehr ausdauernd. Wir rannten wie Antilopen, mit weit ausholenden Schritten durch das hüfthohe Gras, immer die abschüssigen Wiesen hinunter bis zum Wald. Um uns tanzten die Äste der Bäume, noch in der Kälte, im aufsteigenden Tau der Wiesen. Kilometerweit rannten wir, rannten wie Wotans Kinder dem Sonnenaufgang entgegen. »Hart wie Kruppstahl, zäh wie Leder«, schrien wir. Und sobald wir die hohen, alten Bäume am Waldrand erreicht hatten, zerfurchten wir uns erneut die narbigen Beine an der Rinde, indem wir die dicken Stämme umarmten wie Affen und uns Stück für Stück daran hochhangelten, bis die Äste dünner wurden und der Wipfel zu schwanken begann unter unseren Gewichten. Wir saßen reglos und sahen die Sonne aufsteigen, ihre weiße Aura über dem Schwarz der Tannenwälder, die bei Kirchenbach hinter dem Mischwald begannen – und stießen unser Geheul aus, das Geheul der Indianerkinder mit dem fränkisch-schlesischen Dialekt. Wir trainierten – wofür, wusste keiner. Die voll aufgeladenen Akkus unserer kleinen, zähen Körper wollten immer weiter vorwärts, immer weiter in die Wälder hinein, in ihr Dunkel, in ihre Ungewissheit, immer später zurück in die Siedlung.

Längst war die Dunkelheit angebrochen, und wir waren immer noch draußen, nassgehetzt und völlig verausgabt, spuckten wir Kälte, spuckten die Kältepartikel der schneidenden Luft einfach aus, kamen irgendwann auf der Heimatwiese an, warfen uns auf den Boden, unser Atem auf Hochtouren, die Schwächeren noch irgendwo weit draußen – die Suchmannschaften der Erwachsenen standen schon oben am Hang und riefen und schwenkten ihre Taschenlampen nach uns. Sie riefen unsere altbekannten Namen: Engelbert, Thomas und Robert, die Namen der Anführer, und dann rannten sie und durchkämmten die Wiesen, bis wir lachen mussten, schließlich nicht mehr an uns halten konnten vor Lachen und uns die Rippen hielten, aber da schlugen sie auch schon auf uns ein, schlugen mit ihren Taschenlampen in das Knäuel unserer Leiber und zerrten und schleiften und trieben uns voran in ihre kleinen, festgegründeten Häuser, die nach Essen rochen und manchmal nach feuchtem Zement und dem kalkigen Geruch der Abflüsse in den Duschen, in den Hobbyräumen im Keller. Es gab unheimliche, graue Spinnen da unten mit langen, wahnsinnig dünnen Beinen mit einem Knick in der Mitte und einem unendlich traurigen, grauen Knoten im Zentrum. Es gab Linsensuppen am Abend und Brote zum Frühstück, die nach schwitzender Mettwurst stanken, eingepackt in Stanniol lagen sie neben den Kaffeefiltern in den verwaisten Küchen.

Dass unsere kleine, perfekt im Nahkampf geschulte Truppe später nie in den Krieg zog, lag wohl nur daran, dass es keinen mehr gab – und dass außerhalb unserer Glasglocke bereits Kräfte wirkten, die es auf unser Glück längst abgesehen hatten, die auf unsere Kindheit ihren Anschlag längst planten.

Wir liebten den Sirup, der nach Himbeer schmeckte am Morgen, draußen, unter der Wasserleitung verdünnt, unter den leeren Wäscheleinen, unsere nackten Füße auf Lehmkrusten balancierend, allein auf der Welt an einem sonnigen Morgen, in einer Landschaft aus Lehm, der in der Hitze porös und staubig wurde und zu flirren anfing am Mittag. In den langsam aufsteigenden und sich herabsenkenden großen Tagen, in einem zikadengeschwängerten Traum ewiger Kindheit, pendelten wir hin und her. Wir, deren Wahrnehmung ungetrübt und deren Privilegien grenzenlos schienen, verschmähten arrogant jeden Hinweis auf ein baldiges Ende, drückten uns die Hände gegen die Ohren und liefen davon, unsere schnelle Truppe hielt sich nicht lange gegen die Vernunft der Erwachsenen. Wie Wilde wurden wir abgeführt und aus dem Paradies vertrieben. Eine Leerstelle blieb, angefüllt mit nichts. Schemenhaft wirkten nun die Beteuerungen, dass das, was geschah, nur das Beste für uns sei. In ein trügerisches Licht geriet allmählich jede vertrauenerweckende Geste von früher, jedes Lächeln, jedes sanfte Streicheln des Kopfes, jedes Abendbrot, jeder Spaziergang – und so wurden die Essen der letzten Tage öde angefüllt mit Angst und Misstrauen und Wegblicken.

»Omi, ich darf doch hierbleiben?«

»Opi, ich muss doch nicht weg?«

Keine Antwort.

Irgendwann: »Es ist besser für dich, wenn du für eine Weile zu deinem Vater gehst. Ein Kind gehört zu seinem Vater.«

Der mörderische Klang der Worte: »Es ist besser für dich«, jagt mir noch heute eine Gänsehaut über den Rücken.

Und schon sprang ich auf, warf meinen Stuhl weg und rannte erneut hinaus, mit dem Kopf gegen den Baum. In Berlin hörte man das Grundrauschen der Zikaden in der Nacht nicht mehr.

Ich zwang Engelbert, mit in die Kirche zu gehen. Ich hielt es für die einzige Möglichkeit, seine Seele zu retten. Ich befahl ihm, sich sauber zu kleiden – und hörte ihn ab, ob er seine Gebete auch konnte. Ich drohte ihm mit fürchterlichen Prügeln, wenn er zu stammeln anfing.

Ich befahl ihm auch, sich zu säubern. Sorgfältig musste er sich entkleiden und waschen.

Ich zwang ihn, ein weißes Hemd anzuziehen und sich die wirren Haare zu scheiteln, oder tat es selbst mit Zuckerwasser. Dann musste er neben mir auf den Bänken knien, die blonden Haare gescheitelt, und stumm nach vorn blicken.

»Engelbert!«, rief ich ihn, vor seinem Hause ausharrend, das mir wie der Inbegriff des Bösen vorkam, dicht in eine Schneise im Wald gebaut, fernab der Siedlung. »Wenn du nicht sofort kommst, wird Gott dich strafen und dir deine Eltern wegholen – und deine Brüder und dein Haus und alles, was du hast! Er wird das Haus niederbrennen!«

Ich zwang ihn voran, stieß und schubste ihn auf dem Weg in die Kirche.

Wenn Komorek uns aus dem Bauwagen vor die Füße fiel, trat ich ihn, bis er wach wurde, und prügelte auch ihn ins Gotteshaus.

So saßen wir dann zu dritt in der Predigt, ganz nach vorn hatte ich sie geschleppt, in die erste Reihe. Komorek, tumb, mit glasigen Augen, saß außen links, daneben Engelbert, ich neben ihm. Ich behielt die beiden im Auge, denn entweder nickte Komorek ein und kippte nach vorn oder er legte seine Hand auf Engelberts Schenkel. In beiden Fällen versetzte ich ihm einen heftigen Fußtritt.

Es war unserer kleinen Gemeinschaft nicht vergönnt, lange zusammenzubleiben.

Komorek verschwand eines Tages wegen eines »schweren Vergehens«, das offenbar sogar in der Presse für Furore sorgte. Es hatte irgendetwas mit einem Parkplatz und einem Pärchen zu tun – und damit, dass er zahnlose Nutten bevorzugte, weil er Angst vor der »Vagina dentata« hatte, der mit Zähnen bewaffneten Vagina.

Und Engelbert verpasste aus irgendeinem Grunde die Einschulung. Er war einfach nicht da, als wir uns mit unseren Schultüten an einem nebligen Herbstvormittag vor der Schule versammelten. Wir verloren uns bald aus den Augen.

8.

Vorsichtig, die nackten Arme erhoben, watete ich durch die hüfthohen Brennnesselfelder, die man durchqueren musste, um an dieser Stelle zum Wald zu gelangen. Ich erreichte den Wald ohne größere Blessuren. Die Sonne fiel bereits schräg und golden durch die Stämme.

Ich durchquerte den Wald eine Weile, bis ich den »Waldsee« erreichte, der unten in einer Senke lag. Ich stieg die steile Böschung hinab, entkleidete mich und ging langsam hinein.

Das Wasser des Tümpels war warm wie Blut. Es roch modrig, wie Erde riecht, die sich warm und feucht auftut. Die unzähligen, winzigen Köpfe meiner von mir getöteten Kameraden, der Frösche, tauchten nun auf und hießen mich mit einem Lächeln willkommen. Sie hatten mir alles vergeben, selbst das Gemetzel, das ich unter ihnen angerichtet hatte, selbst den Tod in ihren Reihen. Ich ließ meine Füße bis zu den Knöcheln langsam im Lehm versinken.

Dann ließ ich mich lautlos in die schwarzen Fluten gleiten. Nichts war so warm wie mein Waldsee. Ich schloss die Augen und horchte auf das Konzert der Frösche, das immer lauter anschwoll. Erst nach langer Zeit öffnete ich die Augen wieder, weil ich mich irgendwie beobachtet fühlte. Ich sah mich um. Die Dämmerung im Wald machte die Baumstämme der verkrüppelten Weiden porös. Sie zeigten mit ihren amputierten Armen vorwurfsvoll in die Richtungen, in welche ihre Übeltäter verschwunden waren.

Manche von ihnen waren unruhig. Sie fuchtelten wild mit den Armen, krümmten sich vor Schmerz – und wenn man hinsah, waren sie erstarrt.

Irgendwann ortete ich eine Gestalt oben an der gegenüberliegenden Böschung, wo man niemanden erwartete, weil hier kein Weg war und es so mächtig steil hinaufführte.

Es war Komorek, der mich beobachtete. Reglos, wie er da stand, war er kaum noch zu unterscheiden von der Reihe verkrüppelter, abgeholzter Bäume, in die er sich eingereiht hatte. Ich war mir nicht sicher, ob er mich erkannt hatte oder nur ein lebendes Objekt dort unten sah. Sein Gesicht war weich und faunisch, wie immer, wenn er bereits getrunken hatte.

»Ich bin es. Der Herr von Stein!«, rief ich. »Wage es nicht, hierherzukommen, Komorek!«

Er blieb unschlüssig stehen und lächelte mich milde an. Sein Gesicht war weiß und flach wie ein Käse im Mondlicht. Er sah unheimlich aus und regte sich nicht.

»Hau ab«, herrschte ich ihn an. »Ich wähle den Zeitpunkt, in welchem ich mit dir rede!«

Er blieb immer noch unschlüssig stehen.

Ich riss einen Knüppel aus dem Wurzelwerk eines Baumstamms und richtete mich auf: »Soll ich hochkommen und dich Mores lehren?«

Komorek rührte sich noch immer nicht. Allmählich bekam ich ein wenig Angst.

»Du bist mir zu blöde«, rief ich. »Außerdem darf ich nicht mit dir reden, denn du bist Analphabet. Und außerdem stinkst du!« Ich rechnete damit, dass er nun hinabkam, und erwartete ihn mit meinem Knüppel.

Ich stellte mir vor, wie er versuchen würde, mich zu ertränken, und bereitete mich innerlich auf einen Kampf auf Leben und Tod vor.

Er holte etwas aus der Tasche. Ich sah den Flachmann in seiner Hand glitzern. Er nahm einen Schluck und sagte dann mit seiner milden, vom Alkohol geölten Stimme: »Aber was hast du denn, Jungchen. Ich tu dir doch gar nichts.«

Er machte ein paar Schritte in meine Richtung den Abhang hinab und blieb stehen. Leicht wankend sah er mich mit seinem mitleidigen, glotzäugigen Verliererblick an.

»Ich bin's doch nur, der Komorek«, sagte er mit einer traurigen Gewissheit, als erkläre das den ganzen Zustand der Welt.

»Das weiß ich«, schrie ich aufgebracht. »Hau ab, verschwinde! Lass mich gefälligst in Ruhe. Sonst erzähle ich Opi davon und dann schmeißt er dich hochkant raus und du darfst dich hier nie wieder blicken lassen.«

Er grinste. Endlich machte er kehrt und verschwand hinter den Büschen.

Ich verließ das Wasser und zog mich eilig an.

Der Rückweg im Wald war mir unheimlich. Hinter jedem Baum sah ich Komorek.

Das langsame Gehen und ständige Umdrehen verstärkte nur den Effekt. Ich ging schneller und schließlich rannte ich und stieß vor Erleichterung Schreie aus, sobald ich es geschafft hatte, den Wald zu verlassen.

Ein paar Tage später, als ich Opi abholte und Komorek an der Werkbank sah, begrüßten wir uns höflich, wie man es mir beigebracht hatte, als wäre nie etwas geschehen. Es war ja auch nichts geschehen.

Den größten Spaß hatte ich eines Tages, als wir Sprengladungen, die aussahen wie Dynamit, in die Maulwurfshügel stecken durften, die sich überall auf der Gemeindewiese breitgemacht hatten.

»Die bomben wir jetzt weg, diese Mistviecher«, sagte Komorek. »Die machen keine Wiese mehr kaputt.«

Er warf einen scheelen Blick über das Gras.

»Darf ich?«, bettelte ich.

»Na gut«, sagte er schließlich und überließ mir die Griffe, die man in den grünen Kasten hinunterdrücken musste.

»In Deckung!«, schrie ich und drückte die Griffe hinunter.

Erdfontänen flogen mehrere Meter hoch mit dumpfem Knall um uns herum in die Luft.

Immer wieder musste ich die Griffe hinunterpumpen. Ich freute mich diebisch. Am Ende sah die Wiese wie eine Kraterlandschaft aus. Wir strichen, allen voran Komorek, vorsichtig über das Gras. Aus den Löchern dampfte es teilweise noch. Komorek suchte den Boden ab.

Er schob überall mit dem Schuh aufgeworfene Erde zur Seite. Er sah sich, nun fast wie gehetzt, auf dem ganzen Feld um. Das konnte nicht sein: Die Maulwürfe waren nicht da!

»Wo sind die Kadaver?«, fragte er sich beunruhigt, erstaunt und frustriert.

Er hatte vor einer Woche schon einmal versucht, sie zu exterminieren. Er hatte die Löcher unter Wasser gesetzt. Am nächsten Tag waren überall neue Erdhügel aufgetaucht.

Wo waren diese Viecher? Und was war los mit ihnen? Seine toten, glanzlosen Augen schwenkten die Wiese ab. Er war fassungslos. Waren diese Viecher etwa intelligenter als wir? Uns überlegen? Waren sie im Begriff, uns fertigzumachen, sich an uns zu rächen? Wurden die Hügel jetzt jeden Tag mehr und größer? Man konnte ihm seine Paranoia ansehen.

Ich drückte wie ein Wahnsinniger die Pumpe herunter. Erdfontänen spritzten in die Luft. Es sah aus wie im Krieg.

»Hör auf! Hör auf! Es hat keinen Sinn mehr! Mach sie nicht kaputt! Die ist von der Gemeinde!«, schrie er vom Ende der Wiese und kam wieder angelaufen. »Wo sind die verdammten Scheißviecher hin?«

Er war jetzt richtig wütend und verzweifelt, trat gegen die Ränder der Trichter und fischte mit den Händen nach möglichen Leichen tief im Innern der Gräben und unterirdischen Gänge. Er fand nicht einen einzigen toten Maulwurf.

Nachdenklich und stumm trottete er zurück, mit seiner Pumpe in der Hand. Er hatte keine Erklärung dafür. Wir liefen hinter ihm her, und ich machte mich heimlich lustig über ihn, indem ich die scheelen Blicke nachmachte, die er über die Schulter warf. Misstrauisch drehte er sich immer wieder nach mir um.

Ich hob die Hände: »Ich war's nicht, Komorek«, rief ich, »diese Viecher sind einfach viel schlauer als wir! Die werden uns fertigmachen!«

»Ach, halt den Mund«, murmelte er.

Kopfschüttelnd ging er weiter. Er konnte es sich einfach nicht erklären. Es würde wohl eines dieser ungelösten Rätsel bleiben, die einem die Existenz versauern.

Am nächsten Tag war er wieder auf der Gemeindewiese. Es waren neue Hügel aufgetaucht. Wir saßen im Graben unten am Wald und beobachteten ihn, mit auf den Mund gepressten Händen, damit wir nicht laut loslachen mussten.

Wir beobachteten ihn, wie er ratlos von Hügel zu Hügel strich, immer wieder innehielt und sie mit dem Fuß leicht streifte, ohne sie jedoch richtig zu untersuchen. Er wagte sich nicht mehr richtig heran an die Sache. Unverrichteter Dinge zog er wieder ab.

Wir mieden im Sommer die Siedlung und kehrten erst gegen Herbst, Winter wieder in die menschlichen Behausungen zurück. Im Sommer gab es zu viel zu erleben.

Die Tage dehnten sich, es war sehr lange hell. Diese Sommertage entäußerten uns, wir verließen die engen Grenzen des Körpers: Uns, die niemals müde wurden, trieb die tönerne Hitze des Mittags zu Höchstleistungen an, zu mörderischen Wettkämpfen mit dem Ball auf dem riesigen Feld des leeren Sportplatzes. Wir spielten, bis nur noch drei übrigblieben. Der Rest hatte aufgegeben, wegen Lungenschmerzen, Seitenstechen, Hitzschlags oder völlig ausgetrockneter Kehle. So wurden die Anführer der Gruppe geschmiedet. Es ging um Ausdauer, Zähigkeit, Schlauheit, weniger um Kraft. Es ging im Grunde darum, niemals aufzugeben, sich nicht zu schonen, niemals Angst zu zeigen. Als die Zivilgesellschaft uns später in Empfang nahm, rächte sie sich bitter an unserer Wildheit und unserem Stolz.

Als Erstes wurden wir separiert – dann wurden Zwangsmaßnahmen an uns vollstreckt.

Mir wurde die linke Hand mit einem Topflappen und Stecknadeln abgebunden, ein Rohrstock wurde dazwischengeklemmt, damit ich nicht mehr mit links schreiben konnte.

Man vergällte uns unser Leben. Man gab uns Noten und ließ uns Zahlen addieren.

Unser Radar war nicht darauf ausgerichtet, Zahlen zu addieren. Unser Kopf machte einfach nicht mit. Gegen Zwangsmaßnahmen wehrten wir uns mit blinder Wut. Ein Lehrer, der von einem Bauernhof kam, hatte uns mit einem Rohrstock gezüchtigt. Wir töteten alle seine Hühner. Er kam dahinter, und wir wurden öffentlich, vor den Augen der Menge, im Schulhof ausgepeitscht. Eines Nachts vergifteten wir drei große Hunde. Sie gehörten der Schwester eines Lehrers, der uns mit der Stirn an die Kante des Pults zu schlagen pflegte.

An einem Morgen lagen diese Kreuzungen aus Rottweiler, Schäferhund und Deutscher Dogge verendet in ihrem Hof. Sie hatten uns jedes Mal, wenn wir vorbeikamen, in Stücke reißen wollen. Das hatten sie nun davon. Trotz allem hatten wir die Freiheit verloren. Wir waren Personae non gratae geworden und verinnerlichten dies über viele Jahre. Unseren Platz in der Gesellschaft würden wir erst Dekaden später, nach vielen Irrfahrten, über unsere Außenseiterpositionen zurückerobern. Vom Ruhm haben wir in diesen verlorenen Jahren jedoch immer geträumt.

9.

Häufig ließ Frau Werner vom Haus gegenüber ihren Sohn Olaf, dem immer die Nase lief, in schmutzigen Windeln auf der Baustelle herumkriechen. Im nassen Mörtel, der von der Schubkarre schwappte, zog er seine Kriechspuren von der Treppe des Hauses zur Garage, die gerade gemauert wurde.

Eines Tages kroch er weiter und legte die für einen Säugling sagenhafte Wegstrecke bis zu unserem Haus zurück. Dabei durchquerte er zuerst das hüfthohe Gras der Wiese und kam dann an den Schotterweg, wo er keuchend innehielt. Einer verendenden Schnecke gleich blieb er schließlich mitten im Schotter liegen und machte mit seiner Rotznase Geräusche.

Ich beobachtete, wie er sofort einschlief. Als sich eine Dampfwalze mit lautem Getöse näherte, gab ich ihm einen Fußtritt. Ich wollte nicht schuld daran sein, dass sie ihn plattmachte. Er hob seinen dicken Kopf hoch und sah mich mit seinen Glotzaugen an.

»Los, kriech zurück«, rief ich und bugsierte ihn in die richtige Richtung. Ich gab ihm einen leichten Tritt in den Hintern, und sein Mechanismus setzte sich in Gang. Die dicken Wurstarme und -beine griffen in den Schotter, er kroch voran.

Ein Mädchen hatte mich bei meiner Aktion beobachtet. Sie trug eine Brille, stand nicht weit entfernt und sah rüber.

»Komm, Olaf, na komm schon«, rief sie und kam heran, um ihn zu holen. Dabei warf sie mir einen verstohlenen Blick zu. Olaf grabschte nach ihr, und sie zog das stumme, schwere Fleischpaket hinter sich her durch die Wiese zu ihrem Haus. Dort stellte sie es wieder neben den beiden Betonsäcken ab, woher es gekommen war.

Dann verschwand sie hinter dem Haus. Ich war neugierig geworden und schlich mich ebenfalls um das Haus herum. Als ich um die Ecke gebogen war, tauchte ein großer Sandhaufen vor mir auf. Oben saß sie und schaufelte Sand in eine Schubkarre am Fuß des Sandbergs. Als sie mich sah, hielt sie inne und blickte mich durch ihre dicken Brillengläser an. Jetzt erst bemerkte ich, dass sie ihre Augen vergrößerten. Dadurch wirkte sie zerbrechlich.

»Darf ich mit dir spielen?«, fragte ich.

Da sie nickte, kletterte ich zu ihr auf den Sandhaufen hoch.

Sie schüttete weiter mit ihrer Schaufel Sand in die Karre.

»Was machst du da?«, fragte ich.

»Ich mach die Schubkarre voll.«

»Und weshalb?«, fragte ich.

Ich begann, sie mit Fragen zu löchern, wie ich alle mit Fragen löcherte. So erfuhr ich, dass ihre Beschäftigung eine Art Heimarbeit war. Sie füllte die Schubkarre für ihren Vater mit Sand, damit dieser ihn später in den Zement in der Mörtelmaschine rühren konnte. Allmählich begriff ich. Hier packten alle an.

Da ich selbst in nichts nachstehen wollte, hievte ich mit meinen Händen, die ich wie Schaufelräder schwang, riesige Ladungen Sand in die Karre. Im Handumdrehen quoll sie über. Ich holte die zweite Karre. Auch diese schaufelten wir voll. Sie hatte schnell begriffen, dass meine Methode die effektivere war, und übernahm sie. Wir schaufelten weiter, bis weite Teile des Sandhaufens abgetragen und auf breiter Fläche verteilt waren. Die Schubkarren waren nicht mehr zu sehen. Sie waren in einem Meer aus Sand versunken.

Frau Werner kam auf die Terrasse. Sie hatte sich im Haus schöngemacht, weil ihr Mann heute Abend kam, nachdem er die ganze

Woche auswärts gearbeitet hatte. Sie stemmte die Arme in die Hüften und rief: »Was macht ihr da? Seid ihr verrückt geworden?«

Ich setzte eine schuldbewusste Miene auf.

»Wer bist du?«, fragte sie und kam kopfschüttelnd näher.

Sie roch nach Parfum und hatte ein schickes, hellblaues Kleid an, das ihr bis zu den Knien ging. Arme und Schultern waren frei. Ich betrachtete mit gesenktem Kopf aus dem Augenwinkel die hübschen Rundungen ihrer Knie, die ein klein wenig unter dem Saum hervorlugten.

»Bist du nicht der Junge vom Haus gegenüber, von den Freytags?«

Ich nickte.

»Na, dann macht euch mal schön an die Arbeit und schaufelt die ganze Bescherung zurück«, sagte sie.

Wir gehorchten ihr stumm. Die Hitze ließ allmählich nach, und der Himmel wurde an den Rändern dunkler. Wir schippten, und ich roch ein wenig den Schweiß und Essensgeruch in den länger nicht gewaschenen Kleidern des Mädchens. Er roch kindlich und ein bisschen nach Haut und war überhaupt nicht unangenehm.

Frau Werner sah ab und zu aus dem Fenster und tauchte dann wieder ab vor den Schlafzimmerspiegel. Damit ihre Wangenknochen und ihr dunkler Pony noch besser zur Geltung kamen, steckte sie sich ihr Haar zu einem Dutt hoch.

Sie war schon ungeduldig und aufgeregt, weil ihr Mann kam, und wippte mit den Füßen, während sie draußen eine Zigarette rauchte und auf ihn wartete.

Als der Wagen herannahte, sprang sie auf. Auf der Straße hörte man eine Hupe zweimal laut zur Begrüßung. Wir hielten mit der Arbeit inne und liefen gerade noch rechtzeitig um das Haus, um beobachten zu können, wie der Mann neben dem Auto stand und sie anstrahlte, während sie ihm entgegenlief und sich in seine Arme stürzte. Dabei schlug sie, temperamentvoll wie ein junges Fohlen, mit den Waden gegen die Schenkel. Engumschlungen standen sie in dem flirrenden, goldenen Licht des Spätnachmittags, küssten sich und sahen sich an.

Sie küsste ungeduldiger als er. Sehr zärtlich setzte er sie irgendwann ab. Dann gingen beide hinein. Seine Hand ruhte dabei am Ende ihrer zarten Wirbelsäule, wo es sich unter dem Kleid zu wölben begann. Wir liefen zurück und machten uns weiter am Sandhaufen zu schaffen. Er kam nach hinten und begrüßte uns. Laura strich er über den Kopf, Olaf hob er in die Höhe. Dann zog er sich um und stieg das Baugerüst hoch, um oben am Dach eine Brüstung zu mauern.

Frau Werner erschien an der Tür und sah ihm zu, wie er mauerte. Sie musterte seinen nackten Oberkörper in dem bronzefarbenen Licht.

Auf dem Rasen stand eine Blechwanne, die sie bereits am Vormittag mit Wasser gefüllt hatte, damit es abends warm war. Als es dunkel zu werden begann, stieg Herr Werner ächzend in die Wanne. Sie kam mit einer Bürste hinaus und schrubbte ihm den Rücken. Ich sah, wie ihre Fingernägel über seine Schultern glitten und sich dann in seine Haut pressten, und hörte, wie sie leise schnurrte. Er zog sie zu sich heran. Sie balgten ein bisschen, und ihr Kleid wurde nass. Sie wollte sich jedoch nicht komplett zu ihm in die Wanne hineinziehen lassen.

Später hatte er ein helles, kurzärmeliges Hemd an und roch nach Niveacreme.

Ein Gartenschlauch bewässerte noch die Möhrenbeete, die bereits im Schatten lagen. Das Wasser sickerte in die Erde, und der herbe Geruch des feuchten Erdreichs dampfte über den Beeten hinauf zur Veranda, wo man den weiten Ausblick bis zum Walberla genießen konnte, der damals noch völlig frei war.

Ich durfte bei den Werners zum Abendessen bleiben, draußen, auf der Terrasse. Sie erinnerten mich sehr an die Hardys. Ich bekam deshalb kurz ein mulmiges Gefühl. Aber dann dachte ich: Diese Hardys werden wohl bleiben. Immerhin hatten sie sich ein Haus gebaut. Auf den Gedanken, dass ich es sein könnte, der auf einmal nicht mehr da war, kam ich nicht.

Erst nach dem Abendessen, als Frau Werner sagte: »So, Kinder, jetzt müsst ihr ins Bett – und du musst jetzt auch nach Hause gehen«, merkte ich, dass ich nicht zur Familie gehörte.

Es verletzte mich, da ich mich so zu ihr hingezogen fühlte. Traurig und langsam, mit gesenktem Kopf, ging ich über die Wiese. Ich hörte, wie hinter mir die Kinder ins Bett gebracht wurden. Türen schlugen, und Frau Werner gab in lautem Kommandoton Befehle.

Meine Großeltern waren schon alt. Einmal hörte ich am Telefon meinen Großvater leise zu meinem Vater sagen, dass meine Großmutter zu alt sei, um noch ein Kind großzuziehen.

Am nächsten Morgen kam Laura zu unserem Haus. Knapp vor der Zauneinfassung blieb sie stehen. Ich hatte sie nicht kommen gehört und freute mich umso mehr, weil wir nicht verabredet gewesen waren. Mir war, als spürte sie instinktiv, wie gut es mir tat, dass sie mich zum Spielen einlud. Ich war ganz erleichtert und dankbar, dass sie da war.

Frau Werner war eine pragmatische Frau. Sie hatte genug mit ihren eigenen Kindern zu tun und führte ein strenges Regiment. Sie konnte es sich nicht leisten, mir gegenüber besonders feinfühlig zu sein. Oft wollte ich nach dem Essen nicht gehen und zögerte meinen Aufbruch immer länger hinaus, indem ich weiter mit Laura im Garten spielte oder mich vor ihrem Fenster herumtrieb, wenn sie schon in ihrem Zimmer war. Wenn Frau Werner mich dann entdeckte, rief sie: »Du bist ja immer noch da, Laura muss jetzt schlafen«, und zog den Vorhang vor meiner Nase zu oder schickte mich nach Hause. Das verletzte mich immer wieder. Dennoch konnte ich meinen stummen Widerstand gegen das Weggeschicktwerden nicht aufgeben.

Manchmal war Herr Werner noch draußen und lehnte gegen die Hauswand. Ein Bier in der einen, eine Reval ohne Filter in der anderen Hand, ließ er den Tag allein ausklingen.

Er rief mich dann, wenn ich wie ein geprügelter Hund vorbeiging, und legte mir eine Hand auf den Kopf: »Na, Robertchen«, sagte er sanft – und ich blieb stehen und lehnte mich auch gegen die Wand. Ich roch den Tabak und fühlte mich wie ein Mann.

Ich fragte, ob ich auch einen Schluck Bier bekäme, und er sagte: »Das schmeckt dir doch nicht.«

Aber ich beharrte darauf, setzte die Pulle an, wie ich es schon so oft bei Komorek oder den italienischen Gastarbeitern gesehen hatte, und rülpste danach auch laut, wie sie es immer taten, woraufhin Herr Werner lachte und mir meist noch mal über den Kopf strich.

Dann war der Abend gerettet. Herr Werner würde mich behalten, aber er konnte sich gegen seine Frau nicht durchsetzen. Deshalb war er etwas traurig und lehnte allein da draußen gegen die Hauswand.

Etwas zuversichtlicher durchstreifte ich nun das bereits feuchte Gras der Wiese zwischen beiden Häusern, das mir bis zu den Knien ging.

Wenn ich hineinging ins Haus, stand er meist noch da, rauchte und dachte nach. Das würde ich auch tun, wenn ich eines Tages erwachsen wäre. Überhaupt wollte ich so werden wie Herr Werner.

10.

Meine Großmutter saß im Wohnzimmer und raschelte mit der Zeitung. Mein Großvater hatte sich ins sogenannte Briefmarkenzimmer zurückgezogen. Die Tür war immer geschlossen. Diese Gewohnheit der stets hinter sich geschlossenen Türen, das würde ich bald zu spüren bekommen, hatte mein Vater von ihm übernommen. Mein Großvater konnte stundenlang in seinem Zimmer bleiben, erschien dann mit mürrischem Gesicht flüchtig in der Wohnzimmertür und sagte: »Ich geh jetzt ins Bett, gute Nacht.«

Bevor meine Großmutter etwas erwidern konnte, war er verschwunden.

Er zweigte zu dieser Zeit bereits heimlich viel Geld für seine Briefmarken ab. Meine Großmutter hielt er kurz. Sie hatte, wie ich, kaum etwas zum Anziehen. Er saß da mit seiner Pinzette und ordnete Briefmarken auf verschiedene Häufchen. Am Ende sollte er das gesamte Deutsche Reich besitzen, mitsamt Kolonien – und dafür knapp eine halbe Million ausgegeben haben. Er argumentierte, wenn man ihn darauf ansprach, dies sei die beste Geldanlage.

Als mein Vater Ende der achtziger Jahre versuchte, die Sammlung wegen Geldmangels zu verkaufen, war sie keinen Pfifferling mehr wert.

Ich bekam meinen Großvater nur beim Abendessen zu Gesicht. Oft schlug ich ein Rad bis kurz vor seine verschlossene Tür und dann noch eins und dann noch eins. Unzählige Räder vom Wohnzimmer bis zu seiner Tür, bis ich vollkommen außer Atem war.

Meine Großmutter lachte. »Bist du immer noch nicht müde?«, fragte sie.

Ich schüttelte den Kopf. Mit ihr hatte ich manchmal Körperkontakt. Ich kannte ihren Geruch, der farblos und etwas fad war. Ab und zu ging ich zu ihr hin und umarmte sie flüchtig. Aber ich fühlte mich eigentlich nicht angezogen von ihr. Seit ich oft bei den Werners war, wo es mich hinzog, vernachlässigte ich sie ein bisschen.

»Warum darf ich nicht bei den Werners bleiben?«, fragte ich wehleidig und böse – auch um meine Großmutter ein wenig zu kränken.

Sie sah mich ratlos an. Dabei schob sie ihren Unterkiefer vor. Sie strahlte eine leicht verpeilte innere Leere aus, die ich nicht ernst nehmen und mit der ich mich nicht aufhalten konnte. Ich wartete die Antwort nicht ab. Ich schlug erneut ein Rad, diesmal, um sie zu verwirren, in die Gegenrichtung, hinaus auf die Veranda, und ging im Dunkeln die Stufen des Steingartens hinunter. Ich lief über den feuchten Rasen und blieb am Zaun stehen. Dort atmete ich den Geruch der verblühten Wicken ein und blickte zum Haus der Werners hinüber. Ich nahm mir vor, Laura alles zu zeigen, was ich kannte, und alles, was ich bisher allein gemacht hatte, nun mit ihr zu teilen. Dann lief ich zurück ins Haus, und eine Woge der Glückseligkeit überschwemmte mich.

Am nächsten Morgen brach ich früh auf und ging zum Haus der Werners. Es war ein Samstag, sie schliefen noch. Ich strich eine

Weile tatenlos auf der Baustelle herum und warf dann die Zementmischmaschine an. Die Trommel der Maschine röhrte auf und spuckte bei jeder Umdrehung Mörtel gegen die Hauswand. Der Lärm brachte Bewegung ins Haus.

Herr Werner riss die Haustür auf und sprang in der Unterhose die Stufen hinunter. Er griff nach dem Hebel, der in der Luft rotierte, und brachte die außer Kontrolle geratene Trommel zum Stillstand. Ich tat so, als wäre es aus Versehen geschehen. Frau Werner, die schlaftrunken in der Haustür erschien, ignorierte ich, indem ich den Zement, der von der Wand tropfte, die erst vor kurzem gestrichen worden war, beflissen mit der Hand herunterstrich.

Er schüttelte den Kopf und sagte: »Nervensäge.«

Meine Großmutter holte mich schuldbewusst ab. Sie war ebenso wie die wenigen anderen Nachbarn, die es oben gab, von dem Lärm geweckt worden.

Ein paar Stunden später startete ich einen zweiten Versuch. Ich hatte die ganze Zeit ungeduldig am Fenster gelauert, dass endlich jemand von gegenüber herauskam.

Irgendwann erschien Herr Werner in seinem Blaumann. Da man an den Wochenenden ruhig sein musste, mischte er den Mörtel mit einer Kelle. Ich lief hinüber und half ihm. Den ganzen Vormittag mauerten wir gemeinsam in der Hitze. Ich bekam Limonade, er hingegen trank Bier. Er zeigte mir, wie man den Mörtel verfugte und wie man ihn mit der Kelle auffing und wieder verstrich, wenn er aus den Fugen quoll. Es war eine eindringliche, konzentrierte Arbeit, bei der man allen Kummer vergaß. Die Zeit verging wie im Flug.

Frau Werner hatte mir mittlerweile verziehen. Als der erste Ärger verflogen war, musste sie über mich lachen. Zur Belohnung durfte ich zum Mittagessen bleiben. Ich durfte sogar neben Laura sitzen. Am Nachmittag wollten sie auf das Walberla gehen. Ich wollte unbedingt mit. Ich hing wie eine Klette an ihnen.

Laura bettelte ihre Eltern an. Sie wollte, dass ich mitkam, aus Mitgefühl, weil sie wusste, dass ich sonst traurig war. Diese Fahrten mit dem Auto, das bis zum Fuß des Walberla fuhr, waren sehr unterhaltsam. Die Werners rauchten. Ihre Asche brannte Löcher in die Sitze.

Herr Werner konnte perfekt Heino-Lieder singen. Es klang so, als würde er ihn imitieren, aber wahrscheinlich bemühte er sich nur, genauso gut zu singen wie Heino. Ich saß Laura halb auf dem Schoß und hielt einen Picknickkorb, der kleine Bruder drängelte sich neben uns.

Ich quälte Olaf, indem ich ihn fest in die dicken Waden zwickte, bis er anfing zu weinen. Manchmal biss ich ihm sogar in die Zehen. Dabei sang ich mit. Ich konnte die Heino-Lieder bereits. Es waren nur zwei oder drei – und Herr Werner sang sie immer, wenn ihm langweilig wurde, so oft hintereinander, bis es Frau Werner aufzuregen begann.

Ich versuchte ihn zu überbieten, indem ich meine ganz eigene Performance dazu machte und den Kopf hin und her riss beim Singen oder die Augenlider hochzog und auf Chinesisch mitsang. Darüber amüsierten sich alle, und ich fühlte mich beliebt.

Wir pflückten die dicken Himbeeren oben am Wegrand, bohrten unsere Finger in das weiche Fleisch dieser kleinen, rosafarbenen Hütchen und kosteten ihren unverwechselbaren Geschmack. Es waren Momente vollkommener Selbstvergessenheit.

Wir ließen unsere Blicke ins Leere schweifen, während um uns das Licht allmählich nachließ, bis nur ein sanftes Leuchten auf der Schieferwand glimmte. Wir waren oben, direkt unter dem Himmel, auf diesem weiten, ungefährlichen Hochplateau und konnten sehen, wie die Landschaft um uns langsam im Dunkel ertrank. Der Abend war köstlich wie die Himbeeren.

Aus dem Ins-Leere-Starren sogen wir die Eindrücke um uns herum auf, wie es schien, für immer. Die Alchemie von Licht und Gedächtnis beherrschten wir in jenen Jahren perfekt.

Das geschah instinktiv. Die Erwachsenen ließen uns in dieser Zeit allein – auch sie taten das instinktiv. Sie saßen auf einer Decke in einiger Entfernung und aßen ihr Picknick oder träumten, wie wir, vor sich hin, während wir unsere wilden Himbeeren aßen, bis in die tiefste Dämmerung hinein, bis unsere Füße den Grund nicht mehr fanden, weil es schon so dunkel war – und wir beim Abstieg halb geschleppt und halb getragen werden mussten.

Schließlich fuhren wir heim. Nach Hause. Was genauso kostbar war. Auf dem Rückweg waren wir alle schweigsam. »Ihr habt zu viel Sauerstoff abbekommen, ihr seid müde«, hieß es höchstens einmal.

Ich war sofort hellwach, stieß Laura mit dem Ellbogen an.

»Bist du etwa schon müde?«, fragte ich.

»Geht das jetzt wieder los?«, amüsierte sich Frau Werner.

Ich setzte durch, ab und zu bei Laura schlafen zu dürfen. Wenn man nur lang genug sägte, fiel irgendwann jeder Baum.

Frau Werner äußerte einmal Bedenken gegenüber meiner Großmutter, dass ich mich zu sehr an die Familie gewöhne. Man müsse strenger sein, hörte ich. Sie sei nicht gerne streng zu mir, denn sie möge mich. Ich sei ein aufgewecktes Kerlchen. Aber ich dürfe mir nicht angewöhnen zu denken, ich gehörte zu ihrer Familie.

Die leisen Stimmen drangen aus der halbdunklen Küche. Meine Großmutter gab ihr recht.

Es sei nicht so einfach, das wisse sie. Die ganze Situation sei recht kompliziert.

Sie redeten leiser. »… wie lange er noch hierbleibt«, hörte ich noch. Dann presste ich mir die Hände auf die Ohren und lief in den Gemüsegarten. Dort rannte ich mit dem Kopf gegen einen Baum, um das, was ich gehört hatte, aus dem Kopf zu bekommen. Denn ich hatte nichts gehört. Es war nur der Wind, der das Gesäusel meiner Großmutter verunglimpft hatte. Dennoch begann ich meinen Vater bei jedem Anruf mehr zu hassen.

»Was willst du von mir? Warum rufst du hier an?«, rief ich zornig, wenn er mich sprechen wollte. Er versuchte, mit ruhiger Stimme auf mich einzureden, wie er es seinerzeit mit meiner Mutter getan hatte. Aber ich hörte nicht auf ihn. Ich knallte den Hörer auf die Gabel und lief davon.

Wenn es noch hell genug war, lief ich zu den Werners und bat Herrn Werner, ihm helfen zu dürfen. Er ließ mich immer helfen. Er fragte nicht, warum ich so aufgeregt war.

Er gab mir irgendetwas in die Hand, das mich heilte. Einmal war es ein Eimer Zement, ein anderes Mal ein Eimer Wasser oder die Karre, deren einen Griff ich halten durfte, während wir sie gemeinsam schoben. Er wollte nicht wissen, was mit mir los war. Es betrübte ihn nur, wenn ich in Panik war und mich an ihn klammerte auf die eine oder andere Art. Er wurde dann stiller als sonst. Ich reichte ihm Ziegelsteine in der Dämmerung, die er auf die Mauer legte, und wurde selbst allmählich ruhig.

Er rauchte und ließ mich neben sich stehen, dachte nach und sagte irgendwann: »Na mein Junge, willst du nicht langsam nach Hause gehen? Ich glaube, wir sind fertig für heute.«

Ich nickte, sah ihn mit großen Augen an und gehorchte brav. »Darf ich morgen wiederkommen?«, fragte ich.

»Ja natürlich.« Er lachte und strich mir über den Kopf.

Ich rannte, glücklich, über die Wiese zurück.

»Auf Wiedersehen! Gute Nacht, Herr Werner!«, rief ich.

11.

Es gab eine Zeit, da musste mir Laura am Morgen die Schnürsenkel binden. Ich behauptete, ich könne es nicht. Sie biss die Zähne zusammen und kniete nieder. Ich trug im Herbst schwere Haferlschuhe. Das waren Spezialschuhe aus dickem Leder. Die Verschnürung war seitlich, und vorne waren sie rund. Die Schuhe waren so schwer und die Absätze so dick, dass man die Fußsohlen nicht mehr bewegen konnte, was zur Folge hatte, dass man wie ein Roboter ging. Dafür waren sie im feuchten Lehm unverwüstlich und wasserabweisend, das war wohl das schlagende Argument. Laura band mir Doppelknoten, damit sie nicht ständig aufgingen. Diese am Abend zu lösen war eine harte Aufgabe für sie, denn oftmals hatte ich am falschen Senkel gezogen und den Knoten noch straffer gemacht. Außerdem waren die Senkel sehr fest. Ich glaube, sie waren gewachst. Ich betrachtete das Ganze als Prüfung. Ich dachte, wenn sie es nicht mehr machte, hätte sie mich nicht mehr lieb.

Sie pulte endlos herum, bis sie endlich die Schlaufen wieder herausgezogen hatte. Ich beobachtete sie dabei genau. Nicht selten lief ihr vor Konzentration ein Speichelfaden am Mundwinkel hinab oder es bildeten sich kleine Schweißtröpfchen auf ihrer Stirn. Doch irgendwann löste sich die Anspannung auf ihrem Gesicht, und ich war erleichtert, dass sie wieder durchgehalten hatte. Sie blickte mit einer gewissen Scheu, aber auch stolz zu mir auf wie eine kleine Madonna, und ich lächelte und strich ihr über das Haar, wie ich es so oft bei den Erwachsenen gesehen hatte.

»Und jetzt den anderen«, sagte ich dann jedes Mal, um ihre Geduld auf die Probe zu stellen. Sie gab meist keinen Mucks von sich und machte sich an die Arbeit. Aber manchmal spielten sich bei ihr auch innere Dramen beim Lösen des zweiten Knotens ab. Ich beobachtete sie dann streng und genau. Wenn sie dennoch nach dem zweiten Knoten zu mir aufsah und lächelte, hatte sie mich an diesem Tag doppelt so lieb. Wenn sie nicht aufsah, sondern davonlief, um ihre Tränen zu verbergen, rannte ich ihr aufgelöst hinterher und warf mich vor ihr auf die Knie. Ich hielt ihre Beine fest, während sie schluchzte.

»Es tut mir so leid, bitte – verzeih mir!«, rief ich. »Warum hast du denn nichts gesagt? Hast du mich denn jetzt nicht mehr lieb?«

Sie schüttelte dann meist den Kopf, aber manchmal blieb sie auch stur. Dann brach eine Welt für mich zusammen. Ich hatte alles aufs Spiel gesetzt – und verloren. Ich sprang auf und nahm sie theatralisch am Arm.

»Ich bitte dich nur um eines«, rief ich, »dann lass ich dich gehen! Bitte sage mir, ob du mich noch genauso liebhast wie gestern Abend!«

Oft blieb sie stumm. Das war ihre Art von Erpressung. Aber ich sägte so lange an ihr, bis sie mir eingestand, dass sich nichts geändert hatte. Jetzt hatte ich endlich die Gelegenheit, nachzuhaken: »Hast du mich vielleicht sogar noch ein bisschen lieber als gestern Abend?«

Als sie nichts darauf erwiderte, sagte ich: »Du musst mich doch lieber haben. Wir kennen uns doch jetzt schon einen Tag länger als gestern.«

Dieses Argument leuchtete ihr offensichtlich ein. Außerdem hatte sie sich bereits wieder beruhigt. Schließlich nickte sie unmerklich.

»Gleich lass ich dich gehen«, sagte ich, »nur eines will ich noch von dir wissen.«

Ich legte eine kleine Kunstpause ein. »Wie viel lieber hast du mich? Bitte. Zeig es mir.«

Sie schob dann meist Daumen und Zeigefinger auseinander zu einer Distanz von etwa fünf Zentimetern. Ich war sehr enttäuscht.

»So viel nur?«, rief ich. Und dann zeigte ich ihr, um wie viel ich sie lieber hatte als gestern Abend. Ich breitete dabei beide Arme aus zu ganzer Länge und lief, einen Segelflieger nachahmend, über die kleine Wiese zwischen unseren Häusern.

»So viel habe ich dich lieber als gestern«, keuchte ich vorwurfsvoll und verlangte von ihr, mir nun noch einmal zu zeigen, um wie viel lieber sie mich hatte.

Zögernd und zaghaft breitete nun auch sie beide Arme aus.

»Noch mehr«, dirigierte ich, bis sie die volle Spanne erreicht hatte.

»Lauf! Lauf!«, rief ich, und sie lief los, in Segelfliegermanier. Ich machte die Geräusche dazu. Dann hielten wir inne. Nur schwach waren wir noch zu sehen, zwei kleine Gestalten in der Dunkelheit. Erst dann nahm ich sie in den Arm. »Jetzt hast du mich lieb. Jetzt hast du mich wirklich lieb«, flüsterte ich in ihr Ohr.

Ich spürte die Aura ihres vom Weinen und Laufen erhitzten Kopfes und kostete manchmal die letzte Träne, die auf ihrer Wange hängengeblieben war. Ich tat dies, um meine tiefe Verbindung zu ihr auszudrücken – und dass ich alles teilen wollte, auch ihre Körperflüssigkeiten. Ich hätte in diesem Moment auch ihren Urin, ihren Kot mir einverleibt, wenn es nur das Leid, das ich ihr zugefügt hatte, gelindert hätte. Am nächsten Morgen wartete ich allerdings wieder mit meinen offenen Haferlschuhen auf der Treppe auf sie, damit sie sie mir zuschnürte.

Wenn ich es lange genug hinauszögerte, mit Herrn Werner abends zu mauern, erschien meist irgendwann Frau Werner in der Haustür und rief: »Na ihr beiden? Wollt ihr nicht endlich Schluss machen? Es ist doch schon dunkel. Außerdem gibt es gleich Abendessen.«

Das war dann gewissermaßen eine Einladung an mich und gleichzeitig das Fanal für eine große, innere Freude, die ich nur mühsam zurückhalten konnte. Ich musste mich wirklich zusammenreißen, um nicht in Freudentänze und Schreie auszubrechen.

Ich stiefelte hinter Herrn Werner über die Baustelle und stellte die Geräte ab. Der Zementstaub hing in den feinen Härchen meiner Nase und verstopfte sie. Ich hielt mein Gesicht unter den Wasserhahn, wusch mir den Fettfilm von meiner Haut und prustete den Dreck aus meiner Nase. Mit den Zehen stand ich in der Pfütze, die sich unter dem Wasserhahn gebildet hatte. Den ganzen Tag hatte ich meine braun-weiß gewürfelte Badehose getragen. Ich wusch mir den Brustkorb. Dann bekam ich von Herrn Werner ein weißes, geripptes Unterhemd, mit dem ich mich an den Tisch setzen durfte.

Ich betrachtete meine dünnen Oberschenkel, die an den Innenseiten neben den Knochen kleine Wülste bildeten und auf zwei spitze, krumme Knie zuliefen, die immer mit Schorf bedeckt waren, und wartete ab, was ich bekommen würde. Ich sah zu, wie Frau Werner die Wurstplatte und die Teller mit Tomaten auf den Tisch stellte und dann einen Teller vor mich schob.

Ich saß immer als Erster am Tisch und hatte ein schlechtes Gewissen. Es kam mir vor, als klapperte das Geschirr aggressiv. Irgendwann kam Herr Werner leise aus dem Garten auf die Terrasse. Er hatte noch den Rasensprenger im Gemüsegarten angestellt, der der Luft über den Beeten einen Regenbogen bescherte.

In der Küche hörte man erneut das Gepolter von Geschirr, das ungeduldig aus den Fächern genommen wurde. Dann kamen Laura und Olaf.

Frau Werner hatte Laura befohlen, sich um Olaf zu kümmern. Sie hatte ihn auf dem Arm. Er bewegte seine kleinen, dicken Ärmchen in Zeitlupe, streckte sie aus nach etwas im Garten, das er anfassen wollte. Wahrscheinlich war es der Regenbogen. Die dünnen Wassergarben, die das Gemüse berieselten, ließen die Erde jenen herben Duft verströmen, der die Luft von der Hitze des Tages reinigte und der Dämmerung ihre große Klarheit verlieh.

Laura setzte Olaf ab und rutschte neben mich auf die Bank.

Wir alle warteten, bis Frau Werner mit dem letzten Tablett aus der Küche kam, auf dem sich ein Korb mit frisch geschnittenem Brot befand, das sehr fest und dunkel war und nach Bier und Kümmel schmeckte.

Unsere Gesichter waren bereits in den Schatten getaucht. Im Haus wurde kein Licht angemacht. Es musste gespart werden. Nur unsere Augen glitzerten ab und zu, wenn wir uns bewegten, uns vorbeugten, um nach der Butter zu greifen, und sie dabei von irgendwo Licht auffingen. Wir redeten alle wenig, aber es fiel auf, dass Laura am allerwenigsten sprach. Frau Werner maßregelte immer mal wieder den einen oder anderen, gerade zu sitzen, oder forderte uns auf, uns zu nehmen, aber nicht zu viel. Wenn man zu viel nahm, wies sie einen darauf hin: »Aber du hattest doch schon zwei dicke Scheiben Gelbwurst.«

Im Wesentlichen war sie allerdings damit beschäftigt, Olaf unter Kontrolle zu halten, damit er nicht umkippte oder die ganze Leberwurst zwischen seinen Fingern zerquetschte.

Ihre Unaufmerksamkeit nutzte ich meistens, um unauffällig nach zwei weiteren dicken Scheiben Gelbwurst zu greifen. Ich schob sie mir hinein und kaute schnell, bevor sie mit ihrer Aufmerksamkeit wieder an den Tisch zurückkehrte. Dann hörte ich sofort auf zu kauen und setzte ein unschuldiges Gesicht auf. Wenn Olaf sie wieder in Anspruch nahm, kaute ich weiter. Ich hatte einen unerklärlichen Heißhunger hier, den ich zu Hause nie hatte.

Die ganze Zeit lief mir das Wasser im Munde zusammen. Auch die Cervelatwurst liebte ich. Sie hatte einen etwas beißenden Geschmack, war aber sehr aromatisch. Essen am Abend war ein Hochgenuss, und alle meine Sinne konzentrierten sich auf jeden Bissen, vor allem, wenn es Cervelatwurst gab, die man sorgfältig, um ihren vollen Geschmack auszukosten, mit dem Brot, der Butter und dem Speichel zu einer breiigen Masse vermengen und an den Gaumen drücken musste, um sie wirklich zu »schmecken«, bevor man sie endlich irgendwann hinunterschluckte.

Was bei Tisch gesagt wurde, hatte nur eine flüchtige Bedeutung und verflog sofort wieder. Die banalen Dinge, die keinen Spaß machten, etwa ob die Aufgaben erledigt waren oder was noch alles für die Dienstreise von Herrn Werner gepackt werden musste, waren schon vorher besprochen worden. Nun ging es darum, den Abend zu genießen und der Stille den Glanz zu verleihen. Die Kinder wurden ruhiger. All die zähen Streitigkeiten, die sie am Tag bewegt hatten, versanken in allmählicher Kontemplation. Umso schlimmer war es, wenn Frau Werner dann doch noch etwas Neuralgisches einfiel, das alle plötzlich wieder aufschrecken ließ, so dass die Ruhe vorübergehend gestört war.

Das Schrecklichste, was ich an diesem Tisch hörte, war, wie sie eines Tages sagte: »Ach, das hätte ich jetzt fast vergessen, wir müssen Laura morgen unbedingt bei der Schule anmelden.«

Ein Schock. Ich hatte große Angst vor der Schule. Ich war noch nicht angemeldet und felsenfest überzeugt, dass dieser Kelch an mir vorübergehen würde. Jetzt war es zu spät. Frau Werners Stimme klang so, als würde sie alle alarmieren. Jetzt kam dieser schreckliche, große, unbekannte Einschnitt in unserem Leben, auf den wir keinen Einfluss hatten.

Ich rückte näher an Laura heran, weil ich Angst hatte. Sie merkte es und nahm tatsächlich meine Hand. »Es wird schon nicht so schlimm sein«, beschwichtigte sie mich.

Außerdem war es ja noch lang hin.

»Schnell vergessen, nur schnell vergessen«, murmelte ich.

Unsere Unterarme berührten sich, und die feinen Härchen stellten sich auf. Ich versuchte mich voll darauf zu konzentrieren. Ich hatte Angst, dass ich die Stimmung am Tisch drückte. Das Schweigen war bedrohlich geworden. Ich druckste herum. Ich wollte fragen, ob es irgendeine Möglichkeit gab zu verhindern, dass Laura und ich in die Schule müssten. Es überlief mich siedend heiß dabei. Ich muss geahnt haben, dass es schlimm kommen würde. Aber außer meiner Herumdruckserei kam nichts heraus.

Ich war anstrengend. Ich strengte mich ungeheuerlich an, die anderen nicht anzustrengen. Aber mein Wille, Dinge zu tun oder nicht zu tun, war einfach zu stark. Es brodelte in mir – und irgendwann, das wusste ich, würde es zum Eklat kommen.

Immer durften wir irgendwann nach dem Abendbrot aufstehen und noch einmal in den Garten hinuntergehen. Wir waren froh, dass die Erwachsenen uns in Ruhe ließen und hofften, dass sie uns eine Weile vergessen würden. Hier unten war alles nur schemenhaft erkennbar, so dunkel war es bereits, aber es war noch warm genug. Die Wärme stieg von der Erde auf, die der Rasensprenger hier nicht erreicht hatte.

Wir schaufelten ein bisschen im Sand, um uns abzulenken, damit unsere Hände etwas zu tun hatten, während der Rest von uns schon nahezu reglos auf die Geräusche der Nacht horchte und wir behutsam jede einzelne Regung, jede Geste des anderen, mit der Genauigkeit der an die Dunkelheit gewöhnten Augen registrierten.

Irgendwann wurde das Geschirr abgeräumt. Ich spürte eine leichte Erregung. Jedes Mal machte ich mir Hoffnungen, vielleicht in dieser Nacht wieder hier schlafen zu dürfen. Ich fragte Laura, ob sie ihre Eltern darum bitten würde. Nach kurzem Zähneknirschen nickte sie und ging hoch.

Ungeduldig sah ich ihr zu, wie sie vor ihren Eltern stand und wartete, bis sie auf sie aufmerksam wurden. Ich wusste, dass sie bei jedem Wort ihrer Frage stocken würde, und schüttelte den Kopf. Die Eltern blickten kurz zu mir und sagten etwas.

Dann lief sie leichtfüßig wie eine Elfe die Stufen herunter, die Arme dabei leicht von sich gespreizt, und blieb vor mir stehen: »Du darfst heute Nacht bei mir schlafen«, verkündete sie stolz.

Es war ein für ihre Verhältnisse wirklich langer Satz – und es fiel ihr schwer, ihn auszusprechen. Jede deutliche Mitteilung, die sie zu machen hatte, stellte sie auf die Probe. Sie war einfach zu scheu, um zu sprechen. Selbst ihren Eltern gegenüber fiel es ihr schwer, sich zu öffnen. Deshalb kamen ihr solche Sätze immer mit einem gewissen Schamgefühl über die Lippen. Manche Worte machten ihr Schwierigkeiten. Dazu gehörte später das Wort Maracujasaft.

Sie konnte es nicht aussprechen und gab daher auf, nach dem Saft zu fragen. Sie wollte einfach keine Scherereien haben. Das war schon immer so. Meist kamen Mitteilungen an andere Menschen nur stockend aus ihr heraus. Ihre Sätze klangen tonlos, sie legte nie Bedeutung in ihre Stimme. Deshalb galt sie bei manchen als ernstes Kind. Aber das war sie gar nicht. Für sie war lediglich nur das witzig, was einer gemeinsamen Sprache entstammte. Und die hatten nur wir. Ich brauchte sie bloß anzutippen, und schon lachte sie los. Außerdem musste man sie sehr gut kennen, um ihre flüchtigen Regungen zu entziffern. Fremden gegenüber äußerte sie ihre Gefühle sowieso nicht. Und eng war nur ich mit ihr.

Ihre Eltern, besonders ihre Mutter, waren zu streng, verlangten immer etwas von ihr, ließen sie nicht in Ruhe. Und ihre Ruhe zu haben war das Einzige, woran ihr wirklich gelegen war.

Es war ihr unangenehm, wenn man sie aufforderte, zu sprechen. Manchmal wirkte ihr Gesicht dann regelrecht gequält. Mit gerunzelter Stirn blickte sie zu Boden und sagte oft gar nichts. Stattdessen rieb sie ihre Zehen aneinander. Mehr als einen Satz zu sprechen, weigerte sie sich innerlich. Es war auch nicht nötig, wenn wir zusammen waren. Ich erwartete von ihr nicht, dass sie sprach. Vielleicht verbrachte sie deshalb so gerne ihre Zeit mit mir. So zerbrechlich sie wirkte, so zäh war sie. Sie hatte eine Verweigerungshaltung. Wie mir machte es ihr mehr Spaß, einfach nur zu träumen. Wir waren in gewisser Weise denkfaul. Wir waren Träumer, nicht mehr und nicht weniger.

Ich erwartete nichts von ihr, außer dass sie immer für mich da war. Und auch sie schien nichts anderes zu erwarten. Es war ein stummes Einverständnis zwischen uns beiden, eine Art wortloser Verständigung. Wer ging schon gerne den ganzen Tag über die Wiesen – außer uns beiden? Wer lag schon gerne auf dem frischen Heu, wenn es Abend wurde, und sah in den Himmel? Ich habe außer uns kaum jemanden dort gesehen, abgesehen von ein paar Bauern auf dem Feld.

Mit ihren Stallhasen habe ich sie allerdings reden hören. Lange und zärtliche Gespräche hat sie mit ihnen geführt und dabei ihr weiches Fell gestreichelt. Auch zu mir habe ich sie Dinge sagen gehört, kindliche, selbstvergessene Dinge, die verflogen wie Samenkörner im Wind.

Sie verweigerte sich der gesprochenen Sprache, ich wenig später den Zahlen und dem geschriebenen Wort. Das Schreiben machte ihr sogar Spaß. Ich aber brach aus dem Klassenraum aus und irrte allein und unglücklich umher, weil die Dinge nicht in meinen Kopf hineinwollten. Es war verständlich, dass sie nicht gerne sprach. Leute, die in dieser Gegend mehr als zwei Sätze sprachen, wurden als Schwatztanten abqualifiziert. Die menschliche Sprache, die hier oben auf der Steiner Hut nur aus wenigen Worten bestand, hatte im Bewusstsein der meisten Leute keinen besonders hohen Stellenwert.

Deshalb war es auch jetzt etwas ganz Besonderes, als sie sagte: »Du darfst heute Nacht bei mir schlafen.« Es waren kostbare Worte, ein Geschenk an mich – und als solches mit dem nötigen Ernst vorgetragen und einer kleinen Prise Schüchternheit abgestimmt. Erregung und Freude ließen mich aufspringen: »Juchu!«, schrie ich und umarmte sie. Wir liefen hinüber zu unserem Haus, um meiner Großmutter Bescheid zu sagen.

Sie saß allein im Wohnzimmer und las Zeitung. Ich fragte sie mit einer Dringlichkeit, die es ihr erst gar nicht ermöglichte, nein zu sagen.

»Na gut«, sagte sie. »Wenn du es unbedingt willst. Aber mach Frau Werner keine Umstände. Hast du verstanden!«

Ich stieß ein wildes Indianergeheul aus und rannte durchs Wohnzimmer. Meine Großmutter ermahnte mich, ruhig zu sein und meinen Großvater nicht zu stören. Ich gab meiner Großmutter einen ungestümen Kuss, und sie lachte ihr dürres Lachen, das mich an das Rascheln ihrer Zeitung erinnerte.

Der Weg zurück vergrößerte die Vorfreude noch. Wir huschten am Haus entlang, überquerten die Schotterpiste, die im Mondlicht lag, und liefen leichtfüßig durch die Wiese zurück in Lauras Garten. Bald würden wir im Schlafanzug sein, doch vorher genossen wir es, in der warmen Nachtluft durch das offene Gelände hinter dem Grundstück zu streifen.

12.

Unsere Tage waren gezählt. Wir verbrachten noch einen Herbst und einen Winter zusammen, an den ich mich kaum mehr erinnere. Die Schule begann im Herbst. Ich kam damit nicht gut zurecht, merkte aber auch, dass es Laura anders ging und sie dankbar aufnahm, was ihr beigebracht wurde, weil es ihr offenbar leichtfiel. Darüber geriet ich bald in eine Isolation. Ich beobachtete sie ängstlich beim Lernen und merkte, wie sie sich mir dadurch entzog. Nervös rutschte ich auf meinem Stuhl herum und versuchte, ihre Aufmerksamkeit zu erregen, indem ich sie mit meinem Zirkel in den Oberschenkel pikste.

Die Lehrerin, die man im Dorf »die Brunzmarie« nannte, weil sie sich so selten wusch, hatte mir meinen linken Arm mit einem Topflappen abgebunden, damit ich mit rechts schrieb.

Sie kam herangewalzt, wenn Laura leise aufschrie, weil ich sie gestochen hatte, und packte mich an den Ohren. Sie zerrte meinen Kopf in ihre Richtung, damit ich sie ansah, aber ich weigerte mich. Ich starrte auf die Stelle an ihrem karierten Wollrock, wo der Gestank herkam. Zwei säulenartige Beine ragten darunter hervor und endeten in massiven, runden Halbschuhen. Ein Bein war am Knie bandagiert.

»Sieh mich an!«, schrie sie.

»Nein!«, schrie ich zurück.

Ich riss ihre Hand von meinem Ohr und rammte sie mit dem Kopf, als sie versuchte, es noch mal zu ergreifen. Sie rutschte an meinem kurzgeschorenen Kopf ab, umklammerte meinen Rücken und versuchte, meinen noch freien Arm in den Griff zu bekommen, um ihn mir auf den Rücken zu drehen und mich in die Ecke zu stellen. Ich trat sie gegen das Schienbein, dort am Knie, wo es bandagiert war. Sie schrie auf – es war ein hasserfüllter Schrei, ein Röhren. Diesmal sah ich ihr ins Gesicht und auf das graugelbe Haar, dieses ungepflegte Vogelnest auf ihrem Kopf. Ich wollte hineingreifen und es noch mehr durcheinanderbringen. Die hässlichen Tümpel ihrer Augen sahen alt und abgestanden aus. Die

Wut hatte den Schleier der Trägheit und Behäbigkeit gelüftet, der sonst auf ihrem Blick lag, und hervor kam blanke Brutalität und Gemeinheit. Sie hätte mich, wenn sie gekonnt hätte, umgebracht. Ich sah es vor mir, wie sie sich auf mich stürzte, um mich in ihrem Gestank zu ersticken, oder mich an den Beinen packte und mich gegen die Bank schlug, bis mein Kopf platzte.

Durch eines der offenen Fenster ergriff ich die Flucht und rannte, es war ein herrlicher Herbsttag, über die Wiese davon. Eine Weile harrte ich in einer Mulde aus, fand aber keine Ruhe mehr. Ich versuchte zu streunen, doch hatte keine Freude daran. Plötzlich war ich allein. Ich spürte, voller Angst und mit klopfendem Herzen, dass es kein Zurück mehr gab, dass die glorreichen Jahre der Unbeschwertheit nun vorbei waren und nichts mehr so war wie vorher.

Darüber war ich untröstlich, und mich ergriffen eine große Unruhe und ein großes Verlangen, einiges klarzustellen. Ich schlich zur Schule zurück und sah in die Fenster hinein.

Geschützt durch die Böschung, in der ich lag, konnte ich Laura sehen, die dicht außen am Fenster saß und dem Unterricht folgte. Leise klopfte ich an die Scheibe und winkte ihr, hinauszukommen. Ein einfacher Sprung durch das Fenster würde genügen, und wir wären frei. Sie zögerte einen Moment, dann wandte sie sich wieder der Tafel zu.

Ich überlegte. Aufgeben wollte ich nicht. Zu viel stand auf dem Spiel. Ich zupfte Grashalme in der warmen Herbstsonne und sammelte mich. Den Geruch meiner Haut wollte ich am liebsten loswerden, weil sie genauso roch wie ihre und mich ständig daran erinnerte, dass sie nicht leise und vertraut neben mir saß und wir nun nicht mehr unzertrennlich waren, wie an den vielen vergangenen Sommertagen. Ich hatte mich schrecklich getäuscht. Ich fühlte, dass ich zur Beute einer fürchterlichen Einsamkeit werden konnte, die teils aus meiner starken Einbildung, teils aus der Wirklichkeit kam. Ich nahm scharfe Halme und zog sie mir über den Oberschenkel, bis die feinen, schmerzhaften Risse zu bluten begannen und ich mit den Tränen kämpfte. Schließlich sprang ich auf und klopfte erneut an das Fenster. Laura sah mich an.

»Keine große Sache, Laura«, versuchte ich ihr zu signalisieren, »nur das Fenster öffnen und ein kleiner Sprung hinaus in die Freiheit – und alles ist gerettet. Hast du mich mehr lieb als gestern Abend? Wie viel lieber? So viel?«

Ich breitete die Arme aus, und sie lächelte. Dann rief die Lehrerin. Sie zuckte bedauernd mit den Schultern und drehte sich wieder zur Tafel.

Ich lief kreuz und quer über die Felder nach Hause. Als ich ankam, dachte meine Großmutter sich ihren Teil. »Na, hast du wieder Ärger in der Schule gehabt?«, fragte sie.

Ich schüttelte den Kopf.

Ich roch das Essen intensiver als sonst. Auch alle anderen Gerüche drangen bis zu mir vor. Auf einmal roch ich den stickigen Putzlumpen in der Besenkammer und den Ölfleck in der Garage und den Schimmel unten in der Dusche im Keller. Die alten Gerüche des Hauses, Dinge, die beim Einzug liegen geblieben waren und irgendwo vermoderten, erzählten mir ihre traurigen Geschichten, als wollten sie mich darauf hinweisen, dass ich zu ihnen gehörte und auch schon bald vergessen sein würde, in einem dunklen Schacht, hinter einem vergitterten Fenster.

Mit wurde schwindelig. Ich taumelte durch das gleißende Herbstlicht des Wohnzimmers und setzte mich auf die Couch. Für einige Momente schloss ich die Augen, bis ich leise die Schritte meiner Großmutter hörte. Sie kam nicht näher. Ihre geringe Barmherzigkeit war außerstande, die Aura von Trauer und Einsamkeit zu überwinden, die mich in diesen Momenten umgab. Sie ließ mich allein. Ohne etwas zu sagen, machte sie kehrt und ging in die Küche zurück. In meinem Herzen bildete sich ein Stachel aus Eis. Ich roch den säuerlichen Geruch der Kapern in der Soße, in der das fade Fleisch der Königsberger Klopse garte. Das war, in sehr abgeschwächter Form, der Geruch meiner Großmutter, die stundenlang immer wieder in dieser Soße zu rühren vermochte.

Durch das Fenster sah ich Laura mit dem Schulranzen auf dem Rücken nach Hause kommen. Sie hielt den Kopf gesenkt und bog gleich ab, ohne zu uns herüberzublicken.

Nach dem Essen eilte ich zu ihr. Ich setzte mich ganz brav

hin und sah ihr bei den Hausaufgaben zu. Ich hatte sogar Hefte dabei. Als sie mich fragte, ob sie mir helfen solle, schüttelte ich jedoch nur den Kopf.

13.

»Das ist die alte Deinhard.«

Ich stieß Komorek an. Ich hatte ihn überredet, sie umzubringen. Wir warteten hinter einem Gebüsch am Rande des Feldwegs. Er hatte einen Stecken in der Hand, den er zwischen die Speichen ihres Fahrrads schieben sollte. Warum sich selbst die Finger schmutzig machen, wenn man Handlanger hatte. Die alte Sau kam herangeradelt, ihre grauen Beinmassive traten herrisch in die Pedale. Mit kalter, protestantischer Stimme schmetterte sie grausamfröhlich ein Lied. Ihr breitflächiges Gesicht hatte einen Ausdruck höhnischer Zufriedenheit.

»Los!«, schrie ich. Aber Komorek machte keine Anstalten, mir zu gehorchen.

»Los!«, schrie ich nochmals. Als er immer noch nicht gehorchte, boxte ich ihn mit der Faust in den Rücken. Er war hart wie Stahl. Wir wollten die Alte in den Wald zerren und im Weiher ertränken. So hatten wir es abgemacht. Die Leiche wollten wir mit einem Mühlstein beschweren. Ich hatte mich schon so gefreut. Komorek grinste blöde, als er sie herannahen sah.

»Sei kein Dummkopf!« Ich versuchte ihn an seinem wunden Punkt zu treffen, seiner Intelligenz. Aber die Sache schien ihm zu heikel. Ich hatte seinen Respekt vor der Obrigkeit überschätzt und war davon ausgegangen, dass er tat, was ich sagte, weil ich der Enkel seines Chefs war. Aber diesmal funktionierte der Trick nicht.

Er kam hinter dem Gebüsch vor, nahm Haltung an und grüßte die Lehrerin, die daraufhin dreckig auflachte, wobei sie ihm einen höhnischen Blick zuwarf. Es wirkte einen Moment so, als hätte sie eine sehr verwerfliche Agenda, die in ihrem Lachen aufgurgelte wie aus dem Grund eines Gullys. Die Lehrerin radelte vorbei.

Ich war stocksauer. Um mich wieder aufzuheitern, griff er mich und stemmte mich mit beiden Armen hoch über seinen Kopf, direkt in das Blau des Himmels hinein. Dann nahm er Anlauf, rannte über eine abgemähte, stoppelige Wiese und schoss mich von weitem, wie eine Rakete, auf einen mindestens zwei Meter hohen Heuhaufen.

Ich brauchte eine Weile, bis ich mich von meiner Überraschung erholt hatte. Als ich mich aufrichtete, war er schon ein ganzes Stück weg. Laut pfiff er ein Liedchen. Ich rief nach ihm. Er machte eine tiefe Verbeugung vor mir und verschwand hinter dem Hügel.

Es war das letzte Mal, dass ich ihn sah, bevor ich im Januar Zeuge einer hässlichen Szene unten auf der Dorfstraße wurde. Ich erkannte Komorek in einiger Entfernung. Er wurde von drei anderen Männern in die Mangel genommen, zwei trugen die Schürzen der Schlachtergesellen, der dritte, stärkste von ihnen das schulterfreie, gerippte Hemd der Bauarbeiter. Es waren Burschen, die viel größer, kräftiger und jünger als Komorek waren. Ich sah, wie ihm nach einem Schlag das Blut aus der Nase sprang, wie er taumelte, aber nicht fiel. Der Alkohol hielt ihn oben und eine damit einhergehende Lust an Entblößung. Die Fäuste hagelten in sein Gesicht, rissen die Haut auf, schlugen sein Nasenbein ein, und Komorek unternahm keinen Versuch, sich zu schützen. Er lächelte selig, als wollte er sagen: »Mehr davon!« Es war ein Lächeln voller Abgründe, ein Zwitterwesen aus Sanftmut und Mord, das es so unberechenbar machte. Empört und entsetzt, weil er nicht zu Boden ging, schlugen die Burschen immer brachialer auf ihn ein.

Ich war zu erschüttert, um einzugreifen, andererseits konnte ich das Spiel nicht länger mitansehen, und so schrie ich, schrie aus voller Kehle mit der Inbrunst der Verzweiflung: »Komorek! Komorek! ... Hört auf! Was macht ihr mit ihm?«

Einer der Metzgerschläger kam heran, drohend, stumm und langsam bewegte er sich auf mich zu. Ich ergriff die Flucht, rannte die Dorfstraße hinauf und brach oben an der Kirche schluchzend zusammen.

Komoreks Platz an der Werkbank blieb leer. Mein Großvater verbot mir, nach ihm zu fragen. Ich kam immer wieder und sah seinen leeren Platz an. Lange wurde er nicht besetzt. Es war ein graugrüner Bürostuhl mit Stahlbeinen, vor einer Werkbank mit einer Schleifmaschine aus Gusseisen. Am Nachmittag fiel durch die Milchglasscheiben oberhalb der getünchten Wand, wo die Lehmbecken standen, die Sonne auf die Regale hinter seinem Arbeitsplatz. Dort waren die verschlissenen Pappkartons der aussortierten, alten Sortimente gestapelt. Im fadenscheinigen Licht durchbohrten die Gliedmaßen Hunderter verstaubter und zu Bruch gegangener Gartenzwerge die Kartons und bildeten wilde Knäuel in der Luft.

Ich stand oft lange vor seinem Arbeitsplatz, wie aus der Zeit genommen, während um mich die Geräusche allmählich verstummten und die Sägespäne auf dem kleinen Häufchen unterhalb der Schleifmaschine, das niemand fortgeräumt hatte, immer mehr zu glänzen begannen. Dann formierten sich die vielen, glänzenden Späne zu einer winzigen silbrigen Leiter, die freischwebend einen Moment in der Luft stand, wie von Elfenhand gewirkt. Hatten sich die Waldelfen hier versammelt, die Komorek in der frühen Dämmerung über die Lichtungen streifen sahen? Und ihm ihre Anteilnahme und Solidarität bekundet, indem sie ihm eine kleine Leiter aufstellten, die seine arme Seele ins Reich ihrer Unschuld, Anmut und Träume führte, wo er endlich seinen Frieden finden konnte?

Es hatte fast so ausgesehen, als er mich ein letztes Mal anschaute, während ich schrie, mit dem seligen Lächeln auf seinem schon völlig zermatschten Gesicht.

Man musste mich wegziehen von dem Anblick der Werkbank, langsam und behutsam, und mich zurückführen den Gang entlang hoch ins Büro und mich ablenken mit irgendeiner Beschäftigung, die mir Frau Kranach dann gab, das Geld der Lohntüten vorzählen zum Beispiel, Zwanziger stapeln und Zehner ordnen im Papp-Geruch des Büros.

14.

Der Herbst ging einher mit dem Verlust dieses frühen, sporadischen Kameraden meiner Kindheit, dieses stillen, in sich gekehrten Begleiters mit dem merkwürdig weichen Gesicht, den ich zuletzt auf freiem Feld davongehen sah, bevor ihn sein mörderisches Schicksal ereilte.

Es war das Ende des Jahrhundertsommers, der das Frühjahr bereits im April in ein Fieber getrieben hatte, das bis Ende September dauerte, in Nachmittage voller Glut, die anhielten bis in den hohen Oktober hinein. Es war ein großer Sommer, der sein bronzenes, stolzes Haupt über der Landschaft erhob wie ein Götze, der sich aufbäumte am Mittag und brüllte – und dem ich zur Mittagszeit allein entgegenging. Dem ich entgegenging mit meinem Speer in der Hand, um ihn durch seine Kehle zu treiben, mich in seinem Blut zu baden und unverletzbar zu wähnen, dem ich entgegenging im Juli und August, und auch noch im September, als das Licht dürrer zu werden begann und der alte Bulle allmählich heimtückisch und hinterlistig wurde, mit seinen tausend Speerspitzen in Gurgel und Nacken. Der Sommer war mein Vergessen gewesen. Er war das Öl, mit dem ich meine Wunden pflegte. In ihm nahm meine Unschuld ihr Bad. Nun war er verklungen, und Komorek war verschwunden.

Man zog mir meine Haferlschuhe wieder an, und ich tappte mit meiner dicken, braunen Cordhose durch Matsch und durch Pfützen. In der Luft schwirrten Gerüchte. Irgendwann sah ich in einem Zeitungsausschnitt, den meine Großmutter in einer Schublade versteckt hatte, das Konterfei von Komorek.

Seine Nase war platt, sein eines Augenlid hing herunter. Die Schläge der Burschen hatten Spuren hinterlassen. Er sah müde, leer, resigniert aus. Ich versuchte, den Text zu buchstabieren, aber es gelang mir nicht. Er war Frauen gefolgt, was immer das auch zu bedeuten hatte. Ich fragte gar nicht erst nach, was mit ihm passiert war.

Stattdessen bemächtigte sich meiner eine Art scheinbar grundlose Unrast und Traurigkeit.

Ich strich durch die Fabrik und sah meinen Großvater oben auf der schmalen Empore mit seiner Trevirajacke zwischen den gestapelten Kartons stehen.

Er war enttäuscht, weil ich in der Schule solche Schwierigkeiten hatte, und sprach deshalb kaum noch mit mir. Als er mich zwischen den Werkbänken hindurchstreifen sah, wandte er mir den Rücken zu und ging mit seinem mürrischen Ausdruck zurück ins Büro.

Die Realität rückte näher. War der Spätsommer, der heiße August, noch schwirrend von Gerüchten und Drohungen gewesen – wie die des baldigen Schulanfangs –, so lag nun etwas anderes in der bleiernen Luft, das schwerer wog.

Ich begriff nicht, warum man es mir übelnahm, dass ich um die Fabrik strich. Da Laura die meiste Zeit mit Lernen beschäftigt war und ich, trotz ihrer Bemühungen, nach kurzer Zeit einfach aufgab, war die Fabrik ein Ziel, das meinen langen Märschen durch den Herbst einen Sinn gab. Wenn ich dort ankam, wurde ich von den Frauen, die ich von früher noch kannte, mit unveränderter Herzlichkeit begrüßt. Manche von ihnen lachten vor Freude und drückten mich an sich. »Das Robertle!«, riefen sie in alter Manier.

Doch dann musste man ihnen etwas gesagt haben, denn sie hielten sich plötzlich zurück, sahen kaum mehr auf, wenn ich kam, geschweige denn, dass sie aufsprangen und vor lauter Freude nach mir riefen.

In die erdrückende Stille eines Abendessens hinein sagte mein Großvater eines Tages zu mir: »Was hast du eigentlich immer in der Firma zu suchen? Du störst die Frauen beim Arbeiten. Solltest du nicht endlich einmal versuchen, deine Hausaufgaben zu machen?«

Aus dem Flur drang irgendwann wenig später seine leise, einsilbige Stimme an mein Ohr, und ich hörte, wie er sagte: »Ich weiß nicht mehr, wie das weitergehen soll.«

Ich flüchtete mich in die Küche und klammerte mich an den Rockzipfel meiner Großmutter.

Ich begriff, dass nicht das Haus hier, in welchem ich offenbar nur zu Gast war, mein Zuhause gewesen war, sondern dass es die

Anhöhe von Stein war, die im Rohbau befindlichen Häuser, das Grundwasser der Baugruben und die in der Unendlichkeit der Wiesen und Wälder mir ungeheuer günstig gesinnte Witterung eines einzigen Riesensommers, die mein eigentliches Zuhause gewesen waren und die die mir innewohnenden Kräfte, den Mut, die Ausdauer, die Abenteuerlust, zu voller Entfaltung und Blüte hatten bringen können – und dass dies offensichtlich nun vorbei war.

Der Sommer war meine Heimat gewesen. In ihm tummelte sich mein Körper. Er weckte mich am frühen Morgen und füllte mich mit Freude und Begeisterung.

Ich rannte ein paar Mal dem Sommer hinterher und rief nach ihm in der früh einsetzenden Dämmerung: »O Sommer!«, rief ich. »O Sommer!«, und umarmte die kühle Luft.

Ich umarmte die Bäume, rieb mich an ihrer Rinde und nahm Abschied von ihnen. Auch die Krüppelweiden mit ihrem inneren Zerwürfnis und ihren dramatischen, großen Gesten waren meine guten Freunde geworden.

Ich rannte in meiner Lederhose durch die blauen Brennnesselfelder im Schatten des Waldrands. Sie waren die Einzigen, die der Sommer verschont hatte, der die Ernten vernichtet und die Felder verbrannt hatte.

»O Sommer!«, rief ich. Der Keim jener aussichtslosen, künftigen Unterfangen, jenem nach Atem ringenden, verzweifelten Suchen nach etwas unwiederbringlich Verlorenem, war gelegt.

»Du hörst mir jetzt bitte einen Augenblick genau zu.«

»Nein«, schrie ich und riss mich von ihm los. Er hockte in der Mitte des Wohnzimmers, wo ich ihn zurückgelassen hatte und machte eine resignierte Geste. Meine Großeltern saßen im Hintergrund. Sie schwiegen und sahen zu Boden. Die Koffer waren bereits gepackt.

»Ich will hier nicht weg! Ich will hier nicht weg! Ich will hier nicht weg!«, schrie ich verzweifelt. Ich schrie so laut, dass mir irgendwann die Stimme versagte.

Anschließend brach ich zusammen. Geschrumpft zu einem

willenlosen, schluchzenden Nichts, lag ich in meinem Zimmer, das nun nicht mehr mein Zimmer war.

Die Jalousien waren heruntergelassen, obwohl es erst Nachmittag war. Wahrscheinlich schämte man sich für mich. Einmal hörte ich es klingeln, hörte, wie leise die Tür geöffnet wurde, und glaubte, die Stimme von Laura zu hören, die abgewimmelt wurde.

Noch am selben Abend fuhren wir zum Nürnberger Flughafen. Ich hatte keine Gelegenheit gehabt, Abschied zu nehmen. Wir Kinder hatten nicht einmal die Telefonnummern voneinander.

15.

Wir kamen in der Nacht in Berlin an. Mein Vater zeigte mir mein Zimmer in seiner Wohnung in der Kachelstraße. Es war riesig, an einer Wand standen zwei weißlackierte, leere Regale. Er schickte mich gleich ins Bett.

Am nächsten Tag wurde ich in eine alte, wilhelminische Schule gebracht. Sie war groß wie die Wohnung meines Vaters und genauso kalt, abweisend und dunkel.

Ich wurde an irgendjemanden abgegeben, der mich in ein Klassenzimmer brachte, und dort vorgestellt. Am gleichen Tag prügelte ich mich auf dem Schulhof. Jemand hatte meinen Dialekt nachgeäfft. Ich schlug ihn sofort nieder.

Am Mittag hockte eine Frau in der Küche. Mein Vater erklärte mir, das sei die Haushälterin. So alt und hässlich konnte eine Haushälterin also sein. Wir beide mochten uns auf Anhieb nicht, doch das war meinem Vater egal. Er versuchte mir geduldig anhand rationaler Gründe zu erklären, warum es sein musste, dass sie da war. Es war dieselbe missmutige Geduld angesichts hoffnungsloser Fälle, die er unermüdlich bei meiner Mutter angewandt hatte. Wahrscheinlich dachte er, ich sei genauso wie sie und ahnte schon, dass es keinen Sinn hatte, mir etwas zu erklären. Mechanisch tat er es trotzdem. Er erklärte immer wieder das Gleiche, als hätte er es mit einem Vollidioten zu tun. Wenn das nichts nutzte, riss irgendwann, wie er sich ausdrückte, sein Geduldsfaden, und es gab Prügel.

Schon bald fing ich an davonzulaufen. Ich wollte vor allem Laura sehen und mit ihr wieder den Sommer verbringen. Ich wollte mich bis nach Stein durchschlagen und landete immer am Grenzübergang Friedrichstraße. Dort versuchte ich einem der Grenzbeamten zu erklären, wohin ich wollte. Sie kannten Stein nicht und begriffen nicht, was ich sagte. Ich versuchte ihnen zu erklären, dass ich dort erwartet würde von einem Mädchen, das Laura hieß und bestimmt nach mir suchte. Ich sprach mit den Grenzbeamten wie mein Vater mit mir. Geduldig erklärte ich immer wieder das Gleiche. Die Typen verstanden nichts. Wahrscheinlich waren sie tatsächlich Vollidioten. Irgendwann befahl ich ihnen, mich durchzulassen. Als auch das nichts half, sprang ich auf die Gleise und lief in den Tunnel. Ein Mords-Alarm ging los. Sie suchten mich mit Hunden, Trillerpfeifen, Sirenen und dem ganzen Drum und Dran. Schließlich schleppten sie mich in eine Art Besenkammer. Ich musste dort stundenlang warten, bis mein Vater kam.

Das hinderte mich nicht daran, es immer wieder zu versuchen. Oft sahen sie mich schon von weitem und wurden unruhig, liefen hin und her, gaben am Kontrollturm Bescheid.

Die gebetsmühlenartigen Erklärungen meines Vaters, warum ich hier sei, machten mich schwindelig.

Manchmal sagte er: »Von mir aus kannst du jetzt rausgehen auf den Spielplatz. Wenn du wieder davonläufst, gibt es Prügel.«

Ich blieb bis zur Dunkelheit auf dem Spielplatz. Oft war ich dort der letzte Mann. Ich saß auf dem Klettergerüst und sah auf die Wipfel der Kastanien, die im Licht der Straßenlaternen dunkelgrün glänzten. Ich hockte da und wartete. Manchmal kamen ein paar Halbstarke und rauchten in einer Ecke Zigaretten. Manchmal hinkte ein Krüppel vorbei, Onkel Herbert, dem Rotzfäden aus der Nase hingen und der hier heimlich am Abend aus irgendeinem Grund den Spielplatz säuberte, vielleicht weil er nichts Besseres zu tun hatte. Onkel Herbert grinste mich immer von weitem an. Auf groteske Art erinnerte er mich an Komorek. Er pickte den gesamten Müll vom Spielplatz, der dort herumlag. Vor den Halbstarken hatte er Angst. Der Spielplatz war von zwei Seiten von hohen grauschwarzen Brandmauern umgeben. Hier rauchte ich mit sechs meine ersten Zigaretten.

Wenn ich heimkam, war es in der Wohnung dunkel. Nur hinten, am Türschlitz hinter dem Berliner Zimmer, wo ein schmaler Gang zu den abgelegenen Gemächern meines Vaters führte, schimmerte Licht. Ich war ermahnt worden, leise zu sein. Mein Vater »arbeitete«.

Da die Dielen überall laut knarzten, wagte ich kaum noch, mich zu bewegen.

Das Berliner Zimmer war wie der verminte Raum des Mauerstreifens unserer Wohnung. Hier knarzte es besonders laut. Und wenn der leiseste Lärm an sein empfindliches Ohr drang, kam er angerannt, wütend, jähzornig, mit drohenden Gebärden, mich eindringlich noch einmal mahnend, dass er mich gewarnt hatte.

Ich schlich in mein Zimmer und blieb dort auf der Bettkante im Dunkeln sitzen.

Irgendwann würde es ein Stelldichein in der Küche geben. Ein kaltes Glas Milch, wie damals in Frankfurt, erwartete mich. Und für jeden zwei Scheiben Graubrot, die er auf einem Brettchen vom Laib schnitt. Dazu die verhasste Margarine und die verhasste Thüringer Rotwurst, deren Farbe ins Violett ging, mit dicken weißen Brocken Speck angereichert.

Ich musste jedes Mal würgen, wenn er mich zwang, sie zu essen. Wenn ich ihn irgendeine Kleinigkeit fragte, die ihm unangenehm war, log er aus Bequemlichkeit. Er wollte seinen Alltag nicht verkomplizieren. Er hüllte sich in Schweigen, versank darin, vergaß schnell meine Gegenwart. Ihn schienen andere, gravierende Dinge zu bewegen. Zu mir sagte er nur: »Geh ins Bett, Kind.«

Manchmal, wenn ich nachts im Dunkeln lag, spürte ich Laura neben mir. Wie sie dalag, mit offenen Augen, in Stein. Ich konnte sie ganz genau spüren.

Die Haushälterin erschien bald nur noch sporadisch. Sie kochte vor, damit ich das Essen aufwärmen konnte. Während sie durch die

Küche ging, schwankte sie immer leicht. Sie sollte meine Hausaufgaben überwachen, glotzte aber nur stumm und teilnahmslos vor sich hin. Als mein Vater den Schnaps entdeckte, schmiss er sie raus.

Statt der ekligen Kohlrouladenleichen, die in einem Topf vor sich hin gammelten, gab es nun eine Suppe. Diese Suppe machte mein Vater jeden Sonntagabend, nachdem wir bei der kinderreichen Familie G. den Nachmittag zugebracht hatten. Die Suppe bestand aus weißen Bohnen und sehr zähen Stücken gekochten Hammelfleischs mit Fetträndern. Sie war so bemessen, dass sie die ganze Woche für mich reichen sollte.

Am Wochenende wurde dann in einer düsteren Berliner Spelunke gegessen, wo es so dunkel war, dass man seine Hand kaum sah, in einer Seitenstraße, im Souterrain in Friedenau. Es gab Eisbein. Das rote, gepökelte Fleisch, das sehr salzig schmeckte, mochte ich gern. Ich konnte Unmengen davon in mich hineinstopfen, so groß war der Hunger, der sich über die Woche angesammelt hatte.

Jeden Mittag, wenn ich von der Schule kam, musste ich die scheußliche Suppe auf der Gasflamme aufwärmen. Bereits am zweiten Tag quollen die Fettränder auf. Der Anblick und der Geschmack, wenn man in das fade, blassgraue Fett biss, war so widerlich, dass man sie unmöglich essen konnte. Ich schüttete die tägliche Dosis ins Klo.

Nachts war mein Vater oft unterwegs. Das merkte ich, wenn ich wach wurde, nach hinten lief und sein Zimmer dunkel und das Bett leer war. Dann ergriff mich Panik. Ich rannte auf die Straße und suchte ihn. Das wurde ein richtiger Automatismus. Aufwachen, nach hinten laufen, das dunkle Zimmer, die Panik, das Hinausrennen Hals über Kopf auf die Straße und »Vati! Vati!« rufen. Irgendwann landete ich wieder auf Los. Irgendein Fremder hatte mich zurückgebracht. Und da saß ich, mit dem Oberkörper wippend, auf einem Stuhl neben der großen Standuhr, die ab und zu die Stunde schlug.

So verging mehr oder weniger das Jahr 1966. Wohin ging mein Vater? Heute weiß ich es. Zum »Wahlkontor« der SPD, wo sich die wichtigen Schriftsteller trafen, deren Namen er so gern mit vollmundiger Stimme aussprach, wenn er schon leicht betrunken war: »Der J.«, »Der G.«, »Der E.«, als sprächen diese mit Hohn in der Stimme genannten Namen für sich selbst. Er war dort Kassenwart, genau wie später bei der RAF. Dabei fühlte er sich gleichbedeutend mit den großen Namen, die er lektorierte, oft sogar überlegen, denn es spielte überhaupt keine Rolle für ihn, ob jemand schrieb.

»Der G. ist ein Vielschreiber«, pflegte er herablassend zu sagen.

Wenn man ihn fragte, warum er selbst nicht mehr schrieb, redete er sich damit heraus, dass er »so bedeutende Autoren wie G.« lektorieren müsse, mit dem gleichen Hohn in der Stimme.

Er machte sich lustig über die anderen. Sie hatten lediglich Glück gehabt. Er jedoch wusste tief im Innern genau, dass er der Bessere war. Er hatte einfach nur Pech gehabt. Pech in der Ehe. Und Pech bei der Gruppe 47. Das Schlüsseldatum seines Niedergangs war jene berüchtigte Lesung damals. Und viele andere Gründe, die erwägenswert waren und ihm durch den Kopf geisterten, während er abwesend zum Fenster hinausblickte.

Wenn er betrunken war, sagte er zu jedem irgendwann: »Ich bin viel genauer als du.«

G. blinzelte dann ein wenig durch seine Lesebrille und wandte sich seinen Suppen und Kochtöpfen zu.

Es muss in dieser Zeit gewesen sein, als mein Vater aktiv anfing, mit sich zu hadern. Er hatte jetzt immerhin eine Vergangenheit, auf die er zurückblicken konnte. Und er rätselte oft, welches die richtigen Schlüsse waren, die er daraus ziehen konnte. Vielleicht lag ja alles viel tiefer als seine gescheiterte Ehe.

Die Ungleichzeitigkeit von Wollen und Können spielte eine große Rolle in seinen Betrachtungen. Nie war etwas zur rechten Zeit geschehen. Immer war es zu früh oder zu spät. Auch die Studentenrevolte kam seiner Meinung nach zu früh und wurde von den falschen Leuten geführt. Die Typen waren nicht reif dafür. Die Studenten waren grüne Jungs. Sie hatten noch nie eine Waffe in der Hand gehabt (wie er zum Beispiel). Sie hatten noch nie geschossen (wie er zum Beispiel). Sie hatten nie an einer Werkbank gearbeitet. Sie waren »weich in der Birne«, und er würde es ihnen beweisen.

Er nahm ihnen die Freundinnen weg. Eigentlich hasste er »diese beschissenen Typen«.

Der Einzige, den er mochte, war D. Weil der aus der Heimat kam. Weil der seinen Dialekt sprach. Er tauchte, meist spät in der Nacht, mit irgendwelchen Weibern auf, die halb so alt waren wie er, meist guter Stimmung, ziemlich verlottert und ziemlich betrunken. Ein paar Mal wurde ich Zeuge von dem alten Rein- und Rausspiel.

Seit den Studentenunruhen hatte sich etwas geändert. Ich bekam davon nichts mit, außer, dass die Studentinnen anscheinend oft und gern mit meinem Vater fickten. Er war immerhin Lektor in einem Verlag, und bestimmt schrieben diese Mädchen politische Gedichte, die sie auf diese Art veröffentlichen zu können glaubten.

Sie fielen übereinander her auf dem großen Teppich und wälzten sich dort, während sie sich auszogen. Es hatte etwas Schmutziges, und es gefiel mir. Zwischen vollen Aschenbechern, mit dicken Brüsten, die manchmal unter einer Lammfelljacke hervorquollen, wälzten sie sich, lachend wie Janis Joplin, über den ausgefransten Teppich, und mein Vater spielte dazu laut und scheppernd die Beatles oder *Je t'aime* auf seinem alten Braun-Plattenspieler.

Ich sah ihre Fotzen, und manchmal sahen sie mich dabei an, ohne etwas zu meinem Vater zu sagen, oder sie deuteten auf mich, und meinem Vater war es egal, weil er schon zu sehr in Fahrt war. Sie waren alle richtige Säue, die einen Kardinalfehler machten, nämlich, sich mit ihm einzulassen, denn er hatte die Potenz von drei Braunbären und fiel immer wieder über sie her.

Manchmal ging ich ins Zimmer und rieb mich am Laken, bis etwas passierte und stellte mir die meist drallen Weiber dabei vor, die im Nebenzimmer unter meinem Vater lagen und die Beine breitmachten. Der Alkohol hatte in dieser Phase der Nacht etwas Ausgelassenes. Später, im Morgengrauen, ging es dann richtig zur Sache. Er versuchte ihnen, nachdem er sie bereits mehrmals genommen hatte, eine Standpauke zu halten, wie hart das Leben eigentlich sei. Sie standen da mit ihren aufgeschürften Knien, frierend, nackt oder halbnackt und wurden genötigt, sich in der kalten Küche anzuhören, was er zu sagen hatte. Und er war noch lange nicht fertig.

»Ich bin viel genauer als du, Mädchen«, sagte er und zeigte ihnen seine Hände. »Willst du mal meine Hände sehen? Das sind Porzellandreherhände, das kannst du deinem kleinen Arsch da (er meinte ihren Freund) erzählen! Willst du wissen, wie sehr ich die Nora geliebt habe?« Dann ging die alte Platte los: »Aber sie hatte genauso schöne Brüste wie du ... und sie wurde immer gleich feucht ...«

Die lädierten Weiber wollten ins Bett, schlafen, kuscheln, noch ein bisschen diskutieren, schmusen, küssen, was auch immer, aber sie hatten nicht mit ihm gerechnet.

Er deklinierte alles durch, was ihm einfiel als Beispiel für die verpfuschten Leben, die viel besser hätten aufgehen können, wenn sich diejenigen, über die er sprach, an die Regeln gehalten hätten, »wenn sie nicht so dämlich gewesen wären«.

Die Studentinnen und Lyrikerinnen winselten, sie wollten ins Bett.

»Aber das hast du doch jetzt schon dreimal erzählt«, maunzten sie vorwurfsvoll.

»Nein«, schrie er. »Ich bin so wütend. Du kannst dir gar nicht vorstellen, wie wütend ich bin, dass der J. genauso blöd ist wie du!«

Und dann ging es wieder von vorne los. Wie er ihn geliebt hätte, diesen mecklenburgischen Idioten! Voller Überdruss verfolgten die dicken Mädchen das Wahngebilde, das er ihnen entwarf, nur mit einer gerippten Unterhose bekleidet, der große Schwanz vor wütender Erregung schon wieder auf Halbmast, eine Anderthalb-Liter-Flasche griechischen Wein in der Hand, schoben die Arme über ihre dicken Brüste, standen da wie Marmorfiguren, die man vom Sockel geholt hatte. Er knöpfte sie sich richtig vor, mit rhetorischen Figuren, die sie einbezogen wie: »Kannst du dir vorstellen, wie das ist – nein – das kannst du nicht. Ich erkläre es dir. Ich bin nämlich viel genauer als du!«

Er redete, bis sein Kopf leer war und sein Blut langsam wieder in den Schwanz schießen konnte. Dann glotzte er sie an, wollte wieder »zärtlich« sein, wollte sie noch mal durchbumsen, bevor sie schließlich, oft ziemlich lädiert, wieder ins Audimax gingen oder in ihren »dämlichen Kindergarten«, den SDS, während er bis in die Puppen schlief.

16.

Das war seine Welt. Meine Welt war eine so vollkommen andere als seine, dass ich mich heute darüber wundere, wie sehr er mich hat verwahrlosen lassen. Er ließ mich den ganzen Tag unbeaufsichtigt auf dem Spielplatz. Ich kam bald mit den richtigen Leuten zusammen. Andreas war genauso alt wie ich. Er rauchte bereits. Manchmal überfiel er alte Frauen, die den Spielplatz in der Dämmerung überquerten, und riss ihnen die Handtaschen weg. Oder er schlug Autoscheiben ein und durchwühlte das Handschuhfach, oder er ging für seinen Vater Zigaretten oder Alkohol klauen. Andy stank fürchterlich aus dem Mund, offenbar hatte er Mundfäule oder so was. Eines Tages nahm er mich mit nach Hause. Sie wohnten in einer Souterrainwohnung, im zweiten Hinterhof. Wir hörten schon die Schläge und das Gebrüll.

Die ganze Bude zitterte. Erst wollten wir nicht hineingehen. Sein Vater prügelte seine Mutter durch die Küche. Wie schön.

Plötzlich wurde die Tür aufgerissen, und der Vater erschien. Er hatte einen siebten Sinn dafür, wenn jemand vor der Tür stand. Er stierte uns an: blassblaue, leere Augen, gelbe Hautfarbe, ein paar kalte Schweißtropfen auf der Stirn, feuchte Hände. Ein ominöser, sanfter Geruch nach Scheiße, faulen Eiern, Spinat. Da war er wieder, dieser Gestank.

Die Mutter von Andy sah aus wie seine minderjährige Schwester. Sie war spindeldürr, grünlich im Gesicht, tiefe Tränensäcke hingen in ihrem kleinen Vogelgesicht. Sie hielt einen Säugling im Arm. Das Kind schrie nicht. Es war vollkommen still, glotzte einfach nur abgestumpft.

Der Küchenboden war über und über mit Spinat bedeckt. Sie watete durch den grünen Sumpf mit Spiegeleiern, die ihr Typ einfach runtergefegt hatte. Sie ernährten sich jeden Tag davon. Andy ging es also noch schlechter als mir. Er trug es mit Würde.

Mit sieben schon war er ein echter, ausgeprägter Kleinkrimineller, feige, verschlagen, mit dem richtigen Instinkt, wer der Stärkere war und auf wessen Seite man sich zu schlagen hatte. Er brüllte seine Mutter an, worauf der Alte abzog und sich beruhigte. Die Fronten waren geklärt.

Andy stank auch nach Scheiße. Das merkte ich, als wir Doktorspielchen machten und uns mit Ästen gegenseitig im Arsch herumpulten. Niemand hatte ihm beigebracht, dass man sich an dieser Stelle waschen musste. Er kam aus dem Ur-Berliner Hinterhofproletariat, das dort vegetierte, seit es diese Hinterhöfe gab. Der Alte hatte sie offenbar nie verlassen.

Ich habe ihn nie weiter als bis zur Einfahrt gehen sehen. Dort baute er sich breitbeinig in der Mitte auf, rauchte seine Zigaretten und bewachte die Straße. Seine Frau schickte er zum Einkaufen und Andy zum Klauen von Flachmännern und Zigaretten. Er selbst aber trat nie auf die Straße hinaus. In den Höfen brüteten sie ihre Jungen aus und brachten sich gegenseitig um. Nur die brutalsten und dümmsten Exemplare hatten überlebt.

Es war in ihren Augen, es war in ihrer ranzigen, gelbgrünen Haut, in ihren Tränensäcken und in ihrer Sprache. Sie konnten kein Deutsch. Sie konnten keinen vernünftigen Satz bilden. Sie sagten immer nur: »Kieka«, »dette«, »icke« und »wa?«, und dazwischen lagen kryptische, finstere Drohungen oder Schmatzen mit der Zunge zwischen den Zähnen oder sonstige Laute, die der Körper noch von sich gab.

»Iss, du Piepel«, sagte Andy. Gehorsam schaufelte ich den süßlichen Schlamm in mich hinein, aus dem Kuppen halbroher Kartoffeln ragten. Ich traute mich nicht zu fragen, ob sie das Essen vom Boden aufgewischt hatten oder nicht.

Es war unheimlich. Darüber vergaß ich sporadisch mein Elend. Beim Klauen stand ich meist Schmiere. Mit einem Jungen aus dem Waisenhaus gingen wir Drachen steigen lassen. Den Rest der Zeit hockten wir auf dem Klettergerüst. Wenn es dunkel zu werden begann, kamen die Mütter und holten die anderen Kinder ab. Einer ging mit mir in dieselbe Klasse. In seiner Nähe stand ich immer, wenn die Mutter kam, wie ein Stricher. Ich wollte mitgenommen werden, aber sie zog ihn fort. Ich war nicht mehr klein, unschuldig, hübsch genug. Der Stallgeruch des Spielplatzes war mir bereits anzusehen. Die alten Omas liefen schnell und geduckt wie Feldmäuse über den Spielplatz und klammerten sich an den Handtaschen fest.

»Kieka, die Alte, die kackt in die Hose«, schrie Andy begeistert. Er liebte es, wenn Menschen Angst hatten.

Wenn ich in der Wohnung irgendetwas anrührte, egal, wie winzig es war, merkte mein Vater es sofort. Er merkte, wenn ich im Küchenschrank ein Glas minimal verschoben hatte und sprach mich darauf an: »Warst du am Küchenschrank?« – »Was hast du an meinen Bücherregalen zu suchen?«

Irgendwann fasste ich gar nichts mehr an und zog mich zurück an den einzigen Ort, wo offenbar nicht alles kontrolliert wurde, aufs Klo. Stundenlang spülte ich nicht. Ich ließ mich neben der Kloschüssel nieder und betrachtete meine Exkremente. Dabei versank ich langsam in eine angenehme Trance. Erst wenn der Schlüssel mich hochschreckte, sprang ich rasch auf, zog mir die Hose hoch und spülte. Ich vergaß nie, meine Exkremente wegzuspülen. Immer erinnerte ich mich irgendwann daran. Dann zog ich an der Strippe, tat einen Luftsprung vor freudiger Erregung und stieß sogar einen Schrei aus, weil es mir eingefallen war, schnell noch zu spülen, bevor er kam.

Die Wohnung war ein Ort absoluter Ordnung. Ein Sinnbild für Erstarrung, für Tod. Nie fand ich einen Stapel Papier, der nicht vollkommen bündig lag. Es gab Dinge, die schienen unverrückbar. Manchmal wollte ich diese Ordnung schmähen. Dann nahm ich etwas von meinem Kot und strich ihn mit dem Fingernagel unter die Tischplatte oder ich zog den Nagel über den Teppich im Flur, wo er eine leise, nahezu unsichtbare Spur hinterließ.

Irgendwann kam eine neue Haushälterin. Sie war spindeldürr und lief nachts in einem schwarzen Négligé unruhig im Zimmer auf und ab. Ich konnte sie durch die Milchglasscheibe der Schiebetüren sehen, die unsere Zimmer trennten.

Auch sie blieb nicht lange.

Einmal war ich beim Schularzt. Er meinte, ich hätte riesige Lungen. Ich hätte die Lungen eines Marathonläufers. Plötzlich tauchten Bilder in meinem Kopf auf, wie wir über die Stoppelfelder und Wiesen liefen. Ich konnte den sommerlich warmen Boden unter den Füßen wieder ganz genau fühlen. Mir wurde einen Moment schwindelig. Es war die Wärme, der Sommer von Stein, dessen Erinnerung mich überkam. Meine Brust hob und senkte sich. Ich fing plötzlich an zu schluchzen. Ich wusste selbst nicht, wie mir geschah.

Die nächtlichen Marathonläufe durch Berlin, die, trotz der Panik, am Ende dennoch zu einer Art Ruhe führten, wenn ich nur weit genug gelaufen war, erinnerten mich ebenfalls an das weite Ausgreifen meiner Beine in Stein, an das Pochen des Herzens, das bis zum Hals schlug.

Oft lief ich die ganze Bundesallee hoch, bis zur Gedächtniskirche. Es war einfach, es ging immer geradeaus. Irgendwann konnte ich nicht mehr, die Lungen taten weh. War ich weiter gelaufen als damals in Stein?

Manchmal überkamen mich Träume. Ich sah die Siedlung von Stein wie durch eine Schneekugel, die man nur zu schütteln brauchte und weiße Flocken wirbelten herum.

Es herrschte taghelle Nacht. Ein fiebrigglänzendes Treiben ging durch das Gras der Spielzeuglandschaft, das mittlerweile Wege und Gartenzäune überwucherte. Es glänzte silbrig, es bekam vom Jenseits sein fahles Licht.

Was war geschehen? Hatte es einen Atomkrieg gegeben? War die Welt zum Stillstand gekommen? Waren die Großeltern tot? Ich war beunruhigt, aber trotzdem durfte ich nicht mit ihnen telefonieren. Der Kontakt war abgebrochen, damit ich Stein allmählich vergaß.

Eine junge, hübsche Frau tauchte bei uns auf, ebenfalls Haushälterin. Ich kann mich erinnern, dass sie mich abends öfter badete und eigens dafür ein Schaumbad mitbrachte. Es war ein kleines, grünes Plastikkissen, das man aufschneiden musste und dem ein köstlicher Duft nach Tannennadeln entströmte. Ich plantschte im Wasser und war vergnügt. Nach dem Bad hüllte sie mich in ein Handtuch, brachte mich ins Bett und las mir aus ihren Märchenbüchern vor. Ich begann mich sehr schnell an sie zu gewöhnen. Sie hatte einen Faltenrock an mit blauen und grünen Quadraten. Ihretwegen fing ich an, meine Hausaufgaben zu machen. Sie hatte viel Geduld mit mir. Manchmal begleitete ich sie in eine kleine Drogerie, die bis unter die Decke barst vor kleinen Artikeln und in der es unvorstellbar gut roch, nach Tausenden unterschiedlicher Ingredienzen. Ich wollte ihr immer unbedingt etwas schenken, und sie steckte mir heimlich Geld hinten in die Tasche und sagte: »Schau mal nach. Vielleicht findest du ja ein bisschen Geld.«

Die Freude war groß. Man konnte mich ganz schnell beglücken. Ich ging überhaupt nicht mehr auf den Spielplatz. Ich machte brav meine Hausaufgaben, um von ihr gelobt zu werden. Als ich irgendwann eine Drei bekam, schenkte sie mir einen Hamster. Sie schlief nebenan, ich konnte durch die Milchglasscheibe beobachten, wie sie sich auszog, bevor sie ins Bett ging. Eines Tages hielt ein hellblauer Opel Kadett unten an der Straße, und ein junger Mann holte sie ab. Sie nahmen mich ein paarmal auf Ausflüge mit.

Wenig später wurde sie endgültig abgeholt. Beim Abschied ging sie in die Hocke und sagte: »Auf Wiedersehen, kleiner Mann, auf Wiedersehen.« Sie sagte es zwei Mal. Daran erkannte ich, dass es nicht stimmte, als sie sagte, sie werde mich ganz oft besuchen.

Ich habe sie nie wiedergesehen.

Kurz, nachdem sie gegangen war, nahm ich den Hamster mit ins Bad. Ich hatte die Wanne mit dem letzten Kissen des Schaumbads gefüllt und wollte ihn waschen. Er glitt mir aus der Hand und verschwand unter der Schaumdecke. Als ich ihn endlich herausgefischt hatte, war er längst tot.

Ich sollte in die Hilfsschule kommen. Mein Vater verlor immer mehr das Interesse an mir.

Wo war er in seinen Gedanken in all den Jahren – mit all seinen wichtigen Gesprächen mit B., J., E. und G.?

»Deine Mutter hatte recht! Sie hätte dich damals abtreiben sollen!«, sagte er einmal zu mir, viele Jahre später.

Ich habe oft das Bild des Kannibalen von ihm in meinen Träumen gehabt: der Gang eines muskulösen Halbaffen mit behaarten Armen und kampfbereit gesenktem Kopf, der auf mich zukommt, die Fäuste geballt, der Blick leer, der Ausgang der Wohnung zum Rest der Welt zugemauert, der Fluchtweg versperrt. Dahinter liegen Straßen voller Menschen und voller Leben. In meinem Traum irre ich durch die grauschwarzen Straßen meiner Kindheit, immer noch auf der Suche nach einem Ort, an dem ich einmal glücklich gewesen bin, dessen Namen ich aber vergessen habe. Es gibt ein Postfach, das aufs Haar genau dem gleicht, das mein Großvater auf der Post von Stein unten im Dorf hatte, in einer Reihe grau lackierter, gleich aussehender Postfächer mit eingestanzter Zahl. Darin muss die Adresse des Ortes zu finden sein. Aber ich finde dieses Postfach selten – und wenn ich es finde, ist es leer oder ich habe den Schlüssel verloren. Der Schalterbeamte versteht mich nicht. Ich habe in den Wind und den Regen gesprochen, der durch die Straßen treibt. Ich ahne, dass ich den Ort nie mehr finde und dass ich doch dazu verurteilt bin, immer weiter zu suchen.

Mein Vater kam immer ganz sanft an, zog mich am Arm mit und sagte dabei: »Kommst du bitte mal, ich will dir etwas zeigen.«

Dann führte er mich zu der Stelle, wo ich etwas verbrochen hatte, und fragte: »Was ist das?«

Irgendwann hatte ich einen Kaugummi in die Suppe getan. Ich konnte es unmöglich zugeben.

Er befahl: »Geh ins Bad und zieh deine Hose aus.«

Ich tat es. Er kam mit dem Kochlöffel und schlug auf mich ein. Ich schiss vor Angst in die nicht mehr vorhandene Hose. Da nahm er mich und stellte mich in die Wanne. Er drehte auf. Aus dem Hahn kam siedendheißes Wasser. Ich schrie, aber es war schon zu spät. Der ganze Rücken war verbrüht. Es fühlte sich an wie Trockeneis. Ich begann mit den Zähnen zu klappern. Ich stand unter Schock. Eine Stunde später wurden meine Knie dick. Drei Tage später holte ich den Kochlöffel aus der Schublade und schlug damit von hinten auf den Kopf meines Vaters ein. Dann rannte ich hinaus, auf den Spielplatz, und versteckte mich im Gebüsch. Später lief ich weiter, hinaus in die frische, kalte Nachtluft, die meinen Kopf abkühlte.

Ich lief bis zum Kurfürstendamm hinunter. Es war das erste Mal, dass ich das schlechte Bild meines Vaters im Kopf hatte, das des Verfolgers, des Kannibalen. Als ich am Breitscheidplatz war, wollte ich die Menschen ansprechen und sie darauf hinweisen, dass ich in Gefahr sei, aber ich stieß auf taube Ohren. Sie wollten immer nur wissen, wo ich wohne, und mich zurückbringen. Irgendwann lief ich mitten auf die Straße. Bremsen quietschten, Autos hupten, Leute sprangen heraus. Nein, ich wollte mich nicht umbringen. Oder vielleicht doch?

Ich war es einfach satt, nicht gehört zu werden. Ich wollte über die Grenze. Ich dachte nicht nach. Ich schlug einen Haken und rannte auf die vierspurige Straße, hellwach. Sie hielten mich, wie so oft, an meinem Pyjama fest, erkundigten sich, wo ich herkam. Irgendwann kam mein Vater und tat so, als sei alles gut, beruhigte die Leute, nahm mich auf den Arm. Ich sehe über meinem Kopf noch die hohen Straßenlaternen am Tauentzien. Ich habe keinerlei Gefühl mehr, weder für mich noch für ihn. Er wurde, während er sich bemühte, das Schweigen zu brechen, für mich zum Phantom.

17.

Wenig später, es war ein Nachmittag – ich saß wie immer auf dem Klo –, klingelte es, und an der Tür stand ein Mann mit einer blauen Uniform und einem roten, pausbäckigen Gesicht, eine Gestalt wie aus einem Märchen. Er fragte mich, ob ich der kleine Robert sei, was ich mit einigem Staunen über sein Erscheinungsbild schließlich bejahte.

Daraufhin stellte er sich folgendermaßen vor: »Ich bin der Herr Kubicek, der Fahrer von deinen Großeltern.«

Ich sah ihn erstaunt an. Seit wann hatten sie einen Fahrer?

»Du wirst dich nicht mehr an mich erinnern, aber du warst schon mal bei uns, als du noch ganz klein warst«, sagte er.

Mir dämmerte allmählich, dass es sich um die anderen Großeltern handelte.

Herr Kubicek fragte, ob ich meine Großeltern sehen wolle. Sie würden mich gerne einmal treffen. Sie seien im Kempinski untergebracht. Ob ich das Kempinski kennen würde? Ich schüttelte langsam den Kopf. Noch immer war ich fasziniert von dieser Gestalt.

Sein Kopf leuchtete rot und war rund wie ein Apfel. Er strahlte. Seine Augen funkelten.

Sie drückten Begeisterung, unbändige Energie, Tatendrang aus. Schon lange hatte ich in der grüblerischen, missgelaunten Berliner Umgebung keinen solchen Menschen gesehen. Seine gute Laune steckte sofort an.

Er war eine dieser tschechischen Märchenfiguren aus den Bilderbüchern, die eindeutig das Gute verkörpern. Ich lächelte. Vor ihm musste man wirklich keine Angst haben. Ich ließ alles stehen und liegen und ging mit ihm.

Unten stand ein glänzendes, poliertes Vehikel, ein weiterer Farbklecks auf dem Weg in eine andere Welt. Es war ein chromglänzender, großer Mercedes, meergrün mit roten Sitzen.

Kubicek öffnete mir den Wagenschlag dieses vielversprechenden Gefährts. Im Innern roch es nach Leder und Parfum und nach satten, süßen Keksen, die später diesen milden, schlafwandlerischen Duft verströmten, von dem das Haus gesättigt war und der von vielen Jahren Wohlstand sprach.

Kubiceks ganzer Stolz war dieser Wagen mit seinen Armaturen aus glänzendem, geschliffenem Teakholz. Er passte wie perfekt hier hinein. Im Wagen zog er seine feinen Lederhandschuhe an, die ihm Mechthild vor vielen Jahren geschenkt hatte. Sie passte auf wie ein Wachhund, ob er sie trug. Kubicek chauffierte mich in das Reich Mechthilds, von dem bereits so oft die Rede gewesen ist. Der Fabrikdirektor war bereits aufgestiegen, ein paar Stufen höher, und er tagte auf einem wichtigen Kongress.

Wir glitten über die Joachimstaler und bogen am Kranzler nach links. Diesen Teil des Ku'damms, der nun in der Dämmerung glimmte, kannte ich noch nicht. Ich hatte es immer nur bis zur Gedächtniskirche geschafft. Er wirkte sehr reich auf mich, und ich blickte mit großen Augen hinaus. Kubicek erklärte mir, das Kempinski sei das beste Haus am Platz. Es gebe kein vergleichbares in Berlin.

»Deine Oma ist schon da. Du wirst sie gleich kennenlernen.«

Ich fragte voller Neugier, ob mein Opa eine wichtige Person sei.

»Der Herr Doktor ist sehr wichtig«, bestätigte er und wurde rot, weil er merkte, wie es ihn selbst mit Stolz erfüllte, eine so wichtige Person zu fahren. »Er hat mit Ministern zu tun«, fügte er mit versagender Stimme hinzu. Dabei stiegen ihm Tränen in die Augen, so glücklich schien er über diese Tatsache zu sein. Ich nickte, um ihm zu verstehen zu geben, dass es gut sei. Ich wollte nicht, dass er noch einen Herzinfarkt deswegen bekam.

Kubicek hielt den Wagen vor dem Kempinski, eilte herum und öffnete mir wieder den Schlag. Ich fühlte mich wie etwas ganz Besonderes. Ein breiter, roter Teppich lag vor dem Eingang, flankiert von zwei Livrierten, die uns sofort mit einer kleinen Verbeugung die Tür aufhielten.

Während mein Vater versuchte, eine neue Blondine aus dem SDS abzuschleppen, kam ich mir, als sich die Livrierten vor mir verbeugten, vor, als wäre ich eines der Kinder des Schahs von Persien oder des Prinzen Sihanouk von Kambodscha, die beide hier bereits abgestiegen waren. Die Welt spaltete sich – ich nahm Abschied von der Moderne, die mir von meinem Vater ohnedies vorenthalten worden war, und tauchte ab in eine Welt der weichen Teppiche, der Bediensteten und der Wohlgerüche.

Wie ein Prinz bewegte ich mich in meiner viel zu engen, zwickenden Lederhose und meinen Haferlschuhen aus Stein an der Hand »meines« Chauffeurs durch dieses große, prachtvolle Foyer und sah voller Neugier und köstlicher Vorfreude der Begegnung mit meiner Oma, einer großen Dame aus der Gesellschaft, entgegen.

Mein Kopf war plötzlich wieder klar. Viele Fragen bestürmten mein Hirn, stimuliert durch eine mögliche verheißungsvolle Zukunft, die sich hier vor mir auftat, mit der ich nicht gerechnet hatte und die völlig aus dem Nichts gekommen war.

Ich wurde Teil des Gemäldes, das sich in Gestalt der Hotelhalle und der vornehmen Gäste vor mir auftat. Meine Gesten verlangsamten sich. Ich wollte diesen kostbaren Moment allein genießen und entzog mich der Hand des Chauffeurs. Da ich angestarrt wurde, überlegte ich, ob ich ihm einen Befehl erteilen sollte. »Würden Sie bitte so freundlich sein und meine Großmutter holen? Wir haben keine Zeit zu verlieren«, sagte ich.

Kubicek war allerdings bereits zur Rezeption geeilt und hatte Bescheid gesagt, dass wir da waren. In den Fauteuils saßen kleine Schoßhündchen mit runden, schwarzen Knopfaugen, mit denen sich die alten Damen schmückten, die miteinander tratschten und Gebäck aßen. Kellner in weißen Fräcken mit goldenen Knöpfen liefen mit mehrstöckigen, vergoldeten Tabletts herum, auf denen Kekse lagen. Mir lief das Wasser im Munde zusammen.

Kubicek wurde allmählich nervös und begann den Kopf zu schütteln, weil die Frau Doktor immer noch nicht kam.

Was für eine Bedeutung musste mein Großvater haben, fragte ich mich, wenn er sich mit Präsidenten und Ministern auf einem Kongress traf? Ich berauschte mich an dieser Vorstellung. Ich wollte viel mehr wissen über die Wichtigkeit meines Großvaters, aber Kubicek lief nun unruhig im Foyer herum, um mit einer Mischung aus Übereifer und Unmut nach meiner Oma Ausschau zu halten. So gefiel es mir. Er tat alles, um mich nicht warten zu lassen. Das war die Art Aufmerksamkeit, die ich schon immer verdient hatte.

Ich fragte ihn, wie groß das Haus meines Großvaters sei. Ob es viel größer sei als das Foyer des Kempinski? Ob sie in einem Palast wohnen würden?

Er lachte, wobei sein fleischiger, sehr beweglicher Körper vor Ungeduld eine Wendung machte. Es fehlte nicht viel, und ich hätte ihn dazu gebracht, zu quieken.

Später würde er herumwirbeln mit mir, aus diesem Impuls heraus, einer quengeligen, unglücklichen Liebe zu Kindern, die er selbst gern gehabt hätte. Mühelos konnte er sich mehrmals schnell um die eigene Achse drehen. Er hatte den Körper eines Tänzers und eines Mastschweins zugleich.

»Was denkst du denn? So groß ist kein Privathaus«, rief er.

»Ist es denn überhaupt groß?«, fragte ich, nun ziemlich enttäuscht. Ich war böse auf ihn, weil er so leichtfertig mit meinen Illusionen umging.

»Natürlich ist es groß! Natürlich ist es groß!«, schäkerte er.

Ich verlangte von ihm, die Halle in Länge und Breite abzuschreiten, um mir einen Eindruck von der Größe des Hauses zu verschaffen. Er wurde rot vor Lachen.

»Gehen Sie – und zeigen Sie mir die Größe der Villa!«, rief ich.

Es war ein erster, deutlicher Befehl, der meinen Anspruch auf eine bessere Zukunft markierte.

Er lachte und zwickte mich, erst in den Arm und dann in den Hintern. Dann hob er mich hoch und rief durch die lustvoll zusammengepressten Zähne: »Du bist mir aber ein kleiner Frechdachs.«

Auch diesen Satz wiederholte er mehrmals, wobei er mich immer wieder mit aggressiver Lust in die Luft warf.

»Wo ist meine Oma? Lassen Sie mich sofort runter«, rief ich empört. Ich wollte Würde ausstrahlen, wenn meine Großmutter kam. Auf keinen Fall durfte ich es verpatzen.

»Die kommt schon noch, die Frau Doktor. Die kommt früh genug!«, rief er und führte seinen Affentanz fort. Mein zunehmender Ärger befeuerte seine Lebenssäfte. »Du neugieriger, kleiner Mann!«, wiederholte er mehrmals und lachte. Er konnte sich drehen und wenden wie ein Hund, wenn er in Rage war.

Ich wurde durch eine energische Stimme erlöst: »Kubicek, was machen Sie da schon wieder, Sie Kindskopf! Haben Sie eine Schraube locker?«

Meine Großmutter kam näher. Von einer feinen Dame keine Spur. Sie war klein und untersetzt und stöckelte in einem viel zu engen Kleid auf viel zu hohen Absätzen auf uns zu.

Kubicek setzte mich eingeschnappt ab.

»Danke. Sie können nun meinen Mann anrufen lassen und fragen, wann er endlich kommt. Wir wollen schließlich noch abendessen!«, sagte sie.

Ich bemerkte, dass Kubicek vor Scham knallrot geworden war. Es war eigentlich ein Scharlachrot. »Jawoll, Frau Doktor«, erwiderte er und verschwand.

Sie ging in die Hocke und reichte mir ihre Hand. »Ich bin deine Oma.«

Sie trug eine nach außen gewellte, platinblonde Perücke. Später nahm sie sie ohne Scham vor mir im Bad ab, denn ich war ja nur ein kleiner Junge und außerdem der einzige Bundesgenosse in einer ansonsten feindlichen Welt.

»Du kennst mich nicht mehr«, sagte sie, »du warst noch ganz klein, als wir uns das letzte Mal sahen. Komm, wir setzen uns.« Sie wies zu den Fauteuils, zu denen ich schon die ganze Zeit gewollt hatte. Ich nahm neben ihr auf dem Sofa Platz, und sie fragte mich, ob ich etwas zu trinken wolle. Ich wies auf das mehrstöckige Tablett mit den Keksen. Da lachte sie. Das Eis war gebrochen.

»Und magst du auch einen Kakao mit Sahne?«

Ich nickte. Sie hatte es genau erraten. Wir waren auf dem richtigen Kurs.

»Was hast du denn da am Auge?«, fragte sie und beugte sich zu mir herüber. »Hast du das öfter?«

Ich nickte wieder. Ja, ich hatte öfter ein Gerstenkorn.

Sie ließ ihren Blick einen Moment nachdenklich über mich schweifen. Was sie sah, schien ihr nicht zu gefallen.

Sie fragte mich, in welche Klasse ich ginge.

Betrübt sagte ich: »In die erste.«

»Macht dir die Schule denn keinen Spaß?«

Ich schüttelte den Kopf. Sie lachte.

Als Kubicek zurückkam, fragte sie ihn, wer in der Wohnung gewesen war, als er kam.

»Niemand«, sagte er.

»Und wer passt dann nachmittags auf dich auf und macht Hausaufgaben mit dir?«

Ich blickte zu Boden.

»Und wie sah es da aus in der Wohnung?«

Kubicek zuckte hilflos die Achseln. »Ich weiß nicht, Frau Doktor«, sagte er.

»Na ja, wir werden ja sehen«, sagte sie schließlich. Sie hatte bereits Verdacht geschöpft.

Der Kellner kam mit dem Kakao und den Keksen.

»So, jetzt iss erst mal.« Sie sah mir dabei zu, wie ich erst ein wenig verhalten den ersten Keks nahm, dann bald den ganzen Rest mit der Hand hinunterschob, um ihn in mich hineinzustopfen. Sie lachte. Es gefiel ihr. Animiert davon schob ich sämtliche Kekse des mehrstöckigen Tabletts in mich hinein.

Mit der Würde war es dahin. Der Heißhunger hatte einfach gesiegt. Sie bestellte noch einmal nach. Während Kubicek meinen Großvater abholen ging, begann sie mir Fragen zu stellen, die darauf abzielten, sich ein Bild von meiner Lage zu machen.

»Na, gefällt es dir hier?«, fragte sie plötzlich.

Ich nickte, beeindruckt von der Atmosphäre. »Sehr.«

»Das zeugt von einem guten Charakter. Die meisten Menschen sind nämlich neidisch«, erwiderte sie und versuchte, mir mit der flachen Hand einen kleinen Scheitel in die borstigen, kurzen Haare zu ziehen. »Na siehst du. Das sieht schon viel besser aus«, lobte sie.

Dann sah sie mich wieder an. Ich merkte, dass ihr dabei etwas durch den Kopf ging.

Ab und zu schielte ich zum Restaurant hinüber, in dem sich jetzt Leben zu regen begann. Kellner liefen mit Tabletts aus der Küche und füllten die Vitrine mit Eis und großen, schillernden Fischen. Mechthild sah auf ihre goldene Uhr, die mit einer feinen Schnur von Brillanten durchzogen war. »Heute können wir dir nichts mehr zum Anziehen kaufen«, sagte sie, »es ist jetzt schon zu spät. Bis Kubicek kommt, hat das KaDeWe zu.«

Ich bekam leuchtende Augen. Das KaDeWe kannte ich. Es war das Hassobjekt einer der SDS-Mäuse meines Vaters gewesen. Lange, bevor die RAF den Kaufhausbrand inszenierte, wollte diese behaarte, rothaarige Vogelspinne es schon in die Luft sprengen, weil hier Staatsgäste einkaufen gingen.

»Das KaDeWe?«, fragte ich.

»Da magst du doch bestimmt gerne hingehen?« Sie schmunzelte. »Das sehe ich an deinen Augen, stimmt's?«

»Schon«, sagte ich.

»Wann hat dir denn dein Vater das letzte Mal etwas zum Anziehen gekauft?«, fragte sie.

Ich blickte zu Boden. Ich merkte, wie wirkungsvoll das war.

Mechthilds runde, kleine Stirn runzelte sich. »Und wer passt auf dich auf?«

»Niemand«, sagte ich und blickte sie fest an. »Mein Vater lässt mich immer allein. Er ist den ganzen Tag nicht da und abends geht er auch oft weg.«

»Und da lässt er dich auch alleine?«

Ich nickte. Ihre Augen füllten sich plötzlich mit Tränen.

»Komm mal her.«

Ich rückte näher. Sie legte den Arm um mich. Ich schmiegte mich sofort an sie. Unter ihrem großen, prallen Busen hörte ich ihr Herz klopfen. Mit der Eleganz eines Filmstars hob sie den anderen Arm und zog an ihrer langen, dünnen Zigarette. Sie gab sich wirklich Mühe, vornehm zu sein. Sie roch gut. Es mussten diverse Düfte sein, alle süß und schwer wie Moschus. Ihre Haut war gebräunt. An dem Arm, der ihre Zigarette hielt, hing ein massives, gewundenes Armband aus Gold.

Ich bewunderte sie, sah nun aber auch, dass ihr Wesen gespalten war. Die linke Hälfte, die die Zigarette hielt, war elegant und graziös und so, wie meine Großmutter vielleicht geworden wäre, wenn sie einen anderen Mann geheiratet hätte. Eine Dame von Welt, begehrenswert und frei. Den Kopf hielt sie nun hoch erhoben. War sie stolz auf ihren Enkel? War sie glücklich, mich im Arm zu halten?

Die andere Hälfte hatte zu viel der Enttäuschungen abbekommen. Ein tiefer Stachel saß hier, ein tiefes Misstrauen, eine beleidigte Weiblichkeit und ein verletzter Glaube an Ausschließlichkeit, der die Basis und das Fundament ihres Lebens tief erschüttert hatte. Ich sah die Risse dieser Erschütterungen auf ihrem linken Profil, wenn sie sich dem Kellner zuwandte, einen Moment vergaß, sich unter Kontrolle zu haben, und ihn laut rief, da er nicht sofort kam. Einen Augenblick lang verzerrte sich ihr Gesicht und bekam einen leisen Ausdruck von Wut. Es fehlte jetzt nur noch ein falsches Wort, und diese winzigen Risse würden aufklaffen und tiefe Abgründe bilden, von Hass, Verachtung und Zorn.

Sie rümpfte jedoch lediglich ein bisschen die Nase, da der Kellner sehr devot war, und bestellte einen Cognac, den er sich beeilte, sofort zu bringen.

»Vielen Dank«, sagte sie, spürbar freundlicher, fast dankbar, steckte ihm einen Schein zu und umschloss seine Hand dabei. »Und reservieren Sie uns bitte den schönsten Tisch im Restaurant, mein Mann muss jeden Augenblick kommen.«

»Selbstverständlich, gnädige Frau.« Er verbeugte sich und lief sofort los. Mit tief befriedigtem Ausdruck nahm sie einen Schluck aus dem Schwenker.

Ich rutschte unruhig herum.

»Na, ist dir langweilig?«, fragte sie.

»Überhaupt nicht. Meine Lederhose zwickt nur«, erwiderte ich ein klein wenig ungeduldig, weil ich unumschränkte Aufmerksamkeit wollte und es nicht duldete, dass sie sich auch nur eine Sekunde von mir ablenken ließ.

»Kein Wunder. Die ist dir ja auch viel zu klein«, sagte sie. »Wie gesagt, morgen fahren wir ins KaDeWe und kaufen dir neue Sachen zum Anziehen. Was hältst du davon?«

»Au ja!«, rief ich, und sie lachte.

Bald darauf ging die Tür auf, und herein kam ein großer, finster dreinblickender Mann mit Tunnelblick, lief im Eilschritt durch die Halle, ohne rechts und links von sich irgendetwas wahzunehmen, und peilte gehetzt die Rezeption an.

Kubicek, dem er Anweisungen gab, folgte ihm auf dem Fuß. In einer dienernden Haltung sagte er immer wieder: »Jawoll, Herr Doktor! Jawoll, Herr Doktor.«

Der Mann gab an der Rezeption barsch irgendwelche Befehle. Als der Concierge in unsere Richtung zeigte, brach seine finstere Miene auf wie eine Wolkendecke. Er strahlte unwillkürlich und eilte auf meine Großmutter zu. Kubicek, der ihn noch etwas fragen wollte, schickte er mit einer unwirschen Handbewegung weg.

Mechthild erhob sich. Sie hatte schon ihren zweiten Cognac intus.

Seine Freude war laut: »Hildchen, guten Abend!«, rief er durch die Halle.

Er gab ihr Küsschen und umarmte mich ungestüm. Er strahlte mich an. Offenbar mochte er Kinder. »Na, Robertle?«, sagte er. »Erkennst du mich noch? Ich bin dein Opa.«

Ich verzog die Lippen zu einer ratlosen Grimasse und schüttelte den Kopf.

Er lachte. Er hatte eine goldene Uhr, und seine Schuhe glänzten. Offenbar musste er nicht durch den Matsch laufen wie die anderen. »Na, du ähnelst deiner Mutter aber wie aus dem Gesicht geschnitten!«, rutschte es ihm heraus.

»Findest du?«, fragte meine Großmutter spitz. Das gefiel ihr überhaupt nicht. Er merkte sofort, dass er in ein Fettnäpfchen getreten war.

»Na ja, ein bisschen Ähnlichkeit hat er schon, findest du nicht?«, fragte er.

Ihr Gesichtsausdruck wurde kalt. »Nein, das finde ich nicht«, sagte sie boshaft. »Was hat er denn deiner Meinung nach von ihr?«

Begütigend hob mein Großvater die Hände. »Ich wollte ja nur zum Ausdruck bringen, dass er mit seinem Vater keinerlei Ähnlichkeit hat.«

»Ach so«, erwiderte sie von oben herab.

Er schwieg. Er stand neben uns wie ein Konfirmand und wusste einfach nicht mehr, was er sagen sollte.

»Ich habe einen Tisch bestellt«, sagte sie schließlich.

»Ach ja, schön.« Sofort wollte er Richtung Restaurant eilen.

»Ich würde ganz gerne noch meinen Cognac austrinken«, erwiderte sie gereizt. »Könntest du dich vielleicht setzen? Du bringst so eine Unruhe herein.«

Er setzte sich. Es war nicht schwer zu begreifen, wer hier die Hosen anhatte.

Sie legte ihren Arm um mich wie um einen Besitz, den sie ihm präsentieren wollte. Ich schmiegte mich an sie und wurde müde.

»Na siehst du, wie gut wir uns schon verstehen«, sagte sie und trank genüsslich ihr Glas leer. Er wartete. Man konnte nun sehr genau sein Gehetztsein, seine permanente Unruhe beobachten. Sein Blick glitt wie der Blitz hin und her durch die Halle. Er wippte mit dem Knie. Sie sah ihn verächtlich an, doch der weitere Cognac schien sie zu besänftigen. »Mal sehen, was sie für einen Tisch für uns reserviert haben«, sagte sie versöhnlich und erhob sich. Sie stöckelte voran, mit hoch erhobenem Haupt. Einmal stolperte sie über eine Bodenleiste und fiel fast hin. Ich hielt sie am Kleid fest. Sie lachte. Dann nahm sie mich an die Hand.

Ärgerlich, weil einer der Bediensteten sie übersehen und ihnen nicht die Tür aufgehalten hatte, überholte mein Großvater uns und riss die Tür auf. Mit finsterer Miene blickte er den Mann an. An ihm reagierte er nun seine Wut ab.

»Was fällt Ihnen ein? Haben Sie meine Frau nicht gesehen?«, rief er.

Der Kellner eilte sofort herbei und hielt die Tür auf. Er entschuldigte sich vielmals.

»Garçon!«, rief mein Großvater durchs Restaurant.

Ein anderer Mann kam herbeigeeilt. »Ja, bitte?«

»Meine Frau hat einen Tisch auf den Namen Dr. Ode bestellt.«

»Einen Moment«, sagte der Kellner und eilte, den Tisch zu suchen.

Er führte uns zu einem Tisch in der Mitte des Lokals.

»Na, gefällt er dir?«, fragte Mechthild.

Ich sah mich um. Der Tisch gefiel mir nicht. Ich wollte lieber am Fenster sitzen, wo man auf den Ku'damm hinausblicken konnte. Ich schüttelte den Kopf.

Mechthild lachte. »Schau dir den Schlaumeier an. Ganz wie seine Oma«, rief sie begeistert. »Mir gefällt er auch nicht.« Sie richtete sich auf und setzte ein gemeines Lächeln auf.

»Wäre es Ihnen wohl möglich, uns einen Tisch am Fenster zu geben?«, fragte sie scheinheilig. »Mein Enkel war noch nicht hier. Er möchte gerne auf den Kurfürstendamm hinausblicken.« Sie wollte ihrem Mann demonstrieren, wie es auch ging.

»Ja, selbstverständlich«, rief der Kellner und wies uns den besten Tisch zu, direkt am Fenster. Wieder schob sie ihm einen Schein hin und drückte seine Hand darüber zusammen.

So würde ich es auch bald machen.

»Na siehst du. Jetzt hast du den schönsten Platz. Man muss es nur richtig machen«, sagte sie mit einem scharfen Blick zu ihrem Mann.

Er schwieg und senkte die Augen, um ihr zu signalisieren, dass er schon beleidigt genug war und für weitere Demütigungen kein Raum mehr blieb.

»Jetzt kannst du dir alles bestellen, was auf der Speisekarte steht«, sagte er und tätschelte mir den Hinterkopf. »Du hast bestimmt großen Hunger, kleiner Mann, stimmt's?«

Ich nickte jovial und lächelte ihn an. Ich wollte nicht, dass sie sich stritten. Ich wollte in einer warmen, gemütlichen Atmosphäre speisen, sonst lohnte sich die ganze Sache ja nicht.

Er reichte mir eine große Karte. Nach einer Weile merkten sie, dass ich nicht lesen konnte. Sie sahen sich an. Es war etwas peinlich.

»In welcher Klasse bist du denn?«, fragte er.

»In der ersten«, sagte ich.

»Aber du bist doch schon sieben.«

Ich zuckte die Achseln, plötzlich betrübt, dass ich an dunkle Zeiten erinnert wurde, die ich schon fast vergessen hatte.

»Na, dann lese ich dir die Karte mal vor«, sagte mein Großvater. »Was hältst du denn von einem Bœuf Stroganoff? Das ist ein Rinderfilet. Das schmeckt ganz ausgezeichnet. Hast du schon mal ein Rinderfilet gegessen?«

Ich schüttelte den Kopf. Er fuhr mir über das Haar und lachte.

Ich sagte ihnen, dass ich gerne Pommes frites aß. Er lachte wieder und strich mir nochmals über den Kopf. Ich wurde langsam unwirsch.

»So viel du willst, ganze Berge von Pommes frites bekommst du«, sagte er.

Wieder blickte er sich unruhig nach dem Kellner um. Meine Großmutter sah ihn mahnend an. Er riss sich zusammen. Das

Essen bestellte er von oben herab im Befehlston. Der Kellner war bei ihm durchgefallen, weil er nicht augenblicklich gekommen war.

Ich bekam mein Bœuf Stroganoff, ein rotes, großes Stück rohes Fleisch, das oben verbrannt war. Es war fast so hoch wie breit. Beide sahen mir mit Vergnügen zu, wie ich es dennoch gierig herunterschlang. Sie bestellten mir noch eins.

»Damit mal ein kräftiger Bursche aus dir wird«, sagte mein Großvater und klopfte mir aufmunternd und stolz auf die Schulter. »Na, gefällt es dir hier?«, fragte er gönnerhaft.

»Sehr«, sagte ich. »Am liebsten würde ich heute Nacht hierbleiben.«

Die beiden lachten. Wenn sie gewusst hätten, wie erfinderisch Not macht.

»Hat er nicht schöne Augen?«, hörte ich sie zu ihm sagen.

»Wenn das Gerstenkorn erst einmal weg ist.«

Ich lächelte geschmeichelt. Ich wollte schön sein. Beschämt über meine vielen Makel, die ich nun, im hellen Licht des Restaurants so offensichtlich zur Schau trug, hätte ich mich am liebsten unter dem Tisch verkrochen: meine dünnen Beinchen, meine spitzen Schultern, die Löcher in meiner Kleidung. Waren sie dahintergekommen, dass sie es mit einem Bettler zu tun hatten, der nichts war und aus dem nichts mehr werden konnte? Ich sah sie an, jede Gemütsbewegung registrierend.

»Na, was hast du denn, Kleiner?«, rief sie zärtlich und stand fast dabei auf, um mich zu streicheln. »Willst du dich wieder näher zu deiner Oma setzen?«

Ich nickte, mit Tränen in den Augen. Sofort schmiegte sie beide Arme um mich.

»Sieh ihn dir an«, sagte sie. »So geht dieser Freytag mit unserem Enkel um. Ich hab es immer schon gewusst.«

Als sie mich kurz aus ihren Armen entließ, standen ihr Tränen in den Augen. Mein Großvater blickte ernst. Er hatte die Botschaft begriffen – und auch, dass ich möglicherweise für die verkorkste Ehe eine Chance der Erneuerung war. Neues Blut, das frisch angeliefert wurde und im Preis keinen großen Unterschied machte. Mechthild und er steckten die Köpfe zusammen und flüsterten, wobei sie hin und wieder Blicke zu mir warfen.

»Hat dir dein Steak denn geschmeckt?«, fragte er endlich.

Ich nickte.

Mechthild war auf einmal ganz beglückt. Während ich meinen Nachtisch aß, fühlte ich immer wieder ihren Blick auf mir ruhen.

»Na, jetzt bist du aber Weltmeister im Essen.« Er klopfte mir auf die Schulter.

»Das Kempinski ist eine Wucht«, sagte ich, da ich von Kubicek wusste, dass es sein Lieblingshotel war. Er knuddelte mich.

»Du bist ja ein ganz gewitzter Bursche«, sagte er. »Der gehört in die Welt. Der hat das Herz am richtigen Fleck.«

Ich widersprach ihm nicht. Ich fand, er hatte recht.

Mechthild paffte an ihrer Zigarette und drückte sie aus. Sie wurde allmählich unruhig.

Ich blickte hinaus. Der Ku'damm glitzerte mit seinen vielen Lichtern. Plötzlich stockte mir der Atem. Ich hatte völlig vergessen, dass ich wieder zurück musste. Voller Schrecken vergegenwärtigte ich mir die Situation. Ich wollte nie mehr in die Kachelstraße zurück.

Mein Herz begann wild zu klopfen. Ich erhob mich und ging aufs Klo. Sie sahen mir überrascht nach. Im Klo versteckte ich mich. Zu oft hatte ich versucht, Leuten klarzumachen, dass ich in Stein zu Hause war und war dann doch wieder in der Kachelstraße abgeliefert worden. Das sollte mir nicht noch einmal passieren. Ich verbarg mich, bis jemand kam und an die Tür klopfte.

»Robertchen, bist du da drin?«, fragte mein Großvater.

Endlich machte ich auf.

Meine Großmutter wartete draußen. »Was hast du bloß? Du bist ja kreidebleich. Sind dir die Steaks nicht bekommen?«

»Ich will nicht zurück in die Kachelstraße«, sagte ich.

Sie sahen sich an.

»Na, dann bleibst du eben hier«, entschied sie.

»Wir müssen bei seinem Vater anrufen und ihm zumindest Bescheid sagen«, sagte er.

»Er ist eh nicht zu Hause.« Widerstrebend gab ich ihnen die Nummer.

Sie ließen von der Rezeption aus anrufen. Niemand nahm ab. Sie blickten sich an. Es war immerhin zehn Uhr abends.

Meine Großmutter beauftragte einen der Dienstboten, ein Bett in ihrer Suite aufzustellen.

Sie gingen mit mir hinauf. Im Zimmer bekam ich einen Vorgeschmack wirklichen Reichtums. Die Tür ging kaum auf, so dick war der Teppich. Der ganze Raum war in Rosé, Hellblau und Beige gehalten. Ein kleines, bemaltes Bauernbett wurde ins Zimmer getragen und hellblau bezogen. Die Wanne im Bad war doppelt so groß wie die in der Kachelstraße und im Boden eingelassen. Ich bekam mein Bad und roch danach genauso gut wie meine Großmutter.

»Das sind alles amerikanische Produkte«, sagte sie stolz. »Die riechen viel besser als unsere. Riechst du das? Das ist Zimt und das riecht ein bisschen nach Karamellbonbons, findest du nicht?«

Ich nickte, während sie den Schaum über meine Schulterblätter gleiten ließ und mich von oben bis unten einrieb. Ein Schauer des Glücks überlief mich.

»Darf ich jetzt für immer bei dir bleiben?«, fragte ich.

»Du brauchst keine Angst zu haben«, sagte sie, »ab jetzt passe ich auf dich auf.«

Sie hob mich aus der Wanne, und ich sank ins Bett, wo ich von einer betäubenden, wohltuenden Müdigkeit befallen wurde. Sogar von draußen, durch das gekippte Fenster, strömte ein aromatischer Duft frisch gewaschener Wäsche. Ich blickte meine Großmutter dankbar und schweigend an.

»Ist er nicht entzückend?«, rief sie und gab mir einen dicken Kuss auf die Stirn.

»So, und jetzt wird geschlafen. Oma und Opa gehen runter und trinken noch etwas. Sie haben viel zu besprechen«, sagte sie geheimnisvoll.

18.

Am nächsten Morgen ließ sie sich von Kubicek in die Kachelstraße fahren und kam schon nach einer Stunde wieder zurück. Sie hatte alles geklärt. »Er hat sofort klein beigegeben.« Biller, ihr Anwalt, solle ein Schreiben aufsetzen, das mein Vater dann nur noch unterschreiben müsse. Damit sei die Sache erledigt. Sie nahm mich an der Hand und sagte: »Komm. Jetzt gehen wir erst mal einkaufen.«

Draußen war ein herrlicher Tag. Wir liefen ins KaDeWe. Dort wurde ich von Kopf bis Fuß eingekleidet. Ich bekam weiße Polohemden, dunkelblaue Kaschmirpullunder, Wolljacketts in verschiedenen Farben, aber alle vom gleichen Hersteller, dessen in Goldfäden gewirktes Wappen auf der Jackentasche prangte. Als ›i-Tüpfelchen‹ bekam ich Einstecktücher.

»Na, fühlt man sich da nicht gleich ganz anders?«, fragte sie mich.

Wir flanierten von Abteilung zu Abteilung. Immer wieder zählte meine Großmutter auf, was ich noch alles brauchte. Die Verkäufer lieferten alles an den verschiedenen Kassen ab.

Ich war recht zielsicher in der Auswahl der Schuhe. Sofort hatte ich die teuersten im Auge, die einzigen Kinderschuhe aus Pferdeleder. Sie knirschten, so weich war das Leder. Der Verkäufer behandelte mich wie einen Gentleman. Er ging vor mir auf die Knie, um mir die Schuhe zu binden. Meine Großmutter schmunzelte. Es gefiel ihr, dass ich gern teure Sachen mochte. Das hatte ich von ihr. Sie wählte noch ein paar Slipper fürs Haus und ein paar gröbere Schuhe für draußen, zum Herumtoben.

Ich hatte eigentlich genug, aber sie schleppte mich weiter durch alle Abteilungen. »Wir decken dich jetzt richtig ein«, rief sie lustvoll.

Am Ende erwartete Kubicek ein riesiger Berg von Tüten, den er ins Auto brachte.

Ich war völlig erschöpft von meinem ersten Konsumrausch. Aber sie wollte auch nicht zu kurz kommen und schlug den Weg in die Kosmetikabteilung ein, wo sie unruhig wurde wie ein gehetztes Tier. Hier gab es zu viel. Es war ihr zu unübersichtlich. Sie musste sich durchschlagen. Schließlich fand sie, was sie brauchte und war danach selbst völlig erschöpft. Wir ruhten uns an der Feinschmeckertheke aus. Sie aß einen Krevetten-Cocktail und trank Weißwein, dann starrte sie eine Weile ins Leere.

Schließlich schlenderten wir zum Hotel. Mein Großvater wartete schon im Foyer auf uns. Er hatte es eilig und sprang auf, als er uns sah. Er hatte den Auftrag in der Tasche.

Siemens baute ein Kraftwerk im Kongo, seine Firma lieferte die Turbinen. Er tat so, als wäre das ganz selbstverständlich, aber man spürte, dass er ziemlich stolz darauf war, Repräsentant dieser Firma zu sein. Schmunzelnd guckte er zu, wie die Lawine von Sachen im Kofferraum verschwand.

»Meine Hilde kann es eben nicht lassen«, sagte er gutmütig und legte den Arm um sie.

Dabei schüttelte er sie in der gleichen Manier wie mich am gestrigen Abend. Später tat er das auch mit dem Hund. Er empfand sich als sehr spendabel und generös und fühlte sich wohl in dieser Rolle.

Wir fuhren also in das unbekannte Terrain mit dem kostbaren Namen Buchenstein.

Meine Haferlschuhe hatte ich in der Schuhabteilung zurückgelassen. Ich hatte noch einen letzten Blick auf sie geworfen. An den Rillen ihrer klobigen Sohlen hafteten bestimmt noch verschwindend geringe Spuren des Lehms von Stein. Im Auto später, als es dunkel war, fiel es mir noch einmal ein. Und es wurde mir schmerzhaft bewusst, dass ich sie im Stich gelassen hatte. Nie mehr würde ich an einem frühen Morgen, wenn der Raureif auf den Wiesen lag, in meine Haferlschuhe schlüpfen können und mit ihnen in die Kälte hinausgehen. Ich werde euch immer in guter Erinnerung behalten, dachte ich.

Irgendwann durchquerten wir Nürnberg, und meine Großmutter sagte: »Jetzt sind wir bald zu Hause, Kralein.«

Sie nannte mich so, weil sie mir damals als Säugling schon diesen Spitznamen gegeben hatte.

»Was ist das, Buchenstein?«, fragte ich, als der Wagen abbog und eine von Villen gesäumte, gewundene Straße hochfuhr.

»Das ist ein Villenviertel«, erklärte sie, »da wohnen nur Leute, die es zu etwas gebracht haben.«

Ich nickte nachdenklich. Sie hatte das mit einer gewissen Bestimmtheit und Härte gesagt. Ich öffnete das Fenster einen Spalt und sah hinaus. Jedes dieser großen, mächtigen Häuser schien eine eigene Insel, von dunkler Vegetation umgeben, von hohen Mauern abgeschirmt. Mächtige Bäume ragten über die Mauern hinaus und flankierten die gedämpft beleuchteten Fassaden. So etwas hatte ich noch nicht gesehen.

»Da staunst du, was?«, sagte sie. »Du wirst gleich sehen, unser Haus ist am schönsten.«

Wir fuhren die gewundenen, verlassenen Straßen bis zum Ende. Der Wagen hielt.

»Wir sind da.« Meine Großmutter wartete ab, bis Kubicek ihr die Tür geöffnet hatte. Erst dann stieg sie aus. Ich folgte ihrem Beispiel.

Als ich draußen war, empfing mich wohltuende, frische Luft. Es roch nach Wald.

Die Straße endete in einem Rondell, das von weiteren Villen flankiert war. Sie lagen tatsächlich alle am Wald.

»Schau, das ist unser Haus«, sagte meine Großmutter stolz und zeigte auf die weißschimmernden Konturen eines großen Hauses, das in das dunkle Grün des gepflegten Vorgartens eingebettet war. Mein Großvater hatte bereits die Gartentür aufgemacht und eilte auf das Haus zu. Von innen schlug ein großer Hund an.

Mein Großvater öffnete, und ein Schäferhund sprang, wild kläffend vor Freude, an ihm hoch. Während er damit zu tun hatte, ihn zu bändigen und anzuleinen, betraten wir den Vorgarten.

Der Riesenköter zog meinen Großvater vehement Richtung Ausgang. Ich hielt mich an der Hand meiner Großmutter fest.

»Das ist der Micha!«, rief mein Großvater. »Vor dem brauchst du keine Angst zu haben.«

Er sollte recht haben. Der Hund war tatsächlich ebenso kinderlieb wie groß. Wenig später nutzte ich seine Gutmütigkeit aus, um ihn am Schwanz zu packen und im Kreis zu drehen, bis ihm schwindelig wurde.

Die beiden verschwanden im Wald. Endlich war es wieder ruhig, und ich konnte mit meinem Blick alles in Besitz nehmen. Das Grundstück strahlte eine nahezu perfekte Harmonie aus.

»Das gehört alles dir?«, fragte ich meine Großmutter.

Sie nickte. »Das ist unser Reich, und ab heute ist es auch deins.«

Kubicek lief mit den vielen Tüten ins Haus hinein. Ich sah, wie er im Hintergrund von jemandem begrüßt wurde. Ein Mädchen tauchte jetzt an der Haustür auf. Sie war vielleicht siebzehn. Sie hatte sich eine Wolljacke übergeworfen und trug einen karierten Rock, der ihr bis knapp zu den Knien ging. Darunter trug sie weiße Kniestrümpfe. Ich starrte sie an.

»Das ist deine Tante Erika«, sagte meine Großmutter, »willst du ihr nicht guten Tag sagen?«

Ich lief zu ihr und reichte ihr die Hand.

»Hallo«, sagte ich. Sie lächelte und nahm meine Hand.

Mechthild schob sich in den Vordergrund.

»Hallo, Mama.« Erika begrüßte sie mit einem spitzen Küsschen.

Mechthild führte mich hinein. Das Treppenhaus sah aus wie das Kempinski in Klein, der gleiche Stil der Einrichtung, die gleichen Tapeten und tiefen Teppiche, in denen man versank.

Beim Geschenkeauspacken hatte ich Gelegenheit, Erika noch einmal unter die Lupe zu nehmen. Sie hatte ein süßes Gesicht mit Pausbäckchen und glatte, blonde Haare, die ihr bis zu den Schultern gingen. Ihre Augen waren blau und groß und standen weit auseinander.

Sie packte die Geschenke aus und setzte dabei eine freudige Miene auf, weil sie Angst hatte, ihre Mutter zu verärgern, die es nicht mochte, wenn Menschen ernst guckten.

Ich trat näher, um ein bisschen vom Geruch meiner Tante mitzubekommen. Ich wollte herausfinden, ob der wohlige Duft, der mir am Anfang entgegengeströmt war, aus dem Treppenhaus oder von ihr kam. Es war schwer zu sagen.

»Danke, Mama«, sagte Erika, als sie die Kosmetik ausgepackt

hatte. Mechthild hatte jede Reaktion von ihr beobachtet. Erika wollte ihr einen Kuss geben, aber ihre Mutter wandte sich ab. »Du freust dich ja gar nicht.«

Erika machte sofort ein beleidigtes Gesicht.

Zum Glück meldete sich vorsichtig Kubiceks Stimme. »Ich werde dann mal gehen, Frau Doktor«, sagte er. Er stand bereits am Vorhang zum Windfang.

»Nein, warten Sie, Herr Kubicek«, rief Mechthild und griff rasch nach ihrer Tasche.

Dies war der Impuls. Sofort kam Bewegung in den wendigen Mann. Als er den Schein sah, flüchtete er und nahm Deckung hinter dem Vorhang.

»Nein, nein, gnädige Frau, auf gar keinen Fall«, rief er.

Sie griff hinter den Vorhang, um seiner habhaft zu werden. Er schlug einen Haken und rannte Richtung Treppenhaus. Als er durchs Wohnzimmer zurück in den Flur schlich, versperrte sie ihm den Ausgang. »Machen Sie keinen Unsinn, Kubicek«, rief sie. »Wer fleißig ist, wird dafür auch belohnt.«

Sie machte einen Vorstoß zu ihm. Jetzt kam die blitzschnelle Wende, für die er so berühmt war. Er entwand sich mit hochrotem Kopf. Die Äuglein blitzten dabei vor Aufregung.

Er sprang zu den Schwingtüren – und scheiterte. Mechthild bekam ihn im letzten Augenblick zu fassen. Er stemmte sich gegen sie.

Sein festes Fleisch füllte nun angespannt und prall die Uniform. Mechthild machte mit dem Schein mehrere Finten, die er geschickt abwehrte, bis sie den Geldschein schließlich in seine obere Jackentasche stieß.

»Um Gottes willen, Frau Doktor! Frau Doktor! Frau Doktor! Frau Doktor! Das ist doch nicht nötig! Das kann ich nicht annehmen! Nein!«

Seine Zähne, gelbe Hauer, waren halb entblößt. Er war zum Höhepunkt gekommen. Es war, am Ende einer langen Woche, ein jahrzehntelang erprobtes Spiel zwischen den beiden. Auch Mechthild schnaufte auf ihren hohen Schuhen.

»Aber seien Sie doch vernünftig, Kubicek!«, schrie sie. »Jedes Wochenende das gleiche Theater.«

»Vielen Dank! Vielen herzlichen Dank, Frau Doktor! Vielen Dank!«

Unter einer Vielzahl von Katzbuckeln, mit puterrotem Kopf, ging er rückwärts aus dem Haus, sich immer wieder bedankend, bis die Gartentür schließlich vor ihm zuschlug.

Mechthild hatte die Arme in die Hüften gestemmt und stand da wie ein kleiner Diktator.

Kopfschüttelnd drehte sie sich zu uns. »Ein Theater jedes Mal.« Dabei taxierte sie erneut Erika, ob sie gute Laune hatte. Sie gab sich Mühe.

»Komm, wir zeigen dem Kleinen jetzt erst mal sein Zimmer«, sagte Mechthild. Sie nahm mich an der Hand, und ich folgte ihr hinauf.

Der ganze obere Trakt schien ausschließlich den Frauen zu gehören. Überall Spiegel, überall flauschige Hocker davor, tiefe Läufer, die sich von beigen, rosigen Zimmern zu beigen, rosigen Badezimmern zogen: ein verwirrendes Labyrinth, weil einem ständig das eigene Spiegelbild entgegengeworfen wurde. Es roch nach Düften, die sich gegenseitig überlagert hatten.

»Es riecht hier so gut«, wandte ich mich schüchtern an Erika.

Sie lachte: »Du bist ja süß.« Der Amorpfeil saß. Tagelang berieselte ich mich damit, was sie zu mir gesagt hatte. Jedes Mal, wenn sie aus der Schule kam, schlug mein Herz höher.

»Und wofür braucht ihr die vielen Spiegel?«, fragte ich.

»Damit wir für euch Männer hübsch aussehen«, sagte sie.

Ich lachte, bemerkte aber, dass Mechthild das Lachen vergangen war. Wenig später bekam ich mit, dass sie oft stritten, wer ins Bad durfte. Wie sich herausstellen sollte, beanspruchte Erika unerträglich viel Zeit vor dem Spiegel und strapazierte die Geduld ihrer Mutter. Sie fing damals gerade an, auf Bälle eingeladen zu werden, und ließ die vielen Verehrer unten warten, weil sie nie im Bad fertig wurde. Ihre Mutter hasste sie regelrecht dafür.

Wir kamen an einem großen Zimmer vorbei. Ich sah neugierig hinein.

»Das ist mein Zimmer«, sagte Erika, »magst du es mal sehen?«

Ich nickte. Sie führte mich hinein, und ich blickte mich um. Auf einmal entdeckte ich hinten eine Ecke, die mit Skizzen übersät war. Ich trat näher. Die kleinen Figuren auf den Zeichnungen sahen alle aus wie Erika, die gleichen Pausbäckchen, die gleichen hochgeschwungenen Brauen, das gleiche kleine, sanft nach unten gezogene Mündchen, das ihrem Gesicht immer etwas Hochmütiges, Pikiertes verlieh. Alle Figurinen trugen Ballkleider oder Hochzeitskleider. Und alle tanzten sie durch einen Ballsaal voller flüchtig hinskizzierter, anderer Figuren.

»Die sehen ja alle so aus wie du.« Erstaunt sah ich Erika an.

»Die hab ich gemalt, als ich noch ganz klein war«, sagte sie entschuldigend.

»Und warum hast du immer nur dich gemalt?«

Sie zuckte die Achseln. Ich merkte, dass ich ihr mit der Frage ein bisschen zu nahe getreten war. Gleichzeitig spürte ich ihre Empfindlichkeit und wie schnell man sie wahrscheinlich dazu bringen konnte, eingeschnappt zu sein.

»Deine Tante konnte als Kind gut zeichnen«, sagte Mechthild barsch.

»Und jetzt nicht mehr?«, fragte ich.

»Offensichtlich«, sagte Erika spitz, als Replik auf ihre Mutter.

»Wo ist mein Zimmer, Oma?«, rief ich, um der dicken Luft zu entrinnen.

»Das ist dein Zimmer.« Mechthild hielt die Tür zu einem quadratischen Raum auf, dessen Fenster zum Wald hinaus zeigten.

Ich sah mich nach Erika um, da ich wollte, dass sie in meiner Nähe blieb. Doch sie war bereits hinuntergegangen. Ich war ein wenig enttäuscht.

»Siehst du, du hast den schönsten Blick«, sagte Mechthild.

Ich nickte zufrieden. Ich wollte wieder hinunter, zu Erika. Aber meine Großmutter hob mich hoch auf den Schreibtisch vor dem Fenster, damit ich besser hinaussehen konnte. Unten glitzerte ein nierenförmiger Pool. Ich staunte. Das war wirklich Luxus, wie ich ihn nicht kannte. Die Tatsache, selbst in den Genuss davon zu kommen, hob meine Stimmung.

»Und ich darf auch da schwimmen?«, fragte ich. Der Gedanke daran erschien mir köstlich.

Mechthild lachte.

»Natürlich darfst du das«, sagte sie, »solange du willst.«

Ich umschlang sie. »Danke, liebe Oma! Danke!«, rief ich überschwänglich.

Nun wollte ich noch mehr sehen. Ich wollte den ganzen Luxus des Hauses inhalieren.

Mechthild ließ sich von meiner andächtigen Bewunderung mitreißen, als hätte sie alles nur dafür gemacht. Endlich gab es jemanden, der die Dinge im gleichen Licht sah und all die Mühe, die sie sich gegeben hatte, nicht selbstverständlich nahm. Sie führte mich durch das dunkel schimmernde Bad mit den schwarzen Fliesen und dem rosa Waschbecken. Anschließend brachte sie mich ein Stockwerk höher, wo das Nähzimmer und das Dienstmädchenzimmer lagen. Dann gingen wir in den Garten. Erika wartete schon unten. Sie hockte im Wohnzimmer und harrte ihres ungewissen Schicksals am heutigen Abend, während Mechthild mit mir ihre Odyssee fortsetzte, zu üppigen Blumenbeeten und hohen Rhododendronstauden am Ende des Gartens, auf die sie besonders stolz war.

Als wir endlich über die Veranda hinein ins Wohnzimmer kamen, hatte Erika bereits den Wein geöffnet und ein paar Gläser hingestellt. Mechthild sah ihre Tochter argwöhnisch an.

»Ist alles in Ordnung?«, fragte sie streng.

»Ja, natürlich«, erwiderte Erika pikiert.

Mechthild richtete sich auf. »Und warum machst du dann so ein Gesicht?«

»Was mach ich denn für ein Gesicht?« Erika blickte durch ihre Mutter, die sie aggressiv anstarrte, hindurch.

Die Windfangtüren schlugen laut, der Hund bellte freudig. Ein riesiges Tohuwabohu entstand, das von der beklommenen Stille im Wohnzimmer ablenkte. Mein Großvater betrat mit einem strahlenden Lächeln den Raum. Er stürzte auf seine Tochter zu und begrüßte sie, indem er ihren Kopf tätschelte.

»Na, Erikalein«, sagte er. Sie reagierte kaum. An ihrem beleidigten Ausdruck erkannte er, dass wieder irgendetwas passiert war.

Er lenkte sofort davon ab, indem er zu mir sagte: »Na, wie gefällt dem Herrn Baron denn sein Zimmer?«

»Gut«, erwiderte ich gleichmütig. Ich wollte ihm nicht durchgehen lassen, dass er von der Situation ablenkte.

Er ließ sich in den Sessel plumpsen, behielt sein Lächeln bei und harrte der Dinge, die geschehen würden und auf die er sowieso kaum Einfluss hatte.

»Wollt ihr einen Schluck Wein?«, fragte er.

»Kannst du mir mal sagen, warum deine Tochter wieder so ein Gesicht zieht?« Mechthilds Unterton war gefährlich.

»Ich zieh doch gar kein Gesicht«, protestierte Erika trotzig.

»Halt den Mund!«, schrie ihre Mutter. Ihr Gesicht schwoll rot an.

Erika erhob sich und wollte das Zimmer verlassen.

»Bitte bleib doch. So streitet doch nicht!«, rief ihr Vater.

Es war interessant zuzusehen, solange man selbst nicht in der Schusslinie war.

»Setz dich gefälligst wieder hin! Und mach hier nicht so ein Theater!«, rief Mechthild.

»Bitte! Streitet euch doch nicht!« Der Vater rang flehend die Hände.

Dabei war gar nichts passiert. Die dicke Luft war wie aus dem Nichts gekommen, für niemanden verständlich, außer für Eingeweihte, die mit dem Rätsel dieser Familie vertraut waren.

»Kommt, lasst uns zusammen anstoßen«, rief Martin und gab sich Mühe, seine panische Fröhlichkeit zu erhalten.

Erika setzte sich gnädig.

»Prost«, rief er in die Runde.

»Prost«, rief Mechthild martialisch.

Die Stimmung hellte sich ein wenig auf. Mechthild erzählte, wie mich der Chauffeur gefunden und wie viel ich im Kempinski gegessen hatte. Dann gab sie zum Besten, wie sie den Chauffeur mit dem Geldschein ausgetrickst hatte.

Sie waren müde und gingen bald ins Bett.

Gleich am nächsten Tag ging der Streit wieder los. Er hatte sich an irgendetwas entzündet.

Von unten hörte ich Mechthilds Geschrei. »Du machst schon wieder so ein blödes Gesicht!«

Daran hängte es sich auf, am Gesicht. Dabei konnte Erika gar nicht unbedingt immer etwas dafür. Ihre Mundwinkel zeigten ohnehin etwas nach unten – und bei der geringsten Gefühlsregung, die nicht Freude war, eben umso mehr. Sogar, wenn sie sich konzentrierte, etwa beim Schminken.

Angezogen von den Neuigkeiten, war ich blitzschnell die Treppen hinuntergerannt und sah gerade noch, wie Mechthild eine Grimasse zog, die offenbar das Gesicht ihrer Tochter darstellen sollte. Sie zog mit den Fingern ihre Mundwinkel bis zum Anschlag tief hinunter und untermalte alles mit einem grässlichen Geräusch. An ihr war eine Schauspielerin verlorengegangen. Mein Großvater, der eben erst zur Tür hereingekommen war, stand hilflos neben ihr. »Jetz reg dich bitte nicht auf«, flehte er.

»Ich soll mich darüber nicht aufregen?«, schrie sie wutentbrannt und rannte aus dem Flur. Er stürzte hinterher.

»Willst du etwa mir die Schuld geben, dass sie sich so danebenbenimmt?« Sie bebte vor Wut.

»Hilde, bitte! Reg dich nicht wieder so auf!«

Seine Rede ging unter in einem fürchterlichen Wutanfall. Sie warf ihm vor, Erika so verzogen zu haben, weil er sie heimlich vergötterte. Der Stachel ihrer Eifersucht musste tief sitzen. Er kam immer wieder hoch. Sie durchwühlte den Schrank neben der Sitzecke, kramte die restlichen Packungen aus dem KaDeWe heraus und zerriss die liebevoll eingepackten Geschenke mit den rosa Schleifchen in kleine Schnipsel.

Ich schlich mich hinauf. Erika saß oben im Badezimmer wie eine Sphinx. In ihre großen, blauen Augen hatte sich ein fatalistischer Ausdruck geschlichen. Ihr Gesicht war erstarrt.

Sie ließ die Brüllerei von unten über sich ergehen und versuchte dabei, kaltblütig zu bleiben.

Es gelang ihr nicht. Die schlechte Energie ergoss sich in sie und lagerte sich am Grund ihrer Seele ab wie ein trüber Sumpf.

Ich ließ Erika allein, da sie mich nicht beachtete, und ging nach hinten in mein Zimmer.

»Du willst also hier rumsitzen und auf deine norddeutsche Art deinen Wein trinken, hä?«, hörte ich meine Großmutter rufen.

»Ich weiß ja überhaupt nicht, was passiert ist«, wehrte er sich.

»Nein?«, rief sie höhnisch. »Wirklich nicht? Dann werde ich es dir mal zeigen!«

Eine Tür krachte laut. Irgendetwas wurde zu Boden gescheppert. Meine Großmutter war es gewohnt, zu den äußersten Mitteln zu greifen. Anders war diesem Pack ja gar nicht beizukommen.

Mein Großvater hetzte in die Küche. Wahrscheinlich hielt er sie fest, um sie zu beruhigen.

Er hatte Angst, dass es die halbe Nacht dauern würde. Schließlich musste er früh raus.

Irgendwann würde sie einlenken, aber das konnte dauern.

Sie hatte Angst, allein hier unten zu sitzen und an allem schuld zu sein. Sie hatte Angst, auf den Trümmerhaufen zu blicken, der ihr Leben war. Sie hatte Angst, dass er sich doch irgendwann scheiden ließ. Sie hatte Angst vor allem und brüllte mit ihrer letzten Kraft dagegen an. Am Ende weinte sie. Es war ein Kampf, den sie nicht gewinnen konnte.

Im besten Fall endete das Ganze damit, dass sie Wein tranken und vor dem Fernseher saßen.

Nach ein paar Gläsern lallte sie und wollte ins Bett. Sie war völlig erschöpft. In einem rosa Strampelanzug sah man sie vom Bad ins Schlafzimmer wanken. Ihre kleine Stirn warf Falten wie ein Mops. Sie schlief schlecht, wachte ständig auf, ging viel zu früh runter, wenn alle noch schliefen. Ihre Beine lagen immer auf einem Hocker. Unter der Strumpfhose, die ihre geplatzten Äderchen kaschierte, wirkten sie kurz wie Stummelbeinchen.

Die verhassten Politiker im Fernsehen, alles Idioten, schrie er empört, wenn sie ihre verlogenen Statements abgaben. Er beschimpfte sie, ließ sich hinreißen, Worte zu benutzen, die er sonst nicht in den Mund nahm. Im Grunde aber wartete er nur darauf, dass sie ihren Wein ausgetrunken hatte und er ins Bett gehen konnte.

Ich war vom Regen in die Traufe gekommen.

19.

Noch einmal musste ich »aufgepäppelt« werden und bekam Suppen, die meine Großmutter in der Küche selbst zubereitete. Sie warf große Rinderknochen in einen Topf mit heißer Brühe, um deren Mark auszulassen. Ein dickes Eigelb wurde auf den dampfenden Sud getan, auf dem dicke, sämige Fettblasen schwammen. Sie machten das, damit mein Haar wieder glänzte.

Das tat es dann auch. Es fiel lang und seidig auf die weißen und hellblauen Krägen meiner Polohemden, die täglich gewechselt wurden. Dicke, weiche Cordhosen kaschierten meine mageren Beine. Ich wuchs. Ich bekam Liebe. Ich sog sie auf wie ein Schwamm.

Jeden Morgen wartete Kubicek in seiner königsblauen Phantasieuniform, um mich in die Schule zu bringen. Ich quälte den Hund und ich quälte den Chauffeur. Ich kannte seinen wunden Punkt. Entweder er oder seine Frau waren unfruchtbar. Ich fragte ihn, warum er keine Kinder hatte, wo er sich doch immer so freute, mich zu sehen. Er ahnte, worauf es hinausging, und lief bereits rot an. Ich stichelte weiter. Irgendwann fragte ich: »Befruchten Sie denn Ihre Frau nicht?« Er wurde feuerrot. Tagelang wollte er mich nicht fahren.

Ich fuhr Straßenbahn und sah ein Mädchen mit dunklen Zöpfen. Ich fand heraus, dass sie Anja hieß. Von da an wollte ich nur noch Straßenbahn fahren.

Mein Gesicht wurde weicher. Der Kannibale von Stein, das Schlüsselkind von Berlin verwandelte sich. Die am Ansatz des kurzgeschorenen Haars sichtbaren Verbrennungsnarben wurden durch einen weich fallenden Seitenscheitel kaschiert. Die Schneidezähne wurden gerichtet. Nun erwartete man von mir, dass aus mir eines Tages einmal etwas wurde. In meiner Kleidung wurde ich immer wählerischer.

Mein Großvater sagte verächtlich, ich sei ein verweichlichter Snob. Ich warf ihm vor, selber verweichlicht zu sein. Er war ja nicht mal im Krieg gewesen wie mein anderer Opi. Er fand, ich sei eitel und undankbar und hätte einen schlechten Charakter. Tatsächlich betrachtete ich mich den ganzen Tag im Spiegel. Manchmal schminkte ich mir die Wimpern und probierte meinen Augenaufschlag und mein Lächeln. Offen lachen konnte ich nicht. Dazu waren meine Schneidezähne zu schlecht. Das war eindeutig ein Manko. Ich versuchte es mit meinen langen Wimpern auszugleichen. Manchmal zog ich heimlich Seidenblusen von meiner Tante an.

Viele Jahre hatte ich Angst, dass mein Nasenbein einen Huckel bekam. Ich achtete ständig darauf, nirgendwo anzustoßen. Wenn es doch einmal geschah, dass ich mit meinem Nasenrücken irgendetwas auch nur berührte, rannte ich sofort zu meiner Großmutter und zeigte ihr mein Profil. Sie musste mir hundert Mal versichern, dass meine Nase immer noch gerade war.

Ich hatte überhaupt keine Freunde. Die Kinder aus den anderen Häusern waren alle schon älter. Außerdem hatte meine Großmutter Streit mit den Chefärzten, die links und rechts von uns wohnten, weil unser Hund angeblich so laut war und die Gattinnen beim Mittagsschlaf störte. Sie behandelten uns als Emporkömmlinge. Es herrschte eine eisige Stimmung.

Für mich gab es nichts zu entdecken. Die Mauern dieser Paläste waren höher als die Berliner Mauer. Und das Schweigen dahinter und davor wirkte genauso tödlich. Ich dekorierte mein Zimmer und ich dekorierte mich. Ich hängte Stiche von Rassepferden aus irgendeinem Kalender an die Wände, daneben Stiche von Dürer. Ich ließ sie rahmen. Hauptsache, die Wände wurden voll. Ich schikanierte Kubicek. Ich wickelte den Wellensittich in den Vorhang ein, bis er vor Angst die Scheißerei bekam. Manchmal hackte er auf mich ein. Manchmal knabberte er aber auch nur an mir. Unser Verhältnis war schwankend wie das der anderen. Irgendwie war alles am Arsch.

Irgendwann hatte ich das Leben satt und ließ mich wegen der kleinsten Kleinigkeit krankschreiben. Immer kam der liebe, nette Hausarzt Dr. Bremer, der so eine Herzenswärme ausstrahlte, dass man sich bei ihm sicher fühlen konnte, als wäre er der liebe Gott, und immer schrieb er mich krank, so lange ich wollte. Ich begann, dicke Wälzer zu lesen und süchtig nach Romanen zu werden. Ich las jedes Buch, das mir in die Finger kam. Meine Großmutter ließ alles durchgehen. Sie brachte mir Zwieback und Tee mit Honig. Endlich konnte sie mich wieder verhätscheln.

Es war unheimlich, wie viel ich in der Schule versäumt hatte. Mir war vollkommen schleierhaft, was dort verhandelt wurde. Ich war weit abgeschlagen und versuchte meine Großmutter zu überzeugen, dass es überhaupt keinen Sinn mehr hatte, hinzugehen.

Sie musste lachen. Ich tanzte allen auf der Nase herum und spielte den Clown. Ich wusste, dass ich meine Großmutter auf meiner Seite hatte. Wir hatten uns gegenseitig ewige Treue geschworen. Wir wollten für immer zusammenhalten. Den ganzen Tag war ich an ihrer Seite, beim Kochen, beim Bügeln, oben im Nähzimmer oder wenn sie ihre Einkäufe machte. Immer lief ich, den Kopf dicht an ihrem Busen, neben dieser kleinen Frau her und hörte sie schnaufen oder pfeifen, wenn es darauf ankam.

Ich hatte eine Allianz mit ihr gebildet. Ein paar Mal hatte ich mitbekommen, wie Mechthild wütend wurde, wenn mein Großvater beim Essen nicht das richtige Gesicht aufsetzte, und schlug nun in die gleiche Kerbe: »Opa, warum machst du so ein böses Gesicht?«, provozierte ich ihn.

Wenn er beleidigt schwieg, fügte ich hinzu: »Glaubst du, es ist schön, wenn du so ein Gesicht machst, wo sich die Memmi so viel Mühe beim Abendessen gegeben hat?«

»Halt gefälligst deinen Mund«, fauchte er mich dann zornschnaubend an. Ich merkte, wie er vor Wut fast platzte.

»Warum soll er seinen Mund halten? Er hat doch recht!«, konterte Mechthild höhnisch.

Wenn er dann wieder schwieg, kicherte ich. Ich konnte sehen, dass seine Hände zitterten und nur noch wenig fehlte, bis er endgültig explodierte. Er war aber feige. Sie hatte ihm die Grenzen gezeigt, innerhalb derer er wie ein Raubtier im Käfig auf und ab lief.

»Sieh mal, Memmi, wie der Opa das Essen in sich hineinschlingt«, sagte ich, »er schätzt gar nicht, wie viel Mühe du dir gegeben hast.«

Er sprang auf und rannte ins Wohnzimmer. Nach ein paar Sekunden kam er schnaufend zurück, erhob seinen fleischigen Arm gegen mich, ballte die Faust und drohte:

»Ich lasse mir das nicht mehr länger gefallen, du Flegel! Irgendwann …«

»Irgendwann was?«, fragte ich.

Er schüttelte die Faust und rannte wieder davon. Er war völlig hilflos. Ich kicherte laut, damit er es bis zum Wohnzimmer hören konnte.

Mein Großvater hatte ein Schilddrüsenproblem. Er wurde schnell wütend. Die Schilddrüse war auch ein Eheproblem. Hätte man ihm die Schilddrüse herausgenommen, hätte die Ehe womöglich geklappt. Meine Großmutter hätte sich nicht über seine ständige Ungeduld aufregen müssen, und die Ehe wäre vielleicht friedlicher und harmonischer verlaufen.

Trotz vieler Bemühungen lernten wir nicht, uns zu mögen. Ein vernunftgeprägter Erfolgsmensch und ein romantischer Faulpelz, dem Autorität völlig gleichgültig war, das passte irgendwie nicht zusammen. Außerdem wurde ich im Lauf der Zeit immer verwöhnter – und eitler. Ein Schlüsselproblem war zudem, dass ich offenbar »keine Achtung vor meinen Mitmenschen« hatte. Doch wer reklamierte Achtung für sich – und was sollte Achtung bedeuten? Wie sollte man Achtung vor einem Clown wie Kubicek haben, der sich ständig unterwarf? Oder vor einem Feigling wie meinem Großvater, der immer vor seiner Frau kuschte?

»Ich dulde keinen Widerspruch!«, schrie er oft jähzornig.

»Das ist mir doch egal!«, schrie ich zurück.

Meine Großmutter lachte. Ich widersprach ihm immer, grundsätzlich.

»Ich fordere Dankbarkeit!«, rief er. »Schließlich haben wir dich hierhergeholt!«

»Ich bin der Memmi dankbar«, sagte ich. »Sie hat mich hergeholt. Du hast nur gemacht, was sie gesagt hat. Also, gehorch weiterhin und halt schön brav deinen Mund!«

Er war kurz vor dem Ausflippen.

Meine Großmutter ließ mich gewähren. Ich wurde zu ihrem

eloquenten Sprachrohr, fand immer genau die richtigen Worte, ihn zu triezen. Dabei beobachtete ich kalt, wie eine üble Erregung von ihm Besitz ergriff, der Wunsch, mich mit seinen groben Wurstfingern zu erwürgen. Ich genoss, dass er es sich am Ende nicht traute.

»Na, regt er sich wieder auf, der große Herr Fabrikdirektor!«, rief ich.

Irgendwann platzte ihm der Kragen. Er stürzte über den Tisch und wollte mich packen. Doch ich war schneller, tauchte ab und rannte wie ein Wiesel durch den Garten – hinauf auf das Dach der Garage, wo er mich nicht zu fassen bekam. Von dort oben aus machte ich ihm lange Nasen oder zog die Hose herunter und zeigte ihm meinen nackten Arsch.

»Fang mich doch, fang mich doch. Ich bin viel schneller als du!«, rief ich ihm zu.

Die Nachbarn konnten mich sehen. Das gefiel sogar meiner Großmutter nicht. Mittags herrschte Totenstille in diesem Viertel. Selbst die Vögel trauten sich nicht mehr, die Ruhezeiten der Chefärzte zu stören. Die strengen, braven Streberaugen meines Großvaters waren wütend aufgerissen und quollen hervor.

»Du bist hier nur geduldet!«, schrie ich jetzt, als Retourkutsche dafür, dass er das immer zu mir sagte. Er rannte los und kam mit einem Knüppel aus der Garage zurück. Mühsam versuchte er, in dem Maschendrahtzaun an der Garage Tritt zu fassen, rutschte aber mit seinen glatten Schuhen immer wieder ab.

Ich lachte. »Pass auf, sonst bekommst du noch einen Herzinfarkt!«

Seine Augen verengten sich zu Schlitzen. Sie waren gelb und bekamen winzige, rote Einsprengsel. Wie eine fette Ratte sah er jetzt aus. Er klammerte sich an die Regenrinne – und zog sich mit einer Hand hoch.

»Komm, Martin, hör auf, du bist doch erwachsen«, mahnte ihn Mechthild. Sie bekam es irgendwie mit der Angst, dass er doch noch mal die Kontrolle über sich verlor. Dennoch hatte das Spektakel einigen Schauwert. Sie war hin- und hergerissen und wollte eigentlich nichts verpassen.

Ich stellte mich oben an die Spitze des Dachs, bildete mit den Händen ein Sprachrohr und rief: »Oma hat gesagt, dass du einen kleinen Pimmel hast.«

Er erstarrte einen Moment. Verblüfft sah er zu seiner Frau, die sich ungeheuer schämte.

Sie hatte es irgendwann in der Küche zu Erika gesagt. Ein Gespräch unter Frauen. Ich hatte es zufällig gehört. Es war der Anfang vom Ende.

Danach trat Funkstille ein. Die Aktion wurde abgebrochen. Die Chefärzte machten ihre Fenster wieder zu. Man ging hinein. Ich kletterte vom Dach.

Im Wohnzimmer herrschte Schweigen. Die Wut war verraucht, aber niemand machte sich mehr Illusionen, was das Verhältnis zwischen mir und meinem Großvater anging.

Ich musste mich bei ihm entschuldigen und zurücknehmen, was ich gesagt hatte. Er sah mich nicht an. Ich fragte, ob ich fernsehen dürfe. Wahrscheinlich hatte ich es zu weit getrieben. Irgendwie war ich ja doch in seiner Hand.

Am nächsten Tag kauften wir etwas sehr Teures für ihn, irgendeine Mappe aus Leder, in die er seine Papiere tun konnte. Ich überreichte sie ihm. Sie verschwand von der Bildfläche. Er hat sie nie benutzt.

Zwischen uns kehrte eine Weile eine Art Scheinfrieden ein. Er hielt nicht lange.

»Weißt du, Kralein«, sagte meine Großmutter zu mir eines Tages, »ich hab dich sehr lieb. Aber du darfst deinen Opa nicht mehr reizen. Er hat keinen Humor, verstehst du?«

Ich nickte sanft.

»Du willst doch bei uns bleiben?«, sagte sie.

Ich hatte die Botschaft verstanden. Mir wurde mulmig. »Wo soll ich denn hin?«, fragte ich.

Auf einmal kam mir eine Idee: »Können wir nicht zusammen weggehen? Wir brauchen das doch alles hier nicht.«

Ich sah mich schon mit ihr auf Wanderschaft gehen. Sie lachte. Ich stellte es mir romantisch vor, wie wir zusammen das Rheinufer entlangwandern würden und nachts irgendwo draußen schlafen, meine Oma und ich. Ich dachte sogar daran, meine Haferlschuhe wiederzufinden. Sie würden irgendwo am Uferrand stehen und auf mich warten, wie in einem Märchen. Ich bräuchte sie nur anzuziehen, und wir hätten ein Leben!

»Ich geh mit dir durch dick und dünn«, sagte ich.

Ihre Augen füllten sich mit Tränen.

20.

Nachdem ich zwei Jahre im Hause der Odes zugebracht hatte, fuhr ich in den Ferien zum ersten Mal wieder die Anhöhe von Stein hinauf. Vier Jahre hatte ich das Haus und die Großeltern nicht gesehen. Es hatte sich vieles verändert. Man hatte nicht mehr, wie damals, den unbegrenzten Horizont. Andere Häuser beeinträchtigten plötzlich die Sicht. Aus der Schotterpiste war eine geteerte Straße geworden. Die Baugruben waren verschwunden. Im Haus der Großeltern gefiel es mir nicht mehr.

Die Frau meines Onkels Heinz und ihre Familie hatten das untere Stockwerk übernommen. Sie hatten auf einmal vier rothaarige Kinder, alles Jungen, alle wie einer Zwiebackreklame entsprungen. Aus diesem Born da unten keimte plötzlich der Materialismus der siebziger Jahre und überschwemmte das Haus mit immer neuem Spielzeug, das nach ein paar Tagen unbenutzt in der Ecke lag. Die Eltern spielten, wann immer es ging, Tennis auf den neugebauten Tennisplätzen, die einen Teil des Waldrands verschandelten; und die mit Liebe vollgepfropften, gefräßigen Kinder, denen alles als selbstverständlich erschien, wimmelten selbstgefällig im Garten herum und störten meine Kreise.

Ich stellte sie heimlich an den Hausecken und gab ihnen schmerzhafte Fußtritte oder spritzte sie mit dem vollen Strahl des Gartenschlauchs weg, aber sie heulten jedes Mal laut und ich bekam die Quittung dafür. Mein Großvater sprach kein Wort mehr mit mir.

Die Frau meines Onkels, die immer dachte, sie hätte etwas Besseres verdient, war früh bitter geworden und schirmte ihre Familie gegen mich ab. Ich war ein Eindringling, den sie nicht einschätzen konnte. Sie wollten nicht, dass ich mit ihren Kindern spielte. Zu dem Fernseher, den es da unten gab, vor dem sie hockten, in weichen Kissen Gummibärchen verdrückten und sich *Flipper* oder *Lassie* ansahen, hatte ich keinen Zutritt. Die Familie merkte gar nicht, dass sie ihre Territoriumsgrenzen überschritt. Dazu waren sie viel zu selbstgefällig. Das blöde Spielzeug quoll die Treppe hoch bis zu uns. Sie okkupierten den Garten. Man musste ihnen eine entsprechende Antwort geben. Irgendwann warf ich den ganzen Müll die Treppe hinunter, wo er wie eine Barrikade liegen blieb. Am Abend stellte mein Onkel mich zur Rede. Ich zuckte die Achseln und ließ ihn stehen. Diese dumpfe Familienatmosphäre voller Egoismus und voller Lebensäußerungen, die mir nicht gefielen, wollte ich mir nicht länger bieten lassen.

Ich sagte ihm im Weggehen, er solle seinen Dreck gefälligst wegräumen. Mein Onkel lief hinter mir her und riss mich herum. Ich machte mich von ihm los und rannte weg.

»Ihr seid ein Haufen Scheiße!«, schrie ich.

Ich ahnte, dass es drastisch werden würde. Eines Tages kam es zu einem erneuten Zusammenstoß. Mein Onkel, der meist bei offener Tür breitbeinig mit der Zeitung vor der Nase auf dem Klo saß und schiss, rannte, nackt wie er war, wie ein kleiner Kugelblitz die Treppe hinauf und ohrfeigte mich links und rechts. Ich versuchte ihn die Treppe hinunterzutreten. Gott sei Dank war mein Großvater nicht da.

»Du Arschloch!«, schrie ich, »Wenn du mich noch einmal schlägst, komm ich heut Nacht und bring euch alle um!« Einen Moment trat Stille ein. Er starrte mich mit seinen immer ein wenig blutunterlaufenen Augen an.

»Was hast du da eben gesagt?«, fragte er.

»Ich bring euch alle um!«, schrie ich.

Er prügelte auf mich ein. Ich duckte mich weg. Es war harmlos. Am Ende trat ich ihm gegen das Schienbein. Ich überlegte einen Moment zu lang, ob ich ihn zu Fall bringen sollte. Ich hätte es geschafft. Aber ich hätte ihn dann tatsächlich mit einem Stein töten müssen, sonst wäre das Ganze eskaliert und ich hätte wahrscheinlich den Kürzeren gezogen. Ich war außer mir. Wutschnaubend lief ich zehn Runden um das Haus – und starrte meinem Onkel nach, bis er zur Arbeit verschwunden war.

Mein Verhältnis zu Stein war jedenfalls mächtig gestört. Der Glanz, der einst auf dieser Landschaft lag, war dahin – und nichts konnte ihn wieder zurückbringen.

Zu den Werners gab es keinen Kontakt mehr. Elli wusste nicht, was Laura machte.

Das Haus war mittlerweile umzäunt. Irgendwann ging ich hinüber, mit meinen langen, seidigen Haaren und meinen weichen Klamotten. Ich hatte mich offenbar verändert, denn es dauerte eine Sekunde, dann erst strahlte Frau Werner, lief auf mich zu und umarmte mich. »Schau mal, wer da ist«, rief sie und nahm mich mit hinein.

Laura saß in der altgewohnten Sitzecke mit Blick auf den Garten und lernte. Sie sah auf, und ich bemerkte, dass ihre Brille noch dicker geworden war. Zum ersten Mal fiel mir ihr Dialekt auf, der mir breiter erschien, seit ich ihn nicht mehr täglich hörte.

Es fiel uns schwer, ins Gespräch zu kommen. Irgendwie wirkten alle traurig. Ich erkundigte mich nach Herrn Werner und erfuhr, dass er im Krankenhaus lag. Er hatte Lungenkrebs – unheilbar. Viele Jahre hatte man ihn immer wieder husten gehört und nichts darauf gegeben. Eine Dauerbronchitis, wegen des vielen Rauchens, hatte man gedacht. Ich schwieg betroffen.

»Na ja«, sagte Frau Werner und machte sich unruhig an irgendetwas zu schaffen, »so ist es nun mal.«

Sie stand auf. Ich bemerkte, dass überall Putzzeug herumstand: Ein halb gefüllter Eimer mit Wasser, ein Schrubber, Vorhänge lagen am Boden neben der Waschmaschine; Dinge, die offenbar angefangen und nicht beendet worden waren in der Hektik um das Vergessen von Elend und Traurigkeit, das Frau Werner auf Trab hielt.

Laura war in eine Lethargie verfallen. Ihre Bewegungen hatten sich offensichtlich verlangsamt.

Ein paar Packungen Reval ohne Filter, in einer Ecke zusammengeschoben. Ein paar Kästen Bier auf der Veranda – letzte Reste des Universums von Herrn Werner, der hier, männlich und ganz gemächlich, an den Abenden aufgetaucht war, seiner Familie das Haus gebaut, seine Frau ziemlich glücklich gemacht hatte, mit seinen großen Arbeiterhänden, die mir beibrachten, wie man Mauern hochzieht und wie man sich in Geduld übt und die Panik verdrängt. Mit Herrn Werner war immer alles möglich gewesen. Er hatte an der Hauswand gelehnt und gelächelt mit einer vollkommenen Sanftmut und Zufriedenheit, wie ich sie selten gesehen hatte. Und nun dieses beschissene Gemetzel. Ich packte die Tischkante mit beiden Händen und schlug mit der Stirn dagegen.

»Scheiße! So eine Scheiße!«, schrie ich.

Frau Werner kam angerannt und packte mich am Arm. »Hör auf mit dem Quatsch, Junge. Du tust dir doch weh!«, rief sie vorwurfsvoll.

»Entschuldigung«, sagte ich. »So eine Scheiße. Was soll ich sonst sagen?«

Laura lächelte traurig. Aber sie lächelte wenigstens auf einmal wieder.

»Kommt her«, sagte Frau Werner. »Nehmt euch doch wenigstens mal in den Arm. Ich hab den Kerl doch auch in den Arm genommen.«

Laura erhob sich und klammerte sich mit den Armen an mich, die sie fest und steif von sich streckte, den Körper drückte sie von mir weg. Sie starrte an mir vorbei ins Leere. Wir ließen uns wieder los und verharrten einen Moment zu dritt in unseren erstarrten Posen unschlüssig im Raum.

»Können wir nicht ins Krankenhaus fahren und ihn besuchen?«, fragte ich in die Stille.

»Es ist jetzt keine Besuchszeit«, sagte Frau Werner.

»Ist doch scheißegal«, wandte ich ein, »wer wird schon was dagegen haben?«

»Ich muss erst fertig putzen.« Eigensinnig nahm sie ihren Wischmopp. Sie musste sich erst darauf einstellen, ihn zu sehen.

»Das Erste, was ich an dir wiedererkenne, ist deine Schrift«, sagte ich zu Laura.

»Hm.« Sie malte weiter ihre mädchenhaften Buchstaben aus. Es war ein Erlebnisbericht für den Deutschunterricht. Sie waren auf Klassenfahrt in München gewesen und sollten nun ihre Eindrücke schildern. Unter dem Motto: *Was mich am meisten beeindruckt hat*, schrieb sie über ihren Besuch in der Alten Pinakothek. Sie hatte sich tatsächlich die großen, altfränkischen Meister, besonders Altdorfer, genau angesehen – und in manchen Teilen die Landschaften im Fränkischen wiedererkannt. War Laura im Geheimen etwa sehr intelligent?

Ich betrachtete sie, wie sie stirnrunzelnd dasaß und an ihrem Stift nagte. Sie tat, als konzentriere sie sich auf die Hausaufgaben. Auch sie musste offenbar Zeit schinden, um sich wieder an mich zu gewöhnen und die richtigen Worte zu finden.

Olaf kam rein, in einem Panzer aus Babyspeck, aber aufrecht, aus schwarzen, völlig autistischen Augen blickend. Er gab mir die Hand und öffnete weit den Mund, doch nichts kam heraus. Er schloss den Versuch, etwas zu sagen, umgehend ab und verließ das Wohnzimmer wieder. Es hieß, er sei bereits damals schon ein mathematisches Genie gewesen. Und er war ein schwerer Stotterer.

Woher hatten sie nur alle ihre Intelligenz? Vielleicht vom Vater, der auf kleinen Tabellen handwerkliche Berechnungen anstellte, die dann irgendwo auf einem Mauervorsprung an der Garage flatterten, Ziffern, die Statik und andere Details betreffend?

Laura war immer schon von einem gewissenhaften Ernst gewesen. Sie wollte den Dingen auf den Grund gehen, beharrlich und stur wie ihre Mutter. Dass sie ausgerechnet die Landschaftshintergründe auf den Gemälden von Altdorfer beeindruckten, beeindruckte wiederum mich.

»Wo hast du denn das alles gesehen?«, fragte ich.

»Das Schloss, das er darstellt, ist die Burgruine von Egloffstein«, erklärte sie. »Die kennst du doch, oder?«

Ich nickte.

»Wenn du unten im Dorf stehst, bei der alten Schreinerei, und hinaufblickst zur Burg, dann siehst du den gleichen Felsen wie auf dem Gemälde – und den gleichen Wasserfall«, sagte sie und sah mich durch ihre dicke Brille an. »Nur dass die Landschaft davor etwas lieblicher ist. Deswegen kommt man nicht sofort darauf.«

Ich nickte. Das saß. Das hatte ich nicht zu bieten, was Konversation anging.

»Guck ich mir das nächste Mal auch an«, sagte ich kleinlaut.

»Warst du denn schon mal in München?«

Ich verneinte.

»Wenn du willst, fahren wir einmal zusammen dorthin.« Sie sah mich an und musste ein wenig lächeln.

»Was ist denn?«, fragte ich.

»Ich hätte dich fast nicht wiederkannt, als du hereingekommen bist.«

Ich schämte mich plötzlich für meine weiche, teure Kleidung.

»Ich wohn jetzt in Nürnberg, bei den anderen Großeltern.« Entschuldigend blickte ich an mir herab.

»Hm«, machte sie. Es war ihr egal. Sie wandte sich wieder ihrem Hausaufsatz zu.

»Okay, ich bin jetzt so weit«, rief Frau Werner. Sie stellte das Putzzeug ab und kam näher. »Wascht euch die Hände und kämmt euch die Haare. Ich brauche noch eine Minute. Geht schon mal raus und macht einen kleinen Spaziergang.«

»Magst du mitkommen?«, fragte Laura. »Ich zeig dir den Garten.«

Wir gingen hinunter auf die kleine Wiese, wo wir immer gespielt hatten. Hier hatte sich kaum etwas verändert. Sogar der Waschzuber stand noch da. Ich blickte hinüber zum Badezimmerfenster und sah, wie Frau Werner sich schön machte wie in den alten Tagen, wenn am Wochenende ihr Mann nach Hause kam. Sie steckte immer noch ihr Haar hoch, damit ihre Wangenknochen besser zur Geltung kamen. Sie zog das Kleid an, das er am liebsten mochte – das hellblaue Kleid, das in einem Glockenrock auslief und knapp bis zu den Knien ging. Ich musste den Blick senken, als ich das sah. Ich wollte nicht mit feuchten Augen vor ihnen dastehen wie ein Depp.

Nichts sollte sich ändern – nichts das Gleichmaß des Glücks

erschüttern dürfen. Es war nicht rechtens. Denn wir hatten damals doch über all die Jahre in dem Glauben gelebt, dass alles so bleibt, wie es war. Nichts sollte sich von jetzt an mehr ändern, dachte ich mit zusammengebissenen Zähnen. Ich werde mit ihnen zusammenbleiben. Ich werde eines Tages Laura heiraten. Und ich werde, wenn ich alt bin, mit dem Rücken an der Mauer lehnen, die ich mit Herrn Werner vor vielen Jahren gebaut habe, seine Biermarke trinken und Reval ohne Filter rauchen. Die Biermarken dürfen sich nicht mehr ändern. Die Zigarettenmarken dürfen sich nicht mehr ändern. Und das ganze Gesocks, das ständig Veränderung will, wird die Müllkippe der Geschichte hinuntergespült, dachte ich im Auto auf dem Weg zum Krankenhaus. Ich hasste den Materialismus. Wahrscheinlich war Herr Werner nur daran erkrankt. Es musste einen Weg geben, ihn wieder zu heilen.

Plötzlich wusste ich, dass es mir in Nürnberg nicht mehr gefiel und eigentlich nie gefallen hatte. Ich wusste ziemlich sicher, dass Nürnberg der falsche Weg war, ein Umweg, eine Umleitung. Ich wollte niemals Rechtsanwalt werden. Ich wollte über eine steinige Piste in einem engen Auto zu Herrn Werner fahren, um ihm eine Packung Reval ohne Filter unterzujubeln, ohne dass es jemand merkte, das wollte ich, und dafür war Nürnberg der falsche Weg. Ich hatte, wie so oft, plötzlich keine Angst mehr, es mir zu verscherzen.

Auf einmal fühlte ich mich wieder völlig frei. Und wie damals, auf dem Weg zum Walberla, als wir Heino sangen und Frau Werner Löcher in die Sitze brannte, jubilierte mein Herz innerlich, trotz der Trauer.

Haltung bewahren, dachte ich, als ich das Krankenzimmer betrat. Das Erste, was ich an dem Mann erkannte, der da im Krankenbett lag – ein Skelett –, war das Lächeln, als er seine Frau sah. Den Rest erkannte ich nur bei näherem Hinsehen, die Durchsichtigkeit seiner Hand, die mächtig sich ausbreitende Stirn des Todes, die doppelt so groß über dem eingefallenen Gesicht thronte. Der Tod, der Meister, regierte und hielt seinen Stab bereits erhoben. Er stand in der Ecke, ganz souverän, während die Sonne hereinschien im Übergang vom Mittag zum Nachmittag. Herr Werner war ausgesöhnt mit seinem Tod.

Er hatte sich lange mit ihm besprochen, nach seinen Angriffen in der Nacht, hatte ihn am Tag in die Ecke zurückverwiesen und ihm ganz ruhig zu verstehen gegeben, dass er sich so stilvoll wie möglich von seiner geliebten Frau verabschieden wolle, die ihm zwei Kinder geschenkt und ihm alles im Leben bedeutet hatte. Der Tod, neugierig auf diese schöne Frau, die er jedes Mal wieder vergaß wie alles, was ihm noch nicht gehörte, fletschte die Zähne und ließ es gut sein.

»In der nächsten Nacht beiße ich dir dafür dann den Kopf ab«, sagte er nur.

Herr Werner ignorierte ihn vollständig. Er verließ das Bett und dirigierte seine Beine Schritt für Schritt zum Waschbecken, um die Morgentoilette zu absolvieren. Weil dies viel Kraft kostete, ließ er sich unendlich viel Zeit. Beim Anziehen half ihm ein Pfleger. Eine weibliche Hilfskraft bei dieser Arbeit wollte er nicht.

Wenn er schön genug war für seine Frau, in hellem, gestärktem Hemd und Hosen, die er jedes Mal reinigen ließ, legte er sich flach hin und blickte hinaus zum oberen Teil des Fensters, wo ihn um diese Zeit meist ein blauer Himmel erwartete.

Erst kurz bevor seine Frau kam, wurde er im Bett aufgerichtet. Wenn sie das Zimmer betrat, erwartete er sie, wie aus dem Ei gepellt. Nie vergaß er, sich mit Nivea einzucremen. Den Geruch hatte sie an ihm von Anfang an so sehr gemocht, dass sie ihn deswegen geheiratet hatte, wie er zu bemerken pflegte.

»Und du hältst gefälligst deinen Mund und wartest«, flüsterte er dem Tod zu, denn er hatte kaum noch Stimme.

Als sie hereinkam, lächelte er besänftigt. Sie ging als Erste zu ihm, als wäre niemand anderes da. Wir warteten und sahen zu, wie sie Händchen hielten, wie sie sich ansahen und an die Ungeduld dachten, die sie damals geteilt hatten, als sie ihm entgegenrannte wie ein junges Fohlen und mit den Waden an die Oberschenkel schlug, weil sie unbedingt und sofort mit ihm ins Bett wollte.

»Mein Mann war ganz trocken. Viele Lungenkranke schwitzen ja so«, pflegte sie später voller Stolz von ihm zu sagen. Und es stimmte. Der Abdruck der einst so starken Hände blieb trocken und warm. Sie hielt ihn sanft am Nacken, und ihre Fingernägel glitten, wie damals, als er in der Blechwanne saß, selbstvergessen über seine Haut. Nur schnurrte sie nicht mehr, sondern ein Schluchzen erschütterte ihren Brustkorb. Während sie zwanghaft zum Fenster hinaussah, explodierte es immer wieder im Raum.

»Nicht weinen, Liebste, nicht weinen. Gib mir lieber mal eine Zigarette«, sagte er und lächelte mich an. »Komm her.« Er winkte mich heran, um von der Situation abzulenken. »Schön, dass du wieder da bist.«

Er sagte »wieder da bist« – und nicht »mal wieder da bist«. Das hatte einen ganz anderen Klang, eine ganz andere Bedeutung. Wollte er mir signalisieren, dass ich dableiben solle und an seiner Statt auf alles aufpassen?

Ich nickte, diensteifrig und ernst. »Ja, ich bin wieder da«, sagte ich und nahm seine Hand.

Er tätschelte sie mit seiner Linken. Ich sollte es gut sein lassen und mir keine Gedanken machen. Herr Werner war so cool. Er war der coolste Mensch, den ich bis dato kennengelernt hatte. Aber es war auch klar, dass er die Kurve nicht mehr kriegen würde. Also sollten alle ein bisschen Humor aufbringen, um ihm die letzten Momente nicht zu erschweren.

Das war leicht gesagt. Frau Werner war irgendwie außer sich. Sie kam mit der Situation nur am Anfang klar, dann flippte sie aus, weinte und weinte, sprang manchmal auf, um ans Fenster zu gehen, um sich gleich darauf wieder an seinem Bett niederzulassen.

Ich hatte das Gefühl, dass auch ihre Seele, wie ein verirrter Vogel, im Raum herumflatterte, um seine zu suchen und sich mit ihm zu vereinen. Dabei flog sie gegen die Wand und prallte gegen die Scheiben. So kam es mir vor.

Später schickte sie uns nach draußen, und wir mussten warten, bis sie uns wieder hereinließ. »Kommt, verabschiedet euch für heute von eurem Vater«, sagte sie.

Wir gingen hinein. Es war nicht viel geschehen, außer dass Herr Werner seiner Frau tatsächlich eine Zigarette abgerungen hatte.

Er rauchte zufrieden. Durch das Fenster drang von weit weg ein alter Sommerhit, den wir früher ständig im Radio gehört hatten: *Wenn ich ein Junge wär*, von Rita Pavone, dem Mädchen aus der italienischen Vorstadt, das eine Überdosis Romantik versprühte.

Frau Werner fing sofort wieder hemmungslos an zu weinen. Er strich ihr über den Nacken, während sie ihren Kopf an seiner eingefallenen Brust barg.

»Bringt mir doch, wenn ihr das nächste Mal kommt, mein altes Radio mit«, sagte er an unsere Adresse.

»Klar, machen wir, Papa«, antwortete Laura tapfer.

Frau Werner versuchte ihr Schluchzen abzuschütteln. Sie brauchte mehrere vehemente Kopfbewegungen dazu: »So, jetzt ist es gut. Jetzt ist es auch gut.« Heftig wischte sie sich die immer neue Tränenflut weg.

Herr Werner gab ihr seine Reval ohne Filter, wie man einem Baby, um es zu beruhigen, seinen Schnuller gibt. Es half. Darüber musste er lächeln. Wir sahen zu, wie seine Zigarette langsam niederbrannte. In diesem Moment ging unsere Kindheit zu Ende.

21.

Noch am gleichen Tag zog ich aus dem Haus der Großeltern aus. Mein Großvater war nicht das Problem. Er duldete mich. Ich konnte kommen, wann ich wollte, wenn ich ihn nur nicht behelligte. Mir ging diese Familie da unten tierisch auf den Keks. Ich war damals ziemlich orthodox, was meinen Hass anging. Dass mein mickriger Onkel es gewagt hatte, mich zu schlagen, würde ich ihm bitter heimzahlen. Er war ein kleiner Narr, ein Grobmotoriker, der sich an Kindern vergriff. Niemals würde er mir das Wasser reichen können. Eines Tages würde ich groß und berühmt sein – und sie längst in ihrer Bedeutungslosigkeit verschwunden.

Ich verabschiedete mich von meiner Großmutter, nahm meine Sachen und ging hinüber in das Haus von Laura. Wir verbrachten den ganzen Rest des Abends in der Sitzecke und brüteten über Dürer und Altdorfer. Laura klammerte sich mit einer Beharrlichkeit daran fest, die beängstigend war. Die Angst vor dem Tod des Vaters hatte alle fest im Griff. Am nächsten Morgen brach ich mit ihr auf. Ich trug meinen teuren Reiseanzug und das weiße Hemd mit Einstecktuch. Sie sah mich seltsam an, doch ich wusste genau, was ich vorhatte.

»Zieh dir das Schönste an, was du hast«, sagte ich – und da sie mich ungläubig ansah, fügte ich noch hinzu: »Ich bin nicht mehr lange da, komm.«

Das saß. Ich merkte es an ihren Augen. Allmählich begann sie sich nämlich wieder an mich zu gewöhnen – was für sie andere Auswirkungen hatte als für mich. Ich konnte sehr schnell vergessen. Ich musste das bereits in frühen Jahren lernen. Perioden der Angst und des Verlassenseins hatte ich schon durchstreift. Sie war in ihrer Sympathie resistenter. Sie vergaß nicht so schnell. Ganz im Gegenteil.

Sie zog sich ein helles Kleid an, mit gebauschten Ärmeln, das federleicht war und durch das man die Unterwäsche sah. Eigentlich gehörte eine Schürze darüber, aber die vergaß sie in der Eile.

Ich führte sie hinaus in die alte Landschaft, hinter die Zeile der neugebauten Häuser, dort, wo damals die Bauwagen der Italiener gestanden hatten, die abwärts driftende Welle großer Wiesen hinunter zum Waldrand – wo die Brennnesselfelder waren. Ich dachte zu spät daran, dass sie nackte Beine hatte. Es konnte eine Tortur für sie werden und die ganze Sache verderben.

Oben, auf der Anhöhe von Stein, auf der Schwelle der Landschaft, wo das Juragestein unterhalb des Lehms das Hochwasser staute, das in den Herbst- und Winterregen die rote Erde »aufschwitzen« ließ, wie die Bauern das nannten, zog ich meine Hose aus, mein weißes Hemd flatterte im Wind: »Zieh sie an«, rief ich.

»Warum?«, fragte sie voller Ungeduld.

»Wegen der Beine.« Ich zeigte auf ihre Knie. »Komm, wir haben keine Zeit zu verlieren.«

Sie zog meine Hose unter ihr Kleid und band sie, da sie zu weit war, mit ihrem schmalen Gürtel oberhalb der Hüfte fest. Dann liefen wir los, in das wogende, wellenschlagende hohe Gras hinein, das uns treiben ließ im Kielwasser seiner Halme, bis hinunter ins Dickicht der Brennnesselfelder.

Ich feuerte sie an zu schnellem Lauf und schob ihr Kleid vor mir her, das sich weiß bauschte. Ich lief mit ihr den kühlen Hang hinunter zu den verkrüppelten Weiden. Sie sah mich an, ich lief voraus, sie lief mir nach. Ich rannte nun und spürte wieder die geballte Kraft der Bodenwellen und Wurzeln unter meinen Füßen: Zwei wilde Kinder, leichtfüßig sie und pfeilschnell ich, und ehe sie sich versah, machte ich einen jähen Sprung und stürzte mich hinein in die morastigen Fluten des Waldsees, den ich ihr einmal nur gezeigt hatte. Ich roch den warmen Grund, in dem meine Füße versanken. Ich drehte mich und tauchte meinen Kopf hinein. Ich wälzte mich, bis ich über und über mit Schlamm bedeckt war. Mein Kopf war schwarz, meine Augäpfel weiß, ich war nun getarnt wie die Frösche. Ich winkte ihr, hereinzukommen. Sie sah mich an. Ich weiß nicht, was damals in ihrem Kopf vorging – und ob sie wirklich begriff, was ich von ihr wollte. Doch zunächst, ihre kleinen, weißen Schuhe abstreifend, dann meine Hose, ging sie tatsächlich vorsichtig hinein, erst mit einem Fuß, dann mit dem anderen. Schließlich gelangte sie in das knietiefe Moor, und ihr Rock lag wie eine weiße Glocke gebauscht über dem Wasser. Sie setzte Schritt vor Schritt und versank immer tiefer.

»Du musst jetzt schwimmen«, rief ich. »Breite die Arme aus. Mach's so wie ich.«

Sie bekam ein wenig Angst, weil das Moor sie hinabzuziehen drohte, sah sich nach allen Seiten um, hörte die Vielzahl der Stimmen im Wald, die sie von ehedem abgehalten hatten, hierherzukommen, weil es ihr unheimlich vorkam. Immer war ich allein zum Waldsee gegangen.

»Komm, ich helfe dir.« Ich streckte meine Hand nach ihr aus und zog sie ein wenig hinein. »So, und jetzt schwimm«, sagte ich.

Sie gehorchte mir brav, paddelte eine Weile im Wasser und war völlig hilflos dabei. Ab und zu sah sie mich an, um herauszufinden, was ich wohl wollte.

»Und jetzt setz dich hier ans Ufer.«

Wieder gehorchte sie still und sah mich an in ihrem weißen Kleid. Ich nahm nun Handvoll für Handvoll von dem kostbaren, schwarzen Schlick und beschmierte sie von oben bis unten.

Zum Schluss kamen ihr Gesicht und ihre Haare dran. »Jetzt siehst du aus wie ich«, sagte ich und setzte mich zu ihr.

Sie war es zufrieden und schwieg. Der Himmel verdunkelte sich. Ein kurzer Schauer, ein Platzregen, ging herunter.

»Beug deinen Kopf«, sagte ich. »Sonst wäscht der Regen dein Gesicht rein, und wir müssen es noch einmal machen.«

Sie senkte den Kopf, und so warteten wir, Hand in Hand, bis der Platzregen vorbei war.

Ich verteilte erneut Matsch auf unsere Kleidung.

»Ich habe das alles nur für deinen Vater getan«, sagte ich. »Jetzt gehören wir wirklich zusammen.«

Beeindruckt vom Sinn dieses Rituals, den sie nun auch begriffen hatte, erhob sie sich und stand eine Weile allein, eine kleine, weiße Gestalt, mit ausgestreckten Armen, wie eine Ballett-Tänzerin.

Sie ging ein paar Meter am Uferrand entlang, noch immer barfuß, und versuchte, auf einen der abgeschnittenen, vom Regen glitschigen Baumstämme zu kommen. Schließlich schaffte sie es, einen gewissen Halt zu finden. Ich war ihr gefolgt und stand im Abstand weniger Meter von ihr entfernt. Ein innerer Mechanismus setzte sich nun bei ihr in Gang.

Die Fußsohlen streichelten, einmal die eine, dann die andere, das glitschige Holz des Baumstumpfs. In immer schnellerer Folge bewegte sie die Füße, wie bei einem Tanz. Gleichzeitig schwenkte sie die Arme, um das Gleichgewicht zu halten. Sie bewegte sich immer schneller. Ihr schwarzes, maskenhaftes Gesicht starrte mich unentwegt an, als sei ich der Fixpunkt, an dem sie ihr Gleichgewicht hielt. Es gelang ihr, und ich strahlte sie an. Je sicherer sie wurde, desto größer mein Strahlen. In einem unentwegten Rhythmus der Wut und der Verzweiflung, der eine ungeheure Grazie besaß, stampfte sie auf den Baumstumpf ein. Sie war vollkommen sicher.

Sie tanzte und tanzte. Wäre sie nur ein wenig älter gewesen – es fehlte nicht viel –, so wäre es ein Fruchtbarkeitstanz gewesen. Sie verhehlte ihren Schmerz nun nicht mehr. Dicke Tränen quollen aus ihren Augen und fielen auf das regennasse Laub. Der Himmel riss auf. Und ein großes Konzert der Frösche hub an, als ein Sonnenstrahl hervortrat. Sie sangen: »We all want you. We all want you.«

Der Gesang der Frösche glich dem des eifersüchtigen Alerich aus der Sage, der die Rheintöchter so sehr begehrte und niemals bekam. Es war eine Symphonie der Geilheit der Frösche, die sie zu Ehren meiner heiligen Jungfrau Laura anstimmten, um sie bei ihrem Tanz zu begleiten. Vor Glück fing ich an zu lachen, bis auch mir die Tränen kamen.

Irgendwann verlor sich der Zauber, sie konnte offensichtlich nicht mehr, stieg ab und ließ sich sofort ins Gras fallen, wo sie erschöpft liegen blieb und einschlief. Erst, als es dunkel zu werden begann, verließen wir den Wald und gingen zurück.

Dabei redeten wir kein Wort. Als wir das Haus erreichten, zog ich mich aus und stopfte meine schmutzigen Klamotten in eine Mülltonne. Sie tat das Gleiche. Wir wuschen uns unter der Wasserleitung, da, wo wir uns immer schon gewaschen hatten, indem wir den Schlauch entfernten, unsere Köpfe unter den Wasserhahn hielten und uns gegenseitig mit Händen voll Wasser abwuschen. Wir waren damals elf oder zwölf und beide noch vollkommene Kinder.

Frau Werner schüttelte den Kopf. Sie wusste genau, wer die Sache angestiftet hatte, aber nicht, was in ihrer Tochter steckte. Für sie war sie nur ein schüchternes, verstocktes kleines Mädchen mit Brille.

Immer wieder musste ich später an den stampfenden Rhythmus ihrer nackten Füße auf dem glitschigen Baumstumpf denken. Es war der schönste Tanz, den ich jemals zu sehen bekam. Was für ein Trotz steckte dahinter. Es war derselbe Trotz, den ich einige Jahre später wieder spürte, als ich zum ersten Mal mit ihr schlief und sie sich gegen die Leidenschaft stemmte, die ich in ihr wachrief – und gegen mich, den Verursacher, den sie versuchte, von sich zu pressen mit der ganzen Kraft ihrer zähen Arme.

Am frühen Morgen brach ich auf und fuhr zurück. Ich wollte Herrn Werner nicht sterben sehen. Ein paar Mal bäumte er sich in der Nacht wohl noch gegen seinen unheimlichen Widersacher auf, dann konnte er nicht mehr. Er starb, angeschlossen an irgendein Gerät, im Krankenhaus, zwischen Nachtlicht und den Verkabelungen der Apparate.

Frau Werner wurde über Nacht weißhaarig. Sie erkrankte und verlor ihre Lebenskräfte während eines einzigen Sommers. Laura half ihr in dieser Zeit sehr, kümmerte sich um ihren Bruder, versorgte den Haushalt. Ab und zu schrieben wir uns. Den Vorfall im Wald erwähnten wir allerdings nie.

Viel später erst, als ich längst erwachsen war, fiel mir die besondere Qualität der Bilder von Altdorfer auf. Die Gesichter seiner Apostel und Heiligen waren wesentlich charakteristischer für diese Landschaft als bei Dürer und Cranach d. Ä., die versuchten, möglichst »mediterran« zu wirken, was das Licht betraf und die Figuren zu »glätten«. Altdorfer war ein »heiliger« Maler, unbestochen von den Diözesen der Kirche. Seine Gesichter standen gestochen scharf in dem eiskalten, klaren Licht Frankens. Es war nichts Liebliches an ihnen. Sie waren das Urgestein der Landschaft, gemeißelt aus Schläue, Verschlagenheit und äußerster Robustheit. Sie waren schonungslos echt. Man konnte sie förmlich reden hören, diese Galgenvögel, ihre dreckigen Witze, die Gotteslästereien in breitem Fränkisch, wenn sie mit ihren zu höhnischen Grimassen verzerrten Gesichtern am Fuße der Kreuzigung standen und heimtückisch hochschielten zu ihrem gemordeten Herrn. Man sah und wusste sofort, wo man war. Diese Tatsache, die zu erkennen man nicht umhinkonnte, wenn man aus der Gegend stammte, hatte Laura bestimmt veranlasst, die Gemälde Altdorfers genauer zu untersuchen. Deshalb hatte sie auch herausgefunden, wo er seine Staffelei aufgestellt hatte.

22.

Da ich nie spontan war, musste ich mich lange auf eine Person einstellen, musste mich entscheiden, ob ich sie mochte oder nicht. Wenn ich mich dann entschlossen hatte, sie zu mögen, adjustierte ich mein Verhalten dieser Person gegenüber. Ich stellte mich auf sie ein. Es konnte daher geschehen, dass mir Personen über viele Jahre gleichgültig waren und dass ich sie einfach vergaß. Irgendwann jedoch konnten sie in irgendeinem Zusammenhang für mich wieder interessant werden. Im Fall von Laura war dieser Zusammenhang Liebe.

Im Fall anderer Personen war es ihre Brauchbarkeit unter gewissen Umständen.

Meine Großmutter Elli brauchte ich später auf meiner Seite, weil ich an den Wochenenden, in denen ich im Internat war, die Zustände im Hause Ode nicht mehr ertragen konnte und deshalb auf Stein auswich, das obendrein in der Nähe des Internats lag. Es war nur etwa zwanzig Kilometer entfernt. Einige Externe, unter anderem Laura, gingen dort in die Schule, als sie aufs Gymnasium kamen.

So entstanden alte Zusammenhänge wieder neu. Ich nahm mir vor, Elli zu verzeihen, dass sie mich damals im Stich gelassen hatte. Als ich zum Haus hinaufkam und sie an der Tür stehen sah und bemerkte, wie sehr sie sich freute, gelang es mir gleich. Sie war mir sofort wieder vertraut, und sie nahm mich seither immer in Schutz. Es lag vielleicht auch daran, dass ich langsam älter wurde und sie mit Erwachsenen mehr anfangen konnte. Außerdem wurde ich ihrem Sohn, meinem Vater, immer ähnlicher – und nahm seine Stelle als Nachfolger ein.

Da ich schrieb und las, wie er es damals getan hatte, tauschten wir uns bald aus über Bücher, die wir gelesen hatten. Ich dozierte, sie hörte zu. Ich war bereits eine Autorität, trotz meiner langen Haare, meines Parkas und meiner marokkanischen Lammfellweste, die immer ein bisschen nach Lamascheiße stank, der hautengen Jeans, in der ich mich wiegte, trotz der Herrenhandtasche, die ich gelegentlich trug, trotz des Kassettenrekorders, den ich immer im Arm hielt, um zu *Electric Ladyland* stundenlang Luftgitarre zu spielen oder mich zu Steppenwolf lasziv in den Hüften zu wiegen oder zu *Thick as a Brick* bizarren Verrenkungen hinzugeben, trotz meiner prallen Eier, die ich über Jahre zur Schau trug und meiner vielen Ticks, angefangen bei der Angst, meinem Nasenrücken könne etwas zustoßen, trotz der Tatsache, sechs Mal am Tag onanieren zu müssen, trotz der Tatsache, dass ich in dieser Zeit extrem unangenehm werden konnte, wenn man mich vom Wichsen abhielt.

Als ich dreizehn war, sprayte ich riesengroß *Free Angela Davis* an die Wohnzimmerwand meiner Großeltern in Nürnberg. Ich tat es direkt vor den Augen meines Großvaters, der im Sessel saß und seine FAZ las. Er kapierte erst nicht recht, was ich da machte. Er konnte es überhaupt nicht fassen. Endlich begriff er, dass ich eine »kommunistische Hetzparole« an die Wand seines Wohnzimmers gesprayt hatte. Er sprang leise auf, um mich zu überrumpeln, ließ einen Stuhl im Esszimmer auf den Boden krachen, drehte das abgesplitterte Stuhlbein heraus und ging auf mich los. Ich schlug einen Haken. Der erste Hieb ging knapp an der Schulter vorbei. Voll brachialer Wut schlug er mit diesem Knüppel nach mir, war aber zu blöd, mich zu treffen.

Meine Großmutter schrie auf: »Du bringst ihn ja um!«, und rannte uns nach.

Der letzte Schlag prallte gegen die Tür meines Zimmers, die ich ihm vor der Nase zuknallte. Er tobte. Zum ersten Mal schrie er meine Großmutter an. Er drohte damit, alles stehen und liegen zu lassen und selbst zu gehen, wenn ich nicht ging. Ich hörte ihn wutentbrannt die Treppe herunterpoltern. Um die Eskalation perfekt zu machen, stellte ich laut Jimi Hendrix an und schrie aus dem Fenster hinaus: »Free Angela Davis! Free Angela Davis!«

Ich schrie es zu den Chefärzten hinüber, zu dem Uhrenfabrikanten Pohl und zu ihm, der daraufhin noch einmal mit seinem Knüppel in den Garten hinaussprang und wild damit in der Luft herumfuchtelte. Er warf sich gegen die Tür, bis sie splitterte. Ich flüchtete auf das Dach hinauf. Die Nachbarn drohten mit der Polizei. Meine Großmutter rief mich zur Vernunft.

Mein Großvater war verschwunden. Er hatte sich ins Auto gesetzt und war davongefahren.

»Das ist ein Skandal, ein Skandal«, hatte er noch gemurmelt.

Ich stieg vom Dach ins Zimmer zurück. Meine Großmutter erwartete mich schon. Mit einem gewissen Ernst sagte sie: »So geht es nicht, Robert.«

Ich nickte. »Ja klar.«

»Du hast den Bogen überspannt«, sagte sie.

»Aber du bist doch jetzt auch links«, erwiderte ich.

»Ach Quatsch«, sagte sie, »ich hab dir einfach alles durchgehen lassen.«

»Komm, lass uns Musik hören«, sagte ich, denn das hatten wir in letzter Zeit öfter getan. Ich hatte ihr Platten von Creedence Clearwater Revival und von Jimi Hendrix vorgespielt. Außerdem mochte sie *Heart of Gold*. Aber damit konnte ich sie heute nicht locken. Es war ihr ernst.

»Ich befürchte, du kannst nicht länger hierbleiben«, sagte sie, »dein Großvater will dich hier nicht mehr sehen.«

Wir schwiegen beide einen Moment.

Sie waren in dieser Zeit sowieso schon mit ihren Nerven am Ende. Zwei Wochen war es erst her, dass Erika der Magen ausgepumpt werden musste. Sie hatte Tablettenröhrchen vor die Tür gelegt und abgesperrt. Die Großeltern mussten – auch darin hatten sie eigentlich bereits Übung – die Tür einrammen. Die Rettungssanitäter trugen den schlaffen, leblosen Körper hinunter in den Flur und pumpten ihn leer. Oben am Bett fand man eine halbleere Wodkaflasche. Erika war damals dreiundzwanzig. Sie hatte weder an den Studentenunruhen teilgenommen noch an sonstigen politischen Strömungen. Sie war auf eine merkwürdig morbide Art immer mehr in dem Haus versumpft.

»Wollen wir abhauen?«, fragte ich meine Großmutter. Mir schien, als sei jetzt der rechte Zeitpunkt gekommen. »Immer zusammenhalten? Wie Pech und Schwefel?«

Sie schüttelte traurig den Kopf und dachte nach.

»Wir müssen ein Internat für dich suchen«, sagte sie schließlich.

»Okay.«

»Ich sorge dafür, dass du in ein Internat in der Nähe kommst. Dann kannst du irgendwann auch wieder hierherkommen, jedenfalls am Wochenende.«

Ich nickte bedächtig. Vielleicht könnte wenigstens ich ein bisschen teilhaben an der allgemeinen politischen Bewegung, an den Lebensströmungen, die außerhalb dieses öden Viertels stattfanden.

Meine Großmutter tat mir leid. Ich hätte mich besser benehmen sollen, allein ihretwegen.

Jetzt waren alle ihre Hoffnungen geplatzt.

23.

Es hatte früher auch glückliche Momente im Hause Ode gegeben. Zum Beispiel, wenn im Frühjahr in den späten sechziger Jahren der Pool eingelassen wurde. Die Offenbarung dabei war Erika, die aus der Schule kam, sich, statt Hausaufgaben zu machen, einen Bikini anzog und irgendwann darin auf der Terrasse erschien. Es geschah meist, wenn am Abend irgendeine Veranstaltung war, zu der sie abgeholt wurde – und bis zum Abend brauchte sie diese Zeit ausschließlich für sich, erst zum Sonnenbaden und dann zum Schminken.

Als sie achtzehn wurde, ging sie mehr denn je aus. Sie hatte viele Verehrer unterschiedlichster Couleur. Fast an jedem Abend kam ein anderer. Meist war Erika zu dieser Zeit in irgendjemanden unglücklich verliebt oder bildete sich das ein. Es waren überwiegend Lebemänner, die, älter als sie, ihr junges Fleisch zwar schätzten, sich aber nicht auf komplizierte Erwartungen, schon gar nicht von Seiten ihrer Eltern, einlassen wollten und sie irgendwann absichtlich schlecht behandelten, um sie loszuwerden, oder einfach sitzenließen, wie sie es mit allen anderen auch taten.

Das hielt Erika nicht davon ab auszugehen. Im Gegenteil, sie benutzte die jüngeren Anwärter, meist angehende Ingenieure oder Juristen, die es ernst meinten und unglücklich in sie verliebt waren, als Vehikel, um dann später am Abend, auf der gleichen Veranstaltung, den älteren Lebemann wiedertreffen zu können, in den sie gerade verliebt war. In diesem Fall musste unter den vielen Anrufern ausgewählt werden, auf wen am Abend das Los fallen würde. Erkoren wurde derjenige, der das meiste Potential besaß, den Abtrünnigen eifersüchtig zu machen. Die Mutter übernahm gelegentlich die Vorauswahl, in Phasen, in denen die beiden keinen Streit hatten. Sie musste sich Ausreden einfallen lassen, um die anderen »abzublocken«, denn sie konnte im Gegensatz zu Erika sehr gut lügen.

Wenn Mechthild und Erika sich gut verstanden, dann hatte Erika freie Bahn. Sie konnte den ganzen Nachmittag und Abend im Bad ihrer Mutter verbringen oder vor den verschiedenen Spiegeln flanieren und sich Kleider vor den halbnackten Körper halten, um zu sehen, welches ihr am besten stand. Es ging ihr im Grunde nur darum, einen gewissen Tafel eifersüchtig zu machen. Darum kreisten die scherzhaften Bemerkungen am Nachmittag. »Erika ist tafelfertig«, war zu dieser Zeit ein geflügelter Spruch, über den wir alle lachten. Tafel war also der Verführer, in den Erika so unglücklich verliebt war, ein Mann um die fünfunddreißig, wie aus dem Bilderbuch ausgeschnitten.

Erika konnte, wenn sie aus der Schule kam und ihrer Mutter bei der Vorbereitung des Mittagessens assistierte, stundenlang mit einem Schmollmund darüber räsonieren, wie dieser böse, böse Tafel die Unverschämtheit hatte besitzen können, sie, die schöne Erika, »einfach sitzenzulassen« – und mit ihrer Mutter Rückeroberungspläne schmieden. Sie war zuversichtlich, dass es ihr mit einem bestimmten Auftritt, mit einer bestimmten Frisur und einem »vorteilhaften« Kleid, den richtigen Verehrer im Schlepptau, gelingen konnte, ihn zurückzukriegen – und diese Zuversicht und der manchmal etwas penetrante Siegeswille in dieser Sache gaben ihr in meinen Augen eine besondere Anziehung, die ich ihr allerdings nur widerwillig zubilligte, weil ich es allzu banal von ihr fand, sich stundenlang mit diesen Dingen aufzuhalten. Aber genau das war es, was mich an ihr anzog und mich sie bald wie ein Objekt begehren ließ. Es war diese eigennützige, kaltblütige Strategie, mit der sie sich bei Tafel ihre Geltung zurückerobern wollte, die die Nachmittage in einen Feldzug für Schönheit und erotische Anziehung verwandelte. In gewisser Weise verachtete ich Erika dafür, dass sie allem und jedem in dieser Zeit vollkommen gleichgültig gegenüberstand, was nicht mit der kosmetischen Vervollkommnung der eigenen Schönheit zu tun hatte. Dennoch zog mich, auch wenn ich es ablehnte, gerade ihre grenzenlose Selbstverliebtheit an, die viel größer war als ihre eigentliche Schönheit und diese bei weitem überstrahlte. Auch ihre Bequemlichkeit und ihr Hedonismus im Vorfeld ihrer Schminkarien, die sehr anstrengend waren, faszinierten mich.

Es schien, als müsse sie ihren Körper in der Sonne auftanken und ihren Willen zu völliger Erschlaffung bringen, um sich der Konzentration stellen zu können, die ihr später, vor dem Vergrößerungsspiegel, abverlangt wurde. Die Bequemlichkeit äußerte sich in einer sehr lässigen, fast schlampigen Art des Gehens in einem Bikini – oder manchmal sogar in Unterwäsche, die sie in der Schule schon getragen hatte und die am Bund etwas ausgeleiert war, deshalb auch ein wenig hinunterhing und nicht mehr ganz so knapp saß.

Diese Schlampigkeit löste ein besonderes, erotisches Gefühl bei mir aus, und ich hoffte immer, wenn ich schon auf meiner Decke im Garten lag und so tat, als würde ich Hausaufgaben machen, dass sie in dieser cremefarbenen oder weißen Unterwäsche kam und nicht im Bikini. Die Bequemlichkeit, die Erschlaffung und Abspannung des Willens äußerten sich auch in den Zigaretten, die sie rauchte, und in dem beiläufigen Glas Sekt, das ihr manchmal von ihrer Mutter gebracht wurde, wenn sie sich gerade gut vertrugen, und darin, dass sie den Swimmingpool nur als große Badewanne benutzte, mithin nicht darin schwamm, sondern sich einfach nur ein bisschen im Wasser abkühlte und sich möglichst wenig dabei bewegte. In dieser Zeit wurde ich zu einem regelrechten Erotomanen.

Ich nahm alles, was an Erotik in der Luft lag, mit der Witterung eines Spürhundes auf. Und es lag nur Erotik in der Luft in dieser Zeit, als meine Tante achtzehn war.

Es konnte aber auch viel schiefgehen an solchen Nachmittagen – und das nahm meine Großmutter mit einem sibyllinischen Lächeln wahr. Sie spürte schon am Mittag, wenn sie in der Küche stand und kochte, jede Unsicherheit ihrer Tochter. Beide wussten sofort, ob und wann es Unstimmigkeiten gab. Und sie überlegten sich sehr genau, ob sie sie aufeinander übertragen oder einander schonen sollten. Es war eine sensible Sache, die sehr schnell schiefgehen konnte. Ein falscher Blick oder eine winzige, unwillige Reaktion genügte oft, die Stimme meiner Großmutter scharf werden zu lassen – es entstand eine höchst angespannte Atmosphäre, die man nicht mehr genießen konnte.

Ein innerer Masochismus stellte sich meiner geliebten Tante öfter in den Weg. Sie war launisch und konnte sich nicht zusammenreißen. Sie schwieg pikiert, wenn ihre Mutter sie bat, ihr von der Schule zu berichten. Schon war der Nachmittag gelaufen wegen einer jener Befindlichkeiten, die Mechthild so übelnahm. Und Erika hatte nichts unternommen, dem vorzubeugen, obwohl nur ein wenig Klugheit und Diplomatie dazu gehört hätten, die Stimmung zu retten.

Wenn es allerdings gut lief zwischen den beiden, delektierte sich Mechthild gern an Erikas Leidensgeschichte, ihrem Sitzengelassensein, und spann die alten Geschichten über die Unzuverlässigkeit der Männer. Sie partizipierte an den erotischen Abenteuern, ob gelungen oder nicht, amüsierte sich dabei und holte sich so, gleichsam als Parasit, ein bisschen von ihrer eigenen Weiblichkeit zurück, blühte ein wenig in der Küche auf, bekam rote Bäckchen, lachte viel und wusste am Abend alles über den Kandidaten, der Erika abholte.

Es gelang ihr auch manchmal – das merkte man daran, dass sie zu flüstern begannen und Mechthild wie ein Teenager laut auflachte –, in die tieferen, erotischen Geheimnisse einzudringen, die Erika mit Tafel erlebt hatte, der ein erfahrener, berüchtigter Frauenheld war.

Tafel kam wirklich aus den besten Kreisen und zeigte es. Er trug, das konnte ich sogar als Kind sehen, die mit Abstand teuersten Anzüge und stellte sie ganz lässig zur Schau.

Selbst mit Mechthild flirtete er wild. Einmal kam er mit einem neuen, offenen Porsche und setzte sie, die sich lachend wehrte, hinein. Er brauste mit ihr eine Weile durch die Gegend und brachte sie erst zurück, als Erika schon ziemlich beleidigt war und im Wohnzimmer wartete. Mechthild wehrte sich nach Kräften, aber sie konnte gegen die Entführung nichts ausrichten. Sie musste, ob sie wollte oder nicht, die ganze Zeit lachen und war völlig aus der Puste, als er mit einer Vollbremsung vor dem Haus hielt. Selbst den verärgerten Ausdruck von Martin überspielte er mühelos, indem er ihm kameradschaftlich auf die Schulter klopfte und ihm ins Ohr flüsterte: »Ich musste wirklich lange überlegen, ob ich Ihnen Ihre Gattin wieder zurückbringen soll, Herr Dr. Ode. Sie ist so wahnsinnig charmant. Ich beneide Sie, Sie alter Glückspilz«, wobei er in die Runde zwinkerte und einen lüsternen Seitenblick auf die beleidigte Erika warf, während Mechthild, mit roten Bäckchen, wie ein Teenager lachte.

»Ihre Frauen machen es einem wirklich nicht leicht, sich zu entscheiden.« Er tätschelte Martin generös am Arm. Und dieser, sich im Klaren über die unerreichbare gesellschaftliche Position Tafels, überließ dem eitlen Pfau schließlich, mundtot gemacht, seine Tochter.

Am selben Abend noch knutschte Tafel mit einer anderen herum, was in dieser Zeit durchaus nicht üblich war, und ersparte sich dadurch das öde Trennungsgedöns, das ihm so langweilig war. Er brachte Erika nicht mal nach Hause. Sie kam mit dem Taxi, war ziemlich blau und heulte den ganzen nächsten Tag durch. Ihre Empörung gegenüber diesem »Schwein«, diesem »gemeinen Schuft« (andere Worte fand sie in ihrer rührenden Unschuld damals noch nicht) konnte Mechthild verstehen. Sie erweckte den oberflächlichen Eindruck, sie sei als Mutter selbst empört über diesen »Schuft«. In Wirklichkeit war es Tafel gelungen, sie mit seiner großen Charmeoffensive auf seine Seite zu ziehen, wie alle anderen Mütter auch. Während sie versuchte, ihre Tochter mit den üblichen, leeren Floskeln zu trösten, musste sie an ihn und seine ungeheure Ausstrahlung denken und empfand ihre Tochter nur als eines von vielen dummen, willfährigen Opfern auf seinem Weg.

Sie, als reife Frau, hätte mit ihrem Humor und ihrem Wissen um die Männer eindeutig seinen Verführungskünsten standgehalten. Nie hätte sie sich in ihn verliebt. Sie fühlte sich ihrer Tochter haushoch überlegen.

Die unglücklichen Lückenbüßer, die Erika am Abend abholten und meist unverrichteter Dinge wieder nach Hause brachten, hießen Lubber, Bernie, Tommi oder Björni – sie hatten alle sofort diese Spitznamen weg, an denen man erkennen konnte, dass weder Mutter noch Tochter mehr in ihnen sahen als geschlechtslose Plasmahaufen.

Manche von ihnen hatten eine Zeitlang genug Humor, die Sache mitzumachen, irgendwann kam es jedoch immer zu Zerwürfnissen vor der nächtlichen Haustür, in denen sie um Küsse bettelten oder diese forderten, indem sie Erika aufzählten, wie oft sie sie jetzt schon ausgeführt hatten. Ich lauschte solchen Gesprächen gern bei angelehntem Fenster im Treppenhaus. Sie erregten mich ungemein. Wenn Erika dann nach oben kam zu nachtschlafender Zeit, rannte ich ihr manchmal mit Ungestüm entgegen und erpresste selbst Küsse von ihr. Manchmal übermannte ich sie auch, wenn sie schon im Schlafzimmer war und vor dem Spiegel saß, um sich abzuschminken.

Ich wartete, bis sie die – vor allem bei Bällen – schweren Kleider aufgehakt hatte, die wie in zwei Hälften links und rechts vom Stuhl von ihr abfielen, und in Unterwäsche dasaß. Dann kam ich hereingerannt und umarmte sie heftig. Mit einem erstaunten Ausdruck riss sie ihre geschminkten Augen auf und rief: »Aber Robert, du bist ja noch wach.«

»Ich bin aufgewacht, weil ich von dir einen Kuss will.«

»Aber du hast doch vorhin schon einen Kuss bekommen.«

»Aber das ist doch schon so lange her«, versuchte ich sie mit süßer Stimme zu überreden. Manchmal sah sie gedankenverloren in den Spiegel, während wir redeten, und vergaß mich völlig.

Wahrscheinlich ging ihr die Flut an Bildern noch einmal durch den Kopf, die am Abend an ihr vorbeigerauscht war.

Weil ich darauf sehr eifersüchtig war, wurde ich grob mit ihr. Es kam vor, dass ich sie von dem Hocker auf den Boden zog, mich auf sie wälzte und sie mit Küssen bedeckte. Manchmal war ihr Blick abwesend und gläsern dabei und sie ließ es sich einfach gefallen.

Jedes Mal, bevor sie wegging, musste sie mir einen Gutenachtkuss geben, wobei alle anderen hinausgeschickt wurden. Dieser Kuss fiel oft schon heftig aus, ich attackierte ihren Hals und ihren Nacken und wollte unbedingt Küsse auf den Mund.

Sie lachte, und es galt als Regel, dass Frauen, wenn man sie zum Lachen brachte, nachgiebiger wurden. Ich schaffte es durch die unverschämte Drängelei meiner Lippen an ihrem Hals und Mund tatsächlich, dass sie sich von mir küssen ließ. Dabei umschlang ich sie mit beiden Armen und zog sie zu mir herab. In diesen nächtlichen Begegnungen schien es ihr noch weniger riskant, mir nachzugeben, obwohl es eigentlich gefährlicher war, da sie bereits einen Schwips hatte und sich mehr gefallen ließ.

Ich flüsterte ihr schöne Dinge, wahre Liebesgeständnisse, ins Ohr – und wollte von ihr hören, wie viel toller und hübscher ich war als die klägliche Schar ihrer Verehrer. Dadurch, dass sie diese verachtete und ausnützte, wurden wir zu einer Art Komplizen. Ich wusste ja, dass sie ständig den einen gegen den anderen ausspielte, mal mit dem einen, mal mit dem anderen spazierenging, wusste, wie sie am Nachmittag noch abfällig mit ihrer Mutter über den einen oder anderen gesprochen hatte. Und da ich am Abend manchmal mit in der Runde saß und ein falsches Wort von meiner Seite an die Adresse des Anwärters sie desavouiert hätte, genoss ich eine gewisse Macht über sie.

Ich hielt streng Wache über ihre Haltung und ihren Gesichtsausdruck – und wenn sie mir zu eitel oder zu »kalt« und »starr« vorkam – wie es meine Großmutter oftmals monierte –, ließ ich gerne, um sie zur Räson zu bringen, kleine Sticheleien fallen, die einen versteckten Hinweis darauf gaben, dass sie den Beisitzer dieses Abends betrog.

Der Netteste aus dem Loserclub war »der Lubber«. Er wurde

immer nur »der Lubber« genannt. Er war ein bequemer, junger Mann, schon etwas aus dem Leim gegangen, aber mit einer Portion gutmütigem Humor (den er durchaus brauchte in seiner Situation), der es wirklich ernst mit ihr meinte. Mit grenzenloser Geduld ging er mit ihr spazieren. Oft nahmen sie mich mit als sogenannten Anstandswauwau, und ich fragte Lubber immer, wann er Erika endlich befruchten wolle, worauf sie rot wurde und mir einen Klaps gab. Erika langweilte sich mit Lubber auf eine angenehme Art. Er lud sie oft zum Essen ein, und sie ließen es sich gutgehen. Küsse bekam er allerdings nie von ihr, zumindest keine richtigen, sondern nur solche mit gespitzten Lippen, die sie überall bereitwillig verteilte. Lubber tat mir leid. Selbst ich bekam wesentlich bessere Küsse. Er war einfach nicht »Manns genug«, meine Tante zu erobern.

Bald hatte sie die Nase voll von der Zweisamkeit, und ein innerer Stachel trieb sie wieder auf die großen Feste, wo sie womöglich Tafel sehen konnte, den sie immer noch nicht vergessen hatte. (Tafel war nicht mehr lange in Deutschland. Als Rennwagen-Konstrukteur schillerte er auf den Gesellschaftsseiten der Gazetten und heiratete später eine Romanow, eine Urenkelin Katharinas der Großen – eine Tatsache, die Mechthild noch lange Zeit beschäftigte und von der sie immer wieder sprach.)

Nun brauchte Erika wieder die langen Nachmittage, die für mich solch ein Hochgenuss waren, um sich für ihren großen Auftritt vorzubereiten, und deren Höhepunkt darin bestand, die Treppe hinunterzukommen. Der jeweilige Verehrer wartete bereits unten und sprang, gefolgt von meinem Großvater, auf, um ins Treppenhaus zu eilen. Oft waren sie verblüfft über Erikas Verwandlung. Ungeschulten Verehrern in ihrem Alter konnte es passieren, dass ihnen der Mund vor Bewunderung halb offenstand und sie fast zu sabbern anfingen.

Sie trug gerne Glacéhandschuhe, die silbern glänzten und ihr bis zum Ellbogen gingen. Die schönen Schultern waren frei, das Dekolleté sichtbar über gestickten Perlen auf hellblauem, seidig schimmerndem Grund. Wenn sie die Treppe herabgeschwebt kam, sah sie aus wie eine perfekte Märchenprinzessin und verströmte genau diesen Zauber. Selbst der Dümmste wurde in den Bann der Elfen gezogen, aus deren Sphäre sie aufgestiegen war, vom Grunde des Schminkspiegels im Badezimmer.

Im Bewusstsein ihrer gefährdeten Perfektion war ihr Gesicht dabei fast zu einer Mumie erstarrt. Sie reichte die behandschuhte Hand, um sie sich küssen zu lassen. Sie sah jetzt wieder genauso aus wie auf den kleinen Skizzen und Zeichnungen, die sie in ihrer Kindheit von sich angefertigt hatte. Das Schminken war offenbar nur ein Vorwand, um in einem Reich verschwimmender Grenzen zu versinken, einem Reich endloser Leere und Tiefe, in dem sie sich allmählich verlor. Der Bann ließ erst wieder nach, wenn man im Wohnzimmer saß und sie mit geschlossenen, zur Seite geneigten Beinen im Ballkleid an einem Gläschen Champagner nippte, während die anderen sich an ihr sattsahen. Sie war ein ausgesprochen schönes Schmuckstück. Und ihre Mutter war sicher, dass sie die beste Partie machen würde.

Ich liebte die beiden Stunden zwischen zwei und vier, in denen sie sich im Bikini in den Garten bequemte. Sie nahm einen Liegestuhl, schob ihn auf den Rasen und drehte sich etwa im Zehnminutentakt vom Rücken auf den Bauch und zurück. Dabei hatte ich, im Gegensatz zu später, wo ich meist auf das Schlüsselloch angewiesen war, freie Sicht. Und die genoss ich sehr. Dabei achtete ich besonders auf die Details.

Am meisten hatten es mir die Grübchen unter ihren Achselhöhlen angetan. Je nachdem, ob sich ihr Arm hob oder senkte, bildeten sich entweder diese Grübchen oder der Blick auf ihre blonden Achselhaare wurde frei, die es mir genauso angetan hatten und die mit ihrem dunklen Saum gegen Mitte der Achsel einen tieferen Einblick in das zu geben schienen, was unentwegt durch ihr Bikinihöschen meinen Blicken verborgen blieb.

Auch ihre Kniekehlen hatten es mir angetan, vor allem, wenn sie auf dem Bauch lag und aus Langeweile mit den Waden pendelte. Ihr Bauchnabel, der in einer kleinen Ummantelung aus Babyspeck schmorte, war eindringlicher Beobachtung wert. Ich mochte vor allem die winzigen Dellen in ihrem Fettgewebe am

Oberschenkel, die abfällig »Orangenhaut« genannt wurden. Manchmal starrte ich so genau zwischen ihre Beine, dass sich die blonden Härchen links und rechts ihres Höschens zu kosmischer Größe aufblähten und es nichts mehr gab außer ihnen und jenem vagen, dunklen Zwischenraum unter dem Höschen. Sie war ein Faszinosum für mich, absolut einzigartig. Kaum je wieder habe ich so viel Zeit auf das Spannen verwendet wie damals. Es war reinster Luxus, diese Nachmittage zu erleben und sich auf ihrer trägen Woge treiben zu lassen.

Sie lag auch nach meinem Empfinden genau richtig lange in der Sonne. Ihr kleiner Speckbauch brutzelte und bekam eine bronzene Färbung. Jeden Tag wurde er ein wenig dunkler. Außerdem setzte sie sich Plastikschalen auf die Augen – und so konnte ich sie völlig ungestört beobachten, ohne dass sie etwas davon mitbekam. Nachdem sie sich auf Bauch und Rücken gedreht hatte, stand sie auf – beim Anwinkeln ihrer Beine sah man kurz wieder die kleinen Dellen im Oberschenkel – und stieg ein paar Stufen die Leiter ins Wasser herab. Dabei öffnete sie, wegen des Kälteschocks, kurz den Mund, um lautlos nach Luft zu schnappen, und blieb einen Moment bis zu den Schultern im Pool. Manchmal ließ sie sich durch das Wasser gleiten, und es kam mehr als einmal vor, dass ihre Mutter am Beckenrand erschien und bewundernd ausrief: »Was für eine Aphrodite du bist!«

Dann kletterte sie wieder heraus und ließ sich kurz abtropfen, um die Liege nicht so nass zu machen, wobei sie mich keines Blickes würdigte.

Ich tat ebenfalls, als beachtete ich sie nicht, sondern machte meine Hausaufgaben, aber jeder dieser Eindrücke, den ich in mich hineinsog, stachelte meine Ungeduld auf den abendlichen Kuss, der schon ein Ritual geworden war, immer weiter an.

Wenn sie nicht sofort kam, wenn ich im Bett lag, rief ich immer laut ihren Namen: »Erika! Erika! Wo bleibst du? Wo bleibst du?«, bis sie endlich kam und meine Großmutter amüsiert ausrief: »Er will einen Kuss.« Worauf sie sich dann schließlich erst ächzend und stöhnend, dann schließlich bereitwillig einließ.

Wenn alle aus dem Zimmer gegangen waren, zog ich sie zu mir herab und umschlang sie mit meinen Armen. Manchmal, um ihre Frisur durcheinanderzubringen, wälzte ich mich sogar auf sie. Sie kämpfte dann verstärkt gegen mich an. Ich trainierte zu dieser Zeit allerdings schon meinen Bizeps, und die Tatsache, dass ich sie oftmals bezwang, ließ sie für einen Moment den Kampfgeist aufgeben. Ihr Körper wurde einen Augenblick so nachgiebig, dass ich mich vollkommen an ihn anschmiegen konnte. Zu schnell war sie sich allerdings darüber bewusst, was wir da taten, und wollte sich losreißen. Ich hielt sie dann so fest, dass sie sich oft nicht anders zu helfen wusste, als um Hilfe zu schreien, bis ihre Mutter kam, die meist hinter der Tür lauerte und eine Theatervorstellung für sich daraus machte.

»Mama! Hilfe!«, schrie sie. »Er lässt mich nicht mehr los.«

Da ich mich schämte, wenn Mechthild hereinkam, ging ich dann schnell, erhitzt und erregt wie ich war, von ihr hinunter, und sie floh mit aufgelösten Klamotten und durcheinandergebrachten Haaren.

Nachts fragte ich sie, ob ich besser küssen könne als der Lubber, und als sie sich wand, zog ich sie damit auf, dass sie sich ja gar nicht habe vom Lubber küssen lassen und dass sie ihn weggeschickt habe wie alle anderen auch und dass sie immer noch in den Tafel verliebt sei – und lieber vorlieb mit mir nehmen solle als mit den anderen. Und dann küsste ich sie wieder gierig auf dem Boden ihres Zimmers, in den Rockschößen ihrer Ballkleider, die noch nach ihr dufteten, küsste gierig an ihr herunter und roch den vom Parfum getränkten, süßen Schweiß ihrer Haut, von dem ich wusste, dass er manchmal an heißen Nachmittagen in ihren Bauchnabel sickerte. Ich nutzte aus, dass sie nicht mehr ganz nüchtern war, und vergriff mich manchmal auf eine möglichst unauffällige Art an den falschen Stellen. Sie rebellierte dann und zog meine Hand weg, die gerade schon das Bändchen ihrer Unterhose unterschritten hatte oder sich auf ihre Brust schob. Ich merkte, dass sie schwerer atmete, schrieb es dem Kampf auf dem Boden zu, der Tatsache, dass ich mit ihr ein paar Mal über den Teppich gerollt war. Sie kämpfte sich los oder machte eine unwillige Bemerkung, die mir signalisierte, dass es jetzt ernst sei und ich sie endlich in Ruhe lassen solle.

Ich ließ sie schließlich los, wenn sie bereits mit den Tränen kämpfte, so sehr fühlte sie sich von mir drangsaliert, ließ sie los, damit sie sich aufrichten konnte und ich sie dann besser mit dem losgelösten BH in dieser lauernden Position sah, in der sie mich von unten herauf anschaute, mit einem trägen, etwas verschlagenen Blick.

Ich starrte zurück, und sie sagte: »Geh jetzt aus meinem Zimmer. Ich möchte mich gerne ausziehen.« Es war ein Satz, den sie nicht hätte sagen sollen, das wurde ihr im selben Moment bewusst, denn diese letzten Worten hallten in mir unvermindert nach und hielten mich wach in der Versuchung zu warten, bis sie ausgezogen war, und mir vorzustellen, wie das war, genau dann hinüberzugehen, wenn ihre Blöße nicht mehr bedeckt war, oder zu warten, bis sie einschlief, und genau das mit ihrem schlafenden Leib zu tun, was ich mir die ganze Zeit vorgestellt hatte, bevor sie nach Hause kam, obwohl ich gar nicht konkret wusste, was es war.

Diese für ihre Mutter oft unerträglich langen Nachmittage, die sie vor dem Vergrößerungsspiegel im Badezimmer verbrachte, um sich die Wimpern zu zupfen und die Lidstriche zu ziehen, um sich Pickel auszudrücken und sie dann mit Make-up so geschickt zu kaschieren, dass sie niemand mehr sah, wurden manchmal eine unerträgliche Zerreißprobe für die ganze Familie, die in einem »Skandal« enden konnten.

Erika hatte den Mut, ihrer Mutter mit einer kalten, stummen Verachtung im Blick im Treppenhaus zu begegnen, wenn sie von ihr aus dem Bad herauskomplimentiert wurde.

Es konnte aber auch gutgehen. Es war jedes Mal ein Vabanquespiel. Deshalb verhärtete sich Erikas Ausdruck auch immer, wenn sie konzentriert vor dem Spiegel saß und ihre Mutter begann, sie zu stören mit Ausrufen wie: »Glaubst du, du kannst dich den ganzen Tag da oben schminken? Hast du nichts Besseres zu tun? Komm, hilf mir mal in der Küche.«

Es war für sie selbst oft schon Qual genug: Bein Zupfen der Augenbrauen war höchste Konzentration geboten, weil man sich erst mal an den Vergrößerungsspiegel gewöhnen musste. Ähnlich verhielt es sich mit den Wimpern. Die Wimperntusche klumpte schnell und man musste ganz vorsichtig sein. Am schlimmsten aber waren die Lidstriche. Man sah das kleinste Zittern. Außerdem mussten sie auf beiden Seiten absolut symmetrisch sein.

Wenn nicht, musste man mühsam abschminken und wieder neu beginnen. Eine Sisyphusarbeit!

Von unten dröhnten bereits die Drohungen der Mutter durchs Haus, dass es dann eben heute überhaupt kein Abendessen gäbe und jeder schon sehen würde, wo er hinkäme mit dem ganzen Affentheater.

Aber schließlich war da noch die ungeliebte Mundpartie, und bevor diese nicht gemacht war, war alles egal. Meist tummelten sich um den Mund ein paar kleine, harmlose Mitesser.

Wenn sie sich daranmachte und ihre Mutter das zufällig sah, schrie sie oft auf: »Lass doch die Finger davon. Du machst alles nur noch viel schlimmer.«

Aber unbeirrbar in diesem Punkt, drückte Erika an ihnen herum, bis sie groß waren und sie total unglücklich machten. Mechthild konnte nur den Kopf schütteln.

Minutenlang hielt sie das Gesicht unter kaltes Wasser, aber es nützte gar nichts, die Pickel blieben groß und mit ihnen Erikas leise leidender, leise zerquälter Gesichtsausdruck.

Diesem ernüchternden Part, der ihr die ganze Freude nahm, setzte sie sich aufgrund eines unerklärlichen Masochismus immer wieder aus. Manchmal heulte sie auf und schmiss Dinge durchs Badezimmer. Es dauerte meist eine Weile, bis sie sich von ihrem Fehlschlag an der Mundpartie erholt hatte. Die Welt war viel kleiner und ihre Hoffnungen auf einen schönen Abend viel geringer geworden. Sie musste sich dann an ihrem Gesamteindruck wieder aufrichten, aber der Verdacht, dass sie möglichweise keine besonders schöne Mundpartie hatte und dass dagegen nichts zu machen war, blieb. Außerdem wirkte ihr Gesicht im normalen Spiegel klein und unbedeutend. Meist sperrte sie irgendwann die Tür auf und ich durfte hinein, um mir die Hände zu waschen. Manchmal beugte sie sich über das Waschbecken, und ich konnte ihre Brüste noch besser sehen. Wenn ich sie etwas fragte, war sie verdrießlich. Sie stampfte in ihr Zimmer, um sich anzuziehen. Sie war ganz mieser Laune. Mit einem lahmen Gesicht, das wie eingeschläfert wirkte, kam sie dann die Treppe herunter, um irgendeinem Verehrer, gleichgültig welchem, die Hand zu reichen.

Ich hatte Gelegenheit, genügend Eindrücke zu sammeln, die mich stimulierten. Wenn ich keine Einblicke hatte, weil ein Handtuch über der Türklinke hing, konnte ich an den Nachmittagen extrem unruhig werden, keine Sekunde an meine Hausaufgaben denken, sondern immer nur an Erika im Bad.

Manchmal ergriff ich an solchen Nachmittagen, ärgerlich über ihren Egoismus, Partei für meine Großmutter und forderte Erika an ihrer Stelle auf, endlich das Bad zu verlassen, auch wenn ich wusste, dass sie sich am Abend dann weigern würde, mir einen Kuss zu geben. Ich wollte allerdings nicht, dass es zum Eklat kam.

Es war nämlich schon vorgekommen, aus Protest gegen ihre Mutter, dass sie an den Schrank ging und heimlich einen Schluck aus der Cognacflasche von Mechthild nahm. Und wenn sie nicht aufpasste, noch einen – und schließlich in einem Anfall von Selbstmitleid heulte, bis ihr die Schminke hinuntertropfte.

Dann musste der Abend abgesagt werden. Der Verehrer kam nicht. Es herrschte eine schwüle, düstere Stimmung im Haus. Erika war oben, ihre Mutter tigerte unten herum – und irgendwann entlud sich das Ganze in einem schweren Gewitter.

Ich galt in gewisser Weise als frühreif, was ich überhaupt nicht war. Im Gegenteil, ich war vollkommen unreif und beobachtete sogar jahrelang ängstlich jedes Anzeichen meines Körpers, an dem man hätte erkennen können, dass ich endlich in die Pubertät kam.

Ich hatte immer am Rockzipfel der Frauen gehangen und mich schon im Alter von drei Jahren von Frau Hardy angezogen gefühlt.

Dass nun ausgerechnet Erika zur Inkarnation der Frau für mich wurde, damit hatte keiner gerechnet, am allerwenigsten ich – und sie schon gar nicht. Dennoch konnte es gerade deshalb nach einiger Zeit passieren, dass ein spannendes, von Eifersucht geprägtes Spiel gespielt wurde, das fast schon die Dimension des Gefährlichen bekam. Eines Tages nämlich, ich wartete bereits im Bett und wollte gerade nach ihr rufen lassen, hörte ich sie von selbst sagen: »Ich muss noch mal schnell hoch zu Robert.«

Der Verehrer war schon eingetroffen, als sie zu mir hochgerannt kam und mir ihr Gesicht hinhielt: »Ich konnte doch nicht vergessen, dass du mir noch einen Kuss geben willst.«

Sie ließ sich »wild« von mir auf den Mund küssen, und ich sagte: »Jetzt will ich noch einen Kuss von dir.«

Woraufhin sie mir einen ziemlich heftigen Kuss auf den Mund drückte, um sich gleich darauf von mir loszumachen und mir im Weggehen noch zuzuhauchen: »Auf Wiedersehen, mein Schatz.«

Das war zu viel des Guten. Wir spürten beide ganz genau, dass in dem Moment etwas passiert war. Wir hatten uns beide ein bisschen verliebt. Ich war es längst, aber sie merkte, dass sie sich selbst auch ein wenig darauf eingelassen hatte.

In den nächsten Tagen war sie daher eher kühl und abwehrend.

Bald ergab sich die Situation eines erneuten Ausgeh-Abends. (Die Ausgeh-Abende waren immer viel aufregender als die anderen.)

Ich lag wieder oben im Bett. Diesmal wartete ich, beleidigt wegen ihrer Kühle in den letzten Tagen, ob sie zu mir hochkam, ohne dass ich sie rief, und sich wenigstens von mir verabschiedete. Sie tat es nicht. Als sie schon praktisch an der Haustür war, rannte ich hinunter. Ich platzte mitten hinein in das allgemeine Händeschütteln. Sie sah hübscher und begehrenswerter aus denn je. Ich, bereits im Pyjama, nahm sie zur Seite und bat sie dringlich, einen Moment mitzukommen. Es war ein ziemlich peinlicher Auftritt, der niemandem entging. Ich entzog sie den Blicken, indem ich sie ins Haus schob, und machte ihr an der Kellertreppe bittere Vorwürfe, dass sie mich nicht gerufen hatte. Ungeduldig trat sie von einem Fuß auf den anderen.

»Aber du hast mich doch auch nicht gerufen«, versuchte sie sich herauszureden.

Ich war rasend vor Wut. Natürlich wusste sie genau, dass ich auf sie gewartet hatte.

»Ich muss jetzt gehen«, sagte sie, »ich kann den Ludwig nicht länger warten lassen.«

Meine Wut schmeichelte ihr. Sie konnte ein Lächeln kaum unterdrücken und versuchte mich sanft zur Seite zu schieben. Ich drängte sie zurück. Wieder entspann sich ein kleiner Kampf.

Mein Großvater rief aus dem Treppenhaus ungehalten nach ihr.

»Lass mich jetzt bitte gehen«, verlangte sie. Sie flüsterte es fast. In ihrer Stimme lag etwas Süßes und Vertrautes, als flehe sie mich darum an, als wäre ich derjenige, der über ihr Schicksal entschied. Diese Mischung aus Dringlichkeit und Unterwürfigkeit war sehr brisant und stachelte meine Phantasie noch mehr an. Ich umschlang sie und drückte ihr einen heftigen Kuss auf. Beinahe wären wir die Treppen hinuntergefallen.

Schließlich kam mein Großvater unwirsch herein und sah nach uns. Ich ließ sie los, aber er musste etwas von dem Abenteuer auf dem Treppenabsatz geahnt haben, denn er schüttelte den Kopf. Erika brachte ihr Haar flüchtig in Ordnung und lief hinaus. Sie war dem Begleiter jetzt eine Erklärung schuldig, was zwischen ihr und ihrem minderjährigen Neffen lief.

Oft entstand in solchen Situationen ein unbefriedigendes Patt zwischen uns, das mich sehr wütend machte. Einmal trat ich ihr gegen das Schienbein. Ein anderes Mal rannte ich hoch in ihr Zimmer und bekam einen Wutanfall. Ich riss alle Kleider aus ihrem Kleiderschrank und trampelte darauf herum. Eine Stunde später versuchte ich sie zu glätten und hängte sie wieder hinein.

Eines Nachts schlich ich mich in ihr Zimmer und legte mich mit rasendem Herzklopfen unter ihr Bett. Sie war gerade nach Hause gekommen, und ich hörte, wie sie die Treppe hochkam. Ich sah, wie ihre Schuhe das Zimmer betraten und wie sie dann tatsächlich zum Spiegel ging und sich auszog. Ich konnte jetzt alles von ihr sehen. Erst zog sie sich das Kleid aus und ließ es fallen, und dann die Schuhe. Sie stand jetzt mit dem Rücken in Unterwäsche vor mir, und mein Herz hämmerte so laut, dass ich Angst hatte, sie könne es hören. Nie war es mir bisher gelungen, sie nackt zu sehen. Unter der Dusche nicht, wo sie immer hinter dem Duschvorhang verborgen blieb, und auch nicht anderswo. Ich wollte sie endlich einmal nackt sehen und wartete einen sehr langen Moment auf das Gefühl, das sich einstellen würde, wenn sie den ersten Schritt in diese Richtung tat. Aber es geschah nichts. Sie drehte sich einfach irgendwann von ihrem Spiegelbild weg und legte sich hin. Nicht mal ihren abgestreiften Slip warf sie mir vor die Füße. Frustriert begann ich heimlich, auf dem harten Teppichboden zu onanieren. Ich war gerade in die Pubertät gekommen und spritzte ihn voll. Das Keuchen musste ich mit letzter Kraft verbergen. Als ich fertig war, hörte ich ein leises Sägen. Sie schnarchte bereits. Und ich, der ich fieberhaft überlegt hatte, wie ich es ihr beibringen sollte, dass ich sie so heftig begehrte, stahl mich aus ihrem Zimmer.

Wieder hatte sie es geschafft, mir ihren nackten Körper zu entziehen. Während ich mir vorher immer eingebildet hatte, dünne, ätherische Mädchen mit dunklen Haaren und Mandelaugen zu mögen, musste ich allmählich feststellen, dass dies eine rein platonische Neigung war. In der Pubertät fing ich an, das zu begehren, was Tafel immer »ein deftiges Schmankerl« nannte. Ich wurde zudringlicher und unverschämter, bevor ich dann ins Internat kam. Es kam schon mal vor, dass ich sie unter einem Vorwand in den hinteren Teil des Gartens lockte, unter so einem blödsinnigen Vorwand wie, ihr die neue Schaukel zeigen zu wollen, um ihr dann den BH hochzuziehen, damit ich endlich ihre Brüste zu sehen bekam. Einen Moment war ich vollkommen überwältigt von dieser jungfräulichen Schönheit, bekam dann aber eine schallende Ohrfeige von ihr.

Wenig später, als sie dann mit Haussmann zusammen war, sah ich sie tatsächlich einmal nackt. Der Hugenotte hatte sich für ein Wochenende bei ihr eingenistet, und sie kamen aus der Dusche, wo sie ihren Spaß gehabt hatten. Sein Schwanz baumelte mir entgegen, als ich auf der Treppe stand. Der Typ grinste mich an. Erika kam hinterher und grinste auch. Sie hatte etwas Babyspeck zugelegt, da sie glücklich war und sich in sicheren Händen wähnte. Mit ihren ausladenden Brüsten, dem breiten Becken und den üppigen Beinen, die, wie die ihrer Mutter, etwas zu kurz geraten waren, sah sie aus wie das Mädchen auf dem Prospekt des Internats Summerhill, den meine Mutter aus London geschickt hatte, damit ich nicht auf so ein Spießerinternat käme und in ihrer Nähe sei – ein Gedanke, vor dem mir mehr als alles andere in der Welt graute.

Sie sah diesem Mädchen mit dem blonden Busch in der Mitte, das mit weit ausgebreiteten Armen nackt auf einem Einmeterbrett stand – und das lange meine Wichsvorlage gewesen war –, sehr ähnlich. Es schien ihr nichts mehr auszumachen, dass ich sie nackt sah, so glücklich war sie mit diesem Hugenotten.

Sie war auf einmal sehr lebendig und, wie man sagte, »natürlich«. Das Glück sollte nicht lange dauern.

24.

Drei Monate nachdem die Verlobung mit dem Apothekersohn Haussmann gelöst worden war, begann sich das Scheitern von Erika auf der ganzen Linie abzuzeichnen. Die Erwartungen, die man in sie setzte, hatte sie schon lange nicht mehr erfüllt. Ihr Studium hatte sie abgebrochen. Als sie dann die Ausbildung machte und den reichen Hugenottensohn kennenlernte, der obendrein sehr gut aussah, hatten meine Großeltern alle Hoffnungen auf diese Verlobung gesetzt. Man zitterte und bangte, ob es am Ende gut ausgehen würde.

Haussmann war Erikas große Liebe. Man wusste, dass sie labil war und sich betrank, wenn ihr etwas nicht passte, aus stummem Protest sozusagen. Das hatte sie sich im Laufe der Jahre so angewöhnt, als sie im Kampf gegen ihre Mutter immer mehr in die Defensive geraten war und es ihr als probates Mittel erschien, sich bis zur Besinnungslosigkeit zu betrinken und es ihrer Mutter heimzuzahlen, indem sie sie vor vollendete Tatsachen stellte und damit schockte. Es kam vor, dass sie, kaum noch in der Lage, sich auf den Beinen zu halten, mit zwei leeren Flaschen in der Hand aus dem Keller schwankte und sie ihrer Mutter vor die Füße fallen ließ. Manchmal lief Mechthild ihr hinterher und schlug in einer Mischung aus Wut und Entsetzen auf sie ein. Erika lachte dann, wenn sie dazu noch imstande war. Endlich zeigte ihre Mutter ihr wahres Gesicht, das einer üblen Gewalttäterin.

Später wurde diese Strategie des Schockierens erweitert und zu Selbstmordversuchen ausgebaut, die knapp scheiterten. Immer lagen die obligatorischen Tablettenröhrchen vor der verschlossenen Tür. Der Hugenotte dachte, er würde eine unkomplizierte, süße, hübsche Frau heiraten. Wie kompliziert ihr Verhältnis zu Männern bereits war, konnte er nicht einmal ahnen. Sie hatte sich immerhin jahrelang auf Bällen herumgetrieben und war von einigen gewieften, älteren Liebhabern »schamlos« ausgenutzt worden. Man hatte ihren hübschen Körper ausgebeutet und sie sitzengelassen. Ihr weiblicher Stolz war schon tief gekränkt.

Sie hatte kein Glück mit Männern gehabt.

Wenn der Hugenotte zu spät in seine Studentenbude kam, wenn sie zu lange auf ihn warten musste, fand er sie stockbetrunken auf seiner Couch. Sie konnte nur noch lallen. Er sah sich das ein paar Mal an, aber als sie bei einem Skiurlaub plötzlich sternhagelvoll vor seiner ganzen Clique am Skilift auftauchte, weil er nach einem Streit das gemeinsame Hotelzimmer verlassen hatte, beschloss er, der Sache keine Chance mehr zu geben, und zog die »Entlobung« knallhart durch. Er ging erst ganz offiziell zu den Eltern und schrieb ihr dann einen Abschiedsbrief. Sie brach ihre Ausbildung ab und kam wieder nach Hause.

Von da an ging es nur noch bergab. Während sie oben herumlag, sprachen die Eltern unten mit gedämpfter Stimme im Wohnzimmer. Manchmal stand sie mit versteinertem Gesicht oben am Treppengeländer und hörte zu, wie sie redeten. Ich beobachtete sie dabei. Es störte sie nicht mehr. Sie hatte jede Selbstachtung verloren.

»Vielleicht haben wir sie zu sehr unter Druck gesetzt«, versuchte ihr Vater sie zu verteidigen.

»Du meinst, ich habe sie unter Druck gesetzt – sag es doch gleich«, rief Mechthild empört. »Jahrelang hat sie mit unzähligen Verehrern die Zeit totgeschlagen. Dann ist sie an diesem Lumpen hängen geblieben, hat sich ausnützen lassen und angefangen zu saufen. Und dann meint es das Schicksal noch einmal gut mit ihr und sie schafft es wieder nicht? Sie hat es nicht anders verdient, sag ich dir!«

Manchmal rannte meine Großmutter nach oben und ertappte sie dabei, wie sie zuhörte. Erika sah sie nur mit leerem Blick an.

»Geh ins Bett«, schrie meine Großmutter dann. Oder sie schlug gleich auf sie ein. Erika wich keinen Schritt zurück, blickte sie nur mit diesem merkwürdig kalten Blick an, der Verachtung ausdrückte. Hass war das falsche Wort, um das Verhältnis der beiden Frauen zu schildern. Es war etwas Schlimmeres. Sie waren füreinander zum Monster geworden.

Irgendwann nach dem Selbstmordversuch redete man Erika ein, sie sei Alkoholikerin und dürfe in ihrem Leben keinen Schluck Alkohol mehr trinken. Man schickte sie auf Entzug, und sie ging regelmäßig zu den Anonymen Alkoholikern. Der Schluck, den sie nicht mehr trinken durfte, schwebte seither wie ein Damoklesschwert über ihrem Leben.

Wenn sie aus Versehen auch nur eine Praline mit Alkoholfüllung aß, brach Panik aus. Sie kotzte alles aus und war tagelang nicht zu beruhigen, weil sie Angst hatte, jetzt wieder Alkoholikerin zu sein.

Nun war es die jüngste Tochter, in die man alle Hoffnungen gesetzt hatte, die immer so brav in der Schule, so musisch begabt, so lieb und so hübsch gewesen war, die es »nicht geschafft« hatte und das Leben mit ständig neuen Katastrophenszenarien überschattete.

Die andere, böse, exzentrische, der man den Ruin gegönnt hätte, war mittlerweile eine berühmte Schriftstellerin, die in London lebte. So sehr konnte man sich irren. Nora hätte sich totgelacht, hätte sie davon erfahren. Sie wusste zwar, dass ihr Sohn bei den Odes lebte, aber sie hatte sich kein einziges Mal bei ihnen gemeldet.

In den letzten Wochen, bevor ich ins Internat kam, zog etwas Merkwürdiges, Dunkles durch das Haus, wie eine schwere Schleppe. Es zog durch die Zimmer, die verwaist wirkten, es zog durch das ganze leere Haus. Und wenn jemand auftauchte, dachte man unwillkürlich, es sei ein Gespenst. Später glaubte ich, Mechthild hätte mich mit Absicht ins Internat geschickt, damit ich nicht auch noch Opfer der Zerstörung wurde, die sich auf diese fühlbare, unheimliche Weise im Haus meiner Großeltern vollzog.

Im folgenden Herbst kam ich ins Internat. Meine Großmutter fuhr mich selbst hin. Kerzengrade saß sie hinter dem zu hohen Lenkrad. Sie hatte überall Namensschilder in meine Wäsche genäht. Sie besprach sich mit dem Erzieher Grenzer, der wie der Fußballer Gerd Müller aussah, ließ sich die Studiersäle, Sportplätze und Schlafzimmer zeigen und fuhr anschließend hocherhobenen Hauptes in ihre Einsamkeit zurück.

Wenige Wochen vorher war Erika ausgezogen, um in einem Kaff namens Brühl doch noch eine Ausbildung zu machen. Mechthild ging es zu dieser Zeit schon nicht mehr besonders gut. Sie bekam oft Migräne. Diese Migränen setzten mit einem flauen Gefühl in der Magengegend ein. Die Beine wurden schwer wie Blei, und sie musste sich setzen. Im Gehirn brachen an verschiedenen Stellen kleinere Gewitter los. Es blieb nichts anderes übrig, als dazusitzen und auf die Wirkung der Tabletten zu vertrauen. Sie vergoss ein paar Tränen, weil alles so sinnlos war. Sie war jetzt allein. Das, was sie immer befürchtet hatte, war eingetreten.

Um sie herum bewegte sich nichts mehr. Sie machte Friseurtermine und, immer häufiger, Arzttermine. Vom einen ließ sie sich die Haarwurzeln behandeln, vom anderen die bald durchgeschmorten Leitungen ihres verbrauchten Gehirns.

Wie ein Kandidat auf dem elektrischen Stuhl hockte sie aufrecht, beide Unterarme auf die Lehnen gelegt, blickte hinaus in den Garten und wartete auf die Wirkung der schweren Medikamente, die den Schmerz der Attacken dämpften und schließlich betäubten.

Wenn der Schmerz verklungen war, schleppte sie sich auf die Couch, legte die Beine hoch und schlief ein.

»Ich bin zu nichts mehr in der Lage«, wimmerte sie, wenn mein Großvater am Abend nach Hause kam. Er nahm sie dann in den Arm. Die Perücke hing manchmal schief. Sie guckte nicht mehr in den Spiegel, weil er sie verzerrt wiedergab.

Irgendwann kam meine Mutter aus London zurück. Ihre Ehe

mit dem Maler war gescheitert. Sie war pleite und schwer süchtig, schluckte ganze Packungen Captagon und Rohypnol.

Vollkommen mittellos war sie nach ihrer kurzen Karriere als Fräuleinwunder der deutschen Literatur in das von ihr verachtete Land zurückgekommen. Ihre Eltern mussten Zigtausende von D-Mark hinlegen, um die Schlaf- und Entziehungskuren im Krankenhaus zu bezahlen, da sie nicht versichert war. Die Kosten für Wohnung und Unterhalt in München mussten sie ebenfalls übernehmen.

Alle Anstrengungen, die Mechthild unternommen hatte, um »tüchtige« und »lebensfähige« Menschen aus ihren Töchtern zu machen, waren gescheitert.

Und niemand hatte es ihr »gedankt«. So blickte sie oft mit grüblerischem, gekränktem Ausdruck zum Fenster hinaus, weil es nichts Schönes mehr zu geben schien, woran sie denken konnte. Täglich sprühte sie ihre Perücke ein, die von dem vielen Haarspray so hart wie ein Helm wurde. Wenn sie abends zusammensaßen, fing sie plötzlich an, stumm zu weinen. Dann sprang Martin auf. Er war immer bestürzt darüber und streichelte sie ungeschickt.

»Ich bin nur noch ein halber Mensch«, wimmerte sie.

Auf einmal tat es ihr schrecklich leid, dass sie ihn immer so schlecht behandelt hatte, und sie entschuldigte sich bei ihm. Er hatte ihr längst alles verziehen. Das gemeinsame Elend schmiedete sie am Ende zusammen.

»Ich hab dich immer mit deiner Mutter verglichen. Dabei bist du doch gar nicht so wie sie. Eigentlich hast du ein gutes Herz!« Sie schluchzte über das ganze Unrecht. Ihr strammer, kleiner Körper war schon aufgeschwemmt vom Kortison. Die Augen quollen hervor. Wenn das Schluchzen sie übermannte, konnte es vorkommen, dass er sich vor ihrem Sessel auf dem bereits an manchen Stellen abgeschabten Teppich auf die Knie warf und sie anflehte, nicht mehr zu weinen.

»Hildchen! Hildchen!«, rief er immer wieder.

Einmal weinte sie bei einer großen Tischgesellschaft. Zuerst bemerkte es niemand, da sich alle angeregt unterhielten. Dann wurde es still an der Tafel. Sie saß irgendwo in der Mitte. Ihre

Sitznachbarn hatten sich anderen Gesprächspartnern zugewandt. Sie hockte einfach da und weinte still vor sich hin.

Er stand auf, ging langsam um die schockgefrorene Gesellschaft am Tisch herum, keiner wusste mehr, was er sagen sollte, und führte sie weg. Eine Weile waren sie noch den unauffälligen Blicken ausgesetzt, bevor sie endlich den vorderen Teil des Gartens erreichten. Sie hatte sich die Sonnenbrille aufgesetzt, schon als sie den Tisch verließen. Nun hatten die Tränen unansehnliche Rinnsale in das dicke Make-up gegraben. Es ging alles sehr langsam, sie machte kleine, trippelnde Schritte.

Draußen wartete eine abgedunkelte Limousine mit Fahrer. Es war nicht mehr Kubicek. Mein Großvater war zum Vorstand aufgestiegen und hatte einen neuen Fahrer bekommen. Ihm war es ziemlich egal. Mechthild wurde in den Fond der Limousine gesetzt und nach Hause gefahren. Er saß die ganze Zeit neben ihr.

Im Haus sah es kurz vor ihrem Tod, gegen Ende der siebziger Jahre, bereits schrecklich aus. In den letzten Jahren, seit ich im Internat war, hatte sie begonnen, es umzugestalten.

Sie hatte Kalenderbilder mit Ölfarben übermalt und sie an die Wände gehängt. Das gesamte edle Parkett hatte sie mit billigen, weinroten Teppichfliesen ausgelegt und das schöne Mosaik des Kamins mit Holzfolie überklebt.

Im Vorfeld von Migräneattacken entwickelte sie eine seltsame Unrast. Sie konnte es nicht ertragen, dass sich nichts mehr veränderte. Deshalb veränderte sie alles, was sie täglich ansehen musste, die Vorhänge, die Stoffbezüge von Stühlen und Lampenschirmen. Sie verunstaltete das Haus.

Der erste Gehirnschlag traf sie an einem Nachmittag im Wohnzimmer. Sie hatte bereits sämtliche Sessel abgezogen. Die alten Überzüge lagen am Boden, und sie war gerade dabei, neue Überzüge, die sie selbst aus einem beigen Satinstoff genäht hatte, über die Sessel zu stülpen. Er wunderte sich, dass sie kein Licht gemacht hatte. Dann sah er im Wohnzimmer ihr Bein zwischen zwei Sesseln.

»Eine halbe Stunde später«, sagte der Arzt, »und Ihre Frau wäre tot gewesen.«

Das letzte Jahr blieb ihr Mundwinkel schief. Von weitem sah es aus, als lächelte sie.

Als meine Tante Erika sich wenige Jahre später mit einer Überdosis Tabletten und Alkohol in einer Vorstadt von München das Leben nahm, lag neben ihrem bereits halb verwesten Leichnam ein Zettel, auf dem geschrieben stand:

Ich habe nur einen einzigen Wunsch: Ich möchte nicht neben meiner Mutter begraben werden.

Mein Großvater wurde in dem Haus uralt. Er rockte es richtig runter. Noch im Alter von fünfundneunzig Jahren machte er den Eindruck eines fast kindlich glücklichen Greises.

Inzwischen hatte sich auch seine zweite Tochter das Leben genommen. Aber er hatte alles vergessen. In seinem Fall bedeutete Alzheimer Glück.

Teil drei

1.

Es ist eine der üblichen Geschichten, die ich jetzt erzählen werde, üblich und auch wieder nicht. Ich kam also als ein ziemlich »unterentwickelter«, dreizehnjähriger Knirps in einem ziemlich hässlichen, ziemlich mittelmäßigen Internat namens Grünthal an, das als Auffanglager für abgeschobene, gestrandete Kinder aus der fränkischen Mittelschicht diente, das heißt Tiefbauunternehmer, Großmetzger, selten mal ein Akademiker, wenn es hochkam, ein Zahnarzt. Das Einzugsgebiet beschränkte sich auf das Dreieck Nürnberg, Würzburg, Bamberg und die darin liegenden Kaffs. Ein Bus sammelte die Schüler am Wochenende ein und brachte uns ins Internat. Man grölte laut irgendwelche blödsinnigen Lieder und trank Bier.

Eines der bevorzugten Lieder war: *Marie, da liegt a doder Fisch im Wasser, den mach mer hi, den mach mer hi. Lesbisch, lesbisch und ein bisschen schwul, lesbisch, lesbisch und ein bisschen schwul, wir bumsen hier, wir bumsen da, wir bumsen hier, wir bumsen da: Dausend nackte Weiber auf dem Männerpissoir.*

Dieser Refrain wurde mit schriller Stimme von den Älteren immer wieder gegrölt und drückte in etwa den Korpsgeist aus, mit dem man sich auf die Woche einstimmte. Die jüngeren, eingeschüchterten Exemplare wurden durch schmerzhafte Faustschläge gegen den Oberarm oder in den Rücken daran erinnert mitzusingen.

Ich kam in die »Gruppe Grenzer«. Die Gruppen wurden immer nach den Erziehern benannt. Am ersten Tag war ich viel zu früh angekommen. Ich legte meinen Koffer auf eines der leeren Betten und ging hinaus, um mich umzusehen. Als ich zurückkam, sah ich, wie jemand meinen Koffer vom Bett nahm und ihn auf den Boden warf. Der Koffer sprang auf. Mein zukünftiger Zimmergenosse war etwa drei Jahre älter und bereits ausgewachsen. Sein Gesicht war von Pickeln übersät.

»Was machst du da?«, rief ich.

Er drehte sich um und baute sich vor mir auf. »Noch kein Haar am Sack, aber die Fresse aufreißen«, sagte er.

Er war mindestens einen Kopf größer als ich. Ich überlegte, ob ich ihm mein Knie zwischen die Beine rammen sollte, als ein Zweiter das Zimmer betrat. Er glich dem Ersten wie ein Ei dem anderen. Ich nahm meinen Koffer und ging hinaus.

Nun sah ich, dass die meisten anderen auch viel älter waren als ich. Es waren richtige Galgenvögel, sehr schräge Figuren, die man hier unterbrachte, nachdem sie bereits mehrmals sitzengeblieben waren und es woanders nicht mehr schaffen würden. Eine Besserungsanstalt, kein Internat.

Ich hockte mich in den Hof und beobachtete, wie die Mercedesse, damals »Metzgerautos« genannt, ankamen. Ganze Wagenladungen mit Süßigkeiten und Verpflegung wurden ins Gebäude geschleppt. Mars, Haribo, Nuts – Kartons voll davon, Paletten mit Cola und Sprite.

Mir wurde zunehmend mulmig, als ich all diese Idioten im Familienverband sah. Mit ihnen sollte ich die nächsten Jahre verbringen? Schwer vorstellbar.

Ich kam in ein anderes Zimmer. Mit vier anderen Typen: Schanz, Ackermann, Gries und Pflaum. Schanz war einsneunzig, trug eine schwarze Lederkluft und eine Spiegelglas-Sonnenbrille. Als er durch den Gang ging, schob er die anderen mit der Schulter weg. Er hätte das Vorbild für den Terminator abgeben können.

Der andere, Ronny Ackermann (wie der Schanzenspringer), durfte etwa mein Alter sein.

Er hatte riesige Füße, die fast wie Schwimmflossen aussahen, so groß waren sie, und er blickte mürrisch. Als er in den Speisesaal ging, wurde er allerdings von vielen begrüßt. Sie mochten ihn. Aber mochte er auch sie? Jedenfalls ließ er es nicht erkennen. Er blieb vollkommen cool.

Im Speisesaal roch es nach kalten Rollmöpsen und dünnem Hagebuttentee, ein Geruch, der mir noch heute leichte Übelkeit verursacht. An manchen Tagen breitete sich dieser Geruch über das ganze Haus aus und zog alles in Mitleidenschaft. Am ersten Abend gab es Hasenläufe. Das Ganze wurde als Festessen gepriesen. Die Läufe lagen wie die Überreste eines Kannibalen-Frühstücks auf großen Platten. Sie wirkten bereits abgenagt. Dazu gab es überdimensionale Töpfe mit Kartoffelbrei.

Trotzdem fielen alle über das Essen her. Sie rissen sich gegenseitig die Platten weg und drohten einander, sich mit den Messern in die Arme zu stechen. Handgemenge nahmen ihren Lauf. Es war schnell klar, wer an den Tischen das Sagen hatte.

Am Abend ging ich in das Zimmer zurück. Ackermann lag in der unteren Hälfte eines Stockbetts und hatte eine Decke vor sein Bett genagelt. Eine kleine Funzel brannte. Offenbar las er.

Wenig später kam Gries an, ein echter Freak. Er hatte eine Hitler-Frisur und auch sonst viel Ähnlichkeit mit dem »Führer«. Mit seinen fünfzehn Jahren wirkte er bereits uralt, hatte tiefe Augenringe und eine ungesunde Gesichtsfarbe. Er sah aus, als sei er im Zweiten Weltkrieg gefallen und aus dem Grab auferstanden.

Seine braune Cordhose war fleckig, er wechselte sie nie. Darüber trug er eine Strickjacke.

Er reichte mir die Hand, die feucht und eiskalt war. Dann packte er seine Landserheftchen aus und legte sie auf einen Stuhl. Der Vorhang ging auf, Ackermanns Kopf erschien.

»Nimm deine Wichsheftchen da weg, du Arsch«, sagte er.

Gries entschuldigte sich, wurde krebsrot und fing zu stottern an. Er nahm sofort die Hefte weg und verkroch sich auf das letzte freie Bett.

Wenig später kam Schanz und nagelte ebenfalls eine Decke vor seine Koje.

»Gewichst wird hier drin nicht, ist das klar?« Er warf einen bohrenden Blick in die Runde. »Wer wichst, kriegt ein paar in die Fresse.« Hier galt noch das Gesetz des Stärkeren.

Nachdem Schanz seine Decke angenagelt hatte, schwang er sich aus dem Fenster. Man hörte eine hochtourige Maschine aufknattern. Ein lautes Röhren – Schanz brauste davon.

Gries gehörte zu denen, die viel zu alt für die Klasse waren, Jahrgang '57, und die irgendwie »durchgepaukt« werden mussten. Aber Gries war ein Stoiker. Er sammelte Panzer-Modelle aus dem »Dritten Reich«, die er nach komplizierten Bauplänen zusammenklebte, und baute Stukka-Modelle.

Wenn er sie nicht rechtzeitig in Sicherheit brachte, zertrat Schanz sie genüsslich am Boden. Gries sah zu mit seinen blutunterlaufenen, traurigen Hundeaugen, und trat nervös von einem Fuß auf den anderen. Mehr geschah in der Regel nicht. Am Anfang zogen ihn alle auf und hänselten ihn. Am Ende zollten sie ihm einen gewissen Respekt und ließen ihn seinen autistischen Weg gehen, zurück zu den Armeen des Zweiten Weltkriegs, wo er sich in seinen Gedanken ausschließlich bewegte.

Der Busenfreund von Gries hieß Kuhn und war so unauffällig und unscheinbar, so durchschnittlich, was Schule, Wachstum, Sport und jede andere Lebensäußerung anging, dass man ihn schlicht übersah. Kuhn lernte, während Gries klebte, und bald klebte auch Kuhn und studierte die komplizierten Baupläne. Sie wurden die »Stubenfotzen« oder »Stubenfliegen« genannt, weil sie nie rausgingen und sich nie an Spielen, Streichen oder einer Sauferei beteiligten. Gries ließ man in Ruhe, weil man sich vor ihm ekelte. Er hatte eine große Schuppenflechte auf der Kopfhaut und kratzte sie sich im Unterricht blutig. Die blutigen Finger wischte er sich dann an jener Cordhose, die er nie wechselte, ab. Man ließ Kuhn in Ruhe, weil er, ohne nachweislich etwas Ekliges zu machen, Gries zu nahe gekommen war. Er benutzte seinen Kleber und hatte deshalb den kalten Schweiß und die Blutspuren von Gries an den Fingern. Manchmal zwang man sie, »eine Bücke« zu machen und ihren Arsch zu zeigen, damit man eine Reißzwecke oder irgendetwas anderes in ihrem Arschloch versenken konnte, aber meist ließ man sie in Frieden.

Bald wischte sich Kuhn auf die gleiche Art wie Gries die Hände an der Hose ab. Selbst die Landserheftchen las er. Allerdings war es eine platonische Symbiose. Zum gegenseitigen Wichsen wäre

Gries gar nicht in der Lage gewesen. Ihm war jede wie auch immer geartete Sexualität in irgendwelchen unerforschlichen Tiefen irgendwelcher perversen Ersatzbefriedigungen abhandengekommen.

Gries lebte im Kreis von Speer, Heß und Hitler und ein paar wichtigen Generälen. Mit ihnen hielt er leise Zwiesprache, wenn er allein war. In unserer jetzigen Welt schien ihn wenig zu interessieren. Aber man konnte ganz gut am Beispiel Gries und Kuhn studieren, wie das Böse (Gries) das Mittelmaß (Kuhn) noch immer zu absorbieren imstande war.

Gries' Leben im Internat war mit der Rekonstruktion und Analyse der ihm unverständlichen Niederlage des »Dritten Reichs« vollkommen ausgefüllt. Er hatte eine Liste der Verräter und Saboteure angelegt. Es waren vor allem Generäle und Adlige, die verhindert hatten, dass Deutschland den Zweiten Weltkrieg gewonnen hatte. All das geschah an den Nachmittagen, an denen man Gries vom normalen Studierplan befreit hatte. Aufgrund irgendeines ärztlichen Gutachtens durfte er auf dem Zimmer studieren, wo er heimlich über dicken, historischen Wälzern brütete und sich Notizen machte.

Wenn man im Unterricht schrie: »Gries! Hör endlich auf, dich zu kratzen, sonst kriegst du ein paar in die Fresse!«, reagierte er erst nicht. Man musste ihm mehrmals, und zwar immer härter, mit den Fingerknöcheln der geballten Faust in den Rücken schlagen. Dann drehte er sich langsam um und sah einen mit diesem rätselhaften Ausdruck an.

Wie, bitte, sollte man da reagieren?

»Mann, Gries, du perverse Sau!«, hieß es meistens, oder: »Mann, Gries, ich muss kotzen.«

Gries versenkte seinen Altmänner-Blick förmlich in einen hinein, und ein Schwall von grabähnlicher Luft schwappte aus seinen Kleidern, der so überraschend kam, dass man sich manchmal fast übergab.

Schanz und Brix, ein Typ, der aussah wie vom *Planet der Affen*, und ebenso früh entwickelt und zu voller Größe ausgewachsen war wie Schanz, reagierten auf diesen langen, leblosen Blick, indem sie sich kopfschüttelnd und frustriert von ihm abwandten: »So ein Zombie«, seufzten sie ohnmächtig, »so ein verdammter Zombie.« Und sie machten sich wieder an ihre Arbeit, radierten Schreibfehler aus oder versuchten mit ihrer krakeligen Kinderschrift Aufsätze zu schreiben, die über wenige Zeilen nie hinauskamen und plötzlich abbrachen.

Ich fing an, mir die Haare lang wachsen zu lassen. Ich besorgte mir eine Nickelbrille ohne Gläser und setzte sie auf. Manchmal sprayte ich nachts *Free Angela Davis* und andere Parolen an die Wände und verteilte linke Flugblätter vom kommunistischen Studentenbund in der Schule. Ich sah mich irgendwo zwischen der RAF und den linken Splittergruppen am Nürnberger Hauptbahnhof, die Heroin spritzten und Neil Young hörten.

Ich hatte keine Lust, im Leben eine mittelmäßige Rolle zu spielen. Außerdem entwickelte ich einen ungewöhnlichen Ehrgeiz, der Beste in der Schule zu sein, versuchte allerdings zu verbergen, dass ich heimlich auch bis in die Abendstunden paukte. Es sollte niemand mitbekommen, dass der durchgeknallte Kommunist ein Streber war.

Deswegen gewöhnte ich mir an, heimlich in den Klassenzimmern zu lernen, wo mich niemand sehen konnte. Ich brillierte bald regelrecht in der Schule, wuchs über mich selbst hinaus. In dieser Zeit legte ich mir einen modischen Trend zu, von dem ich dachte, dass er gut zu mir passte: Ich wurde der intellektuell angehauchte Softhippie mit Nickelbrille und halblangen, gewellten Haaren, der normalerweise bei den Mädchen ganz gut ankam, weil er als »progressiv« galt. Aber irgendwie klappte die Masche nicht. Ich versuchte, mit meinem familiären Hintergrund Punkte zu sammeln, Eltern Schriftsteller, Großeltern reiche Kapitalisten. Aber selbst das verfing nicht. Ich hatte Rainer Langhans studiert, seine leise Stimme und wie er immer Sätze mit: »Ja weißt du, ich weiß ja auch nicht so genau …« anfing und mit seinen schlanken Händen abwog wie ein Guru. Ich versuchte es auch, aber es klappte nicht. Die, in die ich verliebt war, glotzten mich verständnislos an.

Ich war ein Exot in dieser ländlichen Gegend. Sie mochten lieber handfeste Burschen.

Irgendwann, als meine Neurose mit meiner Nase auf dem Höhepunkt war, legte ich mir einen Adelstitel zu. Wenn meine Nase nur von einem Windhauch berührt wurde, prüfte ich stundenlang im Spiegel, ob ihr Rücken noch gerade war. Die Mädchen hatten mich durchschaut, sie fielen auf meine Masche nicht herein.

»Aber ich find das System halt so scheiße«, versuchte ich es. »Ich komm doch aus 'ner Familie mit viel Geld. Ich weiß doch, wie scheiße das ist.«

Es verfing nicht, auch wenn ich Dackelaugen machte und ihnen noch so tief in die Augen sah. Ich hobelte mir Tag und Nacht einen runter.

Mich wurmte, dass ich kein Profil fand. Und in die Pubertät kam ich auch irgendwie nicht.

Schließlich folgte der radikale Bruch mit mir selbst. Jedes Mal, wenn ich mich im Spiegel sah, hob ich abwehrend die Hände, machte angeekelt: »Eheheh«, und verschwand.

Doch weder der Streber noch der linke Softie schafften es, die Oberhand über mich zu gewinnen. So blieb ich ein »neurotisches Bündel«. Ich nannte mich »Robert von Stein, Peripatetiker«, weil ich wie meine griechischen Vorgänger mit gesenktem Kopf in den Gängen der Schule auf und ab lief, in tiefes Nachdenken versunken.

Ich versuchte, durch sportliche Leistungen und Teamgeist zu glänzen, was völlig misslang. Schließlich blieb ich immer unter den letzten drei auf der Ersatzbank sitzen, wovon einer halbblind und der andere ein »Contergan-Kind« war.

Ich versuchte, es zu allgemeiner Beliebtheit zu bringen, um darüber bei den Mädchen zu punkten. Es gelang nicht. Dann ließ ich mich von meinen Zimmergenossen geißeln. Sie mussten Knoten in nasse Handtücher machen. Wir schlugen damit gegenseitig auf uns ein. Die »Geißlertruppe«, deren Vorsitzender ich war, errang eine gewisse Berühmtheit.

Endlich gelang es mir, eine Freundin zu haben. Es war zwar rein platonisch, weil sie nicht in mich verliebt war, aber ich zwang sie, zumindest nach außen hin so zu tun, als wären wir zusammen. Außerdem galt sie als das hübscheste Mädchen der Schule. Sie war eine Streberin, wie ich, was sich gut traf. Statt zu knutschen, lernten wir zusammen und hörten einander ab.

Ich tauchte in ihrem Haus unter, und wenn ich abends ins Internat zurückkam, tat ich sehr geheimnisvoll so, als hätte ich Petting mit ihr gehabt. Ich erpresste sie, händchenhaltend mit mir durch den Schlosspark zu gehen. Es sprach sich herum. Derjenige, in den sie heimlich verliebt war, suchte sich eine andere. Sie konnte vor Liebeskummer nicht mehr lernen und bekam einen Notendurchschnitt über 1,5. Ich hatte ihr Leben ruiniert.

Meiner Großmutter Mechthild ging es nicht mehr gut. Sie nahm zu dieser Zeit schon Hände voll von einem Schmerzmittel namens Adombran. Wenn sie mich ansah, hatte sie das Lächeln eines traurigen Eichhörnchens. Sie schleppte sich die Treppen hoch und verschwand für viele Stunden, während ich an den Wochenenden unten im Wohnzimmer saß und apathisch vor mich hinstarrte. Irgendwann kam sie wieder runter, müde und abgespannt, mit kleinen, trüben Augen, ließ sich in ihren Sessel fallen und blickte in den Garten hinaus. Die geplatzten Äderchen überzogen wie dunkelblaues Reisig ihre Beine. Dicke Strumpfhosen waren wie Sichtblenden darübergezogen. Ihre Stimme war schleppend. Es strengte sie sogar an, mich nach der Schule zu fragen.

Ich war unruhig. Jahrelang hatte ich meine Sackhaare einzeln zählen müssen, jetzt sprossen sie allmählich, und da unten zwischen meinen Beinen ging es endlich los. Abends waren die meisten in meinem Alter in irgendwelchen Diskotheken in Nürnberg unterwegs, aber ich kam nicht vom Fleck, weil ich jeden Kontakt verloren hatte und niemanden in Nürnberg mehr kannte – und wenn ich dann mal alleine loszog, strich ich die meiste Zeit um das KOMM herum, so hieß das berüchtigte Kommunikationszentrum, wo man die Nürnberger Herointoten fand, kauerte mich schließlich an meinen Kassettenrekorder, den ich immer bei mir hatte, und hörte Cat Stevens oder Neil Young – und dann ging ich irgendwann wieder unverrichteter Dinge Richtung Buchenstein zurück. Mein schwindender Kontakt zu den Mitmenschen begann ein Problem zu werden. Ich kannte im Prinzip nur meine Großeltern, diese beiden zu Salzsäulen erstarrten Alten vor dem Fernseher, auf deren runde Rücken ich blickte und mit denen ich mittlerweile gemeinsam ihre Bocksbeutel trank und die Schleyer-Entführung verfolgte. Ich war froh, wenn ich am Sonntagabend endlich wieder ins Internat zurückkonnte.

Mit der Pubertät verlor ich vollkommen das Interesse an der Schule und wurde meiner alten Gewohnheit, mich andauernd krankschreiben zu lassen, wieder treu. Ich lag im Bett und verbrachte meine Zeit damit, zu lesen und mir ab und zu einen runterzuholen.

Alle anderen gingen in die Disko, alle anderen tanzten eng und rieben ihre Körper aneinander, der Rest der Welt tobte. Jeder verliebte sich in jeden, und ich hockte mit den beiden Alten vor dem Fernseher herum, guckte mir *XY-ungelöst* an und ging um zehn ins Bett.

Ich hatte Alpträume, in denen meine Großmutter halbnackt vor mir stand und mich fragte: »Na, mein Junge, willst du auch eine Adombran, sie haben so eine schöne, bizzelige Wirkung. Und sie bizzeln auch so schön im Gehirn.«

Ich lachte oft grundlos, hysterisch, ließ mich auf den Boden fallen und lachte, bis mir der Bauch weh tat und ich keine Luft mehr bekam.

Schanz kam meist erst weit nach Mitternacht ins Zimmer zurück. Er parkte seine Neunhunderter hinter den Sportplätzen, aber wenn man genau hinhörte, konnte man sie schon von weitem durch die Nacht dröhnen hören. Er stieg durchs angelehnte Fenster ein und haute sich sofort hin. Eine Schwade von Alkoholgeruch und Rauch drang aus seiner Koje.

Oft gab er noch einen Rülpser oder einen Furz von sich. Seinen Schlagring legte er neben den Stuhl an seinem Bett. An der Wand in seiner Koje wachte eine Wasserstoffblondine, oben ohne, im schwarzen Lederdress auf ihrer Kawasaki sitzend, über seinen Schlaf.

Als ich am 16. September beim Verlassen des Zimmers fast mit Ronny Ackermann zusammenstieß, war er etwa einen halben Kopf größer als ich. Er sollte im Verlauf des kommenden Jahres noch vierzig Zentimeter wachsen und die Zwei-Meter-Grenze durchstoßen. Zu diesem Zeitpunkt war er fünfzehn Jahre alt, bereits zwei Mal sitzengeblieben und trotzdem wieder sehr schlecht in der Schule. Er wurde oft angepöbelt.

»Na, Ronny, wie ist die Luft da oben?«, war der gängigste Spruch. Dass sein Wachstum für ihn selbst beängstigend war, nahmen nur diejenigen zur Kenntnis, die mit ihm im Zimmer waren und zufällig beobachten konnten, wie er den Abstand zur Zimmerdecke taxierte oder den oberen Balken der Tür, über den er bereits hinausgewachsen war.

Er hatte es aufgegeben, Striche zu machen. Die Skala, mit der er zu Beginn der Klasse seine Wachstumsschübe gemessen hatte, direkt neben dem Türrahmen, war verwaist.

Sie gehörte einer Zeit seines Lebens an, als er noch Basketball und Handball spielte und versuchte, in der Schule mitzukommen, nennen wir sie seine Zeit in den »unteren Luftschichten«. Diese Zeit war vorbei. Er war längst in Sphären abgetaucht, die wir hier die »oberen Luftschichten« nennen wollen. Seine Gedanken waren zu wolkenartigen Gebilden geronnen. Sie beinhalteten komplizierte algebraische Formeln, die unlösbare Knäuel bildeten. Andere bestanden aus Dreiecken und geometrischen Formen, wieder andere aus dem anmaßenden Klang von Stimmen, dem Falsett des Lehrers Neumann zum Beispiel, der den Spitznamen Porky trug und manchmal aufdringlich nah an ihn herankam, um ihn mit lauter Stimme aus dem Schlaf zu holen:

»Herr Ackermann! Ich wiederhole nun meine Frage an Sie: Warum, glauben Sie wohl, kam Faust dahin, ›Vernunft und Wissenschaft, des Menschen allerhöchste Kraft‹ zu verachten?« Ackermann sah das fette Schweinchen, das immer wie geschniegelt aussah und seine Haare in einer Spirale über die nackte, rosige Kopfhaut legte, damit man seine Glatze nicht bemerkte, mit einem gleichgültigen Stupor an und mahlte dabei mit dem

Unterkiefer: »Tangiert mich nicht«, konstatierte er trocken, und die ganze Klasse lachte.

Von hinten hörte er ein Geräusch und wusste, dass Schanz gerade eine Bierflasche mit den Zähnen öffnete.

Porky schnaufte leicht, seine Bäckchen wurden von den Rändern her rot und bekamen Flecken. Er machte eine Wende und sah sich mit zu einem Schmollmündchen gespitzten Lippen um. In solchen Momenten, die ständig wechselten und zu einer verstärkten Irritation bei Ackermann führten, ja, ebenso wie bei Schanz und bei Brix, seinem Gefühlshaushalt zu schaffen machten, hätte Porky für ein Mäusemännchen durchgehen können, das sich aufgestellt hatte und, die Witterung aufnehmend, beide Vorderpfoten hob. Denn auch dies tat Porky.

Wittich, ein unauffälliger Streber, dem es egal war, ob er sich unbeliebt machte, hob die Hand.

»Herr Wittich, bitte«, sagte Porky mit gravitätischer Stimme.

»Faust vermisst den menschlichen Kontakt und die Liebe«, sagte Wittich.

»Na sehen Sie, so einfach ist das«, wandte Porky sich tief befriedigt an Ackermann und übersah dabei (mit Absicht?), dass Wittich von hinten eine derbe Kopfnuss bekommen hatte und sich stumm auf seinem Sitz wand. Hinter Wittich saß ich.

»So ein Schwachsinn. Ackermann hätte das auch gewusst«, rief ich zornentbrannt. »Und er wäre zu wesentlich tieferen Einsichten gekommen, wenn Sie ihm ein bisschen mehr Zeit gelassen hätten! Stimmt's, Ackermann?«

Ackermann nickte zufrieden. Porky sah mich kurz ungläubig an und eilte dann an die Tafel, um ein Stück verlängerte Kreide wie einen Taktstock zu ergreifen. Er richtete sich auf und malte einen kleinen Kringel an die Tafel. Wir beobachteten fasziniert, wie es ihm in den Fingern zuckte, ein Zitat zu schreiben (wie immer, wenn ihn etwas durcheinandergebracht hatte), wie er sich aber dann, eines Besseren belehrt, schnell wieder zur Klasse drehte.

Wir ließen unsere Schleudern, in die wir große Büroklammern und andere »Krampen« eingespannt hatten, rasch wieder unter den Bänken verschwinden.

Porky war also im Begriff, aus den schmerzhaften Erfahrungen der letzten Male zu lernen. Wir hatten es geschafft, ihm abzugewöhnen, seine Zitate an die Tafel zu schreiben.

Er druckste ein wenig vorne herum. Dann nahm der Unterricht seinen Lauf. Alle hatten das Interesse verloren, deshalb setzte eine einschläfernde Ruhe in der Klasse ein. Schanz hatte unter der Bank ein Heftchen namens *Lassiter* aufgeschlagen, und als er sah, dass ich mitbekam, wie er im Deutschunterricht Sätze las wie: *Und dann sah Lassiter ihr rosiges, von blonden Löckchen umrahmtes Fötzchen*, wurde er rot und grinste blöde ertappt.

»Du hast ja Schamgefühl, Schanz«, neckte ich ihn.

»Halt bloß deine Fresse, sonst hau ich dir deinen Kopf eckig«, sagte er und zog das Heftchen näher an sich heran.

Auf dieser Höhe etwa befand sich das geistige Niveau der gesamten Klasse 8a.

Was Ackermann anging, so durfte er es nicht zulassen, dass er sich in seinen vagen Ängsten verlor, die ab und zu deutliche Konturen annahmen. Er musste sich auf irgendetwas konzentrieren, und das war in diesem Fall Porky, der zumindest ein bewegliches Ziel darstellte, das er durch die Wolken hindurch immer wieder erkannte.

Er hatte zwischendrin, besonders am Nachmittag, wenn er untätig auf seinem Bett hockte und seine riesigen Füße wie ein Omen anstarrte, tiefe Sinnkrisen. Manchmal rannte er an das öffentliche Telefon im Gang, und man konnte ihn mit leiser, drohender Stimme zu seiner Mutter sagen hören: »Ich nehme ja die Tabletten, aber sie schlagen nicht an. Sie nützen nichts. Verstehst du? Ich kann mittlerweile meine Handflächen an die Zimmerdecke legen, verdammte Scheiße, ich bin bald zwei Meter zehn, Mama!«

Er war ein hervorragender Bodenturner gewesen, der von der Rolle rückwärts bis zum Radschlagen alle Übungen inklusive Handstand bis zur Perfektion konnte. Er schlug, wie er es manchmal tat, aus alter Gewohnheit und Überdruss ein müdes Rad und kam dabei falsch auf. Eine Kleinigkeit nur, aber er brach sich den Arm und musste geschient werden.

Der Arzt sagte ihm, dass seine Knochen durch das Wachstum

möglicherweise porös geworden seien und dass er viel Kalzium essen müsse. Als ob er das nicht längst gewusst hätte.

Mit der Erwähnung der porösen Knochen durch einen Amtsarzt setzte jedoch etwas bei Ackermann ein, das man nicht umhinkonnte, endogene Paranoia zu nennen.

Immer öfter sah man ihn jetzt bei Gries am Tisch sitzen, dem er beim Basteln half, indem er ihm den Kleber reichte oder ein winziges Einzelteil von einer der Plastikstangen des Bausatzes brach, einen Scheinwerfer oder einen Propeller, den er mit einem Tupfer Uhu versah, bevor Gries ihn mit unermesslicher innerer Ruhe und Geduld in eines der Triebwerke seiner Flieger versenkte.

2.

Die Schule schritt voran. Eines Nachts half ich Schanz, den Zigarettenautomaten zu knacken, der am Zaun des Direktors angebracht war. Er meißelte das Ding mit einem Hammer und einem Schraubenzieher auf, den er immer dabeihatte. Eine Taschenlampe ging an, und der Strahl fiel auf mich. Schanz tauchte ab und verschwand um die Ecke. Vor mir stand der Direktor und stellte mich zur Rede. Er wollte wissen, für wen ich Schmiere gestanden hatte. Ich sagte nichts. Er setzte eine sorgenvolle Miene auf und sagte, das würde ein Nachspiel haben. Dann schickte er mich ins Bett. Am nächsten Tag wurde ich in sein Zimmer gerufen. Ich musste mehrere Verhöre über mich ergehen lassen, in denen man mir mit schwerwiegenden Konsequenzen drohte, falls ich den Mitschüler nicht verriet. Man stellte mir in Aussicht, mich von der Schule zu verweisen. Ich war zwar ein Feigling und in vieler Hinsicht unzuverlässig, aber in diesem Fall hielt ich dicht. Schanz war einer der wenigen unter den Größeren, die den Kleineren nichts taten, sei es auch nur aus Desinteresse.

Er instrumentalisierte einen gelegentlich, wie im Fall des Zigarettenautomaten, aber es waren meist spektakuläre Aktionen, an denen er einen teilhaben ließ. Manchmal ging es mit seinem Motorrad sogar bis nach Würzburg, wo er einen in irgendeine Kneipe an den Tresen setzte und warten ließ, ohne dass man genau wusste, warum. Es konnte sich dabei durchaus um eine fehlgeschlagene Aktion handeln, bei der er mit leeren Händen zurückkam, einen wortlos aufs Motorrad bugsierte und wieder losraste, oft mit zweihundert Sachen. Man sprach über die Sache dann nicht mehr. Schanz war, wie soll man sagen, in Ordnung.

Als mir die späte Rache der Zwillinge zuteilwurde und diese mich, nachdem ich sie provoziert hatte, mit dem Kopf nach unten in einen großen Holzpapierkorb stopften, wo ich fast erstickte, war es Schanz, der meine strampelnden Beine in dem verlassenen Zimmer bemerkte und mich da wieder rauszog, kopfschüttelnd, weil er nicht verstand, wie man so blöd sein konnte, sich von den Zwillingen schikanieren zu lassen.

Jedenfalls zahlte sich die Sache mit dem Direktor für mich aus. Als ich aus der letzten Nachsitzrunde, die sich schmerzhaft bis in den Abend hinzog, ins Zimmer kam, kroch Schanz aus seiner Koje hervor, bedankte sich mit einem schwieligen Händedruck und fragte mich, ob ich Lust hätte, mit ihm im *Letzten Hieb* eine Runde Billard spielen zu gehen.

Ich wusste, dies war die höchste Auszeichnung, die einem von ihm zuteilwerden konnte. Er war Rod-Stewart-Fan und hielt die Songs von Stewart für das sicherste Mittel, eine Frau rumzukriegen. Er ließ sie die Jukebox rauf und runter laufen, während wir die Billard-Kugeln versenkten, und sang sie alle mit. Wir tranken, und er gab seine vielen Weibergeschichten zum Besten. Ich hörte zu und merkte, dass er Wert auf meinen Beifall legte. Seine Schwäche war sein Geltungsbedürfnis. Während ich ihn beobachtete, wie er in seinem Muscle-Shirt die Bälle schob, fragte ich mich, was die Frauen wohl an ihm fanden.

Er hatte eine Zuneigung zu mir entwickelt, die von nun an aus seinem Kopf nicht mehr wegzudenken war. Er fühlte sich verantwortlich für meinen Schutz und meine körperliche und somit auch geistige Sicherheit. Ich hatte jetzt einen Bodyguard, wie auch mein Vater in seiner Schulzeit einen gehabt hatte: »Wenn du schlauer bist als die anderen, dann brauchst du jemanden, der dich beschützt«, war einer der wenigen Sätze von ihm, die ich mir immer gemerkt habe.

Die hohen schulischen Anforderungen, die das bayrische Schulsystem an die Schüler stellte, vor allem, was den geballten Lernstoff an Naturwissenschaften anging, kamen selbst für die Intelligenteren unter uns einer Zumutung gleich. Es war unmöglich, die ungeheuren Pensen, die von einem gefordert wurden, mit erstklassigen Noten zu bestehen, wenn man nicht den ganzen Tag lernte. Wollte man ein Musterschüler sein, ein Ehrgeiz, den ich aufgrund meiner weitgehenden Isolation für ein paar Jahre hatte, musste man bis in die Nacht hinein lernen und fiel anschließend todmüde ins Bett. Es war oft ein bis an den Rand eines Nervenfiebers gehendes Kräftemessen mit sich selbst vor den schriftlichen Prüfungen, und man musste ein Autist sein wie ich, der jeden gesellschaftlichen Umgang mied, um diesen Anforderungen gewachsen zu sein. So wurde ich innerhalb weniger Monate zu einem Einser-Schüler mit einem Notendurchschnitt, der am Ende des Jahres bei 1,3 lag – und hielt bis zum Ausbruch meiner Pubertät dieses Niveau. Im neunten Schuljahr konnte ich die *Iphigenie* nahezu auswendig und kam bei einem Rezitierwettbewerb auf Lateinisch beim *Gallischen Krieg* bis zur Hälfte des gesamten Texts, ohne einen einzigen Fehler zu machen. Ich schrieb Aufsätze in Geschichte und Deutsch, die an das Schwarze Brett der Schule gehängt und in ihrer Kürze und Prägnanz immer wieder von Lehrern zitiert wurden.

Leute wie Schanz oder Ackermann oder auch Gries, die ohnehin schon stigmatisiert waren, weil sie als chronische Sitzenbleiber und Dummköpfe galten, blieben dabei auf der Strecke. Es staute sich ein gewaltiger Frust an, der sich in nächtlichen Aktionen entlud. Man stach Autoreifen auf, schlug Seitenspiegel ein oder warf Rauchbomben in die offenen Fenster der Wohnungen der Lehrer und Erzieher, die im Heim oder in der Siedlung wohnten. Leute wie Schanz oder Ackermann oder auch Gries waren gezwungen, zumindest mit der mittleren Reife abzuschließen, schafften es aber nicht mal, auch nur in einem einzigen naturwissenschaftlichen Fach den hohen Anforderungen gerecht zu werden. Hier waren sie ohnmächtig, weil sie es, auch was die Lehrer anging, mit einer überlegenen Intelligenz zu tun hatten, die ihre Unfähigkeit völlig leidenschaftslos und neutral betrachtete und keinerlei Angriffsfläche bot, während es auf der anderen Seite durchaus Schwachstellen gab, wie den Deutsch- oder Sozialkundeunterricht, wo man über die »blöden Fragen« lästern konnte. Hier war die Möglichkeit gegeben, sich für die Demütigungen in der Mathematik oder Physik zu rächen.

Im Sozialkundeunterricht wurden Fragen gestellt wie: »Vor kurzem wurde der Eckzins für Spareinlagen um ein halbes Prozent gesenkt. Was wird mit dieser Maßnahme bezweckt? Erörtern Sie darüber hinaus die volkswirtschaftliche Bedeutung des Sparens.«

Da konnte es schon mal passieren, dass man als Antwort einen Furz von sich ließ und sich anschließend unter dem lauten Gelächter der Klasse wieder setzte. Ich hatte in gewisser Weise die Aufgabe, meine Zimmerkameraden durch die Klasse zu »pauken«. Wenn ich sah, wie sie eckige Köpfe bekamen, weil es ihnen, der deutschen Sprache kaum mächtig, vollkommen unmöglich war, eine solche Frage auch nur ansatzweise zu beantworten, musste ich ihnen helfen. Gries saß vor mir, Schanz zwei Stühle weiter und Ackermann in der letzten Reihe, hinter Schanz. Wir hatten ein ausgeklügeltes System entwickelt, in welchem ich die von mir beantworteten Fragen während der Prüfungsaufgabe durchpauste und die durchgepausten Blätter unauffällig an Gries und Schanz weitergab, die sie wiederum an Ackermann weitergaben, aber nur an ihn. Es waren ausschließlich sie, die ich an diesem Privileg teilhaben ließ, niemand sonst sollte davon profitieren. Das war die Bedingung dafür, dass ich sie abschreiben ließ. Da konnte ich sehr rigoros werden. Einmal versuchte Gries, ein paar Aufgaben an Kuhn weiterzuleiten, aber das versuchte er wirklich nur ein einziges Mal. Ich schlug ihm mit dem Lineal so fest auf die Hand, dass er tagelang nicht basteln konnte.

Durch das Abschreiben hatte ich Schanz mittlerweile fest im Griff. Er fraß mir sozusagen aus der Hand. Ich hatte ihn zahm gemacht und ihn mir unterworfen, wie ich es schon mit Engelbert, mit Komorek und vielen anderen gemacht hatte.

Auch Ackermann zog in Erwägung, sollte Schanz mal nicht da sein, seine Stelle einzunehmen und auf mich aufzupassen. Durch meine ständigen, offenen Provokationen zog ich eine virulente Feindseligkeit der anderen auf mich, die ich »Fußvolk« oder »reaktionäre Flachwichser« nannte. Sie konnte jederzeit aufflammen, sobald sich eine Gelegenheit bot. Wäre Schanz nicht gewesen, und später Ackermann, der eine gute Methode entwickelt hatte, sich von seinem Wachstum abzulenken – er betrieb in seiner Freizeit Bodybuilding und stemmte bereits schwere Gewichte –, hätte ich es mir überhaupt nicht leisten können, mich ständig auf Kosten anderer lustig zu machen und mich wie ein Pausenclown zu gebärden, denn ich war immer noch einer der Kleinsten.

Ich schob die Blätter durch die Bänke durch, so dass es jeder rechtzeitig schaffte abzuschreiben. Da die Lehrer teilweise von den Eltern angefleht worden waren, ihre Söhne wenigstens bis zur mittleren Reife kommen zu lassen, sahen sie zum Teil mit Absicht darüber hinweg. Schanz, Ackermann und Gries waren immerhin schlau genug, nur etwa die Hälfte der Fragen bzw. diese nicht vollständig bzw. nicht die gleichen Fragen zu beantworten, damit es nicht so auffiel, aber bei allen zumindest zu einer Vier reichte.

Das Wachstum von Ackermann setzte sich unvermindert fort wie ein Beben der Stärke zehn auf der Richterskala, als er die zwei Meter fünf schon überschritten hatte. Die Ärzte, die er nun zunehmend konsultierte, waren allesamt ratlos, egal, ob in Würzburg, Nürnberg oder Erlangen, wohin ihn seine Odyssee führte. Er machte jedes Mal seinen hämischen, blöden Kamelmund, wenn er von diesen Ärzten zurückkam. Er war absolut ratlos und leer – und solche Trips brachten ihn innerlich auf. Wenn er hier wenigstens auf den Fußballplätzen hätte herumtollen können. Die sinnlosen Reisen ohne Ergebnis entwurzelten ihn. Er nahm bereits, vom Arzt verordnet, Schlaftabletten, denn er lag nachts immer wach, weil er »seine Knochen wachsen hören konnte«.

Es war eine kleine, unscheinbare Zehner-Packung Valium, die stärksten, die es überhaupt gab, die da neben den Wachstumsblockern und nahezu eimergroßen Töpfen mit Milchpulver, Kalzium und einer orangen gelatineartigen Masse, die dem Knochenaufbau diente, stand. Wenn er eine davon nahm, fiel er nach zwanzig Minuten in Tiefschlaf und fing an, fürchterlich zu sägen. Nicht einmal Schanz' Fußtritte machten ihn wieder wach. Am nächsten Morgen, genau auf die Minute pünktlich acht Stunden später, wachte er aus dem Koma auf. Die Wirkung der Tabletten war komplett verschwunden, und er erhob sich in eine Art Vakuum, trat gewissermaßen wie ein Schatten aus sich selbst heraus. Konfrontiert mit der disparaten Gemengelage des Seins und mit einer plötzlichen Längsverlagerung seiner Kräfte, taperte er einen Moment unschlüssig im Zimmer herum wie ein alter Mann und fand dann schließlich irgendetwas, mit dem er sich »connecten« konnte, einen Spiegel, zu dem er sich weit herunterbeugen musste, um seinen Haaransatz zu prüfen (er wurde nämlich schon kahl), oder seinen Ständer, der ihn veranlasste, sich Richtung Klo zu bewegen.

Am späten Vormittag tauchte er in der großen Pause vor dem Deutschunterricht im leeren Klassenzimmer auf. Und dann ging alles relativ schnell. Die Schüler strömten ins Klassenzimmer. Porky kam herein und stellte sich ans Pult. Er begann zu dozieren und veränderte, wie immer, seine Haltung dabei. Er stand sehr aufrecht und gerade, streckte sein dickes Bäuchlein hinaus und stellte sein eines Bein vor das andere, Standbein-Spielbein-Position sozusagen.

Wenn er glaubte, dass ihm eine These gelang, plusterte er sich regelrecht auf und schwang manchmal selbstverliebt mit dem Bein. Er tänzelte fast, und seine Stimme bekam tatsächlich etwas Quiekendes, so sehr freute er sich über den einen oder anderen gelungenen Ausdruck, den er frei vortrug. Gern referierte er immer noch über *Faust* und warum dieser mit seinem Schicksal so haderte.

»Bin ich der Flüchtling nicht, der Unbehaus'te?
Der Unmensch ohne Zweck und Ruh',
Der wie ein Wassersturz von Fels zu Felsen braus'te,
Begierig wüthend nach dem Abgrund zu?«

Ausfallschritt, das Köpfchen mit der Steckdosennase gehoben, fast schnüffelnd. »Schanz!«, seine Stimme überschlug sich fast. »Versuchen Sie nun, diese Worte, die ich das letzte Mal schon an die Tafel geschrieben habe, in eigene Worte zu kleiden. Versuchen Sie, uns zu zeigen, wie diese Worte Fausts den Leser in die innersten Abgründe seines Wesens führen.«

Schanz murmelte etwas wie: »Du kannst meine Faust gleich in deinem Arsch haben.«

Die ganze Klasse lachte. Schamrot nahm Porky den derben Fäkalwitz entgegen und schnupperte einen Moment ratlos in der Luft. Dann machte er eine sehr wendige Drehung und marschierte zur Tafel zurück.

Man wusste nicht genau, was kommen würde, zu resolut, zu wütend war sein Schritt, als dass wir nicht einen Moment geglaubt hätten, er ginge jetzt zum Direktor und Schanz wäre endgültig dran. Aber nichts dergleichen geschah. Er setzte mit der Kreide an und machte seinen zeitlich um Bruchteile hinausgezögerten, berühmten Kringel.

Ebendiesen Moment der Rückkehr an die Tafel nutzte nun ausgerechnet Ackermann, um sich nach vorn zu schleichen und zwei Tabletten in das Glas zu tun, das sich Porky gewohnheitsmäßig am Anfang des Unterrichts vom Waschbecken geholt, mit Wasser gefüllt und zwischen seinen in Kalbsleder gebundenen *Faust* und das Klassenbuch gestellt hatte. Ackermann war ebenso schnell wieder auf seinem Platz, wie er ans Pult gekommen war.

Tief befriedigt über seine Blitzaktion verschränkte er die endlosen Arme vor der Brust und sah während eines allgemeinen Schweigens mit allen anderen zu, wie die beiden kleinen Tabletten auf den Boden sanken und sich allmählich auflösten. Alle wussten, dass hier etwas Größeres im Gange war. Selbst Porky, der sich wieder an seine Kringel gemacht hatte, hielt einen Moment inne, wandte uns sein überaus freundliches, kindliches Schweinegesicht im Profil zu und sah gedankenverloren hinaus auf den Sommertag. Dann drehte er sich um und trank das Glas in einem Zug aus. Am Ende verzog er den Mund, weil es bitter schmeckte und sah das Glas an, vergaß es aber sofort wieder.

Er wandte sich an die Klasse: »Wir haben nun über eines der wichtigsten Kapitel in der deutschen Literatur gesprochen. Ich bilde mir ein, dass Sie durch den *Faust* ein tieferes Verständnis für die menschliche Seele und ihren inneren Kampf bekommen haben. Nehmen Sie nun Ihre Papiere zur Hand. Brix. Lesen Sie bitte laut die Aufgabenstellung für die Hausarbeit vor.«

Brix nahm das Papier und las sehr bemüht vor. Man merkte sofort, dass er sich den Sinn dessen, was er las, nur schwer zusammenreimen konnte und schon gar nicht wusste, was er mit der Fragestellung anfangen sollte. Sein Stirn runzelte sich.

»Vergleichen Sie aus der Lektüreerinnerung des *Faust* ein Drama einer späteren literarischen Epoche im Hinblick auf Inhalt, Aussage, Sprache und Struktur.«

Die ersten Pöbeleien gegen ihn fingen an.

»Mensch, gib dir keine Mühe, Neandi!«, rief einer.

Brix drehte sich um und zischte: »Halt dein verdammtes Maul. Ich will hier was lernen!«

Er musste sich bei Porky einschleimen, um keine Sechs zu bekommen, und sie hatten die Abmachung, dass er öfter aufgerufen wurde, damit er die Scharte noch irgendwie auswetzen konnte. Verständnislos versenkte er sich wieder in den Buchstabensalat vor ihm und wollte gerade weiterlesen, als ihn ein Ellbogen in die Seite traf.

Brix sah auf. Porky stand wie ein Gespenst im mittleren Gang, ein Bein leicht erhoben, als wolle er einen seiner Ausfallschritte machen, sei aber durch etwas Unglaubliches in seiner Magengrube knapp davon abgehalten worden. Er hatte einen Schwächeanfall. Seine Hand sank auf das nächste Pult herunter, und er hielt sich fest.

Jung, ein schmächtiges Bürschchen, sprang mit Angst in den Augen auf und half Porky zum Pult, wo er hinsank und mit dem Kopf direkt auf den aufgeklappten *Faust* schlug.

Wir sahen uns um und blickten zu Ackermann, der immer noch mit verschränkten Armen dasaß. Ackermann nickte sein übliches, abschließendes Nicken, stand auf, ging wie ein Gladiator nach vorn ans Pult, hob den Kopf von Porky an, nahm mit der anderen

Hand die langen Haare, die wie dünne, fettige Spaghetti um seine Glatze gewickelt waren, und hielt sie mit unbewegter Miene hoch. Die Haare waren etwa einen Meter lang. Das wollte er uns demonstrieren. Dann öffnete er mit müden Augenlidern, die nichts als Gleichgültigkeit verrieten, eine Schublade und holte ein großes Fahrtenmesser heraus.

Für einen Moment ging ein Raunen durch die Menge. Ein paar Mitschüler waren im Begriff aufzustehen, um ihn vom Schlimmsten abzuhalten, doch er verzog nur kamelartig den Mund und schüttelte den Kopf. Unten, an der Glatze von Porky, der wie ein schlafendes Baby schnaufte, bildeten die dünnen Haare nun Bündel sehr dünner, gespannter Fäden, die nach oben hin auf Ackermanns Hand zuliefen wie auf einen Marionettenspieler. Er nahm das Fahrtenmesser und schnitt sie um den gesamten Haarkranz herum ab.

Porkys Gesicht sank mit dem letzten, abgeschnittenen Haar zurück aufs Pult. Mit einer galanten Bewegung legte Ackermann die Haare wie ein Lesezeichen in den *Faust* und ging an seinen Platz zurück. Es war totenstill. Die Sätze, die Ackermann und Schanz tauschten, klangen unwirklich.

»Wo ist Wittich?«, fragte ihn Schanz.

»Ich hab ihm gestern Nacht 'ne Tablette gegeben«, erwiderte Ackermann.

»Und?«

»Was? Er pennt, die Drecksau.«

Schanz erhob sich und sprach coram publico.

»Ihr haltet dicht, ist das klar?«, sagte er und sah sich um.

Alle nickten.

»Porky ist nichts passiert. Er schläft nur«, fügte er simpel hinzu.

Ein paar von uns lachten. Eine leise, allgemeine Hysterie drohte auszubrechen.

»Also, macht euch keine Gedanken. Und haltet die Fresse. Macht weiter eure Scheißhausaufgaben.«

Er setzte sich wieder und kratzte sich mit seinem Fahrtenmesser die Nägel sauber.

Alle anderen sahen gedrückter Stimmung auf die Durchschläge herab, die Jung auf Anweisung Porkys ausgeteilt hatte.

»Wenn ich erfahre, dass irgendjemand was durchsickern lässt, dann schneid ich demjenigen eigenhändig die Eier ab«, fügte Schanz noch im sitzenden Zustand hinzu.

Wir warteten, bis die Unterrichtsglocke im Gang bimmelte. Dann verließen wir im Gänsemarsch das Klassenzimmer. Schanz schloss mit einem der Schlüssel aus seinem riesigen Schlüsselbund ab. Porky blieb im Klassenzimmer liegen. Er sah aus wie ein Pauker in einem Film, dem man einen schlechten Streich gespielt hatte. Die Beine breit und eingesackt, die Arme mit den fetten, kurzen Händen knapp hinter dem Kopf, lag er quer über dem Pult. Ackermann hatte seine Hände am Schluss so arrangiert, dass er noch mehr wie ein Schlafender aussah. Als Porky am Abend aufwachte und seine Haare als Lesezeichen in dem Buch fand, flippte er vollkommen aus. Er quiekte und schrie und rannte gegen die verschlossene Tür an.

Das ganze Haus lief herbei und versammelte sich unten im Hof. Der Direktor kam, der Heimleiter kam, die ganze Sache artete zu einem ungeheuren Skandal aus.

Ackermann wurde sehr schweigsam. Es sah schlecht für ihn aus. Bei etwa dreißig Schülern, die alle ausgequetscht wurden, würde er die Sache wohl kaum überleben.

Man sah sich an, ging in sich, versprach Ackermann, keinem ein Sterbenswörtchen zu erzählen. Wir alle wurden zum Direktor gerufen und verhört. Das Glas war untersucht worden. Man wusste, dass sich die Tabletten von Ackermann darin befunden hatten. Er wurde stundenlangen Verhören unterzogen. Wir fieberten mit ihm, ob er die Nerven behielte. Irgendwann in der Nacht entließen sie ihn aus dem Zimmer des Heimleiters, und er ging in den Speisesaal, weil er den ganzen Tag nichts gegessen hatte, und fraß ein ganzes Tablett mit Rollmöpsen leer. Er hockte nur da und fraß, es war nichts aus ihm herauszubekommen. Dann warf er eine Valium ein und schlief durch.

Die Tatsache, dass am nächsten Morgen die Verhöre weitergingen, verriet uns, dass er durchgehalten hatte. Den ganzen Tag lief er mit seiner finsteren Betonfresse herum und sprach kein Wort. Er wusste, wie man Druck ausübte. Am Abend wurden wir in den

Studiersaal gerufen. Die Schulleitung hatte kapituliert. Alle hatten dichtgehalten, selbst solche, die man für charakterschwache Arschlöcher gehalten hatte. Der Direktor schwieg eine Weile. Dann sagte er: »Mit dem heutigen Datum wird die Klasse 8a mit sofortiger Wirkung aufgelöst. Die Schüler der Klasse 8a werden aufgeteilt auf die Klassen 8b, 8c und 8d. Morgen beim Frühstück werdet ihr aufgerufen und erfahrt, in welche Klasse ihr kommt. Gute Nacht.« Ohne weiteren Kommentar verließ er den Raum.

Am 24. Juli, dem letzten Tag vor den großen Ferien, stellte Ronny Ackermann das Wachstum ein. Als wäre der Anschlag auf Porky der finale Punkt einer grandiosen Willensanstrengung gewesen, die in diesem Schlussakkord kulminierte, der groß genug war, um zwei Tage lang die gesamte Schule zu erschüttern. Ackermann hatte, so behauptete er, am Abend nach dem langen Verhör, nach seinem Rollmopsessen doch noch einen Strich auf die verwaiste Skala gemacht. Der Abstand zum Strich davor betrug vierzig Zentimeter. Danach erfolgte, wie eine Kontrolle nach den großen Ferien erwies, kein Wachstum mehr. Ackermann, übrigens hochintelligent, hatte seine gesamte Kraft mit dem Gegensteuern gegen sein Wachstum verbraucht. Hätte er diese geistige Kraftanstrengung, die seine Sinne so geschärft hatte, dass er sogar in der Lage war, nachts seine Knochen »wachsen zu hören«, genutzt, um zu lernen, hätte er mit Sicherheit meinen Notendurchschnitt erreicht. So erreichte er gerade das Klassenziel und kam mit Schanz und mir in die weniger ruhmreiche 9b. Dennoch galten wir dort – die Klasse war zur Hälfte mit Mädchen besetzt – als eine Art Rockstars, gehörten wir doch zur berühmt-berüchtigten 8a, von der man so viel Schlimmes gehört hatte. Man fragte uns aus und war neugierig auf unsere Schandtaten. Dies schmeichelte uns außerordentlich und brachte mir eine kurze Liaison mit der hübschen, megadünnen Katja mit den großen, braunen Augen und den blonden Haaren ein, mit der ich zu Cat Stevens auf Gartenpartys eng tanzte und mit der ich mich zum ersten Mal küsste. Ich war grenzenlos verliebt und befand mich für wenige Wochen in einem Reich unendlicher Blendungen und Illusionen, was mein gemeinsames Schicksal mit der schönen Katja anging. Diese Illusionen wurden vor allem gespeist durch die Songs, die ständig und überall liefen, Herzensbrecher wie *I'd Love You To Want Me.* Ich war auf eine schlimme Art anfällig für die romantische Sehnsucht, die diese Songs suggerierten. Sie waren wie die trügerische Untermalung einer Soap, die mehrere Jahre lief und aus der es kein Entkommen gab.

Immer wieder ging ich an den Wochenenden an Erikas Kleiderschrank und suchte mir Blümchenblusen aus, die irgendwie hippiesk aussahen und die ich dann anzog, um Katja zu imponieren. Mit meinen hohen Clogs sah ich allerdings eher aus wie ein Transvestit, und sie nahm schnell Abstand von mir, um sich nicht zu blamieren.

Die ganzen Ferien über war ich todunglücklich und fing mich erst wieder, als ich die Brüste ihrer besten Freundin zu entdecken begann, einer gewissen »Floh«, die so genannt wurde, weil sie klein war, die aber eine perfekte Figur besaß. Sie war in gewisser Weise die Miniaturausgabe von Erika, und ich konnte mit ihr ein paar Dinge ausprobieren. Aber sie war eben nur das Imitat, nicht das Original. Deshalb bildete ich mir ein, dass es mir schal wurde, immer wieder an ihr rumzugrabschen. Richtig ranlassen wollte sie mich noch nicht, weshalb ich mich von ihr trennte, bevor sie sich von mir trennen konnte.

Ich tat dies, um der alten Weisheit gerecht zu werden: Je niedriger das eigene Selbstbewusstsein, desto größer die Geringschätzung für den, der sich auf einen einlässt. Er konnte schließlich nichts wert sein.

Die hübsche Floh wurde kurz darauf von dem Mädchenschwarm Wildgruber defloriert und fügte mir damit die Demütigung zu, die ich verdient hatte.

Auf *I'd Love You To Want Me* tanzte ich irgendwann mit einem anderen Mädchen. Dieses Mädchen kennen wir bereits. Ich hatte meine frühe Kindheit mit ihr verbracht und war Tag und Nacht mit ihr zusammen gewesen. Im Alltag des Internats, in den Wirrnissen und der Aneinanderreihung sinnloser Begebenheiten meiner Vorpubertät hatte ich sie vorübergehend vergessen. In meinen

Träumen hingegen nicht. In meinen Träumen war sie immer noch fünf Jahre alt und saß neben mir auf der Wiese, und wir blickten selbstvergessen vor uns hin in den Sommertag. In meinen Träumen stellte ich irgendwann fest, dass unsere Füße den Boden unter sich verloren und wir immer schneller über das Gras glitten, bis wir schließlich abhoben und über die Bäume hinwegflogen. Dieses Durch-das-Gras-Gleiten mit ihr war offenbar noch in mir, weil wir damals so oft schnell und immer schneller über die Wiesen gelaufen waren, dass es in meinen Träumen vorkam. Es musste eine Bedeutung haben. Ich vergaß diese Träume allerdings sofort wieder, zu sehr nahm mich in jenen Jahren die Selbstverteidigung in Anspruch.

I'd Love You To Want Me war der Inbegriff des langsamen Blues, zu toll und einzigartig romantisch, um ihn auf die Ebene soziologischer Betrachtungen herunterzuziehen.

Er war die vollkommene Inkarnation von allem, was ich je an schönen Sachen erlebt hatte und was ich je mit einem Mädchen erleben wollte. Er war viel zu schade für alle anderen Mädchen als für die »Eine«, die »Einzige«, »The One and Only«, mit der man sein ganzes Leben diesen Song durchtanzen wollte. Schicksalhafterweise habe ich ihn dann ausgerechnet auf dem Anna-Fest nicht mit Laura getanzt, obwohl das Anna-Fest oben am Berg, unter den großen Bäumen mit all den leuchtenden Buden und Lebkuchenherzen, dem Riesenrad und dem Autoscooter, alles verkörperte, was wir als Kinder schon Hand in Hand mit großen Augen wie ein Wunder betrachtet hatten.

Im Glanz der ersten Hochsommerdunkelheit, als der Sternenhimmel besonders klar und pechschwarz zwischen den Bäumen glänzte und der Geruch von Zuckerwatte und gebrannten Mandeln durch den Wald schwebte, hörte ich jene »Schmachtfetzen« schon immer vom Autoscooter herüberdringen, die das Schicksal der Menschen besiegeln, weil sie versprechen, dass das Glück für immer ist. Und ich musste mit ansehen, wie meine »One and Only« unseren Song mit Schanz statt mit mir tanzte. *I'd Love You To Want Me* wurde dennoch »unser« Song. Es war der Song, der das Potential besaß, mein Herz für immer zu brechen. Berge von

Taschentüchern wurden seinetwegen vollgeheult. Es hat nie wieder einen solchen »Schmachtfetzen« gegeben. Nicht einmal *Morning Has Broken* hatte dieses Format.

Wir hockten oben am Fensterbrett und tranken Bier, Schanz, Ackermann, Gries, Kuhn und ich. Wir blickten hinunter auf das »Kroppzeug«, auf die »Untermenschen« (Schanz) und »Rotarschpaviane« da unten im Hof und dachten, wir seien die Größten.

Aus dem Kassettenrekorder drang laut *I Shot The Sheriff* von Eric Clapton, und alle wippten sehr lässig mit. Gries, den wir wegen seiner Elefantenhaut und seiner Geduld einbezogen hatten in unsere Clique, hatte sich erstaunlich gewandelt. Nicht äußerlich, aber er war irgendwie liberaler geworden, nicht mehr ganz so verschlossen, in sich gekehrt und reaktionär. Er gab sich Mühe mitzuziehen, und es gelang ihm auf unfreiwillig komische Art irgendwie auch. Er wippte zur Musik wie ein alter Opa, aber er wippte. Das erkannten wir an, worüber er sich freute und den Mut zu einer leicht verletzbaren Offenheit zeigte. Oft guckte er erst, ob wir es gut fanden, dass er mitmachte, dann ließ er sich ein bisschen, sehr vorsichtig, aus der Reserve locken, und schließlich ging er auf diesen ganzen »modernen Quatsch« ein. Unsere Freundschaft mit ihm war ein zartes Pflänzchen, das allerdings jeder von uns hütete und pflegte. Gries stand nun auch unter dem Schutz von Schanz und Ackermann.

Wir alle hatten die Klasse bestanden, mit meiner Hilfe, wenn auch nur mit Mühe und Not. Und diese Tatsache sollte gefeiert werden – und zwar gemeinsam.

Dieser Nachmittag fiel in eine Zeit, in der ich immer seltener an den Wochenenden nach Hause fuhr. Für die meisten war es trostlos, die Wochenenden im Heim zu verbringen. Nur diejenigen, die wirklich abgeschoben waren oder deren Eltern im Ausland lebten, mussten in den verwaisten Gängen und leeren Zimmern herumlungern.

Es waren einige wenige, vielleicht fünf bis zehn Mann von dreihundert. Man lag in den Betten herum und schmökerte Heftchen, rauchte auf dem Klo oder ging ins »Kaff«, um dort herumzulungern. Wer konnte, mied abends den Speisesaal. Niemand wollte in dem traurigen Grüppchen sitzen, sich anschweigen und den roten Tee aus den Blechkannen trinken.

Wer ein bisschen Taschengeld übrighatte, ging in den *Letzten Hieb* und gab das Geld für Pommes, Bier, Billardspielen und die Musikbox aus. Man mied sich gegenseitig eher. Freundschaften wurden unter den Permanenten nicht geschlossen. Man beäugte sich misstrauisch und hatte Berührungsängste, eine gewisse Abscheu vor der Einsamkeit, die der andere »ausschwitzte«. Die Tatsache, dass man hier war, genügte, um abgestempelt zu sein. Ich erinnere mich, wie ich immer in eines der leeren Klassenzimmer ging, um zu lernen oder dem Aufschlagen der schweren Medizinbälle in der Turnhalle zu lauschen. Abends ging ich allein in den Park, setzte mich auf eine Bank und las Platon. Das hatte eine gewisse Noblesse. Ich stellte mir vor, dass ich von einem hübschen Mädchen, in das ich gerade verliebt war, dabei beobachtet wurde. Mein langes, kastanienbraunes Haar hatte ich vorher gewaschen und wusste, dass es in der Abendsonne glänzte. Es war immerhin besser, hier zu sitzen, als den beiden Alten in Nürnberg zuzusehen, wie sie Erika prügelten, weil sie sich wieder im Weinkeller betrunken hatte. Dazu waren sie nämlich übergegangen.

Aber ich hätte jetzt auch in Würzburg sein und später in die Disko von Schanz gehen können. Das wäre besser gewesen, als wieder ins Heim zurückzumüssen. Ich hätte Schanz nur anzurufen brauchen. Er hatte sogar versprochen, mich abzuholen. Das tat ich allerdings nie, aus welchen Gründen auch immer, ob es am Ende Bequemlichkeit war – oder die Angst, ins kalte Wasser zu springen, oder dass ich nicht Miglied in einem Club sein wollte, in den ich nominell schon aufgenommen war. Ständig schlug ich mich mit unnützen, unbequemen Selbstvorwürfen herum, dass ich schon wieder etwas verpasste. So war ich.

Vielleicht war es die Angst vor den Blondinen, die Schanz mir versprochen hatte, falls ich einmal käme – und die für mich klarzumachen seinerseits überhaupt kein Problem sei.

Jedenfalls machte ich mir zaudernd, zögernd, wie ich war, jede

Chance auf ein mögliches Abenteuer zunichte und hockte am Ende wieder da, unzufrieden mit mir selbst. Schanz hatte darauf getippt, dass ich Blondinen mochte.

Hätte er mir dunkelhaarige Mädchen versprochen, wäre ich vielleicht nach Würzburg gefahren. Mit Blondinen konnte ich erst später etwas anfangen. Sie waren damals noch zu greifbar für mich. Ich hätte zugreifen müssen – und davor hatte ich Angst. Blondinen erwarteten Sex. Sie waren gefräßige Sextiere, die über einen herfielen und sich nur amüsieren wollten. Sie lachten mir zu viel. Mit ihnen konnte man keinen tieferen Austausch haben. Ihnen gegenüber musste man sich als männlich erweisen. Man musste Witze reißen und gut tanzen können. Außerdem hatte ich kein Motorrad.

Die Spezies blond war eindeutig mit Schanz konnotiert, vor dem ich offenbar, ohne es zugeben zu wollen, was seine Männlichkeit anging, einen zu großen Respekt hatte.

Ich wusste ja nicht einmal, wie man ein Mädchen ansprach, vor allem nicht, wenn andere Mädchen dabei waren. Ich hatte ungeheure Angst, dass sie über mich kicherten, und machte immer einen großen Bogen um Mädchencliquen, während ich mir vorstellte, dass Schanz mit seiner Kawasaki brutal zu ihnen vorstieß.

Schanz hatte tatsächlich das Selbstbewusstsein, sich einer ganzen Mädchengruppe zu nähern, wenn er es auf eine von ihnen abgesehen hatte – und genau die holte er sich dann auch.

Er schaffte das wirklich. Das war das Erstaunliche daran. Diese Gedanken ließen mich unruhig werden. Manchmal ging ich zu der Bushaltestelle an der Landstraße, aber wenn der Bus nach Würzburg dann kam, fuhr ich nicht mit. Ich hockte stattdessen am Abend mit Marc Marx im Fotolabor und sah mir Abzüge von leeren Basketballplätzen an.

So schön konnte Pubertät sein. Ich hatte auch gar keine genaue Vorstellung von Sex.

Im Nachhinein weiß ich, dass es genau das war, was Schanz diesen Platzvorteil, was Mädchen anging, verschaffte. Er kannte sie schon. Er hatte sie bereits erforscht. Diese Erfahrung sah man ihm an. Wenn man ihm zuhörte, glaubte man kaum seinen Ohren zu trauen, nach was für banalen Dingen er sich bei den Mädchen erkundigte. Aber er hatte eine Art drauf, das zu tun, die in so krassem Gegenteil zu seinem herben, männlichen Äußeren stand, zu seiner Ledermontur, seiner Größe, seinem von Akne gegerbten Gesicht. Er war so freundlich, so zuvorkommend, so scheinbar ohne Hintergedanken, dass sie bald vergnügt lachten, wenn er seine ersten, harmlosen Witze einstreute. Zu diesen Witzen gesellte sich allerdings ein Blick, der sich gewaschen hatte. Er durchforschte die Mädchen sexuell, zog sie mit den Augen aus, während er gleichzeitig den netten Jungen von nebenan spielte.

Schanz war der erste perfekte Casanova, den ich traf – und ich beneidete ihn ein wenig um diese Fähigkeiten, die zu erwerben mir schier unmöglich erschien. Er schlug sogar vor, mich in die Lehre zu nehmen. Ich hätte mit ihm kommen dürfen, wenn er »Weiber aufreißen« ging. Aber ich schaffte es ja nicht mal bis Würzburg. Ich konnte mit meinen »Naturbetrachtungen« nichts anfangen. Es nützte mir nichts mehr, den Platon sinken zu lassen und auf die Glut auf den Spitzen der oberen Grashalme zu blicken, wenn die Sonne im Schlosspark unterging. Meine Romantik hatte sich auf den weiblichen Körper verlagert, der mir so vollkommene Wonnen zu versprechen schien, dass mir oft schon der Gedanke an das flüchtigste Detail, etwa wenn die Sitznachbarin von Martha am Morgen unter der Bank aus ihren Schuhen geschlüpft war, ein Gefühl verzehrender Sehnsucht bescherte, das kaum auszuhalten war. Das hatte mit der mechanischen, sexuellen Befriedigung, die ich Tag und Nacht an mir vollzog, überhaupt nichts zu tun. Es war etwas sehr Großes, Unerreichbares für mich, das ich offenbar nur flüchtig, an den äußersten Grenzen, erhaschen durfte, das aber da war, und zwar überall, in jeder Bewegung, in jedem Blick. Es war ein großes Geheimnis, von dem ich nicht wusste, wie es zu lüften war. Ich schaffte ja nicht mal die erste Hürde, das erste »Hallo, na, wie geht's?«

Schanz hatte oft versucht, mir von den Muschis zu erzählen und sie mir »schmackhaft« zu machen. Er hatte mich gefragt, ob ich schon mal eine geleckt hätte. Ich konnte mir nicht vorstellen, dass es, so wie er es erzählte, Spaß machen könnte, und hatte ihn gebeten, seine unappetitlichen Geschichten für sich zu behalten, was ihn ein wenig verstimmte.

Aber dann dachte ich auch wieder: Warum nicht? Warum nicht zwischen den Beinen eines blonden Hasen mit heruntergezogener Motorraduniform liegen und ihm mit der Zunge die Muschi auslecken, wie Schanz sich gerne ausdrückte. Es reizte mich zwar nicht besonders, aber was hatte ich schon zu verlieren? Missmutig klemmte ich meinen Platon unter den Arm und ging zurück ins Heim. Irgendwie gab es nichts mehr, was mich interessierte. In Nürnberg ging alles den Bach runter. Zu lernen machte mir auf einmal auch keinen Spaß mehr. Ich konnte zusehen, wie meine Einser langsam zerbröselten und sich in Dreier und Vierer verwandelten. Ich wusste nicht mehr, wohin mit mir. Alle großen Gefühle waren schon in der Kindheit durchgespielt worden: die Angst, die Verzweiflung, die Einsamkeit. Jetzt kam eine Generation mittelmäßiger Gefühle, die gefährlicher waren, als sie schienen: Schwermut, Langeweile, Verdrossenheit, Niedergeschlagenheit, Gleichgültigkeit. Wo waren, verdammt noch mal, die schönen Gefühle? Was sollte ich machen, wenn das Einzige, worauf ich immer bauen konnte, mein Ehrgeiz, mein immens starker Wille, mit dem ich bisher selbst die schlimmsten Situationen immer wieder in den Griff bekommen hatte, den Bach runterging? Es machte mir keinen Spaß, Koma zu saufen, Basketball machte mir keinen Spaß. Es machte mir keinen Spaß mehr zu lesen. Gegen Ende des Schuljahres hatte ich begonnen, mich immer häufiger krankschreiben zu lassen, und die meiste Zeit im Bett verbracht. Selbst Schanz und Ackermann waren häufiger in der Schule als ich. Ich las zwar immer noch. Platon, Aristoteles, von den Dingen, von den Ideen, aber ich stellte fest, dass mich dieser ganze Schwachsinn eigentlich überhaupt nicht mehr interessierte. Ich wollte endlich leben – bloß wie? Ein paar Mal nahm ich an Sauforgien teil, die so gruselig ausgingen, dass wir am Morgen wie Leichen auf dem Boden der Kantine lagen, oft im eigenen Erbrochenen, und tagelang nicht zu gebrauchen waren. Auch das war offenbar nicht der Weg.

Am »Wettwichsen um die goldene Eichel« nahm ich nicht teil.

Ich besuchte den Faschingsball, den berühmten, der immer in der Dorf-Aula stattfand, doch ich konnte einfach nicht tanzen. Wenn es mir schon mal gelungen war, eines der Mädchen zum Tanz aufzufordern – die meisten lehnten von vornherein ab –, wurde es wahnsinnig schnell öde.

Man versuchte, ein bisschen mit den Armen und Beinen zu schlenkern, aber im Grunde bewegte sich nichts. Ich stand ständig unter dem Druck, bei der lauten Musik sprechen zu müssen, beugte mich zu dem Mädchen vor und laberte irgendeinen Mist, und sie schrie die ganze Zeit: »Was? Was hast du gesagt?« Schließlich war ich heilfroh, wenn die ganze Angelegenheit vorbei war.

Ich schlich noch das ein oder andere Mal um das Mädchen herum, in das ich mir einbildete, verliebt zu sein, aber die spröde, schroffe Art, mit der ich, falls ich mich doch noch traute, sie anzusprechen, zur Belohnung abgefertigt wurde, machte schließlich auch dieses Gefühl zunichte.

»Nein, ich bin nicht gekommen, um deine Muschi zu lecken. Ich wollte einfach nur freundlich sein und dachte, wir könnten uns kennenlernen.« Genau das war der Fehler, anzukommen mit dem Satz, den ich tatsächlich immer wieder wie unter Zwang gebrauchte. »Hast du Lust, dass wir uns kennenlernen?«

Ein Kopfschütteln war in fast allen Fällen die Folge, danach wurde sofort in die andere Richtung geguckt. Der Winter dieses Missvergnügens endete meist damit, dass ich irgendwann in den *Hieb* ging, ein paar Bier und doppelte Korn runterkippte und Flipper spielte, um den Frust zu neutralisieren.

Andererseits, was wäre geschehen, wenn Dagmar Pranzel damals nicht den Kopf geschüttelt hätte, oder Sybille Schleicher, die Tochter des Erziehers Schleicher, die noch am gleichen Abend mit Wildgruber zusammenkam? Viele Fragen, keine Antworten.

Ich hatte *Die Welt als Wille und Vorstellung* wirklich gelesen und zur Hälfte auch *Die Kritik der reinen Vernunft*, aber Kant hatte mir leider keine Anleitung gegeben, wie der erste Satz zu lauten hat, mit dem man ein Mädchen anspricht.

Man lächelt, man ist freundlich, hieß es. Man erkundigt sich bei dem Mädchen nach schulischen Dingen und findet langsam heraus, was sie interessiert, schrieb die *Bravo*.

All dies hätte ich mit Freuden getan. Aber wie, bitte schön, lautete der erste Satz? Und was bedeutete eigentlich »freundlich«? Wie sah das Lächeln aus, von dem die *Bravo* verdammt noch mal sprach? War es ein diabolisches, ein martialisches, ein bescheidenes Lächeln? Klein oder groß? Durfte man seine Zähne dabei zeigen oder musste man sie, wie ich es in meinem Fall gerne tat, denn sie waren schlecht von den vielen Süßigkeiten, eher verstecken? Wie sah dieses beschissene Lächeln in der beschissenen *Bravo*-Welt aus, in der alles so selbstverständlich schien! Fuck! Ich trat gegen den Flipper. Was mich auch störte, war, wie die Mädchen es tatsächlich schafften, dass sich alle ausschließlich nur noch auf sie konzentrierten, dass alle Freunde plötzlich an ihnen klebten wie Scheißhausfliegen, sobald sie eine Chance witterten, und man allein mit seinem Bier an irgendeiner Säule stand, wie beim Fußball, wo man auf der Ersatzbank hockte als einer der drei Unbrauchbaren. Vielleicht war die Liebe ja ein Gemeinschaftssport. Dann hatte ich allerdings jegliche Chance auf einen Einsatz verloren.

3.

Wir waren mit zwei großen Maschinen zum Anna-Fest gefahren, ich hinten bei Schanz, Gries bei Ackermann, der voranging und die Menge durchpflügte. Er hatte sich enorme Muskelpakete zugelegt, die er bereitwillig zeigte.

»Ich will jetzt in die Breite gehen«, pflegte er mit einem Grinsen zu sagen. Oft ertappte man ihn dabei, wie er sich von allen Seiten heimlich im Spiegel ansah, den Po anspannte, den Arm abwinkelte, sich drehte in seinen hautengen Unterhosen. Der Oberkörper entwickelte sich, die Säbelbeine hingegen blieben mager wie Zahnstocher. Aber das sah man unter der Klamotte nicht. Er trug weit ausgestellte Samtjeans, die nur oben im Schritt knalleng waren, dazu baumelte eine Herrenhandtasche an seinem Unterarm. Die Leute fielen aus allen Wolken, wenn sie den Zweimeterzehn-Mann sahen. Viele drehten sich im Vorbeigehen nach Ackermann um. Aber ihm gefiel es. Er grinste sein stupides, anmaßendes Grinsen. Ich hingegen hatte extrem darauf geachtet, dass meine »Matte« gut zur Geltung kam. Ich trug einen Mittelscheitel, da mir aber die Haare immer wieder ins Gesicht fielen, hatte ich sie mit zwei Metallspangen links und rechts oberhalb der Schläfen festgemacht. Im Grunde sah ich aus wie ein Mädchen, aber das sagte mir keiner. Pickel hatten mich verschont. Ich hatte das, was man eine reine Haut nannte, und ich war sehr stolz darauf.

»Du hast eine reine Haut, Alter. Du siehst spitzenmäßig aus. Wenn ich deine Fresse hätte, gäb es kein Halten mehr«, versuchte mich Schanz aufzumuntern.

Ich achtete sehr darauf, dass ich nie – niemals –, selbst wenn ich das Kinn senkte, ein Doppelkinn bekam, und schob den Kiefer immer ein bisschen nach vorn, was einen leichten Unterbiss erzeugte. Ich verlängerte meine Augenränder so unauffällig es ging, mit Kajal – ja –, und manchmal tuschte ich mir sogar die Spitzen meiner Wimpern und legte ein winziges bisschen Rouge auf. Ich lächelte immer ein wenig verlegen, mit einem Augenaufschlag, der meine großen Mandelaugen betonte. Dass dies alles wenig Sinn machte, begriff ich erst später. Ich trug ebenfalls besagte ausgestellte Jeans mit knallengem Schritt und sehr hohe Plastikclogs mit einer etwa acht Zentimeter dicken Gummisohle.

Gries hatte wie sonst seine braunen Opa-Klamotten an. Seine Kopfhaut heilte allmählich, aber er wischte sich immer noch ständig die feuchten Hände an der Hose ab.

Schanz war gekleidet wie immer. Sein martialisches Lederoutfit, das bis zu den Knöcheln reichte und hauteng war – die großen Pranken ragten heraus –, flößte Respekt ein und hielt die Leute auf Abstand. So schritten wir über das Anna-Fest.

»Wie groß sollte eine Frau sein?«, fragte Ackermann Gries.

Schanz verzog das Gesicht zu einem schrägen Grinsen.

Gries sah Ackermann mit seinem tiefen und ernsten Blick fragend an.

»Na, wie groß?«, wiederholte Ackermann. Er sah sich um, keiner wusste es.

»Na, einsdreißig«, wandte er sich wieder an Gries, der ihn immer noch verständnislos anglotzte. Man merkte, dass er Gries jetzt am liebsten wieder am Schädel gepackt hätte, um ihn irgendwo gegenzustoßen oder reinzutauchen, weil er einfach zu blöd war. Gries merkte das auch und bekam für eine Sekunde wieder dieses Flackern von Angst in den Augen. Aber der Rückfall in alte Zeiten dauerte, wie gesagt, bloß einen Moment, dann war die Krise vorbei und Ackermann meinte: »Einsdreißig, ihr Arschlöcher.«

Er legte eine Kunstpause ein und starrte uns abwartend, mit einem leeren, gelangweilten Ausdruck an: »Du kannst ihr einen Bierkasten auf den Kopf stellen, und sie kann dir dabei gleichzeitig einen blasen!«

Schanz brüllte sofort los vor Lachen und schlug mir dabei auf die Schulter. Ich stieß ebenfalls ein lautes Gelächter aus. Und, mit unglaublicher Zeitverzögerung, gluckste nun auch Gries los, bis er sich fast verschluckte.

Ackermann schüttelte resigniert den Kopf: »Scheiße, Mann«, murmelte er. »Wie kann man nur so verdammt blöd sein.«

Wir kamen an den ersten Biertischen vorbei. Alle kreischten laut *I Can't Get No Satisfaction* mit. Wir gingen weiter, und ich fühlte mich flüchtig an ganz alte Zeiten erinnert, aber die gegenwärtige Stimmung war eine andere, draufgängerische, von Biergeschmack geschwängerte Aufreißerstimmung – und ich würde es keinesfalls zulassen, dass alte Erinnerungen hochkamen.

Wir kamen am großen Platz vorbei, wo das Riesenrad stand und, in einer Ausbuchtung im Wald, der Autoscooter. Und schon wieder drang *I Can't Get No Satisfaction* aus den Boxen.

Dieser Ultimo-Hit aller Zeiten hatte die guten, alten Bierlieder verdrängt. Zu meiner großen Überraschung sah ich, dass da drüben am Tisch eine Belegschaft von etwa dreißig Frauen saß, die mir irgendwie bekannt vorkam, die ich aber, da ich kurzsichtig war, nicht sofort erkennen konnte. Sie alle schrien aus voller Kehle: *»I Can't Get No .... Sa-tis-fac-tion«* und schunkelten dabei heftig.

Ich steuerte den Tisch an, und da hörte ich auch schon Frau Rammer kreischen: »Das Robertle! Schaut mal her! Da kommt das Robertle!«

Sie sprang auf, umfing mich mit ihren Armen und zerdrückte mich dabei fast. Sie hatte mächtig zugelegt in den Jahren, hatte immer noch diese feuerroten Bäckchen beim Feiern und diese freundlich funkelnden, kleinen Augen. Die Mundwinkel gingen wie immer nach oben, selbst wenn sie nicht lächelte. Sie sah aus wie ein Smiley.

»Robertle, Robertle, was bist du groß geworden«, sagte sie immer wieder.

Ich winkte ab. Ich schämte mich vor meinen Kumpels und ließ unauffällig meinen Blick in die Runde schweifen. Am hinteren Rand der langen Tafel, die streng hierarchisch geordnet war, saßen ein paar junge Frauen, offenbar die Ferienarbeiterinnen. Eine davon schien ganz hübsch zu sein. Ich konnte sie nicht deutlich erkennen. Ich war zu eitel, eine Brille zu tragen. Schanz hatte sie offensichtlich auch ins Visier genommen.

Ich zupfte an seinem Arm: »Komm, lass uns meinen Großvater begrüßen«, sagte ich.

Ich winkte den anderen, und der bunte Haufen versammelte sich um meinen Großvater und stellte sich namentlich vor. Mein Großvater lud uns ein, uns zu setzen. Wir drängten uns gegenüber von Frau Rammer, Frau Kranach und meinem Onkel.

Ich war schon lange nicht mehr in Stein gewesen, aber mein Onkel hatte mir den Auftritt von damals offensichtlich nicht verziehen. Seine blöden Kinder und seine Frau waren Gott sei Dank nicht dabei. Er gab mir kaum die Hand und sah mich nicht an.

Meine Stimmung verdüsterte sich einen Moment. Ich stellte mir vor, wie Schanz in einer dunklen Ecke Kleinholz aus ihm machen würde.

Mein Großvater missbilligte mein Erscheinen offenbar auch. Voller Unmut zog er sich in sich selbst zurück. Lange Haare gefielen ihm überhaupt nicht. Jeden Abend im Fernsehen musste er sich die Baader-Meinhof-Fahndungen angucken. Es war für ihn die größte Schmach in der Geschichte, dass es so weit hatte kommen können. Sie waren selbst schuld gewesen, dass es ihnen damals nicht gelungen war, das ganze Übel auszurotten. Es waren jetzt bald zehn Jahre, dass Langhaarige ihnen auf der Nase herumtanzten, kommunistische Studenten mit Nickelbrillen, wie der Jude Trotzki eine hatte, und über allem tanzte die Kommunistenhure Ensslin mit ihren feuerroten Haaren, von der sein ältester Sohn, wenn er betrunken aus Berlin ankam, behauptete, sie habe ein Kind von ihm und er verwalte jetzt ihr Geld von den Banküberfällen, sei der Kassenwart der RAF.

Uns wurden mehrere Humpen Bier hingestellt, die wir in einem Zug leer tranken.

Die Humpen reichten wir sofort wieder an die Bedienung zurück, sie brachte gleich neue.

Gries mit seinem Hitlerhaarschnitt hätte durchaus die Gemütslage meines Großvaters ein wenig aufbessern können, immerhin war er ein Gleichgesinnter, aber Gries checkte einfach mal wieder überhaupt nichts. Ich stieß ihn an.

»Mein Großvater sammelt das Deutsche Reich, du weißt schon, Briefmarken«, sagte ich und bekam fast die Krätze, so blöd sah er mich an. »Mann, Gries, bist du bekloppt? Du sollst dich mit meinem Großvater unterhalten.«

Er nickte.

»Is gut«, sagte er. Er hatte verstanden. Wie immer, wenn er versuchte, Konversation zu betreiben, setzte er ein dämliches Grinsen auf und fletschte dabei die Zähne. Das gab ihm etwas Herablassendes, Nihilistisches, als würde er sein Gegenüber nicht ernst nehmen, war aber völlig unbeabsichtigt. Dennoch schrak mein Großvater zuerst zurück, als wir Gries neben ihn bugsierten. Gries schob seine Jackenärmel hoch. Er trug Ärmelschoner, wie mein Großvater.

»Darf ich mich vorstellen, mein Name ist Gries«, knarzte es. Gries hielt meinem Großvater seine feuchte Flosse hin. Er hatte plötzlich wieder die schnarrende Stimme, als spräche der »Führer« aus ihm, aber vielleicht war es auch nur das Bier.

»Ihr Enkel hat mir erzählt, dass Sie das Deutsche Reich sammeln? Das finde ich sehr interessant.«

Mein Großvater sah den Vogel verblüfft an. Sollte er es hier tatsächlich mit einem Gleichgesinnten zu tun haben?

»Interessierst du dich für Briefmarken?«, fragte er.

»Na ja«, erwiderte Gries mit einem nachdenklich-süffisanten Blick auf seine Hände. »Eigentlich mehr für Panzer.« Dabei lächelte er dümmlich.

Ich stieß ihm den Ellbogen in die Rippen.

»Mann, Gries, reiß dich zusammen«, zischte ich, und Ackermann warf ihm einen bohrenden Blick zu, obwohl er überhaupt nicht wusste, worum es ging.

Gries dachte zwanghaft nach. Seine Hände wrangen sich ineinander. Das war das erste Anzeichen, dass er eine Ladehemmung bekam. Wir mussten ihn in Ruhe lassen. Vielleicht ergab sich das Gespräch von selbst, und wenn nicht, war es schließlich auch nicht so schlimm.

»Mein Großvater war an der Ostfront!«, gab ich ihm noch mit, weil ich wusste, dass ihn dieses Thema heiß machte wie einen pawlowschen Hund.

Innerhalb von zehn Minuten hatten sie sich ins Gespräch vertieft, und am Ende sagte mein Großvater lobend: »Ein sehr anständiger junger Mann. Dass es so etwas heute überhaupt noch gibt.«

Ich sah zum andern Ende des Biertischs hinüber.

»Da schaut er, der Bursche«, bemerkte Frau Rammer strahlend. Sie hatte mich nicht aus den Augen gelassen, so stolz war sie, dass ich so groß geworden war. »Schau amol her. Des is mei Enkelin, die Gaby«, rief sie und zeigte mit dem Finger auf ein stark geschminktes Mädchen mit einem großzügigen Dekolleté, das die ganze Zeit zu uns herübersah. Frau Rammer hatte es also immer noch nicht aufgegeben, ihren Nachwuchs an die Firmenleitung zu verkuppeln. Das Mädchen hob ihren Krug und prostete mir mit einem Schlafzimmerblick zu. Ich prostete zurück und muss zugeben, dass sich bei mir etwas regte. Aufregende, schmutzige, dunkle Abenteuer konnten mich hier in einer Ecke hinter den Bierzelten erwarten.

Das andere Mädchen hatte ich immer noch nicht erkannt. Ich

sah sie einfach zu unscharf und konnte auch den Ausdruck nicht deuten. Sie strich mit den Fingern an dem vor Kälte feuchten Bierkrug entlang und sah vor sich hin. Plötzlich jedoch blickte sie auf und warf einen langen Blick in unsere Richtung. Er konnte nur Schanz oder mir gelten. Wen von uns beiden sah sie an?

Auf einmal erkannte ich an der Länge und Eindringlichkeit ihres Blicks, wer sie war.

Es war dieser gelassene Blick, der sich Zeit ließ, den anderen zu studieren, und der sich nicht aus der Ruhe bringen ließ. Es war der Blick von Laura. Ich starrte zurück, und sie wandte endlich die Augen wieder ab und ließ sie – »kühl« war das richtige Wort –, und ließ sie kühl und abwartend in der Ferne ruhen.

Schanz stieß mich an: »Die ist hübsch. Die hat *dich* angesehen«, sagte er.

Es hatte mich irgendwie sofort kalt erwischt. Ich wollte mir meine Gemütsbewegung nicht anmerken lassen und blickte, wie sie, vor mich hin. Immer wieder mal hatte ich an den Fruchtbarkeitstanz denken müssen, den sie für mich hingelegt hatte und der so außerordentlich gewesen war. Er hatte den Schalter umgelegt bei uns, obwohl wir damals höchstens elf waren. Er hatte eine Mechanik im Innern meines erotischen Uhrwerks berührt und verändert, die tief lag, weil dieser Tanz so stark von Schmerz und Trauer dominiert gewesen war, dass es unmöglich war, daran zu rühren, geschweige denn, ihn auszubeuten. Er war wie kaltes, klares Wasser gewesen. Und gleichzeitig schmerzhaft wie Feuer.

Ich dachte: Laura ... Laura ..., und begriff überhaupt nicht, wieso mich das jetzt so mitnahm. Ich hatte ja noch nicht einmal gesehen, wie sie aussah. Vielleicht war sie ja ganz hässlich und hatte Pickel und eine von der Pubertät dicke Nase.

Die Gespräche gingen weiter. Die Musik ging weiter. Die Frauen sangen ein weiteres Mal: *»I Can't Get No Satisfaction«* – aus voller Kehle. Schanz und Ackermann sangen mit, stießen mich an und zwangen mich, auch mitzusingen.

Was machst du hier, Laura?, dachte ich. Dabei war klar, dass sie in den Ferien bei meinem Großvater Geld verdiente. Es waren vier Jahre vergangen.

Als der nächste Song kam, standen einige Frauen auf und fingen an zu tanzen. Sie trugen zu dieser Zeit bereits kurze Röcke, nur die älteren waren noch im Dirndl unterwegs. Die Reihen lichteten, die Tafel lockerte sich.

Auch Laura stand auf. Sie ging zu meinem Großvater: »Danke für die Einladung, Herr Freytag«, sagte sie zu ihm. Mir zeigte sie die kalte Schulter. »Gute Nacht, ich geh jetzt nach Hause.«

Sie wandte sich zum Gehen.

Ich sprang auf: »Laura!«

»Hallo«, sagte sie, »und ich dachte schon, du kennst mich gar nicht mehr.«

»Ich bin kurzsichtig«, sagte ich ungeschickt und bereute es sofort.

Sie lächelte. »Ich auch. Aber das ist kein Grund, nicht wenigstens mal hallo zu sagen.« Schanz lachte, und sie fühlte sich bestätigt. Sie hatte eine Art dazustehen, die mich an ihre Mutter erinnerte, nachdenklich und ein wenig herausfordernd, ein winziges bisschen auf einem Bein wippend. Es gab Grund genug für ihr Selbstbewusstsein. Sie hatte eine phantastische Figur bekommen, das sah man sofort, auch an der Haltung, auch wenn ihr hochgeschlossenes Kleid, das bis zu den Knien ging, nicht sofort alles verriet.

Schanz starrte auf ihre Fesseln und Waden. Sie stand, eine Hand in der Hüfte, das Bein, mit dem sie ungeduldig wippte, ein wenig nach vorn gestreckt, und der zierliche, weiße Schuh schlug mit der Spitze eine Art Takt in den Sand. Sie tat das alles mit einer unbewussten Grazie, dieser Rhythmus war einfach in ihr, in ihrem straffen Körper. Bestimmt dachte Schanz jetzt, sie sei sicher eine tolle Tänzerin. Dabei sah sie mich noch immer an und wartete auf eine Antwort, die anderen vollkommen ignorierend. Ich hatte auf einmal das Gefühl, es hinge viel für mich davon ab, was ich sagte. Ich war ziemlich verunsichert.

»Ich, ich...«, fing ich an.

»Gib dir keine Mühe«, sagte sie tadelnd.

»Bleib doch noch einen Moment. Jetzt wird es ja erst lustig«, sagte eine der Frauen.

»Na gut, auf ein Bier.« Sie stieg über die Bank uns gegenüber, wo man ihr Platz machte. Sie hatte sich auch insofern verändert, als die Schwere ihres Vaters, das Bodenständige und Langsame, das ihr in ihrer Kindheit manchmal zu schaffen gemacht hatte, auf einmal verschwunden war und einer spöttischen Leichtigkeit Platz gemacht hatte, die von ihrer Mutter kam, einer Art fohlenhafter Ungeduld, die ich in den frühen Jahren auch bei Frau Werner beobachten konnte, wenn ihr Mann am Freitagabend nach Hause kam. Sie wirkte vergnügt und offen, und sie war wirklich hübsch, allerdings, muss ich zugeben, für den, der noch kein Kenner war, erst auf den zweiten Blick, denn sie war überhaupt nicht geschminkt. Ihre feinen Züge, die hohen Wangenknochen, die Grübchen beim Lachen, die leicht schräg liegenden, grauen Augen wirkten wie früher eher zurückhaltend. Ein Maskenbildner, der etwas von der Sache verstand, hätte allerdings im Handumdrehen eine blendende Schönheit aus ihr gemacht.

»Na, was macht ihr hier oben auf dem Anna-Fest?«, fragte sie in die Runde.

Schanz begann, Konversation zu machen. Nachdem er die Frage abgehakt hatte, woher wir uns kannten, fing er an, das Gespräch auf das Thema Musik zu lenken. Als Mädchenkenner wusste er, dass jedes Mädchen, egal, wie hässlich oder hübsch, intelligent oder zurückgeblieben es war, zu Hause eine Sammlung mit Musikkassetten hatte, auf denen sich ihre Lieblingssongs befanden. Natürlich war es auch bei Laura so. Nachdem er ein paar Koordinaten von ihr hatte, fing er an, ein Spiel daraus zu machen und zu raten, welche Songs zu ihren Lieblingssongs gehörten. Und er riet natürlich richtig und bohrte scherzhaft weiter nach, bis sie gezwungen war, den einen oder anderen peinlichen Song zuzugeben, den sie auch mochte. Dadurch brachte er sie, wie alle anderen vor ihr auch, zum Lachen. Dann begann er, Wetten mit ihr abzuschließen. Wenn er das eine oder andere Lied erriet, das in ihre Top-Ten-Liste gehörte, müsste sie sich zumindest auf ein Tänzchen mit ihm einlassen.

Sie weigerte sich lachend, sie sagte, sie müsse nach Hause, aber schließlich erriet er, dass sein Lieblingssong *I'm Sailing* von Rod

Stewart auch bei ihr in den Top-Ten war, und diese Gemeinsamkeit, da käme sie nicht drum herum, koste sie einen Tanz.

Ich hatte längst die Nase voll. Nicht einen einzigen Satz hatte ich platziert, und Schanz hatte mich völlig vergessen.

Er ging klarerweise davon aus, dass ich von meiner Kindheitsfreundin kaum etwas wollen konnte, und sie signalisierte auch nicht gerade, dass sie sich für mich interessierte.

Schanz hatte Lauras Neugier erregt. Damit fing es ja immer an. Sie wollte wissen, was er so treibe – und er setzte sein charmantes Lächeln auf und fing an, voll einen auf Lebemann zu machen. Ein weiterer Trick von ihm war nämlich, dass er den Tanz von ihr dann doch nicht einforderte. Er hatte Zeit. Es lief ihnen nicht davon. Stattdessen stellte er sich lieber selbst ein wenig dar und sammelte Punkte. Er erzählte von der Diskothek seines Vaters, in der er am Samstag immer auflegte, und wie viele gute Platten sie hatten. Dann erzählte er von den Live-Auftritten in »seiner Disko«, dass Joe Cocker käme und er Karten habe.

Mir lief es eiskalt den Rücken herunter. Laura hing an seinen Lippen und hatte mich offensichtlich vergessen. Schließlich schilderte er, wie toll es sei, ohne Helm durch die Weinberge zu rattern, und fragte sie, ob sie gern Motorrad fahre.

Allmählich fing ich an, richtig sauer zu werden. Und dann machte er noch etwas Schlaues.

Er streute nämlich immer wieder, um die Sache aufzulockern, ein paar Witze an Frau Rammers Adresse ein und brachte sie zum Lachen. Als schließlich ein fetziger Song kam, auf den er tanzen wollte, nahm er Frau Rammer um die Taille, hievte sie von der Bierbank hoch und schwenkte mit der alten Lady die Hüften, um so richtig zu zeigen, was für ein patenter Kerl er war, wobei er natürlich Laura nie ganz aus den Augen ließ, ihr zuzwinkerte. Sie lachte und zwinkerte zurück.

»Das ist ja ein klasse Typ, den du da kennst«, sagte Laura.

»Findest du, ja?«, gab ich mürrisch zurück.

»Du nicht?«, fragte sie erstaunt.

»Aber du ja offenbar«, gab ich beleidigt zurück.

Ich machte mal wieder alles falsch, was man falsch machen

konnte. Sie sah mich neugierig an, mit diesem Spott, der neu war an ihr und der mich jetzt, da ich eifersüchtig war, zornig machte. Natürlich wollte ich mir das auf keinen Fall anmerken lassen, aber ich war ein so schlechter Schauspieler, dass ihr nichts entging.

»Warum triffst du dich denn dann mit ihm, Robert?«, fragte sie mich wie ein kleines Kind, wobei ich glaubte, eine gewisse Zärtlichkeit heraushören zu können.

»Ich habe ihm geholfen, das Schuljahr zu überstehen. Er ist nicht gerade eine Intelligenzbestie«, gab ich verbiestert zurück.

Sie lachte. Jetzt kam ein langsamer Blues.

»*Bridge Over Troubled Water.* Gehört bestimmt auch zu deinen Lieblingssongs, stimmt's?«, fragte ich beleidigt.

Sie sah mich mitleidig an.

»Worauf wartest du? Geh mit ihm tanzen«, sagte ich, als Schanz mit Frau Rammer zurückkam.

»Mit wem und wozu ich tanze, entscheide immer noch ich.« Sie wandte sich von mir ab.

Ackermann hatte die ganze Sache beobachtet und schüttelte den Kopf. Er verstand nicht, wie man so blöd sein konnte wie ich. Ich hatte die ganze Sache vollkommen vermasselt. Ich war einfach völlig bescheuert.

Schanz brachte die schwitzende, lachende Frau Rammer zurück und setzte sich wieder neben mich.

»Puh«, sagte er, »das hat Spaß gemacht!«

Er bemerkte unser Schweigen und sah von einem zum anderen.

»Alles okay?«, fragte er mich.

Ich gab keine Antwort.

»So ein beschissenes Lied«, murmelte ich und stand auf, um mir die Beine zu vertreten. Was Schanz weiterhin zum Besten zu geben hatte, hörte ich nicht mehr. Ich nahm Blickkontakt mit der Enkelin von Frau Rammer auf. Sie hatte mich längst bemerkt und sah zu mir hin. Ich überlegte, sie zu fragen, ob sie mit mir in eines dieser gefährlichen Dinger steigen wollte, die rauf- und runterfielen und in denen man sich anschnallen musste. Damit konnte ich möglicherweise Eindruck schinden.

Ich sah hinüber zu Schanz. Er hatte Laura bereits wieder ins

Gespräch verwickelt. *Bridge Over Troubled Water* ging langsam zu Ende. Und nun geschah das Ungeheuerliche, nicht Auszudenkende: Der nächste Song, der lief, war *I'd Love You To Want Me*. (Schanz war vorher zum DJ des Autoscooters gegangen, wie er mir später erzählte, hatte aus seinem Bündel Scheine, das er immer in der Hosentasche trug, einen herausgezogen und den DJ bestochen, das Lied zu spielen. Es gehörte zu den Hundert-Prozent-Nummer-Sicher-Liedern auf Schanz' Liste, mit dem man, genauso wie mit *I'm Sailing*, jedes Mädchen herumkriegte.)

Als ich hörte, dass das Lied kam, war ich gerade ein paar Schritte weiter gegangen und hatte mich bereits von der Bierbank entfernt. Die ersten Takte fuhren wie ein Elektroschock durch mich hindurch, ich drehte mich um. Ich sah gerade noch, wie Schanz Laura half, über die Bank zu kommen. Ich dachte, mir bliebe das Herz stehen.

Fassungslos sah ich, wie er seinen Arm um ihre Taille und sie ihre Hand auf sein Schulterblatt legte. Er lächelte sanft und erzählte etwas, und sie lächelte zurück und sagte etwas zu ihm.

Mein Leben war gelaufen. Diesen Schock verkraftete ich nicht. Ich stand da und wusste nicht, was ich machen sollte. Ich war vollkommen ohnmächtig. Sanft wiegte sie die Hüften – das wäre alles gewesen, was ich mir je gewünscht hätte. Mit welcher Anmut sie sich bewegte. Wie leicht das alles plötzlich zu sein schien für sie, nachdem wir uns vier Jahre nicht gesehen hatten. Offenbar hatte sie mich vollkommen vergessen. Wie konnte sie mir das antun! Vor Empörung und Schmerz stiegen mir die Tränen in die Augen.

Normalerweise wäre ich weggelaufen, aber ich konnte mich nicht von der Stelle bewegen. Weshalb hatte das jetzt plötzlich so eine ungeheure Bedeutung? Vielleicht war alles ja ganz harmlos. Wie gebannt starrte ich auf Laura und folgte jeder ihrer Bewegungen.

Sie hatte den Kopf an Schanz' Lederjacke gelehnt und die Augen geschlossen! Es war aus! Vorbei! Die Illusion meines Lebens war zerstört! Endlich! Gott sei Dank! Oder auch nicht! Am liebsten hätte ich losgegreint wie ein kleines Mädchen, aber eine innere

Stimme sagte mir immer wieder: Es ist nichts passiert! Was führst du hier für einen Affentanz auf?

Schanz und Laura drehten sich langsam im Kreis. Ich stand etwa sechs Meter von ihnen entfernt, als sich ihr Gesicht langsam wieder zu mir hindrehte, zu weit weg, um genau zu erkennen, was mit ihren Augen war. Hatte sie sie geschlossen, sah sie zu ihm auf, blickte sie in meine Richtung oder irgendwohin ins Leere?

Mit der unfreiwilligen Komik, mit der ich durch mein Leben taperte, machte ich – es war mir egal, wie blöde ich wirkte – ein paar Schritte nach vorn, um zu erkennen, was mit ihren Augen los war. Ich ging, den Kopf nach vorne geneigt, wie es meine Art war, auf sie zu und starrte ihr entgegen. Sie sah mich an. Ich blieb stehen. Wie sah sie mich an? Bedauernd? Genervt? Wollte sie, dass ich wegging? Ich dachte: Laura, was du hier machst, ist wirklich scheiße! Kapierst du das nicht?

Plötzlich lächelte sie. Sie lächelte mich an! Mit jenem Schalk im Nacken, den ich ihr übelnahm. Ich machte kehrt und wollte vom Platz. Ich machte nochmals kehrt. Immer noch schaute sie mich an. Als Schanz sie schon wieder langsam aus meiner Richtung drehte, sah sie mich immer noch an. Sie sah mich an mit einer liebevollen Nachsicht, als wolle sie sagen: Du Dummkopf, was führst du dich denn hier so auf? So ein Blick war es, muss es wohl gewesen sein.

Ich starrte sie noch immer an – und sie lächelte wieder ein ganz kleines bisschen, es sah aus wie: Komm, jetzt lächele doch auch mal. Es ist doch alles gar nicht so dramatisch.

Ich versuchte es. Dabei starrte ich sie unablässig an und versuchte zu lächeln.

Vielleicht war etwas in meinen Augen zu sehen, vielleicht sogar eine Winzigkeit an meinem Mund, denn bevor Schanz sie wieder in die andere Richtung gedreht hatte, zwinkerte sie mir zu. In meinem Innersten war alles durcheinander. Was sollte ich tun? Was denken? Sollte ich in Euphorie ausbrechen? War jetzt alles ganz anders? Und umgekehrt, wie ich gedacht hatte? War ich wirklich so blöd? Oder war dieses Zwinkern von ihr nur eine kameradschaftliche Geste gewesen? Weil sie mich mochte, nicht

»liebte«? Ja, »lieben« war das richtige Wort. Alles darunter wäre überhaupt nicht möglich gewesen.

Unruhig ging ich davon, wanderte an den Baumstämmen hin und her, die den Platz im Hintergrund säumten, wo die Bierbänke standen. Ich wartete fieberhaft, dass endlich der Song zu Ende ging und die Dinge sich aufklärten.

Als das Lied vorbei war, kam sie zu mir. Da ich immer noch auf und ab tigerte, verschränkte sie die Arme und sah mich abwartend an.

Irgendwann blieb ich stehen. »Was willst du?«, fragte ich.

Sie ging auf meinen aggressiven Tonfall nicht ein.

»Ich wollte dich fragen, ob du mich noch ein Stück Richtung Bus begleitest?«, fragte sie.

Innerlich stieß ich einen Jubelschrei aus. Ich konnte es nicht fassen. Ich dachte, sie wäre nur gekommen, damit ich nicht länger beleidigt sei, aber jetzt schwang ein Ton in ihrer Stimme mit, der mehr zu versprechen schien.

»Jetzt?«, sagte ich perplex.

»Wann denn sonst?«, fragte sie amüsiert.

Ich blickte zu Boden und sagte: »Okay.«

»Na, dann komm.«

Wir gingen los, ohne noch einmal an den Tisch zurückzukehren und uns zu verabschieden.

Sie winkte Schanz nur noch kurz zu. Er machte ein blödes Gesicht. Laura musste lachen.

Einen Moment gingen wir stumm nebeneinanderher. Mich bewegten zu viele Dinge, die ich noch loswerden musste, bevor ich ein vernünftiges Wort mit ihr sprechen konnte.

»Wie findest du eigentlich Schanz?«, fing ich an.

»Ganz nett«, sagte sie.

»Mehr nicht?«

»Nein, natürlich nicht.«

»Du bist also nicht verliebt in ihn?«, bohrte ich nach.

»Nein, natürlich nicht.« Sie lachte ein helles Lachen.

»Hm.«

»Was ist?«

»Man tanzt doch nicht auf *I'd Love You To Want Me* mit jemandem, in den man nicht verliebt ist«, sagte ich vorwurfsvoll.

»Bist du so eifersüchtig, Robert?« Sie sah mich tadelnd an.

Ich zuckte die Achseln. »Ich würde niemals – niemals! – *I'd Love You To Want Me* mit jemandem tanzen, in den ich nicht verliebt bin!«

Sie blieb stehen. Ich blieb ebenfalls stehen.

»Robert?«, sagte sie und sah mich an.

Ich blickte zu Boden. »Hm.«

»Soll ich dir mal etwas verraten?«

Ich scharrte mit den Füßen am Boden und nickte.

»Ich hätte viel lieber mit dir dazu getanzt.«

Ich schluckte. »Wirklich?«

Wir sahen uns einen Augenblick an. Wir blickten wieder zu Boden. Einen Moment herrschte betretenes Schweigen.

»Ich muss jetzt rennen, sonst verpass ich den Bus«, sagte sie. »Komm halt einfach mal wieder vorbei.«

»Mach ich«, sagte ich.

Sie kam zu mir und gab mir einen flüchtigen Kuss auf den Mund.

Dann lief sie davon. Ich blieb wie betäubt stehen.

Am Ende des Abends gab es noch einen kleinen Lacher. Das Mädchen, das Ackermann angebaggert hatte, war winzig. Als die beiden aufstanden und sich zur Tanzfläche bewegten, sah es tatsächlich so aus, als sei sie einsdreißig und er könnte ihr einen Bierkasten auf den Kopf stellen. Schanz und ich sahen uns an. Ackermann schielte zu uns rüber. Auch er schien zu begreifen, was uns durch den Kopf ging, denn ein blödes Lächeln umspielte seine Lippen. Schanz und ich drehten uns weg und prusteten los. Ackermann beeindruckte das wenig. Er tanzte ewig mit dem Mädchen weiter. Am Ende rockte er wie ein schwankender Kran über die Tanzfläche, den Kopf hin- und herwerfend und einem Tanz vorgreifend, der erst fünfzehn Jahre später nach Deutschland kommen sollte, nämlich dem Pogo.

Gries war leer ausgegangen. Er stierte in seine Maß und stieß ab und zu einen Rülpser aus. Vollkommen betrunken kippte er beim nächsten Bier um. Ackermann schulterte ihn, trug ihn zu dem Hang hinter dem Autoscooter, wo die anderen Bierleichen lagen, und lud ihn dort ab. Schanz tanzte den ganzen Abend mit Gaby Rammer, der Wassernixe, die mich ab und zu mit ihren großen, trägen Augen ansah. Jedes Mal, wenn *Lady Bump* lief, riss es mich hoch, und ich warf mich ebenfalls auf die Tanzfläche. Ich wollte endlich aus dem Vollen schöpfen. Ich wollte leben!

4.

In den Jahren '75 bis '78 machte ich meinen etwa dreißigsten Versuch zu leben.

Meine Chancen waren gleich null. Es gab dunkle Kräfte, die mich davon abhielten und gegen die ich immer wieder prallte. In dieser Zeit geschahen ein paar unangenehme Dinge.

Als ich meinem Vater bei seinem Umzug nach Darmstadt half, stieß ich zufällig auf einen Brief meiner Mutter. Sie hatte ihm geschrieben, sie sei sehr enttäuscht von mir gewesen, als sie mich bei den Großeltern wiedergesehen hatte. Ich sei nun ein kleiner *Bourgeois* geworden, verweichlicht, verwöhnt, ohne Phantasie. Dabei habe ich mich doch damals als ziemlich resistente »Leibesfrucht« erwiesen, und es sei durchaus mehr zu erwarten gewesen.

Das saß. Das musste erst mal verdaut werden.

Das andere war, dass meine Großmutter Mechthild starb. Mein Vater rief mich an und teilte es mir nüchtern mit. Solche Anrufe fingen immer mit dem Satz an: »Pass mal auf, mein Sohn. Dein Vater hat dir etwas zu sagen. So, und jetzt hör mir mal genau zu.«

Das Zweite, was er mir mitzuteilen hatte und worauf der Anruf wohl hinauslaufen sollte, war, dass weder er noch meine Mutter Geld hatten, das Internat weiter zu bezahlen, und dass ich es mir nun aussuchen konnte, entweder bei ihm in Darmstadt unterzukommen oder mir einen Job zu suchen. Ich war am Boden zerstört. Darmstadt war eine fürchterlich hässliche, von Ökos und ewigen Studenten infiltrierte Stadt. Die Freundin meines Vaters, eine Lyrikerin mit stark behaarten Armen (er hatte offenbar ein Faible dafür), war eine waschechte Feministin.

Ein echter Hardliner. Sie organisierte Frauengruppen, in denen Männer zum Stricken gezwungen wurden. Der Schock, aus dem Internat zu müssen, war größer als der über den Tod meiner Großmutter. Ich hockte mich neben die Telefonzelle und dachte nach, wie ich verhindern konnte, dass mein Leben wieder einmal zu Matsch zerfiel.

Das Schlimmste war, dass ich Laura nicht mehr sehen würde, wenn ich vom Internat musste. Jetzt, wo mein Leben anfing, versuchten sie es mir sofort wieder kaputtzumachen.

Ich hatte mich so auf Laura gefreut, und jetzt würde alles zunichtegemacht. Dazu reichte meinem Vater ein Satz. Wie ich ihn dafür hasste.

Die letzte Woche vor den großen Ferien war sowieso traurig. Alle packten ihre Koffer, und so manchen würde man nicht wiedersehen.

Gries gab mir seine Flosse. Seine uralten Eltern standen schon in der Tür. Er würde nicht mehr kommen. Er hatte genug vom bayrischen Schulsystem.

Am Abend, als ich mich auf mein Bett fallen ließ, krachte es unter meinem Arsch. Es hatte einen Panzer zerbröselt, den Gries mir zum Zeichen seines Dankes als Abschiedsgeschenk dagelassen hatte. Seine Tarnfarben waren so gut, dass ich ihn auf der braunen Decke nicht gesehen hatte. Es dauerte Tage, so einen Panzer zusammenzukleben. Ich warf die vielen Teile sofort in den Müll.

Mit Schanz düste ich runter zur Beerdigung. Wir machten ein paar Mal auf einer Raststätte Halt, brauchten uns nur anzusehen und mussten lachen, bis uns die Tränen kamen. Ich war irgendwie hysterisch. Ich hatte den Tod meiner Großmutter nicht verdaut. Ich konnte nicht mit Trauer darauf reagieren. Also lachte ich bei jeder Gelegenheit.

Auf der Beerdigung reichte ich einen Hut herum und bat um

kleine Spenden. Es waren viele Millionäre gekommen, alte, reiche Frauen mit strengen Gesichtern und großen Klunkern um den Hals. »Eine kleine Spende, damit ich weiter ins Internat gehen kann.«

Angewidert wandten sie ihre strengen Köpfe ab. Sie fanden das unmöglich. Ich hingegen hatte das Gefühl, ihnen den Spiegel vorzuhalten. Sie waren hartherzige, reiche, alte Spießer. Und ich konnte ihnen gar nicht blöd genug vorkommen.

Als ich auf Schanz blickte, wie er am offenen Grab stand, in seinen engen Lederklamotten, das Gesicht todernst, wurde ich erneut von einem innerlichen Lachkrampf geschüttelt. Ich senkte den Kopf und presste mit den Fingern die Nase zusammen. Da ich einen Hut aufhatte, sah man wahrscheinlich nichts außer einem leichten Vibrieren, das ebenso Schmerz oder Trauer sein konnte. War es auch. Es hatte sich alles nur verschoben, wie sich überhaupt die Realität verschoben hatte.

»Komm, wir hauen ab«, raunte Schanz. »Oder ich piss mir gleich in die Hose.«

Mit gesenkten Köpfen verließen wir die Beerdigung.

»Kein Geld im Säckel«, sagte ich, und wir fingen wieder an zu lachen, bis uns die Rippen weh taten.

»Wo willst du jetzt hin?«, fragte er mich am Abend, als wir in einer Raststätte saßen.

Ich zuckte die Achseln. »Keine Ahnung.«

»Ich hab drei Miezen in Würzburg.« Er sah mich an. Seine buschigen Brauen und die eng zusammenstehenden Augen verliehen ihm den Blick eines Gorillas. Auf seiner Iris lag ein sanfter, schimmernder Film, der an eine Öllache erinnerte. Ich wusste keine Erklärung dafür, woher das kam, aber es war faszinierend. Gorillas hatten genau solche Augen, und ich fragte mich, wie Frauen diesen Blick aushalten konnten. Ich hielt ihn jedenfalls nicht aus.

»Eine davon werde ich im Herbst auf den Strich schicken«, sagte er.

Ich nickte und sah abwartend auf die Tischplatte. Das Gespräch war mir unangenehm. »Wollen wir nicht langsam wieder zurückfahren?«, fragte ich.

Ich fühlte, wie seine Pranke sich auf meine Schulter legte.

»Klar«, sagte er, »du bist schon eine arme Sau. Du tust mir echt leid.«

Es war nicht abfällig gemeint. Schanz sprach lediglich Klartext.

Wir ruderten durch die zähe Juliluft nach draußen, stiegen auf die Maschine und fuhren auf der Autobahn zurück ins Internat.

Als wir ankamen, sah Schanz sich um und sagte: »Ist tote Hose hier, ich glaube, ich hau jetzt schon ab, Alter.«

»Und die Zeugnisse?«, fragte ich.

»Können sie sich in den Arsch schieben.«

Das Heim war nur noch zu einem Viertel belegt. Alle anderen waren schon in die Ferien abgehauen. In wenigen Zimmern brannte noch Licht.

Schanz ging in den Studiersaal, leerte sämtliche Schubladen seines Pults in den Papierkorb und schob den Rest an Büchern, Heften und Stiften, der noch darauf lag, mit dem Arm hinterher.

»Wäh«, sagte er. Er hasste die nach stockfleckigen Schulbüchern riechende Luft.

Mit zügigen Schritten verließ er den Studiersaal, ging an seinen Spind, zog den Koffer heraus, den er das ganze Jahr nie wirklich ausgepackt hatte, und warf den Haufen schmutziger Wäsche hinein, der unten in eine Ecke gepfeffert lag.

Außer einem Rasierstick, der wie ein grüner Minidildo aussah, war jetzt nichts mehr im Schrank. Schanz watete in seinen engen Lederklamotten ins Zimmer und schlug die Decke über seiner Koje zurück. Da er meist in seiner Montur schlief, hatte er das Bettzeug nicht ein einziges Mal gewechselt. Trotz seiner rostroten Farbe sah man überall die ineinander laufenden Ränder verschiedenster Flecken. Mullbinden, Reißnägel, Flachmänner, eine halbleere Flasche *Johnny Walker*, sein Schraubenzieher, sein Schlagring und ein paar Heftchen lagen herum.

Schraubenzieher und Schlagring steckte er ein, der Rest schien ihm nicht der Rede wert. Er kippte alles zusammen und schob die Decke mit einem Fuß unters Bett. Dann nahm er die Whiskyflasche und ließ die überhängende Decke wieder fallen. Er schraubte den Verschluss auf, trank einen Schluck und reichte mir die Flasche weiter. Das Gebräu war warm und eklig und bildete oben Schaumkronen. Es stieg sofort in den Kopf.

»Die kannst du behalten«, sagte er.

»Danke.«

Es war Zeit für den Abschied. Wir standen uns gegenüber, und Schanz sah mich einen Augenblick an.

»Kommst du wieder?«, fragte er.

Ich zuckte die Achseln. »Und du?«

Er nickte.

»Wir können ja nächstes Jahr wieder zusammen aufs Zimmer gehen«, sagte ich.

Er nickte noch einmal. In Gedanken war er ganz woanders. Wir glaubten beide nicht so recht daran, dass er wiederkam. Er stieß mich freundschaftlich in die Seite und verschwand im Gang.

Ich hörte, wie die Zahlenschlösser seines Koffers zuschnappten und er breitbeinig mit seinen klobigen Stiefeln, die er selbst nachts nie ausgezogen hatte, den Gang hinunterlatschte. Jetzt war ich allein, und ein seltsames Gefühl überkam mich, eine Mischung aus Hoffnung und Trostlosigkeit. Man konnte nicht sagen, welches Gefühl stärker war. Es war, wie wenn man manchmal die verschiedenen Partikel des Frühlings in der Luft riecht. Die einen riechen nach einem warmen Sommer, die anderen nach Schatten und Selbstmord, die dritten nach Ungewissheit. Ich spürte die Stille, bevor Schanz, weit entfernt, die Maschine anwarf. Viele Jahre war ich nun schon in Grünthal, ich gehörte bereits zu den Alten. Das einsame Hausrecht des Einzelgängers, der hier allein in diesem leeren, nach rotem Tee riechenden Gebäude stand, holte mich wieder ein. Reichte es nicht, so zu leben, solange man nicht immer wieder daran erinnert wurde, dass es ein anderes Leben gab? Störungsversuche des Schicksals in Gestalt von Laura, die eine ungesunde Sehnsucht wachriefen, konnte man doch vermeiden, indem man nirgends mehr hinging. Aufgrund irgendeines vertrackten Systems war man mit der Existenz anderer Menschen verbunden. Daran würde sich so bald nichts ändern. Und diese Tatsache machte mich auf einmal sehr unruhig.

Die Hoffnung, die ich noch hatte, mochte meinen vitalen Kräften entspringen, die mein Körper im großen Maße besaß, und die Trostlosigkeit einem Mangel an Perspektiven, der Lieblosigkeit meiner Eltern und einer generellen Angst vor der Liebe, die ich mir nicht eingestehen mochte, die aber einen Beigeschmack von Hoffnungslosigkeit hinterließ, wenn ich an meine Ferien mit Laura dachte und daran, dass ich wahrscheinlich in der Fabrik arbeiten musste, weil ich kein Geld von den Eltern bekam. Es schmeckte bitter, dass ich nun keine Privilegien mehr besaß und dass dieser oft von mir missachtete, aber lebensnotwendige Baustein meiner Zukunft, das Haus Ode, durch den Tod meiner Großmutter weggebrochen war, weil ich meinen Großvater zu oft schlecht behandelt hatte, als dass er bereit gewesen wäre, weiter für mich aufzukommen.

Langsam lief ich – es wurde nun bereits dunkel, die Internatsglocke hatte schon zum Schlafengehen geschellt – zu der Telefonzelle unten im Treppenhaus.

Marc Marx humpelte mir entgegen mit seinem Gipsbein. Er hatte versucht, sich an einem Baum zu erhängen, nachdem ein Mädchen, in das er verliebt war, es zum wiederholten Male abgelehnt hatte, mit ihm im Pausenhof zu sprechen. Eine Lappalie, wie alle dachten, aber es hatte bei ihm das Fass zum Überlaufen gebracht. Er hatte zu viel einstecken müssen dieses Jahr. Trotzdem hatte niemand Mitleid. Alle lachten, wenn er vorbeigehumpelt kam, weil er selbst beim Selbstmord so ein Pechvogel war. Er hob den Arm zum mürrischen Gruß und humpelte vorbei.

Es versetzte mir einen Stich. Ich konnte nicht über ihn lachen, selbst wenn ich es gewollt hätte. Vielleicht, weil wir in letzter Zeit immer die Einzigen waren, die im Heim blieben, und weil wir auch jetzt zu den Letzten gehörten, die noch da waren. Wir mieden einander, da das Schicksal des anderen uns an unser eigenes erinnerte.

Marc war von seinem Vater, einem Privatbankier, abgeschoben worden. Seine Mutter war in der Psychiatrie gelandet, sein Vater hatte eine junge Frau geheiratet, die Marc überhaupt nicht mochte und ihn nicht in ihrer Nähe ertrug. Uns beiden blieb nur eine einzige Hoffnung: das Internat oder die Fremdenlegion (Marc Marx entschied sich für Letzteres).

Ich rief meinen Onkel an und bat ihn, mir einen Ferienjob zu geben. Ich konnte förmlich spüren, was für eine Genugtuung es für ihn war, dass ich bei ihm anrufen musste.

»Ich gebe dir eine Chance, weil du der Sohn meines Bruders bist«, sagte er. »Aus keinem anderen Grund. Wenn du die Chance vermasselst, brauchst du hier nicht mehr aufzutauchen. Hast du verstanden?«

»Ja«, erwiderte ich.

»Du bekommst drei Mark neunzig die Stunde, wie alle anderen auch. Und du trittst pünktlich um sechs Uhr an. Wie alle anderen auch! Hast du das kapiert?«

»Ja.« Ich bedankte mich, weil ich wusste, dass er mich sonst dazu auffordern würde.

Als ich aufgelegt hatte, war mir klar, dass ich mir diesen Job ebenso gut sparen könnte. Das Geld würde nicht mal ausreichen, um davon einen weiteren Monat im Internat zu zahlen. Aber wenn ich es nicht täte, würden sie es mir als Hochmut auslegen und alle zusammenhalten, mein Vater, meine Großeltern, mein Onkel und seine Familie.

Und dann könnte es mir womöglich passieren, dass sie mich nicht in Stein wohnen ließen, was zur Folge hätte, dass ich zu meinem Vater müsste und Laura gar nicht mehr sehen könnte.

Es waren trübselige Aussichten, vor allem, was mein Wiedersehen mit ihr betraf. Ich hatte mir eigentlich gewünscht, unbeschwerter auf sie zu treffen.

Wie sollte ich jetzt die Rolle des Charmeurs, des Internatsschülers, des Privilegierten aufrechterhalten, wenn ich, anders als sie, keinerlei Zukunftsaussichten mehr hatte?

Ich hatte sie eigentlich anrufen wollen, aber da ich wusste, dass ich kein Geld mehr bekam, tat ich es nicht. Ich würde sie auch nicht besuchen. Es war zwar unvermeidlich, dass man sich in der Fabrik sah, doch ich konnte ja versuchen, ihr aus dem Weg zu gehen, und wenn sie mich fragte, was mit mir los sei, würde ich ihr sagen, dass sie das nichts angehe und dass ich nichts mehr mit ihr zu tun haben wolle.

Mit diesen masochistischen Gedanken ging ich zurück in mein Zimmer und tat mir leid.

Ich holte die neuen Schulbücher, die ich mir am Nachmittag gekauft hatte, um mir zu beweisen, dass ich nächstes Jahr noch da sein würde, unter dem Kopfkissen hervor, schlug eines von ihnen auf und roch den frischen Duft nach Tinte und Matrize, der aus den Seiten aufstieg. Ich wollte mich trösten. Aber es half irgendwie nichts. Es machte mich nur betrübter, und ich ließ die Schulbücher aus ein paar Metern Entfernung in den großen Holzpapierkorb segeln. Es war der gleiche Papierkorb, in den mich vor wenigen Jahren noch die Zwillinge mit dem Kopf zuerst hineingesteckt hatten. Was waren das noch für schöne Zeiten gewesen!

Ich stand wieder auf und streifte durch die Gänge. Die meisten Zimmer standen offen und waren leer. Die meisten Betten waren abgezogen. Ich ging in ein Zimmer der Gruppe Calmus, in die ich nächstes Jahr, falls es ein solches geben würde, kommen sollte, und probierte, wie es war, in einer dieser Kojen zu schlafen, die Schanz bevorzugte.

Ich legte mich lang. Meine Fußspitzen konnten nun schon beinahe, wenn ich ein wenig tiefer rutschte, den unteren Rand des Bettes berühren. Ich war ganz schön gewachsen. Bald war ich so groß wie mein Vater. Wenn ich hohe Clogs anhatte und mich streckte, sogar schon ein wenig größer.

In diesem Zusammenhang fiel mir ein, wie mein Vater, als ich das letzte Mal bei ihm war, behauptet hatte, er sei Kassenwart der RAF.

Es war spät in der Nacht in der Küche gewesen. Überall standen noch die Umzugskartons mit den Büchern herum. Er war bereits bei der zweiten Anderthalbliter-Flasche Retsina, die er noch beim Griechen um die Ecke geholt hatte, um den Umzug zu feiern. Durch seine Trunkenheit hatte er schon die behaarte Lyrikerin in die Flucht geschlagen, die beleidigt zu einer ihrer Frauengruppen gegangen war.

Wir standen also in der Küche im Durchzug, er wies immer wieder auf den Flur, wo Berge von Kartons standen, und forderte mich auf, mit ihm zu kommen, dann würde er mir das viele Geld zeigen, das in einem der Kartons war und darauf wartete, in einem Zwischenboden über dem Bad gelagert zu werden. Er ging sogar hinaus, aber da stand diese riesige Pyramide aus Kartons. Er war zu faul und zu betrunken, den weit unten und in der Mitte liegenden, mit einem »G« für Gudrun gekennzeichneten Karton hervorzukramen, und kam achselzuckend wieder in die Küche zurück.

»Dann zeig ich ihn dir eben ein anderes Mal, mein Kind«, knurrte er, hob die Flasche, schüttete die gelbe, beizende Flüssigkeit in sich hinein und kam darauf zu sprechen, wie feucht die G. jedes Mal gewesen sei, wenn er in sie eingedrungen war. Es gab seiner Meinung nach kein Mädchen, das so feucht gewesen sei wie die G. Was für ein ungeheuer sensibles und schönes Mädchen sie gewesen sei, das könnte ich, bei meiner Blödheit, ja überhaupt nicht begreifen, bellte er und schlug mit voller Wucht auf den Tisch. Und er sei so wütend, dass es mit der G. so schiefgegangen war und dass sie nun an so ein Arschloch wie den B. geraten sei.

Dabei rollte er aggressiv mit den Augen und klammerte sich verzweifelt an dem schon halb aus der Verpackungsfolie geschälten, runden, weißen Holzküchentisch fest.

»Ich erzähl keine Geschichten, mein Kind«, rief er und hielt mich an den Handgelenken fest, obwohl er hätte sehen müssen, wie todmüde ich war, aber seine Energie war, nach der Hälfte der zweiten Flasche, nach dem Sollbruch, wie er es gelegentlich mit einer thüringischen Einfärbung nannte, auf einmal wieder unerschöpflich.

»Ich bin ein Brocken«, schrie er, »kapier das endlich, mein Kind!«

Er würde weitermachen bis fünf, sechs Uhr, würde an dem Tisch herumrücken, bis das bleiche Licht des Morgengrauens seine Fläche erreicht hätte, die nun der neue Mittelpunkt seines Universums war, eines Universums aus monströsen Erinnerungen und Reflexionen über den Tod und das Scheitern der politischen Verhältnisse und menschlichen Beziehungen. Die Lyrikerin hatte er längst vergessen. Er würde ihr ein paar Kisten mit nasser Wäsche aus der Maschine in den Garten schmeißen, aus Rache für die Manen der großen Toten, um die und deren Hoffnungen er sich so betrogen fühlte, dass er ausrief: »Ich bin schon längst lebendig begraben, Junge!«, womit er recht hatte, und mich wiederum mit schmerzhaftem Griff an meinen Handgelenken packte und mir sehr nahe kam.

An all das dachte ich, während ich in dem stickigen Geruch des Zimmers lag, die Matratze probierte und meine Füße streckte, bis ich zwischen den Zehen einen Krampf bekam. Schließlich stand ich auf und ging im Zimmer herum.

Draußen war es bereits dunkel, aber ich hörte das Plingplong der Tischtennisbälle, die Marx gegen die Wand im Treppenhaus schlug, bis die Nacht hereinbrach und er müde genug war zu vergessen, dass es ihn gab.

Und ich roch den roten Tee, der von der letzten Küchenangestellten hinaus in den Gang geschoben wurde, falls es irgendjemandem einfiele, in der Nacht Durst zu bekommen, der kein Geld mehr hatte für den Afri-Cola & Bluna-Automaten im Keller. Ich stieg zum Fenster hinaus, denn ich wollte Marx heute nicht mehr begegnen, und ging zu der zweiten Telefonzelle am Sportplatz.

Dort kramte ich die Nummer von Schanz hervor. Sie stand auf einem völlig zermürbten Fetzen Papier, den ich das ganze Jahr in meinen Taschen herumgetragen hatte. Die Zahlen waren so brüchig, dass man sie kaum noch lesen konnte. Ich überlegte einen Moment, was ich ihm sagen sollte und was nicht oder ob ich ihn überhaupt anrufen sollte.

Man erzählte, dass Schanz reaktionär, wenn nicht rechtsextrem sei und Verbindungen zu irgendwelchen Rockerbanden habe, aber das konnten auch nur Gerüchte sein. Wie hätte er es wohl aufgenommen, wenn ich ihm berichtet hätte, dass mein Vater einen Schatz hortete, der von Banküberfällen linksextremer Vereinigungen stammte?

Ich hatte keine Lust, dass Schanz mit einer Rockerbande bei

ihm aufkreuzte und ihn und seine Wohnung auseinandernahm. Das hatte selbst mein Vater nicht verdient. Und Schanz konnte sehr stur sein, wenn er sich etwas in den Kopf gesetzt hatte. Es blieb wie immer, wie schon das ganze Jahr über dabei, dass ich anfing, seine Nummer zu wählen und dann wieder auflegte. Ich lief an den Sportplätzen, die an der Rückseite des Heims lagen, vorbei und durchquerte den Ort. Mit seinem Schloss und seinen alten Steinhäusern sah er wie ein Schmuckstück aus.

Ich ging in den Schlosspark hinein, der im Mondlicht glänzte. Als ich an dem großen, mit Seerosen und Seeerbsen bedeckten Weiher vorbeikam, hörte ich wieder den Laichgesang der Frösche, der mir seit vielen Sommern vertraut war: »We all want you. We all want you!«, hörte ich aus dem tausendstimmigen Gequake heraus, seit ich den Fruchtbarkeitstanz von Laura gesehen hatte.

Fasziniert starrte ich auf das dunkle Wasser, das ständig von den Decksprüngen männlicher Frösche aufgewühlt wurde, die sich auf die Weibchen setzten.

Auf einmal war ich wieder glücklich. Ohne darüber weiter nachzudenken oder den Gedanken konkret werden zu lassen, hatte ich nun eine Option, an das nötige Kleingeld zu kommen, um das Internat für das nächste Jahr zu bezahlen. Es lag über dem Badezimmer meines Vaters, falls er nicht völligen Unsinn geredet hatte. Ich konnte es am Ende der Ferien heimlich abzweigen, wenn alle schliefen. Der Betrag wäre gering genug, dass sein Fehlen mit etwas Glück gar nicht auffallen würde. Das Wichtigste an dieser Erkenntnis war allerdings, dass nun meiner Romanze mit Laura nichts mehr im Weg stand. Alles schien auf einmal wieder wesentlich aussichtsreicher als noch vor einer Stunde, als ich zu deprimiert gewesen war, sie überhaupt anzurufen, und bereits alles in den Wind geschrieben hatte.

Ich ging über die Wiese. *Morning Has Broken* drang von irgendeiner Gartenparty in den Park, und ich fühlte mich plötzlich so alleine und hatte so eine Sehnsucht danach, mit Laura zu sprechen, dass es weh tat. Ich lief zu der Telefonzelle zurück und rief sie mit klopfendem Herzen an.

Olaf nahm ab. Ich hörte es an dem Keuchen, bevor er etwas

sagte. Offenbar litt er immer noch an jenem rätselhaften Schnupfen, der ihn seit seiner Kindheit plagte und ihm das Atmen durch die Nase selbst im Sommer nahezu unmöglich machte.

Ich fragte ihn, ob Laura da sei. Wieder das Keuchen. Ich sah ihn vor mir, wie er sich hilfesuchend umsah. Ich hatte ihn aus einem tiefgreifenden mathematischen Problem gerissen, das ihn vollkommen absorbiert hatte. Woher sollte er auf einmal wissen, wo seine Schwester war?

Er rief nach ihr, und ich hörte Schritte. Ich merkte, wie er seine Hand auf den Hörer legte und etwas sagte, das zu gedämpft war, um es zu verstehen. Dann ging sie dran.

»Robert?«, fragte sie.

Kaum vorstellbar, dass sie an einem Freitagabend zu Hause war. Aber es war so. Ich war so erleichert darüber. Ich erzählte ihr naiv, ich hätte Cat Stevens gehört und deswegen das Bedürfnis gehabt, bei ihr anzurufen, und wartete gespannt darauf, was sie dazu sagen würde.

Sie antwortete mir mit einem kleinen Verzögerer und einer leicht kieksigen Stimme, sie freue sich darüber, dass ich anrief.

Es war die Antwort, die ich erhofft hatte und die mich jetzt ebenfalls in eine leichte Euphorie versetzte.

»Wirklich?«, hakte ich nach.

Nach einer winzigen Pause sagte sie: »Ja, wirklich«, und fügte dann noch hinzu – wie ein Sahnehäubchen auf das schon so beglückende Ganze: »Sehr.«

Daraufhin entstand eine längere Pause, aufgeladen mit einer Spannung und einer glücklichen Erregtheit, die nahe am Zustand eines Glückstaumels oder der Seligkeit war.

Das war es, was ich hatte hören wollen, und eigentlich gab es jetzt nichts mehr zu sagen.

Jetzt konnte ich dem Wiedersehen entgegenfiebern, wie ich es mir erträumt hatte.

»Ich komme morgen«, sagte ich, ein wenig atemlos. »Morgen um fünf an der Bushaltestelle. Holst du mich ab?«

Auch von dieser Antwort hing, wie ich merkte, mein Wohlbefinden in hohem Maße ab. Ich musste vorsichtig sein, nicht zu viel fragen, um den Anruf am Ende nicht doch noch durch ein Missverständnis zu verderben.

»Mhm, gern«, sagte sie.

»Also dann, bis um fünf«, sagte ich und wartete, bis sie »Bis dann« gesagt hatte.

Dann legte ich auf, besser gesagt, ich ließ den Hörer wie eine heiße Kartoffel auf die Gabel fallen. Man konnte so viel falsch machen, besonders am Anfang. Das merkte ich.

5.

Als der Bus auf die Haltestelle an der Landstraße zufuhr, sah ich sie schon von weitem dastehen, in einem hellen Sommerkleid, unter einem Himmel mit tiefhängenden Wolken.

Die Arme verschränkt, sah sie mir aufmerksam und ernst entgegen. Sie trug ihre Brille und war vollkommen ungeschminkt.

»Hallo«, sagte sie. »Na, wie geht's?«

Dabei musterte sie mich belustigt. Offenbar hatte sie die Spangen entdeckt, mit denen ich links und rechts oberhalb der Schläfen mein Haar festgemacht hatte, damit es mir nicht ständig ins Gesicht fiel.

»Danke, gut«, sagte ich. »Wollen wir gehen?«

Ich war etwas eingeschnappt über ihren belustigten Blick. Vielleicht war ich auch ein bisschen enttäuscht, weil die Spannung, die ich seit dem gestrigen Gespräch erwartet hatte, plötzlich irgendwie nicht da war. Sie ging mit gesenktem Kopf an der Seite der Landstraße neben mir, eine alte Angewohnheit von ihr.

Es kam mir vor, als hätte ich das Idol von neulich Nacht mit der alten Laura verwechselt, die ich von früher kannte.

»Ist dein Koffer nicht schwer?«, fragte sie.

Ich schüttelte den Kopf. Mir fiel nichts ein, wie ich wieder Spannung in die Sache bekommen könnte. Es war eher frustrierend als beruhigend für mich, denn ich hatte mir schon so viel vorgestellt und wollte keinesfalls unter den Erwartungen bleiben.

»Was hast du?«, fragte sie mich.

»Ach, nichts«, wieder schüttelte ich den Kopf.

»Waren deine letzten Schultage anstrengend?«, fragte sie mich fürsorglich.

Es schien ihr ganz selbstverständlich, sich mit mir normal zu unterhalten. Eigentlich hätte man sich küssen müssen, als ich ankam. Nichts dergleichen war geschehen. Das war alles sehr beunruhigend. Außerdem war sie ganz normal angezogen, und ich lief herum wie ein Exzentriker, mit Plateausohlen, weit ausgestellten Hosen und einem Einstecktuch, das ich mir extra für sie ins Hemd gesteckt hatte. Es war rot und sollte anarchistisch wirken. Jetzt kam es mir lächerlich vor.

Ich versuchte ihr darzulegen, und zwar schon einigermaßen gedrückter Stimmung, um nicht zu sagen missmutig, dass ich sehr wohl anstrengende letzte Tage im Internat gehabt hätte, weil es keine leichte Aufgabe sei, eine Herde rechtsgerichteter Schimpansen politisch zu dominieren. Ich hätte Flugblätter drucken müssen, diese dann verteilen etcetera etcetera.

»Solche Sachen machst du also?«, fragte sie überrascht und sah mich nicht ohne Neugier an.

Ich blieb stehen und sah sie ebenfalls an.

»Ja, solche Sachen mache ich auch.« Ich verspürte auf einmal den starken Drang, sie zu küssen.

»Soll ich mal deinen Koffer nehmen?«, fragte sie.

»Nicht nötig«, erwiderte ich reserviert. Wir gingen weiter, langsam, in den Moment versunken, den wir gerade hatten vorbeiziehen lassen und in dem wir uns fast geküsst hätten.

Die Felder waren zum großen Teil abgeerntet und bildeten Rechtecke in verschiedenen Braun- und Gelbtönen. Es war kühl, der Herbst kündigte sich schon an.

Irgendwann begann sie ein wenig zu erzählen. Sie fing an mit: »Weißt du, Robert?« – einer Einleitung, die mir sehr vertraut war. Fast alle Mitteilungen, die ihr wichtig waren, begann sie damit und legte dann eine kurze Pause ein, um sich ihre Worte besser zurechtlegen zu können. Immer noch war sie das gleiche nachdenkliche Mädchen, dem viel im Kopf herumging. Sie erzählte mir, dass sie nun doch nicht in die Fabrik ging und deswegen ein schlechtes Gewissen hatte.

»Du gehst doch nicht in die Fabrik?«, fragte ich alarmiert.

Sie schüttelte bedauernd den Kopf und zog dabei eine Schnute. Dieser Gesichtsausdruck kränkte mich. Ich empfand ihn als eitel und narzisstisch. Plötzlich war sie, trotz ihrer Brille, wieder genauso hübsch und begehrenswert wie neulich Abend.

Ich merkte, wie ich wütend, neidisch und eifersüchtig wurde. Ich hatte auch keine Lust mehr auf die Fabrik. Sie glaubte wohl, sie sei etwas Besseres.

»Was ist?« Sie hob die Augenbrauen, was sie noch hübscher machte, und sah mich an. »Nichts.« Ich zuckte die Achseln. »Und warum, wenn ich fragen darf, gehst du nicht?«

»Ich hab mich entschieden, für mein Stipendium zu lernen. Das ist vielleicht ein bisschen riskanter, aber am Ende springen dabei im Monat fünfhundert Mark raus, und damit kann ich meine Mutter schließlich besser unterstützen als mit dem bisschen Geld von der Malocherei. Wer nicht wagt, der nicht gewinnt.«

»Nicht schlecht«, bemerkte ich kleinlaut. Mir verschlug es fast den Atem. Zu solchen Höhenflügen gedachte sie sich also aufzuschwingen, während ich mich in den Niederungen der Fabrikarbeit bewegen sollte.

»Mhm, ich verstehe.« Ich gab mir Mühe, möglichst neutral zu klingen. Sie sollte nicht gleich herausfinden, dass ich ein kleinlicher, von Neid und Missgunst zerfressener Charakter war.

Sie stieß mich leicht in die Seite. »Dann können wir uns wenigstens öfter sehen«, sagte sie kumpelhaft, »falls der Herr sich herablässt, eine Weile zu bleiben.«

Ich hatte ihr nichts davon gesagt, dass ich übermorgen in der Fabrik anfing.

»Weiß mein Onkel schon davon?«, fragte ich sie.

»Natürlich. Was denkst du denn? Für wie unzuverlässig hältst du mich?«

»Entschuldige«, sagte ich ohne jeden Humor. Sie hatte eindeutig Oberwasser. Ich musste sofort, wenn ich oben ankam, den Job absagen. Es ging auf keinen Fall, dass ich um halb sechs in die Fabrik fuhr, während sie sich ausschlief und im Bett räkelte. Ich wäre dem überhaupt nicht gewachsen, selbst oder gerade wenn sie danach gutgelaunt und verliebt auf mich warten würde. Meine Laune verfinsterte sich.

»Marx hatte recht«, murmelte ich, »die ökonomischen Verhältnisse bestimmen das Denken, nicht umgekehrt.«

»Wie kommst du denn jetzt auf so etwas?«

Unhöflich ignorierte ich ihre Frage und starrte vor mich hin.

Wir hatten bereits das Dorf erreicht und liefen die Dorfstraße hinauf. Laura hatte mich in diese bescheuerte Falle tappen lassen. Hätte sie mir nicht erzählt, dass sie in der Fabrik arbeiten würde, hätte ich mich niemals bei meinem Onkel gemeldet. Hinzu kam, dass ich es innerhalb der nächsten zehn Minuten schaffen musste, die Stimmung wieder zu drehen, damit wir auf Augenhöhe aus der Sache herauskämen. Ich schielte zu ihr rüber. Sie wurde offenbar nicht von diesen destruktiven Gedanken geplagt.

»Freust du dich denn gar nicht, hier zu sein?«, fragte sie.

»Wieso sollte ich mich nicht freuen?«, erwiderte ich bissig.

»Ich dachte ja nur.« Sie zuckte die Achseln.

Instinktiv wollte sie sich von meiner schlechten Laune nicht anstecken lassen. Als wir oben ankamen und ich unsere Häuser schon von weitem sehen konnte, fragte ich sie: »Und? Was machst du heute Abend?«

Es war Samstag, die Frage war ein heißes Eisen.

»Keine Ahnung? Und du?«

»Ist hier nicht irgendwo eine Party?« Ich tat so, als wäre das das Selbstverständlichste von der Welt.

»Magst du auf eine Party gehen?« Sie sah mich fragend an. Offenbar war sie nicht aus der Ruhe zu bringen.

Ich zuckte die Achseln. »Keine Ahnung? Du?«

Wir sahen beide zu Boden. Sie zog, während sie einen Moment nachdachte, spielerisch mit dem Fuß eine Linie in den Sand. Dann sagte sie: »Und ich dachte schon, du würdest viel lieber mit mir alleine den Abend verbringen.« Sie sah auf und blickte mich wieder an. Ich schluckte.

»Ja, klar. Du hast recht. Daran habe ich gar nicht gedacht«, log ich, um Gleichgültigkeit vorzutäuschen.

»Na gut, du kannst dir ja noch überlegen, wozu du mehr Lust hast«, sagte sie ein wenig schnippisch. »Sag mir einfach später Bescheid. Ich weiß auch eine Party.«

Dass sie am Ende noch diesen Trumpf hatte, versetzte mir einen weiteren Stich. Sie hatte also die Möglichkeit, auf Partys zu gehen, war aber so süß, darauf zu verzichten, weil ich ihr wichtiger war, obwohl ich das, wie sich jetzt herausstellte, gar nicht verdient hatte.

O Gott, war das Leben kompliziert.

»Tschüs«, sagte sie und schritt mit einem Gang, der mir begehrenswerter denn je vorkam, über die Stoppelwiese zu ihrem Haus davon. Dabei hatte ich in der Dunkelheit nicht mehr erkennen können, was für ein Blick der letzte war, den sie mir zugeworfen hatte. So also hatten sich die Zeiten hier oben verändert. Zutiefst unbefriedigt über mich selbst, stolperte ich über die kleine Treppe in Richtung Haus.

Meine Großmutter Elli stand in der Tür und lächelte: »Na, hat deine Laura dich abgeholt?«, fragte sie.

Ich nickte und ging hinein, stellte im Flur meinen Koffer ab und begrüßte meinen Großvater, der im Briefmarkenzimmer saß, von hinten, indem ich ihm einen respektlosen Kuss auf die Glatze gab. Er reagierte kaum darauf und sah mich nicht einmal an.

Ich lief wieder aus dem Zimmer und machte die Tür hinter mir zu. Er sollte keinesfalls hören, was ich meiner Großmutter zu sagen hatte.

»Omi«, sagte ich, »ich kann nicht in der Fabrik arbeiten. Ich muss lernen. Ich bekomme am Jahresanfang wahrscheinlich ein Stipendium. Wenn ich die Prüfungen schaffe. Und es sieht ganz danach aus.«

Meine Großmutter zog sich nachdenklich in die Küche zurück. Ich lief ihr hinterher.

»Omi, ich muss den Vati anrufen. Ich muss ihm das sagen. Das mit dem Stipendium weiß ich erst seit gestern. Der Direktor hat es mir gesagt. Er will dafür sorgen, dass ich eins bekomme.«

Meine Großmutter sah mich an. Sie sah aus wie mein Onkel. Die gleiche große Nase, die gleiche Physiognomie, nur wesentlich weniger aggressiv. Auf einmal wirkte sie viel kleiner, als ich sie in Erinnerung hatte.

»Darf ich?«, fragte ich und spürte bereits wieder den Schalk im Nacken.

Sie zuckte ratlos die Achseln.

Ich lief hinaus in den Flur und rief meinen Vater an. Ich erklärte ihm, ich könne aller Wahrscheinlichkeit nach im Internat bleiben und müsse dafür lernen. Ich wusste genau, dass er viel zu desinteressiert war, den Direktor persönlich zu fragen. Wenn die Dinge von selbst liefen, war es für ihn in Ordnung. Solange es ihn nicht tangierte, hatte ich seinen Segen.

Jetzt musste ich es nur noch meinem Onkel erklären. Sofort rief ich ihn an und verkündete ihm, ich müsse lernen. Ich ließ keinen Zweifel aufkommen, wie wichtig das war, und quatschte ihn tot.

Er sagte haargenau das Gleiche wie mein Vater, mit der gleichen, mahnenden Betonung:

»Dann musst du selber sehen, wie du zu Rande kommst. Es ist niemand mehr da, der für dich aufkommt.«

Ja, ja, das hatte ich nun kapiert.

»Ich weiß«, beteuerte ich, und er legte sofort auf.

Innerhalb von fünf Minuten hatte ich ein Organisations- und Überzeugungsvolumen bewältigt, für das andere ganze Tage gebraucht hätten.

Ich war stolz auf mich und konnte nun erhobenen Hauptes zu Laura gehen.

Stein war »chic« geworden. Oben am Hang hinter dem Haus der Großeltern, an der einst unbebauten Piste, wo früher die Bauwagen der italienischen Gastarbeiter gestanden hatten, waren nun große Häuser errichtet worden, Bungalows im Stil der Zeit, mit großen Gärten zur Westseite hin, mit Blick auf die weitläufigen, zu den Waldrändern abfallenden Gemeindewiesen, der nun von der Straße aus verstellt war.

Wir gingen die Wiesen später, in der frühen Dämmerung, entlang, und Laura erzählte mir, dass einige Chefärzte und Professoren darunter waren, Leute, die sie nicht kannte und mit denen die Werners nichts zu tun hatten, die zum armen Kern der alten Siedlung gehörten, wo die Witwen Hausmeister- oder Putzdienste für diese neuangesiedelte Oberschicht taten.

Frau Werner putzte in ein paar dieser Häuser, da sie Erziehung und Unterhalt ihrer Kinder von der winzigen Rente ihres Mannes nicht mehr bestreiten konnte.

Laura zuckte die Achseln, als sie das erzählte, es war zwar bedauerlich, aber so war halt das Leben. Die Werners hatten auch einen kleinen Getränkevertrieb aufgemacht, und Olaf brachte auf einem merkwürdigen, alten, dreirädrigen Gespann, einem grünen Gefährt aus den frühen fünfziger Jahren, mit einem winzigen Führerhaus, in das er kaum hineinpasste, und einer kleinen, hölzernen Verladefläche die Kisten mit Limonade, Cola, Wasser oder Bier zu den reichen Leuten, bis er dieses Jahr nun endlich das große Begabtenstipendium des Freistaates Bayern bekam, das für den Rest seiner Schulzeit dotiert war.

Er hatte in allen naturwissenschaftlichen Fächern überragende Leistungen erbracht und würde ein Schnellabitur machen, bei dem man zwei Klassen übersprang. Er war ein merkwürdiger Kandidat geworden und erinnerte mich an den Findling, den ich früher auf der Schotterpiste gefunden und mit ein paar Fußtritten dazu gebracht hatte, sich in Richtung Haus in Bewegung zu setzen. Noch immer war er so eine Art Prototyp oder unvollkommener Roboter in Gestalt eines Riesenbabys. Wenn er mich zukünftig sah, schob er immer seine kleine Hand zur Begrüßung vor und lächelte einen Moment das breite Babylächeln des Wiedererkennens. Der Händedruck war sehr weich. Und das Lächeln verschwand sofort wieder, zog sich ins Innere zurück und machte einem tief abwesenden Ausdruck Platz, vollkommen unerreichbar für den Rest der Welt. Die Hand zog sich gleichsam mit einem kleinen Rucken zurück und verbarg sich verlegen unter der anderen Hand, die ebenso klein und unbehaart, weich und weiß war. Beide bedeckten nun wieder das Geschlecht unter dem Stoff seiner eng sitzenden Hose.

Die winzigen Finger erinnerten an etwas Unfertiges, als hätte die Natur ihr Werk an ihm nicht bis in die Fingerspitzen vollenden können. Alles an Olaf war der große Versuch eines Außerirdischen, mit den Bedingungen eines ihm fremden, nicht ganz kompatiblen Planeten klarzukommen.

Die beiden Frauen wussten um die Außenwirkung ihres Zöglings und behandelten ihn mit liebevoller Nachsicht. Aber sie mussten auch streng sein, sonst versank er ohne Rücksicht in seiner Welt, und dann wurde es immer schwer, ihn herauszuziehen. Er vergaß einfach völlig, dass er da war, vergaß zu essen, vergaß zu trinken, vergaß zu schlafen.

Er war der Erste weit und breit, der an der Uni Erlangen an einem Rechner zu arbeiten anfing. Bald war allen klar, dass er das Format eines Genies hatte. Im Alter von neunzehn Jahren sollte er bereits Aufträge großer Firmen bekommen, virtuelle Geschäftsstrukturen von künftigen Fabriken auf der Basis von Computerprogrammen zu erstellen, die er selbst schrieb, Fabriken im Ausland, die aufgrund seiner Programme erst geplant werden konnten.

Er war, ohne es zu wollen, wie seine Eltern, die als erste Siedler nach Stein hinaufgekommen waren, nun selbst zu einem Pionier von außerordentlicher Größe für diese Gegend geworden und wurde eine Zeitlang als Wunderkind herumgereicht.

Wenig später, Anfang der achtziger Jahre, sollte er aufgrund seiner sexuellen Präferenzen diesen Job an der Uni Erlangen aufgeben müssen und im Schwulen-Eldorado Westberlins untertauchen.

Am Abend hockte er auf dem Platz seines Vaters, einem Lehnsessel, rauchte Pfeife und sah sich quietschend und schreiend *Die Straßen von San Francisco* an.

Er las Frau Werner eifrig, mit lauter Stimme, die Lokalzeitung vor und lachte sich scheckig dabei. Politisch war er extrem konservativ und ein absoluter Besserwisser. Höhnisch blies er die Backen auf, wenn irgendjemand wagte, ihm zu widersprechen.

Immer musste er recht behalten. Manchmal schlief er mitten in einer solchen Diskussion ein und lag dann schief im Sessel wie ein Säugling, den Daumen im Mund.

Oft waren die Frauen gezwungen, ihn mit lauten Rufen in die Wirklichkeit zurückzuholen, wiesen ihn zurecht, zwangen ihn, die wenigen Aufgaben, die man ihm im Haushalt zugeteilt hatte, zu erfüllen. Sie tippten aggressiv auf ihre Uhren, damit er endlich kapierte, dass es Zeit war, die leeren Flaschen zum Getränkemarkt zurückzubringen oder wiesen ihn mit ausgestrecktem Zeigefinger an, die Haufen durchgeschwitzter Klamotten wegzuräumen, die sich auf dem Wohnzimmerteppich angehäuft hatten. Er schwitzte ständig und wechselte dauernd Hemden, Unterhosen und T-Shirts. Oft tat er das im Wohnzimmer und musste zurechtgewiesen werden. Manchmal lief er nackt durch den Garten. Als Kind war es seine größte Freude, vom Vater abends mit dem noch warmen Wasser aus dem Gartenschlauch abgespritzt zu werden. Ich höre heute noch sein lautes Quieken und Grunzen vor Vergnügen. Manchmal nannten sie ihn scherzhaft den »Flitzer«. Dass er wirklich eine exhibitionistische Ader hatte, wollten sie nicht sehen.

Andererseits konnte er ungeheuer gelassen sein. Er bequemte sich erst, seine kurzen, dicken Beine in Bewegung zu setzen, wenn den Frauen schon die Sicherung durchbrannte und sie begannen, ihn anzuschreien. Wie ein Pfarrer hob er dann beruhigend die Hände und sprach: »Gemach, gemach, liebe Mutter. Reg dich nicht auf, das ist nicht gut für dein Herz.«

Dann schwang er sich mit seinem dicken Bauch ins Führerhaus des Wagens und drückte auf die Hupe, um die Frauen wieder zum Lachen zu bringen. Das machte ihm einen ungeheuren Spaß, und manchmal stieß er dabei ein gurgelndes Lachen aus. Die alten Spielkameraden hatte er alle verloren, zurückgelassen auf seinem einsamen Trip, ohne es zu bemerken und jemals noch an sie zu denken.

In der merkwürdig schizoiden Existenz seines Daseins hatte er bei frühem Schneefall und in den matschigen Tagen der Herbsteinbrüche immer mit den Idiotenkindern des Dorfes gespielt. Die anderen hatten ihn verhöhnt und gequält, und die Mutter hatte ihn immer suchen müssen, zuweilen in der Dunkelheit von Schneestürmen unten am Hang des Mäusegrabens, wo er, eingehüllt in eine dünne Decke aus Schnee, am Ende mit dem Daumen im Mund dalag und sich zuschneien ließ, während es um ihn herum immer finsterer wurde, bis endlich die Rufe seiner Mutter und der anderen Frauen ertönten, die ihn bereits überall suchten. Oder er lag im Sommer mitten auf einer der Straßen, in einer der tief in den ausgetrockneten Lehm geschnittenen Reifenspuren, welche die großen, gelben Planierraupen im Frühjahr dort hinterlassen hatten, und träumte. Oder er spielte an den warmen, glitschigen Seitenwänden aus rotem Lehm, die in der Sonne glänzten, unten am schwarzen Wasser der Baugruben, wo es von Kaulquappen wimmelte. Das Grundwasser übte eine schreckliche Faszination auf ihn aus. Er fand Gegenstände darin, die er sammelte und stolz mit nach Hause brachte.

Manchmal blieb er im Lehm stecken, verlor beide Schuhe und kam am Abend barfuß zum Haus zurück. Er verlor Stiefel, Halbschuhe, seine Brille, seine Schulmappe, er hatte nie zwei identische Socken zum Anziehen. Seine Nase lief auch im Sommer. Er brachte Frau Werner allmählich zur Verzweiflung. Irdische Dinge waren ihm nicht wichtig. Er vergaß sie einfach irgendwo, und keine Macht der Welt konnte ihn dazu erziehen, besser darauf aufzupassen. So hatte es sich ergeben, dass Frau Werner ihn, als er noch klein war, zu den Engelbert-Kindern gebracht hatte, wenn sie Besorgungen machen musste. Nach Peitschenhieben und brutalen Schlägen ihres Vaters hatten sie ihn letztendlich akzeptiert. Er war dann nur noch im kleinen Kreis umhergekrochen, im Umfeld dieses verdreckten Hauses der Engelbert-Sippe am Waldrand, bewacht von dem alten Trunkenbold, der aus irgendeinem Grund einen Narren an ihm gefressen hatte und ihm manchmal tote Mäuse hinwarf, damit er mit ihnen spielte.

Lange dachte man, Olaf sei ein kompletter Vollidiot, bis man in der dritten Klasse entdeckte, wie er im Schreibunterricht (natürlich war er Legastheniker) ganze Reihen von ägyptischen Hieroglyphen in sein Heft hineingemalt hatte. Der Dorfschullehrer sah sich diese Reihungen an, die dicht untereinandergeschrieben nahezu die ganze Seite bedeckten, während Olaf, der nicht gemerkt hatte, dass er beobachtet wurde, immer weiter in einem hastigen, ruckartigen Automatic-Writing-Modus schrieb, und nahm ihm schließlich das Heft weg. Der Lehrer konnte wenig mit der Tatsache anfangen, dass ein Schüler von ihm Hieroglyphen im Unterricht kritzelte, aber es schien ihm immerhin wichtig genug, das Heft Olafs Mutter zu zeigen. Sie wusste, dass ihr Sohn sich zeitweilig mit der schmalen Wohnzimmerbibliothek befasste, die aus zehn bis fünfzehn Büchern bestand, und dass eines darunter von Archäologie handelte. Was sie nicht wusste, was aber ein Schulpsychologe, zu dem man ihn schickte, herausfand, war, dass er innerhalb kürzester Zeit sämtliche Schriftzeichen des ägyptischen Alphabets auswendig gelernt hatte.

Damals entdeckte man, dass es das fotografische Gedächtnis gab, und ein Intelligenztest bestätigte, dass Olaf es hatte. Er war ein außergewöhnlicher Junge. Damit musste er leben – und es fiel ihm nicht schwer, denn endlich wurde er in den Dingen gefördert, zu denen sich sein Gehirn automatisch und beharrlich schon immer hingezogen gefühlt hatte, und das machte für ihn alles leichter. Er wurde fast ein bisschen verwöhnt.

Im Alter von zwölf Jahren, Laura war damals schon vierzehn, nahm sie Olaf das erste Mal abends mit ins Jugendzentrum. Die Mutter war an diesem Abend in der Kirchengemeinde.

Laura traf ihre Freundinnen und wurde bald von ihnen vereinnahmt. In dieser Zeit wurden, obwohl das Zentrum zur Diözese gehörte, ab und zu schon Haschisch geraucht und Trips geworfen. Die Mädchen standen also an der Bar, und Olaf war allein unterwegs.

Die Gänge des Jugendzentrums waren weitläufig, mehrere Zimmer zweigten von ihnen ab. Es roch immer wieder komisch, jener merkwürdige, lebkuchenähnliche Geruch, von dem man ihm gesagt hatte, dass das Haschisch war und dass er unbedingt aufpassen musste, das nicht einzuatmen. Er duckte sich also von Wolke zu Wolke, hielt die Luft an, ging dabei an ein paar harmlosen Langhaarigen vorbei und stieg hinauf in den ersten Stock.

Was er da suchte, war ihm selbst vollkommen unklar. Wahrscheinlich wollte er bloß vor den vielen Leuten fliehen. Andererseits war es ihm unheimlich da oben, er sah keine Menschenseele. Dennoch wurde er von dem Drang, weiterzugehen, getrieben. Es schob ihn gleichsam nach hinten, zum dunklen Ende des leeren Gangs, hinein in das leere, dunkle Klassenzimmer.

Plötzlich hörte er Lärm hinter sich. Bierflaschen wurden gegeneinandergeschlagen. Man fing an, das berühmte Lied *Marie, da schwimmt a doder Fisch im Wasser* zu grölen.

Es waren die Jungs aus dem Dorf, die nicht aufs Gymnasium gingen, die raue Gegenmannschaft zu den langhaarigen Hippies der Oberschicht, die Engelbert-Sippe und Konsorten. Sie kamen näher und sahen ihn vor dem Klassenzimmer stehen.

»Das ist doch der Olaf«, höhnten sie. »Hallo, Olaf, na, kennst du uns nicht mehr, seit du auf dem Gymnasium bist?«

Es war die alte Leier, und Olaf wusste natürlich wie immer nicht, wie er darauf reagieren sollte. Er hätte nur einen dieser Jungens mit Namen nennen müssen. Dann wäre vielleicht alles gut gewesen. Aber er kannte ihre Namen nicht. Er konnte sich an keinen von ihnen wirklich erinnern, obwohl er in seiner Kindheit mit einigen von ihnen gespielt hatte. Sie hatten nie auch nur die geringste Bedeutung für ihn gehabt. Es steckte keinerlei Arroganz dahinter, einfach nur Hilflosigkeit. Mit vor Angst geweiteten Augen starrte er die Meute an – und jedes Wort blieb ihm im Hals stecken.

Den scharfen Geruch der Engelbert-Kinder hätte er eigentlich erkennen müssen, aber es roch mehr nach Bier, Schweiß, Testosteron und Zigarettenqualm.

Sekunden später wurde er angerempelt und angepöbelt. Es war zu spät. »Schwule Sau«, »Großkopferter«, andere Schimpfwörter flogen ihm um die Ohren.

Er war völlig hilflos. Als Erstes fing seine Oberlippe an zu zittern, dann ging sein Mund auf.

Der eine stieß den anderen grob an: »Schau mal, wie der sein Maul aufreißt. Der will dir einen blasen!« Sie weideten sich an seiner Angst.

Sie zogen ihn ins Klassenzimmer und grölten ihn an: »Lesbisch, lesbisch und ein bisschen schwul, lesbisch, lesbisch und ein bisschen schwul, wir bumsen hier, wir bumsen da, wir bumsen hier, wir bumsen da, tausend nackte Weiber auf dem Männerpissoir!«

Dabei stießen sie ihn erst mit dem Körper, dann mit dem Kopf gegen die Wand. Olaf merkte, wie sein aufgerissener Mund nicht mehr zuging. Ein kreidiger Geschmack war in ihm. Es war der Tafellappen, mit dem sie versuchten, ihn zu knebeln.

Dann hatte er einen Blackout.

Nach einer halben Stunde merkte Laura, dass Olaf nicht mehr da war. Sie suchte die Tanzfläche und verschiedene Räume ab, konnte ihn aber nicht finden.

Gleich darauf fing es an zu regnen. Die Jugendlichen packten ihre Sachen zusammen. Die Veranstaltung löste sich auf. Schließlich alarmierte Laura ihre Mutter.

Und so war es wieder Frau Werner, die bei Wind und Regen ihren Olaf suchen ging. Schließlich fand sie ihn, mit heruntergelassener Hose, in dem grasbewachsenen Graben unterhalb des Schulzimmers. Er war aus dem Fenster gesprungen.

Sie hatte Glück im Unglück. Fast wäre sie an ihm vorbeigelaufen, denn er lag dort absolut reglos, ein bisschen Schaum vor dem weitgeöffneten Mund. Der Daumen, den er versucht hatte, in alter Gewohnheit hineinzustecken, klammerte so stark an der Unterlippe, dass er sie dabei vollkommen nach unten gezerrt hatte. Sie war aufgerissen und blutete. Sein Blick war pechschwarz und starr. Die Pupillen waren bis an den Rand der Iris getreten und bedeckten sie vollständig.

Frau Werner kauerte neben ihm, zog ihm die nasse, vollgepisste Hose hoch und brachte den Daumen aus seiner verhakten Position. Dann rannte sie und holte den Krankenwagen, lief wieder zurück und strich ihm über den pitschnassen Hinterkopf, von dem immer noch spürbar Schweiß rann. Die Hände zuckten. Im Innern ihres erstarrten Sohnes herrschte Aufruhr. Immer wieder murmelte sie zärtlich den Namen ihres Sorgenkindes. Er schien sie zu hören, denn sein Herz und sein Atem beruhigten sich langsam.

»Olaf, mein Olaf«, flüsterte sie immer wieder. Es war der erste, größere epileptische Anfall.

So schloss sich der Kreis. Wieder hatte Frau Werner ihren Sohn irgendwo zusammengekauert in der Landschaft gefunden. Und wieder war etwas anders geworden. Es wurde ihr klar und wurde mit den Jahren immer klarer, dass Olaf, trotz seiner hohen Intelligenz, nie ihr Haus würde verlassen können, nie sich für länger in die Fremde begeben, nie ganz der Abhängigkeit von seiner Mutter entrinnen.

Doch das galt es, wie alles Wichtige, mit sich selbst auszumachen. Jedem wurde das Los zuteil, das ihm von oben zugedacht war. Man musste es annehmen, so stand es in der Bibel. Das war die einzige Möglichkeit, mit sich im Reinen zu bleiben.

Dies alles und noch viel mehr erfuhr ich von Laura auf unserem ersten, langen Spaziergang.

Es war eine ganze Menge passiert. Die Dinge liefen manchmal so aus dem Ruder, unter der scheinbar ruhigen Oberfläche. Es war belastend, sicherlich. Aber so war das Leben.

Zudem war Olaf ein ziemlicher Brocken. Bei seiner Zwanghaftigkeit und Energie brauchte es zuweilen zwei, um mit ihm fertig zu werden.

»Manchmal«, sagte sie bekümmert, »hab ich ein schlechtes Gewissen, wenn ich daran denke, dass ich meine Mutter irgendwann mit ihm allein lassen muss.« Sie lächelte mich an. Ich fühlte mich mehr denn je mit ihr verbunden.

Behutsam und sanft ging sie neben mir in ihren hellen Schuhen vom Volksfest, den einzigen »feinen« Schuhen, die sie hatte, durch das feuchte, nächtliche Gras auf der Rückseite der großen Häuser. Von weitem konnten wir in die Gärten hineinsehen, wo sich andere junge Menschen tummelten. Irgendwo wurde der berühmte, langsame Blues aufgelegt – und das ganze Terrain zwischen dem Pool und den Hollywoodschaukeln am Rand der Kirschbäume eines großen Gartens bevölkerte sich mit engumschlungenen Paaren, die langsam zu *Morning Has Broken* tanzten. Wir waren schon in der Nähe der Brennnesselfelder, als sie stehen blieb.

»Na, magst du nun noch auf eine Party gehen?«, fragte sie mich.

Ich schüttelte den Kopf und sah zu Boden.

Ich wollte sie schon die ganze Zeit küssen, während ich ihrer Erzählung gelauscht hatte.

Mein Herz pochte.

»Auf 'ne Party nicht«, sagte ich stockend, »aber ich glaub, ich hätte ganz gern mit dir getanzt.«

Sie lachte. »Ich mit dir auch.«

Wir sahen uns an. Ein Windstoß hob ihr leichtes Kleid ein wenig, und ich konnte den unteren Rand ihrer Schenkel sehen. Ihre weiße Haut war von dem feinen, unterirdischen Verlauf ihrer Adern marmoriert. Das weiße Fleisch schimmerte, begehrenswert wie noch nie.

Ich sah zu Boden. Wieder machte ich einen Anlauf, sie zu fragen, ob ich sie küssen durfte. Wieder blieben mir die Worte im Hals stecken. Ich sah auf.

Ihr Blick ruhte auf mir, forschte in meinen Augen, sah in mich hinein und ließ mich hilflos an der Oberfläche zurück, während sie vergeblich Tiefen auszuloten versuchte, die es nicht gab. Es war ein Röntgenblick, ruhig und, wie mir schien, vollkommen neutral. Ich fühlte mich nackt, aber sie ließ sich durch meine Unsicherheit nicht davon abbringen, Gewissheit über mich zu erlangen. Auf einmal lächelte sie. Offenbar hatte sie erkannt, dass ich eine reine Projektionsfläche war. Aber es schien ihr nichts auszumachen. In der fälschlichen Annahme, ihrer Prüfung standgehalten zu haben, lächelte ich zurück.

»Magst du mich nicht einmal küssen?«, fragte sie plötzlich. Wahrscheinlich langweilte sie sich und brauchte irgendeinen Zeitvertreib.

Ich nickte. Ich war einverstanden. Mir ging es ähnlich wie ihr. Ich war ein klein wenig ängstlich, aber überhaupt nicht erregt. Schließlich gaben wir uns ein Küsschen.

Sie lachte amüsiert. »Das kitzelt.«

»Entschuldigung«, sagte ich etwas verärgert.

Wir gingen weiter. Irgendwie waren alle Gefühle weg. Das Ganze fühlte sich völlig banal an. Umso schlimmer, bei den Erwartungen, die ich hatte. Es musste bald etwas Dramatisches passieren, damit der Abend gerettet war. Aber was? Ich merkte, wie mein Überdruss stieg und die üblichen, negativen Gedanken sich bei mir Bahn brachen. Mürrisch ging ich neben ihr her. Ich fühlte mich ohnmächtig und phantasielos. Eine Woge von Überdruss brandete gegen mich. Das musste ich jetzt alles auf mir sitzen lassen. Wie eintönig war das Leben. Wahrscheinlich hatte meine Mutter doch recht, wenn sie sagte, dass ich ein kleiner, langweiliger Bourgeois war. Ich versank in meinen trübseligen Gedanken und merkte erst gar nicht, wie Laura plötzlich loslief, tief in die Wiese hinein in die Dunkelheit am Waldrand. Ich sah ihr helles Kleid in den Brennnesselfeldern verschwinden und rannte ihr hinterher.

Als ich sie eingeholt hatte, küssten wir uns ungestüm. Es war ungewohnt, ihre Lippen zu fühlen. Sie waren schmal und steif. Erst langsam gaben sie nach und öffneten sich.

Ich war dankbar und umarmte sie. Sie war mir schließlich vorausgelaufen und hatte mir den Weg gezeigt. Sie war meine Führerin, an deren hellem, schmalem Rücken ich mich orientierte. Vielleicht passte sie auf mich auf. Eine Welle von Romantik überkam mich. Ich sah uns beide dastehen, unter den Krüppelweiden, am Waldrand, sie in ihrem hellen Kleid, ein einmaliger Moment für das Fotoalbum unseres Lebens. Viel Zeit war vergangen, und jetzt küssten wir uns. Es war merkwürdig, dass dem Schicksal dieser Trick gelungen war. Es hatte etwas zu bedeuten. Das merkte ich, als ich plötzlich die kühle Waldluft einsog, voller Aroma, das ich von früher kannte, und, halb benommen von dem Kuss und der Würze des Abends, sah ich, wie sie mich aus schmalen Augen prüfend noch einmal ansah. »Laura«, murmelte ich, »Laura« – es waren verhexte Dinge, die hier vorgingen, vertraut und doch ganz fremd. Und die Erregung war ruhig und warm und kam von ganz woanders her, als ich es vermutet hatte. Dagegen war der Kuss selbst banal, so banal in etwa, wie ihn die *Bravo* beschrieb, und in etwa genauso mechanisch. Dennoch machte er Lust auf mehr.

Nach dem zweiten Kuss gingen wir händchenhaltend zurück, weil der Sinn unseres Spaziergangs nun erfüllt war. Wir waren irgendwie glücklich, irgendwie gelöst, alles war schön – irgendwie. Wir gingen nun – laut *Bravo* – zusammen. Das war doch immerhin etwas.

War es möglicherweise langweilig, zusammen zu gehen? Nein, absolut nicht.

Denn wenige Minuten später kamen wir von der Wiese zurück, und ein sehr gutaussehender Junge, dunkelhaarig, ein, zwei Jahre älter als ich, trat an den Zaun des großen Grundstücks, wo die Party stattfand, und begrüßte Laura. Sie winkte zurück und lächelte ihn dabei zuckersüß an. Ich glaubte meinen Augen nicht zu trauen. Was ging hier vor?

Zwei Reihen weißer Zähne blitzten in der Dunkelheit auf. Der Typ hieß Rod und sah wirklich unverschämt gut aus.

»Wollt ihr nicht reinkommen?«, fragte er und schüttelte mir lässig die Hand. Laura druckste herum. Sie wusste es nicht so genau. Offenbar war ich ein Klotz am Bein. Rod gegenüber hatte sie nichts von der Selbstsicherheit, die sie mir gegenüber an den Tag legte. Und er weidete sich ganz offensichtlich daran. Sie amüsierte ihn, er ließ sie nicht aus den Augen, ja, er taxierte sie regelrecht mit Genuss. Es war klar, dass er sich haushoch überlegen fühlte, was sexuelle Belange anging, und er ließ das auch heraushängen. Ich war bereits Luft für ihn. Es wäre ihm wahrscheinlich spielend gelungen, sie zu verführen, wenn ich nicht hier gewesen wäre. So jedenfalls interpretierte ich die Lage. Meine Stimmung war auf dem Nullpunkt. Sie bemerkte es etwas spät. Schließlich sagte sie mit einem Unterton des Bedauerns: »Ich glaub, heute lieber nicht, Rod.«

Rod machte eine lässige Bewegung. »Dann eben nicht. Du weißt nicht, was du verpasst.«

Wir gingen. Ich war zum Eiszapfen geworden. Sie versuchte mir zu erklären, dass sie Rod kannte, weil ihre Mutter bei ihm putzen ging. Ich schwieg. Diesmal nahm sie mir meine Eifersucht übel. Als wir die Häuser erreicht hatten, sagte sie: »Ich geh jetzt nach Hause, gute Nacht, Robert.«

Ich nickte und wandte mich ab. Ich war fest entschlossen, mit ihr Schluss zu machen.

Vor Wut rannte sie nun fast über die Wiese. Wie ein junges, sehr energetisches Fohlen.

»Dann geh doch!«, schrie ich ihr nach.

Sie ließ die Haustür laut zuknallen. Für einige Sekunden wurde es still, dann öffnete sich die Tür wieder, und sie trat hinaus.

»Bist du noch da?«, rief sie.

Ich schwieg.

»Bist du noch da, Robert?«

Ich gab keinen Laut von mir.

Sie löste sich von der Haustür und verschwand in meine Richtung in der Dunkelheit. Ich stand wie ein Zaunpfahl und bewegte mich nicht. Fast wäre sie mit mir zusammengestoßen. Es war stockdunkel.

»Komm, lass uns wieder lieb miteinander sein«, sagte sie entwaffnend und nahm mich am Arm.

Geduldig beantwortete sie meine vielen offenen Fragen, was das Thema des gutaussehenden Jungen anging. Schließlich waren meine Zweifel beseitigt. Wir waren ein ganzes Stück gegangen. Ihre Lippen fühlten sich warm an, ich spürte den Puls des Lebens in ihnen, den unbequemen und schönen Puls der Ungewissheit und Zuversicht.

6.

Im Frühjahr hatte die Gemeindeverwaltung Stein angekündigt, dass die weiterführende Schule Kronach/Stein zu Beginn der Sommerferien geschlossen werde. Sie gehörte zu den sogenannten Rumpfschulen mit gymnasialem Lehrhintergrund, die nur bis zur zehnten Klasse gingen und aus organisatorischen Gründen in normale Gymnasien aufgelöst wurden. Lehrer und Schüler sollten in die umliegenden Gymnasien im Umkreis von dreißig Kilometern verteilt werden. Wenn man schnell genug war, konnte man sich sogar aussuchen, in welches.

Der Neubau, ein wenig im steinerschen Stil gehalten, war damals mit unserer Einschulung eröffnet worden. Im Dorf kursierte das Gerücht, er werde aus gesundheitlichen Gründen geschlossen. Schüler bestätigten, dass es dort »giftig« roch.

Laura und zehn weitere Schüler ihrer neunten Klasse wurden als Externe dem Landschulheim Grünthal zugewiesen, meinem Internat. Sie erzählte mir das irgendwann in den nächsten Tagen mit einem süffisanten Gesichtsausdruck, der ein Hinweis darauf zu sein schien, dass sie sich das selbst ausgesucht hatte und sich ein wenig dafür schämte, weil sie damit zugab, in meiner Nähe sein zu wollen. Es konnte aber auch reiner Zufall sein.

Sie war mit ihrer Mutter in der Schule gewesen, hatte sie sich angesehen und sich informiert. Dennoch war sie neugierig und fragte mich aus.

Zwischen uns wurde es ein beliebtes Spiel, uns vorzustellen, wie es wäre, wenn wir wieder zusammen auf die Schule gingen. Wir erinnerten uns noch an das »heftige« Einschuljahr, und sie zog mich damit auf, dass sie niemals geglaubt hätte, ich würde je lesen und schreiben lernen. Sie wunderte sich »extrem«, als ich ihr das Vorjahreszeugnis mit den vielen Einsen zeigte. Ich prahlte damit, was wir alles angestellt hatten, und gab Anekdoten aus meiner großen Zeit in der 8a zum Besten. Natürlich war ich der Initiator all der üblen Späße, die wir uns geleistet hatten. Ich erzählte ihr von Schanz und Ackermann. Ackermann stilisierte ich zum Mythos, zur Legende. Ich erzählte ihr die Geschichte mit Porky und der Auflösung der Klasse. Natürlich war ich und nicht Schanz der Kopf der »Aktion«, der dafür gesorgt hatte, dass niemand auspackte. Sie war sichtlich beeindruckt und konnte es kaum fassen, dass man »solche Dinge tat«. Dennoch hatte ich das Gefühl, dass sie diese Räuberpistolen mochte, dass es ihrem vorsichtigen Wesen und ihrer zurückhaltenden Art entsprach, sich mit einem Räuber wie mir zusammenzutun, um mehr zu erleben, als es ihr in ihrem ihrer Meinung nach braven Lebenswandel möglich war. Sie tat ein bisschen schockiert und sah mich mit bewundernden Blicken von der Seite an, während wir spazieren gingen.

Ich sonnte mich in meinem Ruhm und tankte dabei Selbstbewusstsein. Anschließend küssten wir uns meist. Es klappte besser als am Anfang und zog sich länger hin. Manchmal legten wir uns auf eine der Wiesen und küssten weiter. Bald machte ich die Erfahrung, dass es mir in der Leistengegend weh tat, wenn wir nach Hause gingen. Ich las, dass es besser wäre, wenn man einen Samenerguss hätte, weil es zu Impotenz führen könne, wenn sich der Samen zu lange unter den engen Hosen staute. Deshalb erleichterte ich mich meist, nachdem wir zurückgekehrt waren. Ich machte einen kleinen Umweg, um kurz auf das Bett zu wichsen, bevor ich wieder zu ihr aufbrach und das Durcheinander aus Lernen (ihrerseits) und Knutschen weiterging. Meist lauerte ich ihr auf, während sie lernte, lümmelte faul auf ihrem Bett, langweilte mich und zermalmte Gummibärchen, bis es mir reichte und es zu überfallartigen Übergriffen auf die Lernende kam, die ich von ihrem Stuhl zu Boden zog, um mich mit ihr dort zu wälzen.

Laura ließ es über sich ergehen, bekam nach einer Weile fieberhaft rote Bäckchen und schielte zur Zimmertür, ob ihre Mutter hereinkam.

Es gab allerdings weite Phasen einer platonischen Zurückhaltung, in der sie mit einem spürbaren inneren Widerstand alles versuchte, um mein erwachtes Verlangen im Zaum zu halten. Ihr Gesichtsausdruck wurde ernst und streng, und eines Tages erklärte sie mir, was für eine Art Mädchen sie sei und dass schon etwas mehr dazugehöre, sie von sich zu überzeugen als die dauernde Knutscherei. Ich war beleidigt. Sie erklärte mir, dass der Reiz viel höher sei, wenn man sich nicht dauernd küsse, was ich einsah und was mich etwas beruhigte. Sie ging davon aus, dass es etwas Ausbeuterisches hätte, worüber die Zeitschriften dauernd schrieben, und sie glaubte nicht an die sexuelle Befreiung, im Gegenteil. Die Leute wollten nur alle schnell zur Sache kommen, das aber könne man mit ihr nicht. Worauf sie ein wenig indigniert schwieg. Andererseits hatte ich nicht das Gefühl, dass es ihr keinen Spaß machte, im Gegenteil. Ihr Atem ging stoßweise und schneller, ihr Gesicht war erhitzt, wenn wir uns am Boden rieben. Manchmal flüsterte sie mir meinen Namen ins Ohr, was oft klang, als wolle sie uns aufwecken aus unserem verzauberten Zustand, woraufhin ich »Was ist denn?« zurückflüsterte in ihr Ohr, worauf sie mich manchmal von sich schob und mit großen Augen ansah, um mein Gesicht gleich darauf erneut mit vielen, kindlichen Küssen zu bedecken.

Immer, wenn ich ein wenig weitergehen wollte, wenn mein Finger sich an den Rand ihrer Jeans bewegte, schob sie mich allerdings weg. Einmal sagte sie mittendrin: »So, jetzt ist es genug«, und stand auf, um sich wieder an ihren ein Meter entfernten, mit Unterlagen bedeckten Schreibtisch zu setzen, die schiefe Brille geradezurücken, sich zu räuspern und gnadenlos weiterzulernen.

Tiefverletzt sprang ich auf und lief aus dem Haus. Es war irgendwann am frühen Nachmittag, und die Siedlung war leer, die meisten Familien waren in den Urlaub gefahren. Ich dachte, wir wären allein. Aus dem Garten rief ich in ihr Zimmer: »Mit mir kannst du das nicht machen. Wenn du glaubst, dass du mich ständig davon abhalten kannst, dann mache ich es eben mit einer anderen.«

Als ich nichts hörte, lief ich wieder ins Haus. Sie saß mit fiebrigem Gesichtsausdruck da, völlig unter Stress. Ich merkte, dass sie kurz davor war zu weinen oder zu explodieren.

»Kannst du nicht aufpassen? Wenn meine Mutter das hört. Was soll sie denn denken, was wir die ganze Zeit machen?«, fragte sie empört.

Ich war betroffen über ihre Reaktion. Was ich nur als leere Drohung hinausposaunt hatte, war ihr offenbar ziemlich nahegegangen. Ich hatte ihr Schamgefühl gegenüber ihrer Mutter falsch eingeschätzt. Wenige Minuten später zerfloss sie in Selbstmitleid. »Glaubst du, mir macht es Spaß, hier sitzen und lernen zu müssen, während die andern sich in Italien am Strand tummeln? Ständig werde ich von meiner Mutter behelligt, was wir den ganzen Tag machen.«

Ihr reichte es. Sie fing an zu schluchzen. Eigensinnig, wie sie war, hatte sie damit gewartet, bis der aufgestaute Frust zu groß geworden war und es kein Halten mehr gab. Ich ging zu ihr und umarmte sie.

Ich hörte, wie der Schrubber von Frau Werner im Wohnzimmer anklagend gegen die Ecken knallte. Der Nachmittag war begleitet gewesen von den unwirschen, nervösen Bewegungen, mit denen sie durch das Haus strich. Sie war in den Wechseljahren und hatte keinen Mann mehr. Der Katholizismus gewann für sie zunehmend an Gewicht.

Sie verdrängte ihren eigenen, vorehelichen Geschlechtsverkehr (Laura war schon an einem der ersten Abende des Kennenlernens mit ihrem Mann zwischen Autoscooter und Riesenrad gezeugt worden) und setzte ihre Tochter offenbar ständig unter Druck.

»Ich weiß, was du denkst«, sagte Laura, noch immer weinend. »Dass ich nicht zeitgemäß bin. Und dass das, was wir machen, nicht zeitgemäß ist.«

»Nein, nein, das denke ich gar nicht«, versuchte ich sie zu trösten.

»Aber wenn es dir nicht reicht und du mich nicht lieb genug hast, dann musst du es eben mit einer anderen versuchen«, schluchzte sie.

Es war herzzerreißend. So meinte sie es also. Sie hatte mich viel zu lieb, um uns im Eilverfahren den vorgegebenen Zeitplan der *Bravo* durchlaufen zu lassen, der das Petting im Durchschnitt auf drei Wochen nach dem ersten Zungenkuss datierte, ein Zeitraum, der bereits überschritten war.

»Das würde ich niemals. Bitte glaube mir das«, wand ich mich, teils amüsiert über ihre Überreaktion. »Ich versprech's dir. Ich warte so lange, bis du es willst.«

»Aber ich will es ja«, gab sie jetzt voller Enthusiasmus in ihrer zittrigen Stimme zu. »Ich will es ja.«

Dabei ließ sie sich in meine Arme fallen und begann erneut zu weinen. »Aber noch nicht jetzt. Es ist doch viel schöner, damit zu warten.« Nachdem ihre Tränen bereits wieder getrocknet waren, strich sie mir über das Haar. »Außerdem – ist es denn wirklich so wichtig?«, fügte sie nach einiger Zeit hinzu.

»Denkst du denn gar nicht daran?«, fragte ich.

»Natürlich denke ich daran. Aber ich finde es genauso schön, miteinander spazieren zu gehen. Ich denke viel öfter, dass ich mit niemand anderem meine Zeit verbringen will als mit dir.«

»Aber magst du mich denn körperlich gar nicht?«

»Oh doch. Sogar sehr.«

Damit war ich einigermaßen beruhigt. Ich gab vor mir selbst zu, dass ich es ein wenig forcierte. Mir lag gar nicht so sehr daran, die intimen Einzelheiten von ihr kennenzulernen. Dazu war ich selbst noch viel zu romantisch. Ich hatte im Grunde nichts gegen einen Aufschub. Ich dachte nur, ich müsse das Thema aufs Tapet bringen, weil wir hinter den anderen zurück waren und ich mir deshalb manchmal Sorgen machte.

Sie klärte mich weise darüber auf, dass jedes Paar seine Zeit hätte, und je länger es dauern würde, desto schöner würde es werden und desto länger würde die Beziehung dauern.

Nach diesem Ausbruch kam es zu einer wilden Küsserei. Sie legte sich richtig ins Zeug.

Die Küsse (und da hatte sie insgeheim dann doch recht) wurden schmackhaft gemacht durch die vornehmen Vorbehalte, die sie mir vorher erklärt hatte und die ich vernünftig genug war zu verstehen. Dafür wurde ich jetzt offensichtlich belohnt. Ich hatte sogar das Gefühl, ich hätte diesmal weitergehen dürfen, wenn ich schamlos genug gewesen wäre, ihre Großzügigkeit auszunützen. Aber ich tat es nicht, weil ich insgeheim wusste, dass ich so Punkte bei ihr sammelte. Ich ging lieber zwischendrin ins Klo und wichste ins Waschbecken, um den schmerzhaften Druck in den Leisten abzubauen.

»Guten Abend, Frau Werner«, sagte ich schuldbewusst, als ich das Klo verließ und wieder in das Zimmer zurückging.

Laura malte mir nun in den schönsten Farben aus, wie sie sich unsere zukünftigen gemeinsamen Ferien vorstellte. Sie kannte nur die Adria, aber da gab es einen kleinen Park zwischen Strand und Hotel, wo es nachts stark nach Eukalyptus duftete. Darin spazierte man auf kleinen, vom Mondlicht beschienenen Pfaden, an deren Ende man Strand und Meer schimmern sah. Vom Hotelzimmer aus, von dem kleinen Balkon, konnte man das leise Rauschen der Brandung hören, und am Abend, am Abend machte man sich schön und ging die ganze Strandpromenade entlang bis zu dem Mann mit dem Eisstand, weil es dort etwas gab, das ganz besonders schmeckte, grün und süß und unbeschreiblich köstlich war und Pistazie hieß. Eine Kugel reichte vollkommen, um einen glücklich zu machen.

Es gab in dem kleinen Park Platanen und eben Eukalyptusbäume, die diesen betörenden Duft verströmten, aber am schönsten waren die Pinien, deren Kronen alle in eine Himmelsrichtung trieben, unter einem riesigen, funkelnden Sternenhimmel.

Sie kam richtig ins Schwärmen, während ich an ihren Lippen hing. Mit ihrer straffen, geraden Körperhaltung saß sie da und blickte beim Erzählen zum Fenster hinaus. Es ging ein Zauber von dieser Schwärmerei aus, der ihr nicht entgangen sein konnte. Sie ahnte, dass sie in diesem Moment Macht über mich besaß, und ich glaube, sie genoss es sehr.

»Wenn wir ein bisschen Geld verdient haben, fahren wir da zusammen hin?«

Jetzt sah sie mich an. Ich glühte in dem Moment vor Verlangen nach ihr. Die Geschichte hatte mich so aufgeheizt, dass es die reinste Tortur war. Wir saßen einfach nur da und starrten uns schmachtend an, während der Pegel unserer Verliebtheit in ungeahnte Höhen schoss. Unsere Blicke verschmolzen. Wir wollten gerade in der Unendlichkeit versinken, als es rücksichtslos an die Tür pochte und Frau Werner uns zum Abendessen kommandierte.

»Ja, Mama«, rief Laura und bekam sofort einen roten Kopf, als wäre ihr jetzt erst aufgefallen, was wir getan hatten. »Los, komm, lass uns zum Essen gehen«, forderte sie mich auf.

Durch den Flur sah man Olaf ein paar Getränkekisten draußen stapeln. Er trampelte herein, laut und gutgelaunt. »Hallo!«, rief er. »Herzlich willkommen, fühl dich wie zu Hause.« Man wusste nie genau, ob er einen auf den Arm nahm. Dann schleppte er die Getränkekisten in den Keller hinunter.

»Fährt er damit eigentlich auch ins Dorf?«, fragte ich Laura und zeigte auf sein Gefährt.

»Sehr zum Leidwesen meiner Mutter«, sagte sie, »weil er sich jetzt überhaupt nicht mehr bewegt. Aber wenigstens fühlt er sich in dem Gehäuse sicher. Seit dem Überfall damals hat er sich ja nicht mehr rausgetraut.«

»Verstehe«, sagte ich. Ich stellte mir vor, wie er das ganze Jahr über bei Wind, Regen und Sonne in dem knatternden Gefährt saß und es durch die Landschaft steuerte. Es musste schön sein.

Der Tisch war bereits gedeckt. Es gab immer noch die gleiche Anordnung von Cervelatwurst, Gelbwurst, Schmalz und Rettich auf dem großen Holzbrett wie damals an jenen glorreichen Abenden, als wir klein waren und Herr Werner noch lebte. Frau Werner trug mittlerweile einen strengen Dutt. Ihr Gesicht mit den hohen Wangenknochen war im Alter bäuerlicher, fast ein wenig mongolisch geworden. Man sah deutlich die schlesische Herkunft. Auch in ihrer Aussprache kam der alte Dialekt wieder zum Tragen. Sie hatte das Sommerkleid von früher an. Sie würde es bis ins hohe Alter tragen.

»Setzt euch«, wies sie uns an und rief mit ihrer hohen, störrischen Stimme nach Olaf, der heraufgepoltert kam und sich keuchend setzte. Sie faltete die Hände. Wir sprachen das Vaterunser. Das Essen wurde herumgereicht. Es schien ganz selbstverständlich, dass ich wieder da war. Man machte kein großes Aufheben um mich.

In welcher Weise ich mich um Laura kümmerte, darüber ließ sie ihre Mutter im Unklaren. Was Frau Werner insgeheim dachte, darüber wollte Laura sich keine Gedanken machen. Es erregte eher ihren Unwillen. Insofern stellte unsere Beziehung in dem religiösen Umkreis der Familie einen Tabu-Bereich dar. Es war besser, so zu tun, als wäre ich der Junge, der mit Laura die Hausaufgaben machte. Früher oder später würde es sowieso herauskommen. Und dann würde man sehen, wie sie reagierte.

»Na, seid ihr gut weitergekommen?«, fragte Frau Werner verschlagen.

Laura zuckte unmutig die Achseln. Sie wollte nicht darüber reden. »Es geht so«, sagte sie, »in Mathe bin ich halt kein Genie.«

»Kann dir da Olaf nicht endlich mal helfen?« Frau Werner warf ihrem Sohn einen vorwurfsvollen Seitenblick zu. Olaf schaufelte mit höchster Konzentration große Mengen von Cervelat- und Gelbwurst auf seinen Teller.

»Mutter!«, schnaufte er mit inbrünstiger Empörung. »Wenn ich ihr helfen könnte, hätte ich es längst getan!«

Olaf hatte keine Geduld. Offenbar hatte er versucht, seiner Schwester im Eilverfahren Algorithmen einzutrichtern, aber er wäre fast vor Ungeduld geplatzt und es war zum Streit gekommen. Er schüttelte theatralisch den Kopf und rollte mit den Augen. »Tut mir leid, Mutter, aber das versuch ich nie wieder!«

Frau Werner schüttelte den Kopf. »Robert, was sagst du dazu, dass ein Bruder seiner Schwester nicht hilft?«, fragte sie.

»Ja, ja, ich weiß!«, rief Olaf aufbrausend dazwischen. »Wo ihr ja alles für mich tut!«

Wütend presste er ein etwa fünf Zentimeter hohes Sandwich zusammen und schob es sich in den Mund, um ein riesiges Stück davon abzubeißen. Frau Werner wollte ihn ermahnen, ließ es aber.

»Mama, das will ich doch gar nicht«, sagte Laura, »von mir aus kann er den ganzen Tag vor dem Fernseher verfaulen. Oder in seinem Töfftöff in der Gegend herumkutschieren.«

»Töfftöff!«, ahmte Olaf sie nach. »Töfftöff!« Er schrie laut und machte Grimassen. Dabei fuchtelte er mit seinen Händen vor ihr herum.

Laura schüttelte den Kopf: »Und so was hat das bayrische Staatsstipendium bekommen.«

»Kann ja nicht jeder so blöd sein wie du!«, rief er laut, schlug auf den Tisch, Anerkennung heischende Blicke um sich werfend, und stieß sein glucksendes Lachen aus.

»Sehr lustig«, erwiderte Laura eingeschüchtert.

Olaf war ein Grobmotoriker geworden. Seine Stimme war zu laut, er nahm viel zu viel Raum ein. Er war erst zwölf. Wie sollte das werden, wenn er mal sechzehn war?

»Nimm jetzt dein Bier, Olaf«, mahnte ihn Frau Werner mit einem dringlichen Unterton.

Das Bier, so erfuhr ich später, wurde als Beruhigungsmittel eingesetzt. Er vertrug es besser als irgendwelche Tabletten. Frau Werner hatte Angst, dass sein Gehirn ansonsten die halbe Nacht auf Hochtouren lief. Ich nahm mir vor, ihn bei Gelegenheit mal zur Seite zu nehmen. Aber im Moment stand mir das noch nicht zu. Er ließ das Bier aufschnappen, schenkte sich ein und sah mich fragend an, ob ich auch etwas wollte. Ich musste über ihn lächeln und schüttelte den Kopf. Nachdem er das Glas in großen Schlucken ausgetrunken hatte wie eine Medizin, wurde er tatsächlich langsam ein wenig ruhiger.

Er mochte es allerdings nicht, wenn man ihn beobachtete. Es verunsicherte ihn, und er merkte es sofort. Er aß dann wie ein Panda, gleichsam versunken in seinen seltsam gleitenden Bewegungsablauf, dem er nicht traute, und warf kurze, zuckende Blicke in Richtung seines Beobachters. Ich erinnerte mich, wie er früher immer alles hatte fallen lassen. Seine kleinen Hände waren feucht geworden vor Aufregung, wenn er etwas aus dem Keller hochtragen musste, er hatte zu zittern begonnen, und dann war ihm das Einmachglas mit dem eingelegten Kirschkompott auf dem Boden zerplatzt.

»Wie schnell fährt die Mühle?«, fragte ich, um das Gespräch aufzulockern.

»Mit der richtigen Mischung schafft er es bis fünfzig.«

»Ganz schön schnell«, gab ich anerkennend zurück.

Er hatte seine Ration intus und wurde wieder unruhig.

»Wenn du willst, darfst du aufstehen«, sagte Frau Werner.

Olaf stützte sich am Tisch ab und kam breitbeinig hoch. Sein Bauch war wirklich dick geworden. Trotz seiner Schwere verschwand er blitzschnell unten im Garten, wo er durch eines der Fenster im Keller untertauchte.

»Was macht er den ganzen Abend?«, fragte ich.

Niemand wusste es so genau.

»Ja, so ist das nun mal«, sagte Frau Werner und seufzte, »und daran wird sich auch nichts mehr ändern.«

Laura schwieg. Wir halfen, den Tisch abzuräumen.

Anschließend machten wir einen Spaziergang. Die ausgestorbene Siedlung, die wir ein kleines Stück durchqueren mussten, hatte etwas Bedrückendes, wie nach einem Atomschlag. Das Gras in vielen Gärten war versengt, weil der Rasen nicht gesprengt wurde. Überall waren die Jalousien heruntergelassen.

Man hätte in die wenigen Grundstücke, die einen Pool hatten, mühelos eindringen und dort im letzten Licht baden können. Niemand hätte etwas gesagt. Ich war plötzlich bekümmert. Wenn wir Pech hatten, würden uns die Ferien bald sehr lang vorkommen.

Andere hatten ein Interrail-Ticket gekauft und waren unterwegs nach Spanien, manche sogar bis nach Marokko. Vielleicht sollte ich doch in der Fabrik arbeiten, damit wenigstens die Zeit herumging. Sofort verwarf ich den Gedanken wieder.

»An was denkst du?«, fragte mich Laura.

Ich schüttelte den Kopf. »Ach, an nichts.«

Im Weitergehen, als wir schweigend über die dunkle Wiese liefen, spürte ich unbewusst den tragischen Aspekt unserer Liebe. Es war unsere Jugend, so unendlich viel hatten wir noch vor uns. Verrat lag in der Luft, gespeist aus Sehnsucht nach jenem Unbekannten, das in der Zukunft wartete. Ich ahnte, was für ein unsicherer, labiler Kandidat ich war. Mich beschlichen Zweifel, ob ich sie genug liebte. Sie begann, mir leidzutun. Ich wollte dieses Gefühl mit allen Mitteln verdrängen.

»Nächstes Jahr können wir ja auch mit Interrail fahren«, schlug ich vor.

Sie zuckte ein wenig zusammen.

»Meinst du das ernst?«, fragte sie.

»Na klar.«

Später schwenkte die Stimmung wieder um. Es gelang ihr, sich in Szene zu setzen und mich eifersüchtig zu machen. Sofort war ich aufs Neue verliebt.

Ich versuchte zu dieser Zeit, *Zarathustra* zu lesen, eine Empfehlung, die mir ein Oberstufler mit dem Hinweis gegeben hatte, dass schon viele nach der Lektüre von Nietzsche Selbstmord begangen hätten, konnte aber mit seinen Weisheiten wenig anfangen und langweilte mich bald.

Ich ging zu meiner Großmutter auf die Terrasse. Mein Großvater hatte sich bald nach meiner Ankunft im Briefmarkenzimmer verschanzt und ging nur abends ab und zu in den Gemüsegarten.

Gleich zu Anfang hatte ich Elli gebeten, mit meinem Großvater zu sprechen, ob er vielleicht das Geld für mein Internat aufbringen würde. Er lehnte es ab, als er von meinem Onkel erfuhr, dass ich mir zu schade dafür sei, in der Firma zu arbeiten.

Die Unklarheit über meine Zukunft ließ mir keine Ruhe. Ich erklärte meiner Großmutter, ich müsse die Schule verlassen, wenn nicht bald das Geld dafür aufgetrieben wurde, und fragte sie, ob sie das wolle.

Es stellte sich heraus, dass sie selbst über keinerlei Geld verfügte. Sie bekam ihr Haushaltsgeld zugewiesen – und sonst nichts. Über jeden anderen Betrag hatte sie Rechenschaft abzulegen. »Liebes Kind«, sagte sie mit Tränen in den Augen, »ich würde dir gern etwas geben, aber ich habe nichts.«

Ich war betroffen über dieses Geständnis und glaubte meinen Ohren nicht zu trauen.

Wie viel Geduld hatte sie mit diesem Mann? Wie viel Ohnmacht steckte dahinter? Oder gab es eine merkwürdige Melange aus Ohnmacht und Geduld?

»Du hast wirklich kein Geld, Omi?«, fragte ich.

»Sonst würde ich dir doch helfen, Junge.«

Sie tat mir fürchterlich leid. Wie war es möglich, dass sie sich in all den Jahren nicht durchgesetzt hatte? Wollte sie es nicht? War es ihr egal? Lohnte es sich nicht? Oder war das alles eine Frage des Temperaments? Und wer hatte dieses Temperament geerbt? Es war mir unvorstellbar, wie sie so leben konnte. Er hatte mit diesen Gartenzwergen Millionen gescheffelt. Und jetzt musste sie ihn fragen, ob sie sich ihr Kölnischwasser kaufen durfte?

Ich schwieg betroffen. Ihr Schicksal war viel schlimmer als meines. Und sie war alt.

Ich hatte sie immer gemocht, mir aber nie viel Gedanken über sie gemacht.

Immer hatte ich gedacht, dies hier wäre ein einigermaßen harmonisches Heim, und sie hatte diesen Glauben stets aufrechterhalten. O Gott, dachte ich. Und dann: Was macht sie den ganzen Tag? Es war irgendwie alles schrecklich, und ich hatte plötzlich wieder, wie so oft in letzter Zeit, das Gefühl, ich müsse sofort weg. Ich war empört, mein Gerechtigkeitsempfinden regte sich so stark, dass ich am liebsten dem Impuls nachgegeben hätte, in sein Zimmer zu laufen und ihn zur Rechenschaft zu ziehen. Ich sagte es ihr.

Sie schüttelte den Kopf.

»Es hat keinen Sinn mehr, mit ihm zu reden«, sagte sie, »das ist schon lange vorbei.«

»Wie hast du das nur so lange durchgehalten, Omi?«

Sie lächelte in sich hinein. »Tja, weißt du«, sagte sie, sah in die Leere und machte versehentlich einen Rauchkringel, »das weiß ich selbst nicht.«

Dabei füllten sich ihre Augen mit Tränen. In diesem rosa Licht auf der Veranda, in ihrem weißen Holzstuhl, vor der Bougainvillea, wo es so malerisch aussah, erschien mir alles entsetzlich absurd. Mir kamen ebenfalls die Tränen.

Es war aussichtslos. Alles war aussichtslos. Ich stürzte zu ihr und nahm sie in den Arm. Jetzt erst merkte ich, wie fragil sie war. Ich hielt inne und blickte hinüber zum Horizont.

Ich verglich die Zeit mit dem langen Weg zum Walberla, den vielen Stunden, die man wandern musste in der Mittagszeit und am frühen Nachmittag. Und ich verglich das Glück mit den Vorräten, die man bei sich hatte, mit der Wasserflasche, dem Brot und den Tomaten, die man am Wegrand verzehrte. Wie lange hielt auf diesem weiten Weg der Vorrat von Glück? Ich sah meine Großmutter an und versuchte, es herauszufinden. Sie paffte ganz zufrieden vor sich hin und sinnierte. Offenbar fand sie das alles nicht so schlimm wie ich.

»Hast du mal mit Onkel Heinz darüber geredet?«, fragte ich.

Meine Großmutter schüttelte den Kopf.

Ich sprang auf. »Aber Omi!«, rief ich. »So geht das doch nicht. So kann er doch nicht mit dir umgehen! Das kannst du dir doch nicht gefallen lassen!«

Ich war bereit, ins Briefmarkenzimmer zu gehen, aber ich wusste, ich würde an ihm zerschellen, wie jeder andere auch. Der starre, hartherzige Blick, der kleine, harte Schädel, der schlimme Mund. Er würde nur aufstehen, seinen Arm ausstrecken und leise »raus« sagen müssen, und schon würde ich gehen. Er war ein anderes Kaliber als der Nürnberger Großvater. Er hatte andere Dinge getan. Ich ließ es sein.

Gedanken überwältigten mich, von einer blutigen Traurigkeit. Ich hatte einen schlimmen Einblick gewonnen in das Idyll meiner Großeltern hier oben, ich wollte weg, nichts wie weg. Aber ich konnte meine Großmutter nicht alleine hierlassen. Was war denn mit dem Leben? Diese vielen, vielen Jahre, verdammt noch mal!

Und keiner hatte was gemerkt. Waren das alles Ignoranten? Mein beschissener Vater? Meine Onkel? Alles Faschisten! Ich raufte mir die Haare. Das konnte doch gar nicht sein, dass meine Omi hier immer noch saß.

»Wie soll das gehen, in zehn, zwanzig Jahren. Willst du dann immer noch hier sein?«, jaulte ich hysterisch. »Man gewöhnt sich an alles? Das glaube ich nicht.«

Ich fing an zu weinen. Dazu kam, dass ich so verliebt in Laura war. Jetzt erst recht. Ich hatte gerade solche Sehnsucht nach ihr. Sie saß da drüben und lernte. Wie süß sah sie aus. Wie wunderschön. Zum Anbeten schön. Sie war rein und unschuldig. Und sie würde mir das alles schenken. Mir, diesem dahergelaufenen Straßenköter. Ich zerfloss vor Selbstmitleid, sank vor meiner Omi auf die Knie und nahm sie in den Arm. Sie roch immer ganz mild und ganz sanft, fast ein wenig fad. Sie umarmte und tröstete mich.

»Aber Omi, wie soll denn das jetzt alles werden?«, schluchzte ich. Es kam so viel zusammen.

»Mach dir mal keine Sorgen, mein Junge. Irgendwie kriegen wir das schon hin. Und wenn du arbeiten musst, ist das doch nicht so schlimm. Du bist doch noch jung, du schaffst das schon.«

Ich hatte ihr erzählt, dass es im Internat auch Freizeitjobs gab. Man war zwar nicht sehr angesehen, wenn man sie machte, aber es ging. Die Schule könnte ich weiter besuchen, als Externer eben. Ich müsste mir halt nur irgendwo ein Zimmerchen suchen, auf dem Land war das möglich. Ich nahm mir vor, richtig zu lernen und wieder so gut in der Schule zu sein wie vorher.

»Pakete kann ich dir jederzeit schicken. Ich kann immer sagen, sie gehen in die Ostzone, zu Pawlicks. Dagegen hat er nie was«, tröstete sie mich.

Ich stand langsam auf. Nun lächelte ich wieder.

»Ich geh noch mal kurz zu Laura rüber«, sagte ich.

Unter dem kalten Wasserhahn wusch ich mir das Gesicht, dann kämmte ich mir die Haare.

Ich war aufgeregt, als ich zu ihr ging. In ihrem Zimmer brannte noch Licht. Durch mein Weinen, das alle Kräfte hochgewirbelt hatte, war ich in einem schwebenden Zustand, leicht und luzide. Ich spürte die Nacht. Vor ihrem Fenster blieb ich stehen. Sie hatte mich gehört und stand auf.

»Robert?«, fragte sie erstaunt. »Pscht, meine Mutter schläft schon.«

»Lernst du noch?«, fragte ich sie.

»Schon«, sagte sie, »aber ich kann auch aufhören.«

Voller Erwartung sah ich sie an. Sie hatte eine Idee.

»Warte«, sagte sie, »ich komm raus.«

Ich schlich zurück, im selben Moment kam sie aus der Haustür geschlüpft. Sie hatte ihren Kassettenrekorder dabei, nahm mich an der Hand und lief mit mir davon. Irgendwo hinter den Häusern ließen wir uns ins Gras fallen.

»Was hast du denn? Du bist ja so aufgelöst«, fragte sie.

Ich erzählte ihr von meinem Weltschmerz und dass das Leben so ungerecht sei, kokettierte aber schon wieder damit.

Sie lächelte. »Findest du es ungerecht, dass wir hier jetzt liegen?«

Ich schüttelte den Kopf. »Nein, aber irgendwie finde ich es auch schrecklich.« Ich merkte, wie mich eine wohlige Laune überfiel. »Findest du es gut, dass alle Cat Stevens hören?«

Sie sah mich mit großen Augen an. »Hörst du ihn denn nicht gern?«

»Doch, schon«, sagte ich nachdenklich, »ich mag Cat Stevens. Aber irgendwie artet das langsam zu einer Art kollektivem Wahn aus, findest du nicht? Alle tanzen auf *Morning Has Broken*, egal, wo du hinkommst, und alle knutschen die ganze Zeit.«

Sie spulte auf ihrem Gerät vor und schaltete ein. Nach einer winzigen Pause kam: *I'd Love You To Want Me.*

Ich erstarrte innerlich vor Glück.

»Na, kennst du das?«, fragte sie maliziös. Sie wusste es ja genau.

»Hm, ja ...«, sagte ich, »ich glaub schon.«

»Und? Gefällt's dir immer noch?«

»Mhm, ich glaub schon.«

»Magst du denn mit mir tanzen?«, fragte sie.

Wieder erstarrte ich innerlich. Nichts hatte ich mir so sehr gewünscht. Ich nickte beklommen.

Sie erhob sich und nahm mich bei der Hand. Sie legte sich meinen Arm um die Taille. Den anderen legte ich um ihre Schulter.

»Na, gefällt's dir jetzt wenigstens?«, flüsterte sie.

Ich nickte. Wir tanzten genauso, wie ich es mir immer vorgestellt hatte, ganz, ganz langsam. Mein Mund lag dicht an ihrem Hals, und ich spürte das unmerkliche Wiegen ihrer Hüften. Nach einer Weile flüsterte sie: »Weißt du, dass ich das viel aufregender finde, dass wir uns schon so lange kennen? Und ich glaube, je länger wir uns kennen, umso aufregender werde ich es finden.«

Ich konnte nichts sagen. Ich wollte, aber ich konnte nicht. Wir ließen das Lied verklingen und dann kam das nächste. Es war, ganz klar: *Morning Has Broken*.

7.

An einem Mittag Anfang September saßen wir in ihrem Zimmer, und ich hörte sie ab. In wenigen Tagen würden ihre Prüfungen in München beginnen. Eine Menge Schüler aus ganz Bayern hatten sich um dieses Schulstipendium beworben. Ich hatte inzwischen etwas Heldenhaftes vollbracht. Sehr schweren Herzens war ich eine Woche in die Papierfabrik gegangen und hatte ausgeholfen. Der Inhalt meiner Lohntüte reichte für eine Fahrkarte für uns beide nach München plus Übernachtung in einer Jugendherberge. Das war das Ziel der Aktion gewesen. Davon sagte ich ihr natürlich nichts. Die Heldenhaftigkeit bestand darin, sich der Notwendigkeit zu beugen, und zwar mit einem Ziel vor Augen, das es zu erreichen galt, unter Einhaltung strenger Disziplin, geradezu selbstlos, hauptsächlich, um einem anderen eine Freude zu machen. Genau dies hatte ich getan, und es brachte mich in einen euphorischen Dauerzustand. Ich, der stundenlang in pubertären Idealbildern von mir selbst schwelgen konnte (das reichte bis zu der Vorstellung, ich käme in einer Art Bilitis-Atmosphäre auf einem Schimmel angeprescht, um Laura mitzunehmen, sah dabei aber aus wie der Mädchenschwarm Wildgruber oder wie David Cassidy), hatte meine Finger mit Arbeit schmutzig gemacht – und überraschenderweise war dabei etwas herausgekommen, womit ich am allerwenigsten gerechnet hatte. Ich hatte ein Gedicht geschrieben. Die riesigen, weißen Papierballen der Fabrik, die am Fluss lagerten, ausgebleicht im Regen, hatten mich in einer Mittagspause dazu inspiriert. In dem Gedicht ging es um den Tod.

Der letzte Satz: *Das Erdreich ist warm und zersetzend*, jagte mir Schauer über den Rücken. Das Gedicht war nicht dazu angetan, es Laura als Liebeserklärung zu Füßen zu legen, aber sie sollte es lesen. Immerhin war es das erste, bedeutende Zeugnis eines möglicherweise großen Dichters. Ich war sehr stolz darauf.

Unsere Beziehung war in eine neue Phase getreten. Wir küssten uns ein paar Tage nicht mehr. Ich hatte damit angefangen. Eines Nachts hatte ich mir ein Verdikt auferlegt, nachdem wir uns vorher zu viel geküsst hatten. Immer wieder hatte ich sie beim Abhören überfallen und auf der Couch »flachgelegt«. Wir nannten es so, weil ich mich auf sie legte und sich unsere Geschlechtsteile unter dem Stoff berührten. Zu oft war ich aufs Klo gelaufen, und sie hatte feuerrote Bäckchen gekriegt und unter schlechtem Gewissen gelitten, weil sie sich nicht mehr aufs Lernen konzentrieren konnte. Die Tatsache, dass sie das, ohne ärgerlich zu werden, nur mit einem schlichten, fast schon frivolen Bedauern äußerte, bestätigte mir, dass sie es eigentlich viel lieber mochte als zu lernen und in einem Zwiespalt war, der sie marterte. Ich konnte also großzügig sein und beließ es dabei, sie am nächsten Tag nur abzuhören. Ihre Füße waren in eine Kamelhaardecke gewickelt, weil sie eine Frostbeule war und es draußen schon kühler wurde. Wir warfen uns ab und zu behutsame Blicke zu, wohl wissend, woran wir eigentlich dachten, was wir aber nun nicht mehr zulassen wollten. Dieses schlichte Einverständnis machte uns stolz aufeinander. Wir waren ein richtiges, erwachsenes Paar, das warten konnte, wenn es darauf ankam.

Wie beabsichtigt, machte das die ganze Sache noch spannender.

»Ich finde es toll, dass du in eine Kamelhaardecke gewickelt dasitzt«, sagte ich mit schmachtendem Unterton.

»Wieso?«, fragte sie aufreizend.

»Einfach so.« Wir starrten uns einen Moment lüstern an, dann glitten unsere Augen wieder auf das Buch, wir taten, als wäre nichts, und ich fragte sie weiter ab.

»Warum hat sich die flämische Malerei so autark entwickelt?«, fragte ich, merkte, wie banal die Frage aus meinem Mund klang und musste blöde lächeln.

»Das liegt vor allem an Breughel«, erwiderte sie und fing an zu kichern.

Ich wusste, wie altklug sie manchmal war. Sie konnte Sätze einleiten mit Formulierungen wie: »Ich will hier nicht in eine Art Subjektivismus verfallen«, und, obwohl es ihr peinlich war, brachte sie nichts davon ab, erst recht in dem Duktus weiterzumachen. Im Gegenteil. Dabei betonte sie nach fränkischer Manier jede Silbe besonders deutlich und fuhr mit dem Finger imaginäre Linien auf der Tischplatte ab, weil sie eine haptische Ablenkung brauchte, um ihren Eigensinn aufrechtzuerhalten. Dabei war es ihr egal, ob Häme und Spott auf sie niederregneten. Irgendwann wurde sie allerdings immer rot und man wusste, man hatte gewonnen.

Ich hatte sie so lange reglos beobachtet, bis ich sie aus dem Sattel geworfen hatte. Sie sprang kichernd auf und warf sich auf mich. Wir fingen an herumzualbern, was meist in einer Kussarie endete. Manchmal fing sie sich aber auch und schaffte es, sich zu vertiefen und mir in allen Einzelheiten eine Winterlandschaft von Breughel darzulegen. Dabei musste es auf diesen Gemälden allerdings immer eine sinnliche Referenz zu ihrer eigenen Wahrnehmung geben, sonst konnte sie damit weniger anfangen.

Im Falle von Breughel waren es die kahlen Stämme der Krüppelweiden oben am Mäusegraben, durch die wir als Kinder in der früh hereinbrechenden Dunkelheit in die Winterlandschaft hinuntergucken konnten, mit den Stricken unserer Schlitten in den zugefrorenen Fäustlingen, bevor wir selbst hinunterfuhren in einen Schlund aus weißer, schimmernder Nacht. Dahinter, in den Waldwegen, waren auch die schwarzen Silhouetten dick eingemummter Menschen im Schnee zu erkennen. Und ganz da hinten war Olaf zu sehen, mit seinen wurstdicken Ärmchen und Beinchen, der auf die Schlittschuhe gesetzt wurde, unten, an »meinem« Waldsee, dessen spiegelglatte Eisfläche hell in der Dunkelheit schimmerte. Und dann war da dieser Glorienschein der Heimkehr und des Empfangenwerdens in der Wärme der Häuser, wenn das Licht vom Treppenhaus durch die Haustüren auf den glänzenden Schnee fiel. Und das Schwarz der Schlittenkufen und der Scherenschnitt der Kinderhorden, die durch den Wald zogen. »Das hat dann Breughel wohl mit den großen Winterbildern gemeint und mit dem Leben der einfachen Leute«, schloss sie.

Klar wusste sie, dass Breughel eine wichtige Rolle bei der Entwicklung der Zentralperspektive gespielt hatte und dass es auch darum ging. Aber in erster Linie wollte sie beweisen, dass die Ressourcen, aus denen er schöpfte, diejenigen einer äußersten Dichte des Gefühls und der Wahrnehmung waren, einer genauen Kenntnis aus der eigenen Biographie, die unabdingbar war, um Großes zu schaffen und aus der sich die sekundären Qualitäten eines Kunstwerks, Konzeption und Entwurf, wie von alleine ergaben, da er ja längst die Meisterschaft innehatte und nicht mehr über Wirkungen und Effekte nachzudenken brauchte, sondern das Große, Ganze in einem Atemzug erzählen konnte, weil es aus ihm herauskam.

Ich konnte sie mir wunderbar als Lehrerin vorstellen, wie sie sich begeistern konnte mit ihrer Schülerschar, vor einem Gemälde der Alten Pinakothek. Dieses Fach, Kunstgeschichte, wollte sie unbedingt studieren. Es bedeutete ihr sehr viel, wie sie mir anvertraute. In ihrer Familie hatte bisher niemand studiert. Sie wollte das Stipendium und war sehr ehrgeizig darin.

Es war ihr egal, dass sie in der Schule als Streberin galt. Die anderen Mädchen waren nur neidisch, weil sie obendrein auch noch die Schönste der Schule war. Sie würde froh und erleichtert sein, wenn es klappte und sie nach Grünthal auf die Schule gehen konnte.

Wir malten uns aus, wie es wäre, wenn wir zusammen im Herbst durch den Schlosspark gingen und in einem der leeren Klassenzimmer lernten. Ich erzählte ihr, wie schön es in Grünthal war und wie geborgen man sich dort fühlen konnte, wie wenige Wege es gab, die man gehen musste, und wie schön sie waren, besonders, wenn man die Hausaufgaben gemacht hatte und der ganze Abend noch vor einem lag. Immer würde ich sie an die Bushaltestelle bringen. Und wenn wir fleißig wären, hätten wir das ganze Wochenende für uns.

Schließlich gingen wir hinaus in einem Glückszustand, weil alles so vielversprechend war, und atmeten Hand in Hand tief die Luft ein, während wir über die Wiese vor dem Haus liefen. Es waren recht kleine Träume, die wir da hatten.

Dabei fiel mir ein, dass wir vielleicht meine Mutter in München besuchen müssten, wenn wir schon einmal dort waren. Ich dachte daran, dass sie uns für unsere »bourgeoisen« Träume bestimmt verachten würde. Laura merkte sofort, dass etwas nicht stimmte, und fragte mich, was los sei.

Ich schüttelte den Kopf und sagte: »Ach, nichts. Ich habe nur gerade an meine Mutter gedacht.«

»Was ist denn mit deiner Mutter?«

»Sie ist echt eine alte Drecksau.«

»Aber Robert, so etwas sagt man doch nicht.«

»Mich wurmt, dass sie es schafft, mir die Laune zu verderben, wenn ich an was Schönes denke.«

»Ist das denn so?«

Ich nickte.

»Willst du es mir erklären?«

»Da gibt es nichts zu erklären. Meine Mutter ist böse. Sie verachtet alle. Die Menschen sind für sie Zielscheiben ihres Hohns. Sie würde sich nie mit uns freuen, wenn sie hören würde, was wir denken. Sie würde uns für unsere naiven Gedanken verachten, obwohl wir noch jung sind. Sie würde immer denken: Da gehen sie, diese miesen, kleinen Bourgeois.«

»Meinst du, mich würde sie auch nicht mögen?«

Ich schüttelte den Kopf. »Du bist viel zu hübsch. Außerdem würde sie sofort denken, du bist »bürgerlich«. Du fällst in dieses Schema, weil du dich nicht so exzentrisch schminkst, mit Perücke und fetten, schwarzen Kajalringen um die Augen und so.«

»Und, wäre das denn so schlimm, wenn sie das dächte?«

Laura sah mich mit großen Augen an. Mein Herz schmolz dahin.

»Das wäre überhaupt nicht schlimm«, sagte ich zärtlich. »Ich bin ja selbst viel lieber bürgerlich.«

Sie lächelte. »So siehst du aber nicht aus.«

»Das ist alles nur Tarnung.«

Sie lachte und umschlang mich. Zärtliche Küsse tauschend, gingen wir an den nebligen Bäumen entlang.

8.

Laura war in München und legte ihre Prüfungen ab. Die Prozedur dauerte drei Tage. Wir hatten beschlossen, nicht zu telefonieren, damit sie sich voll auf die Prüfungen konzentrieren konnte. Die Sommerferien neigten sich allmählich dem Ende zu. Die Urlauber kehrten zurück und warfen die Rasensprenger an. Unruhe grassierte allerorten. Man merkte förmlich, wie sich alle darauf vorbereiteten, dass es bald wieder losging. Sogar mein Onkel und seine Familie kamen zurück und brachten Leckereien mit, die sie in Italien gekauft hatten. Ich beobachtete sie von meinem Fenster aus, wie sie meine Großeltern an der Gartentür begrüßten. Sie waren braungebrannt und trugen alle weiße Shorts.

Mein Onkel stand wie ein kleines Primatenmännchen mit einem riesigen, in Zellophan eingeschweißten Parmaschinken, den er wie eine Keule hielt, vor seinem Clan.

Sie gingen hintenrum durch den Garten und machten sich auf der Terrasse breit. Ich verzog mich.

Alle taten etwas. Der Einzige, der nichts tat, war ich.

Wehmütig dachte ich an das Vakuum zurück, in dem wir die letzten Wochen verbracht hatten. Als Laura ihren Rucksack schnürte und den Schlafsack zusammenrollte, wusste ich, dass die Zeit des Händchenhaltens vorbei war. Der scheiß Ernst des Lebens ging wieder los – und sie machte mit. Sie würde die Prüfungen mit Glanz und Gloria bestehen. Aber was war mit mir?

Es blieben noch knapp drei Wochen, bis die Schule wieder anfing. Und nichts war geschehen.

Insgeheim war ich in der Hoffnung hierhergekommen, dass meine Großmutter mir Geld für das Internat geben würde. Von meinem Vater war nichts zu erwarten.

Das hatte er Elli ganz klar gesagt, als sie ihn auf dieses neuralgische Thema ansprach. So ein Arschloch. Dabei hatte er Geld (abgesehen von dem RAF-Geld), aber er verplemperte es lieber in der *Femina-Bar* um die Ecke oder mit nächtlichen Telefonaten oder Taxifahrten nach solchen Telefonaten, die ihn in die Nähe von Stuttgart oder Hannover führten, wo irgendeine Ex-Geliebte saß, die mittlerweile einen Bauernhof hatte.

Ich ging den staubigen Teil der alten Dorfstraße entlang. Es roch nach Blut, die Metzger schlachteten, der weiße Dampf drang in dichten Schwaden aus dem Schlachthaus. Mir wurde übel. Ich fühlte mich, als würde ich gleich gegen eine Wand krachen.

Wochenlang war ich durch einen Nebel von Illusionen geirrt. Jetzt wurde die Zeit immer knapper. Eine Menge ballte sich zusammen. Wollte ich wirklich wieder aufs Internat kommen, musste ich es selber in die Hand nehmen. Niemand würde mir helfen, auch Laura nicht. Ich war übellaunig und sauer. Es war an der Zeit, etwas zu unternehmen.

Ich nahm mir vor, innerhalb der nächsten drei Tage Schanz anzurufen. Damit konnte ich auch Laura eins auswischen, die sich am Ende, als es darauf ankam, so wenig um mich gekümmert hatte. Ich drückte mich in der Gegend herum, bis mein Onkel weg war, und rief noch am Nachmittag bei Schanz an.

»Mensch, Alter«, dröhnte er.

Er freute sich wirklich, dass ich anrief. Ich hatte mir bereits etwas ausgedacht und lud ihn und seine Freunde, wen immer er auch mitbringen wollte, zu einer Party im leeren Haus meines Großvaters in Nürnberg ein. Er versprach, seine Blondinen mitzubringen. Ich hatte Glück gehabt. Er war gerade aus einem Urlaub aus Ibiza zurückgekommen.

Mit klopfendem Herzen und ambivalenten Gefühlen verbrachte ich den Rest des Nachmittags. Laura würde übermorgen Abend zurückkommen, und wir hatten eigentlich beschlossen, dass ich sie am Bahnhof abholen sollte.

»Was bist du denn so nachdenklich?«, fragte meine Großmutter und bot mir ein Stück Parmaschinken an. Sie hatten einen ganzen Teller von der Keule abgesäbelt und dann stehenlassen. Das Zeug roch irgendwie muffig, aber das war das Teure daran. Ich fraß den ganzen Teller in mich hinein.

»Dir wird ja schlecht, Junge«, sagte sie, »nimm wenigstens ein bisschen Weißbrot dazu.«

Ich stopfte das Weißbrot in mich hinein. Wie immer, wenn ich mich nicht entscheiden konnte, geriet ich unter unheimlichen Druck und aß riesige Mengen. Manchmal Süßigkeiten, manchmal auch andere Sachen. Später waren es Zigaretten und Drogen, im Grunde war es egal. Es stand immer viel auf dem Spiel. Ich konnte meiner Geschichte diese oder jene Wendung geben. Ich konnte rächen, verletzen, ungerecht sein, was Laura betraf, aber ich konnte auch mal versuchen, mich in Geduld zu üben, den anderen zu verstehen, zurückstecken. Ich entschied mich für die destruktive Tour.

Wie von einem Impuls getrieben, stand ich auf, ging in das kleine Zimmer und fing an, fieberhaft zu packen.

»Ich hau ab, Omi«, sagte ich, als ich in die Küchentür trat.

Es wurde bereits dunkel, und meine Großmutter, die noch herumhantierte, war nur schemenhaft zu erkennen. »Aber wo willst du denn hin, Kind?«

»Nach Erlangen, zu einem Freund«, log ich.

Sie sah mich verständnislos an. »Jetzt? Um diese Zeit?«

»Ich hab keine Zeit für lange Erklärungen, Omi. Ich muss Geld beschaffen, verdammt«, schob ich nach und starrte sie vorwurfsvoll an.

»Und Laura?« Ich hatte stolz erzählt, dass ich vorhatte, sie nach bestandener Prüfung zu einem kleinen Trip einzuladen.

»Ach, Laura«, sagte ich verächtlich.

»Na, du musst es ja wissen«, sagte Elli bekümmert.

Ich konnte nicht schnell genug von hier wegkommen. Flüchtig umarmte ich sie und rannte davon. Sollte Laura mit ihrem Ehrgeiz allein fertig werden. Ich würde sie jedenfalls nicht abholen.

Als ich unten an der B 371 stand, die durch das Dorf führte, und den Daumen raushielt, um nach Nürnberg zu kommen, musste ich an Komorek denken. Das war alles schon so lange her und vergessen. Jetzt kam es auf einmal wieder hoch. Vielleicht lag es daran, dass ich mich auf dem Weg ins Niemandsland befand, wo vieles möglich war. Komorek war nicht heil aus den Legenden zurückgekommen, die sich um ihn gerankt hatten. Er war überhaupt nicht zurückgekommen. Und mein Vater kam auch nicht zurück. War es nur der Alkohol, der so gefährlich in der Nacht glitzerte, oder lauerten auch andere Gefahren, die einen davon abhielten, zurückzukehren zu dem, was man liebte?

Hatte ich auch diesen inneren Schweinehund in mir, der mir das Leben kaputtmachen würde? Bildeten wir eine Dreierbande, Komorek, mein Vater und ich?

Ich dachte an Laura, die von all dem nichts wusste und in deren Armen ich übermorgen am Abend hätte liegen können. Sie konnte ja für all das nichts, und ich hatte eigentlich überhaupt keinen Grund, auf sie böse zu sein. Ich würde sie morgen Abend anrufen und versuchen, ihr zu erklären, warum ich sie nicht abholen konnte. Ein überdimensionaler Lastwagen bog um die Ecke und hielt. »Richtung Nürnberg«, sagte der Fahrer.

Ich stieg ins Führerhaus. In dem Kühlraum dahinter befanden sich die zerlegten Kadaver, deren Blut ich vorher gerochen hatte. Der Fahrer machte das Radio an, damit wir nicht reden mussten. Er ließ mich in der Nähe vom Hauptbahnhof raus. Ich sah die Nutten auf der gegenüberliegenden Straße. Sie lehnten gegen die Befestigungsmauer der Stadt, alt und hässlich. Hierher hatte es Komorek also immer verschlagen. Ich setzte mich in die leere Linie acht und fuhr nach Buchenstein hinaus.

Der Grund, weshalb ich eine Party machte, war meine Empörung, als ich erfuhr, dass mein Großvater sich schon wenige Wochen nach der Beerdigung meiner Großmutter mit einer wesentlich jüngeren Dame getroffen hatte, der er Schmuck gab und die er jetzt auch noch zu einem ausgedehnten Urlaub nach Ischia eingeladen hatte. Außerdem glaubte ich, dass ich Wohnrecht in Buchenstein hatte, auch wenn er das nicht so sah. Meine Großmutter hatte schließlich gesagt, ich könne immer kommen. Daran änderte für mich auch ihr Tod nichts.

Das Haus strahlte schon von außen eine ungute Atmosphäre aus. Ich konnte mir es nicht so recht erklären. Es wirkte vernachlässigt und irgendwie verlassen. Der Garten wurde nicht mehr liebevoll gepflegt. Eine Jalousie hing herunter, die Steinplatten zur Haustür hatten im Sommer Risse bekommen, der Maschendrahtzaun am Waldrand bog sich durch die Wucht des Unkrauts, das von außen gegen ihn drückte.

Ich versuchte dies alles zu ignorieren, indem ich so schnell wie möglich in das Haus eindrang. Ich kletterte über die Garage, was ich im Notfall auch blind hätte tun können, so oft hatte ich es in meiner Kindheit geübt, und stieg auf das steile Dach, um mich an meine Fenster zu hangeln. Glücklicherweise war eines gekippt, ich brauchte nur hineinzugreifen, um es zu öffnen.

Der alte Geruch schlug mir entgegen. Diesmal ging er mir ans Herz, denn ich spürte, dass es Mechthilds Duftmarken waren, die sie hier hinterlassen hatte. Ich sah sie wieder genau vor mir und spürte zum ersten Mal Schmerz über ihren Tod.

Ich durchquerte das leere Treppenhaus und machte unten das Licht an. Dann schaltete ich den Fernseher ein. Im Spätprogramm lief *Psycho*, einer meiner Lieblingsfilme, aber ich konnte mich nicht konzentrieren. Ich dachte an Laura und daran, sie anzurufen, aber ich hatte ihre Nummer in München nicht, und ihre Mutter war bestimmt schon im Bett.

Als Erstes durchsuchte ich sämtliche Schubladen nach Geld.

Oben fand ich den Schmuck meiner Großmutter. Golden glitzerte er in dem Fach der alten, an den Seiten mit Stoff und staubigen Troddeln behängten Kommode im Schlafzimmer. Der Schmuck war bestimmt viel wert: Uhren, Armbänder, Colliers. Früher hatte ich sie mir manchmal umgehängt und war schwerbeladen damit vor den Spiegel getreten. Das musste nicht wiederholt werden, obwohl ich lange Haare hatte und sie jetzt besser zu mir gepasst hätten, vor allem, wenn sie im Mondschein schimmerten. Die Sachen hätten auf dem Schwarzmarkt genug Geld gebracht, um das nächste Jahr im Internat zu überwintern, doch ich schob die Schublade wieder zu. Ich wollte erst mal abwarten, was passierte.

Ich ging hinunter und fing an, wild in der Gegend herumzutelefonieren und Leute einzuladen, deren Nummern ich in meinem Adressbuch fand. Dass ich eine Party machte, auf die jede Menge fremde Leute kommen würden, hing damit zusammen, dass ich nicht wusste, wen ich aus dem Internat einladen sollte. Ich merkte, wie wenig Freunde ich hatte, wie wenig Leute, die mich interessierten oder zu denen ich in irgendeiner Verbindung stand.

Zum anderen veranstaltete ich die Party mit dem Gedanken, eine Art Vandalismus im Haus zu betreiben. Ich wollte mich einfach dafür rächen, dass mein Großvater mir von einem auf den anderen Tag den Geldhahn zugedreht hatte. Klar, ich hatte mich ihm gegenüber oft schlecht benommen, aber das war kein Grund, mir die Zukunft zu versauen. Er hatte meiner Oma versprochen, für mich zu sorgen, mögen oder nicht mögen. Er hatte das Versprechen gebrochen. Bei dem vielen Geld, das er besaß, wären die fünfhundert Mark pro Monat für das Internat eine Kleinigkeit gewesen. Immerhin finanzierte er meiner drogensüchtigen Mutter ihr aufwendiges Leben in München, und sie kaufte sich Koks und Pelzmäntel davon.

Mit Schanz musste ich sprechen, weil die Zeit drängte. Im Laufe der Ferien hatten sich vermehrt Skrupel eingestellt, was die Sache mit dem Schatz der RAF betraf, und ich brauchte dringend jemanden, mit dem ich darüber reden konnte. Schanz war der Einzige mit genügend krimineller Energie, das Programm professionell durchzuziehen. Hinzu kam, dass ich Angst vor meinem

Vater hatte. Nicht umsonst war er »Buchhalter« der RAF. Er war jemand, der auf Heller und Pfennig akribisch genau abrechnete, Listen erstellte und sich jede Abhebung und jeden Neuzugang an Geld quittieren ließ, da war ich mir hundertprozentig sicher. Irgendwann würde er bei der Abrechnung merken, dass Geld fehlte, und ich wäre sicher unter den Ersten, die er diesbezüglich verhören würde. Außerdem könnte es sein, dass er in Schwierigkeiten käme, wenn Geld fehlte. Auch wenn es sich nur um einen Kleckerbetrag von zehntausend Mark handelte, den ich bräuchte, um das nächste Jahr zu bezahlen. Selbst wenn sie ihm kein Ohr abschnitten, würde er es sich selbst niemals verzeihen, dass Geld fehlte. Dazu war er viel zu pedantisch. Er würde es mir ungeheuer übelnehmen und es nie »aus dem Kopf bekommen«. Zeitweilig würde es ihn sicherlich in rasende Wut versetzen gegen denjenigen, der ihm das angetan hatte.

Dieses Risiko wollte ich nicht allein eingehen. Ein Verhör hätte ich bei meiner Offenheit und meinem Mangel an Talent zu lügen ohnedies nicht durchgestanden. Das wusste ich. Dann hätte ich den Salat gehabt. Ich konnte mir genau vorstellen, wie er mich gezwungen hätte, von der Schule zu gehen und in einer Fabrik zu schuften, um auf Heller und Pfennig den gesamten Betrag bis auf das Letzte hinter dem Komma zurückzuzahlen. Ich hätte klein beigegeben und es getan.

Mein Vater war gefährlich, das wusste ich.

Ich brauchte also Schutz von jemandem wie Schanz, der ihm das Wasser reichen konnte. Sonst wäre ich erledigt. Allerdings war mir auch klar, dass ich Schanz unter Kontrolle halten musste. Er neigte zur Selbstjustiz, und wenn man ihn auf dem falschen Fuß erwischte, konnte es sehr unangenehm werden. Mein Vater hatte mir erklärt, unter einer Schicht von Büchern in jener besagten Kiste im Zwischenboden über dem Bad befänden sich hundertfünfzigtausend Mark.

Ab Mittag bevölkerte sich das Haus aufgrund eines Rundrufs, den verschiedene Leute gestartet hatten, zunehmend mit Personen, die ich nicht kannte und noch nie gesehen hatte.

Aber ich sah an ihnen, dass ein neuer Wind wehte, was Verhalten und Kleidung betraf. Die meisten trugen wirklich lange Haare, aber nicht wie ich gepflegt und in einer Föhnwelle gelegt, sondern verfilzt und fettig.

Sie kamen von überall her, nicht nur aus dem Umkreis. Sie kamen aus irgendwelchen Wohngemeinschaften in Darmstadt und Erlangen und begrüßten einen mit »Hi, Freak«.

Und es war ihnen offensichtlich vollkommen egal, wo sie waren, Hauptsache, es gab einen Teppich, auf den sie sich hocken konnten. Die schöne, neubezogene Couchgarnitur meiner Großmutter verschmähten sie. Worauf es ankam, war, dass sie ihr Schillum oder ihre Wasserpfeife rauchen konnten. Viele von ihnen hatten sich indianische Namen zugelegt. Sie waren friedlich und vollkommen unpolitisch. Sie breiteten sich überall im Haus aus, ich verlor bald den Überblick.

Den wenigen, die ich kannte und die gekommen waren, unter ihnen die schöne Katja und ihre Busenfreundin, bot ich die Aperitifs an, die noch in der Wohnzimmerbar waren. So teilte ich das Ganze in eine Zwei-Klassen-Gesellschaft. Wir zogen uns in die Fauteuils zurück.

Irgendwann hörte ich es schon von weitem laut knattern und wusste, dass jetzt Schanz kam. Ich ging raus und begrüßte ihn. Er sah sich anerkennend um. Die »Hütte« gefiel ihm.

Er schlenderte herein, hatte allerdings nicht viel Interesse an den ganzen Leuten, fragte aber nach ein paar Frauen, die er eingeladen hatte. Als ich auf die eine oder andere wies, da ich seine Freundinnen nicht kannte, klopfte er sich empört an die Stirn.

»Bist du blöde«, rief er, »glaubst du, meine Bräute sehen so aus wie diese Hippieschrapnellen?«

Unruhig blickte er auf die Uhr. »Die kommen sowieso nicht vor Einbruch der Dunkelheit.« Misstrauisch fragte er mich, wo ich das ganze Hippiepack herhabe und ob es hier in dem Haus keinen Raum gebe, wo man sich gepflegt und in Ruhe unterhalten konnte.

Ein wenig nervös führte ich ihn hinunter in die alte Hausbar, in der schon meine Eltern gefeiert hatten. Er sperrte ab und packte zu meinem Entsetzen eine Einwegspritze aus, zog etwas *Johnny Walker* aus der Flasche und setzte sich einen hochkarätigen Druck.

Nach etwa zwanzig Sekunden ging er von seinem Barhocker hoch wie eine Rakete. Das Zeug hatte gezündet. Er sah mich aus riesigen Glubschaugen an, die feuerrot waren, als loderten die Flammen der Hölle in ihm hoch. Dabei stöhnte er laut und stemmte die Hände gegen die niedrige Decke der Hausbar wie Atlas.

Ich war alarmiert aufgesprungen, weil ich Angst hatte, er könnte explodieren, aber allmählich beruhigte er sich wieder. Ich sah nach oben, was seine Hände machten, ob sie bereits den dünnen Gips der Decke durchbohrten. Langsam kam er wieder zu sich, ließ sich auf den Barhocker fallen und blies Luft aus dem Mund.

Ich pfiff durch die Zähne. »What a shit.«

Er war einen Moment so zusammengefallen, wie man es von Junkies kennt. Langsam kramte er in seinen Taschen und sortierte sich geistig wieder, indem er seinen Schraubenzieher, der groß wie ein Brecheisen war, seinen Schlagring, sein silbernes Zigarettenetui und ein goldenes Dumont-Feuerzeug sorgfältig auf dem ovalen, kleinen Tresen vor sich aufreihte.

»Also was gibt's?«, fragte er. »Warum hast du mich kommen lassen? Du willst mir doch nicht im Ernst erzählen, dass *du* diese Wichser eingeladen hast.«

Seine Stimme klang kehlig und tief wie der böse Wolf. Ich war stolz, ihn hier zu haben. Eine Welle von Sympathie stieg in mir auf.

»Warum spritzt du dir das Zeug eigentlich?«, fragte ich.

»Weil das effizienter ist, Mann. Du jagst dir in zehn Sekunden fünfzehn Doppelte rein.« Er schielte paranoid über den kleinen Raum. »Wo habt ihr denn die scheiß Deko her? Die ist ja so alt wie meine Oma.«

»Hier haben schon mein Vater und meine Mutter gesessen«, sagte ich altklug.

»Trinkst du nichts?«, fragte er.

»Ich habe gerade Schillum geraucht«, konterte ich nicht ohne

Stolz, da ich dachte, der Konsum des Haschischs würde mich kulturell weit über Schanz stellen, der ja nur Alkoholiker war.

Er packte mich am Kragen und zog mich zu sich heran.

»Pass mal auf, du Sackgesicht.« Er sah mir mit seinem fürchterlichen Blick in die Augen. »Das machst du gefälligst nicht noch mal. Da gehen deine ganzen schönen Gehirnzellen flöten. Und die brauch ich, verdammt noch mal!«

Er ließ mich los. Wir mussten beide lachen.

»Das heißt also, du kommst nächstes Jahr wieder?«, fragte ich neidisch.

Schanz nickte stumpf: »Mein scheiß Alter pisst mich wirklich an! Mir wird schummrig, wenn ich nur dran denke.«

Plötzlich merkte ich, wie seine Energien runtergingen. Er hielt sich am Tresen fest und schnaufte. Der Whisky spielte Achterbahn mit seinem Kreislauf. Der Blutzucker sank rapide. Er half sich mit einem Schluck aus der Pulle.

»Normal hab ich Speed dabei. Aber das hab ich den scheiß Fotzen gegeben. Woher soll ich wissen, dass sie noch nicht da sind. Scheiß Fotzen«, bekräftigte er.

Er trank ab jetzt ganz normal weiter. Zwischendrin stand er mit verbissener Miene auf und prüfte noch mal, ob er richtig abgesperrt hatte, damit das Hippiepack nicht hereinkam.

Dann ging er an den altmodischen Plattenspieler und legte den *Babysitter-Blues* auf, weil es nichts anderes gab. Seine Hände zitterten. Während die Eunuchenstimme des Schlagersängers grell zu tönen anfing, stiefelte er unter Babygeschrei zurück zum Barhocker, verschränkte die Arme auf dem Tresen und starrte vor sich hin. Er hätte ganz gut in eine Schwulenbar gepasst. Er sah aus wie ein echter Stricher mit seinem Streuselkuchengesicht und seiner Spiegelglas-Sonnenbrille. Fehlte nur noch eine schwarze Polizeimütze aus Lackleder auf seinem Kopf.

»Was grinst du so?«, fragte er genervt.

»Ich finde, du siehst sehr erholt aus. Was hast du gemacht die ganze Zeit?«, fragte ich.

Er ahmte mit dem Becken Fickbewegungen nach.

Ich lachte. Das war »Porno-Schanz«, wie er leibte und lebte.

»Ich freu mich, dass du wieder da bist«, sagte ich einleitend, »den Zimmerbelegungswunsch habe ich übrigens ausgefüllt, als du weg warst. Ich hoffe, das ist dir recht.«

»Komm zur Sache, Mann.«

»Freut mich ja, dass wenigstens du ins Internat kommst«, begann ich eingeschnappt, »ich weiß allerdings nicht, ob ich es auch schaffe.«

Er drehte sich mit einem verblödeten Ausdruck zu mir um.

»Was redest du für 'ne Kacke, Alter?«

»Na ja, du siehst ja, wie die Verhältnisse sind«, sagte ich, »meine Oma ist tot und mein beknackter Großvater will nicht mehr zahlen. Meine Eltern sagen, sie haben kein Geld, was nicht stimmt.«

Er sah mich immer noch mit halboffenem Mund an. Dass Menschen kein Geld hatten, konnte er sich irgendwie nicht vorstellen, wo Geld doch das Wichtigste war. »Und was willste jetzt machen?«, fragte er.

Ich zögerte noch immer, da ich nicht wusste, wie ich ihm die Sache beibringen sollte. Ich wollte nicht als Zögling einer »linken Pocke« bei ihm dastehen und einen Verlust meines Ansehens riskieren. Ich hatte ihm am Anfang unserer Internatszeit sogar mal erzählt, dass mein Vater mit dem Druck von Büchern zu tun habe, um nicht zu sagen, diese verlege. Er hatte mich ganz blöd angeguckt. Das Wort »verlegen« hatte er nicht begriffen. Er hatte gedacht, dass mein Vater die Bücher irgendwohin verschlampt hatte.

»Dein Vater hat kein Geld?« Schanz runzelte die Stirn.

»Er ist pleitegegangen«, sagte ich, »aber er hat noch Geld. Und an das Geld muss ich ran, wenn ich weiter die Schule besuchen will.«

Ich trank jetzt auch Whisky-Cola und erzählte ihm von den Hundertfünfzigtausend auf dem Boden über dem Bad.

»Woher hat dein Alter die Patte?«, fragte er. »Und verscheißer mich bloß nicht, wenn dir an meiner Hilfe liegt. Du weißt, dass ich alles rauskriege.« Er drohte mir mit dem Finger.

Ich versuchte, Schanz nochmals behutsam zu erklären, dass mein Vater irgendeinen dieser sinnlosen Berufe hatte, die mit

Sätzen und Buchstabensalat zu tun hatten, und dass er deshalb versehentlich in die linke Szene geraten sei.

»Ich versteh nur Bahnhof«, sagte Schanz. Er wurde langsam ungeduldig. »Und jetzt noch mal Klartext, woher hat dein Alter die Patte?«

»Von Banküberfällen«, gab ich kleinlaut zu.

Schanz starrte mich an wie ein Insekt. Ich erklärte ihm die Sache mit der RAF.

»Habt ihr eigentlich kein Bier?«, fragte er rammdösig. Sein Gesicht hatte sich bereits verfinstert.

»Doch, klar.« Eilfertig stand ich auf.

»Bring den ganzen Kasten mit«, sagte er, »ich hab einen Mords-Brand.«

Ich ging hinaus in den Weinkeller und kam mit dem Kasten Bier zurück. Er klickte eine Flasche mit den Zähnen auf und nahm einen tiefen Zug. Dann drehte er sich langsam zu mir. »Sag mal, hamse dir ins Hirn geschissen, Mann?«,.

»Nee, wieso?«

Die Herkunft des Geldes machte ihn wütend. Gerade das, was ich nicht bezweckt hatte.

»In was für 'nen Mist willst du mich da reinziehen?«, fragte er.

»Überhaupt keinen Mist.«

Er schüttelte den Kopf und starrte auf den Heizkörper hinter der Bar. Die Sache schmeckte ihm nicht. »Und was soll der Scheiß mit der FAF?«

Er kannte noch nicht mal das Kürzel. Über so viel Blödheit musste ich lachen.

»Die heißen RAF, Mann. Hast du noch nie von denen gehört?«

Schanz stierte mich an. Ich merkte, dass ich jetzt ansetzen musste. Er war dicht genug, und er war noch nicht zu wütend, um sich die Sache erläutern zu lassen. Jetzt ging es darum, ihm einzuhämmern, dass Terroristen um Geld zu erleichtern eine gute Sache war. Ich wusste, wie meine Argumentation zu laufen hatte, und machte ihm klar, dass ich, sein Freund, der Leidtragende war, der nicht mehr zur Schule gehen konnte, weil mein Vater mit dieser Terrorgruppe paktierte.

»Diese verdammten Terristen … diese verdammten Exterrestischen!«, schrie er. Der Whisky hatte seine volle Wirkung entfaltet. Er schlug auf die Bar, dass das ganze Haus zitterte. Am liebsten wollte er gleich los und das Geld holen.

»Ich mach Kleinholz aus deinem Alten«, sagte er.

Ich packte ihn am Arm, dass der Barhocker ins Trudeln kam und es ihn fast umhaute. »Nein, nein, warte. Ich will nur wissen, ob du prinzipiell dabei bist?«

Er beruhigte sich wieder. Ich legte ihm meine Ängste dar. Das war der eigentliche Grund, weshalb ich ihn hierhaben wollte, als Ansprechpartner, als Freund, der im Zweifelsfall zu mir hielt, falls etwas schiefging und die Sache herauskäme. Ich setzte ihm auseinander, dass ich nur eine vergleichsweise bescheidene Summe abzweigen wollte, um im nächsten Jahr wieder ins Internat gehen zu können. Er hockte da und hörte zu, und ich spürte, wie er allmählich meine Gedanken übernahm. Ich war auch schon ziemlich beschwipst.

Ich erzählte ihm von Laura und von dem schönen Sommer, den wir gehabt hatten, und dass sie im nächsten Jahr Grünthal besuchen würde, als Externe, versteht sich, mit einem Begabtenstipendium, und ich fest mit ihr zusammen sei. Das sagte ich, um zu verhindern, dass er wieder versuchte, mit ihr die Hüften zu schwingen.

Er nickte ab und zu und schwieg, und ich merkte, wie er meinen Lebensentwurf einsah.

Ich spürte, wie plötzlich »drive« in mich kam, wenn ich an Laura und den Herbst und Grünthal dachte. Ich war endlich klar mit mir. Schanz brauchte ich eigentlich nicht mehr, um die Aktion durchzuführen. Mir war nur seine Bestätigung wichtig, und die hatte ich bekommen. Vielleicht würde ich ihn nachher noch brauchen, damit er sich schützend vor mich stellte, falls mein Vater etwas herausbekam.

»Soll ich dir nicht doch helfen?«, fragte er kleinlaut. Ich schüttelte den Kopf. Ich war voller Tatendrang. In den nächsten Tagen wollte ich die Sache erledigen. Unser Gespräch war beendet. Schanz machte sich noch einen Druck, und wir gingen nach oben.

Die Party war bereits in vollem Gange. Während ich durch die Rauchschwaden im Wohnzimmer hindurchtauchte, sah ich plötzlich drei bildhübsche Blondinen auf der Couch sitzen. Sie saßen da wie die drei Grazien. Von den anderen setzten sie sich allein schon dadurch ab, dass sie kulturhistorisch bereits einen Schritt weiter waren, früher Edel-Punk, früher New Wave. Eine sah aus wie Debbie Harry. Ihre Haare waren fast weißblond, und sie trug einen schicken Pony. Sie blickte cool vor sich hin und rauchte, während sie von der Dame neben sich, die in ein enges, schwarzes Bustier gequetscht war, aus dem ihr Busen quoll, vollgequatscht wurde. Sie trugen schwarze Netzstrümpfe, lästerten über die Hippies, warfen abfällig Blicke auf die Tanzenden und lachten rau.

Wie angewurzelt war ich stehen geblieben. Wahrscheinlich starrte ich sie mit offenem Mund an. So sahen also die Blondinen von Schanz aus. Er hatte mir nicht zu viel versprochen. Plötzlich schaute die, die wie Debbie aussah und die ich am hübschesten fand, zu mir herüber und beobachtete mich, wie mir schien, mit einer Art abgeklärter, neutraler Neugier. Sie lächelte nicht, sondern sah mich aus ihren großen, geschminkten Augen nur an. Ich lächelte schüchtern. Sie zog an ihrer Zigarette und ließ ihren Blick einen Moment an mir hinuntergleiten. Dann wandte sie sich an ihre Freundin und flüsterte ihr etwas ins Ohr.

Ihre Freundin sah jetzt auch neugierig herüber. Plötzlich tauchte Schanz hinter mir auf.

»Da seid ihr ja endlich«, rief er.

Die Blondinen standen auf, um ihn zu begrüßen.

»Debbie« hatte eine Figur wie Marilyn Monroe. Sie trug kniehohe, schwarze Stiefel. An ihr sahen die Netzstrümpfe besonders gut aus. Obwohl mich das Outfit an meine Mutter in London erinnerte, die damals, als wir allein waren, ihren Rock hochschob, um mir – ich war gerade sieben – ihre Beine zu zeigen und mich zu fragen, wie ich sie fand, störte es mich bei diesem Mädchen nicht. Im Gegenteil, es gefiel mir. Es machte sie lasziv und gefährlich.

Alle sahen sie zu Schanz, der sich durch die Tanzenden schob. Ich wusste immer noch nicht, wem er seine Zunge in den Rachen schieben würde. Er machte es spannend, begrüßte alle drei mit

Küsschen, Küsschen, bevor er der neben Debbie, die auch ziemlich hübsch war, dann doch noch die Zunge tief in den Mund schob. Sie war also diejenige, von der er auf dem Rasthof gesprochen hatte. Sie würde er auf den Strich schicken.

Ich war erleichtert. Debbie sah mich mit großen Augen an.

»Hi, ich bin Robert«, sagte ich. Wir gaben uns die Hand.

»Julia«, stellte sie sich mit verrauchter Stimme vor, »magst du dich nicht setzen?«

Sie bemühte sich, Hochdeutsch zu sprechen, aber es war tiefstes Unterfranken, was darunter verräterisch vor sich hinschwelte.

Sie war auf dem Weg nach Berlin. Dorthin wollte sie ziehen. Sie war achtzehn, also zwei Jahre älter als ich. Das war spannend. Berlin fand sie »ziemlich schick«. Das klang gut.

Ich erzählte ihr, ich wolle auch nach Berlin. Sie war sehr neugierig, sah mich mit großen, einladenden Augen an. Ich hatte das Gefühl, sie verwickelte mich regelrecht in ein Gespräch. Wie unabsichtlich legte sie immer mal wieder flüchtig ihr zierliches Händchen auf meinen Oberschenkel. Ihr Fränkisch schien ihr ein bisschen peinlich. Manchmal wirkte sie fast etwas schüchtern. Ich hatte offenbar leichtes Spiel mit ihr. Das erregte mich. Ich machte einen auf Künstler und erzählte ihr, ich schriebe Songtexte. Und Gedichte.

»Oh«, rief sie erstaunt und riss die Augen auf. »Wovon handeln die denn?«

»Vom Tod«, sagte ich lakonisch.

»Oh, toll«, erwiderte sie. Mir wurde ganz schummrig im Kopf. Wenn sie alles toll fand, dann wäre das ja ein immerwährender Orgasmus mit ihr. Sie war ein echtes Groupie. Sie sagte, sie wolle das Leben genießen bis dreißig und sich dann die Kugel geben. Ich erklärte ihr, dass ich nicht erst bis dreißig warten wollte und dass der Tod überhaupt das Tollste sei.

Sie lachte und fragte mich, wie ich mich umbringen würde. Sie wollte mit einer Überdosis Schluss machen, ich plädierte für das Fallbeil als die sauberste Lösung. Dann redeten wir über die Sex Pistols, die sie schon auf einem Konzert gesehen hatte. Bevor ich ins Hintertreffen kam, befragte ich sie nach ihrer Herkunft. Sie gab kleinlaut zu, aus Kronach zu kommen, ihr Vater sei Postbeamter.

Ich zierte mich, zu sagen, was meine Eltern machten.

Wenig später, nachdem ich neuen Nachschub in Form von Whisky geholt hatte, erfuhr ich von Schanz, dass Julia mich »süß« fand.

Er flüsterte es mir ins Ohr und riet mir, ihr das Haus zu zeigen. Diese Aussicht versetzte mich augenblicklich in einen Aufruhr der Sinne. Die schmutzigsten und schlimmsten Dinge, die ich mit ihr anstellen konnte, schossen mir durch den Kopf. Sie kam von der Toilette mit schuldbewusst gesenktem Kopf, die schwarze Lacklederhandtasche an sich gepresst, das kurze Röckchen über die üppigen Oberschenkel ziehend, als hätte sie ein sooo schlechtes Gewissen, weil sie so sinnlich war, und warf mir einen verstohlenen Blick zu. Sie war schon eine richtige Nutte. Ich bekam sofort einen Ständer.

»Wo warst du?«, fragte ich.

»Na, hast du mich etwa schon vermisst?«

»Ein bisschen.«

Sie lachte.

»Soll ich dir das Haus zeigen?«, fragte ich.

»Okay«, sagte sie gedehnt. Sie hakte sich bei mir ein, und wir stiegen über die am Boden sitzenden Hippies, was keine ganz leichte Aufgabe war. Immer wieder musste ich den Gentleman spielen und ihr helfen.

Einen Moment dachte ich an Laura, die jetzt irgendwo in einer Jugendherberge schlief, verdrängte aber den Gedanken sofort wieder.

»Sind das denn alles deine Freunde hier?«, versuchte sie, Konversation zu machen.

»Wie kommst du denn darauf? Ich kenne diese Leute alle gar nicht«, antwortete ich versnobt.

Sie lächelte. »Und ich dachte schon.«

Wir waren an der Treppe angelangt. Es wurde leerer.

»Wollen wir?«, fragte sie.

Ich führte sie die Treppe hoch, indem ich sie leicht am Ellbogen hielt. Sie stöckelte mit ihren hohen Absätzen hinauf. Als wir oben ankamen, verging mir plötzlich der Mut. Ich hatte mir zu viel vorgenommen, als ich mir die Szenen mit ihr im Schlafzimmer vorgestellt hatte. Ich war eindeutig überfordert. Was sagen? Was tun?

Hölzern ging ich voraus und erklärte ihr krampfhaft, wer in welchem Zimmer gewohnt hatte. Sie lachte und gab mir ein Küsschen.

»Das ist das Zimmer meiner Tante«, sagte ich.

»Oh«, rief sie wieder und riss die Augen auf. Diese Kombination machte mich unheimlich scharf.

»Willst du das Schlafzimmer meiner Großeltern sehen?« Das Herz klopfte mir bis zum Hals.

»Willst du die Tür denn nicht aufmachen?«, fragte sie, als wir beide davorstanden.

Ich brachte kein Wort mehr heraus. Endlich stieß ich die Tür auf. Vor uns lag nun das Schlafzimmer meiner Großeltern. Der Anblick ernüchterte mich augenblicklich, und ich hatte auf einmal keine Lust mehr. Ich wollte wieder hinunter. Sie sah mich an.

»Na, was ist?«, fragte sie. »Wollen wir nicht reingehen?«

Ich schüttelte den Kopf. Auf einmal wirkte sie enttäuscht. Ihre Gesichtszüge fielen ein wenig zusammen, sie sah plötzlich wie die Tochter des Postbeamten aus Kronach aus.

»Lass uns runtergehen«, sagte ich.

»Das ist aber schade. Magst du mich denn jetzt gar nicht mehr?« Sie hatte sich wieder in den Griff bekommen und sah mich mit schmachtenden Augen an.

»Doch schon«, gab ich schüchtern von mir.

»Was ist es denn dann?«

»Ich habe schon eine Freundin«, gab ich zu.

»Ach wirklich?« Ihre Stimme gewann an Schärfe.

Ich nickte.

»Das ist aber echt schade«, sagte sie herausfordernd. »Meinst du nicht, wir könnten trotzdem Spaß haben?«

Ich schluckte. Wow. Wow wow wow. Ich musste mich losreißen. Sie hatte mich schon in ihren Krallen, sie spielte bereits mit mir.

Prüde und schüchtern, wie ich nach außen hin war, sagte ich trocken: »Ich würde ja auch gern, aber ich kann nicht.«

Ich sah zu Boden. Sie hatte jetzt die Chance, meine Erektion anzufassen. Der Rest hätte sich von allein ergeben. Worte waren genug gewechselt.

»Weißt du was?«, hörte ich sie.

Ich sah auf. Sie blickte mich an.

»Was?«, sagte ich ärgerlich.

»Ich glaub, ich mag dich.« Schüchtern blickte sie zu Boden.

Sie tat mir leid. Die Sache ging in die falsche Richtung. Schnell! Schnell! Was gab es für Möglichkeiten der Korrektur?

Macht doch nichts. Das muss uns doch nicht im Weg stehen, dachte ich und musste unwillkürlich lächeln.

Sie sah mich an.

»Machst du dich lustig über mich?«

»Nein, überhaupt nicht.«

»Was denkst du?«

Ich wollte sagen: »Du hast eine tolle Figur« – aber es ging nicht. Es kam nicht heraus. Ich schüttelte verzweifelt den Kopf.

Jetzt war sie es, die mir zärtlich über das Haar strich. »Na gut«, sagte sie bekümmert, »dann halt vielleicht ein anderes Mal, hm?«

Konnte es sein, dass in diesem herrlichen Körper eine verletzbare Seele steckte? Meine Erektion ließ rapide nach. Ich nickte.

»Na, was ist?«, fragte sie.

»Ich bring dich wieder runter.«

Sie zuckte mitleidig die Achseln. Das gab mir einen neuerlichen, kurzen Impuls.

Ich sah sie an. Sie merkte, dass sie knapp davor war, mich wieder am Wickel zu haben.

»Na, was ist«, wiederholte sie, »magst du mir nicht wenigstens einen Kuss geben?«

Ich schüttelte den Kopf. Das ganze Hin und Her wurde mir allmählich zu viel.

Jetzt, wo ich sie abgewiesen, quasi sogar ausgetrickst hatte, kam etwas Infames, Gemeines, Verschlagenes in ihr Gesicht, das mich sofort an die fränkischen Bauernschädel Altdorfers erinnerte. Ich war froh, ihr nicht die Juwelen meiner Großmutter gezeigt zu haben. Sie hätte sie bestimmt mitgehen lassen.

Fragend guckte sie mich an. So ganz hatte sie mich nicht durchschaut. Eine Portion Misstrauen war geblieben.

Ich war kein Kostverächter, aber ich konnte es auf keinen Fall tun. Laura war mir heilig.

Ich hatte mich entschieden, und entschieden schüttelte ich nun den Kopf. »Tut mir leid«, sagte ich.

Wir gingen wieder runter, und ich brachte sie noch zur Couch. Unter dem Vorwand, neue Getränke holen zu wollen, machte ich einen polnischen Abgang. Ich sperrte mein Zimmer ab und stellte mir alles mit Julia vor, was wir nicht gemacht hatten, in allen Einzelheiten und genauso dreckig, wie es in meiner Phantasie war.

Am nächsten Morgen war Chaos ausgebrochen. Jemand hatte den Wohnzimmerteppich angefackelt. Ein großes Brandloch klaffte in der Mitte des Persers. Offenbar hatten sie versucht, ein Lagerfeuer zu machen. Jetzt wurde mir doch ein wenig mulmig. Die Schnaps- und Haschischleichen lagen am Boden herum, teils halbnackt und paarweise. Ich lief mit einer Tröte durchs Haus und schrie wie ein Berserker, dass die Hippies abhauen sollten. Schanz tauchte auf und half mir, indem er Fußtritte verteilte. Wir brachten sie dazu, ziemlich schnell zu verschwinden. Am Ende machte es richtig Spaß, sie zusammenzustauchen.

Irgendwann stand mein riesiger Onkel im Wohnzimmer, direkt vor dem Brandloch.

Ich fiel aus allen Wolken und setzte zu einer Entschuldigung an. Ich hatte Schiss vor ihm.

Aber er war ein gutmütiger Kerl. Er hatte auch immer schon Probleme mit seinem Vater gehabt, und die Sache mit der neuen Frau gefiel ihm überhaupt nicht. Er hatte Angst, um seine Erbschaft gebracht zu werden. Während er sich umsah, nickte er, beeindruckt von den Dimensionen des Chaos. Zum Lachen war uns beiden nicht zumute. Er meinte, er würde versuchen, ein Wort bei seinem Vater für mich einzulegen, aber es würde trotzdem ein

Nachspiel haben. Ich nickte. Es hatte keinen Sinn, mich zu rechtfertigen.

Verkatert wie ich war, begann ich das Haus zu reinigen. Schanz half mir dabei. Als wir fertig waren, verkrümelten wir uns. Was für eine Losernummer.

Die drei Mädchen warteten in der Innenstadt auf Schanz. Julia sah mich mitleidig an. Ich versuchte sie zu ignorieren. Ab und zu warf sie mir einen Schlafzimmerblick zu. Als sie schließlich in den Wagen stieg, gab sie mir ein Küsschen auf den Mund und hauchte: »Bis bald.«

Sie wusste, wie sie mit Männern umgehen musste. Als der Wagen davonfuhr, warf sie mir noch eine Kusshand zu. Schanz steckte mir später, ich hätte sie »echt beeindruckt«.

Auch mit ihr hatte er Pläne. Auch sie wollte er auf den Strich schicken. Ich hatte nichts dagegen. Julia und ich hätten eine wilde Nacht haben können.

Schanz richtete sich auf und furzte.

»So«, sagte er, »ich werd jetzt erst mal einen strammen Neger abseilen gehen. Dann werd ich die Pferde satteln, und wir reiten zu deinem Alten.«

Er rammte mir seine Faust vor die Brust und latschte Richtung Toilette.

Schließlich saß ich hinten auf seiner Neunhunderter Kawasaki und krallte mich an seiner Lederjacke fest. In hohem Tempo rasten wir Richtung Darmstadt.

9.

Wir parkten die Maschine um die Ecke und näherten uns durch eine verkehrsberuhigte Straße der Wohnung meines Vaters. Ein paar Altstudenten mit langen Bärten (es gab sie hier wirklich noch in hoher Dichte) machten einen weiten Bogen um uns. Schanz sah sich fassungslos um. Überall an den Balkons hingen irgendwelche

Transparente in Regenbogenfarben gegen Atomkraft, es gab überbordende Ecken mit Grünzeug auf dem Balkon, Hanfpflanzen, dazu Transparente, auf denen *legalize* stand.

Schanz war ganz klar im Feindesland, ein riesiger, in Leder geschnürter, kopfschüttelnder Roboter mit einem Flachmann in der Hand.

»Hier wolltest du dein scheiß Abi machen?«, fragte er ungläubig.

Ich deutete auf die Wohnung meines Vaters. Sie war hell erleuchtet. Wir näherten uns dem kleinen Vorgarten, in dem er Gemüse zog wie mein Großvater, und spähten hinein.

Mein Vater tigerte durch die mit Flügeltüren verbundenen Zimmer seiner kahlen Wohnung, die exakt so angeordnet war wie die in Berlin. Bücherregale zogen sich die Wände hoch. Überall Aktenordner. Mein Vater war ein Mensch, der alles archivierte. Den Wust ungelöster Probleme seiner Vergangenheit hatte er aus seinem Gehirn ausgelagert. In Form geschlossener Akten, Tagebücher, Briefwechsel, abwegigster Dokumente (er hob Matrizen der Lohnbuchhaltung seines Vaters aus dem Jahre 1953 auf, weil er sich offenbar immer noch nicht von dem Plan verabschiedet hatte, eines Tages »den großen Roman« über ihn zu schreiben, wenn er endlich die Zeit dazu hätte), dazu Fotos, gesammelte Zeitungsausschnitte (vor allem über die steile Karriere meiner Mutter) gammelten sie in Kisten vor sich hin. Er würde sich seinem Leben nicht mehr anders nähern als buchhalterisch.

Seine Erinnerungen waren vertrocknet. Er begoss sie zwar ständig mit Alkohol, doch es kam trotzdem nichts Neues mehr dabei heraus. Deshalb die Wut. Deshalb die Skrupellosigkeit, mit der er vor keiner Schlägerei zurückschreckte. Er wollte sich rächen. Er war ein verletztes Tier, ein Tier mit einem Pfeil im Nacken, der weh tat, gefährlich.

Manchmal betrank er sich mit jungen Autoren, die er aus dem Proletariat rekrutierte (das war damals der Trend), denen er »Sprache beibrachte«, die er heranzog, damit sie ihn in ewiger Dankbarkeit bewundern konnten und mit denen er zum Griechen um die Ecke ging, um sie unter den Tisch zu saufen. Ab und zu, weil er schnell das Interesse verlor, ging er zu anderen Tischen und baggerte junge Frauen an. Im Beisein ihrer Stecher machte er ihnen Komplimente wegen ihrer Brüste, was zu plötzlichen Auseinandersetzungen führen konnte, in deren Verlauf es des Öfteren vorkam, dass er seinem Rivalen erst mal einen Finger brach.

Die meisten wollten es gar nicht darauf ankommen lassen, gaben klein bei oder machten sich mit ihrem Anhang kopfschüttelnd aus dem Staub.

Später in der Nacht machte er die Straßen unsicher. Es wurde eine Art Sucht. Er ging in die Parks, um sich zu schlagen. Seine Motorik jagte den Leuten Angst ein. Seine Glotzäugigkeit, die leicht geballten Fäuste und der unberechenbare Ausfallschritt, den er draufhatte, taten ein Übriges. Er trat plötzlich aus der Dunkelheit in das Licht einer Straßenlampe und quatschte Leute blöd von der Seite an.

Die Autoren gerieten, wenn sie Pech hatten, in Sachen hinein, auf die die wenigsten Lust hatten. Schließlich kamen sie nicht mehr zu ihm. Der Preis, dass ihnen bloß wegen einer Veröffentlichung in seinem Verlag der Schädel eingeschlagen wurde, war den meisten von ihnen einfach zu hoch. Am Ende kam niemand mehr, der Verlag entließ ihn mit einer Abfindung.

Er seufzte vor Erleichterung, dass der Kinderkram vorbei war. Endlich verbrachte er seine Tage allein. Endlich konnte er seinen großen Roman schreiben. Kein Lebender würde ihn je dabei stören.

Heute hatte mein Vater offenbar seinen alkoholfreien Tag, sonst wäre er nicht so unruhig herumgetigert. Das gab zu der Befürchtung Anlass, dass sein Schlaf sehr leicht sein würde und es schwierig werden konnte einzudringen, weil er alles hörte.

Er ging nach hinten an sein Stehpult und drehte sich eine Zigarette. Dann trat er hinaus in die laue Nachtluft und stellte sich an die Brüstung der Veranda. Sinnierend blickte er in unsere Richtung und rauchte. Wir konnten ihn, hinter Gebüsch verborgen, sehr genau beobachten. Mein Vater war immer noch gut in Schuss, trotz der tiefen Tränensäcke unter den Augen. Er hatte den entschlossenen Ausdruck von jemandem, der bereit war, durch die Hölle zu gehen. Er kannte nichts mehr. Er war im Laufe der Jahre zu einem Abbild seines Vaters geworden. Wie Erich stand er an der Brüstung und blickte hinaus in die gähnende Leere der Nacht. Wie er war er wütend, dass er alt wurde, wie er fühlte er sich von den Frauen betrogen.

Er warf seine Zigarette in den Garten und ging hinein. Bald darauf löschte er das Licht. Durch die offene Verandatür drang der fade Geruch des Futters, das seine Katze bekam, gepökelte Leber aus der Dose oder was auch immer es war.

Schanz hatte meinen Vater ernst und genau beobachtet und sofort kapiert, was mit ihm los war. »Wenn dir der Arsch auf Grundeis geht, dann musst du es nur sagen. Dann mach ich es. Ich habe keine Angst vor deinem Alten«, sagte er bedrückt.

Ich schwieg und blickte Schanz von der Seite an. Zum ersten Mal kam er mir verletzbar vor. Ich hatte zwar Angst, aber ich wollte ihn keiner Konfrontation mit meinem Vater ausliefern, weil ich befürchtete, dass er diesmal vielleicht den Kürzeren zog.

»Ich mach schon«, sagte ich tapfer.

Ich wartete eine Stunde und schlich mich hinein. Nach der üblichen Tortur des Dielenknarrens hatte ich es endlich geschafft, die Leiter an den Zwischenboden zu legen.

Ich öffnete die kleine, viereckige Tür über dem Bad und leuchtete hinein. In einer dicken Staubschicht standen vier Kisten. Ich war erleichtert, dass es nicht mehr waren. Vorsichtig stieg ich hinein und drehte die Kisten langsam. Auf keiner von ihnen stand der Buchstabe G.

Ich schuftete etwa eine Stunde in der stickigen Hitze, brachte aber nur alte Akten zutage, Bücher aus seiner Schulzeit, Klassenarbeiten. Sonst nichts!

Er hatte mir Scheiße erzählt. Ich konnte es gar nicht glauben. Mit den Händen tastete ich durch den Staub und versuchte, ein paar Planken anzuheben. Sie waren alle fest. Die Sache war aussichtslos. Ich stieg wieder hinunter.

Als ich unten angekommen war, hörte ich ein Knarzen im Nebenzimmer und erstarrte.

Ich ahnte, dass er direkt nebenan stand, im Berliner Zimmer, ich konnte ihn förmlich spüren.

Ich sah ihn vor mir, wie er ausharrte, mit seiner kleinen Damenpistole, die er in einem Futteral aufbewahrte, das »nach der G.« roch.

Es war totenstill. Ich rannte los, so schnell ich konnte. Mit einem Satz war ich über dem Geländer, hechtete durch den Garten, stemmte mich am Zaun hoch. Schanz gab mir von der anderen Seite Hilfestellung, wir rannten zum Motorrad, ich sprang hinter ihm auf und wir rasten in Panik davon.

Als wir an eine Raststätte kamen, hielt er. Wir sahen uns an und lachten, weil es so glimpflich abgegangen war. Dass das mit dem Geld nicht klappen würde, war ja eigentlich von vornherein klar gewesen.

Schanz kam mit einem Six-Pack zurück. Wir stellten uns an einen der runden Tische vor der Tankstelle. Der Himmel war schwarz und riesig, und Richtung Osten prangte ein großes Autobahnschild, auf dem *WESTBERLIN* und *You are leaving the American Sector* stand.

Wir hatten Heimweh nach etwas, das wir noch nicht kannten – und dieses Etwas hieß Westberlin. Es hatte uns bereits in seinen Fängen, mit seinen regennassen Nächten und den Leuchtreklamen über den berühmten Clubs.

»Kebab-Träume in der Mauerstadt. Atatürk ist der neue Herr. Deutschland, Deutschland – alles ist vorbei!« Wie oft hatte ich das im Internat allein herausgebrüllt, in meinem Zimmer – oder draußen, auf den Gängen und hatte mein Haar pitschnass und wirr nach oben geschaufelt? Der Gedanke daran, dass Berlin vor uns lag, nur ein paar Hundert Kilometer Autobahn entfernt, machte uns ganz benommen. Schanz' Freundin war dort. Es zuckte ihm in den Händen, endlich Gas zu geben. Diese Stadt wartete auf uns. Still und ruhig lagen Autobahnausfahrt und Grenzübergang in der Nacht, als hätte man bereits den roten Teppich für uns ausgerollt. Wir sahen uns an. Wir dachten das Gleiche. Dann würden wir eben beide nicht mehr in die Schule gehen. Was sollte der Scheiß!

Das Blöde an der Sache war: Wir hatten kein Visum, und wir hatten nicht mal Pässe dabei.

Schanz wurde traurig. Er dachte an seine Freundin.

»Was für eine Nullnummer«, sagte er und kippte sein Bier.

Ich dachte an Laura. Ich musste sie dringend anrufen. Sie hatte mich heute am Bahnhof erwartet, und ich war nicht da gewesen. Außerdem fing ich an, mir Sorgen zu machen, weil das mit dem Geld nicht geklappt hatte. Als ahnte Schanz es, sagte er: »Wenn du fürs nächste Jahr Geld brauchst, dann leih ich es dir. Du kannst es mir irgendwann zurückzahlen.«

Ich konnte kaum glauben, was er da gesagt hatte.

»Aber ich brauche fünftausend!«, wandte ich ein.

Schanz zuckte die Achseln. »So what?« Er tat, als wäre es für ihn ein Klacks.

»Du bist mein Freund«, sagte er, »das Angebot steht.«

Ich jubilierte, ich machte Luftsprünge. Schließlich umarmte ich ihn. Er winkte ab.

Als wir dann unser zweites Bier tranken, setzte bei mir Beschämung ein. Er war einer der wenigen Menschen, die ich nicht ausnutzen wollte. Ich beobachtete ihn, wie er in der Dunkelheit stand, an der Autobahn, dem Ort, wo er sich wirklich sicher fühlte, und tief in sich hineinblickte. Für einen Moment hatte er alles um sich herum vergessen, sogar mich.

Ich hatte das Gefühl, dass er sehr oft an seine Freundin denken musste, dass er sie sehr vermisste und Angst hatte, sie aus den Augen zu verlieren. Er litt darunter, wie ein treuer Hund. Dass er traurig war, merkte ich ganz genau.

Schüchtern stieß ich ihn mit dem Ellbogen in die Seite. Ich wusste nicht, ob das die richtige Reaktion war. Ich tröstete selten.

Keine Sekunde hätte ich gezögert, mit ihm nach Berlin zu fahren, nur um ihn glücklich zu sehen. Wir tranken das Six-Pack leer. Schanz wollte einfach noch ein wenig in die Nacht blicken. Schließlich fuhren wir nach Würzburg zurück. Ich habe mich sonst nie auf einem Motorrad sicher gefühlt. Bei ihm fühlte ich mich wahnsinnig sicher, selbst wenn er mit zweihundert über die Autobahn bretterte. Ich wusste einfach, dass mir mit ihm nichts passieren konnte.

Am nächsten Morgen blätterte er mir in großen Scheinen das

Geld hin. Sein Vater, ein Schwergewicht in der Würzburger Kneipenszene, hatte es ihm gegeben. »Steck's ein«, sagte er und wandte sich anderen Dingen zu.

Schon um herauszufinden, ob er mich mit dem nächtlichen Eindringen in seine Wohnung in Zusammenhang brachte, rief ich zwei Tage später bei meinem Vater an. Immerhin musste er beim Direktor des Internats auf ein Jahr verlängern.

»Hallo Vati«, sagte ich, während Schanz neben mir stand, und erklärte ihm, dass ein Mitschüler mir Geld geliehen hatte.

»Du nimmst das Geld auf keinen Fall an«, sagte er.

Der Ton war eisig. Ich schwieg betroffen.

»Hast du verstanden?«, fragte er aggressiv. Ich merkte, dass er verkatert war.

»Wieso?«, fragte ich. »Was spricht denn dagegen? Du hast doch damit gar nichts zu tun.«

»Ach nein?«, knurrte er. »Und was ist mit deinem Einbruch?«

Ich erstarrte zu Eis.

»Einbruch?«, fragte ich schwach. »Welcher Einbruch?«

»Du weißt genau, wovon ich rede. Gestern hat dein Großvater bei mir angerufen.«

Ich war erleichtert, dass er das meinte.

»Er will den Teppich ersetzt haben«, sagte er, »soll ich ihn etwa zahlen?«

»Und was kostet der Teppich?«, fragte ich.

»Genauso viel wie dein Internat, du Arschloch.«

Schweigen.

»Und was soll ich jetzt machen?«, fragte ich hilflos.

»Zahlen«, sagte er. »Vorher werde ich nichts unternehmen, um dich wieder im Internat anzumelden. Das ist dir doch klar, oder?«

»Kannst du nicht wenigstens versuchen, mit Opa zu reden?«, fragte ich.

»Nein, mein Lieber«, sagte er, »so kommst du mir nicht wieder davon. Du wirst gefälligst dafür geradestehen, was du gemacht hast.«

Ich schwieg.

»Und verdien dir das Geld für die Schule in der Fabrik!«, sagte er und legte auf.

Ich stand da wie betäubt. Schanz legte mir die Hand auf die Schulter. Er hatte alles mitgehört.

»Dein Vater ist ein blödes Arschloch«, sagte er, »das eigene Kind im Stich lassen und ihm dann nicht mal gönnen, wenn ihm andere helfen. So ein dreckiger Wichser.«

Kopfschüttelnd wandte er sich ab und überlegte. Aber uns fiel nichts ein.

Wir gingen ins Kino und sahen uns *Der weiße Hai* an. Ich war so mit meinen Problemen beschäftigt, dass ich nicht mal mitbekam, wie der Hai dem Mädchen das Bein abbiss. Erst die Schreie im Publikum rissen mich aus meiner Trance. Ich war erledigt. Ich würde das Geld zahlen müssen.

Wir aßen irgendeinen Schlangenfraß bei einem Chinesen, und dann legte Schanz sich hin, weil wir noch eine lange Nacht vor uns hatten. Er wollte die Diskotheken unsicher machen, vor allem die seines Vaters.

Als es dann so weit war, ging ich wieder nicht mit. Ich war in einem rammdösigen, energielosen Zustand. Ich schaffte es kaum, mich aufzusetzen.

Als er weg war, bereute ich es sofort. Er hatte mir zum Trost eine Flasche Whisky dagelassen. Ich nahm einen Schluck. Ich Idiot. Jetzt musste ich mich damit beschäftigen, ob ich Laura anrufen sollte oder nicht. Mehrmals begann ich, die Nummer zu wählen, und legte dann auf. Ich wollte nicht riskieren, dass sie nicht zu Hause war und ich die ganze Nacht nicht schlafen konnte. Wieso war ich wieder nicht mit Schanz weggegangen?

Ich versuchte, meine Unruhe damit zu dämpfen, dass ich an den Schlosspark dachte, wie er im Herbst aussehen würde, wenn ich ins Internat zurückkam.

Er würde sein wie in einem Bilitis-Film, so herbstlich und neblig weich. Und Laura würde einen weißen Baumwollschlüpfer und lange Kniestrümpfe tragen. Ich umarmte mein Kopfkissen und versuchte einzuschlafen. Als es mir endlich gelang, klingelte das Telefon. Ich sprang auf und blieb davor stehen. Ich hörte am Klingeln, dass es Schanz war. Nochmals ließ ich die Chance verstreichen, doch noch auszugehen.

Als wir uns am nächsten Tag in der Küche trafen, sagte er: »Rat mal, wen ich gestern Nacht noch getroffen habe?«

Ich sah ihn an.

»Deine Freundin Laura«, sagte er.

»Was?«, rief ich, aus allen Wolken fallend.

»Sie war feiern, weil sie die Prüfungen glorreich bestanden hat.«

Ich war tiefbeleidigt. Auch das noch. So wie ich überall in der Scheiße ruderte, war es mir jetzt auch scheißegal, ob ich noch ins Internat kam oder nicht oder ob Laura mit Schanz fickte oder mit irgendeinem anderen.

»Was hast du denn schon wieder?«, fragte er. »Freust du dich nicht, dass sie bestanden hat?«

Es ging in seinen Kopf nicht hinein. Er war kein missgünstiger Charakter.

Ich schwieg, knallte schließlich die Gabel hin und lief aus der Küche. Am liebsten hätte ich sofort mein Bündel geschnürt und wäre abgehauen – ein für alle Mal. Was für ein Scherbenhaufen mein Leben war.

Ich blieb im Flur draußen stehen und versuchte, tief zu atmen. Es half tatsächlich ein wenig. Nachdem Schanz in Ruhe sein Spiegelei gegessen hatte, latschte er in den Flur und sah mich mitleidig an.

»Ach komm, Schanz«, sagte ich, »du hast doch bestimmt deinen Spaß gehabt. Vielen Dank auch für alles. Ich geh jetzt.« Ich wollte mich in Bewegung setzen, als ich plötzlich seine Arme um mich spürte. Er hob mich hoch und quetschte mich zusammen in seinem eisernen Griff. Ich konnte strampeln, wie ich wollte, ich kam einfach nicht los.

»Beruhigst du dich langsam?«, fragte er.

Irgendwann gab ich nach, und er setzte mich ab.

»Willst du wissen, was mit deiner Kleinen los ist?« Er durchbohrte mich mit seinem Gorillablick. »Deine Kleine, die ist total verknallt in dich. Die hat den ganzen Abend mit niemandem getanzt außer mit einer Freundin.«

»Wirklich?«, fragte ich. Meine Augen begannen zu leuchten.

»Die hat die ganze Zeit auf deinen Anruf gewartet und sich ständig nach dir erkundigt. Dabei ist sie knallrot geworden. Ich musste ihr versprechen, dass ich kein Wort sage. Du bist ein Glückspilz, echt«, sagte er.

»Du hast dich also doch mit ihr unterhalten«, sagte ich.

»O Mann, du bist unverbesserlich!«, schrie er und raufte sich die Haare.

»Tut mir leid«, antwortete ich, »und wann ist sie gegangen?«

»Ziemlich früh, du Arsch mit Ohren! Was weiß ich? Ich glaub, sie war einfach enttäuscht, als wir dich nicht erreicht haben. Wieso bist du nicht ans Telefon gegangen?«

Ich zuckte die Achseln.

»Du bist ein Scherzkeks«, sagte er. »Ich soll dir übrigens einen schönen Gruß von meinem Alten ausrichten. Er hat mit seinem Anwalt gesprochen. Dein Alter darf dich gar nicht von der Schule nehmen. Man kann ihn notfalls auch zwingen, dich weiter anzumelden, damit du dein Abitur machen kannst. Mach dir mal keine Sorgen. Er wird keine Zicken machen. Das Geld wird direkt auf ein Unter-Konto der Schule überwiesen.«

Ich strahlte wieder. Wie hatte ich so einen Freund wie Schanz verdient?

»Nicht der Rede wert«, sagte er.

10.

Von einer Telefonzelle aus rief ich bei Laura an, die gerade einkaufen war, und ließ ihr durch ihre Mutter ausrichten, wann mein Zug kam. Ich war aufgeregt, als er im Bahnhof einfuhr. Mal sehen, ob sie da sein oder es mir mit gleicher Münze heimzahlen würde.

Sie war da. Sie stand am Bahngleis und wartete. Die Hände auf dem Rücken, die Haltung gestreckt und kerzengerade wie immer, den Kopf ein wenig erhoben, sah sie mir entgegen.

»Hallo«, sagte sie ein bisschen schnippisch, »und wo warst du vor zwei Tagen?«

Ich stammelte eine Erklärung. Sie war ziemlich pikiert.

»Wollen wir noch einen Spaziergang machen?«, fragte sie.

Wir gingen am Fluss entlang. Es war der lange Weg an der Fabrik vorbei zurück nach Stein. Kleinlaut erkundigte ich mich nach ihren Prüfungen.

»Ich hab sie bestanden«, sagte sie. »aber das interessiert dich ja nicht.«

Sie lief stumm weiter. Plötzlich flossen die Tränen.

»Laura«, rief ich entsetzt und versuchte, sie in den Arm zu nehmen. Nie hätte ich damit gerechnet, sie so verletzt zu haben. Sie machte sich los und ging weiter.

»Ich war einfach sicher, dass du mich abholst«, schluchzte sie.

»Das wollte ich nicht«, stotterte ich.

»Ich hatte mich so auf dich gefreut. Warum hast du mich nicht wenigstens angerufen?«

»Ich konnte nicht«, sagte ich bedeutungsvoll, um von der schäbigen Tatsache abzulenken, dass ich sie eigentlich nur hatte kränken wollen.

»Du konntest nicht?«, fragte sie und sah mich an. »Wieso nicht?«

»Ich hab versucht, Geld aufzutreiben, fürs Internat, du weißt schon – und dabei bin ich in die Bredouille gekommen.«

Sie wollte wissen, was ich gemacht hatte, und ich erzählte es ihr. Dabei gab ich zu, dass die tieferen Beweggründe in der Eifersucht gelegen hatten, die ich gegen ihre Prüfungen hegte und die Tatsache, dass sie darin so voll aufging.

»Du Dummkopf«, sagte sie und strich mir über den Kopf. Sie musste auf einmal wieder lächeln. »Dabei habe ich mich schon so auf dich gefreut.«

»Bist du jetzt sehr enttäuscht von mir?«, fragte ich, ängstlich, dass ich schon etwas kaputtgemacht hatte.

Sie schüttelte den Kopf. »Nein«, sagte sie und ging mit einem amüsierten Gesicht weiter.

»Was denkst du denn?«, fragte ich.

»Ich habe mir gerade versucht vorzustellen, wie das war, als du bei deinem Vater eingebrochen bist«, sagte sie. »Das war bestimmt ganz schön nervenaufreibend, oder?«

Wieder merkte ich, dass sie solche Sachen spannend fand, anstatt sie übelzunehmen.

»Schon«, gab ich zu.

»Ich könnte so etwas nie tun. Ich hätte viel zu viel Angst.«

Wir gingen weiter. Nach einer Weile nahm sie meine Hand. Ich hatte es nicht verdient, sie zu küssen. Das schwang immer noch mit, obwohl sie meine Hand genommen hatte.

Langsam näherten wir uns den ersten Häusern der Siedlung. Die Nachbarn hatten noch Wäsche aufgehängt, obwohl es bereits kühl war und der Abend sich näherte.

Der Tenor unserer Unterhaltung war ein kameradschaftlicher. Sie erzählte ein wenig von ihrer Prüfung, und wir besprachen die Vorbereitungen, die wir für das nächste Schuljahr zu treffen hatten. Ich versprach, ihr die Schulbücher zu zeigen, die ich schon gekauft hatte.

Im Keller des Hauses wurde eine Umwälzpumpe installiert. Ein riesiger Schlauch führte durch das Haus bis zur Kellertreppe, und zwei Männer waren im Schweiße ihres Angesichts dabei, den Schlauch auf den Wagen zurückzurollen. Sie hatten die Oberteile ihrer Blaumänner heruntergelassen und standen mit nacktem Oberkörper am Wagen.

Wir sahen Olaf schon von weitem, als wir über die Wiese kamen. Er stand, den Rücken zu uns, halb hinter einem Busch versteckt, mit vor Selbstvergessenheit weit geöffnetem Mund, und starrte die muskulösen Arbeiter an.

Wir blickten uns an und blieben automatisch stehen, weil es peinlich war, ihn in dieser Situation aufzuschrecken. Er war völlig versunken. Im Haus wurde Licht angemacht, und Frau Werner erschien am erleuchteten Fenster.

»Olaf!«, rief sie.

Er schrak fürchterlich zusammen.

»Komm rein. Was machst du da draußen?« Das Fenster ging wieder zu.

Olaf setzte sich in Bewegung und schwang seine keulenförmigen Beinchen. Er verschwand in das Haus wie ein Schatten, in die Wärme, in die Obhut seiner Mutter, nur weg aus der schrecklichen Gefahrenzone der halbnackten Männer.

Laura überspielte das Ganze.

»Das hat er öfter, dass er so dasteht.« Sie zuckte die Achseln und ließ mich stehen. Sie wollte nicht, dass ich mich zu diesem Thema äußerte.

Später aßen wir zu Abend, ein letztes Mal, draußen auf der Terrasse. Ich spürte das Ende der Ferien und wie die Zeit zu galoppieren begann. Mein Vater hatte sich angekündigt. Er wollte mich noch einmal sehen, bevor ich ins Internat kam.

Überall traten Geldprobleme auf. Die Pumpe machte Frau Werner Sorgen. In der Zeitung stand, dass das Öl teurer wurde. Der Fernseher ging langsam kaputt, und es war kein Geld dafür da, einen neuen zu kaufen.

Olaf starrte tief in das Gefälle der Zeit. Was mochte wohl in ihm vorgehen?

Laura und ich spürten ein Bedauern, dass wir uns nicht unbedingt küssen wollten, wie es die ganze Zeit davor der Fall gewesen war. Wir versuchten es einige Male, zwischendrin immer wieder. Anderes schien wichtiger, als sich zu küssen. Unsere gemeinsame Zukunft zum Beispiel, das Zusammenpacken der Dinge, das allmählich begann – und ihr förmlicher Ernst, der sich in Grau- und Weißtönen in der Dämmerung niederschlug, ich bemerkte ihn.

Wir sortierten Wäsche und Garn im Wohnzimmer. Frau Werner nähte mein Namensschild ein. Wir standen zu dritt, als es bereits dunkel war, immer noch im Wohnzimmer und ordneten die Weißwäsche, falteten sie, legten sie in die Plastikkörbe, räumten sie anschließend in die Schränke im Flur. Wir schwiegen dabei und dachten nach. In diesen kostbaren Schweigeminuten gab es ein unsichtbares Band zwischen uns. Ich hätte immer so weitermachen können.

Kälte schlich durch das gekippte Fenster in die Küche herein. Die Herbstluft roch nach einem Leck in der Zukunft. Als Laura mich dann im Dunkel des Flurs mit einem überraschenden Kuss überfiel, spürte ich die warmen Innenseiten ihrer Lippen.

Wolken bildeten apokalyptische Reiter am Himmel. Später lagen wir auf ihrem Bett, ebenfalls im Dunkeln. Die Tür war offen. Wir ruhten in der allgemeinen Ungewissheit wie in einer Blase und waren uns dessen bewusst.

Mechanisch und nachdenklich strichen wir mit unseren Händen über das Haar des anderen und sahen uns mit einem reglosen Befremden im Schutz der Dunkelheit an.

Irgendwann sagte ich: »Ich liebe dich sehr.« Irgendwann ging ich nach Hause.

In der Nacht hatte ich viele Ängste und viele mir klar vor Augen stehende Bilder. Das Unverrückbarste war der Tod. Ich sah ihn auf einem Foto von Laura, das bei mir auf dem Nachttisch stand und mich anlächelte. Ich versuchte, ihn wegzudenken, indem ich das Foto ansah und mir einredete, es sei nur Einbildung. Aber der Tod ging nicht weg. Ich merkte, er war da und bohrte mit seinem dürren Finger ein Loch in das Pergament des Lebens: Dort, wo man nicht genau hinsah, am Rand des Gesichtsfelds war er zugange. Manchmal, an Sommernachmittagen, schlief er am Wegrand oder in einem Feld – und in der Nacht des gleichen Tages spürte man ihn plötzlich ganz nah.

Aber auf dem Foto von meiner Laura hatte er nichts zu suchen. Er hatte Lauras Vater geholt. Sie sah ihm auf dem Foto sehr ähnlich. Vielleicht kam es daher.

Dieses Foto jedoch, das ich von ihr besaß, war voller Zuversicht. Sie sah darauf trotz ihrer sehr jungen Jahre aus, wie die Gründerin einer Dynastie, einerseits tief verwurzelt, andererseits strahlend weltoffen, aufrecht und stolz. Und sie war jung, so jung. Sie hatte es mir eines Tages in einem kleinen Silberrahmen geschenkt. Ich nahm das Foto und küsste es – und drückte es an mein Herz.

Die kalte Angst, der Wesenszug meiner Kindheit, blieb offenbar. Ich musste irgendwann aus mir hinaus und in der Welt einen Graben ausheben, tief genug, meine Eltern für immer verschwinden zu lassen, eine Schlucht.

Da war meine Mutter, die irgendwo am Rand agierte, nur schemenhaft wahrnehmbar, aber sehr negativ und dunkel. Sie saß wie eine Spinne in ihrem Netz, regungslos, mit heruntergelassenem Visier. Sie konnte warten. Niemals wusste ich, was sie dachte.

Dunkle Kräfte zogen mich zu ihr hin. Ich hasste sie einerseits, andererseits bewunderte ich sie und wollte ihr etwas beweisen. Aber das schaffte ich nie.

Und dann war da noch mein Vater, längst nicht so dunkel wie sie, versehrt aus dem Kampf mit ihr hervorgegangen, ein Bein abgefressen, einen Arm verloren und vielleicht noch ein Ohr und Teile der Wange. Ihn konnte ich sehen, deutlich sehen sogar, viel zu deutlich, wie er agierte. Ich wollte nicht mehr von ihm behelligt werden. Er war nur ein Sinnbild dafür, was meine Mutter alles anrichten konnte. Ich hatte genug von seinen verzweifelten Welterklärungsversuchen, die so stümperhaft waren, weil sie ihn amputiert hatte.

Eines Tages würde ich Laura davon erzählen, jetzt konnte ich es noch nicht, ich war zu jung und es lag noch zu viel im Argen.

Ich spürte, meine Jugend war schuld daran, dass ich solche Angst um uns hatte. Auch davon würde ich ihr später erzählen, wenn wir die ganze beschissene Zeit, die uns noch drohend bevorstand, endlich hinter uns gelassen hätten. Zunächst wollte ich mit ihr unsere Rucksäcke packen, wobei die Betonung auf »unsere« lag.

»Wir müssen unsere Sachen noch packen«, würde ich morgen früh zu ihr sagen.

Was für ein trostreicher Satz. Es gab Formeln, Zauberwörter, heilige Silben, mit denen wir uns schützen konnten. Das musste ich lernen. Sie beherrschte diese Sprache schon ein wenig.

Ich bring sie dir bei, wenn du willst, schien das Lächeln auf dem Foto zu sagen. Einigermaßen besänftigt stellte ich es zurück an seinen Platz und ging barfuß hinaus.

Hinter dem Garten war das Gras noch verdorrt. Meine Fußsohlen spürten die tiefen Risse im Lehm. Auch meine Finger und Handballen erinnerten sich sofort an die scharfen Kanten der festverankerten Lehmbrocken. In der Luft lag bereits Herbst, der Boden jedoch war noch voller Sommer.

11.

Am Nachmittag kam mein Vater. Er galt immer noch viel in der Familie. Er war maßgeblich daran beteiligt gewesen, dass mein Onkel und meine Großeltern in die SPD eingetreten waren. Er hatte berühmte Leute wie den Schriftsteller G. in den Ortsverein gebracht, wenn Wahlen waren, und mein Onkel hatte Grillfeste mit Bier und Bratwürsten organisiert und hatte sich geschmeichelt fühlen dürfen, wenn der prominente Gast dann abends mit meinem Vater bei ihm weitertrank und bei ihm schlief. Sie hatten sich das ganz groß auf die Fahnen geschrieben. Überall prangte der krähende Hahn des Plakatkünstlers Staeck, der wütend »ES PE DE« statt »Kikeriki« krähte. Mein Vater fühlte sich wohl, wenn er in die Provinz kam.

Alles stand Gewehr bei Fuß. Seine Schwägerin war heimlich in ihn verliebt, seine Mutter bewunderte ihn, auch wenn seine große Zeit jetzt vorbei war. In Kronach wusste das niemand. Dort war er immer noch der berühmte Lektor von G., der Freund von D. und E., dem sie ehrfurchtsvoll an den Lippen hingen, wenn er die großen Namen in den Raum warf. Er war der »große Bruder«, der die Familie kulturell missioniert und in die Moderne geführt hatte. Er hatte seiner Mutter immer die wichtigsten Bücher des Frühjahrs- und Herbstprogramms zugeschickt, die dicken Schwarten von G., die an alle weitergereicht wurden und am Ende ungelesen im Bücherschrank verschwanden, aber auch »den neuen J.« und »den neuen E.«, wie mein Vater die Bücher nannte. Meist stand eine Widmung darin: *– für Mami –*, und Elli kamen jedes Mal die Tränen, wenn sie es las. Was ihren ältesten Sohn anging, war sie einfach hoffnungslos sentimental.

Von den wirklichen Exzessen meines Vaters wusste man wenig. Man rätselte zwar, warum er immer behauptete, kein Geld zu haben, wenn es darum ging, seinen Sohn zu unterstützen, aber man verdrängte die Frage, wo das Geld geblieben war. Immerhin war er ja Cheflektor eines bedeutenden Verlags.

Ich wusste genau, weshalb er hier war, und weigerte mich bis zum Schluss, ihn zu sehen.

Bis mich mein Onkel schließlich gegen Spätnachmittag bei den Werners erwischte, nachdem Laura und ich vorher den ganzen Tag das Weite gesucht hatten. Ich wollte keinesfalls, dass mein Vater Laura sah. Ich musste sie vor seinen Blicken schützen, die er zwangsläufig auf ihre Beine, ihre Brüste, ihren Po gerichtet hätte.

An manchen Tagen trug selbst sie nun keinen BH mehr und sogar Hot Pants. Außerdem hatte sie Bikini-Streifen bekommen und sich die gleiche Frisur machen lassen wie die blonden Mädchen aus dem *Schulmädchen-Report*, den wir zusammen gesehen hatten.

Sie trug einen Pony, leichte Dauerwelle, unten nach außen gewellt, ein bisschen blondiert.

Der Effekt war verblüffend. Sie war auf einmal doppelt so hübsch. Es war ganz automatisch gegen Ende des Sommers passiert, dass sie ihr Image aufpoliert hatte, und ich wusste nicht genau, was dahintersteckte, ob sie meine Eifersucht wecken wollte oder ob sie es für die anderen tat. Wenn ich sie fragte, warum sie sich immer so hübsch machte, gab sie keine befriedigende Antwort. Ich wurde ärgerlich und unterstellte ihr, dass sie mich nur eifersüchtig machen wollte. Sie lachte mich aus. Ich spürte, dass es wegen meiner plumpen Selbstgefälligkeit war. Wie konnte ich mir einbilden, dass sie es meinetwegen tat.

Spielte Laura etwa mit mir? Weshalb war sie in letzter Zeit so ausgelassen, so heiter beschwingt? Sie traf niemand anderen als mich. Und ich war kaum der richtige Umgang, wenn es um gute Laune ging. War es hormonell bedingt? Ihre gute Laune war ein ärgerliches Rätsel für mich.

Mein Onkel war einfach in den Flur getreten, ohne anzuklopfen.

»Hallo, Frau Werner«, rief er und lief weiter, um mich, im Zweifelsfall, am Kragen zu packen.

»Dein Vater will mit dir reden«, sagte er streng, als er unverschämterweise unser Domizil betreten hatte. Ich senkte den Kopf.

»Und du kommst mit«, fuhr er fort.

Ich spürte, wie Aggression in mir hochstieg. »Ich komm gleich nach«, sagte ich.

»Ich rate dir, in zehn Minuten drüben zu sein.« Er blickte mich aus seinen winzigen, blutunterlaufenen Augen an, wollte mir zu verstehen geben, dass er es ernst meinte.

Leck mich am Arsch, dachte ich.

Als er weggegangen war, spuckte ich auf den Boden. »So eine Witzfigur.«

Laura giggelte.

Ich zündete mir eine Zigarette an, hockte mich auf ihr Fensterbrett und beschloss, nicht hinüberzugehen. Ich erklärte ihr, ich hätte keine Lust, all den Schwachsinn über mich ergehen zu lassen, die Drohungen mit Repressalien, wenn ich nicht täte, was von mir verlangt wurde, der ganze Mist. Ich war in einer meiner schönen, trüben, finsteren Teenagerlaunen und profilierte mich vor ihr mit meiner coolen Verweigerungshaltung.

Nach etwa fünfzehn Minuten tauchte mein Alter unten im Garten auf. Ich hockte immer noch am Fenster, ein paar Meter über ihm, saugte an meinem Filter und starrte an ihm vorbei ins Leere.

»Würdest du bitte einen Moment herunterkommen? Ich habe mit dir zu reden«, sagte er.

Ich rührte mich nicht.

Laura sagte: »Komm, red mit ihm. Dann hast du es hinter dir.«

Ich schwieg beleidigt. Sie stand auf und erschien am Fenster.

»Hallo, Herr Freytag«, rief sie und schwenkte ihren bloßen, schlanken Arm. Genau das hatte ich vermeiden wollen. Als ich sie ins Zimmer zurückziehen wollte, spürte ich ihren Widerstand. Sie blieb einfach stehen.

»Na, Laura«, sagte er mit Genugtuung, »wie geht es dir?«

Mein Vater konnte sein Erstaunen und seine Anerkennung darüber, wie sie sich in den Jahren verändert hatte, mühelos überspielen und sie dennoch spüren lassen, dass sie ihm gefiel.

Es war eine Nuance in seiner Stimme, eine Winzigkeit in seinem Blick und hatte zur Folge, dass sie tatsächlich rot wurde. Ich glaubte meinen Augen nicht zu trauen.

»Danke, mir geht's gut«, sagte sie leichthin und kicherte. »Und was machen Sie hier?«

Ich trat ihr mit meinem Fuß gegen die Wade. Allmählich wurde ich stocksauer.

»Ich versuche, meinem Sohn zu erklären, dass er alt genug ist, um die Verantwortung für sich selbst zu übernehmen.«

Es überlief mich siedend heiß. Laura sah mich an. Jetzt war ich es, der rot wurde. Ich hatte ihr zwar vom Einbruch bei meinem Vater erzählt, aber nichts von Nürnberg, weil ich Angst hatte, dass etwas von meiner Begegnung mit Julia herausgekommen wäre.

»Wieso?«, fragte sie oberflächlich, »was ist denn geschehen?«

»Mein Sohn hat wieder einmal Dinge getan, die kein normaler Mensch tut.«

Ich wollte ihn unterbrechen, ahnte aber, dass er seelenruhig fortfahren würde. Er merkte, dass ich in die Enge getrieben war, und würde es sich nicht nehmen lassen, mich zu blamieren.

»Er ist mit seinen Hippiefreunden in das Haus seines Nürnberger Großvaters eingebrochen und hat mit ihnen ein riesiges Loch in einen Perserteppich gebrannt, der viertausend Mark gekostet hat.«

Ich versank im Erdboden.

»Das hat er getan?« Laura klang belustigt. »Warum hast du das denn gemacht?«, fragte sie mich.

»So lustig ist das leider nicht«, sagte er, »denn sein Großvater will, dass er den Teppich ersetzt. Und zwar innerhalb des nächsten Jahres. Es wird ihm also nichts anderes übrigbleiben, als neben der Schule in der Fabrik zu arbeiten.«

»Könntest du vielleicht mal aufhören, in der dritten Person über mich zu reden?«, rief ich.

Er feixte. Natürlich hatte er die Demütigung durch den Anwalt von Schanz' Vater, der ihn zwingen konnte, mich im Internat anzumelden, unmöglich wegstecken können und rächte sich nun auf diese Art an mir. Voller Genugtuung musterte er mich.

»Erkläre du meinem Sohn, dass er nicht der Einzige ist, der auf dieser Welt arbeiten muss«, wandte er sich an Laura. »Vielleicht schaffst du es ja, dass er nicht immer gleich bei der kleinsten Schwierigkeit in Selbstmitleid versinkt.«

Laura lächelte unsicher. Sie wusste nicht, ob sie Partei für mich ergreifen sollte.

»Wie wir das Ganze machen, darüber reden wir noch. Sei froh, dass du so eine hübsche Freundin hast.« Mit diesen Worten wandte er sich höchst zufrieden ab und verschwand.

Er wusste, dass dieser Schlag gesessen hatte und Streit und Zwietracht zwischen Laura und mir säen konnte. Er kannte mich. Laura kam zu mir und wollte ihren Arm um mich legen. Unsanft schob ich sie weg.

»Warum hast du gelacht?«, fragte ich. »Findest du es lustig, dass er dich hübsch findet? Dann geh doch zu ihm.« Ich schubste sie sogar ein wenig.

Sie warf mir einen bedauernden Blick zu. »Ich muss noch Hausaufgaben machen«, sagte sie und verließ den Raum.

Ich blieb auf dem Fensterbrett hocken und rauchte eine Zigarette nach der anderen. Um die üblen Gedanken zu verbannen, versuchte ich mir jede einzelne Kontur von jedem Blatt an der Hecke einzuprägen, die allmählich in der Dämmerung versank. Meine Zukunft versank ebenfalls in den dunkelsten Farben.

Im Herbst gingen in Grünthal die Partys los. Während ich im Klärwerk oder in der Fleischfabrik – andere Möglichkeiten gab es nicht – Nachtschicht schieben müsste, würde Laura auf die Partys gehen und sich ohne mich amüsieren.

Sie würde mit Rod tanzen, für den sie sich bereits schönmachte. Und ich würde alle meine Kraftreserven aufbrauchen müssen, um überhaupt die Schule zu überstehen und zu nichts mehr zu gebrauchen sein. Die Hoffnung, auf Augenhöhe mit Laura das Schuljahr zu erleben, war dahin. Als hätte sie meine Gedanken gelesen, kam sie wenig später zurück, blieb in der Tür stehen und sah mich aufmerksam an.

»Na, magst du dich nicht bei mir entschuldigen?«, fragte sie.

»Entschuldige«, sagte ich und meinte es ernst. Ich war froh, dass sie zurückgekommen war.

»Dir wird nichts passieren«, sagte sie nach einer Weile zärtlich, »weil ich ab nächstem Jahr bei dir bin.« Ich sah sie überrascht an.

»Und wenn du Geld verdienen musst, dann helfe ich dir dabei«, fuhr sie mit leiser Stimme fort, »und ich mach immer deine Hausaufgaben.« Langsam kam sie näher. »Und wenn es dunkel ist, dann wirst du nie allein an der Bushaltestelle stehen. Und auf irgendwelche Partys«, sie legte eine kleine Kunstpause ein, »werde ich immer nur mit dir gehen. Das verspreche ich dir.«

Ich bekam feuchte Augen, glitt vom Fensterbrett und nahm sie in den Arm.

Die Abendsonne berührte die Grasspitzen und färbte sie rot, wie früher. Ich stand hier mit dem hübschesten Mädchen der Welt. Alles würde gutgehen. Ich beschloss, den Kampf um meine Freiheit aufzunehmen.

Wieder standen wir in ihrem dunklen Zimmerchen, der Heimat unserer Gedanken, der Wiege unserer Herkunft und unserer Liebe. Wie lange würde es diesen Ort für uns noch geben?

Wir hatten beide ein wenig Angst. Ein leises Gefühl von Vergänglichkeit hatte sich eingeschlichen und über den Rucksack und die zusammengepackten Sachen gelegt.

Es kam mit der Nachtluft, mit dem Männerlachen, das nun mehrstimmig von der Veranda meiner Großeltern drang. Es war wahrscheinlich nur die kühle Luft, die sich in unseren Lungen absetzte, der Nachgeschmack alter Erinnerungen an schöne Sommer, die längst vergangen waren. Es roch ein wenig nach Abschied, nach Endgültigkeit. Wie sollte man Worte für die schöne Traurigkeit eines solchen Moments finden? Was konnte man anderes tun, als sich an den Händen zu nehmen und einfach nur beklommen stehen zu bleiben und hineinzuhorchen in das Konglomerat von Ahnungen in der bereits mit Herbst gewürzten Luft?

Es war schon dunkel, als Laura mich losließ und fragte: »Magst du nicht doch noch hinübergehen und dich von deinem Vater verabschieden?«

»Ja«, sagte ich, »du hast recht. Dann gehe ich mal rüber.«

Ausgezehrt sah sie auf einmal aus, schwach, klein, verletzbar standen wir voreinander neben der halbgeöffneten Tür, durch die nun das Licht im Flur fiel.

»Du bist ein Kämpfer«, flüsterte sie.

Ich löste mich von ihr und ging schweigend davon, durch das feuchte Gras der kleinen Gemeindewiese streifend, die unsere Grundstücke trennte. Olaf kam mit seinem dreirädrigen Karren vorbeigetuckert, hupte und lachte. Ich sah ihm hinterher.

Ich brachte es nicht über das Herz, auf die Veranda zu gehen und mich zu den anderen zu gesellen. Im Schutz der Dunkelheit betrat ich den unteren Garten, von dem aus man die Veranda sehen konnte, und beobachtete, wie mein Vater und mein Onkel lachten, wie seine Frau mit der hochgesteckten, toupierten, schwarzgefärbten Turmfrisur noch lauter lachte, bis schließlich auch meine Großmutter mit ihrem trockenen, hüstelnden Lachen in das Gelächter der anderen einfiel. Ich sah seine tiefen Tränensäcke, sah, wie er Schnaps nachschenkte und dabei seine Hand auf dem nackten, braunen Schenkel meiner Tante abstützte.

Mein Vater zeigte seine kleinen, weißen Zähne. Während die ölige, glitzernde Flüssigkeit des Obstlers gefährlich in die Gläser floss, begannen seine Augen zu funkeln. Es war Sex im Spiel, heimlich, versteckt unter der Oberfläche, voller Andeutungen familiären Inzests.

Doch bald schon verlor er das Interesse an seiner Schwägerin. Nie würde er sie dem kleinen Bruder wegnehmen. Das war überhaupt nicht sein Stil, höchstens ein kurzer Gedanke, mit dem man spielte. Viel lieber wollte er sich betrinken.

Dann beleidigte er seinen Vater und schlug ihn in die Flucht, indem er ihm vorwarf, nicht mit Frauen umgehen zu können, sie nicht zu verstehen, im Gegensatz zu seiner Frau, die sehr viel mehr von Frauen verstand. Eine klare Anspielung auf Marie, die Erich veranlasste, stumm und beleidigt den Tisch zu verlassen.

Auch er selbst verstand viel mehr von den Frauen als sein Vater oder sein dämlicher, kleiner Bruder.

Wenig später brachen die anderen auf, brachten sich in Sicherheit.

»Meine schöne Schwägerin! Enttäusch mich nicht wieder!«, brüllte er hinter ihr her.

»Ach, Rolf«, seufzte sie resigniert, »warum trinkst du nur immer so viel? Es war doch so nett.«

Ich sah die Familie meines Onkels die Veranda verlassen und hörte ihren Wagen davonfahren. Nur er und seine Mutter waren nun übrig.

Es folgten die Wendungen und Drehungen seinerseits an der Tischplatte, der Diskurs über Gudruns Tod und das Hangeln am Abgrund der Zeit. Seine Mutter suchte das Weite und kam erst wieder heraus, als es schon zu spät war.

»Ach Rolf, ach Rolf«, jammerte sie.

Er rollte mit dem Tisch in den Steingarten, über Pflanzen und Gartenzwerge hinweg über die abschüssige Schräge, zermalmte dabei die Blumen, fiel die kleine Mauer hinunter, die das Beet begrenzte, und landete unten auf dem Rasen.

Meine Großmutter schlich sich davon und verschwand kopfschüttelnd im Wohnzimmer.

Bald schon landeten die ersten Gartenzwerge krachend an der Hauswand.

»Für die Gudrun!«, schrie er. »Für die Nora! Für die Ingeborg!«

Und wieder krachte ein Gartenzwerg an die Hauswand. Ich sah, wie er in rasender Wut im Garten umherging und mit dem Fuß die Erde der Beete umpflügte, um weitere Gartenzwerge zu finden, die er zertrümmern konnte.

Zwanzig Jahre war es nun her, dass der »Hunderttausender«, wie Komorek ihn genannt hatte, begossen worden war von der Belegschaft der alten Fabrik. Zwanzig Jahre tief war der Abgrund, seit sein Vater mit weit aufgerissenem Rachen im Dunkel gelegen hatte und kaum mehr etwas zu retten gewesen war.

Ein Ruck ging durch seinen Körper. Es hatte ihn hingehauen, er war voll auf die Fresse gefallen. Er fing an zu schnarchen.

Der letzte Bestand der Gartenzwerge war zertrümmert. Die Scherben würden morgen früh aufgeklaubt und zur Befestigung von Torf und Blumenerde im Gemüsegarten verwendet werden.

Leise schlich ich mich in die Garage, holte einen alten Armeeschlafsack, der stark nach Benzin roch, aus einer Ecke und ging ganz weit weg von dem Haus. Ich wollte nicht miterleben, wie mein Vater morgen geweckt wurde.

Als es hell wurde, schlich ich mich hintenherum zu Laura. Das Fenster stand offen, und ich stieg ein. Ihr Gesicht lag weiß und rosig in den Kissen.

Ich legte ihr die Fahrkarten nach München, die ich vom Geld in den Lohntüten gekauft hatte, in einem Kuvert auf den Nachttisch und malte ein Herzchen und ein Blümchen darauf, die Händchen hielten. Es war ihr uraltes Zeichen, das sie immer auf Briefe und Karten malte.

Danach schlich ich mich wieder hinaus, ging hinter das Haus, entkleidete mich und wusch mich mit aller Gründlichkeit unter dem kalten Wasser des legendären Wasserhahns von Herrn Werner. Ich scheitelte mir das Haar, zog ein weißes Hemd an und band eine schmale, schwarze Krawatte. So wartete ich in der Küche, bis es hell wurde und setzte für die Familie Kaffee auf.

Anschließend fuhren wir nach München. Den Schlafsack nahm ich allerdings mit.

Er sollte später, in der Schule, zu einem Markenzeichen von mir werden. Ich trug ihn als eine Art Büßergewand, auch im Unterricht, wo ich, völlig vermummt, den Reißverschluss bis oben hin zugezogen, die Kapuze über dem Kopf, mit gesenktem Kopf in der letzten Reihe und reglos wie ein Reptil auf das Ende der Stunde harrte.

Nachts, in der nahezu ausgestorbenen Jugendherberge am Stachus, schlich ich mich zu ihr ins Zimmer und stieg auf das obere Stockbett. Von dort aus alberte ich mit ihr herum. Als sie anfing, mir mit ihrer üblichen, mädchenhaften Schwärmerei auszumalen, wie schön München sei, ahmte ich sie mit flötender Stimme nach, bis es ihr reichte und sie aus dem Bett sprang, um vor mir einen närrischen Tanz aufzuführen, der die Schönheit des Namens München »an sich« in allen Variationen darstellen sollte. Dabei schwang sie ihre Beine hoch wie ein Hampelmann.

Ich sprang aus dem Bett und schlug dazu mit der Narrenkappe, die ich mir zuvor am Bahnhof gekauft hatte, wilde Purzelbäume auf dem Linoleumboden. Am Ende warf sie sich hin.

Völlig außer Atem landete ich auf ihr und drückte ihre Arme herunter. Sie wehrte sich nach Kräften, dann wurde es langsam sehr still. Meine Finger hatten bereits die magische Demarkationslinie, den Gummi ihres Schlafanzugs, überschritten und drangen langsam zu ihrem Allerheiligsten vor. Es war ebenso überraschend gekommen wie ungewollt. Ich hatte einfach nur ausprobieren wollen, ob sie es zuließ. Sie hatte sich natürlich gewehrt und meine Hand zurückgedrängt. Daraus war nochmals ein kleiner, zäher Kampf entstanden, der damit endete, dass unsere Lippen reglos aufeinandergepresst lagen und wir uns nicht mehr bewegten. Ihre Beine waren steif nach unten gestreckt, und ihr Atem ging schneller. Sie war total heiß im Gesicht, ihre Wangen glühten, wahrscheinlich war sie knallrot. Als ich das Allerheiligste erreicht hatte, ließ ich sofort wieder los und umarmte sie heftig. Zu ungewohnt war mir das Ganze. Sie presste ihre Lippen noch fester auf mich, schob meine Hand wieder hinunter an die feuchte Stelle, über die ich so erschrocken war, und hielt sie dort fest. Ich rührte mich nicht, weder den Finger noch sonst irgendetwas. Dennoch glitt er, von einer unbekannten Kraft gezogen, ein Stück weit hinein und blieb dort liegen. Steif und leicht gekrümmt, wie er war, versank er ein wenig weiter und verschmolz mit der – nennen wir es mal lehmigen, heißen Masse, bis er nicht mehr von ihr zu unterscheiden war. Ich spürte winzige Noppen, die mich an die Tentakel von Tintenfischen erinnerten. Es fühlte sich an, als bewegten sie sich minimal, zögen sich eine Winzigkeit zusammen, atmeten, zögen sich wieder zusammen. Laura hatte mich am Nacken gepackt, als würde sie über einem Abgrund schweben und hielte sich an mir mit letzter Kraft fest. Meine Kinnlade war so fest an ihre gepresst, dass es weh tat.

Ich wartete, dass etwas geschah. Der Impuls musste jedenfalls von ihr ausgehen. Ich merkte, wie sie meine Hand zwischen ihren Beinen langsam hinauf und hinunter bewegte. Mein Finger fühlte sich an wie püriert. Wahrscheinlich war, wenn ich ihn wieder herauszog, nichts mehr übrig als ein Stück Knochen.

Ich war hochkonzentriert. Was würde passieren? Lange ließe sich diese Spannung nicht mehr durchhalten, wir würden explodieren oder bekämen den berühmten Infarkt.

Nichts dergleichen geschah. Sie implodierte. Ihr Atem ging stoßweise und hörte in einem unscheinbaren, winzigen Seufzen auf. Danach entspannte sie sich wie ein Schalentier, dessen Schale ich war, der sie immer noch rigoros an sich gepresst hielt.

»Es ist vorbei, es ist … geschehen …«, wisperte sie.

Langsam entkrampfte ich mich, ging auf die Ellbogen, versuchte, sie anzuschauen. Sie sah mich an. Durch die Dunkelheit sah ich ihr Gesicht. Es war auf einmal ganz kindlich geworden. »Das war schön«, konstatierte sie.

Irgendwann kuschelten wir uns in ihrem Bett ein und schliefen. Am nächsten Morgen stellte ich fest, dass mein Finger noch dran war.

»Guten Morgen«, sagte ich und wir guckten uns ein bisschen komisch an.

12.

Meiner Mutter war noch nicht anzusehen, dass sie auf dieser Welt nicht mehr leben wollte.

Im Gegenteil, das Erste, was sie tat, war, uns voller Stolz ihre neuen Roben vorzustellen, die sie in ihren Schwabinger Stammboutiquen gekauft hatte.

Sie lief mit diesen exzentrischen Kleidern, schwarzen Capes mit weißer Spitze, breitkrempigen, schwarzen Hüten von der Wohnung zum Tante-Emma-Laden und wieder zurück in die Wohnung, eine kleine, dünne Frau, die keine anderen Wege mehr hatte, schwebte sie über den Bürgersteig, die Leute drehten sich nach ihr um und sahen ihr nach.

Manche erkannten in ihr, da sie im »Künstlerviertel Schwabing« lebte, die einst berühmte, junge Schriftstellerin wieder und raunten leise ihren Namen, staunend, was für ein Gespenst aus ihr geworden war. Sie kaufte diese sehr teuren Sachen, die teils filigran, teils viel zu schwer an ihrem Körper wirkten, in kleinen, versteckten Boutiquen, die als Geheimtipp galten. Oft nahm sie sich vor, nichts mehr zu kaufen, denn sie hatte schon so viele Schuhe, Stiefel, Kleider und Mäntel und eigentlich gar keine Gelegenheit, das alles anzuziehen, denn eingeladen wurde sie schon lange nicht mehr, und ihre Abende verbrachte sie immer zu Hause. Es gelang ihr tagelang, nichts zu kaufen außer ein paar ausgewählten Konserven und Delikatessen bei Feinkost Käfer, aber dann plötzlich geschah es wieder: Sie bog mitten auf der Leopoldstraße ab, machte kehrt und lief, wie unter Zwang, ferngesteuert, schon mit einem schrecklich schlechten Gewissen zu einer Auslage, wo sie ein Paar pelzbesetzte Stiefeletten gesehen hatte. Sie war rettungslos verloren, lief in den Laden, ein wenig atemlos, probierte die Schuhe und sagte hastig: »Ich nehm sie«, ohne irgendeine Chance, noch einmal darüber nachzudenken. All diese Sachen waren teuer und stürzten sie in den Ruin. Die Scham darüber konnte sie kaum vor den Verkäufern verbergen, die Hast der Süchtigen, die hier zum Ausdruck kam. Das Schlimme war, dass sie überall diese Sachen sah. Hätte sie sie nicht gesehen, hätte sie nicht daran gedacht, aber setzten sie sich einmal in ihrem Gehirn fest, so reagierte es manisch, wie bei ihren Sätzen. Das Gehirn schrieb sie ein, und so musste sie schließlich die Bringschuld einlösen und den Mantel oder das Paar Schuhe kaufen. Es waren immer die teuersten Sachen. Alles andere gefiel ihr nicht. Auf diese Sachen war sie sehr stolz. Da sie sie kaum trug, hingen sie wie Sammlerstücke in den Schränken.

Oft zog sie sie in der Wohnung an und probierte sie vor dem Spiegel. Auf der Straße wirkten die Sachen an ihr zu groß, ließen sie kleiner erscheinen, als sie eigentlich war, was ihr zusätzlich die Aura einer leichten Sinnestäuschung verlieh und sie dadurch noch tragischer machte. Sie war eines dieser Schwabinger Originale geworden, ohne es selbst zu merken oder wahrhaben zu wollen, umso einsamer, weil sie sich für eine verkannte, große Schriftstellerin hielt.

Anders als ich es befürchtet hatte, fiel Laura bei meiner Mutter nicht durch.

Laura besaß im Gegensatz zu mir, der Künstlern gegenüber Minderwertigkeitskomplexe hatte, ein sehr gesundes Selbstbewusstsein. Außerdem strahlte sie eine solche Natürlichkeit aus, dass meine Mutter dem nichts entgegensetzen konnte. Es blieb ihr keine Wahl, als sie zu akzeptieren und nett zu sein.

Laura war auf frappierende Weise stark. Dass sie weder exzentrisch noch egoman war, sondern eher das Gegenteil, schloss ein Konkurrenzverhältnis zwischen den beiden Frauen von vornherein aus. Laura war offen und neugierig, hatte aber keinerlei Angst.

Sie amüsierte sich über das, was meine Mutter erzählte, und animierte sie dadurch, aus dem Vollen zu schöpfen. Ich war sehr stolz auf sie.

Meine Mutter zeigte ihr einen mit schwarzem Nerz gefütterten Ledermantel, der besonders raffiniert war, weil man ihn umdrehen konnte, und wollte unbedingt, dass Laura ihn anprobierte. Sie tat es, aber er stand ihr überhaupt nicht. Sie musste auch den riesigen schwarzen Hut mit dem Schleier probieren, auch der sah sehr merkwürdig an ihr aus. Am Ende zwang meine Mutter sie, einen Flickenmantel aus Leder anzuziehen, aus der Carnaby Street, mit türkisen und gelben Flicken, der bis zum Knöchel reichte.

Sie wollte Laura unbedingt etwas schenken. Dieser Mantel stand ihr ungewöhnlich gut, betonte die Hüften und die schmale Taille so, dass ich fast ein bisschen eifersüchtig wurde. Laura gefiel der Mantel, aber sie wollte es nicht zugeben. Sie wollte nicht eitel erscheinen und sie wollte auch nicht, dass ich sauer wurde. Also hängte sie den Mantel wieder zurück. Meine Mutter meinte, sie solle es sich überlegen. Sie würde ihr den Mantel, der ein Andenken an bessere Zeiten sei, gerne als Glücksbringer schenken.

Laura wurde rot, als meine Mutter ihr sagte, sie sei sehr hübsch. Es klang fast so, als hätte ich sie nicht verdient oder als würde sie sich wundern, dass ich imstande war, mir eine so hübsche Freundin zu angeln. Sie holte die üblichen Getränke, Wodka und Orangensaft, und stellte sie auf den Wohnzimmertisch. Dann zeigte sie uns eine Galerie verschiedener Lenin-Porträts, die sie hatte rahmen lassen. Anschließend folgte eine Führung in die Küche, wo eine Skizze von George Grosz hing, von der sie behauptete,

Beckett habe sie ihr geschenkt. Schließlich präsentierte sie uns Geschirr, das sie und eine Krankenschwester mit schwarzer Ölfarbe übermalt hatten. Die Ölfarbe bildete Schlieren und war teilweise abgesprungen. Das Ganze sah ungeheuer hässlich aus. Der makabre Touch, den es hatte, veranlasste meine Mutter zu einem breiten Grinsen. Sie zeigte auf den Kühlschrank, der auch schwarz angepinselt war. »Scheußlich, nicht?«, fragte sie, und wir lachten.

»Wir hätten alles angemalt«, sagte sie, »ihr könnt euch gar nicht vorstellen, was für einen Spaß das macht, so eine riesige Sauerei zu veranstalten. Alles war schwarz. Am liebsten möchte man immer rumpanschen in dieser sauberen Welt ... Da hab ich noch einen Mantel, den hab ich vorgestern erst gekauft, wollt ihr mal sehen?« Sie zog ihn an. Er ging ihr bis zu den Knöcheln. »Na, wie sieht das aus?« Ihre Augen funkelten.

»Toll«, raunten wir.

»Das Geld war eigentlich für eine neue Küche gedacht. Du darfst also deinem Großvater keinesfalls davon erzählen«, sagte sie.

Seit sie wusste, dass ich bei ihm eingebrochen hatte, war ich in ihrer Achtung gestiegen. Leute wie ihren Vater musste man ausbeuten. Sie hatte sogar schon detaillierte Mordpläne mit der Krankenschwester geschmiedet, um an sein Geld zu kommen. Sie wollten auch in das Haus eindringen und hatten Lageskizzen erstellt, wie sie mir später erzählte.

»Ist der Mantel nicht eine Wucht?«, fragte sie. »Der ist für Monte Carlo. Irgendwann werde ich schon wieder die Moneten zusammenkratzen. Dann zieh ich den an.«

Sie komplimentierte uns in das kleine Wohnzimmer, in dem sie nachts auch schlief, setzte sich auf eine riesige, weiße Ledercouch und erzählte uns Anekdoten.

Damals in Rom sei sie immer Postkutsche gefahren und hatte dann einen Sack Münzen dabei, in den sie nur hineinzulangen brauchte, um die Münzen mit vollen Händen auf die Trottoirs zu schleudern, wo sich dann einbeinige Bettler darum geprügelt hätten. Es sei ein großer Spaß gewesen anzusehen, dass selbst die Bettler, von denen sie Besseres erwartet hätte, noch von der Gier überwältigt worden waren. Das sage alles über das menschliche Wesen aus.

In Hamburg hätten sie und Blahnik sich ein Hobby daraus gemacht, in die Lokale der reichen Hamburger in den Villenvierteln zu gehen und diese dort zu beobachten. Wenn ihnen dann welche besonders unangenehm aufgefallen seien, hätten sie sie heimlich bis kurz vor die Haustür verfolgt und die Brieftaschen von ihnen verlangt.

»Ihr hättet mal sehen sollen, wie sich diese Bürger regelrecht in die Hosen geschissen haben vor Angst. Die sind um ihr Leben gelaufen, dieses feige Dreckspack«, rief sie.

Laura verging langsam das Lachen. Die Ausführungen meiner Mutter wurden zunehmend aggressiv. Es ging irgendwann um Schwanzgrößen. Ihr Bruder, der seine Gäste stundenlang damit quälte, von seinen sportlichen Leistungen zu berichten, um sie anschließend dazu zu zwingen, mit ihm in die Sauna zu gehen, habe einen winzigen Schwanz, aber offenbar kein Problem damit, dieses elendige Würmchen zu zeigen. Wahrscheinlich wisse er es gar nicht, wahrscheinlich habe es ihm niemand gesagt. Der Dreckskerl sei überhaupt ziemlich widerlich. Er warte nur darauf, das ganze Erbe ihres Vaters an sich zu raffen und sie um ihr Erbteil zu betrügen. Aber da könne er lange warten. Er stehe längst auf ihrer Todesliste. Bald würden die Krankenschwester und sie einen Plan aushecken, wie sie ihn um die Ecke brächten.

Wenn sie mit Blahnik Kondome holen ging, pflegte sie seinen Schwanz auf die Theke der Apotheke zu legen und zu sagen: »Extra large.«

»Erst mal wird die Hose aufgemacht, und dann wird entschieden, wie es weitergeht«, schloss sie ihren Diskurs. Laura hatte dazu noch keine wirkliche Meinung und keine Vergleichsmöglichkeiten. Sie konnte wenig zu diesem Thema beitragen.

Nach dem zehnten Wodka-Orange ging meine Mutter nicht mehr extra ins Bad, um ihre Aufputschtabletten zu nehmen, sondern warf sie gleich am Tisch ein.

Sie fragte uns, ob wir auch eine wollten. Laura hatte kein Problem damit abzulehnen.

Sie war wirklich sehr selbstbewusst und entschied gewissermaßen für mich, der ich gezögert hatte, mit. Irgendwann hatten wir das Gefühl, dass meine Mutter von uns keine Antworten mehr erwartete. Es reichte, dass wir dasaßen und zuhörten und ab und zu einen Schluck Wodka-Orange tranken.

Wie ein Orakel saß sie hinter ihrer Nebelwand aus Zigaretten und starrte uns an, während einzig ihr Mund sich in ihrem Gesicht noch bewegte. Sie wollte uns wach halten, bis sie selbst müde genug war, ihre Schlaftabletten zu nehmen. Eine ganze Weile hielten wir durch, aber irgendwann begann ihr Mitteilungsbedürfnis an uns zu nagen und an unseren Nerven zu zehren. Sie war mittlerweile bei ihren Zähnen angekommen, die ihr ganzer Stolz waren. Sie hatte sich alle Kronen richten lassen. Das, was sich in ihrem Mund befand, verkündete sie, sei allein schon ein Vermögen wert. Und das Porzellan hielt der Zeit stand. Es würde nicht, wie die gewöhnlichen Zähne, verkommen. »Ein bleibender Wert«, sagte sie voller Sarkasmus und deutete mit der Spitze ihres Zeigefingers auf ihren offenen Mund. Laura gähnte hinter vorgehaltener Hand.

»Wenn ihr müde seid, könnt ihr natürlich gehen«, bemerkte sie, »aber eigentlich wollte ich euch noch ins Hofbräuhaus einladen.«

Meine Augen weiteten sich vor Schreck. Ich war auf einmal hellwach. Wie konnte vermieden werden, dass wir ins Hofbräuhaus gingen? Ich sah Laura an. Meine Mutter fand das irgendwie lustig. Da spielten Blaskapellen mit Männern in Lederhosen bis tief in die Nacht, und Leute fielen betrunken von den Bierbänken. Es war für sie pur, das einfache Volk, wie es lebt und feiert, wie auf einem Breughel-Gemälde – und sie als gute Kommunistin war es sich einfach schuldig, da hinzugehen.

Wir landeten in einer Dependance des Hofbräuhauses, einem riesigen Gewölbe mit unzähligen abzweigenden Gängen und Treppenhäusern, bis man endlich eine Toilette fand. Hunderte von Bierbänken standen in Richtung einer gespenstischen Bühne, sie waren völlig entvölkert. Nur ein paar Bierleichen saßen herum. Dazwischen thronte meine Mutter in ihrem schwarzen Cape – wie Graf Dracula. Plötzlich gefiel ihr Laura nicht mehr so gut. Sie war offenbar langweilig. Sie hatte wenig »beizutragen«. Als sie aufs

Klo ging, deutete meine Mutter das an. Sie fragte mich, was ich nach der Schule vorhätte.

Ich zuckte die Achseln. »Vielleicht nach Berlin gehen«, murmelte ich, »Sänger werden.«

Die Idee fand sie nicht gut, fand mich offenbar nicht geeignet für den Beruf des Rockstars.

Sie formulierte es diplomatisch, sie meinte, ich sei zu intelligent für diese Arbeit.

Woher wollte sie nun das wieder wissen? Ich hatte den ganzen Abend kaum ein einziges Mal Gelegenheit gehabt, etwas von mir zu geben.

Da ihr allmählich ebenfalls langweilig wurde, wies sie mich wieder darauf hin, dass mein Vater nicht mein wirklicher Vater sei. Sie bat mich, ihr meine Zähne zu zeigen.

Ich öffnete meinen Mund und bleckte die Zähne. Sie nickte. Das war der Beweis. Der Ungar hatte auch schiefe, kleine Schneidezähne gehabt. Sie sah mich durchdringend an. Offenbar wollte sie sehen, wie ich mit dieser Information umging. Vielleicht war sie aber auch schon zu entrückt durch die vielen Tabletten.

Im Vertrauen zog sie mich jetzt zu sich heran, wobei sie sich in dem riesigen Raum umsah, und teilte mir mit gedämpfter Stimme mit, sie werde vom Verfassungsschutz beobachtet. Er sei schon des Öfteren in ihre Wohnung eingedrungen, als sie nicht da gewesen sei.

Sie habe es an den Säumen ihrer Kleider gemerkt. Sie seien aufgetrennt und dilettantisch wieder zusammengenäht worden. Außerdem hätten sie die Fußleisten vor dem Bad aufgerissen. Die Dielen seien locker gewesen, als sie das letzte Mal nach Hause kam. Sie habe den Verdacht, dass der Verfassungsschutz das ganze hintere Gebäude gemietet hätte, damit man in ihre Küche hineinschauen konnte. Abends seien die Wohnungen immer dunkel. Da würden sie dann stehen, diese feigen Schweine, und sie beobachten.

Das Ganze ginge von dem neuen Chef ihres Verlages aus, einem Kommunistenfresser. Der habe sie aus dem Verlag geschmissen. Doch das reiche ihm noch nicht. Er wolle sie in den Wahnsinn treiben, damit sie sich am Ende umbrächte. Aber da könne er lange warten. Jaja, es sei nicht einfach, in diesem Land der Faschisten ein Kommunist zu sein, sagte sie und sah sich wieder um. Irgendwo saßen sie bestimmt und beobachteten uns, einen Maßkrug vor der Nase.

Ich nickte und sah dann einen Moment irritiert vor mich hin. Was, wenn meine Mutter nicht mehr ganz dicht war? Ich konnte es nicht so recht beurteilen. Wahrscheinlich war sie harmlos, aber wenn man in ihre Augen sah, lief es einem dennoch kalt über den Rücken. Ich hatte das Gefühl, sie sei zu allem fähig.

Jedenfalls wollte ich weg. Ich trank meine Maß leer, spürte, wie der Pegel des Biers zentimeterweise sank. Wenn ich ausgetrunken hätte, würde ich mit Laura aufbrechen, egal, ob mir eine gute Ausrede einfiel oder nicht. Laura kam zurück.

»So, wir werden jetzt gehen«, sagte ich selbstbewusst.

Meine Mutter nahm mir nicht übel, dass ich mich für Laura entschieden hatte. Das Ganze hätte eigentlich darauf hinauslaufen sollen, dass sie, meine Mutter, hier als Siegerin mit mir sitzen blieb, während Laura, die sie schon seit längerem ignorierte, längst abgeschlagen und ohne, dass man sich weiter mit ihr beschäftigt hätte, in ihre armselige Jugendherberge ging – und zwar ohne mich. Aber weder wollte ich meiner Mutter diesen Triumph gönnen, noch hatte ich Lust darauf. Ich verspürte ein dringendes Bedürfnis, mit Laura allein zu sein und mich mit ihr auszutauschen.

Deshalb begrüßte ich sie fast überschwänglich, als sie von der Toilette zurückkam. Meine Mutter wusste nun, sie war besiegt, und im selben Moment hatte sie jedes Interesse an uns verloren. Wir gaben uns ein angedeutetes Küsschen auf die Wange, bedankten uns und ließen sie vor der grandiosen Kulisse der gigantischen, leeren Bierhalle sitzen.

Ich war so froh, so stolz, mich für Laura entschieden zu haben, dass ich ganz beschwingt neben ihr über den Marienplatz stapfte. Wir beide stellten fest, dass wir das Morgengrauen nicht mochten und noch nie bis zum Morgengrauen gemeinsam wach gewesen waren.

Jetzt erinnerte ich mich, ganz vage, dass ich doch einmal wach saß, als es hell wurde – und zwar am Tag, als meine Mutter ging (mein Vater hatte mich auf dem Schoß und versuchte mir Milch einzuflößen), und dass ich die Helligkeit des Morgengrauens deshalb wahrscheinlich mit Kälte und Verlassenheit gleichsetzte. Das war möglicherweise der Grund, weshalb ich es nicht mochte. Ich erzählte es ihr. Ausgerechnet jetzt, als wir meine Mutter besucht hatten, erinnerte ich mich daran. Mitleidig strich sie mir das wirre Haar aus der Stirn und legte ihre Hand um meine Hüfte. Wir gingen in die Jugendherberge und schliefen.

Als wir am nächsten Tag nach Stein zurückkehrten, war herrliches Wetter. Die kleinen Zacken der Krone des Walberla stachen in den blauen Himmel. Die Landschaft sah aus wie in Vanille getaucht und verströmte einen ebensolchen Duft.

Es war ein wunderschöner Herbsttag, wir beschlossen, unser Gepäck bei Frau Werner loszuwerden und dann einen weiten Spaziergang zu machen. Wir nahmen Brote mit, die Frau Werner für Olaf gemacht hatte, und gingen hinaus. Über die vier Wege, deren Kurven und Abzweigungen wir ganz genau kannten, hätten wir blind zum Waldrand gefunden. Wir nahmen uns an der Hand, machten den Versuch und schlossen die Augen. Unsere Füße fanden den Weg allein. Durch unsere Lider drang eine gedämpfte, rosige Helligkeit, der Duft des Waldes stieg immer intensiver in unsere Nasen. Wir gingen hinunter zum See. Die Erde des Waldwegs, feucht geworden bereits und von vollgesogenem Laub überlagert, war weich wie Lehm und roch modrig wie der See selbst, der immer näher kam. Von weitem hörten wir schon den Laichgesang der Frösche, der sich bis in den späten September hineinzog. Es waren nur noch wenige Tage bis Grünthal. Wir verabredeten, uns eines Tages umzubringen, wenn wir merken würden, dass die Umstände in der Lage wären, uns zu trennen.

13.

Porky war nicht mehr da. Ackermann war nicht mehr gekommen. Gries auch nicht.

Dass Porky nicht zurückkam, machte uns allen zu schaffen. Er fehlte mit seinen tatkräftigen und doch tänzelnden Schrittchen und seinem nach allen Seiten gerufenen, fröhlichen »Guten Morgen«, das von einem resoluten Kopfnicken begleitet war.

Die Lehrerschaft, die sonst gerne am Ende des Jahres in der Aula von der Bühne herunter die Verabschiedungen deklamierte, hatte offenbar erst vor wenigen Tagen erfahren, dass Porky nicht mehr kommen würde, und war selbst betroffen. Sie tat ziemlich kleinlaut kund, dass statt Herrn Neumann jemand anderes den Deutsch-Leistungskurs leiten würde.

Es war, als hätte man einen Kranz niedergelegt, auf dem geschrieben stand:

> *Ein äußerst gutherziger Mensch, vielleicht etwas überkandidelt, der nie jemandem geschadet hat, liegt hier begraben. Bewahren wir das Andenken an seinen leicht schrulligen Humor. Er war immer bemüht gewesen, die ›am Wegesrand Strauchelnden‹, wie er sie gerne nannte, aufzurichten. Ein guter, naiver Kerl, hingerichtet von der 8a.*

Eine junge, rothaarige Lehrerin mit Lockenkopf und einem Smiley-Gesicht übernahm den Deutsch-Leistungskurs, in den Laura kam.

Marx war spurlos verschwunden. Am Sonntagnachmittag holte ein Chauffeur mit weißen Handschuhen die Schuhkartons mit den unzähligen Abzügen ab, die Marx an seinen einsamen Wochenenden im Fotolabor entwickelt hatte. Die meisten zeigten die Basketballmannschaft bei vollem Einsatz in der Turnhalle, Trauben von jungen Männern, im Sprung eingefangen, knapp über dem Netz mit zu Fäusten erhobenen Armen im Grau der Turnhallen-Dämmerung. Hier, wo es nach Schweiß roch, nach Kreide, nach Talkum, in den gelblichen Ablagerungen des Deckenlichts, hatte Marx, der stille Außenseiter, auf den gestapelten

Matten gelegen, mit seinem großen, komplizierten Fotoapparat im Anschlag, in seinem ewigen braunen Pullover, mit seinen Objektiven hantierend, jederzeit bereit aufzuspringen, um am Spielfeldrand mitzulaufen mit dem Pulk, der sich an dem großen, schweren Ball drängte, um sich schließlich vor das Netz zu werfen, unterhalb des hochgesprungenen Spielers, der den Ball getatzt hatte, um mit dem Tele in letzter Sekunde diesen Sprung aus der Unschärfe zu kitzeln.

Ein paar seiner großartigen Momentaufnahmen waren winzig klein abgebildet im Jahresbericht, wo sie schon grau wirkten, bereits dem Vergessen anheimgefallen. Marc Marx, der rasende Fotoreporter, immer in Bewegung, war nicht mehr da. Sein Schrank stand leer. Damit schwand ein Stück Gewohnheit, ein beiläufiges Stück Nähe, das einem selbst gar nicht so bewusst gewesen war. Erinnerungen tauchten auf und machten einem deutlich, wie lange man selbst schon hier war. Man erinnerte sich, wie leid Marx einem getan hatte, weil er an den Wochenenden immer dableiben musste. Jetzt war man selbst in der Situation, musste wieder die Koffer auspacken, den Schrank einräumen, diese unsäglich einsilbige, jährliche Verrichtung in den Gängen tun, die bereits dunkel waren und klamm rochen, nach einem regnerischen Herbst, während Marx es geschafft hatte und weg war, irgendwo in der Libyschen Wüste. Schanz fasste dieses Gefühl ganz gut in Worte, als er sagte: »Marx war also crazy genug. Der ist jetzt wahrscheinlich in der Fremdenlegion. Ich glaub, es wird langsam Zeit, dass wir auch den Abflug machen. Lange genug in dem scheiß Knast hier gesessen.«

Ich nickte. Wir liefen hinaus, strolchten unruhig durch den Park und zogen Bilanz, gingen im Nieselregen so dicht nebeneinander, dass sich unsere Oberarme berührten. Das letzte Jahr schien uns bahnbrechend gewesen zu sein. Dieses Jahr, bei den ganzen Pfeifen, die neu gekommen waren, musste dagegen abstinken. Schanz war skeptisch, ob er durchhalten würde.

Ich stieß ihn an: »Vergiss nicht, du musst die mittlere Reife noch schaffen.«

Ich bekam Angst, plötzlich der Letzte von den Alten zu sein, der dann übrigblieb. Schanz nickte abwesend und sah in den Regen hinaus. Seine von der Nässe vollgesogenen Lederklamotten rochen nach Hund. Wir gingen in den *Hieb* und spielten ein paar Runden Flipper.

»Ohne die Weiber macht das alles keinen Sinn«, sagte er später, in die Stille eines Billardspiels hinein und schüttelte resigniert den Kopf. »Und damit meine ich nicht diese blöden Butzen aus der Schule. Ich meine richtige Weiber. Du hast meine ja kennengelernt.«

Das Mädchen ließ ihn nicht los. Er wollte eigentlich nur zu ihr nach Berlin. Immerhin war er achtzehn, und auf die mittlere Reife war letztlich geschissen.

Sie verdiente ihr Geld bereits in einem Laden als Tänzerin, der ein Novum auf dem deutschen Markt war. Das Ding hieß damals noch nicht Peepshow, aber es gab Kabinen, die um eine Tanzfläche herum gruppiert waren und in denen man wichsen konnte.

»Du verstehst, warum ich so schnell wie möglich da hinwill?«, fragte er.

Die dicken, hohen Federbetten, die im Oktober von Frau Werner aus den Schränken geholt wurden und sich bald im Haus türmten, wo man noch immer bei offenem Fenster schlief, obwohl bereits nachts der Nebel hereinkam, wurden mit Frotteebezügen überzogen, die an manchen Stellen schon dünn und ausgebleicht waren. Es waren Kindermuster in Gelb und Orange, Blümchen und Halbmonde, kleine Fabeltiere und Zwerge darauf. Uralt, aus der Kindheit, bevölkerten sie immer noch Lauras Nächte, scheuchten Einhörner auf sie, winzige, kleine Wesen, die ihre Träume beleben und sie in eine Wolke von Unschuld hüllen sollten. Das war der Exorzismus der Frau Werner, die versuchte, die Dämonen der Sexualität von ihren Kindern zu bannen, ohne zu ahnen, dass die Kinder im Moment eher müde waren und man sie besser nicht reizen sollte. Am frühen Morgen hing die kalte Milchsuppe des Nebels im Wohnzimmer und mischte sich mit dem Geruch von frisch gebrühtem Kaffee, bevor Olaf hereinkam und das Fenster mit einem lauten, bösartigen Krach zuschlug, um seine Mutter zu schocken, die immer Angst hatte, dass etwas kaputtging und nicht mehr ersetzt werden konnte, weil kein Geld dafür da war. Schadenfroh beobachtete er, wie seine Mutter empört, verbittert, stumm und erschüttert über diese täglich wiederholte Unverschämtheit in der Tür erschien und kopfschüttelnd wieder verschwand. Er schrie ihr hinterher, warum sie denn nicht endlich das Fenster in der Nacht zu ließe – dann würde das nicht passieren. Jeder begann jedem auf die Nerven zu gehen.

Es war in diesem Monat, in dem wir immer noch als Kinder behandelt und ins Bad gescheucht wurden, in dem Frau Werner die Fenster in Lauras Zimmerchen mit misstrauisch gerümpfter Nase aufriss, weil es hier drin wieder so »müffelig stank« und sie nicht glauben wollte, dass ich tatsächlich im Hobbyraum geschlafen hatte.

Es war in diesen Tagen, als Frau Werner ihre Tochter eines Nachmittags, als sie aus der Schule zurückkam, um ein ernstes Gespräch bat. Laura war unwillig zu dieser Zeit. Schon die Busfahrten zurück von Grünthal reichten ihr. Auch ihr ging ihre Mutter auf die Nerven. Sie wollte eigentlich nicht mit ihr reden. Aber Frau Werner, hart geworden wie eine Kastanie und beharrlich, machte das alles nichts aus.

»Wie ihr über mich denkt, das werdet ihr eines Tages erst wissen«, pflegte sie zu sagen. »Was ihr jetzt denkt, ist mir egal. Und Schluss. Du kommst in die Küche!«

Vorher musste sie sich die Hände waschen.

Während Olaf fliegende Blätter in der Zugluft des Wohnzimmers auflas, danach fischte, sie im flachen Flug fing, darüber lachte, sein Faultierkörper sich mit dem Elan eines Tänzers halbnackt über den Boden des Wohnzimmers wiegte und er diese Situation unheimlich genoss – er gurgelte vor Vergnügen dabei –, kam es in der Küche zu einem mahnenden, klärenden Gespräch, das für die Mutter schon lange angestanden hatte.

Sie wollte nicht mehr, dass ich bis spät in die Nacht bei Laura blieb oder unten im Hobbyraum schlief. Es kam zum Streit. Laura hatte nämlich auch ein Anliegen, über das sie schon lange mit ihrer Mutter hatte sprechen wollen. Es war komplett gegensätzlicher

Natur. Sie wollte die Erlaubnis, dass ich bei ihr im Zimmer schlief. Am Anfang wehrte Frau Werner sich vehement, dann kamen bittere Tränen, die sie zwangen, von ihrer harten Position abzurücken. Sie begann, ihre Tochter zu erforschen, mit wenigen Fragen die Tiefen der Zuneigung ihres unreifen Alters auszuloten. Sie wollte wissen, ob Lauras Gefühle für mich echt seien – und ein ganzes Leben anhalten würden. Laura verwarf diese anmaßende Vorstellung.

»Was geht dich das an? Wer ist denn noch ein ganzes Leben zusammen? Wie soll ich so weit denken, Mama!«

Frau Werner äußerte nun Bedenken, weil ich ja »nur« der Jugendfreund war und der Jugendfreund (sie hatte selbst einen solchen gehabt) vielleicht der Vertraute und beste Freund eines Mädchens sein konnte, längerfristig jedoch nie der Lebenspartner – woraufhin Laura plötzlich hysterisch schrie: »Warum nicht? Warum nicht? Warum kann das nicht sein? Woher weißt du das?«

Frau Werner, überfordert von dem massiven Ausbruch ihrer Tochter, bat sie, sich zu beruhigen, und ging dann in den Garten hinaus, weil sie schockiert war, wie wenig sie von ihrer Tochter noch wusste. Laura weinte lange unten im Hobbyraum.

In der Nacht war ein Schneesturm über das Haus hinweggebraust. Am nächsten Tag lagen winzige Dünen von Schnee über dem Garten. Mit diesem wenigen Material hatten die Kinder versucht, Schneemänner zu bauen – und hatten es geschafft, zwei mickrige, kleine Dinger hinzukriegen, die aneinandergelehnt werden mussten, damit sie nicht immer wieder umfielen. Frau Werner hatte die beiden Kinder beobachtet, vor allem ihre Tochter, die mit bloßen Fingern den Schnee vom Asphalt zusammenscharrte, mit einer Art fanatischer Verbissenheit, die sie so gut von sich selber kannte, und gedacht: Ja, das ist mein eigen Fleisch und Blut – genauso unnachgiebig wie ich. Am Ende, wie sie da hinter dem kleinen, vergitterten Fenster im Hobbyraum stand, stiegen ihr selbst Tränen in die Augen, so sehr liebte sie die Tochter dafür, wie sie den dünnen Schnee zusammenscharrte.

»Lieber Gott – lass es meiner Tochter immer gutgehen«, kam es ihr über die Lippen.

Dann trank sie einen Schnaps aus der Besenkammer, was sie höchstens alle Jahre einmal tat. Olaf kam in die Küche, erwischte sie kalt, setzte ein breites Grinsen auf, zog mit den Fingern die Mundwinkel hoch und sagte: »Immer lächeln, Mutter!«, worauf sie tatsächlich auch lächeln musste. O Gnade der guten Zeiten, dachte sie.

Er hatte recht gehabt. Was sollte schon Schlimmes passieren. Mit Worten war sie nie gut gewesen, hatte oft das Falsche gesagt, hatte oft das Störrische ausgelöst in ihrer außergewöhnlich eigensinnigen Tochter.

»Na gut, wenn du willst, dann kann Robert eben bei uns oben schlafen«, sagte sie schließlich mit der hinterhältigen Instinktsicherheit einer echten Mutter.

Oft hingen wir im Park wie die Kletten aneinander oder befriedigten uns gegenseitig in einem der Klassenzimmer, wo wir bis spät in den Abend hinein lernten. Wir fingen an, uns zu befingern, während wir lernten, und machten das Licht aus, sobald wir uns beobachtet fühlten. Wir wälzten uns auf dem staubigen Boden, manchmal fragten wir uns dabei ab, warfen uns Brocken aus dem Biologieunterricht zu, kicherten, während unsere Hände bereits die geheimsten Stellen unserer Körper absuchten, den Schemen des Hausmeisters immer im Nacken, der plötzlich das Licht anmachen und uns entdecken konnte, wie wir hinten, in einem Knäuel aus Kleidern und nackten Gliedmaßen, in einer Ecke lagen. »Noch Fragen, Herr Hausmeister?« nannten wir dieses Spiel. Schlafen jedoch wollte sie erst mit mir, wenn wir in ihrem Bett lagen, wenn es offiziell war, dass ich ihr »fester Freund« war. Das sah ich unbedingt ein. Was wir da taten, war sperrig, tastend, voller Ahnungen und ohne endgültige Befriedigung. Es tat weh, strapazierte, trieb Hitze in unsere Köpfe. Stumm lag sie auf dem Boden, der oberste Knopf, der Reißverschluss ihrer Jeans geöffnet, die Augen gegen die dunkle Decke des Klassenzimmers gerichtet, mein Finger gegen ihre Öffnung gepresst, die heiß und feucht war und von der ich keine Ahnung hatte, wie sie aussah, ihre Finger bei mir drin. Mir taten, um es salopp auszudrücken, die Eier weh. Sie machte eigentlich alles richtig, das Problem war, ich konnte nicht kommen. Wenn ich sie aber noch ohne unfassbare Schmerzen in der Leistengegend zur Bushaltestelle bringen sollte, musste ich es selbst machen, auf die Knie kommen und wichsen, bis es mir kam, während sie mir dabei über die Schulter guckte und aufpasste, wie ich es machte, sich einprägte, wie es ging, um es beim nächsten Mal besser zu machen. Oder sie hielt mich einfach fest an den Schultern, wie jemanden, der gerade kotzt. Danach brachte ich sie zum Bus.

Am Tag nach der Auseinandersetzung mit ihrer Mutter – von der sie mir nichts erzählt hatte – sagte sie: »Wenn du magst, darfst du heute bei mir bleiben. Mama hat es erlaubt.«

Mit diesem »Sesam öffne dich« fing eine Phase von wildem Blümchensex an. Er war genauso, wie wir es uns vorgestellt hatten. Die weißen Pferdchen, die schon seit jeher auf der Kinderzimmertapete sprangen, taten das weiterhin und schimmerten im Dunkeln. Jedes hatte Namen, und manchmal zähmte Laura sie, indem sie »Brrr, Johann« sagte, oder wir zählten sie, um Arm in Arm einzuschlafen. Dazu drehte sich der Teller des Miniplattenspielers aus Plastik neben dem Bett, der immer wieder leise die drei gleichen Songs von Simon & Garfunkel und Cat Stevens spielte, welche wir laufen ließen, um unser heftiges Atmen oder leises Stöhnen zu kaschieren, damit nichts aus den vier Wänden unseres Kinderzimmers nach außen drang. Ein kleiner Schwarzweißfernseher mit grisseligem Bild begleitete das Ganze manchmal. Wir ernährten uns von Salzstangen und Limonade, bis auf gelegentliche Ausflüge zu wortkargen Abendessen.

Schanz nannte mich halb im Spaß, halb im Ernst »Fotzenknecht«. Er nahm mir übel, dass ich die ganze Zeit mit Laura zubrachte und keine Zeit mehr für meine alten Freunde hatte.

Ich konnte es nicht ändern. Ungeahnte Kräfte zogen mich täglich in das kleine Zimmer, wo wir vollkommen voneinander absorbiert wurden. Ich war ein Langweiler und ein hemmungsloser Egoist. Mein einziger Ehrgeiz bestand darin, Laura in den Stunden, in denen sie sich vorgenommen hatte zu lernen, langsam zu ködern und dahin zu bringen, dass sie albern und geil wurde, was oft mit ihrem Überdruss, mit Verärgerung und Wut darüber einherging, dass ich sie vom Lernen abhielt, und dadurch einen zusätzlichen Reiz bekam. Oft sagte sie: »Na gut, bringen wir es eben hinter uns, dann gibst du wenigstens Ruhe«, riss sich die Klamotten vom Leib und brachte sich in die Position, von der sie glaubte, dass ich sie gerne wollte. Die Auswahl war zu diesem Zeitpunkt noch gering, doch ich merkte, wie ich allmählich immer raffinierter, immer wählerischer wurde. Und dann sagte sie Sachen wie: »Du kannst mich nicht zähmen« – »Du kannst mich nicht bändigen«, was meinen Ehrgeiz umso mehr anstachelte. Den ernsteren Dingen des Lebens würden wir uns erst zuwenden, wenn es unbedingt notwendig war, was uns, wie wir glaubten, einen Aufschub von Jahren verschaffte. Wir mussten keine Entscheidungen treffen, wir mussten nur unser Schulpensum erledigen, mehr verlangte niemand von uns. Das war Luxus. Das war ein Hochgenuss. Das war Geborgenheit pur. Weshalb also bitte sollte man die sieben Quadratmeter ihres Kinderzimmers verlassen, außer um sich ein Brötchen oder eine Limo zu holen?

14.

Als ich in den Osterferien meinen Vater in Darmstadt besuchte, war das für mich ein Kulturschock. In Berlin hatten sie schon lange Haare, Bärte und Nickelbrillen gehabt, aber was sich hier in der Provinz abspielte, war unfassbar. Hier ließ man sich im wahrsten Sinne des Wortes zuwuchern. Viele dieser ergrauten Endlos-Semester hatten lange, verfilzte, hennarote Haare bis zum Hintern, lange, schmutzige Fingernägel und Bärte, die Vogelnestern glichen, und schlurften in Jesuslatschen und Latzhosen durch die verkehrsberuhigten Straßen, um ihresgleichen zu treffen. Von einer Zersplitterung der Linken konnte keine Rede mehr sein. Die Atomkraft-nein-danke-Bewegung hatte alles wieder gekittet. Unter den misstrauischen Gelehrten-Fassaden kam langsam zum

Vorschein, was sie wirklich ausmachte, die Freundlichkeit des bequemen Kleinbürgers, der sich eine Weile hinter den blauen Bänden verschanzt hatte, um Marx zu schmökern, Haschisch zu rauchen, ein bisschen zu »bumsen«, sich von Körnern und Gemüse zu ernähren – und ansonsten den bösen, bösen Staat zu schröpfen, der die RAF auf dem Gewissen hatte.

Eigentlich war man froh, dass Ruhe im Karton und endlich klar war, dass man nie eine Chance gehabt hatte. Zu dieser Erkenntnis zu kommen war schließlich ganz schön aufreibend gewesen. Immerhin ließ sich über das RAF-Thema noch Jahre diskutieren. Es kamen neue Anlässe, den Spruch »Der Kampf geht weiter!« zu brüllen, es gab jetzt die Startbahn West und andere schlimme, wenn auch vergleichsweise harmlose Dinge, über die man sich aufregen konnte, um den Kreislauf ein wenig in Gang zu bringen. Außerdem gab es die Frauenbewegung. Den Bedürfnissen der Frauen unterwarf man sich sklavisch und ohne zu murren. Man setzte sich in Handarbeitskurse und lernte, Topflappen zu häkeln. Das war das Mindeste, was man nach der tausendjährigen Unterdrückung der Frau tun konnte. Vor allem, weil die Frauen sich extrem ernst nahmen und man sehr schnell abgestraft werden konnte. Hatte man einmal den Stempel des Chauvis, war das gleichbedeutend mit dem Ausschluss aus der Gesellschaft. Die Tür zu den Frauenwohngemeinschaften war dann für immer vor einem zugeschlagen. Falls man weiterhin an Sex und menschlichen Kontakten interessiert war, blieb einem nur noch übrig, sich irgendwo einen Dreiteiler zu besorgen, zum Frisör zu gehen und nach Frankfurt, ins Bankenviertel an die Börse abzuhauen, um etwas sehr Verbotenes zu werden: ein männliches Wesen, oder ein Yuppie, was auf das Gleiche herauskam, fett Geld zu verdienen und sich mit teuren Nutten im *Dorian Gray* zu amüsieren, was ziemlich vielversprechend klang.

Davor hatten die meisten allerdings zu viel Angst. Die Vergreisung war bereits zu weit fortgeschritten. Dann war es schon besser, als Säulenheiliger, als einsiedlerischer Philosoph in Darmstadt zu überwintern, bis man eine verwitterte, kettenrauchende Ruine war.

Hier, das merkte ich schnell, würde man mich weitgehend in Ruhe lassen. Hier konnte man, wenn man es wirklich wollte, gut untertauchen. Die Leute waren viel zu sehr mit sich selber beschäftigt, um sich groß um andere zu kümmern. Außerdem war Hessen berühmt dafür, dass man das Abitur hinterhergeworfen bekam. (Ein Freund von mir sollte auf einem ausklingenden LSD-Trip seine mündliche Abitur-Prüfung in Deutsch machen, indem er mit folgendem Satz über Gregor Samsa referierte: »Ich hab auch das Gefühl, dass ich ein Käfer bin und dass sich ein Apfel in meinen Panzer gebohrt hat. Sie können mir also glauben. Ich habe *Die Verwandlung* heute Nacht selbst erlebt.« Er wollte sich das T-Shirt ausziehen und der Lehrerin, einer liberalen Latzhosenträgerin mit dicken Brüsten, den Apfel in seinem Rücken zeigen, aber das ging ihr schließlich zu weit.)

Ich selber schmiss auch Trips in diesen wenigen Wochen, in denen ich Darmstadt und Seeheim unsicher machte. Als Markenzeichen diente mir immer noch mein schlieriger, nach Benzin stinkender Schlafsack, hier in Darmstadt, im Karl-Marx-Gymnasium, das Tag und Nacht als Jugendclub für Drogendealer geöffnet hatte, exakt das richtige Kostüm. Viele Mädchen trugen Blaumänner, viele trugen orange Latzhosen. Die mit den Blaumännern, das merkte ich schnell, waren viel liberaler. Woran das lag, habe ich bis heute nicht genau herausgefunden. Sie wollten auch eher in einer Autowerkstatt arbeiten, waren pragmatischer, nicht so ideologisch verseucht wie die orange Fraktion. Vielleicht hatte die handwerkliche Bescheidenheit des Blaumanns auf sie abgefärbt. In diesen Zeiten der psychedelischen Drogen konnte man nicht ganz genau wissen, welche Konsequenz das Tragen bestimmter Farben hatte und wie es auf den Charakter »abfärbte«.

Hübsche Mädchen, die gut gekleidet waren wie Laura, gab es auch, aber sie waren irgendwie tabu. Sie hielten sich in einer anderen Welt auf. Wahrscheinlich gingen sie bereits ins *Dorian Gray* und planschten nackt in aufblasbaren Schwimmbecken voller Champagner.

Wenn ich meinen Blick von diesen bizarren Geschöpfen weglenkte, sah ich ängstlich in eine verschwommene, graue Zukunft.

Mein Spiegelbild zu dieser Zeit zeigte mir den Ausdruck eines deprimierten Rhesusäffchens. Ich war schon ziemlich fertig.

Der Anzug, den ich trug, dunkel, altertümlich, schwerer Zwirn, zog mich noch tiefer herunter. Schließlich kaufte ich mir einen Ledermantel aus der Nazizeit, der bis zu den Knöcheln ging und so schwer war, so gottverdammt schwer.

Ich merkte gleich, als ich in den Osterferien bei meinem Vater ankam, dass die große, leere Wohnung, in der er mittlerweile mit einer schwarzen Katze allein lebte, ein geeigneter Ort war, um den dringend benötigten Imagewechsel vorzunehmen – hin zu einer Mischung aus Kafka, Django und *Spiel mir das Lied vom Tod.*

Ich ging durch die verwaisten Straßen, die Parks, die verkehrsberuhigten Zonen, grüßte jeden, der es wissen wollte, mit »Hi Freak« und nuschelte: »Brauchst du Trips?«

Die hohen, durch Flügeltüren miteinander verbundenen, kahlen Räume, in denen es nur Bücherregale gab, luden dazu ein, sich auf den Boden zu legen, Rauchringe an die Decke zu blasen, vor sich hin zu träumen und sich dem Nichtstun zu widmen. Es ließ sich alles ganz gut an. Ich hörte *Nights in White Satin* und fühlte mich irgendwie wichtig.

Ich war etwas Besonderes. Das war mir jetzt klar. Und ich würde etwas aus meinem Leben machen. Die leidige Diskussion darüber, dass mein Vater auch nächstes Jahr das Internat nicht bezahlen würde, beeinträchtigte dieses Lebensgefühl kaum. Er schlug vor, mir den hinteren Teil der Wohnung zu überlassen, falls ich mich entscheiden würde, zu ihm zu kommen, um die Schule zu Ende zu bringen. Ich sagte, ich würde es mir überlegen. Ich wollte es davon abhängig machen, ob ich meine marokkanische Decke an die Wand nageln dürfte. Auch dieses Zugeständnis machte er mir. Ich war weich und völlig verträumt, die Larve eines Dichters. Ich wollte bloß in Ruhe gelassen werden. Ich war wie ein rohes Ei. Ich schwebte über den Dingen und blies Rauch in die Luft. Ich dachte wolkige, leere Gedanken. Sie zogen hinter den Rauchwolken her und verflüchtigten sich ebenso schnell. Ich war ganz zufrieden, solange man mich in Ruhe ließ. Ich fand es reizvoll, den ganzen Tag nichts zu tun. Mein Vater störte mich nicht –

und ich war offensichtlich in genau dem Zustand, in dem auch ich ihn nicht störte. Ich wollte nichts mehr von ihm. Außer gelegentlichen Aussetzern, falls er trank und randalierte, würde ich nichts von ihm mitbekommen. Wenn er dann wie ein Springteufel auftauchte, um mich in die Mangel zu nehmen, wurde es allerdings anstrengend. Aber verglichen mit der restlichen Zeit, die ich für mich allein hatte, würde die Rechnung schon aufgehen.

In den nächsten drei Jahren würde ich mich wunderbar ausklinken können und von der Welt Abschied nehmen. Hinzu kam, dass einige der älteren Semester, die ab und an bei meinem Vater abstiegen, offenbar auch an mir Gefallen fanden und dies ganz offen zeigten.

Eine fragte mich sogar beim Frühstück, als mein Vater schon in den Verlag gegangen war, ob ich Lust hätte, mit ihr zu schlafen. Sie hieß Helga und schrieb seit Jahren an einer offenbar ungeheuer komplizierten Doktorarbeit über die revolutionären italienischen »Patientengruppen«. Ich hatte keine Ahnung, was das war.

Sie hatte mehrere Typen gleichzeitig, zwischen denen sie hin- und herpendelte, ein großer Brummbär mit einem langen, roten Bart, ihr eigentlicher Freund, verwaltete gutmütig ihre vielen Affären. Helga war bereits Mitte dreißig, sehr dünn, hatte spitze Knie und hennarote Haare, die sie wie Patti Smith wild nach allen Seiten abstehen ließ.

Ich war, wie immer, unentschlossen, was ich von dem Angebot halten sollte. Mein Vater erfuhr davon, weil ich es ihm erzählte. Getroffen in seinem männlichen Stolz, denn er hatte die Affäre noch nicht offiziell beendet, sagte er zu ihr, sie sei die Scheiße unter seinen Schuhen nicht wert. Das war ein Fehler. Es war der erste Schritt zur gesellschaftlichen Ächtung. Wie ein Lauffeuer sprach sich herum, was für ein chauvinistisches, frauenfeindliches Schwein er war. Er musste in diverse Selbsthilfegruppen und seine Zeit absitzen. Er, der große Rolf Freytag – dem niemals zuvor auch nur annähernd so etwas geschehen war –, geriet dermaßen unter das Kuratel dieser durch und durch kontrollierten Gemeinschaft, wo jeder jeden kannte und alle durch ein Geflecht ideologischer Beziehungen miteinander verbunden waren, dass er sich dem tatsächlich stellen musste. Sonst hätte er kein Gemüse im Viertel mehr bekommen, und schon gar keinen Wein oder Schnaps oder irgendeinen Gruß oder ein Lebenszeichen. Sie hätten ihn boykottiert. Davon abgesehen, dass eine bestimmte Klientel von Männern durchaus Interesse daran hatte, diesen arroganten Cheflektor aus Berlin zu demütigen. Wie ein großer Weihnachtsmann schleppte ihn der rothaarige Rauschebart zur Selbsthilfegruppe, man sah ihnen von diversen Balkons und Fenstern aus dabei mit Genugtuung zu, lachte und tuschelte.

Und schuld an dem Ganzen war ich, der verwöhnte, kleine Bourgeois.

15.

Am Ende der Ferien machte ich noch zwei Fehler: Ich ließ mich auf ein Mädchen ein, das Komplexe wegen ihrer riesigen Brüste hatte, und ich nahm einen ganzen Trip, der es wirklich in sich hatte. Er hieß »Yellow Sunshine By Night«. Eigentlich war der Name »Yellow Sunshine«. Das »By Night« hatte der Dealer als besonderes Prädikat hinzugefügt, und ich sollte bald wissen, warum. Als ich wegging, zwinkerte er mir noch einmal bedeutungsvoll zu.

In das Mädchen verliebte ich mich ein bisschen, und wir gingen spazieren. Die Brüste hatte sie unter einer Latzhose (Blaumann) und unter langen Haaren versteckt. Sie ging gebückt, damit man sie nicht gleich sah. Ich ahnte die ganze Zeit, dass etwas im Busch war. Aber damals traute ich meinen Gefühlen noch nicht. Ich machte mit ihr bereits Pläne, versprach ihr, nach den Sommerferien nach Darmstadt zu kommen, und sie versprach mir, auf mich zu warten. Dann küssten wir uns. Als es zum Petting kam und ich versuchte, ihr an den Busen zu fassen, kam mir das Ganze schon spanisch vor. Ich tastete durch die Latzhose bis hinunter zum Bauchnabel, spürte allerdings nur eine weiche, waberige Masse. Ich hatte keine Ahnung, was das war, nur so ein komisches

Gefühl. Hinzu kam, dass ihr Rumpf winzig war und dass sie im Schneidersitz dasaß, mit dem üblichen Buckel. Sie ließ mein Gegrabsche über sich ergehen. Dabei sahen wir uns tief verunsichert an.

Dazu muss ich sagen, dass wir uns durch »Blickkontakt« kennengelernt hatten. In der Schule. Da, wo zwei Gänge in einen niedrigen, atriumartigen Raum mündeten, der als eine Art Kontakthof missbraucht wurde. Man hockte sich im Schneidersitz auf den Boden und peilte ein Mädchen an. Irgendwann begann man zu starren, und sie begann zurückzustarren.

So war es auch bei uns gewesen. Deshalb glaubten wir, obwohl wir dem Braten längst nicht mehr trauten, uns trotzdem anschauen zu müssen. Das galt als ehrlich. Und so sahen wir uns mit waidwunden Tierblicken weiterhin an, bis ich schließlich ihren Overall von den Schultern gekrempelt hatte. Es folgte eine große Erlahmung aller vitalen Funktionen angesichts dessen, was ich sah. Auch in meinem Gehirn, das nicht darauf vorbereitet war und aus Heftchen bisher nur mittlere Brüste kannte, nicht aber solche Monstertitten, wie Tina sie hatte! Mein erster Impuls nach einer kurzen Erholungspause, bei der ich erschöpft nach unten sah und nachdachte, war: Nichts wie weg! Mein Gehirn begann nun fieberhaft hochzurechnen, wie ich heil aus der Sache herauskam, ohne das Gesicht zu verlieren. Irgendetwas musste ich sagen. Aber was? Ich stand unter Schock. Und sie war in diesem wolkig weichen Zustand von Unwohlsein und Scham, ja Schuldhaftigkeit und Devotheit, der die ganze Sache noch schlimmer machte. Mit gesenktem Kopf saß sie da (wir hatten bereits viel zu viel Haschisch geraucht) und schielte zu mir hoch. Ich sah eine klapperdürre, irgendwie militante Silhouette im Spiegel, die nervös mit den Armen schlenkerte, um irgendetwas zu erklären – mich selbst, in hirnverbrannter Hirnlosigkeit.

Der zweite Fehler war der Trip. Die Sache war allerdings schlimmer. Der Typ, mit dem ich loszog – wir kannten uns von einer kurzen Fachsimpelei über Haschisch beim »Griechen« –, fuhr einen schwarzen Jaguar und hatte einen Dobermann. Dieser Dobermann begann mich während des Trips zu hassen. Das war eigentlich schon die ganze Geschichte: Ein Dobermann, der einen hasst, während man auf Trip ist, ist eine ziemlich schlimme Angelegenheit. Der Typ, mit dem ich fuhr, war eh schon irre genug. Plötzlich, mitten auf der Autobahn, stand er vom Lenkrad auf und stellte sich auf den Fahrersitz. Während der Wagen führerlos bei Tempo hundert über die Autobahn raste, reckte er die Arme gen Himmel, riss die Augen auf und klapperte wie ein Irrer mit den Tausenden silberner Armreifen, die an seinen Handgelenken klimperten. Er hatte die Sterne am Firmament für sich entdeckt, er konnte es gar nicht fassen, wie schön sie waren und wie unendlich. Ich versuchte den schlingernden Wagen unter Kontrolle zu kriegen, indem ich hinüber ans Lenkrad griff. Der Hund bleckte die Zähne und fing an zu knurren. Was hatte meine Hand auf der Fahrerseite zu suchen? Die gehörte seinem Herrchen. So fing alles an. Als der Irre sich wieder eingekriegt hatte, bekam er schlechte Laune. Er behauptete, ich hätte *bad vibes*. In seinem erleuchteten Zustand hätte nie etwas mit dem Auto passieren können! Nie!!!

Er langte sich mit seinen langen, spitzen Fingernägeln an die Stirn, als wollte er sich Löcher hineinhauen, so dringlich machte er mir klar, was für ein armes Arschloch ich sei.

Der Hund blieb immer an seiner Seite, starrte mich aus seinem langen, schwarzen, spitzen Teufelsgesicht an und bleckte immer wieder knurrend die Zähne.

»Nimm den Hund an die Leine«, verlangte ich. Der Hund merkte, dass man über ihn sprach, stellte sich drohend auf und bleckte erneut die Zähne. Ich saß vorne und hatte ihn im Nacken. Ich konnte seinen stinkenden, heißen Atem spüren.

»Nimm den Scheißköter an die Leine oder lass mich raus!«, schrie ich den Typen an.

Er zischte etwas, das wie »Peace« klang und schlenkerte mit den Armen. Hatte er wirklich »Peace« gesagt? Oder hieß der Hund Peace? Ich hatte keinen Check mehr. Ich war voll auf Trip. Der Wagen hielt in einer Autobahnschleife, die wie das Innere eines riesigen Ohrs aus Beton aussah. Alles bekam organische Formen, selbst die Startbahn West schien eine Schneise für Außerirdische zu sein. Der Typ lachte ein irres, gellendes Lachen.

Als ich mich nach dem Hund umwandte, bemerkte ich, dass er kurz davor war, mich anzuspringen. Seine Lefzen zitterten vor Wut. Ganz langsam stieg ich aus und verdrückte mich. Der Dealer rief mir hinterher, sein Hund reagiere auf Schwingungen, und ich sollte mal auf meine kosmischen Schwingungen achten, vielleicht seien die ja zu negativ.

Wieder ertönte das gellende Lachen. Der Motor wurde angeschmissen, der Jaguar raste schließlich davon. Der Köter heulte jetzt. Ich konnte noch seinen flachen, langgestreckten Kopf in der Mondlandschaft sehen, als der Wagen mitten auf der Autobahn einen U-Turn machte und irgendwohin davonraste. Reifenquietschen, gellendes Lachen, lautes, heiseres Gebell. Das Höllengefährt hatte mich ausgespuckt und verschwand in der Nacht.

Fix und fertig schleppte ich mich über die Mondlandschaft, die zwischen den Stacheldrahtzäunen der Startbahn entstanden war. Von allen Seiten grinsten mich die Smiley-Gesichter der Atomkraft-nein-danke-Schilder an, die man in den Sand gepflockt hatte.

Ihr Grinsen war zynisch. Ich fing an zu rennen. Überall sah ich Schatten, die sich bewegten, vierbeinige Schatten. Es war ein Spießrutenlauf bis zur Autobahn. Und an der Autobahn wurde es dann nur schlimmer. Ich dachte, ich strecke mal den Daumen raus. Die Autos blendeten auf, rasten auf mich zu. Einmal hatte ich das Gefühl, ich wäre mitten auf der Autobahn und sie rasten nun vor und hinter mir an mir vorbei. Ich wollte rennen. Es wäre das Ende gewesen. Etwas wie ein Rest Vernunft (woher hatte ich den?) bewog mich dazu, langsam wieder in die Dunkelheit zu gehen, zurück auf den Sand. Ich fühlte mich metallisch, blau leuchtend, leer. Es roch nach widerlicher, weißer Bohnensuppe. Ich sah hinunter und bemerkte, dass der ganze Boden aus dieser widerlichen, weißen Bohnensuppe bestand, die jederzeit nachgeben konnte. Ich war mitten auf einer riesigen, brodelnden, weißen Bohnensuppe mit aufgequollenen Fettstücken gelandet. Jeden Moment konnte ich in dieser Suppe ertrinken. Um mich herum züngelten bläuliche Gasflammen auf. Ich war die Gasflamme auf dem Herd in der Kachelstraße, aus der es offenbar kein Entrinnen gab. Ich war in der Kachelstraße gelandet! Jetzt ging der richtige Horrortrip los. Kein Entrinnen! Kein Entrinnen! Die Kachelstraße war riesig. Die bläulichen Flammen leckten an mir hoch, langsam, genüsslich. Ich war in der Hölle meiner Kindheit gefangen! Ich schrie so laut ich konnte gegen den ganzen scheiß Horror hier draußen an.

Auf die Darmstädter Karl-Marx-Schule wäre ich ohne Probleme aufgenommen worden. Wie der Name schon verriet, war sie die am stärksten linke Schule in Deutschland – und links bedeutete damals einfach im höchsten Maße liberal.

Man merkte sofort, dass es an dieser Schule eigentlich keine Regeln gab, genauso wenig wie einen festen Lehrplan. Man konnte irgendeinen Leistungskurs belegen und je nach Laune hingehen oder nicht. Man war schließlich mündig. Die Lehrer kamen allesamt aus dem »linken Spektrum« – so nannte sich das. Am Wochenende, oder auch in der Woche, ging man gemeinsam zu Sit-Ins zur Startbahn West oder man veranstaltete Sit-Ins im Kontaktraum, wo die Gänge zusammenliefen, und rauchte Schillum oder ließ Wasserpfeifen kreisen. Während der Ferien blieb die Schule aus rätselhaften Gründen offen und diente bald als Drogenumschlagplatz. Hier mischte sich die harte Szene, die Heroindealer, unter die Weicheier aus der Schule, die »nur« LSD und Haschisch vertickten. Hier war auch die Kontaktbörse. Man musste einem Mädchen nur einen Joint weiterreichen, und schon bald erntete man dafür, wenn man Glück hatte, tiefe Blicke.

Es half auch, das»Om« mitzumachen, das einmal am Tag gesprochen wurde. Die Schule wurde dann ganz ruhig, aus »Respekt für das Om«. Die Lehrer schwiegen oder versammelten sich ebenfalls am Boden. Wenn es still war, wurde das »Om« von einem stadtbekannten Dealer, der in die zwölfte Klasse ging und Shine hieß, »angesprochen« – so nannte man das Einstimmen des ersten Vokals, in den alle einfielen. Oft saßen vierzig, fünfzig Menschen mit langen Haaren im Flur auf dem Boden und fassten sich an den Händen, um die heilige Silbe zu sprechen. Danach kehrte zunächst Ruhe ein. Dann lockerte sich die Stimmung, und es wurde meist ein Schillum geraucht, bevor man wieder in den Unterricht ging.

Schülerpaare saßen einander im Gang im Schneidersitz gegenüber und versenkten ihre Blicke in die Augen des »anderen«. Nie wurde jemand zur Rechenschaft gezogen. Die Lehrer, meist noch Referendare und kaum älter als die Schüler, waren sich einig darin, dass Autorität das Letzte war, was man wollte. Abends hockte man gemeinsam in den berüchtigten,»gemischten«, aus Schülern und Lehrern bestehenden Wohngemeinschaften herum, die nach dem Modell der »revolutionären, psychiatrischen Zellen« entstanden waren, um nach der Theorie von Guattari/Deleuze endlich einen Ansatz zu finden, wie man rauskam aus der »autoritären Scheiße im eigenen Kopf«.

Dazu gehörte, dass man rauchte und Musik – fast ausschließlich Bob Marley – hörte. *Rastaman's Vibrations – aha – positive* war der Grund- und Hintergrundsound dieser Zeit. Sex zwischen Lehrern und Schülern war zwar eigentlich tabu, aber wer wollte wem schon einen Strick daraus drehen, wenn man am Abend sechs bis zehn Schillums geraucht, zusammen beim Türken eingekauft, Möhren geschält und gemeinsam gekocht, Brot gebacken, getöpfert und dann auch noch zusammen den Ofen angemacht hatte, weil es draußen so kalt, hier drin aber so kuschelig und gemütlich war, wenn man dicht gedrängt in der Küche am Boden hockte und Hirsebrei mit zerriebenen Kastanien mampfte wie die guten, alten Hopi-Indianer, deren Häuptlinge mit ihrer gegerbten Lederhaut vom Poster auf einen herabblickten. Da konnte es, während man dampfte und schwitzte und mampfte, durchaus mal passieren, dass man durcheinanderbrachte, was das Kraushaar war und was das Schamhaar, wo der Bart war und wo die Fotze. Man brachte schließlich alles durcheinander. Wer sollte da böse sein – außer vielleicht der böse Wolf namens Homo Homini Lupus.

Mein Vater erklärte mir wie ein weiser, alter Scout die Stadt, zeigte mir die drei, vier Läden, wo »die Szene« einkaufen ging. Er meinte es gut. Er konnte nicht wissen, dass ich nicht wiederkommen würde. Ich hatte ihm nichts gesagt. Das kragenlose, weiße Töpferhemd, den langen Ledermantel und den schweren Anzug ließ ich verschwinden, bevor ich in den Zug zurück nach Bayern in mein geliebtes Grünthal stieg, und zog wieder meine alten, unauffälligen Internatsklamotten an, meinen Nicki und die beige Windjacke, in der ich aussah wie Christian Klar.

In diesem Darmstadt wurden alle von einer Welle nonverbaler Kommunikation erfasst, die wie ein Föhnwind durch die Köpfe strich. Es war mir zu anstrengend, mich auszuklinken oder andere Menschen den ganzen Tag anzustarren. Ich hatte Angst, dass das viele Haschisch, das in der Luft lag, meine Gehirnzellen zerstören könnte. Außerdem wollten hier alle Schreiner werden oder Töpfer oder Schuster oder Bäcker.

»Wir wollen am liebsten etwas mit den Händen machen«, hieß es. (Wie prophetisch dieser Satz war, merkte ich erst später, als ich einige dieser Mädchen, die auf Heroin gekommen waren, in Peepshows in der Frankfurter City wiedertraf, wo sie alle möglichen Dinge kneteten, nur nicht ihren geliebten Ton.)

Männlein und Weiblein tanzten auf Straßenfesten Ringelreihen zu irgendwelcher keltischer Folkloremusik, die aus Irland oder Wales kam. Es gab hübsche Mädchen, die allerdings an einer merkwürdigen ideologischen Unbeirrbarkeit litten oder einfach nur einen im Tee hatten. Sie dachten wirklich, sie könnten die Welt verändern, indem sie Schreinerinnen wurden oder töpferten. Ich tanzte mit ihnen, damit ich ihren Slip sehen konnte, wenn sie die Beinchen schwangen, oft stundenlang. Man konnte auch an ihren Busen herumfingern beim Tanzen. Es war ihnen scheißegal, weil sie ja völlig in ihrer Folklore aufgingen. Erstaunlicherweise sangen sie munter dieses komplizierte Kauderwelsch mit und lachten die ganze Zeit. Ihre Naivität, gepaart mit Robustheit, machte sie eine Weile intellektuell unangreifbar. Und das, obwohl sie sich weigerten, irgendwo etwas Schlechtes in der Welt zu sehen. Die Hässlichkeit um sie herum – Frankfurt, Darmstadt –, das alles blendeten sie einfach aus. Darin waren sie Totalverweigerinnen.

Als sie auf Heroin kamen, wurden manche von ihnen zeitweilig noch hübscher, richtig geil. Sie hatten alle Hemmungen aus ihren bürgerlichen Elternhäusern über Bord geworfen und gingen auf den Strich. Sonst taten sie gar nichts, außer sich das Zeug zu spritzen. Ich mochte Mädchen auf Heroin umso mehr, weil sie so somnambul waren, gar nichts merkten und alles mit sich machen ließen. Sie waren das pure Objekt der Begierde, nahmen, aber gaben nichts, waren lässig, nachlässig, desinteressiert und schlampig. Man konnte so viel in sie hineinpumpen, wie man wollte, gleich ob Geld, Heroin oder Sperma. Es war ihnen egal, sie sagten nicht mal danke. So gehörte es sich meiner Meinung nach. Und das Gerücht, dass sie sich für einen Zwanziger in der *Supersolo* von irgendwelchen alten Ausländern durchbumsen ließen, tat ein Übriges, sie noch schärfer zu finden. Manche merkten gar nicht, dass ihnen das Sperma noch aus dem Mund lief, wenn sie die Kabine verließen, vielen hingen Scheine in ihren String-Tangas, manche hockten auf ihrer Drehscheibe, auf ihrem kleinen rosa Handtuch, hockten einfach nur da, den Mund halb geöffnet und versuchten die Augen offen zu halten, während sie ihnen immer wieder zufielen. Sie hatten vergessen, dass sie auf der Bühne waren und sich eigentlich bewegen sollten, so zugedröhnt waren sie. Manchmal fielen ihnen plötzlich die Titten aus dem BH, einfach so, oder sie kippten kurz um, um sich gleich darauf wieder aufzurichten und ein wenig zu kratzen. Das alles war sehr gefährlich und sexy, besonders für einen wie mich, der in ihrem Zusammenhang nie an das Töpfern geglaubt hatte, der in ihnen eher schläfrige Raubkatzen sah.

Die Peepshows hatten damals noch verspiegelte Scheiben. Die Mädchen sahen die Freier nicht. Meine ehemaligen Fast-Mitschülerinnen aus der Karl-Marx-Schule sahen mich also auch nicht, was dem Ganzen noch eine besondere Note verlieh, weil ich ihre Ideale gekannt hatte und mir auch darauf einen runterholen konnte. Der Vanitas-Gedanke ergriff damals immer mehr von mir Besitz. Ich war ständig auf Achse, ständig »on the run«. Deshalb vielleicht auch wenig später die Entscheidung für Speed als adäquate Droge für meinen Stoffwechsel. Der Ausdruck der Mädchen hingegen stellte mich ruhig, verwandelte mich selbst in einen somnambulen Spermaspritzer, dessen Kleinhirnverlängerung ruhig vor sich hinzucken durfte. Später hatten Kühe auf der Weide eine ähnlich aphrodisierende Wirkung auf mich.

Nach dem Trip auf der Autobahn, als ich irgendwie wieder in die Wohnung gefunden hatte, bedeckte kalter Angstschweiß meinen Körper. Er sickerte unablässig kalt nach, egal, wie oft ich ihn von Brust, Nacken und Stirn wischte. Unter meinem Gesicht trat mein Skelett hervor.

Ein Tag noch, den ich irgendwie rumbringen musste. Ich schlich eine Weile in der Wohnung herum, mied allerdings die Küche. Einer Begegnung mit der schwarzen Katze fühlte ich mich in meinem Zustand absolut nicht gewachsen. Ich versuchte, Laura anzurufen, aber mein Finger rutschte immer wieder an der Wählscheibe ab, in die mein Vater dicke Löcher gebohrt hatte, damit er im Suff nicht mehr telefonieren konnte. Im Klo hing immer noch das Gedicht *Die Scheiße* von Hans Magnus Enzensberger. Er stellte darin die kluge Frage, weshalb wir ihren guten Namen besudeln, um ihn den Bullen zu leihen, dem Krieg und dem Kapitalismus, anstatt zu sehen, wie sanft und bescheiden sie unter uns Platz nimmt. Das Gedicht war ziemlich gut. Später, als der Trip abklang und ich das Kopfkissen umarmte, versuchte ich mich an die sperrigen Umarmungen von mir und Laura zu erinnern, die stattfanden, nachdem wir das Licht gelöscht hatten und einfach nur schlafen wollten. Ich glaubte, ihre schmalen Schultern zu spüren, erinnerte genau die Wärme, die ihr Körper ausstrahlte – und ihre Zartheit, die auch darin zum Ausdruck kam, dass sie immer nur ganz flauschige, weiche Pullover und Unterhemden trug, die ihrer empfindlichen Haut schmeichelten. Das kam mir so vertraut vor, dass ich ein paar Tränchen vergoss. Es tat mir weh, dass ich ihr Vertrauen missbraucht hatte und wieder auf so viele Abwege geraten war, anstatt an sie zu denken. Es war sinnlos, weiterzuleben. Wie konnte ich mich ständig ablenken lassen von äußeren Reizen und immer wieder Dummheiten machen, wie konnte ich vergessen, dass sie an meiner Seite war? Was waren das für permanente Schatten und Selbstzweifel um mich herum, die mich an dieser, unserer kleinen, heilen Welt zweifeln ließen? Ich wollte alt sein mit ihr und schon alles hinter mir haben. Das war der Wunsch, den ich in mein Gebet einschloss.

»Lieber Gott, der du bist im Himmel, wenn es von ihr ausgeht, dass ich solches Vertrauen haben kann, in mich und in die Welt, dann lass mich für immer bei ihr bleiben, lass nichts mich mehr ablenken und schütze mich vor den gefährlichen Dingen, denen ich offenbar so leicht zugänglich bin – und führe mich nicht in Versuchung, denn dein ist das Reich und die Kraft und die Herrlichkeit, in Ewigkeit, Amen.«

Als ich nach einem achtzehnstündigen Schlaf am nächsten Morgen aufwachte, kaufte ich Postkarten und schrieb an alle, die ich in Grünthal kannte.

Ich schrieb, dass ich mich auf den Rest des Schuljahres freute, schrieb es unserem Musiklehrer, schrieb es Herrn Reisinger, der oben in der Schule seine Schreibwaren hatte, schrieb, dass ich bleiben würde bis zum Abitur und sah ihre Gesichter schon vor mir, wenn sie die Postkarten lasen und sich wunderten, dass ausgerechnet der durchgeknallte Robert Freytag ihnen geschrieben hatte.

Dann rief ich Laura an und erklärte ihr überschwänglich, wie sehr ich sie liebte.

16.

Mein labiler Zustand hielt sich über das gesamte nächste Halbjahr. Wöchentlich änderte ich meine Frisur. Ständig ließ ich mich krankschreiben, lag überdrüssig im schmutzigen Bett des Vierzimmers, dessen Hässlichkeit man erst bemerkte, wenn es Tag war und das Zimmer verlassen. Ich tat alles, was ich tat, nur aus Langeweile.

Was ich am Ende des Tages tatsächlich zusammengebracht hatte, waren, wenn es hochkam, eine Schamhaar-Rasur oder ein paar ausgedrückte Pickel. Manchmal zündete ich mir, ohne Publikum, Fürze an.

Ich war viel zu spät in die Pubertät gekommen, hatte nichts so sehr ersehnt, als ich noch ein Streber war – und nun musste ich sie ausbaden. Ich wurde unzuverlässig. Niemand hatte in meinem Leben mehr Platz. In meiner maßlosen Wut brüllte ich Lehrer an, wenn sie mich rausschmeißen wollten. Eine halbe Stunde später krümmte ich mich am Boden und lachte mich tot über irgendetwas, das sonst keiner lustig fand. Niemand nahm mich mehr ernst.

Ich war das, was man »loose« nannte. Ich war völlig außer mir. Manchmal machte ich mir wilde Frisuren mit Haarspray, chinesische Zöpfe, die über meinem Kopf aufragten, einen zwanzig Zentimeter hohen, hennaroten Irokesen, mein gesamtes Kopfhaar hatte ich zu einer Mauer aus Haarspray nach oben geschoben. Ich wusste, dass mein Anblick unvorbereitet kam und die ganze Klasse in lautes Gelächter ausbrechen würde. Umso mehr freute ich mich auf meinen Auftritt und kam immer zehn Minuten zu spät, lauschte, bis es ganz ruhig war, öffnete dann die Tür und ging hinein an meinen Platz, als ob überhaupt nichts wäre.

Die Klasse tobte. Der Lehrer schrie. Ich wurde zum Rädelsführer des allgemeinen Chaos.

Als die Aufmerksamkeit nachzulassen begann, nahm ich irgendwann eine Schere und schnitt langsam, ratsch, ratsch, bis ich die ganze Aufmerksamkeit wieder hatte, den Irokesen Stück für Stück. In der Klasse herrschte eine immense Ruhe. Niemand wusste zunächst, was ich genau vorhatte, ob es etwa der Auftakt zu einer Selbstverstümmelung war.

Am Ende der Aktion ließ ich die Schere elegant auf den Tisch gleiten und schrie: »In memoriam Ackermann! In memoriam Ackermann!« – und die ganze Klasse schrie mit.

Dann stand ich auf. In der Ecke hatte ich Stelzen stehen. Ich stieg auf die Stelzen, stolzierte damit durch die Reihen und heizte mein Publikum an: »In memoriam Ackermann! In memoriam Ackermann!«, schrie ich auf die aufgepeitschte Menge hinunter.

Dann trat wieder für eine Weile Ruhe ein. Ich zog mich zurück, ließ mich krankschreiben, lag im Bett, wichste die meiste Zeit. Irgendwann tauchte ich, zum Schrecken aller, wieder auf.

Manchmal mit der Clearasil-Maske, die ich am Morgen über das ganze Gesicht gezogen hatte, um meine Mitesser auszutrocknen. Wenn die Maske fest war, glänzte sie wie Lack. Mitten im

Unterricht zog ich sie ab. Da sie fest auf der Haut haftete, verzog sich dabei das ganze Gesicht. Die Nasenspitze wurde lang wie bei Pinocchio, die Wangen wurden gedehnt, die Lippen zogen sich auseinander wie bei einem Karpfen. Einen Moment sah es aus, als würde ich mir die Haut abziehen. Die ganze Klasse johlte.

Ich wollte Schulsprecher werden. Mit meinem Irokesen ließ ich mich in der Schülerzeitung ablichten. Tatsächlich wählte man mich, ich wurde allerdings nur Dritter. Ich las viel Hermann Hesse, *Steppenwolf, Narziß und Goldmund*, den ganzen Kram.

Eines Nachmittags im Schlosspark, es war ein warmer Sommertag, erzählte ich Laura davon, dass ich über sie schreiben würde, das aber gleichzeitig mit sich brächte, dass wir uns für eine längere Zeit nicht mehr sehen könnten, da es unbedingtes Alleinsein und strenge Disziplin erforderte. Wir hatten gerade Federball gespielt und standen noch, unsere Schläger haltend, auf der immer schattiger werdenden Wiese, als sie sich plötzlich stumm abwandte und mit ihrem gazellenartigen Schritt, der kaum den Boden zu berühren schien, davonging. Ich holte sie ein und stellte fest, dass sie weinte.

Ich umschlang sie mit den Armen, aber sie machte sich los und ging stolz und tapfer davon. Als ich sie wieder einholte und stumm neben ihr herging, sagte sie irgendwann:

»Guck dich doch mal an. Du bist völlig plemplem. Jetzt trägst du schon Mädchenkleidung. Wo hast du überhaupt diese Bluse her?«

Tatsächlich trug ich eine geblümte Bluse mit einem runden Kragen. Sie war von meiner Tante Erika. Ich hatte sie unter meinen Sachen im Schrank gefunden.

»Bitte, wein doch nicht«, sagte ich läppisch.

»Ich hab doch schon längst aufgehört«, erwiderte sie, »ich hab ganz andere Probleme als du. Merkst du nicht, dass du mich unglücklich machst, wenn ich das Gefühl habe, dass man sich auf dich nicht verlassen kann?«

Es klang, als wären wir schon seit vielen Jahren zusammen – was wir ja auch waren.

Es klang so schön aus ihrem Mund, und ich nahm mir vor, mir das zu merken, falls ich es wieder einmal vergessen sollte. Es war eine Mahnung, an mich gerichtet, endlich aufzuwachen. Ich spürte das ganz deutlich – und ich spürte auch, dass dieser Satz etwas Entscheidendes beinhaltete, worüber ich bisher nicht nachgedacht hatte und das sie nun in Rechnung stellte: Verlässlichkeit. Ein eigentlich unscheinbares, unauffälliges Wort, das vielleicht im Vokabular meiner Großeltern vorkam. Dass es die Basis für alles sein konnte, darüber hatte ich mir keine Gedanken gemacht. In den wilden, erotischen Eskapaden, in den ausschweifenden, romantischen Träumereien, als die ich mir die Liebe vorgestellt hatte, kam dieses blasse, weit in sich selbst zurückgezogene Wort nicht vor. Ich war erstaunt, es aus ihrem Mund zu hören – und so, wie sie es sagte, betroffen.

Schweigend gingen wir weiter. Längst hatten wir den Schlosspark verlassen, als es auf einmal ganz hell wurde. Die Sonne brach mit einem heftigen Strahlengewitter durch große Wolken und überflutete die ausgetrockneten, bereits abgeernteten Felder.

»Ich werde darüber nachdenken, was du soeben gesagt hast«, bemerkte ich altklug.

»Ach, du bist blöd. Ich fahr jetzt nach Hause.« Sie gab sich einen Ruck und lief mit zügigen Schritten davon. Ich vergaß diese kleine, für mich harmlose Streiterei schnell.

Ich hatte eine neue, fixe Idee: Nach dem Schuljahr wollte ich mich auf die Suche nach Komorek begeben und sehen, was aus ihm geworden war. Vielleicht gab das ja Stoff für einen Abenteuerbericht.

An manchen Tagen, an denen wir uns in der Schule mieden, aus gegenseitigem Stolz, und an denen sie früher als sonst nach Hause fuhr, ging sie in Stein putzen, um ihre Mutter zu entlasten, die langsam älter wurde. Ich erfuhr durch Zufall, dass sie unter anderem in dem Haus putzte, in dem damals die Gartenparty stattgefunden hatte, und erinnerte mich sofort an die nächtliche Begegnung mit dem Schönling, der ein Jahr älter als ich war und Rod hieß.

Ich stellte sie zur Rede und fragte sie, ob sie sich mit ihm unterhielte. Sie musste lachen, weil es ihr peinlich war, es zuzugeben. Außerdem amüsierte sie meine Eifersucht, die ich nicht verbergen konnte. Ich wurde wütend und trat gegen eine Hausmauer. Vorwurfsvoll fragte ich sie: »Wieso sprichst du mit so einem Arschloch? Wieso?«

Sie versuchte mich zu beruhigen, indem sie mich an den Armen festhielt. »Es war doch gar nichts. Ich hab nur hallo gesagt. Da sprach er mich an. Was hätte ich tun sollen? Was ist daran so schlimm? Sprichst du nie mit anderen Mädchen?«

Wieder fing sie an zu lachen. Ich riss mich los. Ich war außer mir. Ich tobte. Schließlich ließ ich sie stehen und ging davon. Mir machte so ein Theater nicht viel aus. Ich musste mich abreagieren. Sie ging nach solchen Auseinandersetzungen eher bedrückt nach Hause.

»Lass uns lieb sein«, sagte sie immer wieder.

Aus Trotz hatte ich ihr eröffnet, dass ich nach Darmstadt ziehen würde, um dort das Abitur zu machen. Ich hatte es leichthin gesagt, um sie zu verletzen. Sie reagierte nicht darauf, und ich wusste nicht, ob es ihr etwas ausmachte oder nicht. In mein Tagebuch schrieb ich, dass es der Juni war, in dem wir es auf die Spitze trieben, uns gegenseitig nicht anzurufen und uns in der Schule nicht zu beachten, was zur Folge hatte, dass ich im Internat blieb, während sie immer nach Stein zurückfuhr. Ich stellte mir vor, wie sie im Hobbyraum saß und mit Rod Musik hörte. Rod ging in die letzte Klasse. Er hatte eine Art sehr schicken Punkerhaarschnitt, was hierzulande äußersten Seltenheitswert hatte und bei seinen glänzenden, schwarzen Haaren sehr gut aussah. Sie standen wild durcheinander und erinnerten an Nick Cave oder Johnny Rotten. Ich stellte mir vor, wie sie die Sex Pistols hörten oder wie er zu ihr sagte, es käme nicht in Frage, dass jemand wie sie bei ihm putzte.

In der Schule beobachtete ich genau, ob sie mit Rod sprach, aber sie nahmen keinerlei Kontakt auf. Nur mit äußerster Überwindung schaffte ich es, sie in dieser Zeit in der Schule nicht zur Rede zu stellen. Stattdessen fuhr ich immer häufiger heimlich mit dem Bus nach Stein und drückte mich bei meinen Großeltern herum. Ich beobachtete das Haus der Werners und schlich gelegentlich um das Haus von Rods Eltern herum. Ich wollte sie dabei ertappen, wie sie zusammen spazieren gingen.

Oder ich wurde aufgeregt, weil ich sie selbst auf einem der Wege überraschen wollte, um mit ihr spazieren zu gehen und mich mit ihr wieder zu versöhnen. Die Erregung bei der Vorstellung, sie zu küssen, die nahezu eingeschlafen war, kehrte zurück.

Als ich mitbekam, dass nichts von allem geschah, sondern Laura einfach nur zu Hause war und lernte, erlahmte mein Interesse schnell wieder. Als Sachwalter meiner eigenen Interessen, die gewahrt schienen, hockte ich stundenlang gelangweilt im Bad, manikürte mir die Nägel oder blätterte in irgendwelchen Büchern.

Meiner Großmutter ging es nicht so gut. Sie ließ es sich nicht anmerken, aber oft saß sie irgendwo, weil sie sich ausruhen musste. Die langen Wege ins Dorf machten ihr bereits zu schaffen, und sie redete immer häufiger von dem kommenden Herbst. Die Nieren taten ihr manchmal weh.

Mein Großvater tätschelte sie und sagte: »Meine Elli wird eben langsam alt.« Mehr fiel ihm dazu nicht ein. Außer ihr Vorwürfe zu machen, weil sie zu wenig trank.

Sie war unablässig zerstreut und bekam ihre Gedanken nicht mehr richtig zusammen. Außerdem wurde sie äußerst schreckhaft. Unzählige ungelesene Exemplare von Büchern, die mein Vater immer noch schickte, stauten sich auf dem Tisch neben dem Sofa. Heimlich, wie immer, in leisem Französisch, wurden Beschlüsse gefasst.

Mein Onkel besprach sich mit meinem Großvater hinter verschlossenen Türen. Es war die Rede davon, von hier oben wegzuziehen und in Kronach eine Wohnung zu suchen. Es blieb bei dem Vorsatz. Mein Großvater brachte es nicht über das Herz, sich von dem Haus zu trennen.

Eines Tages stellte ich Laura zur Rede. Sie hatte das Haus verlassen und war in Richtung Westseite gegangen, wo die Häuser der »Reichen« waren. Allerdings war sie nicht auf dem Weg, den ich vermutet hatte, sondern ging einen Pfad an den Apfelbäumen entlang, der hinunter zum Mäusegraben führte. Es war Ende Juni, und ihr Bild, wie sie vor mir ging auf dem noch immer nicht asphaltierten Schotter, in einem Sommerkleid knapp bis zu den Knien, brannte sich mir ein. Warum ich Sommerkleider so liebte? Warum ich so altmodisch war? Warum ich erwartete, dass man mich an die Hand nahm und durchs Leben führte – und nicht umgekehrt? Warum ich all die Defizite hatte und dennoch so viel verlangte? Warum ich mich ständig verausgabte in meiner Phantasie und es für das Leben nicht ausreichte? Warum das englische Wort *»longing«*, das Wort der großen Dichter, mir so viel bedeutete? Ich weiß es bis heute nicht.

Sie musste gespürt haben, dass ich hinter ihr ging, denn irgendwann drehte sie sich um, blieb stehen und lächelte mich an.

»Was machst du denn hier?«, fragte sie, als ob sie es nicht ganz genau wüsste.

»Ich bin bei Omi und helfe ihr beim Einkaufen.«

»Ach so«, sagte sie skeptisch.

»Und wo gehst du hin?«

Sie zuckte die Achseln. »Ein bisschen spazieren.«

Es folgte ein kleines Geplänkel von Eifersüchteleien, das dazu diente, die Stimmung anzuheizen, damit man endlich wieder knutschen konnte. Die stürmischen Zärtlichkeiten hielten nicht lange. Sie wurden schnell begraben unter der ernüchternden Tatsache, dass man wieder zusammen war.

Laura hatte zum Waldsee gehen wollen.

»Ich wollte dich verhexen. Ich wollte auf den Baumstumpf steigen und wieder auf den glitschigen Pilzen tanzen, damit du nie von mir wegkommst«, sagte sie später mit gespielter Inbrunst und lachte, während wir uns ungestüm auf ihrem Bett umarmten. »Ich hätte gewartet bis zur Dunkelheit, und dann hätte ich getanzt wie verrückt.«

Ich war sprachlos über diese halb im Spaß, halb im Ernst ausgesprochenen Sätze, da ich es ihr tatsächlich zutraute und sie mir den Fanatismus ins Gedächtnis riefen, mit dem sie manchmal an die Dinge heranging oder an ihnen festhielt. Ich merkte, dass ich ein bisschen Angst vor ihr bekam. Gleichzeitig schämte ich mich, was für ein charakterloser Feigling ich war. Sie spürte es sofort.

»Du brauchst keine Sorge zu haben. Ich lasse dich schon in Ruhe, wenn du es willst«, sagte sie in einem Ton, der beruhigend hätte wirken sollen, aber traurig und resigniert klang. Unsere Bewegungen erlahmten, und wir blieben stumm aufeinander liegen.

Ich hatte Angst vor vielem, auch davor, mich ihr länger sexuell auszuliefern, mich immer wieder anzustecken mit dem tiefroten Blut ihrer Liebe. In den langen Jahren hatten sich die Grenzen zwischen meinem und ihrem Körper verwischt, so vertraut war er mir.

Mit fahrigen Händen begann ich, über ihre Arme zu streichen, ohne zu merken, dass es nicht mein Körper war. Ich will dich nicht verlieren, dachte ich.

Sie wurde hart wie ein Brett. Ich sah, dass sie an die Decke starrte. Sie schob meine lästigen Hände weg und sagte: »Geh von mir runter.«

Ich schob mich von ihr herunter, sie zog sich die Decke bis unter das Kinn. Vielleicht war sie wütend über sich selbst, mir im Laufe der Jahre all ihre schönen Kleinodien, all die Betrachtungen eines Mädchens, wunderhübsch verpackt, geschenkt zu haben, mir, der das, wie es sich langsam herausstellte, nicht verdient hatte. Hasste sie mich jetzt? Das Zimmer roch ein wenig nach uns, klein, wie es war, unachtsam, wie wir manchmal geworden waren, was das Waschen anging.

Ich wollte sie in dem engen Bett nicht berühren und drückte mich, mit dem Rücken zu ihr, an die Wand. Wir müssen Schluss machen, Laura, formulierte ich in Gedanken.

Als ich fast schon schlief, drückte sie sich an mich und umfasste meinen Penis, der sich eingeschrumpft in sich selbst zurückgezogen hatte. Es war eine Gewohnheit von ihr. Sie konnte so besser einschlafen. Ich rührte mich nicht. Ich dachte, sie würde von selbst merken, wie unangenehm es mir war. Als sie es nicht tat, nahm ich ihre Hand und schob sie weg. Ich konnte jetzt nicht mehr schlafen und war wütend, spürte einen Widerwillen gegen sie, den ich nie gehabt hatte. Ich merkte, wie sie sich aufrichtete und stumm über mir sitzen blieb, ein dunkler Koloss mit langen, braunen Haaren, die ihr übers Gesicht fielen.

Ihr Geruch unter der zurückgeschlagenen Decke drang zu mir herüber. Ich spürte die Tragik dahinter, die mit ihrer Weiblichkeit zu tun hatte. Sie strahlte etwas Erdgebundenes aus, eine unermessliche Ruhe, wie eine verlassene Statue auf einem Friedhof. Ich wusste, dass sie auf mich herabsah wie auf einen kleinen Jungen, das Kind, das wir Männer in den Augen der Frauen waren. Sie hatte die Macht, mich festzuhalten, das Durchhaltevermögen, viele Jahre auf mich zu warten, während ich Dummheiten machte, und mich dann irgendwann zurückzuholen in ihren Schoß, wenn ich, geschwächt, nicht mehr anders konnte. Sie wachte über mich mit dem reglosen Triumph einer Gorgonenkönigin. Sie liebte mich – und ich verabscheute diese Tatsache. Umgeben von der Schar der vielen Kinder, die wir nicht haben würden, thronte sie in der Nacht. Und zu meinem Erschrecken erkannte ich es zu spät. Viel früher hätte ich mich schon von ihr lösen müssen. Schon in der Kindheit. Nun wurde ich sie nicht mehr los. Ich stellte mir vor, wie sie auf einem immer größer werdenden Blutfleck saß. Plötzlich spürte ich ihre Hand sanft auf meiner Schulter und hörte, wie sie sagte: »Was hast du denn, Robert, hm?«

Ihre Stimme klang kindlich und ein wenig besorgt und hatte immer noch den vertrauten, zärtlichen Schmelz.

»Wir sind doch noch Freunde, oder?«, fügte sie leise und traurig hinzu. Sofort bereute ich, was ich gedacht hatte. Ich warf mich herum und klammerte mich an sie voller Angst. »Natürlich sind wir das!«, rief ich. »Was denkst du denn?«, und blickte mit aufgerissenen Augen zu ihr hoch.

»Ich dachte schon, du magst mich nicht mehr«, sagte sie behutsam.

Ich widerrief alles, was ich gedacht hatte, und begann zu weinen. Sie hielt mich und streichelte zärtlich meinen Kopf. Bald redete sie, wahrscheinlich um ihre Ängste zu bezwingen, mit einem monotonen Singsang auf mich ein, fast gebetsmühlenartig. Sie wisse, dass ich dächte, wir seien noch zu jung, sie wisse um meine

Probleme, mich zu binden, sie erwarte nichts von mir, ich müsse gar keine Angst haben, ich solle nur wissen, wie viel ihr daran liege, dass es mir gutging, sie wolle auf keinen Fall, dass ich etwas gegen meinen Willen täte … und so ging es und ging es weiter mit ihrem Selbstberuhigungs-Sermon, bis ich irgendwann einschlief.

Als ich aufwachte, war es vier Uhr und das Bett neben mir war leer. Ich wartete einen Moment, weil ich dachte, Laura sei aufs Klo gegangen. Dabei merkte ich, dass das Laken feucht war. Ich tastete nach dem Schalter und machte Licht. Ein großer Blutfleck, an den Rändern schon eingetrocknet, bedeckte das Laken. Es war tatsächlich geschehen, was ich mir in der Nacht vorgestellt hatte. Einen Moment war ich so geschockt, dass ich aufstand und mir die Jeans anzog. Das Haus war dunkel, die Haustür, wie meist im Frühjahr, geöffnet. In den Nächten war es noch bitterkalt. Ich ging hinaus und suchte ein paar Straßen der Siedlung ab. Ich rief nach ihr, leise genug, um die Nachbarn nicht zu wecken. Sie hätte mich hören müssen. Hier war sie nicht. Was machte sie? Wo war sie? Ich konnte die Situation nicht einschätzen, beschloss aber, mir nicht allzu große Sorgen zu machen. Ich hockte mich auf die Stufen vor dem Haus und rauchte eine Zigarette.

Dabei, als wäre er in dem Rauch enthalten, kam ein lange verschollener Geruch hoch, den es hier einmal gegeben hatte und der mich jetzt zu beunruhigen begann. Es war dieser Geruch von feuchtem Zement, der nach dem Mauern der Garage noch an meinen rauen Händen klebte und an den Rändern bereits einzutrocknen begann. Die Staubtrockenheit dieser Ränder hatte mir immer Gänsehaut verursacht, Kälteschauer den Rücken hinuntergejagt. Es war ein Geruch aus der Zeit, als Herr Werner noch lebte und wir glücklich, mit zum Horizont gerichteten Gesichtern, in der feuchten Sandkuhle standen, die sich unterhalb des Wasserhahns befand, unter dem wir uns vor dem Abendessen immer wuschen.

Es war der Geruch des späten Nachmittags, als sich die rötlichen Sonnenstrahlen vom Walberla her in langen Linien über die großen Felder der Westseite zogen, die unten, in der breiten Ebene der Regnitz hinter dem Abhang lagen, in aller Deutlichkeit sichtbar. Als wir aus purem Glück ums Haus zu rennen begannen und

Herr Werner uns zusah, voller Bewunderung und Stolz auf seine eigene Leistung und einer aus heutiger Perspektive beschämenden Zuversicht. Plötzlich hörte ich wieder das Klappern des Geschirrs aus der Küche, mit dem das Abendbrot eingeläutet wurde, und fühlte einen tiefen Schmerz und Kummer und eine Angst in mir, die mich zu betäuben drohte. Ich wusste, dass alles verloren war und nichts den Glanz der alten Zeit zurückzubringen vermochte, in deren sommerlicher Wärme wir uns einst so glücklich getummelt hatten. Die Zeiten waren fad und öde geworden, und ich spürte genau den scharfen Rand von Gefahr und Unglück, von dem J. einmal leise bei uns in Frankfurt am Abend in der dämmrigen Küche zu meinem Vater gesprochen hatte:

»O what can ail thee, knight-at-arms,
Alone and palely loitering?
The sedge is wither'd from the lake,
And no birds sing.«

Ich lief erneut die Straßen der Siedlung ab, um Laura zu suchen. Was war, wenn sie sich etwas angetan hatte?

Irgendwann hielt ich es nicht mehr aus und weckte Frau Werner, indem ich an die Schlafzimmertür klopfte. Es war noch immer stockfinster, und sie war ungehalten, als sie mit ihrer Schlafhaube erschien. Sie sah meine Hysterie und winkte sofort unwirsch ab.

»Habt ihr euch wieder gestritten?« Kopfschüttelnd verschwand sie im Schlafzimmer, um sich anzuziehen.

Ich wartete und folgte ihr dann nach draußen, wo sie mit lauter, kehliger Stimme nach Laura rief, den Garten durchquerte und wir sie schließlich zu meiner ungeheuren Erleichterung auf der Hollywoodschaukel fanden, schlafend.

Sie lag tatsächlich mit ihrem dünnen Nachthemd in der Eiseskälte, als wollte sie mir demonstrieren: Was ist diese Kälte schon gegen deine Kälte? Was kümmert es mich, ob ich erfriere, wenn du mich verstoßen hast? Siehst du, es macht mir gar nichts. Ich merke die Kälte nicht einmal. Mein Schicksal ist mir gleichgültig, wenn ich nicht mehr mit dir zusammen bin.

Ihr Gesicht war kindlich wie immer, wenn sie schlief. Frau Werner rüttelte sie kopfschüttelnd wach. »Komm, Laura! Was soll der Unsinn?«, rief sie. »Steh auf. Du erkältest dich ja!«

Als sie die Stimme ihrer Mutter hörte, setzte sie sich sofort auf. Sie rieb sich die Augen.

»So, ab ins Bett jetzt«, befahl die Mutter.

»Ja, Mama.« Laura schlich sich, der Lächerlichkeit preisgegeben, mit einem verstohlenen Seitenblick zu mir, hinein.

»Und du auch«, befahl die Alte.

Ich gehorchte sofort. In Momenten der Gefahr und der Krise war Frau Werner ein absoluter Fels in der Brandung. Niemand und nichts konnte ihr Angst machen. Gefühle wie Paranoia kannte sie nicht. Sie würde immer, egal in welcher Situation, unfehlbar das Richtige tun.

Man konnte sich hundert Prozent darauf verlassen. Als wir ins Bett krochen, hatte ich den Eindruck, wir stünden unter ihrer Patronage und müssten nur in ihrer Nähe bleiben, um glücklich zu sein.

Am Abend sprach ich sie darauf an und bedankte mich bei ihr, und sie hielt uns einen Vortrag. Sie erzählte von den ersten Wochen und Monaten, als sie allein hier oben zurechtkommen musste, weil Herr Werner auf Reisen war, um das Geld zusammenzubekommen, das sie so dringend brauchten. Mutterseelenallein war sie in diesem Haus hier oben auf der Anhöhe gewesen, das sich noch im Rohbau befand, damals im September, Oktober, November, als die ersten großen Regen heruntergingen und es kein Trinkwasser gab außer dem Kanister, der wöchentlich gebracht wurde – Wasser zum Waschen schöpfte man aus der Regentonne –, als es nur dieses eine Stromkabel gab, auf einer Kabeltrommel, die im Schlamm vor dem Haus stand, und als oft die Elektrizität ausfiel und sie mit Olaf im Bauch und der zweijährigen Tochter im Haus ganz allein in vollkommener Finsternis die Nächte verbrachte und auf jedes Geräusch am Haus hören musste, auf jeden knackenden Ast, auf kleinste Laute im Keller, von Mäusen verursacht oder von Insekten, die im kalten Nachtwind ans Fenster prallten. Wie schwer es ihr als junger Frau gefallen war, nach den schlaflos verbrachten Nächten die Nerven zu behalten, wenn es am frühen Morgen laut klopfte und immer wieder irgendein anderer fremder Mann an der Haustür stand, der behauptete, von der Gemeinde zu sein und fragte, ob er kurz hineinkommen könnte, um sich unterzustellen, weil es draußen so stark regnete. Wie sie alle Instinkte auf die Verteidigung ausgerichtet und dabei ein sehr gesundes Misstrauen entwickelt hatte. Langsam begriffen wir, dass sie uns erzählen wollte, wie irgendwann durch eiserne Disziplin und durch Gebet die mit Bangen erwartete Angst vor der Finsternis langsam verging und nicht mehr wiederkam und mit ihr auch die Einsamkeit verschwand. Sie hatte beide besiegt. Sie brachte Olaf allein zur Welt, während draußen die Schneeflocken tanzten, es war eine wunderbare Geburt – und sie konnte sich von nun an ganz dem Leben widmen.

»Was ich euch mit auf den Weg geben will«, sagte sie, »ist einfach nur, dass ihr keine verwöhnten Deppen werden sollt. Dass ihr gläubig seid und eure Versprechen haltet. Sonst gebt lieber keine. Das Leben ist nicht so schwer, wenn man nicht lügt und nicht betrügt und sich nicht am anderen bereichert. Ihr müsst nur die Zehn Gebote befolgen, und ihr werdet ein gutes Leben haben, egal, was passiert. Mehr ist es nicht. Was euch beide angeht, so solltet ihr euch genau überlegen, wie ihr miteinander verfahrt. Ihr hattet eine glückliche Kindheit zusammen. Macht sie euch nicht kaputt. Wenn ihr merkt, dass ihr zu weit gegangen seid, und diesen Eindruck habe ich manchmal, dann schaut, dass ihr eine Weile auseinandergeht. Ihr werdet dann irgendwann schon sehen, wie ihr wirklich zueinander steht.«

Mit diesen Worten entließ sie uns. Niemals vorher hatte sie sich zu diesem Thema geäußert, noch tat sie es danach je wieder.

17.

Schanz sprach kaum noch mit mir. Er nahm mir übel, dass ich ihn vernachlässigt hatte.

Unser gemeinsames Zimmer blieb immer häufiger nachts leer. Entweder er kam sehr spät, wenn ich schon schlief, oder er verschwand einfach und blieb tagelang weg.

Stets stieg er durch das offene Fenster ein und aus, die Maschine parkte er direkt davor. So konnte er allen aus dem Weg gehen. Er kam und ging, wann er wollte. Im Zwischenzeugnis hatte er nur Sechsen gehabt. Wenn eine Klassenarbeit ausgeteilt wurde, gab er sie im selben Moment kommentarlos zurück und verließ das Klassenzimmer.

Was er machte und wo er sich herumtrieb, wusste niemand so genau. Allerdings kursierten Gerüchte, dass er oft in Berlin war. Irgendjemandem gegenüber sollte er behauptet haben, er sei dort Inhaber einer Peepshow, aber wem er das erzählt hatte, wusste niemand.

Wenn er kam, legte er sich meist sofort hin und schlief durch. Am Abend, wenn ich aus dem Studiersaal zurückkehrte, stank dann bereits das ganze Zimmer nach seinen Ausdünstungen, und es war unmöglich, darin zu schlafen. Ich hielt den Atem an, packte meine Decke unter den Arm und suchte mir einen anderen Schlafplatz. Meist war er am Tag darauf beim Direktor. Jedes Mal dachte man, dass er diesmal hinausflog, aber nichts dergleichen geschah.

Grenzer, unser Erzieher, stand kopfschüttelnd vor der Zimmertür, wenn Schanz am Abend des darauffolgenden Tages immer noch in seiner schwarzen Ledermontur dalag und schnarchte wie ein Sägewerk. Schanz trug immer, auch während er schlief, die Spiegelglas-Sonnenbrille. Wenn er wach war, hatte er stets dicke Kopfhörer auf.

Eines Tages erwischte ich ihn. Ein kalter Schweißfilm bedeckte sein Gesicht. Er fühlte sich ertappt. Es war ihm peinlich, mich zu sehen.

»Hi, wie geht es dir, Alter?«, fragte ich.

Ich hatte ein schlechtes Gewissen und machte mir beiläufig an meinen Sachen zu schaffen, damit er nicht dachte, ich beobachtete ihn. Er murmelte etwas von Geschäften.

»Sorry, ich muss mich ablegen, Alter«, sagte er, »ich hab drei Nächte durchgemacht.«

Ich nickte verständnisvoll und sah zu, dass ich aus dem Zimmer kam.

Am nächsten Tag wurde er gegen zehn zum Direktor bestellt. Seine Jacke hatte er am Bettpfosten hängen lassen. Sie war so steif, dass sie seine Haltung, die des Gorillas, der vor Kraft nicht laufen konnte, exakt wiedergab.

Ich griff in eine der Taschen und fand Kassetten, auf die verschiedene Bandnamen gekritzelt waren. Es war eine Mädchenhandschrift. Bestimmt hatte irgendeine Punkerin sie für ihn zusammengestellt. Ich beneidete Schanz um seinen guten Lauf. Egal, wo er hinkam, egal, wie miserabel er aussah, die Mädchen hingen an ihm, offenbar sogar in Berlin.

Aber als Besitzer einer Peepshow konnte ich ihn mir wahrlich nicht vorstellen. Dazu war er zu faul und zu nachlässig. Was ihm nicht freiwillig in die Hände fiel, war nichts für ihn.

Die Schulglocke verkündete das Ende der Pause und riss mich aus meinen Gedanken.

Als ich zurück in den Unterricht kam, hatte sich bereits herumgesprochen, dass Schanz diesmal geflogen war.

Draußen im Flur unterhielten sich zwei Erzieher, die Schanz hassten und ihn am liebsten aus dem Bett gekippt hätten, denn er hatte sich einfach wieder hingelegt und weitergeschlafen. Ich musste lächeln. Schanz war alles egal. Außer dass man ihn in seinem Schönheitsschlaf störte. Und das wussten sie. Sie trauten sich nicht hinein, weil sie Angst hatten, dass die verletzte Bestie, einmal aus dem Schlaf gerissen, ihnen den Kopf abreißen würde.

Am frühen Nachmittag kam ich von der Schule zurück und hörte ich im Gang schon Mädchenstimmen. Es roch nach Duschgel. Schanz stand mit nacktem Oberkörper vor seinem Bett. Er war frisch geduscht und frottierte sich gerade die Haare.

Zwei Mädchen, beide blond, hockten auf dem Bett gegenüber und unterhielten sich.

Die eine war seine Freundin, die andere, die mir den Rücken zuwandte, glaubte ich an der Stimme zu erkennen.

Als sie sich umwandte, wusste ich, dass ich recht gehabt hatte. Es war Julia, von der Party in Nürnberg. Ich erkannte sie zwar sofort, brauchte aber einen Moment, um mich an das neue Image zu gewöhnen. In Nürnberg hatte sie einen auf *New Wave* gemacht. Jetzt sah sie viel bürgerlicher aus. Sie hatte schulterlange, platinblonde, unten leicht nach innen gewellte Haare, trug eine enge Bluse, die ihre Brüste betonte, und einen Faltenrock. Ich fand sie auf einmal viel hübscher.

»Ach, hallo«, sagte sie und tat, als wäre sie überrascht, mich zu sehen. »Wie geht's?«

»Ganz gut«, erwiderte ich. »Und selbst?«

»Ach ja, auch nicht schlecht.« Sie langte sich ins Haar und steckte eine Strähne hinter das Ohr zurück. Man hatte mir gesagt, das bedeute bei Frauen Verlegenheit.

Da mir nichts einfiel, wandte Julia sich wieder ihrer Freundin zu. Die beiden fingen an zu kichern.

Ich wandte mich an Schanz, der uns beobachtet hatte.

»Schöne Scheiße, dass sie dich rausgekickt haben.«

Schanz zuckte gelangweilt die Achseln. »Jetzt können sie sich den Sportplatz in den Arsch stecken, den ihnen mein Alter spendiert hätte.«

Julia lachte. »Als wenn es hier nicht schon genug Sportplätze geben würde«, sagte sie. Dabei warf sie mir einen lauernden Blick zu.

Ich wusste immer noch nicht, was ich sagen sollte. Wir würden ficken, das war ganz klar.

Diese Tatsache stand plötzlich wie eine Wand zwischen mir und meinem Gehirn und machte mich völlig debil.

Schanz' Freundin wandte sich an mich wie an ein Kind. Wir konnten wenig miteinander anfangen. Sie gehörte zu einer Spezies, die ich eben erst entdeckte – Menschen eben, die einen nicht interessierten; und die sich für einen genauso wenig interessierten.

Es lag an ihrem herben Gesicht und an ihrer Figur. Sie war mir einfach zu sehnig. Sie hatte Beine und Unterarme wie ich. Bestimmt passte sie gut auf ein Motorrad und auch gut auf Schanz.
»Hi, wie geht's? Na, freust du dich, uns zu sehen?«, fragte sie, um mir auf die Sprünge zu helfen.

Ich hatte noch nicht gelernt, mir mit einer Antwort souverän Zeit zu lassen und dabei lässig zu posieren. Ich lernte es nie. Stattdessen antwortete ich hastig: »Mhm, ich glaub schon.«

Julia blickte zu Boden. Die Haare fielen ihr ins Gesicht. Sie langweilte sich. Das war sexy.

Ich durfte es nicht verderben, wenn ich endlich zum Schuss kommen wollte.

»Wollen wir ins *Fackelmann* gehen?«, fragte Schanz trocken.

Ein dankbares »Au ja« machte die Runde.

Schanz zog sich finster den Rest seiner Kluft an. Ihm war das ganze Affentheater zu viel, aber seine Freundin hatte wahrscheinlich von ihm verlangt, dass er Julia den Gefallen tat, uns zusammenzubringen.

Er wandte sich zum Fenster, machte ein paar Kung-Fu-Schläge, um anzudeuten, dass er wieder gut drauf war und vor Unternehmungslust sprühte. Dann setzte er über das Fensterbrett und half den Mädchen von der anderen Seite herüber.

Ich beobachtete Julia, wie sie über das Fensterbrett stieg und dann hinuntersprang. Ihr Rock hob sich kurz. Sie warf mir einen Blick zu und lächelte mitleidig.

Der Anblick ihres Hinterns hatte mich mit einer solchen Wucht getroffen, dass mir die Spucke wegblieb. Was für den Bruchteil einer Sekunde unter ihrer schmalen Taille hervorgeblitzt hatte, in einen weißen Slip gepackt, war offenbar genau das, worauf ich »stand«. Das hatte ich noch nicht gewusst. Deshalb war ich so überrascht. Ich war kein Experte. Bisher hatte ich mir kaum Gedanken darüber gemacht, wie das Hinterteil einer Frau auszusehen hatte. Dieser Anblick allerdings kurierte mich von meiner Unschuld.

Ich begann zu spüren, wie gefährlich weibliche Reize sein konnten. Ich war nur kurz aus der Fassung geraten und fing mich gleich wieder. Allerdings war das Interesse, mich mit Julia zu unterhalten, um ein beträchtliches Maß gewachsen. Wir redeten auf dem Weg zum Café über sehr banale Dinge.

Sie wirkte eher gehemmt, ja nahezu schüchtern. Wahrscheinlich war ich in dem halben Jahr, in dem wir uns nicht gesehen hatten, zu einer riesigen Projektionsfläche für sie geworden.

Wenn sie ging, hatte sie keine gute Haltung. Das war mir schon beim ersten Treffen aufgefallen. Sie hielt den Kopf schuldbewusst gesenkt und ließ die Schultern nach vorn fallen.

Hatte sie ein schlechtes Gewissen? Sah sie lieber auf den Boden als in die Welt?

Ich bemerkte, dass sie auch gerne herumdruckste, statt zu sagen, was sie wollte. Vielleicht war sie ja, ähnlich wie ich, ein missgünstiger, selbstbezogener Charakter, der immer alles in Zweifel zog. Ihre Titten waren jedenfalls sehr hübsch, birnenförmig, die Brustwarzen leicht nach außen gestellt. Der warme Wind streichelte sie unter der dünnen Bluse.

Sie hielt ihr kleines, hartes Chanel-Täschchen eng an sich gepresst, als hätte sie Angst, man wolle es klauen. Wie die alten Weiber auf dem Spielplatz in der Kachelstraße. Wahrscheinlich hatte es für ihre Verhältnisse immens viel Geld gekostet und sie hatte es sich vom Munde abgespart. Ich überlegte, ob ich kurz innehalten sollte, um ihr sanft die Schultern nach hinten zu biegen, damit sie gerade ging. Sie sah mich misstrauisch von der Seite an.

In Wellen musste ich immer wieder an ihren Hintern denken.

Sie machte ganz kleine Schritte, obwohl der Faltenrock nicht zu eng war. Vielleicht trug sie sonst immer enge Sekretärinnenröcke und machte die kleinen Schritte bereits aus Gewohnheit. Wenn sie genauso ein Gewohnheitsmensch war wie ich, würden wir keine Schwierigkeiten miteinander haben.

Die Tasche hatte einen stabilen Henkel. Meine Großmutter hatte solche Handtaschen gehabt.

Vielleicht hatte sie sie ja von ihr geklaut, als ich schon schlief, hatte heimlich das halbe Schlafzimmer ausgeräumt. Bei dem Gedanken konnte ich mir ein Lächeln nicht verkneifen.

»Warum lachst du?«, fragte sie. Ihre Stimme bekam einen misstrauischen Ton.

»Einfach so.« Ich wurde langsam ungnädig, weil ihr nichts einfiel und ich es nicht nötig zu haben glaubte, selbst etwas beitragen zu müssen.

Immer wieder hakte sie nach, wenn ich etwas sagte. Die meisten ihrer Sätze begannen mit einem »Warum?«. Ich fühlte mich allmählich, als müsste ich mich ständig rechtfertigen.

Ich erzählte ihr zum Beispiel, dass mein Vater Schriftsteller war. Und sie fragte, welche Bücher er geschrieben habe und ob sie vielleicht welche kenne. Darauf musste ich antworten, dass es schon länger keine mehr von ihm gäbe, weil er im Moment Lektor sei.

Schon hatte ich das Gefühl, dass sie mich bei einer Halbwahrheit erwischt hatte. Sie konnte nichts dafür. Trotzdem nahm ich es ihr übel. Sie spürte meinen Unwillen und fühlte sich auf einmal überlegen. Ich hatte den Eindruck, sie amüsierte sich über mich.

»Meine Mutter ist jedenfalls Schriftstellerin.« Schon wieder rechtfertigte ich mich. »Sie schreibt jedes Jahr einen Roman, der dann auch erscheint«, sagte ich aggressiv, »ihre Bücher kannst du in der Buchhandlung kaufen, wenn du es genau wissen willst.«

Ich begann mich zu langweilen und versuchte, an ihren Hintern zu denken.

Wir gingen weiter. Sie wollte von mir wissen, was ich die ganze Zeit gemacht hatte. »Nichts«, ich machte eine hilflose Geste, »was soll ich gemacht haben?«

Sie stieß mich kumpelhaft mit dem Ellbogen in die Seite und lachte. »Na, irgendwas wirst du ja wohl gemacht haben?«

»Mhm«, sagte ich und schüttelte eitel den Kopf.

»Ach, komm.« Sie stieß mich wieder an.

Ich ließ mich herab, ihr in einer selbstverliebten Attitüde, in der ich schon geübt war, die langweiligsten Sachen zu erzählen. Sie war offenbar fasziniert. Dass sie meinen Narzissmus befriedigte, gefiel mir so, dass ich eine heftige Erektion bekam, die mich im Laufen einschränkte, da ich in einer sehr engen Hose eingeklemmt war.

»Ich kann keine Songs mehr schreiben, wegen der Scheißschule«, sagte ich abschließend, »das nervt mich am meisten.«

Bekümmert senkte ich den Kopf und zog die Stirn zu finsteren Falten zusammen, damit sie endlich einmal ein Genie – und obendrein noch so ein hübsches wie mich – leiden sehen konnte. Als sie einen Moment wegschaute, richtete ich hastig meine Erektion.

Sie stieg sofort auf das ein, was ich gesagt hatte. »Du Ärmster«, sagte sie zärtlich, »wann kommst du denn endlich nach Berlin?«

In diesem Satz lag so viel Sex, dass mir das gesamte Blut vom Kopf in die Lendengegend schoss.

»Bald«, sagte ich mit brüchiger Stimme.

Mein schöner Haarschopf, der so irre sexy aussah, fiel mir dabei in die Stirn. Sie ergriff die Gelegenheit und strich mir die Haare wieder nach hinten. Dabei gab sie mir einen flüchtigen Kuss auf den Mund. Dann nahm sie mich unter den Arm und zog mich zum Café Fackelmann.

Wir bestellten. Ich versuchte, mir Julia in Berlin vorzustellen, wie sie nächtelang ausging und sich herumtrieb. Vielleicht war Julia die einmalige Gelegenheit, endlich zu entkommen, die immer langwieriger werdende Geschichte mit Laura loszuwerden und dabei möglicherweise sogar Genuss und Vergessen zu finden.

Vielleicht sollte ich mich tatsächlich an sie dranhängen und nach Berlin gehen. Ich hatte schreckliche Angst davor zu merken, wie ich Laura weh tat. Aber wenn ich nicht mehr da war, würde ich es nicht mitbekommen. Schließlich war ich schon immer ein Weltmeister im Weglaufen und Verdrängen gewesen. Wieso sollte es diesmal nicht klappen?

Julia sah mich argwöhnisch an.

Ich versuchte zu lächeln.

»Ein Scheißpuff ist das hier«, rief Schanz humorvoll, »wo bleibt der Kaffee?«

Wir hatten immer eine gute Zeit hier gehabt, im Café Fackelmann. Wie oft hatten wir in einer Ecke gesessen, Schule geschwänzt und hübsche Mädchen beobachtet, die ihr Eis schleckten. Mich überkam ein melancholisches Gefühl. Ich sah Schanz an. Er hockte da wie immer. Morgen würde er nicht mehr hier sein, und unsere Wege würden sich trennen. Es war schade. Nach Mr Hardy und Herrn Werner war er der dritte Freund gewesen, den ich in meinem Leben hatte. Ein Fels in der Brandung, auf seine Art.

Er sah ebenfalls zu mir rüber. Wir zwinkerten uns zu. Alles war wieder gut. Er hatte mir verziehen, dass ich ein Fotzenknecht war.

Schanz fing bald hemmungslos zu knutschen an. Seine Freundin knetete im Reißverschlussbereich seiner Hose herum. Er flüsterte ihr Zeug ins Ohr, sie lachte dreckig und biss ihn mit ihrem großen Pferdegebiss in den Hals.

Ich beneidete ihn darum, dass er seine Freundin immer noch so scharf fand und so einen Spaß mit ihr hatte. Wie sie beide in der Sonne, im Gegenlicht glänzten, wurden sie eine Art Sinnbild für mich. Schanz konnte jemanden glücklich machen. Vielleicht gehörte er zu der Sorte Mann, von der man zu sagen pflegte, sie sei so selten geworden. Ich beneidete ihn. Warum schaffte ich es nicht, mich und Laura glücklich zu machen?

Ich hatte es satt, darüber nachzudenken. Daraus ließen sich keine guten Songs machen. Ich musste skrupellos sein, ich musste nach Berlin. Ich trank ein Glas Sekt.

»Was sind das denn eigentlich für Songtexte, die du schreibst?«, fragte Julia, als hätte sie meine Gedanken erraten.

»Die handeln alle vom Tod«, sagte ich, um es ihr ein für alle Mal einzubläuen, denn das hatte sie mich schon einmal gefragt.

Schanz stand auf und ging mit seiner Freundin irgendwo ficken. Wir bestellten noch zwei Gläser Sekt.

»Magst du da ein bisschen spazieren gehen?«, fragte Julia.

»Von mir aus.«

Wir gingen in den Schlosspark. Eigentlich war er mir heilig. Hier hatte ich Schopenhauer gelesen und begriffen, dass nichts mehr war, wenn wir nicht waren, dass es die Welt eigentlich gar nicht gab, sondern nur unseren Willen, der wiederum auf animalischen Instinkten basierte.

Diese abgefuckte Weltsicht gefiel mir, seit ich vorübergehend nicht mehr an Gott glaubte. Sie passte sowohl zu meinem wilden Haarschnitt wie zu meinem grenzenlosen Egoismus, den ich mittlerweile offen zugab. Zu diesen animalischen Instinkten gehörte auch die Sexualität.

Und das ließ mich Julia nun, als wir den Schlosspark betraten, sehr deutlich spüren.

Im Park wirkte sie auf einmal viel hübscher. Ihr Stirnrunzeln, hervorgerufen durch die angestrengten Versuche, mich auszufragen, war weg. Das Gesicht war glatt, die Gesten ruhig und nicht mehr so fahrig. Da es bereits dunkler wurde, wirkten ihre Augen und Pupillen größer. Sie war schon sehr sinnlich.

»Das ist aber ein sehr schöner Park«, sagte sie, als wir über das Wasser des Teichs blickten.

»Mhm«, sagte ich, ungeschult, wie ich war. Ich wurde nervös. Mir fiel nicht ein, wie ich uns in die Situation bringen konnte, uns zu küssen. Irgendwann sah sie besorgt auf ihre zierliche Uhr.

»Ich muss los«, rief sie erschrocken und sah mich an. »Besuch mich bald, ja?«

Ich versprach es ihr. Sie gab mir einen flüchtigen Kuss auf den Mund und lief davon.

18.

Ich mied Laura. Ich ging weiter brav in die Schule. Ich wollte die Entscheidung noch ein wenig vertagen, ob ich ein *Outlaw* werden oder der brave Musterschüler bleiben wollte, der mir offenbar so gut zu Gesicht stand. In jener Zeit trug ich als Einziger weiße Hemden, eine schmale, schwarze Krawatte und zwei Anzüge aus den Sechzigern, die ich von meinem Vater geerbt hatte. Ein Schneider hatte die Ärmel und Beine etwas verlängert – und nun saßen sie perfekt. Das Outfit wurde stilprägend in der Schule. Die meisten machten sich lustig, aber die wenigen, die ebenfalls Bücher lasen und snobistisch veranlagt waren, kopierten mich nach und nach. Ich war selbstbewusster geworden. Meine guten Noten kehrten zurück. Ich schrieb eine ungewöhnliche Arbeit über Kafkas *Ein Landarzt* – einen Essay von genau gleicher Zeilenlänge wie das Original, abgefasst in einer ähnlichen, metaphorischsymbolischen Sprache. Sie wurde prämiert und in den Aushang vor dem Lehrerzimmer gehängt.

Wenn ich die Hausaufgaben gemacht hatte, übte ich auf meiner E-Gitarre mit leise gestelltem Verstärker und sang Gedichte von George, die ich umgeschrieben hatte: »O greller Panzer früher Insekten, pechgelb im schwarzen Sonnenrot. Fieberträume in langen Nächten, schwarze Gestirne und früher Tod« und ähnlicher Blödsinn.

Ich wurde extrem überheblich. Nick Cave war mein Vorbild, seit ich in Berlin gewesen war.

Ja, ich war dort gewesen, für ein Wochenende. Aber ich hatte mich dann entschieden, niemanden zu sehen. Ich wollte die Zeit für mich genießen, wollte mich weder mit der Gegenwart von Schanz noch mit einer Affäre beschmutzen. Ich wollte allein sein und meinen Status als Künstler auskosten. Ich wollte Nick Cave sehen und durch die Nächte gehen. Ich ging ins Kino und lief danach stundenlang durch die Straßen. Ich schlief in einer kleinen Absteige direkt am Zoo. Ich fuhr pünktlich zurück. Ich nahm mir vor, einen Einserschnitt im Abitur zu schaffen.

Wenn Laura den schüchternen Versuch unternahm, mich zu sehen, redete ich mich damit heraus, lernen zu müssen. Einmal rief Julia an. Ich wurde vom Erzieher aus dem Studiersaal geholt. Mit einer vor Misstrauen und Verlegenheit schnarrenden Stimme versuchte sie inquisitorisch herauszufinden, was mich davon abgehalten hatte, sie zu besuchen. Ich wand mich verlegen. Sie quengelte mit kindlicher Stimme herum, bat und bettelte, ich solle endlich kommen. Mein Unterleib reagierte. Wir machten Telefonsex. Sie schmiss immer wieder eine Mark nach. Ich fragte sie, was sie anhatte, was sie darunter anhatte … Sie stieg sofort darauf ein. Es ging vom Hundertsten ins Tausendste. Am Ende holte ich mir, den Hörer am Ohr, in der offenen Telefonzelle im Gang einen runter.

Wenn ich nach Stein fuhr, stieg ich bei den Großeltern ab. Ich achtete darauf, dass niemand mich kommen sah, und schlich mich heimlich hinaus wie ein Dieb, damit die Werners nicht mitbekamen, dass ich da war. Manchmal sah ich Laura das Haus verlassen, aber es ließ mich kalt. Ich stellte fest, dass sie nicht zu uns herübersah. Wahrscheinlich hatte sie mich auch längst vergessen.

Eines Tages, als ich auf dem Weg in die Turnhalle war, um mit dem Sportlehrer zu reden, strömte eine Mädchenklasse vor mir in eines der Klassenzimmer. Ich wollte mit dem Sportlehrer reden, damit er mir keine Sechs gab. Noch erwog ich das Für und Wider einer Sechs in Sport und war unschlüssig, ob ich wirklich mit ihm reden sollte oder nicht. Irgendwie würde sich eine Sechs in Sport ganz gut machen, wenn man sonst überall Einsen hätte. Es würde dem Ganzen eine besondere Note geben, wie ein teures, etwas perverses Parfum. Zu meiner altmodischen Erscheinung würde es passen. Kafka hatte bestimmt auch keine Eins in Sport gehabt. Es wäre wie ein Häufchen Kaviar, das man auf eine weiße Tischdecke schmiert. Es würde den allgemeinen Notendurchschnitt nicht runterziehen, da Sport bei mir nicht angerechnet wurde. Allerdings durfte es nicht geschehen, dass er mir eine Fünf gab. Eine Fünf würde das Gesamtbild verderben, und liberal, wie sie in diesen Zeiten waren, konnte es passieren, dass mir dieser gute Mann eine Fünf gab. Ich musste also doch mit ihm reden. Ungewiss, ob ich die Sache dem Schicksal überlassen sollte oder nicht, war ich stehen geblieben und ließ die Mädchen hinein. Als die Sicht auf den Gang wieder frei wurde, sah ich Laura, die wenige Schritte von mir entfernt ebenfalls stehen geblieben war. Sie hatte mich schon vorher gesehen, wie ich, tief in Gedanken versunken, vor mich hingegangen war, und hatte gewartet. Nun stand sie, auf die ihr eigene, filigrane Weise, in ihrer ganzen Grazie, die langen, schlanken Arme ein wenig von sich gespreizt, in vorsichtiger Anmut vor mir und strahlte mich an. Es war so vorbehaltlos und hatte eine solche Unschuld, als wäre nie etwas geschehen.

»Na, Robert«, sagte sie zärtlich.

Ich kam langsam auf sie zu und berührte mit meinen Händen ihre Fingerspitzen.

»Na, Laura?«, sagte ich leise.

Ich merkte, wie ich feuchte Augen bekam. Alle Vorsätze, sie nicht mehr zu sehen, waren vergessen. Es fiel mir wie Schuppen von den Augen: Sie war die *»One and Only«* für mich. »Was machst du denn hier?«, fragte sie.

Ich machte eine wegwerfende Bewegung. »Nichts Wichtiges.«

»Wollen wir ein Stück spazieren gehen?«, fragte sie.

Ich zögerte. Sie merkte es sofort.

»Musst du nicht in den Unterricht?«, fragte ich. Sie nickte.

Wir blieben einen Moment ratlos stehen.

»Ich geh dann mal rein«, sagte sie.

Sie verschwand im Klassenzimmer. Ich hielt die Tür, bevor sie zuging und öffnete sie noch einmal. Sie blieb stehen und sah mich an.

»Mach's gut, Laura«, sagte ich.

»Mach's gut«, sagte sie.

Ich schloss die Tür und ließ schnell die Klinke los. Kurz blieb ich stehen und sammelte mich. Dann marschierte ich Richtung Turnhalle, um das Intermezzo schnell zu vergessen. Bedauerlicherweise muss ich meine Erfahrungen machen, sagte ich zu mir, und das muss ich leider allein tun. Da kann ich niemanden brauchen. Nicht einmal dich.

Als ich von der Turnhalle zurückkam – mit dem Wissen, dass ich eine Sechs bekommen würde –, hörte ich eines der Mädchen ein Gedicht rezitieren. Ich blieb an der Tür stehen, während es mit kalter, klarer Stimme sprach:

»Es kommen härtere Tage.
Die auf Widerruf gestundete Zeit
wird sichtbar am Horizont.
Bald mußt du den Schuh schnüren
und die Hunde zurückjagen in die Marschhöfe.
Denn die Eingeweide der Fische
sind kalt geworden im Wind.
Ärmlich brennt das Licht der Lupinen.
Dein Blick spurt im Nebel:
die auf Widerruf gestundete Zeit
wird sichtbar am Horizont.«

Erschüttert von der unerbittlichen Klarheit dieses prophetischen, atonalen Gesangs und der hellen Kälte der Sirenenstimme, blieb ich im Schweigen, das darauf im Klassenzimmer hinter der Tür einsetzte, stehen. Genauso war es. Das war das Credo: »Bald mußt du den Schuh schnüren.« Plötzlich wurde die Tür aufgerissen. Ich sah Lauras tränenüberströmtes Gesicht. Tieferschrocken über den Anblick trat ich zurück. Sie lief davon. Die Mädchen an ihren Klassenbänken sahen mich an. Die Lehrerin lief hinter Laura her. Es war die junge, rothaarige, liberale, die den Deutsch-Leistungskurs übernommen hatte. Ihre dichten Locken umrahmten ihr helles Gesicht mit den Sommersprossen. Sie lief Laura hinterher und rief ihren Namen. Ich war zu perplex, um zu reagieren.

Am frühen Nachmittag fuhr ich nach Stein. Wie zum Hohn sah ich Olaf auf seiner Kutsche Getränke ausfahren. Er trug eine Polizeimütze auf dem Kopf und eine Lederjacke und sah aus wie ein Lederschwuler. Er war fünfzehn, aufgeschwemmt, picklig und ungeheuer sinnlich. Es war fast widerwärtig, so früh hatte er sich entwickelt. Etwas war ganz und gar außer Kontrolle geraten. Wie eine fleischfressende Pflanze, dachte ich. Als ich näher kam und ihn fragte, wie es Laura ging, sagte er bösartig: »Woher soll ich das wissen?«

»Aber ihr wohnt doch zusammen. Du wirst doch wohl wissen, wie es ihr geht«, gab ich kleinlaut zurück.

»Geh doch zu ihr und frag sie selbst. Da drüben wohnt sie«, rief er höhnisch, legte den Gang ein und tuckerte davon.

Ich blieb zwischen unseren beiden Häusern stehen, an dem Punkt, wo sich die frühen Linien der Schotterpiste und des Trampelpfads zu ihr gekreuzt hatten. Durch den Asphalt hindurch konnte ich diese alten Linien spüren. Ich sah hinüber zu dem Haus, dessen verwaister Vorplatz mit dem Eingang und der Garage im gleißenden Sonnenlicht lag. Stoisch machte ich kehrt und fuhr nach Grünthal zurück.

Am Abend spielte ich Basketball in der Turnhalle. Ich drosch auf den Ball ein, warf mich gegen die Mitspieler und schrie: »Pogo! Pogo!«

Am Ende bekam ich ein paar auf die Fresse. Meine Unterlippe sprang auf. Mehr war es nicht. Der Junge, der mich geschlagen hatte, ein Sportler, kannte mich nicht. Ich hatte noch nie in meinem Leben Basketball gespielt. Wenig später packte ich meinen Koffer und flüchtete nach Berlin.

19.

Wie unglücklich Laura in den Wochen, in denen ich verschwunden war, wirklich gewesen ist, erfuhr ich erst später. In der Nacht, als ich das erste Mal mit Julia schlief, träumte sie, dass ich mit einer blonden Frau heftigen, intensiven Sex hatte. Da sie nicht damit klarkam und sicher war, dass es tatsächlich im gleichen Moment geschah, aber nicht wusste, wie sie mich erreichen konnte, lief sie in ihrer Verzweiflung mitten in der Nacht zu meiner Großmutter hinüber, klopfte ans Fenster und flehte sie an, ihr eine Telefonnummer zu geben, sie müsse mich unbedingt anrufen.

Meine Großmutter versuchte das verwirrte Mädchen zu beruhigen, nachdem sie ihr erklärt hatte, dass sie auch nicht wisse, wo ich sei, aber sie hörte gar nicht zu, sondern rief immer wieder: »Bitte, Frau Freytag, so helfen Sie mir doch!«

Als meine Großmutter herauskam, lag sie auf den Knien und schluchzte. Elli kniete sich zu ihr, streichelte ihren Kopf und hörte das Mädchen, das sich jetzt an sie klammerte, immer wieder sagen, dass sie mich nicht verlieren wolle.

Irgendwann hatte sie es geschafft, Laura ein wenig zu beruhigen, und brachte sie zu dem dunklen Haus, wo alle schliefen, zurück. Laura versprach, auch zu schlafen.

Am nächsten Tag fand Frau Werner das Zimmer abgesperrt.

Ihre Tochter gab, obwohl sie immer lauter rief, keinen Mucks von sich. Da man sie vom Fenster aus, der Vorhang war zugezogen, nicht sehen konnte, brach Frau Werner mit Olaf die Tür auf. Sie schickte ihn sofort weg, um mit Laura ungestört zu sein, und ging hinein. Laura hatte sich mit einer Schere das Haar abgeschnitten und lag nackt und vollkommen reglos auf dem Bauch, das Gesicht abgewandt, in ihrem Bett. Die Haarsträhnen waren über Laken und Boden verteilt, daneben die zerfetzten Fotos, die von uns im Laufe der Jahre gemacht worden waren.

Als Frau Werner sie anrührte, stieß sie einen kurzen, gequälten Schrei aus.

Frau Werner wusste einen Moment nicht, was sie tun sollte. Deshalb holte sie ein Laken aus einer Schublade und deckte es über ihre Tochter, die sicherlich frieren musste. Laura schlug um sich und riss das Laken weg.

Das Verhalten ihrer Tochter konnte Frau Werner nicht davon abhalten, sich zu ihr zu setzen.

Dabei faltete sie die Hände in alter Gewohnheit, wie sie es öfter tat, um sich zu besinnen.

Laura fuhr herum und schrie: »Du darfst hier nicht beten, Mama! Du darfst hier nicht beten!« Sie war offenbar völlig hysterisch. Mit den Händen drückte sie gegen den Rücken ihrer Mutter und drängte sie vom Bett.

»Lass mich in Ruhe, Mama! Lass mich endlich in Ruhe!«, schrie sie schluchzend und lief aus dem Zimmer.

Sie sperrte sich unten im Hobbyraum ein und vergrub sich in dem Berg von Decken an dem kleinen, vergitterten Fenster, das auf die Möhrenbeete hinauszeigte.

In der Nacht darauf verschlimmerten sich ihre Träume. Die blonde Frau, die mich verführte und die so sanft und verlockend dalag und lächelte, hatte einen kalten Blick voller Hohn.

Aber das war es nicht. Das wirklich Erschreckende waren ihre Schamlippen, die man plötzlich sah, als sie bereit war, mich zu empfangen, und lasziv ihre Beine öffnete.

Am Anfang noch in ihrem Schoß zusammengefaltet, öffneten sie sich auf einmal unter ihr, und es stellte sich heraus, dass sie riesig waren, vor Feuchtigkeit glitschig, eine immense silbrigglänzende, faszinierende Schleppe, ein Inbegriff weiblicher Wollust und Schönheit, mit der sich dieses phantastische Geschöpf, diese dämonische Meerjungfrau schmückte wie zu einer Hochzeit, während sie mich mit dem Finger zu sich lockte und immer süßer lächelte.

Als sie sah, wie ich, unschuldig wie ein Kind, auf diesen Zauber hereinfiel und mein Geschlecht sich aufrichtete, schrie Laura in ihrem Traum, um mich zu warnen.

Da sprang das Weib auf und holte mit einem tödlichen Schlag nach ihr aus. Im selben Moment wachte Laura schweißgebadet auf.

Es herrschte eine schreckliche Klarheit in ihr in dieser Nacht. Sie interpretierte den Traum als Symbol für eine ewige Vereinigung durch das Fleisch, die ich mit der Verderbnis eingegangen war. Es würde unweigerlich in unser beider Unglück führen.

Die blonde Frau nahm ihr die Hochzeit mit mir, von der sie schon als kleines Mädchen geträumt hatte, nun für immer weg. Und es geschah vielleicht in diesem Moment.

Das Band unserer Seelen, die eines Tages zusammen in den Himmel kämen – darüber hatten wir immer gesprochen –, wurde zerrissen durch einen niedrigen und brutalen Akt, während sie ohnmächtig auf dem Rücken lag und sich nicht mehr bewegen konnte, während die Kälte des Universums, das sich als leer erwiesen hatte, von oben in sie hineinkroch, durch ihre Körperöffnungen, ihre weitgespreizten, weit von sich gestreckten Beine (sie lag wie ein Frosch auf dem Rücken), ihre Achselhöhlen, die Poren ihrer Haut und ihren ausgetrockneten Rachen, aus dem immer wieder leise, wimmernde Laute kamen.

Sie lag da und spann den Akt der Gefräßigkeit, in der ein weiblicher Dämon das Männchen genussvoll verschlang, weiter fort. Sie zwang sich dazu, ihn zu Ende zu denken, bis sie kalt genug wäre, dass er sie nicht mehr berührte.

Sie sah das mit Brillanten besetzte Innere der kostbaren Schamlippen der Dämonenfrau langsam über meinen Penis gleiten wie ein Reptil, während sie mich anstarrte, um mich mit ihrem wollüstigen Blick zu hypnotisieren, damit ich dachte, dass ich in Wollust versank, während sie mich langsam verschlang und hinabzog in das Dunkel ihres Reichs.

Das war sehr hysterisch gedacht, äußerlich war Laura aber absolut ruhig. Wie ein Kaltblüter lag sie die nächsten Stunden vollkommen reglos da. Nur die Spitze ihres Pulses klopfte ab und zu an den verschiedenen Stellen unter der Haut. Die Eifersucht, die sie in jenen Nächten gepeinigt hatte, ließ nach, und ein fatales Gefühl, das sie bisher nicht gekannt hatte, ergriff von ihr Besitz. Alles war verloren, alles war nun vorbei. Das Leben hatte keinen Sinn mehr. Alles war egal.

Irgendwann erlaubte sie ihrer Mutter, ihr Suppe zu bringen und sie dabei zu überwachen, wie sie sie trank. Kurz darauf war sie wieder auf den Beinen.

Sie setzte sich an den Küchentisch, trank ein paar Gläser Wasser und kramte in ihren Hausaufgaben. Frau Werner war erleichtert und ließ sie in Ruhe. Sie war froh, ihre Tochter zurückzuhaben, und hatte Angst, heftige Reaktionen zu provozieren, die sie wieder zurückwerfen könnten. Argwöhnisch betrachtete ihre Mutter jede Veränderung in ihrem Umkreis. Dass ich zurückkäme und wieder Unruhe hereinbrächte, war ihre größte Besorgnis. Was sie anging, hätte ich für alle Zeiten wegbleiben können.

Sie fragte nicht einmal nach, wann Laura wieder in die Schule gehen wollte. Sie tat, wie immer, genau das Richtige und hielt sich vollkommen zurück. Irgendwann schnitt die Tochter sich die Haare ganz kurz, färbte sie dunkelviolett, malte sich die Lippen knallrot an, nahm ihre Schultasche und ging. Wenig später entsorgte sie den alten Kassettenrekorder, verbannte ihn in den hintersten Teil in der Garage und besorgte sich einen neuen Dual-Plattenspieler mit richtigen Boxen. In dieser Zeit fing sie an, die Sex Pistols zu hören, sich ein Punker-Outfit zuzulegen und mit Rod auszugehen. Die beiden fuhren ab und zu mit seinem Wagen nach München und gingen dort auf Konzerte. Ein paar Mal schliefen sie miteinander. So vergingen die Wochen und Monate.

20.

Julia hatte ein Liebesnest für uns gemietet, eine Eineinhalb-Zimmer-Wohnung mit Außentoilette im zweiten Hinterhof in Schöneberg. Sie hatte sie extra eingerichtet, mit einem Bett und einem Strauß schwarzer Tulpen auf einem Schreibtisch, der dafür gedacht war, dass ich daran meine morbiden Songtexte schrieb. Allerdings stützte sie sich im Augenblick lieber mit dem Rücken zu mir auf den Schreibtisch und wollte genommen werden, von hinten, wie sie es sich schon die ganze Zeit vorgestellt hatte.

»Bitte, bitte ...«, wimmerte sie dauernd, weil ich noch etwas zögerlich war. Alles war ungeheuer nass da unten und überforderte mich. Es war ungewohnt, ein fremder Körper.

Ihr Gesäß wirkte riesig. Es war rosa und weiß gescheckt, je nach Durchblutung an den einzelnen Stellen, und durchaus mit einem Mastschweinchen vergleichbar. Darunter lief die Flüssigkeit heraus. Es zermürbte mich, ich war völlig erschöpft. Ich versuchte ihr zu erklären, dass wir es vielleicht im Liegen machen sollten, es langsamer angehen, aber sie war aus irgendeinem Grund, den ich auch nicht begriff, auf diesem autosuggestiven Egotrip gelandet, der sie vollkommen zu erregen schien. Meine Erektion ließ, obwohl ich kein Gefühl in ihr hatte, nicht nach, wahrscheinlich wegen der Pillen, die wir im Taxi geschmissen hatten, von denen ich wiederum nicht genau wusste, was es war. Ich hatte nicht nachgefragt, ich hatte sie einfach genommen, wahrscheinlich war es eine Mischung aus Amphetaminen und sonst irgendeinem Scheiß. Wir waren ewig im Taxi herumgecruist und hatten Wodka getrunken. Es war ein erhebendes Gefühl, durch diese pechschwarzen, regennassen Straßen zu fahren und die Neonreklamen über den Clubs zu sehen, in denen wir kurze Zwischenstopps einlegten, um ein paar Gläser zu trinken.

Mir wurde übel. Der Geschlechtsakt zehrte an meinen Nerven. Mein Phallus war gefühllos und taub und trieb in den glitschigen

Schleimhäuten da unten herum. Mein Kopf war ausgetrocknet, ich hatte das Gefühl, er würde langsam verschrumpeln.

Und dann hörte ich wieder: »Bitte, bitte ...« Sie flötete es, weil sie merkte, dass etwas nicht stimmte, doch sie war Egoistin genug, einzufordern, was sie sich die ganze Zeit vorgestellt hatte. Ich versuchte, mich im Spiegel zu betrachten, den sie an der Wand aufgehängt hatte, aber ich hatte die Brille abgenommen und sie war nicht in Reichweite. Ich hatte keine Lust, dass mein Kopf wegen irgendwelcher Tabletten schrumpfte.

Irgendwann reichte es mir. Ich löste mich von ihr, spazierte auf den Balkon und kotzte hinunter. Das war der Anfang unserer *liaison dangereuse*.

Als ich zurückkam, war ich klapperdürr. Ich sah es im Spiegel. Sie lachte. Sie hatte es mir nicht übelgenommen. Als ich einschlief, betrachtete sie mich mit einem gefräßigen Blick. Plötzlich kam mir ihr üppiger Körper wieder begehrenswert vor, ich richtete mich aus meinem Halbschlaf auf und nahm sie in der Missionarsstellung. Dabei musste ich an die Worte meines Vaters denken: »Das Einzige, was wirklich zählt, ist die Missionarsstellung. Verlass dich darauf, mein Sohn. Alles andere ist Quatsch. Als Mann hat man letztlich einfach oben zu liegen.« Ich habe diesen segensreichen Tipp weiß Gott nicht immer berücksichtigt, aber am Anfang meiner Karriere hat er mir zumindest das Entree oft erleichtert.

Längst holte ich sie von der Peepshow ab. Sie hasste und verachtete die Freier, diese widerlichen, geilen, alten Knacker, diese »Dreckschwänze«, die ihre Frauen betrogen.

Sie wollte nicht, dass ich sie »auf der Arbeit« besuchte. Ich musste draußen auf sie warten. Dafür, dass sie die Freier so hasste, hatte sie immer ziemlich viel Geld in den Taschen. Es war offenbar ein zweischneidiges Schwert. Ihre bürgerliche Fassade, auf die sie so großen Wert legte, lebte von dem Geld, das sie damit verdiente, Schwänze zu lutschen. Die Möglichkeit, im KaDeWe einkaufen zu gehen, hätte sie sonst nicht gehabt. Und mich hätte sie auch nicht aushalten können.

Sie liebte den Luxus. Teure Wäsche, Parfums, vor allem Unterwäsche. Sie war das »Strapsmodell« in der Show, die »Blondine mit dem Rubenskörper«. Sie liebte teuren Cognac, wie meine Großmutter Mechthild. Überhaupt war sie ihr ähnlich. Sie schenkte mir ein Parfum namens »Pascha«. Ich nahm es, obwohl ich das Gefühl hatte, dass der Name irgendwie nicht zu mir passte. Unter einem Pascha stellte ich mir eher einen massigen Typen mit einem buschigen Schnauzbart vor. Der Name barg Relikte eines atavistischen Beschützerinstinkts, den sie offenbar von mir einforderte, den ich aber wohl kaum hätte aufbringen können, wenn es darauf angekommen wäre.

Sie kleidete mich im KaDeWe ein, genau wie meine Großmutter Mechthild. Oft hatte sie vierhundert Mark und mehr verdient, was damals viel Geld war.

Eines Tages ging ich dann doch in die Peepshow hinein, weil mich interessierte, was sie da machte. Es war noch viel zu früh, um sie abzuholen. Sie rechnete also nicht mit mir.

Es hieß, Julia arbeite gerade. Ich ging in eine der Kabinen und warf Geld ein. Einen Moment glaubte ich meinen Augen nicht zu trauen. Das Gesicht abgewandt, von den langen, platinblonden Strähnen ihrer Haare bedeckt, wälzte sie sich regelrecht auf dem flauschigen, rosafarbenen Teppich, voller Wollust. Es war nichts Mechanisches darin. Der Tanz galt nicht dem zahlenden Publikum. Sie selbst genoss sich in vollen Zügen mit einer Sinnlichkeit, die unglaublich war, ein Schock. Sie bedeckte das rosa Satinkissen mit wilden Küssen und umarmte es, ließ ihre Perlenkette durch Mund und Hände gleiten, hob ihren Hintern immer wieder sanft und langsam an, damit man alles sehen konnte, und begab sich anschließend auf die Knie. Mit weitgespreizten Oberschenkeln saß sie da und schaukelte ihre Brüste. Dabei lachte sie amüsiert, kicherte vor Vergnügen, wie sie es immer tat, wenn sie sich in einer Ecke des Zimmers auszog und ich mich in der anderen und sie schließlich meine Erregung sah.

Sie konnte die Freier nicht sehen, die hinter den Scheiben lauerten. Aber offensichtlich stimulierte sie ihr Auftritt vor diesen gesichtslosen Unbekannten sehr.

Ich war wirklich schockiert darüber, wie sie sich vor diesen fremden Männern gehenließ, so abfällig, wie sie immer über ihren Job sprach.

Als ich sie zur Rede stellte, behauptete sie, sie hätte dabei die ganze Zeit an mich gedacht. Dann ging sie zum Gegenangriff über und fragte mich, was ich dort überhaupt zu suchen gehabt hätte. Ich wollte das nicht so hinnehmen. Ich war wütend. Nun hatte sie es endlich geschafft. Der Auftritt vor der anonymen Masse der Freier hatte mich süchtig gemacht. Und das ärgerte mich sehr. Dass sie das Objekt einer allgemeinen Begierde war, gab ihr Macht über mich. So einfach funktionierten die Dinge im Showbusiness.

Ich war jetzt schon ein paar Wochen hier und hatte mich an einen primitiven Lebensrhythmus gewöhnt. Die Nächte verbrachten wir meist zusammen und fickten. An den Tagen schlief ich bis weit in den Mittag hinein. Gegen Nachmittag versuchte ich ein paar Zeilen zu schreiben. Allein der Versuch war total lächerlich. Ich war vollkommen leer. Das Einzige, wozu man den Tisch brauchen konnte, habe ich bereits erzählt.

Es war wie Hohn. Ich hatte mir vorgenommen, Berlin zu entdecken, aber ich entdeckte eigentlich nur ihren Körper. Als wäre ich darauf programmiert. Wie ein dressierter Hund wartete ich in diesem Loch, dass sie kam, dass ich in ihr kam, dass wir zusammen kamen. »Bitte, bitte, bitte, bitte, oh ja, ja, hör nicht auf.« Und so weiter.

Dabei bedienten wir uns der Raki-Vorräte beim Türken im Vorderhaus und schmissen Captagon. Manchmal bekamen wir ungesunde Hallus davon, in kranken DDR-Farben, türkis, lila, hellrosa Fäden durchzogen die Decken, die über uns aufgebauscht waren, wenn wir endlich versuchten zu schlafen. Sie verwandelten sich in ein Gewusel aus flitzenden, kleinen Spinnen in eben jenen Farben.

Lange war ich nicht mehr in Stein gewesen. Die Schule würde ich wohl abbrechen müssen.

War dies die Endstation? Ich hatte oft Katzenjammer. War das jetzt mein neues Zuhause, diese Eineinhalb-Zimmer-Wohnung mit Außenklo für 90 DM, in der mir nichts einfiel?

Wir gingen kaum noch aus. Gelegentlich begleitete ich sie zur Rushhour ins KaDeWe.

Wir aßen in der Feinschmeckerabteilung Krabbencocktails, und danach fickte ich ihr das Gehirn raus. Sie sparte für einen Laden, den sie irgendwann einmal aufmachen wollte, um Milchshakes und Fruchtsäfte zu verkaufen. Ein wirklich bitterböser Kleinbürgertraum. Ich lachte mich scheckig darüber, als sie ihn mir erzählte, lachte, bis ich vom Bett fiel, wälzte mich am Boden, bis mir vor Lachen die Rippen weh taten, und blieb schließlich im Dreck liegen, der sich seit Wochen angesammelt hatte. Wenn mein Schwanz wieder bereit war, beschmierte ich ihn mit Butter, salzte ihn, klemmte ihn zwischen zwei Brötchenhälften und hielt ihn ihr hin.

Ich bin ein Morgenmuffel. Das ist schon immer so gewesen. Ich erklärte es ihr, denn sie wollte mich immer ficken, sobald ich nur die Augen aufschlug. Deswegen gab es oft Krach.

Sie ließ es sich zwar nicht anmerken, aber sie fühlte sich immer ein bisschen überlegen, weil ich sie am Morgen nicht befriedigen konnte. Ich war eben nicht ganz perfekt. Sie sah darüber hinweg, dass sie unverrichteter Dinge gehen musste, mit der Lust, die sich bereits wieder in ihrem Schoß regte. Dann eben nicht, gab sie mir achselzuckend zu verstehen.

Seit ihrem Auftritt in der Peepshow wusste ich: Es gab für sie andere Möglichkeiten, ihre Lust zu stillen. Sie konnte sich jetzt stundenlang vor den anonymen Freiern räkeln.

Ich schleuderte ihr Sachen hinterher, wenn sie ging. Manchmal lief ich ihr auf die Straße nach, und es gab hitzige Diskussionen. Die Türken guckten hinter ihren Vorhängen hervor. Der Hausmeister schrie. Es war richtig schön asozial. Irgendwann riss sie sich einfach los, sprang in ein Taxi, um mir zu demonstrieren, dass sie es war, die ein Luxusleben führte – und dampfte ab.

Ein paar Mal schon hatte ich meine Sachen gepackt. Aber ich schaffte es nie wegzukommen.

Das hing auch mit dem »Bannstrahl« von Berlin zusammen. Wenn man erst mal einige Zeit da war, kam man nicht mehr weg. Diese Erfahrung teilte ich mit vielen anderen, vor allem auch später, in den frühen achtziger Jahren. Es war das Gefühl des Nomaden in der Wüste, das einen hier hielt. Es gab die Tage, an denen man schlief oder in der halbverlassenen Steinwüste herumging, und es gab die Nächte, in denen man seine Energie und sein Leben verplemperte. Mit jedem Tag, den man hier war, hatte man weniger Lust, sich noch einmal den Anforderungen Westdeutschlands zu stellen. Man war einfach zu weit abgeschlagen. Dieses Lebensgefühl kannte jeder, der auf der Insel wohnte.

Meinen Tag verbrachte ich damit, etwa fünfzig Zigaretten zu rauchen. Am Abend kam sie dann oder ich holte sie ab. Manchmal saßen wir im Pressecafé an einem der Tische am Fenster. Es war einer der wenigen belebten Plätze in der Stadt, und man genoss für Momente das trügerische Gefühl, während der Rushhour in einer Großstadt zu sein. Ich trank einen *Johnny Walker* zu meinem Kaffee. Sie bestellte meist einen *Rémy Martin*. Sie sagte »Rémy«, mit dem rollenden, fränkischen »R«, das sie, wie alle geborenen Franken, nie losgeworden war.

Sie brachte immer das frische Zeug mit, frisch gewaschene Laken, nach Waschmittel duftende Bettwäsche, frisch geföhnt kam sie an, frisch geschminkt und duftend, während ich nach dem alten Rauch in meinen Klamotten stank.

Am Anfang kam sie mit kleinen Geschenken, mit frischem Mieder, Strapsen und weißen Höschen. Ich hatte nichts in den Händen, keinen Song, nicht mal eine Zeichnung. Manchmal klaute ich Blumen aus Bäckereien und stellte sie ihr hin.

Ich reagierte zunehmend resigniert auf unsere Rollenverteilung. Ich fing an, das Ganze kaputtzumachen, wie sie so schön sagte.

Ausgerechnet an meinem beschissenen achtzehnten Geburtstag erwischte sie mich auf dem falschen Fuß. Es war Winter, draußen herrschte seit Wochen Matschwetter, ich lag mit einer üblen Erkältung im Bett und fühlte mich dementsprechend mies.

Am Abend zuvor hatte ich ihr extra noch telefonisch zu verstehen gegeben, sie solle mich an diesem Tag in Ruhe lassen. Ich wollte nicht in dem Zustand, in dem ich mich befand, gesehen werden. Offenbar respektierte sie diesen Wunsch nicht. Prompt kam sie an. Ich lag im Bett und konnte nicht aus den Augen gucken. Als Erstes stellte sie weiße Lilien in eine Vase. Und dann sah sie selbst aus wie ein Geschenkpaket. Sie lächelte. Was wollte diese Kuh von mir? Ich war krank und sah beschissen aus. Hatte sie kein Gefühl für die feinen Unterschiede? Dieser Auftritt, in dem sie mir all ihre Pracht zu vermitteln suchte, war total fehl am Platze. Sah sie das nicht?

Ich schwieg finster, blieb wie eine Mumie im Bett liegen und starrte sie an. Nur mein Kopf kam aus der Decke heraus, verschmutzt, wund, voller Bakterien und geschwollener Schleimhäute.

Sie hatte mir ein Geschenk mitgebracht. Aus dem KaDeWe. Eine kleine Schachtel, mit einer Schleife und einer weißen Krause aus kunstvoll durchstochenem Geschenkpapier. Voller Erwartung stand sie da, ihr Handtäschchen an sich gedrückt. Wütend riss ich es auf. Was blieb mir anderes übrig. Im Inneren befand sich ein großes Tartelett mit Erdbeeren. Es hatte die Form eines Herzens.

Heftiger, grüner Schleim kam mir aus der Nase. Ich fluchte.

Schließlich fand ich ein Briefchen, das sie hineingelegt hatte. Es war ebenfalls in Herzform geschnitten. Ich öffnete es. Mit ihrer runden Kinderschrift hatte sie etwas geschrieben. Ich überflog es. Es war eine Art Gedicht. In etwa schrieb sie Folgendes:

> *Nur das schönste und sanfteste Mädchen darf am Morgen die Erdbeeren pflücken.*

Jetzt reichte es! Was für ein narzisstischer Humbug! War sie es, die hier die Gedichte schrieb? Was bildete sie sich ein, von sich selbst als dem schönsten, sanftesten Mädchen zu sprechen? Ich richtete mich im Bett auf und haute so lange mit der flachen Hand auf das Tartelett ein, bis es vollkommener Matsch war.

Sie schaute mir mit einem völlig verblödeten Gesichtsausdruck zu, der mir schon lange auf die Nerven ging. Den Mund zu einer Schnute verzogen, die Augen vor ungläubigem Erstaunen aufgerissen.

Ich schrie: »Verpiss dich, hau ab, verschwinde. Deinen Affenzirkus kannst du woanders aufführen. Hau ab in die Peepshow!«

Ich wälzte mich auf die Seite und wandte ihr den Rücken zu. Sie ging. Ich rannte ihr hinterher und bat sie um Entschuldigung. Sie machte den Fehler, wieder mitzukommen.

Mein Schweigen und meine miese Laune steckten sie an. Am Ende hockte sie da, mit verächtlichem Gesicht, breitbeinig, eine richtige Nutte.

Ich bekam Lust und sagte es ihr. Immerhin hatte ich Geburtstag. Gelangweilt ging sie auf alle viere und ließ es über sich ergehen. Ich überzog sie mit den unflätigsten sexuellen Ausdrücken und stöhnte laut dabei. Als ich ihren angeödeten Gesichtsausdruck sah, wollte ich gleich darauf noch mal. Ich kam in dieser Nacht sechs bis acht Mal in ihr und steckte sie an. Am nächsten Tag bekam sie die Grippe. Ich wurde ziemlich schnell gesund.

Als sie sich beschwerte, warum ich mich nicht um sie kümmerte, redete ich mich damit heraus, dass ich, im Gegensatz zu ihr, ihre Intimsphäre respektierte.

Ich merkte schnell, dass sie meinem Sophismus nicht gewachsen war. Ich tat ihr Unrecht und legte es genau als das Gegenteil aus. Das beherrschte ich ganz gut. Meine Eltern hatten es mir beigebracht. Sie reagierte auf diesen Standesvorteil mit zunehmender Wut. Sie sah sich im Recht und mich im Unrecht, konnte es aber nicht beweisen. Es war letztlich dann doch die Überlegenheit des Geistes über den Körper.

Wochenlang riefen wir einander nicht an. Dann traf man sich wieder in irgendeiner Bar um die Ecke. Die gegenseitige Geringschätzung wurde immer schlimmer. Das tat dem Ficken keinen Abbruch. Sie steigerte sich in den Gedanken hinein, dass ich sie ausnutzen wollte und auch nicht anders sei als all diese dreckigen Freier.

Sie wurde eine miesgelaunte Schlampe mit verfilzten Haaren, die roch und sich widersetzte, eine Schlampe, die nicht mehr ficken wollte, weil ihr irgendetwas nicht passte.

Ich schlug sie. Ich riss den mit Lametta geschmückten Weihnachtsbaum um und schnitt mir mit einem Brotmesser die Pulsadern auf.

Irgendwann ging sie, ich hatte gerade die Wohnung betreten, mit gesenktem Kopf, wie ein Rhinozeros auf mich los. Sie rammte mir ihren Kopf in den Magen, vor Eifersucht, weil ich mit einer Kollegin von ihr vor der Peepshow eine Zigarette geraucht hatte. Sie wollte wissen, ob sich bei mir etwas geregt hätte. Als ich es nicht zugeben wollte, schlug sie mit einem Ledergürtel auf meinen nackten Oberkörper ein.

Der Grundsound zu diesen Szenen war der Diskohit: *Yes Sir, I Can Boogie* und die Wutschreie und Morddrohungen des aus dem Schlaf gerissenen Hinterhofproletariats.

Sie bekam Depressionen und blieb tagelang im Bett liegen. Es stank im Schlafzimmer so nach Urin, Sperma und ihren Sekreten, dass ich nur noch schüchtern die Tür öffnete. Meist saß ich in der Küche und starrte vor mich hin, oder ich wartete darauf, dass ich ihr einen Tee bringen konnte, einen Blasen- oder Kamillentee.

Ständig war ich auf dem Quivive, machte Hausmeisterdienste, holte Brötchen, horchte, ob es noch irgendein Lebenszeichen von ihr gab, ein Knarzen der Tür, ein Sich-Herumwerfen im Bett. Irgendwann kam sie angeschlurft, eine hässliche, alte Frau mit verquollenen Augen.

Ich hockte und verharrte, ich wartete und sah, wie sie wieder zurückkam. In Pantoffeln war sie auf die schmutzige Außentoilette gegangen. Sie war nun ein Teil von mir. Ich hatte sie mir einverleibt. Ich, das schwarze Loch, hatte sie absorbiert.

Mit schlechtem Gewissen schlich ich mich an die Tür und fragte mit schwacher Stimme: »Kann ich dir irgendetwas bringen?«

Keine Antwort.

»Magst du vielleicht einen Tee?«

Keine Antwort. Sie hockte einfach nur da und starrte ins Morgengrauen hinaus, mit dem Rücken zu mir. Ich machte den Tee trotzdem und brachte ihn an ihr Bett. Sie lag bereits wieder. Im selben Moment schmiss sie sich herum und starrte mich an.

»Schrei nicht gleich wieder«, beruhigte ich sie, »ich mein es nur gut, du weißt schon, dein Magen.«

Ich ging wieder hinaus in die Küche und sah mir *XY-ungelöst* an. Ihr kleines Hermès-Tüchlein wehte im Wind über der dreckigen Spüle. Der Anblick tat mir ein bisschen weh.

Ich wusste, dass es vorbei war.

»Shame on your fucking mother!«, sagte eine amerikanische Freundin von mir, zu der ich vorübergehend gezogen war. Sie wohnte direkt an der Mauer und zeigte den Grenzsoldaten drüben im Osten jeden Morgen ihre nackten Titten, mit denen sie bei laut aufgedrehten Boxen zu *We Are The Champions* wackelte. Die Grenzposten ließen sich davon überhaupt nicht beeindrucken.

»She is your mother«, rief sie wütend, während sie sich den Löffel aufkochte, »and she fucking neglected you. But you can kill her. Do you hear me? You can always kill your fucking mother – and her fucking bad spell will be gone.«

Ich wurde zu der Zeit vorübergehend der Drogendealer meiner Mutter. Ich schickte ihr billiges, polnisches Speed in Reclam-Heftchen, in die ich vorher mit der Rasierklinge Löcher geschnitten hatte, um sie mit dem Zeug aufzufüllen, nach München und kassierte dafür Geld. Das Speed hatte ich vorher massiv gestreckt.

Meine Freundin schlug vor, nach München zu fahren und meiner Mutter ratsch, ratsch die Kehle durchzuschneiden. Am Abend könnten wir wieder zurück sein.

»Lass die Finger vom Sex«, sagte sie immer. »Sex ist nicht gut für dich.«

»Du bist ein Angsthase«, fügte sie meist hinzu, »ein Angsthase vor dem Leben und vor der Liebe und vor dem Sex. Du bist ein schwarzes Loch.«

21.

An einem hässlichen Tag im Februar spuckte Berlin mich wieder aus. Julia hatte die Wohnung gekündigt. Der Vermieter setzte mich auf die Straße. Das halbe Jahr hatte eine ziemliche Katerstimmung in mir hinterlassen.

Auch in Grünthal, in der tiefsten Provinz, hatten die Ausläufer der späten Siebziger endlich Fuß gefasst und begonnen, ihre Verheerungen anzurichten. Im Jugendzentrum wurden Trips gedealt, und so mancher Spätzünder, von dem man es nie erwartet hatte, lief nun völlig verpeilt durch die Gegend.

Wieder sollte Olaf das Opfer von Umständen werden. Und wieder sollte es Laura sein, die ihn mitgenommen und ihn nicht genug im Auge behalten hatte.

Im Dorf hatte sich eine klare Zwei-Klassen-Gesellschaft etabliert. Ein tiefer Graben zog sich zwischen diesen beiden Milieus. Da waren zum einen die Langhaarigen, die verwöhnten Gymnasiasten und Internatsschüler, die »machten, was sie wollten«. Sie wurden von der schweigenden Mehrheit geduldet, weil sie Geld in die Kassen der Lebensmittelhändler, Kneipen und Schreibwarenhändler spülten und weil das Obrigkeitsdenken noch immer in den Köpfen der kleinen Leute vorherrschte. Sie waren eine Minderheit. Man muckte nicht gegen sie auf.

Zum Zweiten gab es eben jene Kaste biederer, kleiner Handwerker, Ladenbesitzer, Bauern, Kneipiers, die ihre Söhne »ins Handwerk« oder »auf Arbeit« schickten.

Das Motto war: Jeder sollte da bleiben, wo er herkam. Die niedere Kaste, die sogenannte »Dorfjugend«, war erzreaktionär. Man verbarg es nach außen und gab sich einen neutralen Anstrich. Aber was insgeheim untereinander ausgekungelt wurde, war fies, voller Ressentiments und Hass gegen die Linken, die Schwulen, die Künstler und alles, was sie nicht kannten.

Olaf, den sie von früh auf kannten, requirierten sie als einen der ihren. Doch er war abtrünnig geworden. Er war aufs Gymnasium gegangen und hatte die Seiten gewechselt. Er glaubte, er könne ungestraft zu den »Großkopferten« gehören. Aber da täuschte er sich, die schwule Sau. Sie hatten ihn schon lange im Auge.

Es war wieder auf einer »Fete« im Jugendzentrum, wo er beobachtet wurde, wie er tanzte und sogar mitsang zu den Songs, mit seiner quäkenden, lauten Stimme. Er ging nicht geduckt, wie früher, an der Hand seiner Mutter durchs Dorf. Er war ausgelassen. Und das nahmen sie ihm sehr, sehr übel.

Er tanzte leichtfüßig, mit runden, weichen Bewegungen, wie ein Tanzbär, mit diesem blonden, langhaarigen Mädchen, das gar kein Mädchen war. Die beiden kicherten die ganze Zeit. Was war so lustig? Es war höchste Zeit, dass sie ein paar auf die Fresse bekamen.

Man hatte mich zurückgestuft, aber ich hatte in der Schule bleiben dürfen. Missmutig und überdrüssig, wie ich war, schlich ich durchs Dorf. Es war mein erster Spaziergang, seit ich zurück war, und ich rätselte, warum ausgerechnet mein Großvater Erich, der jahrelang nicht mit mir gesprochen hatte, nun die Kosten für das Internat übernahm, damit ich »wenigstens einen Abschluss machte«.

Nun war ich es, wie vordem Schanz, wie vordem Ackermann, der das wenig verheißungsvolle Ziel einer mittleren Reife anzupeilen hatte.

Als ich auf der Dorfstraße ankam, sah ich Olaf schon von weitem. Man konnte ihn gar nicht übersehen. Er war eine merkwürdige Mischung aus Lederschwulem, Punk und arrogantem, präpotentem, verpickeltem Snob geworden. Er hatte den langhaarigen, jungen Mann bei sich. Die beiden übten Tanzschritte, genauer: tänzelten affektiert die Dorfstraße hoch. Sie übten ihr »Tuntigsein« noch und hatten offensichtlich ihren Spaß dabei.

Einen Hauch von einem Trip hatten sie genommen, sahen aber bereits Tausende von Schmetterlingen am Himmel. Sie hatten völlig vergessen, wo sie waren und dass es Gefahren auf dieser Welt gab. Sie hatten *Wish You Were Here* in der Jukebox gedrückt und mitgesungen. Ganz vortrefflich hatten sie sich gefühlt. Ein euphorischer Schub hatte Wolken von Schmetterlingen aus der Jukebox getragen und in den Himmel gehoben. Nun flogen sie die Dorfstraße hoch, und die beiden liefen ihnen hinterher und sangen aus vollen Kehlen: »How I wish you were here!« Sie waren sinnlos glücklich. Sie ahnten, dass die Schmetterlinge Vorboten waren, die sie in eine unglaublich schöne Welt entführten, und auch wenn sie sich nun allmählich in Luft auflösten und man schließlich mit leeren Händen wieder auf der Dorfstraße stand, so konnte man sich doch damit trösten, dass man nicht mehr ganz allein war, sondern endlich einen Gleichgesinnten gefunden hatte, einen Freund, einen Weggefährten, mit dem man das ganze Elend hier teilen konnte, bis man endlich irgendwann weg war.

Ich war die Dorfstraße heruntergekommen und erkannte sofort die Situation. Da standen die drei Dorfnazis – und da waren Olaf und sein Freund. Ich war zwar ein Feigling, aber ich wollte einfach nicht mit ansehen müssen, wie Olaf von ihnen in die Mangel genommen wurde. Ich wusste, was für Konsequenzen das hätte. Ich hatte es einmal erlebt. Ich rannte los.

Als ich die Gruppe erreicht hatte, hatten sie Olaf bereits beim Wickel. Ich sah den Wahnsinn in seinen riesigen, aufgerissenen Augen und ging dazwischen.

Laura kam angelaufen.

»Hau ab«, rief ich ihr zu, als ich den ersten Schlag auf die Fresse bekam. Sie zog ihren Bruder weg und lief mit ihm davon.

Die Nazis waren jetzt voll auf mich konzentriert. Ich ging zu Boden und steckte einiges ein, bevor sie abhauten. Bei der Sache verlor ich meine beiden vorderen Schneidezähne und holte mir eine Grippe mit recht hohem Fieber. Die ganze Angelegenheit war nicht dazu angetan, mein Zusammentreffen mit Laura als gutes Omen zu werten.

Außerdem litt ich an der Ungerechtigkeit. Ich hatte mich einmal für etwas Gutes eingesetzt und sofort die Quittung bekommen. Es waren im Allgemeinen recht trübe Aussichten. Und so zog ich mich immer weiter in mich selbst zurück. Ich wurde wieder unauffällig. Wie Christian Klar, wie die zweite Generation: Windjacke, Brille, normaler Spießerhaarschnitt. Ich strebte auf das mittelmäßigste Ziel zu, das es gab: die mittlere Reife. Eine stille Demütigung. Je näher die Prüfung rückte, desto mehr verschanzte ich mich. Ich nahm mir vor, sie nicht zu bestehen, diese mittlere Reife. Ich konnte Schanz und Ackermann verstehen. In memoriam Ackermann, dachte ich und begriff nun endlich, wie man zum Totalverweigerer wurde. Ich war selbst längst zu einem geworden. Dass ich mich auf keine weiteren Gespräche mit Laura einließ, war vollkommen klar.

Am Tag des Abschlussballs holte Rod sie mit seinem schwarzen Ford Mustang, den er von seinen Eltern zum Abitur geschenkt bekommen hatte, von zu Hause ab. Sie tauchten erst später auf dem Ball auf, weil er dort mit seiner Münchner Band einen »Gig« hatte. Er hatte sich zu dem Auftritt herabgelassen, nachdem ihn die gesamte Schule bekniet hatte.

Laura hatte ihn gewarnt, dass er sich mit ihr langweilen würde. Und genauso war es dann auch. Da er bei den anderen Mädchen glänzte, wurde er überall freudestrahlend begrüßt.

Sie alle fanden es ganz toll, dass er bei ihrer spießigen Party auftrat.

Laura stand am Rand herum. Ich selbst war hingegangen, weil es Freibier gab und sich sowieso niemand für mich interessierte. Außerdem wollte ich mir das Ganze noch einmal ansehen, bevor es vorbei war.

Mittlerweile fühlte ich mich so unbedeutend, dass ich kaum glaubte, es könne jemandem auffallen, dass ich überhaupt da war. Alle hatten sich sehr viel Mühe gegeben, das Abschlussfest zu zelebrieren. Die Abiturienten trugen, trotz langer Haare, Smoking und Abendkleid. Ich musste zugeben, dass es etwas Schmerzhaftes hatte, sie alle noch einmal so festlich zu sehen, wie sie sich vorher nie gezeigt hatten.

Dieser Abschlussball war ein Höhepunkt für alle, außer für mich, den die Ahnung beschlich, dass nun jener Teil des Lebens begann, in dem ich überhaupt nicht mehr wusste, was ich mit mir anfangen sollte.

Es war ein Hochsommertag und noch lange nicht dunkel. Die Dinge erschienen in altem Glanz. Ich jedoch hatte nichts in der Hand, nicht mal die mittlere Reife. Die Schule war für mich gelaufen. Nach Stein, zu den Großeltern, die sehr enttäuscht von mir waren, konnte ich nicht zurückgehen. Sie hatten es alle schon immer gewusst, dass aus mir nichts werden würde. Und jetzt hatten sie endlich recht behalten.

Ich sah Olaf hinten in einer Gruppe von Leuten. Er winkte mir zu und wollte zu mir kommen.

Ich wehrte ihn ab. Ich hatte weder ihm noch seiner Schwester

Gelegenheit gegeben, sich bei mir zu bedanken. Olaf konnte wenigstens das Leben eines Idioten führen und im Dorf bleiben, an der Hand seiner Mutter. Ich beneidete ihn darum. Außerdem wusste ich um das doppelte Spiel, das er spielte. Manchmal hatte mir ein Aufblitzen in seinen Augen verraten, dass er genau wusste, was er tat, und dass es nur darauf ankam, ein guter Schauspieler zu sein. Wäre ich nur ein bisschen klüger gewesen, dann könnte auch ich jetzt im Smoking dastehen und mich feiern lassen. Mir wurde leicht übel bei dem Gedanken.

Die Feier fand hinten bei den Bahngleisen statt. Man hatte Bierzelte aufgebaut. Die Tische leuchteten weiß und hellblau gestreift, in den bayrischen Farben. Die Felder, die noch nicht abgemäht waren, standen hoch, satt und gelb in der Abendsonne.

Auf der anderen Seite befand sich der Schlosspark mit seinem breiten, schmiedeeisernen Tor, das immer für uns offenstand. Wie oft war ich dort alleine spazieren gegangen oder hatte versucht, Laura philosophische Fragen zu erläutern, mit denen ich mich gerade beschäftigt hatte. Hier hatte ich die Chance gehabt, mich sinnvoll auf ein glückliches und erfülltes Leben vorzubereiten. Ich hatte eine Zeitlang zu berechtigter Hoffnung Anlass gegeben. Warum nur hatte ich alles vertan?

Im selben Augenblick sah ich Laura von weitem. Sie spähte zu mir herüber, winkte und kam näher. Ich ging ihr ebenfalls ein paar Schritte entgegen, wollte allerdings nicht aus dem Schutz des noch leeren Bierzelts hinaus. Alle anderen befanden sich draußen.

»Hallo«, sagte sie, ein wenig aufgekratzt.

»Hallo«, sagte ich.

Ich wusste, dass sie mit Rod da war, ich hatte sie vom Fenster der Großeltern aus beobachtet, wie sie in seinen Wagen gestiegen war.

Laura war dünn geworden. Ich sah sie zum ersten Mal aus der Nähe, seit sie den neuen Haarschnitt hatte.

»Schön siehst du aus«, sagte ich, obwohl es mir innerlich einen Stich ins Herz versetzte, wie fremd mir ihr Gesicht geworden war. Es zeigte, wie weit das Leben uns schon voneinander entfernt hatte. Sie allerdings strahlte.

»Gefällt dir meine Frisur?«, fragte sie.

Ich nickte.

»Ich wollte mich noch für Olaf bei dir bedanken«, sagte sie schüchtern.

Ich merkte, dass ich ihr den Verlust meiner Schneidezähne nicht mehr übelnahm, im Gegenteil. Es war der gleiche Mechanismus wie immer. Wenn ich ihretwegen irgendwelche Einbußen erlitten hatte, was vorkam, weil sie oft schusselig und unachtsam war, wurde ich wütend, hatte aber die Sache immer sehr schnell vergessen und gedacht, dass ich viel mehr für sie zu opfern bereit wäre, wenn es darauf ankäme. Jetzt war es wieder genauso. Wie ich erst später begriff, hing das damit zusammen, dass es völlig egal war, ob ich Schneidezähne hatte oder nicht. Ich musste ja nur ihr gefallen, wenn ich mein Leben mit ihr verbringen wollte. Und das Opfer zweier Zähne war immerhin eine Heldentat, ein kleines Denkmal, das ich uns gesetzt hatte. Ich musste lächeln, und sie lächelte mich fragend an.

In diesem Fall, anders als sonst so oft, konnte sie nicht wissen, woran ich dachte. Sie hatte keine Ahnung von den Zähnen.

»Wie geht's denn deinem Bruder?«, fragte ich.

Laura zuckte die Achseln. »Er ist manchmal ein kleines Scheusal«, sagte sie, »aber das weißt du ja.« Sie lachte.

Sie war in keinem besonders guten Zustand. Wie eine kleine, ausgemergelte Straßenkatze sah sie aus. Sehr tapfer. Ihre Noten, auf die sie immer stolz gewesen war, hatten sich verschlechtert. Sie würde nun vielleicht keinen Einser-Schnitt mehr machen und auf das Stipendium verzichten müssen, das sie so dringend brauchte. Außerdem hatte das Haus nach einem notdürftig geflickten Wasserrohrbruch Stockflecken bekommen, und es war kein Geld da, den Schaden zu richten.

Olaf war in eine Art später Trotzphase gekommen. Seit sein Freund die Schule geschmissen hatte, war er immer öfter nach Berlin gegangen, um ihn zu besuchen und ins *High Life* und andere merkwürdige Diskotheken zu gehen, die sonst außer Touristen keiner aufsuchte, weil Glamrock und Disco längst out waren. Wenn seine Mutter ihn erinnerte, ans Lernen zu denken, schleuderte er ihr wüste Beschimpfungen an den Kopf. Es kam immer wieder zu Auseinandersetzungen mit ihm, die mit harmlosen Handgreiflichkeiten endeten, aber sehr frustrierend für alle Beteiligten waren. Einmal ging dabei Lauras Brille kaputt, und es war kein Geld da, eine neue zu kaufen. Sie bekam einen hysterischen Anfall und weinte fast den ganzen Tag, weil die Brille, an einem Bügel geklebt, nun schief saß und scheußlich aussah und sie ohne Brille in die Schule gehen und sich ganz nach vorn setzen musste, um überhaupt lesen zu können, was auf der Tafel stand. Ihre Mutter lag nachts wach, weil sie Angst hatte, ihre Jobs zu verlieren, denn das Putzen ging nur sehr langsam, wegen einer Arthritis, die sie immer bekam, wenn das Wetter so nasskalt war wie meist in diesem Sommer. Frau Werner saß ständig zu Hause und klagte über den reichen Staat, der seine Mittel verschwendete und die Leute hier in den Randgebieten im Stich ließ, jetzt, wo man sie nicht mehr brauchte, obwohl sie damals alles aufgebaut hatten.

Dies alles erfuhr ich erst später von Olaf in der Zeit, in der er in Berlin war und wir uns manchmal zufällig an den einschlägigen Orten über den Weg liefen, wo sich die schwule Subkultur mit dem Rest der Subkultur mischte, im *Dschungel*, im *Risiko*, im *SO 36*, im *Cri du chat*.

Aber über all diese Dinge wollte Laura auf gar keinen Fall reden. Sie war, das merkte ich, nur sehr froh, hier mit mir zusammenzustehen.

»Wollen wir eine rauchen?«, fragte sie.

»Seit wann rauchst du denn?«

»Ach, man kann besser lernen, findest du nicht?«

»Und Rod?«

»Ach, Rod«, sagte sie, zuckte die Achseln und lachte.

Rod war nur eine Attrappe, das kam klar heraus.

»Komm, wir gehen«, sagte sie plötzlich ungestüm. Sie zog mich an den hinteren Rand des Bierzelts. Wir verschwanden unter der Plane.

Nicht in Stein haben wir uns verabschiedet, sondern hier. An einem warmen Sommerabend kurz vor Beginn der großen Ferien.

»Siehst du die Sterne?«, fragte sie. Sie kamen gerade heraus. Und begannen zu funkeln. Wie stark sie werden würden, das sah man schon jetzt. Wir überlegten, ob wir zu den Kellern hinauflaufen sollten, in die Nacht hinein. Es waren etwa zehn Kilometer bis zum Fuß des Walberla. Wir wussten das alles, sprachen aber nicht darüber.

Wir gingen in alter Übung, die Köpfe weit in den Nacken gelegt und sahen zum Himmel hinauf. Die Sterne leuchteten hell.

»Ich begreife nicht, wie es hier unten so dunkel sein kann«, sagte sie.

»Tja, Phänomen.«

»Ein unerklärliches Phänomen.« Sie sah mich an.

Ich lächelte. Wir gingen ein kleines Stück weiter.

Irgendwann sagte sie: »Ich liebe dich immer noch, Robert.«

Ich blickte zu Boden.

Später weinten wir. Sie fing damit an. Nachdem ich sie in den Arm genommen hatte, begann sie zu schluchzen und wollte nicht mehr aufhören. Sie steckte mich damit an. Ich weiß gar nicht mehr, wie lange wir weinten. Es muss die ganze Nacht gewesen sein.

Während wir über die Stoppelfelder liefen, flüsterten wir uns immer wieder Beteuerungen zu, wie sehr wir uns liebten, dass wir in Gedanken immer beim anderen sein würden und dass ja vielleicht eines Tages alles gut werden würde und wir dann immer zusammenbleiben könnten. Immer wieder küsste ich ihre schmal gewordenen, kindlichen Lippen. Immer wieder warf sich der eine oder der andere auf den Boden und fing wieder an zu schluchzen. Bis wir leer waren und verwirrt und nicht mehr wussten, was wir mit dem Leben, das hinter dem Rest von Nacht begann, anfangen würden. Schließlich verbrachten wir die letzten Stunden unten im Hobbyraum auf dem alten Deckenlager. Wir waren mit dem klapprigen Bus nach Stein hinaufgefahren, dem ersten, der in der Früh fuhr. Wie Diebe hatten wir uns zur Bushaltestelle geschlichen und waren mit gesenktem Kopf eingestiegen, als Einzige Gott sei Dank. Anderntags hatte ich mich davongestohlen, irgendwann, gegen Mittag, in der Annahme, dass sie noch schlief.

22.

In den kommenden Tagen und Wochen war ich beschäftigt damit, mir das Herz aus der Brust zu reißen. Ich fuhr, Gewohnheitsmensch, der ich war, die alten, abgetretenen Pfade.

Erst nach Nürnberg, dann nach München, zu meiner Mutter, wo ich einen Tag blieb, um Geld zu kassieren, dann nach Darmstadt, um das Gleiche zu tun.

Ich kaufte mir ein Interrail-Ticket und fuhr nach Ägypten hinunter. Ich kam bis zum Tal der Könige, wo ich sehr krank wurde und mich in einer Jugendherberge ein hohes Fieber ergriff. Meine Schutzengel näherten sich. Ich sah ihre weißen Schwingen aus dem Himmel zu mir herabkommen, sie leuchteten und es wurde hell.

Ein alter Mann in einer weißen Dschellaba, eine hohe, schmale, aufrecht gehende Gestalt, kam hin und wieder an meine Pritsche und brachte mir Tee und eine Art Fladenbrot. Ich ließ alles stehen. Ich war zu schwach, um mich zu rühren.

Irgendwann ging das Fieber zurück, ich konnte mich wieder aufsetzen und den ersten Schluck eines köstlichen Pfefferminztees trinken. Ich hatte keine Ahnung, wie viel Zeit vergangen war. Die Herberge, eine Baracke, lag am Fuß eines mächtigen Bergrückens, auf dem nichts wuchs und der in der Hitze flimmerte. Stollen waren hineingetrieben. Darin befanden sich die sogenannten Königsgräber. Ich verspürte nicht das geringste Bedürfnis, sie zu besichtigen.

Ich hatte das dumpfe Gefühl, dass die einzige Chance, die ich noch hatte, die war, mich nach Westberlin durchzuschlagen und dort unterzutauchen. Was dann mit mir geschah, würde niemanden mehr etwas angehen.

Ich stellte schnell fest, dass ich die richtige Entscheidung getroffen hatte. Endlich befand ich mich unter meinesgleichen. Alle hielten sich für Genies. Der Weltschmerz war eine heilige Sache. Nachts wurde er herausgebrüllt von Sängern, die wie wilde Tiere aussahen und sich auch so benahmen. Sie brachten das Getöse der Luftangriffe zurück, in welchem die Stadt vor ein paar Jahrzehnten untergegangen war. Es war die nackte Angst, die Paranoia, der Terror, der von den Bühnen herabgeschleudert wurde. Es war der ästhetische Widerstand einer kleinen, selbsternannten Elite gegen das Mittelmaß Westdeutschlands.

Westdeutschland war ein Schimpfwort. Es war das Äquivalent für das Fehlen jeglichen Sinns für geistige Schönheit. Wer ein geborener Adept und in die Gnade geistiger Freiheit gekommen war, hatte dort nichts zu suchen. Es durfte schon nichts Geringeres als Berlin sein, jene nachtschwarze, geteerte und gefederte Ruine.

Berlin, der erloschene Brandherd antiken Größenwahns, der Hort des Verderbens, des Bösen, lockte sie alle an, die Flagellanten und Paradiesvögel, die juvenilen Delinquenten aus der Mittelschicht Westdeutschlands. Sie kamen, um auf dem Altar ihres eigenen Größenwahns ihrem dunklen Hang zur Schönheit zu opfern – zur Morbidität, und zum Untergang.

Es konnte nur unter dem Einfluss langer Nächte und harter Drogen geschehen. Auch auf diesem Altar war man bereit, eine Zeitlang zu opfern.

Das Ganze endete natürlich als Schuss in den Ofen. Und eine nicht unbeträchtliche Menge an Gehirnzellen war dabei draufgegangen.

23.

Am 27. 5. 1983 opferte mein Großvater Erich Freytag seiner Frau eine Niere. Das Datum geht aus einem Eintrag meines Vaters in sein Tagebuch hervor. Es war in der Woche, in der der *Spiegel* mit der Schlagzeile *AIDS* herauskam. Ein sonniger, warmer Tag. Mein Großvater war zu diesem Zeitpunkt achtzig Jahre alt. Seine Entscheidung, seiner Frau die Niere zu überlassen, fiel in derselben Sekunde, in welcher der Chefarzt ihm mitteilte, dass im Augenblick keine Spenderniere zu haben sei. Elli lag schon auf der Intensivstation. Diagnose: Nierenversagen. Mein Großvater, ein bisschen infantil, wie er bereits geworden war, zog das Hemd aus und fragte den Chefarzt: »Worauf warten Sie?«

Er wollte sofort unter das Messer. Der Arzt fiel aus allen Wolken. Das war das Letzte, womit er gerechnet hatte. Möglichst schonend hatte er dem alten Mann beibringen wollen, dass es unter den Umständen für seine Frau kaum Hoffnung gab. Er riet Erich von einer solchen Operation ab. In seinem Alter sei es zu gefährlich. Erich bestand darauf, sofort operiert zu werden. Wenig später wurde eine Not-OP möglich gemacht. Die Transplantation verlief ohne Zwischenfälle. In der Nacht verschlechterten sich allerdings Erichs Werte. Er musste inkubiert werden und bekam einen Schlauch in den Hals. Am Morgen lagen seine Überlebenschancen etwa bei null. Ein Familienrat wurde einberufen. Aus allen Himmelsrichtungen kamen die Söhne und engen Verwandten und berieten. Mein Großvater wurde bereits künstlich beatmet. Er hatte eine Maske auf Mund und Nase und keinen Kontakt zur Außenwelt. Er lag nur flach und ruhig da. Auf alle machte er einen merkwürdig friedlichen Eindruck. Rolf saß eine Weile bei ihm und hielt seine Hand. Nun hatte er den Roman über seinen Vater doch nie geschrieben. Eine Reihe von Erinnerungen kamen in ihm hoch, schwer lesbar und klein, wie Hieroglyphen, erschienen sie am Horizont seines kaputten Denkapparats. Es war die leise Bestätigung einer langen Ahnung, dass eine Menge schiefgehen konnte. Dennoch war der Himmel da draußen blau, und Frühlingsluft drang durch das gekippte Fenster hinein. Man konnte das Walberla sehen.

Meiner Großmutter ging es besser. Sie hatte sich in wenigen Tagen erstaunlich gut erholt. Ihr Zustand war stabil. Sie wusste nicht, dass es ihrem Mann schlechtging. Man hatte ihr nichts gesagt. Mit Rücksicht auf ihren Zustand.

Mein Großvater nahm nicht zur Kenntnis, dass ich bei ihm war. Ich hielt mich nicht lange bei ihm auf. Ich ging zu meiner Großmutter. Sie lächelte, als sie mich sah. Ihre Wangen waren ein wenig rosig. Ich war es, der ihr berichtete, wie schlecht es Erich ging. Sie fiel aus allen Wolken. In ihrer empörenden Ignoranz hatte die

Familie ihr alles verschwiegen. Sie hätten sie um den Abschied gebracht. Dieser Sachverhalt wurde zwar im Raucherzimmer diskutiert, aber am Ende setzte sich die Meinung durch, dass es besser wäre, sie zu schonen und ihre Gesundheit nicht aufs Spiel zu setzen. Ich war damit überhaupt nicht einverstanden.

Aber ich ließ mir nichts anmerken. Ich sagte es meiner Großmutter heimlich. Sie überlegte nicht lange. Sie wollte ihren Mann sofort sehen. In diesem einen Fall setzte sie sich gegen alle Bedenkenträger durch. Sie wollte unbedingt, und nichts in der Welt konnte sie davon abbringen. In einer komplizierten Aktion musste sie an mobile Geräte angeschlossen werden. Man schob sie hinüber ins Zimmer ihres Mannes. Das Bett wurde endlos manövriert, Geräte ausgesteckt, verschoben und wieder angeschlossen, bis sie endlich neben ihm lag. Es wurde ganz still. Nur die Apparate tuteten leise. Die Hände der beiden lagen dicht beieinander. Leise, mit verstörender Eindringlichkeit, hob die Stimme meiner Großmutter nun auf Französisch zu sprechen an. Wir anderen alle wurden von meinem Vater hinauskomplimentiert und warteten draußen vor der Tür. Die bösen Blicke, die man mir anfangs zugeworfen hatte, wichen einer Art von Verlegenheit. Vielleicht hatte ich es in diesem einen Fall ja richtig gemacht. Die Tür hatte die Stimme meiner Großmutter abgeschnitten.

Sie klang allerdings im Gedächtnis der Jahrzehnte nach. Immer hatten die beiden die wichtigen, entscheidenden Dinge beim Abendbrot auf Französisch besprochen, leise, unbeugsam, fast beleidigend für den Rest der Sippe. So auch diesmal. Niemand wird je erfahren, was meine Großmutter gesagt hat. Ich ging hinaus. Das Krankenhaus lag in der Nähe der Altnitz, unweit der alten Fabrik, am Stadtrand. Ich sah die Glasscherben auf meinem Weg in der Sonne blinken und roch den Teer der Holzplanken. Irgendwo sprang ein heller Collie im hohen Gras umher, tauchte auf und verschwand. Ich ging bis zur Altnitz vor, an die Badestelle der Frauen, längst verwaist. Ich trug etwas in mir, außerhalb meiner Lebenserfahrung. Es lag in den Genen, ich spürte es ganz genau. Es gab da etwas, außerhalb von mir, das Schutz und weit entfernte Sicherheit bot. Ich musste nur lang genug laufen.

Es hing mit den Erfahrungen der anderen zusammen, die sie hier gemacht hatten, in der Blütezeit. Es hing mit dem Ursprung zusammen, mit der Landschaft, der Magie, dem Zusammenhalt. Es hing mit dem Puzzle der bruchstückhaften Erinnerungen und Zeugnisse meiner Familie zusammen, die in alle Himmelsrichtungen verstreut war. Ich würde die Teile auflesen, ausgraben auf meiner langen Wanderung. Und eines Tages zusammensetzen.

Ich spürte eine ähnliche Zuversicht in mir, wie sie mein Vater als junger Mann verspürt haben mochte, als er diesen Weg entlangging.

Als ich an der Altnitz ankam und meine Füße in das kalte Maiwasser des Flusses stellte, durchströmte mich eine Woge von Glück. Ohne es zu wissen hatte ich im Blut, dass mein Großvater sich wieder erholen würde. Und so war es. Nach wenigen Wochen kam er auf die Beine. Man konnte die beiden nun sehen, bei den alltäglichen, kleinen Verrichtungen im Haus. Am Nachmittag saßen sie auf dem Bänkchen, am Abend auf der Veranda. Meist schweigend, mit einem winzigen Lächeln. Sie drehten unendlich langsame Runden ums Haus. Sie hatten noch ein paar Jahre.

Ich selbst war irgendwie bekehrt. Etwas Dunkles war von mir abgefallen. Ich harrte der Dinge, die da kommen mochten.

Laura kam in jenen Tagen nicht nach Stein herauf. Auch Olaf traf ich erst in Berlin wieder. Frau Werner winkte mir resolut vom Fenster aus zu und zog dann, wie früher, als ich ein Kind war, die Vorhänge vor mir zu. Ich sollte bloß nicht zu nahe kommen.

Die verwickelten Umstände, unter denen ich Laura wenige Jahre später wiedersehen sollte, sind eine andere Geschichte.

Epilog

Im Dezember, dem geheimnisvollen, mit dem brokatenen Mantel der Dunkelheit gekleideten Dezember, der wie ein Wanderer über die Hügel von Stein ging.

Im Dezember, der noch nicht ausgenüchtert war und bleich wie der Februar, sondern voller Gehalt und Nahrung für unsere Köpfe – schon im Dezember des Jahres '66 hatte Frau Werner beim Putzen einen winzigen, zusammengeknüllten Zettel hinter dem Kinderschreibtisch unter der Heizung gefunden. In einer krakeligen, unbeholfenen Kinderschrift gemalt, begann er mit folgenden Zeilen:

In Fernen strebt mein Rittersmann
auf seinem Apfelschimmel weiß.
Wann macht er halt und denkt an mich?
Wann holt er mich zu sich zurück?

Diese aus einem Band fränkischer Heimatgedichte abgeschriebenen Zeilen müssen die Sechsjährige Stunden gekostet haben.

Diese denkwürdigen Zeilen, von denen Frau Werner keine Ahnung hatte, weshalb die Tochter sie kopiert hatte – und an wen sie gerichtet waren –, hob sie auf.

Sie glättete den winzigen, verknüllten Zettel und tat ihn in eine leere Puderdose, die entfernt nach Nivea roch. Es war der Geruch ihres Mannes. Es war ein süßer, sanfter Duft, der eine Heftigkeit des Verlangens auslöste, wenn sie die Dose öffnete, die jedes Mal schockierend war. Der Duft hielt sich über die vielen Jahre, ohne nachzulassen. Und wenn sie, was sehr selten einmal vorkam, ein wenig Trost brauchte, öffnete sie die Dose und hielt ihre Nase daran. Sie hielt immer ein Quäntchen für sie bereit.

Es war ein durchmischter Trost, angereichert mit einer Dosis Verzweiflung, gemildert durch lange Lagerung, nun zu einer Art Sedativum geworden, das sich unter die leise Melodie des Trosts legte.

Das Leben eine Ebene. Darüber Stürme, lange Sommer, Regenfälle, dramatischer, gefährlicher Herbst – und dann das glanzvolle Herausführen der Kinder in den Dom winterlicher Dunkelheit.

Der Dezember, wie er zu tänzeln begann mit seinen ersten Schneeflocken und die Kinder zum Jauchzen brachte. Durch ihre Freude sah man, wenn sie hinausrannten, das starke Leben, von dem ihre Körper durchpulst wurden.

Es war die Freude, die diese Lebenskraft hervorbrachte – und umgekehrt. Und wenn diese kostbaren Kinderkörper wie Raketengeschosse in die mit einer hauchdünnen Schneeschicht bedeckte Finsternis hinausrannten, dann spürte sie selbst das Verlangen nach Leben, lief nach draußen und wälzte sich mit den Kindern auf der gepuderten Eisschicht der Wege.

Jahre waren seitdem vergangen, sie war nun allein in dem Haus, stand an dem hohen Fenster und blickte hinunter auf die abermals verschneiten Wege. Diese Weihnacht würde Olaf nicht hier sein. Ihre Tochter hatte einen Freund in Erlangen, der Sozialpädagogik studierte.

Sie würden am Heiligabend kommen. Sie würden Gänsebraten essen und unten im Hobbyraum schlafen. Der Junge war nett. Laura fühlte sich geborgen bei ihm. Robert war schon lange nicht mehr in Stein. Da das Haus der Freytags zum Verkauf stand und sie aus gesundheitlichen Gründen wohl nicht mehr lange hier oben sein würden – die weiten, beschwerlichen Wege hinunter ins Dorf schaffte Frau Freytag nicht mehr –, würde sie Robert kaum wiedersehen.

Der Zettel in der Puderdose, die sie aus Gründen, die verständlich waren, lange Zeit nicht mehr geöffnet hatte – zu stark war die Dosis ihres Alleinseins geworden, zu stark die Elemente aus Gefahr und Unglück, zu deutlich die dunklen Ränder des Rahmens, der sich bereits abzeichnete um ihr eigenes Bild, wer sie war, wie sie gelebt hatte. Der Zettel ihrer Tochter in dieser Puderdose, er war eine Art Vermächtnis.

Wenn sie nun mit großer Konzentration über die Jahre hinweg dachte, die Zusammenhänge sah, die losen Enden betrachtete, mit der die Unvollkommenheit des Lebens ihren Träumen und Wünschen begegnet und nicht gerecht geworden war, musste sie der Tatsache ins Auge sehen, dass ihre Tochter den Jungen der Freytags, der nun in Berlin verschollen war, tatsächlich von Anfang an geliebt hatte. Denn jener Zettel war geschrieben worden in der Zeit, in der Robert nach Berlin geholt worden war. In dieser Zeit hatte sie ihre Tochter immer wieder vor dem Haus der Freytags stehen gesehen, eine kleine, einsame Gestalt mit einer roten Pudelmütze, die geduldig in Schnee und Regen darauf gewartet hatte, dass er an der Wegkreuzung auftauchte, wie vordem nach der Schule an jedem Tag.

Ihre Tochter redete noch immer nicht gern über ihre Gefühle, schon gar nicht mit ihr.

Sie lernte für ihr Studium, das wusste sie. Ansonsten konnte sie sich vorstellen, was für ein Leben ihre Tochter in der überschaubaren, kleinen Studentenstadt führte. Wenn sie eines Tages Kunsthistorikerin sein würde, worauf Frau Werner äußerst stolz war, dann konnte sie einen guten Posten in der bayrischen Schlösserverwaltung bekommen und für die Restauration vieler wichtiger Kunstschätze verantwortlich sein. Sie konnte kleine Reisen machen und, ihrem Temperament entsprechend, das sich hineinkniete, das sich vertiefte, Jahre mit der kniffligen Aufgabe verbringen, ein altes Deckenfresko in einer Kapelle oder Kirche zu restaurieren. Sie würde kein schlechtes Leben haben. Sie hatte sich berappelt und den Schock überstanden. Doch dieses vor Glück strahlende Lächeln des jungen Mädchens, das voller Zuversicht und Hoffnung auf ihre große Liebe blickt, würde nie wieder auf das Gesicht ihres geliebten Kindes zurückkehren.

Dank an

Andrea Wildgruber
Dr. Siv Bublitz
Oliver Berben

Quellenverzeichnis

Dieser Roman wurde in Teilen inspiriert durch folgende Werke:

Gisela Elsner/Klaus Roehler: *Wespen im Schnee, 99 Briefe und ein Tagebuch,* Berlin 2001.
Klaus Roehler: *Die Würde der Nacht,* München 1958.
Christoph Scheuring: *Gisela Elsner: Die Unberührbare*, in: Tempo, November 1992, S. 67 ff.

Wörtlich zitiert wurde aus folgenden Texten:

S. 376 Johann Wolfgang Goethe: *Wald und Höhle,* in: Johann Wolfgang Goethe: *Sämtliche Werke, Bd. 5. Die Faustdichtungen*, Zürich 1950.
S. 538 John Keats: *La Belle Dame Sans Merci,* in: David Wright (Hg.) *The Penguin Book of English Romantic Verse*, Harmondsworth 1968.
S. 552 Ingeborg Bachmann: *Die gestundete Zeit,* in: Ingeborg Bachmann: *Werke, Bd. 1. Gedichte,* © Piper Verlag GmbH, München 1978.

Marlen Haushofer
Die Wand

Roman. www.list-taschenbuch.de
ISBN 978-3-548-60571-5

Eine Frau wacht eines Morgens in einer Jagdhütte in den Bergen auf und findet sich eingeschlossen von einer unsichtbaren Wand, hinter der kein Leben mehr existiert ...

Eines der Bücher, »für deren Existenz man ein Leben lang dankbar ist«. *Eva Demski*

»Wenn mich jemand nach den zehn wichtigsten Büchern in meinem Leben fragen würde, dann gehörte dieses auf jeden Fall dazu.« *Elke Heidenreich* in *Lesen!*